2,00

L'ÎLE DES SECRETS

PATRICIA WILSON

Traduit de l'anglais
par Marion Boclet

City
Poche

© **City Editions 2018** pour la traduction française
© Patricia Wilson, 2017
Publié en Grande-Bretagne sous le titre *The Island of Secret*
par Zaffre Publishing.
Couverture : Shutterstock/Studio City
ISBN : 978-2-8246-1485-4
Code Hachette : 61 6277 1

Collection dirigée par Christian English & Frédéric Thibaud.
Catalogue et manuscrits : city-editions.com

Dépôt légal : Mai 2019
Achevé d'imprimer en Italie par Grafica Veneta SpA

ÉTOILES, NE PLEUREZ PAS POUR MOI

Étoiles, ne pleurez pas pour moi
Parce que je chante, la nuit
Parce que mon cœur saigne, pour la fille brune.
Étoiles, ne me grondez pas
Parce que je me lamente la nuit.

Je dirai ma douleur aux étoiles,
Parce qu'elles sont discrètes.
Parce qu'elles sont patientes
Et écoutent toute la nuit,
Tandis que je leur parle de ma douleur, et de toi.

Lune, tu n'as jamais été
Dans la peine comme moi.
Et tu as le droit de demander
Ce que je suis devenu, pourquoi je suis malheureux.
Mais tu ne peux pas comprendre,
cela ne t'est jamais arrivé.

1

Crète, aujourd'hui.

L e village d'Amiras était immobile, comme un
théâtre attendant le lever de rideau. Une brume de
chaleur miroitante s'élevait des rues pavées. À la terrasse
du *kafenio*[1], des chaises vides étaient placées en petits
groupes désordonnés entre les tables carrées. Devant
le supermarché fermé, des sacs d'olives en toile de jute
étaient suspendus au-dessus de cageots de pommes de
terre et d'autres légumes, les protégeant de l'accablant
soleil méditerranéen.

Un troupeau de chèvres à poils longs se déplaçait dans
l'ombre de la chapelle perchée au sommet de la colline.
Pendant quelques secondes, le tintement sourd de leurs
clochettes brisa le silence et la tranquillité de l'heure de la
sieste. Dans le bas du village, une porte bleue s'ouvrit avec
un grincement et une dame d'âge moyen aux hanches larges
remonta les rues étroites d'un pas précipité. Sous l'ombrage
d'un bougainvillier vermillon, un chat blanc maigrelet flaira
l'air, plissa les yeux et regarda la dame passer.

Dans une maison, un vieux couple était assis, aussi
immobile et silencieux que le mur de pierre. Un crucifix
était accroché au-dessus d'une icône de saint Georges aux
couleurs criardes. Le martyr occupé à terrasser un dragon
semblait se laisser distraire par un objet du salon : une

---
1 Café grec traditionnel.

ancienne boîte de chocolats remplie de photographies, de lettres et de petits souvenirs, posée au milieu d'une table basse ronde. La vieille dame, Maria, tendit la main pour prendre une photo passée de Poppy tenant son bébé dans ses bras. Elle examina l'image et se remémora les derniers mots de Poppy, encore frais dans son esprit, bien que des décennies se soient écoulées.

Oublie-moi, maman. Oublie que j'ai jamais existé.

Un rayon de soleil filtra à travers la fenêtre et inonda de lumière la main marquée de cicatrices de Maria – déplaisant rappel de l'incendie. Ces blessures mettaient du temps à guérir. Son visage flétri se durcit alors qu'elle prenait une décision.

—Je vais leur écrire, Vassili, dit-elle à l'homme qui ressemblait à Einstein, assis devant la cheminée. Voula m'aidera.

Elle rangea la photo et remit le couvercle de la boîte.

—Dieu s'impatiente, et j'en ai assez, de tout ça.

Elle se signa trois fois et joignit ses doigts arthritiques en signe de prière.

Vassili hocha la tête, comme s'il comprenait, mais le passage des ans avait émoussé son chagrin. Il posa son *komboloï*[1] d'ambre et s'approcha d'elle en clopinant.

—Ne gaspille pas tes pensées pour quelque chose qui n'est plus, vieille femme.

Il lui déposa un baiser sur le front. En dépit de ce conseil, des scènes du passé revenaient hanter Maria.

—Je ne peux pas oublier, murmura-t-elle, regardant fixement les fantômes qui envahissaient la pièce aux murs blanchis à la chaux.

Vassili suivit son regard, incapable de voir ces revenants. S'apercevant de sa confusion, Maria souhaita que l'âge affaiblisse aussi son esprit. Les regrets étaient deve-

---

1 Sorte de petit chapelet.

nus inutiles. Le temps du pardon était venu, et Maria espérait toucher la joue de l'enfant de Poppy avant de mourir.

—Angelika a le droit de connaître la vérité, vieil homme… C'est notre petite-fille.

—Maman, papa, votre dîner est là !

Voula apparut dans l'embrasure de la porte, le rideau de lanières multicolores s'enroula autour de sa robe noire délavée. Elle serrait une cocotte contre son ventre et son visage de gargouille avenante était fendu d'un grand sourire.

—Inutile de crier, Voula, dit Maria, nous ne sommes pas sourds…

Vassili mit une main en cornet.

—Hein, qu'est-ce que c'est ? Ah, le dîner ! Aucune chance d'avoir de la viande, je suppose ? J'ai hâte que le carême soit terminé… Je sens déjà la bonne odeur de l'agneau !

Il traîna les pieds jusqu'à la table de la cuisine.

—Plus que quelques jours avant Pâques, papa ! J'ai fait des poivrons farcis. Tu veux un verre du vin de Demitri ?

Voula mit la table dans un cliquetis de couverts entrechoqués, puis elle aida Maria à sortir de son fauteuil.

—Autre chose ? demanda-t-elle en versant le *krásí*[1] dans les verres avant de servir le repas.

Maria coupa un poivron en deux, se pencha sur son assiette et en sentit le contenu. Voula cessa de s'affairer pour regarder Maria goûter la farce composée de riz, d'herbes aromatiques, de raisins secs et de pignons. Quand elle hocha la tête d'un air approbateur, Voula expira lentement et sourit.

—Je veux écrire à Poppy et à Angelika, déclara Maria, catégorique.

---

1 Vin, généralement mêlé à de l'eau.

Voula écarquilla les yeux. Elle jeta un coup d'œil à Vassili, qui mangeait de bon appétit.

—Tu en es sûre, maman ?

Elle baissa la voix.

—Et si les ennuis recommencent, après toutes ces années ? Ne vaut-il pas mieux oublier ? On ne peut pas ramener les morts à la vie.

—Non, répondit Maria, dont le visage aux traits tirés paraissait encore plus émacié au-dessus des légumes aux couleurs vives. Ma décision est prise.

* * *

—Comment veux-tu commencer ta lettre, maman ? demanda Voula le lendemain, tenant son stylo au-dessus d'un cahier d'exercices pour enfant.

Maria grommela.

—Ça fait des heures que j'y pense. C'est le début, le plus difficile… S'il n'est pas parfait, elles chiffonneront cette lettre et la jetteront à la poubelle. Nous n'avons qu'une chance, Voula. Nous devrions mettre les deux lettres dans la même enveloppe et l'adresser à Angelika. J'ai peur que sa mère ne déchire l'enveloppe sans l'ouvrir, sinon. Alors, voyons voir… Comment allons-nous commencer ?

—Je sais ! Pourquoi pas : *Chère Angelika* ?

Maria leva les yeux au ciel. Elle se demanda si sa belle-fille, qui avait soixante-cinq ans, était plus sénile qu'elle, qui en avait quatre-vingt-dix.

—Oui, très bonne idée, Voula, dit-elle d'un ton sarcastique. Et ensuite ?

Voula haussa les épaules. Le geste fit trembloter ses seins.

—Écris ceci, alors… *Cela fait longtemps que j'ai envie de t'écrire. J'espérais te voir avant de mourir, mais je me rends compte que notre rencontre est peu probable.*

—Maman !

—Oh, Voula, regarde les choses en face : je ne vais plus faire long feu ! Finissons cette lettre avant que l'ange Gabriel ne vienne jouer à ta place ce rôle de secrétaire.

Voula se gratta le menton et hocha la tête.

—Bien ! Écris ceci, Voula : *Angelika, s'il te plaît, dis à ta mère que je n'ai jamais cessé de l'aimer. Prends-la dans tes bras et embrasse-la de ma part. Poppy est dans mon cœur. Dis-lui que je suis désolée. Sincèrement désolée. Si j'avais pu faire les choses autrement, je l'aurais fait.*

—Maman, comment pouvons-nous savoir si Angelika lit le grec ?

—Espérons que Poppy le lui aura appris ! Quoi qu'il en soit, nous pouvons demander à Demitri de nous traduire cette lettre. Que pourrions-nous écrire, maintenant ? Peut-être quelque chose au sujet du père d'Angelika…

Songeuse, Maria inclina légèrement la tête sur le côté et soupira.

—Yeorgo… N'était-ce pas un bel homme, Voula ?

Un moment silencieuse, Maria eut un air absent.

—C'est aussi cela qui est difficile. Je ne sais pas si Angelika est au courant.

* * *

Voula s'assit en face de Maria à la table de la cuisine et ouvrit le cahier d'exercices.

—Ça fait une semaine, et nous ne sommes pas plus avancées, maman. Nous ferions peut-être mieux d'écrire *À suivre* au bas de cette lettre et de la poster comme ça…

Leurs regards se croisèrent. Maria secoua la tête.

—La lettre à Poppy n'était pas si difficile à écrire, mais je ne sais pas quoi dire à Angelika. Continuons à y travailler. Je ne la posterai que quand elle sera parfaite, Voula, mais ce n'est pas aussi simple que je le croyais… Que penses-tu que nous devrions écrire ?

—Parle-lui de ses tantes, de ses oncles et de ses

cousins. Et pourquoi pas de moi, de mes enfants et de mes petits-enfants ?

—Non. Je veux lui parler de quelque chose d'important.

À nouveau, elles se regardèrent. Un coq chanta, dehors.

—Allons, allons, tu vois très bien ce que je veux dire, Voula ! Je ne devrais pas avoir tant de mal à écrire une simple lettre alors que j'ai été enseignante. Prépare-nous du café, et nous nous assiérons dans le jardin pour faire du crochet.

Elles s'installèrent à l'ombre d'un vieil olivier, en face de la porte de la maison. Maria promena son regard sur les toits du village, sur le clocher de l'église d'Ágios Yeorgios. Elle suivit des yeux le bus du coin, qui de cette distance paraissait minuscule. Il remontait la route pâle et poussiéreuse qui sortait du village. Juste assez large pour que deux voitures puissent s'y croiser, cette route serpentait entre des oliveraies d'un vert argenté, en direction de la plage et du village de pêcheurs d'Arvi. L'écho d'un coup de klaxon leur parvint alors que le bus approchait d'un virage. La gorge d'Arvi, bien visible, formait une profonde entaille dans la roche rouge. Des vautours s'élançaient du haut des flancs abrupts du canyon pour tournoyer au-dessus d'Amiras, se laissant porter par les courants ascendants.

La vue l'attirait, si paisible, si calme, ne laissant plus rien transparaître des horreurs dont Maria avait été témoin, sous ce même arbre, tant d'années auparavant. Elle respira profondément et perçut une odeur de bois brûlé, de viande d'agneau et de romarin. Des côtelettes sur un barbecue. Le souvenir de l'incendie, de ses chers garçons en danger de mort, et du pire jour de sa vie la frappa avec une clarté si saisissante qu'elle laissa échapper un gémissement plaintif. Voula leva les yeux de son ouvrage.

—Ça va, maman ?

Maria souffla.

—Pourquoi est-ce que ça n'irait pas ? Je n'arrête pas de penser à cette lettre, c'est tout.

—Et si nous parlions à Angelika du village ? Cela lui donnerait peut-être envie de nous rendre visite… Ou de la cueillette d'olives, ou de la fermeture de l'école…

Le crochet de Voula entrait dans la nappe qu'elle confectionnait et en ressortait.

—Il y a tant de choses à dire, et pourtant, rien ne semble digne d'une lettre si importante.

Maria peinait sur son ouvrage, la soie s'accrochant à ses doigts tordus, mais si elle abandonnait ne serait-ce qu'une journée, elle ne reprendrait jamais son crochet.

—Je sais ! s'écria Voula.

Maria sursauta, son ouvrage tomba par terre et se défit, lui faisant perdre deux heures de travail. Maria esquissa un geste pour donner une tapette sur le bras de sa belle-fille, mais celle-ci esquiva le coup.

—Regarde ce que tu m'as fait faire !

Voula eut du mal à ramasser le crochet, car ses jambes et son ventre étaient trop gros pour qu'elle pût se pencher.

—Commence par parler à Angelika du mariage de Poppy et de Yeorgo. Dis-lui que tu as encore la robe de Poppy, et demande-lui si elle aimerait l'avoir.

—Bravo ! C'est une très bonne idée, Voula. Faisons en sorte de finir cette lettre à temps pour la levée de lundi.

Grognant et soufflant, Voula réussit enfin à attraper l'ouvrage de Maria et se redressa, toute rouge mais triomphante. Au moment où elle se rasseyait lourdement sur sa chaise de jardin, l'un de ses bas noirs, qui lui arrivaient aux genoux, glissa autour de sa cheville, et le téléphone de la maison sonna.

—Jésus, Marie ! cria-t-elle.

Toutes deux se signèrent trois fois de suite.

2

Angie passa les quatre heures de vol jusqu'en Crète à s'inquiéter au sujet de son voyage. Si elle trouvait bel et bien la famille de sa mère, comment serait-elle accueillie ? Elle regrettait de n'avoir pas pris contact avec sa famille crétoise avant sa visite sur l'île, mais elle n'avait aucun moyen de la joindre. Ses intentions étaient bonnes, mais il se pouvait que l'on estime qu'elle se mêlait de ce qui ne la regardait pas. Qui était la famille de son père ? Pourquoi sa mère avait-elle quitté la Crète et coupé les ponts avec sa famille, des années plus tôt ? La réponse à ces questions se trouvait à Amiras, petit village de montagne à l'écart du monde, elle en était persuadée.

Une fois à l'aéroport, elle quitta le hall d'arrivée et, dehors, elle renversa la tête en arrière et ferma les yeux pour savourer le soleil sur son visage. Tout allait bien se passer. Les choses pouvaient difficilement empirer. Sa mère, Poppy, semblait au bord de la dépression nerveuse, et Angie s'inquiétait. Le médecin avait prescrit des somnifères, et elle craignait qu'il ne suggère des tranquillisants lors de sa prochaine visite.

Pour couronner le tout, Angie venait de perdre son travail. Elle se demandait si son mariage pourrait bien avoir lieu dans ces conditions. Jusque-là, elle était pleine d'assurance. Sa vie tournait autour de sa mère et de sa carrière dans l'édition. Aujourd'hui, son monde vacillait, et elle se débattait dans toutes ces difficultés.

Heureusement, elle pouvait compter sur Nick. Il lui avait promis le mariage, une maison et des enfants, le bonheur, enfin, quoi qu'il arrive. Elle n'aurait pu rêver d'un homme plus aimant ou qui lui fût d'un plus grand soutien.

Bien sûr, elle devait absolument trouver un autre travail le plus vite possible, mais sa priorité pour le moment était de découvrir ce qui perturbait sa mère au point de la rendre malade. Plus les préparatifs du mariage avançaient, plus Poppy semblait souffrir.

Elle avait protesté avec une telle véhémence quand Angie lui avait annoncé qu'elle allait en Crète pour retrouver ses grands-parents qu'elle avait failli renoncer à son voyage. Sa mère l'avait implorée, puis elle avait pleuré, ce qui lui avait brisé le cœur.

— Ne pars pas, Angelika, s'il te plaît… Je t'en supplie !

La situation était terrible. En trente-sept ans, elles ne s'étaient encore jamais opposé l'une à l'autre aussi violemment. Néanmoins, pour être parfaitement honnête, Angie devait admettre qu'elle se servait de son mariage comme prétexte pour rechercher la famille avec laquelle sa mère s'était brouillée. Elle soupçonnait l'exil qu'elle s'était imposé d'être à l'origine de son état de santé.

Angie prit une profonde inspiration et regarda autour d'elle. L'aéroport semblait situé tout près de la ville d'Héraklion. À quelques kilomètres de là se dessinaient nettement les hôtels et les bâtiments de la capitale. Elle observa, à travers la clôture grillagée de l'aéroport, la mer d'un bleu éclatant, au-delà de la piste. Dans l'avion, elle avait regardé par le hublot et, l'espace d'un instant, horrifiée, elle avait eu l'impression qu'ils allaient tomber à l'eau.

Elle se tourna vers l'intérieur des terres. Derrière des rangées de voitures de location et de cars rutilants, de hautes montagnes se dressaient en toile de fond. Elle espérait trouver, au sud de ces sommets qui entouraient le plateau de Lassithi, le village de sa mère.

Soudain, Angie vit une occasion s'offrir à elle. Seule en Crète, sans fiancé, sans mère, sans travail, elle était totalement libre.

Des touristes enthousiastes passaient à côté d'elle avec des enfants surexcités et de nombreux bagages. Légèrement grisée mais plus calme, elle se laissa gagner par leur bonne humeur. Elle baissa les épaules et desserra son étreinte sur la poignée de sa valise.

Elle reprenait confiance en elle. Son plan était simple, et du moment qu'elle trouvait sa grand-mère, il n'y aurait aucun problème. Avec un peu de chance, dans le village d'Amiras, elle découvrirait la cause des crises d'anxiété de sa mère. Les liens familiaux pourraient se renouer, et la santé de Poppy s'améliorer à temps pour le mariage.

Elle loua une voiture à des Grecs souriants et obligeants. Ils lui souhaitèrent la bienvenue en Crète, lui donnèrent une carte de l'île et mirent sa valise dans le coffre pour elle. Elle prit la direction de la côte sud de l'île.

Conduire à droite de la route lui parut étrange. Au moment de changer de vitesse, elle bougea machinalement la main gauche et se cogna à la portière. Le temps de trouver le levier de vitesse de la main droite, elle avait par inadvertance retiré le pied de la pédale d'embrayage, et elle cala.

Allez, Angie, tu vas y arriver ! se dit-elle, essayant de se calmer.

À la sortie de la ville, la circulation diminua et les infrastructures modernes, les magnifiques fontaines, les bâtiments de verre et les rues bordées de palmier disparurent.

À partir de là, les feux de signalisation ne marchaient plus. Les trottoirs se désagrégeaient. Les chantiers de travaux d'entretien des routes paraissaient abandonnés. De vieilles voitures et des caddies de supermarché étaient abandonnés sur le bas-côté de la route. Décidant de s'arrêter pour s'entraîner à passer les vitesses, elle se gara le long d'un trottoir défoncé, coupa le moteur et ferma les yeux.

Main droite sur le levier de vitesse, embraye, passe ta vitesse, débraye.

Elle sursauta en entendant la portière arrière s'ouvrir, elle se retourna vivement et vit un vieux couple s'installer sur la banquette avec deux sacs de supermarché pleins à craquer. L'homme dit quelque chose qu'elle ne comprit pas, vraisemblablement en dialecte crétois.

—Qu'est-ce que… ? balbutia-t-elle.

Elle jeta un coup d'œil autour d'elle pour demander de l'aide à quelqu'un, et s'aperçut qu'elle s'était garée devant un arrêt de bus, constitué d'une chaise à trois pieds attachée à un poteau.

L'homme, qui avait l'air d'avoir cent ans, agita la main en direction du pare-brise et grommela d'un ton bourru :

—*Páme !*

Elle se souvenait que cela signifiait : *Allons-y !*

Une dizaine de minutes plus tard, elle déposait le vieux couple et leurs sacs de courses devant une petite maison de pierre. Un énorme cygne en ciment peint en rose dominait le jardin de devant, et une rangée de sacs de supermarché accrochés à une corde à linge flottait dans la brise. Ses passagers lui offrirent du café, mais elle leur expliqua, dans un grec hésitant, qu'elle devait se rendre à Amiras. L'homme garda une main sur la poignée de la portière ouverte pendant que la dame entrait dans la maison, et revenait avec une bouteille d'eau et une serviette en papier pleine de gros sablés.

—Elle fait ! cria le vieil homme en anglais, montrant du doigt les biscuits, avant d'indiquer la bouteille contenant le liquide incolore. Ça, *rakí*, je fais ! Très bon, très fort, comme moi !

Il eut un sourire rayonnant et se donna une grande tape sur le ventre.

Angie les remercia, leur dit au revoir et reprit sa route en riant. Elle avait hâte de raconter l'anecdote à Nick. Elle voyait déjà les enfants qu'ils auraient un jour rechignant à aller se coucher, comme tous les enfants, et lui demandant : *Maman, raconte-nous encore l'histoire du vieux couple en Crète !* Nick et elle échangeraient un regard et un sourire tandis qu'elle mettrait ses petits anges au lit. Elle imaginait très bien tout cela. La famille idéale.

Poppy avait dû avoir du mal à s'adapter à la vie à Londres en venant d'un environnement aussi chaleureux. Cette fois encore, Angie se demanda ce qui avait poussé sa mère à quitter la Crète, son soleil et ses rires. Poppy évoquait un conflit familial, mais Angie estimait qu'assez d'eau avait coulé sous les ponts. Il fallait tirer un trait sur le passé, et réunir la famille.

Des fleurs poussaient un peu partout, au bord de la route, formant une sorte de haie d'honneur sur son passage. Des bandes de terre ocre séparaient les oliviers des rangs de vigne dans la campagne vallonnée. Le paysage miroitait sous le ciel d'un bleu éclatant. Au loin, les sommets enneigés se dressaient majestueusement pour défier le soleil de l'après-midi. L'île semblait bien plus grande, bien plus intense qu'elle s'y était attendue.

Elle se gara sur le bas-côté d'une route de montagne et contempla le plateau. Des hameaux de maisons blanchies à la chaux étaient rassemblés dans les vallées, au pied des collines onduleuses. Au cœur de chaque village se tenait une église au toit rouge, avec une coupole et un clocher. Elle descendit de voiture et prit une photo panoramique avec son téléphone portable, subjuguée par la beauté du paysage.

Dans une oliveraie, un peu en contrebas, un troupeau de moutons s'arrêta de paître pour la considérer avec curiosité et, pendant, quelques instants, les clochettes accrochées aux larges colliers rouges des animaux se turent. Le soleil couvrait les épaules d'Angie et la réchauffait. Elle se demanda si Poppy s'était déjà tenue à cet endroit pour admirer le cadre pittoresque, et songea à son exil volontaire de quarante années. Angie pourrait-elle guérir d'anciennes blessures alors qu'elle n'en connaissait même pas la cause ?

Les photos qu'elle prendrait seraient un début. Les voir rappellerait certainement à sa mère de bons souvenirs. Un sentiment de sérénité l'envahit. Au soleil, tout lui semblait plus simple que chez elle. Hélas, à peine fut-elle remontée dans sa voiture que des doutes l'assaillirent. Elle appuya le front contre le volant. Qu'est-ce qui lui avait pris d'aller à l'encontre de la volonté de sa mère, comme cela ? Elle craignait soudain que son plan stupide et égoïste ne lui cause encore plus de chagrin. Sa grand-mère n'était pas au courant de son arrivée en Crète. Elle pouvait encore s'installer dans un site touristique, profiter du soleil, de la mer et du sable pendant quelques jours, et retourner à Londres revigorée. Sa mère serait heureuse – en apparence, du moins. Angie ne pouvait s'empêcher de revenir sans cesse sur les secrets profondément enfouis qui tourmentaient Poppy. Maintenant qu'elle pensait à elle en étant tellement loin, elle se rendait compte de l'intense solitude de celle qui lui avait tout donné.

Si elle trouvait la cause du malheur de sa mère, malgré la gêne que provoqueraient ses recherches, la guérison serait possible.

Cette pensée lui apporta un vif soulagement. Elle démarra, et quitta la scène paisible.

* * *

Après avoir roulé pendant une demi-heure sur la route déserte, enclavée entre les rochers rouges et verts, Angie observa un changement dans le paysage. Il devenait plus sauvage. Un troupeau de chèvres aux poils soyeux et aux longues cornes passèrent sur son chemin, les chevreaux gambadant et s'ébattant joyeusement autour des vieilles chèvres. Sur le bord de la route, les coquelicots et les cistes cédèrent la place à des massifs de sauge et à de grandes étendues d'anémones roses. Les rangées soignées d'oliviers, si emblématiques de la Méditerranée, furent remplacées par des pins aux racines enchevêtrées et des chênes verts, qui se dressaient de manière imposante au-dessus d'elle. La route cahoteuse, de plus en plus sinueuse, montait régulièrement.

Elle prit un virage et, soudain, elle vit la mer dans le lointain. La majesté de la vue lui coupa le souffle. Elle fut tentée de s'arrêter, mais sur cette route dangereuse et impitoyable, il y avait un sanctuaire de fortune à chaque tournant. De nombreux automobilistes avaient dû y perdre la vie. Elle commençait enfin à descendre doucement quand elle vit un panneau Shell. Sa jauge d'essence était allumée ; elle allait pouvoir faire le plein. Ses paumes étaient moites sur le volant et ses cheveux collaient à sa nuque quand elle s'arrêta dans la cour poussiéreuse. Contente de quitter l'habitacle étouffant de la voiture, elle salua d'un signe de tête un vieux monsieur assis à l'ombre, devant la boutique de la station-service, et décrocha la pompe.

Un jeune homme sortit en courant de la boutique.

— Attendez, je m'en occupe ! Je vous fais le plein ?

— Oui, s'il vous plaît.

Il prit une éponge dans un seau et lava le pare-brise poussiéreux.

—C'est parfait, merci ! dit-elle, admirant le verre étincelant. Pouvez-vous me dire si le village d'Amiras est loin d'ici ?

—À dix kilomètres. Juste après la ville de Viánnos.

Il jeta un coup d'œil à son bagage à main, avec ses étiquettes d'aéroport, posé sur la banquette arrière.

—Pourquoi allez-vous à Amiras ? Ce n'est pas un endroit touristique.

—Je cherche ma grand-mère, elle habite là-bas.

—Comment s'appelle-t-elle ? Mon grand-père est d'Amiras, dit-il en indiquant le vieil homme d'un signe de tête, il la connaît sûrement.

—Kondulakis Maria, mais je ne connais pas son adresse exacte.

Tandis qu'il parlait à son grand-père, la pompe s'arrêta avec un bruit sourd. Quarante-neuf euros. Elle sortait un billet de cinquante euros de son portefeuille et leva les yeux au moment où le vieil homme crachait dans la poussière. Elle ne vit pas son visage, caché dans l'ombre, avant qu'il ne se détourne et n'entre dans la boutique.

—Gardez la monnaie, dit-elle. Merci encore pour le pare-brise… Alors, votre grand-père connaît ma grand-mère ?

—Non.

Le jeune homme, devenu grave, évita son regard et s'éloigna.

Elle jeta un coup d'œil dans le rétroviseur tandis qu'elle démarrait, et vit les deux hommes, debout côte à côte, qui la regardaient partir.

* * *

Dans la rue principale de Viánnos, la dernière ville avant le village de sa grand-mère, Angie se gara en marche arrière sur un emplacement étroit derrière un pick-up rouge. Une chèvre se tenait à l'arrière du véhicule. Elle la regarda fixement et bêla comme si elle doutait de son talent pour se garer. Angie traversa la route et s'assit à la terrasse d'un café, à l'ombre d'un arbre gigantesque. Ses branches, enchevêtrées au-dessus de sa tête, étaient chargées des premières feuilles du printemps. Les fils électriques et les ampoules se faufilaient entre les rameaux et se balançaient dans la brise légère.

Elle devait maintenant trouver un logement. Elle pensait y arriver facilement, car elle avait vu sur Internet de nombreuses chambres à louer à Viánnos. Cependant, avant toute chose, elle allait prendre un café et se détendre un peu.

Un serveur approcha et suivit son regard.

—Cet arbre a plus de mille ans.

—Waouh ! Il est tellement vieux…

Elle posa sa paume contre le tronc de l'arbre et sentit la chaleur du soleil sur son écorce noueuse. Elle s'imprégna de l'atmosphère de la petite place. Peut-être sa mère s'était-elle reposée ici, elle aussi, peut-être avait-elle touché cet arbre et souri en levant les yeux vers ses branches.

Le serveur la rappela à la réalité.

—Qu'est-ce que je vous sers, Mademoiselle ?

Trop fatiguée pour parler grec, elle répondit en anglais.

—Un café, s'il vous plaît.

—Un café frappé, un Nes, un café turc ?

—Un café frappé, s'il vous plaît.

Un café glacé la rafraîchirait tout en lui apportant la caféine dont elle avait cruellement besoin.

—D'où êtes-vous ?

Elle se tapota la poitrine.

—D'Angleterre. Je suis anglaise.

—Ah ! Je m'appelle Manoli. Je parle parfait anglais. Vous voulez quelque chose, vous me dites, d'accord ?

Pendant qu'il lui préparait sa boisson, elle observa avec plaisir le désordre de la ville, amusée. Viánnos, petite cité délabrée, miteuse, et pourtant assez pittoresque pour figurer sur une carte postale, lui plaisait beaucoup. Du chèvrefeuille grimpait sur la façade d'une maison blanchie à la chaux et s'enroulait autour des volets bleus. Le parfum de ses fleurs embaumait l'air du soir naissant. De vieilles dames au visage fier qui se tenaient bien droites, toutes de noir vêtues, traversaient la rue d'un pas traînant, obligeant les voitures à s'arrêter. De temps en temps, plusieurs voitures faisaient marche arrière pour laisser passer les véhicules arrivant en sens inverse sur la route truffée de nids-de-poule. De vieux messieurs se saluaient avec l'énergie d'amis de longue date. Tout le monde souriait, tout le monde criait.

Manoli, large d'épaules, bronzé, beau avec son regard de braise, lui apporta son café glacé et s'assit à sa table sans y avoir été invité.

—Comment vous appelez-vous ? Vous êtes d'où, en Angleterre ? Vous êtes mariée ? Vous avez sœur ? Pourquoi vous êtes ici, pour vacances ?

Amusée par son intérêt, elle répondit à toutes ses questions.

—Je suis ici pour retrouver mes grands-parents.

—Vos grands-parents, qui sont-ils ? demanda Manoli.

Angie hésita, se rappelant l'ambiance à la station-service.

—Les Kondulakis, d'Amiras… C'est près d'ici, n'est-ce pas ?

Il recula vivement la tête, comme s'il avait reçu une gifle.

—Kondulakis, vous êtes la petite-fille de Kondulakis Maria ?

Il écarquilla les yeux. Elle sentit sa gorge se serrer.

—À vrai dire, je ne sais pas où ils habitent, et ils ne

savent pas que je suis ici. Vous les connaissez ? Enfin, balbutia-t-elle, je ne vais peut-être même pas…

—Attendez.

Il se leva et lui posa une main sur l'épaule, tout en sortant un portable de la poche de son jean. Il composa un numéro et, quelques secondes plus tard, se mit à parler d'une voix forte au téléphone tout en faisant de grands gestes de sa main libre.

Elle songea à s'enfuir, mais quelqu'un avait bloqué sa voiture. Elle avait du mal à comprendre le dialecte crétois de Manoli, mais elle saisit tout de même quelques mots.

—Je t'assure, elle est ici, en face de moi !

Il tendit brusquement la main vers elle, paume levée vers le ciel, comme si la personne à laquelle il s'adressait pouvait le voir.

—Oui, j'en suis sûr, *malákas*[1]… Sa petite-fille !

Ne sachant pas à quoi s'attendre, Angie posa les deux pieds par terre et se laissa glisser sur le bord de sa chaise. Plusieurs personnes surgirent de nulle part, entourèrent sa table et la regardèrent fixement, l'air ébahi.

Manoli reporta son attention sur elle.

—Le nom de votre mère ?

—Poppy, répondit-elle. C'est le diminutif de Calliope.

Il leva les yeux au ciel.

—Le nom de ton père ?

—Yeorgo, mais il est mort.

Il la regarda, les yeux plissés, puis il prit une profonde inspiration et se remit à parler au téléphone, émaillant son discours de *malákas*, un juron courant traduisant en l'occurrence sa surprise. Son ton animé attirait l'attention des passants. Certains s'arrêtèrent, bouche bée, la tête légèrement inclinée sur le côté. Un vieil homme qui marchait avec une canne s'arrêta au beau milieu de la rue

---

1 Juron signifiant littéralement « branleur », employé dans des acceptions détournées.

et considéra Manoli et Angie d'un œil noir. Un camion freina brusquement, dans un crissement de pneus. Un embouteillage se forma. Tout le monde regardait fixement le serveur.

— Vous allez à Amiras ce soir ? lui demanda-t-il.

Elle jeta un coup d'œil à sa montre et secoua la tête.

— Non, demain matin.

Après quelques mots supplémentaires, Manoli raccrocha.

— Je téléphone à Demitri du supermarché d'Amiras. Il est de la famille des Kondulakis. Demain, il vous amène chez votre grand-mère.

— Merci beaucoup, c'est très gentil de votre part...

Le vieil homme qui avait interrompu la circulation s'approcha d'elle clopin-clopant. Il la foudroya du regard, les lèvres serrées, la mâchoire en avant. Son visage dur semblait avoir vu ce qu'il y avait de pire en ce bas monde. Il l'observa un moment, puis son expression s'adoucit, il sourit et lui tendit la main. Elle la serra dans la sienne.

— Bienvenue ! Je suis Thanassi Lambrakis.

Elle sentit son cœur faire un bond dans sa poitrine.

— Lambrakis... Moi aussi, je suis une, Lambrakis ! s'écria-t-elle.

C'était tellement inattendu. Cet homme faisait-il partie de la famille de son père ? Sa quête pouvait-elle se résoudre aussi facilement ?

— Évidemment, dit Manoli avec un sourire moqueur. Lambrakis et Kondulakis sont les deux noms les plus répandus, dans la région. Nous sommes des centaines dans le coin, et des milliers dans le monde. Nous remontons à l'Empire byzantin.

Il pointa son pouce sur sa poitrine.

— Je m'appelle Manoli Lambrakis. Manoli vient d'Emmanouil, qui veut dire Dieu. Lambrakis désigne la lumière.

Son expression reflétait sa fierté, comme s'il était le seul à porter le nom de Lambrakis.

—La petite lumière, rectifia le vieil homme. *Akis* veut dire petite.

Manoli redressa les épaules et gonfla le torse, jetant au vieillard un œil mauvais, puis il se tourna à nouveau vers elle.

—Ici, on dit le nom de famille d'abord, alors mon nom signifie : la lumière de Dieu.

Il écarta les mains avec componction.

—La petite lumière de Dieu, dit le vieux.

—Va t'asseoir, vieil homme ! cria Manoli.

Angie avait peine à contenir son enthousiasme.

—Manoli, est-ce que nous sommes parents ?

Manoli pouffa et détourna la tête, comme si l'idée d'être le parent d'une anglaise le dégoûtait. Il répondit avec un sourire narquois.

—Platon disait : si on remonte assez loin, on découvre que nous sommes tous parents.

L'enthousiasme d'Angie retomba. Rien n'était jamais simple.

Le vieil homme rit, hocha aimablement la tête, et alla s'asseoir à une autre table. Le camion redémarra dans un nuage de fumée noire, la circulation reprit.

Des enfants s'accrochaient à la chaise d'Angie, lui touchaient les bras et lui caressaient les cheveux tout en se parlant les uns aux autres.

—Ouste, ouste ! dit Manoli en les chassant d'un geste de la main, avant de reporter son attention sur elle. Le frappé est pour moi, vous ne payez pas, d'accord ? Vous avez besoin de quelque chose, vous me dites.

Il écarta les mains comme pour prouver son ouverture d'esprit, et lui fit un clin d'œil exagéré.

—Y a-t-il un office de tourisme, quelque part ?

—Office de tourisme, qu'est-ce que vous voulez ?

C'est moi, l'office de tourisme. Pas besoin d'office, on a *kafenío*… Dites-moi !

Elle hésita en pensant à son clin d'œil suggestif. Elle ne voulait pas que le très serviable Manoli sache où elle dormirait.

—Y a-t-il un hôtel, quelque part ?

Il eut un grand sourire et se donna une grande tape sur la poitrine.

—Ah, j'ai une chambre !

Oh, non !

—Une très bonne chambre, je fais un prix spécial pour vous, au-dessus de mon *kafenío*.

Il regarda furtivement ses seins, avant de lever à nouveau les yeux sur son visage, puis il indiqua un balcon délabré d'un air triomphant.

—Merci, Manoli, mais j'ai besoin d'un endroit tranquille, loin de la route.

Son sourire s'évanouit et il répondit avec moins d'enthousiasme.

—D'accord… Ma cousine a des chambres, très jolies, très calmes. Combien de jours ? Je l'appelle.

* * *

La chambre aux murs blancs contenait un lit en sapin neuf et une armoire contenant un seul cintre, et la minuscule salle de bains attenante avait dû être carrelée par un aveugle. Constatant qu'il n'y avait qu'une petite serviette et pas de savon, elle ressortit, fermant la porte derrière elle, et se mit en quête d'un magasin.

Sur le chemin du retour, son estomac commença à grogner, et le *kafenío* de Manoli lui sembla être la solution de facilité.

—Content de vous revoir, Mademoiselle ! La chambre est bien, oui ? Que voulez-vous ?

Il remarqua son sac de courses.

—Qu'est-ce que vous avez acheté ?

—Rien de très intéressant, Manoli, mais j'ai faim… Vous avez un menu ?

—Pourquoi un menu ? Dites-moi ce que vous aimez, c'est moi le menu !

—De la moussaka ? des côtelettes d'agneau ? des sardines ?

—Ah, tout est fini, mais nous avons des pizzas ! Toutes les pizzas, sauf la quatre-saisons, parce que nous n'en avons que trois…

Elle ne saisit pas la plaisanterie.

—Vous avez de la salade grecque ?

—De la salade grecque, mais bien sûr ! Nous sommes en Grèce. Nous avons toujours de la salade grecque ! Je fais la meilleure salade grecque de Crète, tout le monde le sait.

Elle rit.

—Et un verre de vin rouge, s'il vous plaît.

Tandis qu'il s'affairait à lui préparer son repas, la nuit tomba. Elle observa les habitants du coin et s'aperçut qu'elle ne détonnait pas : avec son teint olivâtre, ses yeux marron et ses longs cheveux bruns, elle aurait aisément pu passer pour une Crétoise. Elle venait à peine d'arriver sur l'île, et pourtant, elle éprouvait déjà le désir d'y avoir sa place.

Dans la lumière crue des ampoules qui pendaient entre les branches du vieil arbre, Angie pensa au village d'Amiras et à ses grands-parents. Elle pensa aussi à sa mère, et se demanda pour la énième fois si elle avait pris la bonne décision. Si seulement elle avait compris ce que Manoli avait dit au téléphone ! Cependant, les parents de sa mère étaient aussi sa famille à elle, et elle avait le droit de les rencontrer, de les connaître. Hélas, malgré les paroles d'encouragement qu'elle se répétait intérieurement, l'angoisse la tenaillait.

* * *

Le lendemain matin, Angie regarda son reflet dans le miroir. Que penseraient-ils d'elle ? La première impression était très importante. Elle soupira, et un rond de buée apparut sur la glace.

Calme-toi, s'adjura-t-elle intérieurement. *C'est la famille, pourquoi stresser ?*

Elle avait mis ses plus beaux vêtements et des bijoux, et s'était attaché les cheveux en queue-de-cheval. Honteuse de s'apercevoir qu'elle n'avait pas pensé à apporter un cadeau, elle décida d'acheter quelque chose dans une boutique du coin. Cependant, avant toute chose, elle avait besoin d'un café.

Au *kafenío*, elle s'effondra sur une chaise.

— Vous allez voir votre *yiayá*[1], maintenant, Mademoiselle, oui ? lui demanda Manoli avec un sourire rayonnant.

— Je vais prendre un café, d'abord. Je suis nerveuse, Manoli… Comment suis-je ?

Ses mains étaient moites, son cœur martelait sa poitrine.

— Très jolie.

Le sourire de Manoli s'élargit.

Un âne adorable passa sur la route. Un vieil homme qui portait une salopette couverte de poussière et une casquette noire était assis sur son dos. Du fourrage tombait d'un ballot posé sur la croupe de l'animal.

Chatoyant dans le soleil méditerranéen, un camion-citerne jaune vif avançait lentement derrière l'homme sur sa monture. De temps en temps, le sifflement de ses freins à air comprimé couvrait le claquement régulier des sabots. Angie remarqua que le conducteur du camion lisait le journal tout en remontant lentement la rue. Ces gens étaient tellement décontractés !

---

1 « Mamie » en grec.

Ses grands-parents seraient sans doute ravis de la voir, après tant d'années. C'était elle qui était responsable de ce premier pas vers des retrouvailles familiales. Se décider n'avait pas été facile, et elle regrettait d'avoir fait de la peine à sa mère, mais elle espérait que celle-ci finirait par la remercier d'avoir pris cette initiative.

— Est-ce que je devrais acheter des biscuits à ma grand-mère, ou plutôt des chocolats, Manoli ?

— Bah ! Prenez quelque chose qui restera après votre départ. Vous voyez le magasin de fleurs, là-bas ? Il y a des beaux citronniers. Je fais du café, achetez un citronnier ! Vous pouvez le laisser ici, je le mettrai dans votre voiture quand vous passerez.

Elle alla acheter un citronnier de plus d'un mètre de haut, qui avait déjà quatre gros citrons.

— Vous payez combien ? lui demanda Manoli.

— Huit euros.

— Ils vous volent.

Il tendit la main vers elle pour indiquer sa tenue.

— On ne s'habille pas comme ça pour aller dans un magasin.

Là-dessus, il cueillit un citron et l'emporta dans sa cuisine.

* * *

Angie traversa Viánnos avec le citronnier posé sur le siège, côté passager. Ses feuilles lisses et brillantes, vert foncé, effleuraient la vitre arrière, et une bonne odeur d'agrume flottait dans l'habitacle. Le village en fer à cheval d'Amiras, à flanc de coteau, offrait une vue magnifique sur la mer de Libye.

Elle vit le monument aux morts de la Seconde Guerre mondiale, un simple cortège d'hommes plus vrais que nature, sculptés dans des blocs de marbre blanc. Leurs silhouettes longeaient la route qui menait au cœur du village. Elle se demanda si le monument avait été érigé avant le départ de sa mère. Elle s'arrêta et en prit une photo depuis sa voiture.

Profitant d'avoir son portable à la main, elle regarda le dernier cliché qu'elle avait pris avant de partir : le visage endormi de Nick, calme, paisible, comblé. Ses épais cheveux noirs tombaient sur son front et lui donnaient un air de petit garçon. Sa bouche, détendue, lui rappelait son grand sourire honnête et ses belles dents régulières.

Elle adorait le regarder dormir. C'était un peu bizarre de le prendre en photo sans qu'il le sache, mais elle avait voulu un souvenir de ce moment de bonheur, des plaisirs qui l'avaient précédé, à emporter avec elle en Crète.

Ils avaient fait l'amour, véritablement fait l'amour, à la lueur vacillante des bougies disposées çà et là dans la pièce. Un disque de Puccini passait en fond sonore, une bouteille de champagne attendait dans un seau à glace, et des chocolats belges étaient posés sur la table de chevet.

Peut-être parce qu'ils allaient être séparés pendant une semaine pour la première fois en trois ans de vie commune, ils avaient été plus proches que jamais. Une passion intense et douce à la fois les avait animés. Cette nouvelle expérience n'avait rien eu de commun avec leurs ébats habituels, tumultueux, bruyants, énergiques, et qui les laissaient chaque fois à bout de souffle.

Ils s'étaient affalés dans le canapé avec un repas grec tout préparé devant eux et leur vieux film préféré. Tout en se donnant mutuellement à manger des feuilles de vignes farcies et de petites côtelettes d'agneau, ils chantèrent en chœur « As time goes by » et « It had to be you ». Nick avait imité la voix de Humphrey Bogart pour lui dire : « Rejoue-la, Sam[1]. » Elle avait battu des cils et

---

1   Allusion au film *Casablanca* (1942).

avait essayé de prendre un air triste, mais n'avait pas pu s'empêcher de rire.

Ils s'étaient murmuré des mots qui signifiaient tout et rien, des citations de films, des promesses sensuelles, avaient partagé leurs rêves. Ils avaient ri, s'étaient beaucoup embrassés. À mesure que la nuit tombait, leurs caresses s'étaient faites plus pressantes, éveillant le désir d'être encore plus proches, nus, enlacés.

Enfin, tandis que l'aria de *Madame Butterfly* s'élevait dans la chambre, Angie s'était cramponnée à Nick alors qu'une vague d'émotion la submergeait. Brûlant d'une passion dévorante, elle s'était abandonnée tout entière au plaisir intense qu'elle éprouvait et avait crié son prénom, avant de s'effondrer, à bout de souffle, épuisée, sur les draps.

Après avoir fait l'amour, elle avait pleuré, sans vraiment s'expliquer pourquoi. Il l'avait serrée contre sa poitrine et lui avait caressé les cheveux jusqu'à ce qu'elle soit à bout de larmes.

* * *

Angie se laissa aller en arrière sur son siège, ferma les yeux et laissa les émotions l'envahir. Elle repensa aux derniers mots de Nick, à l'aéroport, avant leur baiser d'adieu. *Je t'aime, Angie Lambrakis. Tu vas me manquer... Appelle-moi au moins dix fois par jour !*

Elle soupira, jeta négligemment son téléphone sur le siège côté passager, et se concentra sur le moment présent.

La petite chapelle à côté du monument aux morts avait l'air assez moderne. Entre les portes ouvertes, on pouvait voir des centaines de lanternes dorées soigneusement astiquées suspendues au plafond. Elle prit une autre photo, se demandant quelle en était la signification. Elle pourrait poser cette question à sa grand-mère s'il y avait un silence gêné dans la conversation.

Elle se rendait compte qu'elle essayait de gagner du temps. Certes, elle tenait à découvrir ce qui contrariait tant sa mère, depuis toutes ces années, mais ce n'était pas tout. Elle espérait aussi en apprendre davantage sur son père, Yeorgo. Poppy lui avait dit qu'il était mort, à la guerre, avant même sa naissance. Il devait y avoir plus à dire sur le sujet, mais sa mère refusait de parler de lui.

Angie avait besoin d'en savoir davantage sur son père. Cela était-il si difficile à comprendre pour sa mère ? Elle voulait voir l'endroit où son père était né, où il avait grandi, savoir s'il avait des frères et sœurs encore en vie. Elle voulait aussi découvrir la vie et la famille crétoises de Poppy. Elle cherchait ses racines, et elle savait qu'elle ne se lancerait pas véritablement heureuse dans cette nouvelle étape de sa vie sans les avoir trouvées.

Un car s'arrêta non loin de là, des touristes en descendirent, appareil photo à la main. Elle redémarra et pénétra dans le village d'Amiras.

Une boulangerie, un *kafenío*, un supermarché et un bureau de poste étaient rassemblés autour de la place centrale. Elle se gara devant le supermarché. Les hommes assis à la terrasse du *kafenío* voisin tendirent le cou pour la regarder.

— *Yia sas*[1] ! leur cria-t-elle, consciente que c'était à l'étranger de saluer en premier.

Ils sourirent et lui répondirent.

Elle entra dans la boutique faiblement éclairée, et resta quelques instants aveuglée après avoir été exposée au soleil éclatant. Derrière le comptoir se tenait un bel homme bien bâti, âgé d'une quarantaine d'années, qui regardait un match de basket-ball à la télévision. Il leva les yeux vers elle, écrasa sa cigarette dans un cendrier plein et se leva.

---

1   « Salut » en grec.

— Angelika ? Je suis Demitri. Bienvenue !

Il lui serra la main avec un sourire prudent, l'observant avec curiosité.

— Ta grand-mère t'attend.

— Merci, Demitri. Je lui ai apporté un citronnier, il est dans la voiture…

Elle rougit, regrettant de ne pas avoir aussi apporté des gâteaux, ou un cristal taillé. Les vieilles personnes aimaient recevoir des bibelots. Elle avait entendu dire que les Crétois étaient des gens extrêmement généreux, et elle avait peur de paraître pingre. Elle prit conscience qu'elle voulait vraiment que sa famille l'aime. Paralysée par le désir de rencontrer cette famille et d'être acceptée, elle se contenta de regarder le visage de Demitri. Son sourire s'élargit.

— Un citronnier ? Cela va plaire à Maria. Laisse la voiture ouverte, quelqu'un l'apportera à la maison.

Il ne prit pas la peine de fermer la porte du supermarché. Ils remontèrent ensemble une ruelle étroite sur une cinquantaine de mètres, puis tournèrent à gauche au niveau d'une rangée de poubelles vertes. Des chats au museau sale, hauts sur pattes et maigres, fouillaient dans les détritus. Ils les regardèrent passer avec de grands yeux ternes, agitant le bout de leur queue tendue. Angie suivit Demitri dans un escalier en ciment aux marches inégales, bordé d'arbres dont les branches se rejoignaient au-dessus de leur tête.

L'air était plus frais, à l'ombre. Les pensées d'Angie se tournèrent à nouveau vers sa mère. Poppy avait grandi ici, elle avait joué ici enfant et avait marché dans cette petite rue avec le père d'Angie. Qu'est-ce qui l'avait poussée à quitter la Crète ? Pourquoi refusait-elle de parler du père d'Angie et de sa patrie ? Gagnée par la mélancolie et par l'appréhension de rencontrer sa grand-mère, Angie se prit à redouter ce que l'avenir proche lui réservait. Elle chercha une excuse pour faire demi-tour, craignant soudain que la brouille familiale ne s'explique pas par une simple querelle. Et si une haine profonde l'attendait ? Pourquoi n'y avait-elle pas pensé plus tôt ? Sa grand-mère était peut-être dérangée, en colère, violente, aussi farouchement opposée à des retrouvailles que l'était Poppy.

C'était peut-être pour cette raison que sa mère avait protesté avec tant de véhémence quand Angie lui avait fait part de son projet. En dépit de l'ombre des arbres, la sueur perlait sur son front.

Elle sursauta quand une poule rousse passa en courant devant elle. Elle avait l'impression d'avoir des jambes de plomb, avançait péniblement, comme si tout son corps était réticent. En haut de l'escalier, le soleil perça de nouveau. Ils marchèrent jusqu'à une petite maison au toit rouge. Le jardin regorgeait de fleurs, les massifs rouges, roses et violets se disputant la place, les plantes débordant d'un curieux assortiment de seaux et de bidons.

Deux oliviers au tronc noueux marbraient l'endroit de leur ombre. Dans un coin du jardin se trouvait un four de pierre peint en blanc. Une hache, une faux et une pioche étaient accrochées à de longs clous enfoncés dans le mortier. L'éclat de l'arête de leurs lames noircies par les ans suggérait que les outils avaient été récemment aiguisés. À une grosse branche de l'un des oliviers était attachée une chaîne, au bout de laquelle pendaient deux crochets de boucher parfaitement immobiles. Derrière les arbres, un rectangle de terre rouge fraîchement retournée était sillonné de rangées de légumes soigneusement alignées.

Demitri, qui, bien qu'il soit fumeur et ait quelques kilos de trop, semblait n'avoir pas souffert de la montée de la côte, s'aperçut qu'elle avait le souffle court.

— Ça va, Angelika ?

— Donne-moi juste une minute, ça va aller…

Elle prit une profonde inspiration et expira lentement.

—Ne t'inquiète pas, c'est l'altitude.

Il indiqua la maison d'un signe de tête.

—Cette maison a deux cents ans, et les arbres sont trois fois plus vieux !

Il écarta le rideau de lanières multicolores de la porte.

—*Yiayá !* cria-t-il.

Elle porta une main à son cœur et sentit qu'il martelait sa poitrine. Elle était sur le point de rencontrer sa grand-mère. La porte était basse, et les deux marches en pierre du seuil étaient encadrées de murs de cinquante centimètres d'épaisseur. Elle entra dans un salon frais, aux murs blanchis à la chaux et aux meubles simples. Une icône aux couleurs crues montrant saint Georges en train de terrasser le dragon était accrochée au mur le plus long, et une lampe de cuivre pendait au-dessus d'une table ronde en bois. Une vieille dame aux yeux perçants était assise dans le canapé.

3

La grand-mère d'Angie, Maria, portait une robe bleue passée et avait un foulard fleuri un peu fatigué sur ses cheveux blancs. Dans la pénombre du salon, la vieille dame paraissait étrangement fragile, presque spectrale, comme une vision apparue dans un rêve.

—Bonjour, *yiayá*, dit Angie en se forçant à sourire. Comment vas-tu ?

La vieille dame l'observa attentivement, les yeux légèrement plissés, examinant minutieusement chaque détail de son visage, puis elle regarda ses mains, ses pieds, avant de plonger ses yeux dans les siens.

Retenant son souffle, Angie se mordit nerveusement la lèvre inférieure. Une goutte de sueur coula lentement le long de sa colonne vertébrale.

Au bout de quelques instants, la tension de Maria sembla se dissiper, ses yeux pétillèrent, et elle tapota la place à côté de la sienne, sur le canapé. Quand Angie s'assit, elle lui prit le menton au creux d'une main et posa l'autre, tremblante, sur sa joue, l'examinant à nouveau.

—Oh, Poppy… Ta chère enfant est venue à moi après toutes ces années, murmura-t-elle. C'est un miracle ! J'ai attendu si longtemps…

Ses yeux s'emplirent de larmes. Alors même que l'enthousiasme d'Angie était à son comble, à son grand désarroi, ces larmes se mirent à couler sur les joues de sa grand-mère. Elle sortit un paquet de mouchoirs en papier de son sac à main et tamponna doucement le visage de la vieille dame, craignant qu'elle ne soit pas assez forte pour supporter tant d'émotion. Cependant, en dépit de ses larmes, Maria avait l'air sincèrement heureuse de la voir.

—Je suis désolée, je suis désolée, ne pleure pas, *yiayá*, la supplia Angie. Je ne voulais pas te faire de peine…

Malgré son grand âge, les pommettes hautes et la beauté classique de la jeunesse de Maria se voyaient encore sur son visage sillonné de rides. Elle renifla et hocha la tête, prit le mouchoir en papier des mains d'Angie et s'essuya le nez.

—Bonjour, Angelika, dit-elle enfin, d'une voix faible mais claire.

Elle l'attira vers elle pour lui déposer un baiser sur chaque joue et sur le front, mais ses émotions ne tardèrent pas à refaire surface.

—Oh, ma pauvre enfant, marmonna-t-elle en secouant la tête, tandis que les larmes se remettaient à couler sur ses joues. Tu m'as tant manqué, pendant toutes ces années…

Tout en songeant qu'elle s'adressait en fait à Poppy, Angie prit sa frêle grand-mère dans ses bras et la laissa pleurer sur son épaule. Elle éprouva un vif soulagement mêlé d'amour, et eut soudain envie de pleurer, elle aussi.

Les voisines arrivèrent avant qu'elles n'aient eu le temps de discuter. Angie sécha les larmes de sa grand-mère, puis les siennes. Elles se tinrent par la main et se sourirent tandis que la pièce s'emplissait de dames du coin. Angie mit de côté toutes les questions qu'elle avait envie de poser à sa grand-mère, et elle se surprit à avoir un élan d'affection pour la vieille dame qu'elle venait à peine de rencontrer.

—*Yia sas !* s'écrièrent les voisines.

—Bienvenue, bienvenue !

Plusieurs d'entre elles étaient fières de parler anglais, ravies de s'exercer, d'autres se contentaient de sourire timidement. Aucune n'était arrivée les mains vides. Elles déposèrent le long du mur des sacs en plastique débordant de fruits et légumes, placèrent sur la table des assiettes de gâteaux secs, de fruits confits ou d'olives, pour qu'Angie les emporte en Angleterre quand elle repartirait. Les villageoises aux larges sourires et aux yeux inquisiteurs ne soupçonnaient manifestement pas que les bagages en soute étaient limités à vingt kilos.

Deux heures s'écoulèrent avant qu'Angie puisse enfin être seule avec sa grand-mère.

Maria l'observa un moment, d'abord sévère, puis l'affection vint adoucir ses traits.

—Tu ressembles à ton père, dit-elle en lui caressant la joue d'une main tremblante. J'ai si souvent prié pour pouvoir toucher la joue de ma petite-fille un jour !

Angie sourit. Elle mourait d'envie d'en savoir plus sur son père.

—Comment va Poppy ? demanda Maria.

Le sourire d'Angie s'élargit.

—J'ai beaucoup de chance, je ne pourrais pas avoir une meilleure mère. Elle a travaillé dur pour me permettre de faire des études, elle a vraiment fait de gros sacrifices… et ce n'est pas tout. Elle est devenue comme une amie, pour moi, au fil du temps. Elle se dévoue sans compter. Nous partageons presque tout. J'ai emménagé avec mon petit ami, Nick, il y a trois ans, dit-elle avec fierté, mais je retourne régulièrement à la maison voir maman. Elle est incroyable… Elle prépare toujours de bons petits plats exprès pour moi !

Le visage de Maria rayonnait de plaisir.

—Je vais bientôt me marier, poursuivit Angie. C'est ma grande nouvelle ! Maman est tout excitée à propos du mariage… Elle adore mon fiancé, elle dit que c'est « un bon garçon grec » ! Il est merveilleux : gentil, beau, travailleur, tout ce dont on peut rêver. J'ai hâte que tu le rencontres.

— Alors tu as l'approbation de Poppy ?

Angie hocha la tête.

— Maman t'embrasse.

Maria plissa les yeux d'un air soupçonneux. Angie détourna le visage pour cacher sa culpabilité. Elle fit mine de regarder les cadeaux qui encombraient la pièce et essaya de changer de sujet.

— Je ne pourrai jamais remporter tout ça en Angleterre, *yiayá*.

Maria ne se laissa pas distraire.

— Que disais-tu, à propos de Poppy ?

Angie fit une autre tentative.

— Je voudrais faire mon arbre généalogique, et peut-être écrire quelque chose sur l'histoire de mes ancêtres. Nick et moi voulons fonder une famille, *yiayá*, c'est l'une des raisons pour lesquelles nous nous marions. J'ai trente-sept ans, tu sais…

Elle haussa les épaules négligemment. Maria hocha la tête. Angie reprit.

— C'est important pour un enfant de connaître ses racines, tu ne trouves pas ?

C'était une piètre excuse pour fouiller dans le passé de la famille. Sa grand-mère s'en rendrait-elle compte ?

— Comment a réagi Poppy à cette idée d'arbre généalogique ? insista Maria.

Têtue, pensa Angie. Elle avait le même trait de caractère.

— Pour être honnête, elle n'a pas vraiment envie de m'aider…

Elle soupira et regarda sa grand-mère dans les yeux.

— En fait, elle refuse d'en parler, ajouta-t-elle en rougissant.

Maria hocha la tête.

—C'est compréhensible.

Elle prit un sac de travail au crochet sous la table. Malgré sa mauvaise vue et ses doigts noueux, elle passa avec dextérité le fin crochet à travers la dentelle.

—C'est magnifique, *yiayá* ! dit Angie en effleurant l'ouvrage. Qu'est-ce que c'est ?

—Le dernier article de ta dot, Angelika. Une nappe. Que Dieu me donne le temps de la terminer !

—Ma dot ? Mais comment savais-tu que j'allais me marier ?

Maria sembla se ratatiner un peu, elle lança un coup d'œil à l'icône de saint Georges, puis elle pencha la tête et reporta son attention sur son ouvrage.

—Naturellement, tu dois avoir ton trousseau, Angelika, mais je ne sais pas ce que ma fille a fait.

Ces mots semblaient forcés, et sa voix trahissait sa peine.

—Maman voulait venir aussi, mais elle la grippe, *yiayá*. La prochaine fois, peut-être…

Maria leva les yeux. Elle avait reconnu un autre mensonge. Angie sentit ses joues s'empourprer et détourna à nouveau le visage.

Yiayá lui tapota la cuisse.

—Ne t'inquiète pas, ce n'est pas ta faute.

Il y eut un silence. Visiblement perdue dans ses pensées, Maria se raidit et secoua la tête. Cette fois encore, Angie se demanda ce qui avait bien pu causer ce terrible éloignement entre sa mère et sa grand-mère.

—Je suis désolée, dit-elle doucement.

Maria haussa les épaules.

—Il ne faut pas. Je sais que tes intentions sont bonnes.

—Est-ce que j'ai eu tort de venir ici, *yiayá* ? Cela faisait très longtemps que j'avais envie de te connaître, mais maman s'est mise dans tous ses états quand je lui ai dit… Nous nous sommes même disputées.

—J'attendais, Angelika, j'espérais que tu me rendrais visite un jour. À propos de ta mère, qu'a-t-elle dit ? Ne me ménage pas, j'ai besoin de connaître toute l'histoire.

Maria toucha les cicatrices sur sa main.

Angie hésita, mais elle arriva à la conclusion que si elle voulait que sa grand-mère lui dise tout et soit parfaitement honnête, elle se devait de lui dire elle aussi la vérité.

—Nick et moi avons un petit appartement en ville. Il est fabuleux… et Nick est adorable.

Elle ferma les yeux quelques instants, et repensa à la première fois qu'elle avait vu Nick. Il était entré dans son bureau, très élégant dans son costume, main tendue, alors qu'elle mangeait un sandwich et jouait à Candy Crush sur son ordinateur.

—Bonjour, je m'appelle Nick, je suis le nouveau chef de service, avait-il dit avec un pétillement malicieux dans les yeux.

—Oh, désolée, pause-déjeuner ! avait-elle répondu, la bouche pleine.

Son clavier était couvert de miettes. Il l'avait regardée avec un grand sourire, les yeux brillants, visiblement amusé. Elle avait senti le rouge lui monter aux joues. Elle ne se troublait pourtant pas facilement, d'habitude.

À la première réunion du personnel qu'il avait organisée, le lendemain, elle avait griffonné des notes, sa main écrivant machinalement tandis que son cœur bondissait dans sa poitrine chaque fois qu'il regardait dans sa direction.

Elle joua avec sa bague de fiançailles et dit à sa grand-mère :

—Nous vivons ensemble depuis trois ans, *yiayá*. Je l'aime à la folie.

Maria lui tapota de nouveau la jambe.

—Je le vois.

—Parfois, Nick prend du rédactionnel en free-lance

et travaille de l'appartement. L'argent supplémentaire que cela lui rapporte servira à payer notre mariage et la maison dont nous rêvons. Il vaut mieux que je ne sois pas là pour le distraire quand il travaille depuis l'appartement, alors je vais voir mes amies, ou maman. Nick et moi travaillons pour le même éditeur ; nous sommes ensemble presque toute la journée…

Elle s'interrompit, et ses épaules s'affaissèrent tandis qu'elle se rappelait sa situation actuelle.

—Enfin, j'ai été licenciée, alors tout est changé, maintenant. Je n'ai pas encore eu le temps de m'habituer au chômage, et j'espère trouver très rapidement un poste dans une autre maison d'édition, ajouta-t-elle avec une assurance feinte. J'ai toujours passé du bon temps chez maman, jusqu'à tout récemment… Ça ne va pas fort, ces derniers temps.

Maria se carra dans le canapé.

—Raconte-moi tout. Comment ont commencé les ennuis avec Poppy ?

Angie repensa à la vie avant son licenciement, quand tout semblait parfait. Une après-midi, chez sa mère, elle avait cherché son acte de naissance. C'est à ce moment-là que ses problèmes avaient véritablement commencé.

4

Londres, une semaine plus tôt.

Debout sur la pointe des pieds, Angie s'appuya au miroir de la penderie et tendit les bras pour attraper une boîte en carton. Elle resserra son étreinte et tira. Une avalanche de poussière lui tomba sur la tête. Elle éternua, se cogna le front contre la glace, et retomba sur ses talons.

Exaspérée, elle réessaya. Elle inclina le carton vers elle, son contenu glissa à une extrémité, elle le lâcha malgré elle, il craqua, et tous les documents qu'il contenait lui tombèrent dessus. Des garanties, des modes d'emploi et des papiers grecs appartenant à Poppy jonchèrent le sol. Elle aperçut un formulaire de demande de passeport. N'avait-elle pas eu besoin d'un extrait de naissance quand elle avait fait faire son premier passeport ? Elle soupira en se rappelant s'être contentée d'avoir signé le formulaire et laissé à sa mère le soin de s'occuper de tout le reste.

Elle remarqua une vieille enveloppe A4 tout au fond de la boîte en carton. Si son acte de naissance était dedans, elle pourrait remplir le certificat de publication des bans.

Dans l'enveloppe, elle trouva un paquet de lettres, aux feuilles lissées et attachées les unes aux autres avec du ruban. La première était datée de l'année de sa naissance, la dernière était assez récente. Elle les regarda en clignant des yeux, curieuse et excitée. Peut-être s'agissait-il de lettres de son père ? Non, c'était impossible : il était mort avant sa naissance. Elle n'avait rien de lui, pas même une photo. L'écriture grecque qui recouvrait les feuilles était presque indéchiffrable. Chaque lettre se terminait par ces mots : « Gros bisous, Stavro. »

—Angelika, qu'est-ce que tu fabriques ? lui cria sa mère du pied de l'escalier. Le dîner est prêt !

Angie remit les lettres dans l'enveloppe et la posa sur le lit avec les autres documents. En bas, dans la cuisine, elle s'assit en face de sa mère. Celle-ci avait dû être magnifique. Elle avait aujourd'hui plus de soixante ans, et elle était encore très séduisante, elle avait une jolie silhouette et une belle peau olivâtre.

—Hmm, des côtelettes d'agneau ! J'en ai l'eau à la bouche, dit-elle, soudain affamée.

Elle remarqua un plat contenant deux œufs teints en rouge et une simple bougie blanche en son centre.

—Ah, c'est vrai, ce sont les Pâques orthodoxes ! J'avais oublié.

—Que faisais-tu dans la chambre d'amis ? lui demanda Poppy.

—Je cherchais mon acte de naissance. Désolée pour le bazar... Tu sais où il pourrait être ?

Poppy jeta un coup d'œil à l'une des chaises vides avant de se concentrer sur sa nourriture.

—Non, je ne vois pas... Pourquoi en as-tu besoin ?

—Pour le certificat de publication des bans.

—Remplis le formulaire et laisse-le ici. Je trouverai un extrait de naissance et je le posterai demain. Il faut que je mette un peu d'ordre dans cette chambre, de toute façon.

—Maman, tu es la meilleure ! J'ai rendez-vous à l'agence immobilière avec Nick, tout à l'heure... Nous allons visiter la maison une dernière fois avant de faire une offre. Elle est parfaite, et en plus, elle se situe dans un quartier où il y a de bonnes écoles.

Sa mère écarquilla les yeux.

—Tu n'es pas… ?

—Non, mais j'espère l'être très bientôt. J'ai trente-sept ans, maman… Mon horloge biologique me travaille. Tu veux venir voir la maison avec nous ?

—Une autre fois. Je vais ranger la chambre d'amis et m'occuper de tes papiers… mais je serais ravie de te voir la semaine prochaine.

—Merci ! Promets-moi de m'aider à choisir ma robe…

—Bien sûr, répondit Poppy, les yeux brillants de fierté.

—Et pour les invitations, j'aurai besoin de l'adresse de tout le monde en Crète.

Le sourire de sa mère s'évanouit. Elle laissa tomber ses couverts, qui heurtèrent bruyamment son assiette, plaqua une main sur sa bouche et souffla entre ses doigts.

—Maman, ça va ?

—Oui, oui, j'ai avalé de travers, c'est tout.

Poppy fronça les sourcils et se tapa la poitrine.

—Angelika, pourrions-nous laisser ton mariage de côté pendant une heure et nous contenter d'apprécier Pâques toutes les deux ?

Le retour annuel à la tradition grecque orthodoxe fit sourire Angie.

—D'accord ! Cassons les œufs, et voyons qui verra son vœu se réaliser, cette année…

Elles prirent chacune un œuf et le cognèrent l'un contre l'autre. Ce fut Poppy qui gagna : son œuf resta intact tandis que celui d'Angie se brisa.

—Fais un vœu, maman ! dit-elle, priant elle-même intérieurement pour que sa mère trouve la paix et le bonheur qu'elle méritait.

Poppy resta un moment silencieuse, les yeux fermés, le visage enfoui dans ses mains. Angie se demanda ce qu'elle souhaitait.

—J'espère que ton vœu se réalisera, maman. Merci

de bien vouloir t'occuper du certificat de publication des bans… C'est une chose de plus que je peux rayer de ma liste !

Sa mère sortit une tarte aux pommes du four et tendit un couteau à Angie, puis elle mit de l'eau à chauffer dans la bouilloire.

—Tu veux bien que nous nous attaquions à la liste des invités cette semaine ? demanda Angie. J'ai trouvé des cartons d'invitation absolument magnifiques, sur du papier parchemin blanc entouré d'un motif de clef grecque argenté. On va calligraphier le nom de tous les invités…

Elle marqua un temps d'arrêt pour ménager ses effets et regarda sa mère avec un grand sourire.

—… et, écoute bien, maman, tu vas adorer… Non seulement les invitations pour les Crétois seront écrites en grec, mais aussi avec l'alphabet grec ! Qu'est-ce que tu dis de ça ? C'est génial, non ?

Poppy tressaillit.

—Et la semaine prochaine, nous pourrons parler du gâteau, continua Angie. Tu cuisines tellement bien, maman… Tu voudrais bien te charger du gâteau ? Trois étages, avec des colonnes doriques, et peut-être encore la clef grecque pour rappeler les invitations. Simple, mais classique…

Elle s'arrêta en voyant l'expression angoissée de sa mère.

—Tout va bien, maman ? Que se passe-t-il ? Ne t'inquiète pas, nous pouvons très bien acheter le gâteau si tu ne veux pas le faire…

Poppy se détourna.

—Écoute, Angelika, je vais être franche avec toi, je ne veux pas que tu invites les Crétois.

Reportant son attention sur le thé qu'elle préparait,

elle prit un sachet pour deux tasses et versa l'eau chaude
dessus.

—Je ne les ai pas vus depuis avant ta naissance. Garde
ton argent pour la maison.

Elle retira le sachet de thé, regarda fixement les tasses
et se gratta le dessus de la main. Angie coupa deux géné-
reuses parts de tarte, et une bonne odeur de pomme et de
cannelle se répandit aussitôt dans la cuisine.

—Ce sont tes parents, il faut bien que nous les invi-
tions… Si ma fille se mariait et qu'elle ne t'invitait pas,
tu serais profondément blessée, maman. Ne t'en fais pas
pour l'argent. Nous économisons pour ce mariage depuis
des années. Nick fait plein d'heures supplémentaires pour
que nous puissions organiser la fête dont nous rêvons.

Elle promena son regard sur la pièce et se rendit compte
qu'elle n'avait jamais vu personne d'autre que sa mère
et Nick dans la grande maison. Depuis la mort de tante
Heleny, Poppy menait une vie très solitaire. Peut-être
trouvait-elle oppressante l'idée de tant d'invités l'envahis-
sant, ou même effrayante.

Pauvre maman ! Angie se renseignerait sur l'agora-
phobie pour aider Poppy à surmonter ce qui l'angoissait
à ce point. Après tout, cela ne servait à rien d'organiser le
mariage idéal si c'était pour que sa mère n'en profite pas.

—Oui, eh bien, je ne veux pas que tu les convies, dit
Poppy d'une voix tendue. Je ne t'ai pas demandé grand-
chose concernant ton mariage, alors fais ça pour moi.
Invite les parents de tante Heleny, paix à son âme ! Ta
marraine était la seule vraie famille que nous ayons
jamais eue.

—Pourquoi ? Cela n'a pas de sens. J'aimerais rencontrer *yiayá* et *papoú*[1], et leur présenter mon mari… Tu les
as tenus à l'écart toute ma vie, maman, et je ne sais même

1 « Papi » en grec.

pas pourquoi, mais là, nous parlons de mon mariage ! C'est important pour moi et pour Nick.

—Économise un timbre, Angelika… *Papoú* a quatre-vingt-treize ans, dit Poppy, sa voix s'adoucissant alors qu'elle évoquait son père, le regard perdu dans le vague. Ils ne viendront jamais à Londres, ma chérie.

—Non, maman. Ils n'auront pas besoin de venir ici. Ne te tracasse pas, tu n'auras pas à héberger des dizaines de personnes que tu n'as pas vues depuis des décennies.

Angie regarda sa mère, honteuse de ne pas avoir pensé plus tôt au manque de vie sociale de sa mère. Les épaules de cette dernière s'affaissèrent, et Angie se rendit compte à quel point elle était crispée.

—Tu n'as pas à t'inquiéter, maman. J'ai tout prévu… Je meurs d'envie de t'en parler depuis une semaine !

Elle eut un grand sourire, persuadée que son idée enchanterait sa mère.

—L'une de mes collègues s'est mariée récemment, et sa famille vit en Jamaïque. Tu imagines les problèmes que cela a causés : ils voulaient tous qu'elle se marie là-bas.

Poppy regarda fixement la chaise vide à l'extrémité de la table, puis elle jeta un coup d'œil autour d'elle. Quelle que soit la source de son inquiétude, le plan d'Angie allait la rassurer.

—L'organisatrice de mariage de ma collègue a organisé une petite réception en Jamaïque pour ceux qui ne pourraient pas venir, et ensuite, elle a appelé ses grands-parents en visioconférence, juste avant de partir pour l'église ! C'est une idée brillante, hein ?

Le simple fait de parler de son mariage avec sa mère lui remontait le moral.

—Tes parents pourront nous voir, Nick et moi, le matin même de notre mariage, et comme ça, ils seront de la fête ! J'aimerais tant les entendre nous souhaiter d'être heureux… Et pendant notre voyage de noces en Crète,

47

nous leur apporterons des gâteaux et des petits cadeaux !
J'ai tellement hâte de…

—Votre voyage de noces en Crète ? l'interrompit sa mère, plissant les yeux et secouant la tête. Non, tu ne m'écoutes pas… Non !

L'enthousiasme d'Angie retomba comme un soufflé.

—Maman, je t'en prie, arrête avec ces absurdités… Lors d'un mariage, il s'agit de familles, d'amour, de réunir les gens. Je ne te laisserai pas tout gâcher. Je ne connais même pas le nom de famille de papa, alors tu peux au moins me laisser ça !

Poppy se gratta furieusement le dessus de la main et laissa échapper un petit gémissement de douleur.

—Maman, arrête de te gratter, tu saignes !

L'estomac d'Angie se souleva à la vue du sang de sa mère. Elle se leva, prit une serviette en papier et tamponna tout doucement les lacérations.

—C'est profond, en plus… Viens te passer la main sous l'eau.

—S'il te plaît, Angelika, oublie tes idées folles ! Ce sont des gens simples… Je suis sûre qu'il n'y a pas un ordinateur dans tout le village. Tu te fais des illusions. Ils ne te connaissent pas, et tu ne les connais pas non plus. Renonce à tes projets insensés !

—Qu'est-ce qui t'arrive ? Où est ton cœur ? Tu es en train de me dire que je ne peux même pas parler à ma propre famille ?

Elles se tenaient devant l'évier et faisaient couler de l'eau sur la main de Poppy.

—Pourquoi as-tu insisté pour que j'apprenne le grec, alors ? À quoi bon ?

Angie pansa la blessure de sa mère, puis elle refit du thé. Le silence se prolongea, de plus en plus déplaisant, jusqu'à ce que, contrariée, elle le brise en parlant d'une voix un peu plus forte qu'elle n'en avait eu l'intention.

—Allez, maman, il faut qu'on en parle ! Pourquoi es-tu si difficile ? Pourquoi ne veux-tu pas que je les invite ? J'ai le droit de…

—Arrête, l'interrompit Poppy, ne me presse pas de questions. Laisse-moi parler quand je me sentirai prête à le faire.

Angie repensa à leur dernière dispute à ce sujet, quand elle était encore étudiante. Ses amies et elle avaient décidé d'aller passer les vacances en Crète, mais sa mère s'était mise dans tous ses états, et elles avaient donc fini par aller à Benidorm. La Crète était devenue un sujet tabou. Cependant, il ne s'agissait plus d'une simple semaine de vacances. Il s'agissait de racines, d'amour, de réunir la famille. Elle essaya de trouver les mots pour expliquer cela à sa mère, mais celle-ci l'interrompit encore, la regardant d'un air furibond.

—Tu sais très bien que je ne veux pas en parler. Pourquoi insistes-tu ? J'ai passé des années à enterrer le passé, mon passé, et maintenant, tu retournes tout, tu rouvres d'anciennes blessures. Tu es têtue et égoïste. Tu te moques éperdument de me briser le cœur, du moment que tu obtiens ce que tu veux.

Choquée par l'accès de colère de sa mère, Angie regarda fixement la tarte à laquelle elles n'avaient pas touché. Un sentiment de honte l'envahit : elle devait admettre que Poppy avait raison, elle se montrait têtue et égoïste ; mais pourquoi sa mère ne voyait-elle pas l'importance que tout cela avait pour elle ? Bien décidée à comprendre l'origine de l'angoisse de sa mère, elle s'efforça de ne pas tomber dans le chantage affectif et de maintenir le dialogue, même si cela risquait de contrarier encore davantage Poppy.

—Maman, je suis adulte, fais-moi confiance, s'il te plaît. Explique-moi pourquoi tu as coupé les ponts avec ta famille.

—Tu préfères ne pas le savoir !

—Si, je veux le savoir !

Les épaules de sa mère s'affaissèrent et elle tripota nerveusement son bandage.

—Si je te le dis, promets-moi de ne plus me poser de questions.

Angie hésita.

—Tu ne vois pas que j'ai besoin de comprendre, maman ? Parle-moi... Pourquoi ne veux-tu surtout pas que je les contacte ? Pourquoi ne pas me laisser me faire ma propre opinion ?

Poppy se mordilla la lèvre inférieure pendant quelques instants.

—Très bien, je vais te raconter l'essentiel, mais ne t'avise pas de me juger... et nous en resterons là, d'accord ?

Angie ne savait pas quoi penser. Le passé ne pouvait pas être si terrible.

—Maman, quoi qu'il ait pu se passer, cela ne changera rien à nos relations. Je veux savoir, c'est tout.

Un incident mineur avait dû prendre de l'ampleur dans l'esprit de Poppy au fil des ans. Angie prit sa tasse de thé entre ses mains et observa sa mère. Celle-ci promena son regard sur la pièce, puis elle sembla se concentrer.

—Les ennuis ont commencé après notre mariage. Une terrible querelle a éclaté entre ma famille et celle de ton père. Je ne peux pas te décrire à quel point c'était atroce, Angelika, je t'assure, tu ne peux pas imaginer. Tout le monde se déchirait. Les choses ont empiré, jusqu'à ce que la situation devienne véritablement impossible. J'ai estimé qu'il valait mieux qu'ils m'oublient, tous, alors je suis partie.

Sa mère regardait fixement le sol.

—Une querelle, c'est-à-dire ? Une dispute avec ta belle-famille ? C'est ça qui te bouleverse ? demanda Angie avec un soupir, incrédule et soulagée à la fois.

Poppy releva brusquement la tête. Elle blêmit.

—Non, bon sang ! Une vraie vendetta. Les gens en ont subi les conséquences les plus terribles, les gens que j'aimais, que nous aimions tous. Le village entier était divisé.

Elle prit une profonde inspiration, en proie à une émotion violente.

—La pensée que l'on puisse s'en prendre à ton père me terrifiait. J'ai essayé…

Elle ferma les yeux et s'efforça de se retenir de pleurer.

Terrifiait ? Angie songea que sa mère exagérait. Elle s'en voulait de faire ressurgir des souvenirs douloureux, mais elle était résolue à découvrir ce qui la plongeait dans une telle affliction.

Poppy prit une éponge humide à côté de l'évier et essuya le plan de travail, le réfrigérateur, et la table, autour de leurs assiettes. Angie resta silencieuse, lui laissant le temps de mettre de l'ordre dans ses pensées. Quand sa mère esquissa un mouvement pour prendre le balai, son cœur se serra et elle intervint.

—Maman, arrête… Viens t'asseoir à côté de moi.

Poppy considéra un instant le sol impeccable, puis elle alla s'asseoir à table. Après une autre minute de silence, elle reprit la parole.

—J'ai essayé de mettre un terme au conflit, mais tout est allé de travers. Si seulement je pouvais revenir en arrière, ma chérie, dit-elle dans un souffle, je ferais les choses très différemment…

Elle la regarda et lui caressa la joue.

—Enfin, peut-être pas. Je ne changerais probablement rien.

Elle repoussa ses cheveux en arrière et des racines blanches apparurent à la base de ses boucles brunes. Angie couvrit sa main de la sienne et parla à voix basse.

—Continue, maman, ne t'arrête pas maintenant. Parle-moi, tu te sentiras mieux après.

—Mon frère, Matthia, était à l'hôpital, inconscient, quand je suis partie. Son visage était tellement tuméfié que je ne l'ai pas reconnu. Il avait plusieurs côtes cassées, et ses poumons avaient failli être perforés. Tes oncles avaient essayé de le battre à mort.

—Quoi !

—Les médecins nous ont assurés qu'il s'en sortirait, mais la police a dit que dès qu'il quitterait l'hôpital, il irait en prison. Mon propre frère, sous les verrous, par ma faute ! C'est moi qui aurais dû aller en prison, Angelika, mais ne me demande pas pourquoi. Ne m'oblige pas à revivre ça.

Angie ne savait pas quoi dire étant donné qu'elle ne connaissait pas toute l'histoire. Qu'avait donc fait sa mère ? Elle posa à nouveau sa main sur la sienne et la caressa, à travers le bandage.

—Les blessures guérissent avec le temps, maman.

—Pas ces blessures-là.

Poppy se frappa la poitrine.

—On ne peut pas ramener les morts à la vie !

Abasourdie, Angie se demanda à qui elle faisait allusion, mais elle savait que si elle l'interrompait maintenant, sa mère se replierait sur elle-même.

—Pauvre Matthia ! Si tu avais vu son état, dit Poppy en secouant la tête. Ils lui ont interdit d'épouser leur sœur, qu'ils ont envoyée à Athènes. Il aimait tant Agapi, cela lui a brisé le cœur… Je leur ai dit à tous de m'oublier, et je crois qu'ils l'ont fait, Angelika. Comment aurais-je pu mettre un terme à cette vendetta autrement ? J'ai supplié Stavro, mon autre frère, de me donner de l'argent, et je me suis enfuie pour Londres.

Poppy ferma les yeux et se pinça l'arête du nez.

—Ton père s'est engagé dans l'armée. Je ne l'ai plus jamais revu, et c'est mon châtiment. J'ignore quand il est mort et où sont ses os. Cela m'a brisé le cœur en mille morceaux.

Angie essaya d'imaginer ce qu'elle éprouverait si elle ne revoyait plus Nick, si elle ne pouvait plus jamais rendre visite à sa mère.

—Tu aurais dû me le dire plus tôt, maman. J'ai honte d'avoir douté de toi. Je n'aurais jamais imaginé… C'est épouvantable !

Comment avait-elle pu être aussi naïve, aussi égoïste ?

—Quelle tragédie ! Tu n'aurais pas dû avoir à traverser ça toute seule, maman.

Elle passa un bras autour des épaules de sa mère et la serra tendrement contre elle, mais Poppy se dégagea de son étreinte.

—Tu ne comprends toujours pas, Angelika… Mets-toi ça dans la tête une bonne fois pour toutes : je ne veux pas revoir ma famille. C'est trop douloureux pour moi, et ce serait trop douloureux pour eux. N'en parlons plus. S'il te plaît.

—Mais pourquoi papa s'est-il engagé dans l'armée ? Il n'aurait pas pu travailler ici, pour être avec toi ?

—Toi et tes maudites questions ! Pourquoi me fais-tu ça ?

Elle était allée trop loin, s'était montrée trop insistante.

—D'accord, d'accord, je suis désolée ! Vraiment, dit-elle d'une voix douce. Je suis désolée, maman. Je ne voulais pas te faire de peine.

Inquiète de voir sa mère aussi bouleversée, elle aurait voulu pouvoir lui retirer sa douleur. Elle tendit vers elle son bras ouvert pour la réconforter, mais Poppy se déroba encore, s'écartant avec raideur.

—Tu ne comprends pas que c'est une tragédie que je veux oublier ? N'ai-je pas assez souffert ?

Sa douleur et sa peine se lisaient dans ses yeux.

Elle ouvrit la bouche mais la referma sans rien dire plusieurs fois.

—Très bien, s'écria-t-elle enfin, pour l'amour du ciel, je vais tout te raconter ! Ton père est parti parce que je l'ai renvoyé quand il est venu me chercher à Londres. Avant ta naissance, je l'ai renvoyé.

Elle repoussa violemment son assiette, qui glissa sur la table cirée et chancela une seconde sur le bord avant de s'écraser par terre. Angie se leva d'un bond.

—Laisse-la ! cria Poppy. Pourquoi ne peux-tu pas abandonner ? ajouta-t-elle dans un murmure, serrant les bras contre sa poitrine comme si elle avait froid. Tu ne peux pas savoir combien de fois j'ai regretté… d'avoir chassé mon cher Yeorgo, de te voir grandir sans père. J'espère que tu ne connaîtras jamais un tel chagrin.

Des larmes se mirent à couler sur ses joues, elle baissa la voix.

—Depuis toutes ces années, il n'y a pas un jour où je n'ai pas pensé à lui, où il ne m'a pas manqué. Je ne veux pas que les Crétois sachent pourquoi il s'est engagé dans l'armée et pourquoi il est parti pour Chypre. Ne réveille pas le passé.

—Tu l'as chassé ?

Choquée, Angie s'efforça de faire taire sa propre douleur face à cette révélation, consciente que des reproches ne feraient qu'aggraver les choses. Elle essaya de réconforter sa mère, de la calmer.

—Cela s'est passé il y a si longtemps, maman… Les choses changent, les gens changent. C'est notre famille. Ils comprendront !

—Non, murmura Poppy. Je ne pourrai pas assister à ton mariage s'ils sont là. Tu m'obligeras à m'en aller jusqu'à ce qu'ils soient retournés en Crète. J'ai juré qu'ils ne me verraient plus jamais. Invite-les s'il le faut. C'est ta décision. Je peux toujours partir. C'est mon ultimatum.

Rongée par la culpabilité, Angie essaya de contraindre sa mère à renouer avec les siens en lui adressant à son tour un ultimatum.

—Essaies-tu de me dire qu'ils sont plus importants que moi, que ce que je veux ? Que notre famille ne peut pas être réunie pour un moment particulier ? Est-ce trop demander ? Tu sais très bien que je ne me marierai pas si tu refuses de venir au mariage.

—Ce n'est pas juste ! protesta Poppy. C'est toi qui dis que les Crétois sont plus importants que moi… Tu ne les connais pas, *moi*, oui. Fais-moi confiance, Angelika ! C'est mieux ainsi. Tu es tout pour moi. Ne fais pas revivre le passé. Je t'en supplie.

5

Crète, aujourd'hui.

Malheureuse, Angie regarda fixement ses mains.
— Nous ne nous disputions jamais, avant,
jamais… mais je voulais vraiment savoir pourquoi elle
avait quitté la Crète. C'est insensé, mais plus elle refusait d'en parler, plus j'étais préoccupée. En fin de compte,
c'était comme si j'étais devenue obsédée par ses secrets.

Elle ferma les yeux quelques instants, se rappelant les
tensions des semaines passées.

—Enfin, la semaine dernière, j'ai eu un accident de
voiture en rentrant de chez maman. J'étais plongée dans
mes pensées, au lieu d'être concentrée sur la route, et j'ai
grillé un feu rouge. Personne n'a été blessé, Dieu merci,
mais cela aurait pu être bien pire…

Yiayá se signa.

—J'étais dans tous mes états et, un peu plus tard,
Nick m'a surprise en train de pleurer. Il m'a dit que cela
suffisait, qu'il était temps de découvrir ce qui se cachait
derrière l'angoisse de maman. Il est vraiment adorable,
yiayá, tellement sensible… Il ne pouvait plus supporter
de me voir rentrer triste de chez maman. Je me rends bien
compte que je l'ai blessée, et je m'en veux énormément
de la faire souffrir, mais pour une raison obscure, que je
ne m'explique pas moi-même, je ne peux pas abandonner.
C'est Nick qui m'a conseillé de venir ici pour te voir.

Angie prit une profonde inspiration avant de poser la question qui lui brûlait les lèvres.

—Tu veux bien me raconter l'histoire de ma famille, *yiayá* ? Je veux savoir pourquoi maman est si malheureuse.

Maria regarda par la fenêtre et réfléchit. Le soleil du début d'après-midi filtrait à travers les rideaux faits main, et les ombres de leur dentelle dansaient sur elle.

—Je vais y réfléchir, Angelika. Pour le moment, c'est l'heure de ma sieste. Je suis fatiguée. Reviens demain pour rencontrer ton grand-père.

Angie regagna sa voiture, préoccupée. Sa grand-mère avait l'air si gentille ! Elle voudrait sûrement aider Poppy à se remettre de ce qui l'avait tant bouleversée.

L'idée de retourner à Londres en comprenant mieux la situation, avec les germes d'une solution, l'emplissait d'une telle joie qu'elle avait envie d'enfiler son survêtement et de courir dans les rues.

Dans la chaleur miroitante de l'après-midi, le village entier sombra bientôt dans la torpeur de la sieste. Elle entendit un chien aboyer, puis un coq chanter, et enfin, le silence se fit, comme sur un plateau de tournage abandonné. Angie reprit la route de Viánnos.

* * *

—Ma grand-mère est géniale, Manoli ! dit Angie au serveur le lendemain matin, quand il lui apporta son café sous l'arbre millénaire. Elle va me parler du passé de ma famille, aujourd'hui. J'ai tellement hâte !

Manoli cligna des yeux, l'air perplexe.

—Du passé de votre famille ? Vous voulez dire que vous ne…

Une musique crétoise qui s'éleva soudain d'un haut-parleur sur le toit d'un pick-up couvrit ses paroles. Le véhicule contenait plusieurs bacs pleins de poissons, et une vieille balance en cuivre. Manoli porta son pouce et son index à sa bouche et émit un sifflement sonore. Le conducteur du pick-up freina, et fit marche arrière pour s'arrêter le long du trottoir.

—Apportez des sardines fraîches à vos grands-parents, dit Manoli d'une voix forte pour se faire entendre malgré la musique. Elles sont délicieuses, en ce moment.

* * *

À Amiras, les chats reniflèrent l'air sur le passage d'Angie. Plusieurs d'entre eux sautèrent des poubelles sur lesquelles ils étaient perchés pour la suivre en miaulant, regardant avec intérêt son sac plein de poisson. Elle lança une sardine le plus loin possible de l'escalier, puis elle le monta en courant. Elle arriva en haut, soufflant aussi bruyamment qu'un âne asthmatique.

Sa grand-mère était assise dans le jardin, derrière la maison, à une longue table de marbre gris fissurée en son centre, ce qui lui donnait un aspect étrangement artistique. Les sardines firent très plaisir à Maria.

—Allons nous asseoir dans le salon, Angelika… Il fait plus frais à l'intérieur.

Angie sentit ses os saillants à travers sa robe de coton lorsqu'elle l'aida à se lever de sa chaise en plastique. Dans le salon, elle aborda à nouveau le sujet de l'histoire de la famille.

—Tu es sûre de vouloir tout savoir, Angelika ? Tu pourrais le regretter. Tu ne pourras pas me rendre mes paroles, comme un cadeau dont tu ne voudrais pas, si jamais tu n'aimes pas ce que tu entends.

—Il faut que je comprenne, *yiayá*. C'est important pour moi, et maman refuse de me dire ce qui s'est passé.

—Poppy a ses raisons.

—Sans doute, mais je ne les connais pas. Quand je lui pose des questions, elle se met dans tous ses états et elle se blesse. Elle se gratte le dessus de la main jusqu'au sang. C'est un tic nerveux, et c'est horrible. Parfois, je l'entends pleurer dans son lit, la nuit… Son médecin lui a prescrit des somnifères, et j'ai peur que la prochaine étape soit celle des tranquillisants.

Maria retint son souffle et porta une main à sa bouche, visiblement choquée.

—Je ne peux plus supporter de voir ma mère aussi malheureuse, cela me brise le cœur. Je veux l'aider à trouver la tranquillité d'esprit, expliqua Angie avec sincérité.

Une ombre passa sur le visage de sa grand-mère. Elle regarda le sol et essuya une larme au coin de son œil.

—Et tu crois que si je te raconte ce que Poppy ne veut pas que tu saches, cela l'aidera à se sentir mieux ? lui demanda-t-elle d'une voix empreinte d'ironie qui trahissait sa peine.

Angie se laissa aller en arrière dans son fauteuil et réfléchit.

—Peut-être pas… mais je crois sincèrement que si je comprenais pourquoi maman est si malheureuse, je pourrais soulager sa douleur. Je suis prête à tout pour l'aider.

Le silence se fit de plus en plus pesant ; mais quand la vieille dame parla, sa voix était douce.

—L'idée que Poppy cherche peut-être à te protéger de quelque chose t'a-t-elle traversé l'esprit ?

Maria regarda fixement Angie et se signa trois fois.

—Si tu comprends ce qui s'est produit ici, dans le passé, cela changera peut-être ton avenir, Angelika.

—*Yiayá*, j'adore ma mère. C'est une bonne personne, extraordinaire, généreuse, douce, et je l'admire beaucoup. Rien ne changera jamais cela.

Sa grand-mère lui tapota le genou.

—N'oublie jamais que tu as prononcé ces mots, mon enfant.

Angie fronça les sourcils.

—Si je te raconte toute l'histoire, Angelika, je n'omettrai aucun détail désagréable. Je n'ai pas la force de choisir ce que tu devrais entendre, et la cruauté de ce que je te dirai risque de te stupéfier. Tu ne pourras pas la chasser de tes pensées par la suite.

L'espace d'un instant, Angie hésita, se demandant ce qu'elle s'apprêtait à réveiller, mais elle devait à tout prix connaître la vérité, toute la vérité, dans l'intérêt de sa mère, et elle avait conscience que cette vérité devait avoir quelque chose de tragique, pour que le passé bouleverse encore Poppy à ce point.

—Ne t'inquiète pas, *yiayá*. Concentrons-nous sur maman et sur ce qui pourrait l'aider.

Elle avait vécu dans une grande ville toute sa vie, et doutait de pouvoir être choquée par quelque chose qui se serait passé dans le pittoresque petit village d'Amiras.

Maria la considéra un moment, les yeux plissés.

—Tu sous-estimes la vieille dame desséchée que je suis, Angelika, mais cela ne va pas tarder à changer.

Un homme aux cheveux blancs, à la moustache broussailleuse et au visage doux entra alors dans la pièce, vacillant sur sa canne. Il lui adressa un grand sourire et s'assit dans le fauteuil au coin de la cheminée. Maria le regarda, haussant les sourcils d'un air interrogateur. Il secoua la tête comme pour répondre à une question non formulée.

—Il le faut, dit Maria. Avant que je meure. C'est important.

Choquée par les mots de sa grand-mère, Angie attendit d'être présentée.

Le vieil homme regarda le sol, les sourcils froncés.

Dans l'immobilité de la maison, elle sentit une vive émotion passer entre les deux vieilles personnes.

Enfin, Maria pointa sur lui un doigt décharné.

—Angelika, je te présente ton grand-père, Vassili.

Mon grand-père, mon papoú, enfin !

Vassili tenait un *komboloï* dans une main et son *bastouni*, la canne crétoise traditionnelle, dans l'autre.

—Bonjour, *papoú*.

Angie se leva et lui déposa un baiser sur la joue. Son expression se fit soucieuse et ses yeux pétillèrent.

—Bonjour, *koritsie mou*.

Koritsie mou : ma fille. Ces mots lui allèrent droit au cœur. Elle avait trouvé sa famille.

Maria lissa le bas de sa jupe, et promena son regard sur la pièce. L'enthousiasme d'Angie allait croissant. Différentes expressions passèrent sur le visage de sa grand-mère, certaines heureuses, d'autres tristes. Au bout de quelques minutes, elle sembla prendre une décision.

—Avant toute chose, Angelika, j'ai besoin que tu me donnes ta parole. Quand je serai morte, tu pourras faire ce que tu veux, mais jusque-là, garde cette histoire pour toi. C'est une tragédie pire que ce que tu peux imaginer, et je ne veux pas que qui que ce soit d'autre en souffre. Peux-tu me faire cette promesse ?

—Absolument, *yiayá*… mais est-ce que je peux prendre des notes pendant que tu me parles ? Je veux me souvenir de tout pour pouvoir le raconter à mon futur mari et à mes enfants, quand j'en aurai.

—Ah, tu m'y fais penser : il y a un cahier sur l'étagère… Donne-le-moi.

Angie s'exécuta, puis elle regarda sa grand-mère en arracher une feuille couverte d'écriture grecque et la lui tendre.

—J'étais justement en train de t'écrire une lettre, mais je ne l'ai pas terminée.

—Quelle coïncidence !

—Les Parques nous guident. Voilà celle que j'avais écrite pour Poppy… Je pensais les envoyer ensemble. Ne les lis pas maintenant, attends d'être retournée en Angleterre pour le faire. Tu les liras à ta mère.

Angie plia les feuilles et les glissa dans la poche intérieure de son sac à main. Allait-elle enfin apprendre quelle était la source de l'angoisse de sa mère, et découvrir quelque chose sur le père qu'elle n'avait jamais connu ? Elle l'espérait. Elle pourrait ensuite retourner à Londres, et sa mère se rendrait compte que le passé n'avait pas tant d'importance que le présent ou l'avenir.

Soulagée, elle serra sa grand-mère dans ses bras.

—Merci. Tu ne peux pas savoir à quel point c'est important pour moi.

Maria ne répondit rien, et Angie s'aperçut qu'elle hésitait encore.

—Je t'en prie, *yiayá*.

Sa grand-mère plongea ses yeux dans les siens.

—J'ai besoin de temps pour réfléchir, Angelika. Va avec ton grand-père, dit-elle avant de se tourner vers son mari. Vieil homme, fais-lui visiter la maison. Explique-lui comment nous vivions à l'époque, pour qu'elle comprenne tout.

Vassili hocha la tête, se leva et posa une main sur l'épaule d'Angie.

—C'est mon grand-père qui a bâti cette maison, dit-il en agitant sa canne en direction des poutres du plafond. Le toit était fait de troncs et de terre glaise, à l'époque. C'était très solide, cela isolait de la chaleur et de la pluie. Maintenant, nous avons du polystyrène que les souris grignotent et des tuiles qui se fissurent.

Il émit un grognement railleur.

—Tu parles d'un progrès ! Les jeunes croient toujours tout savoir mieux que les autres…

Angie le regarda et repensa aux paroles de sa mère. *Papoú a quatre-vingt-treize ans.* Elle n'avait pas imaginé ce vieil homme jovial.

Il donna un petit coup dans le mur avec sa canne.

—À cette époque-là, il n'y avait ni plâtre ni électricité.

On chaulait les murs une fois par an, à Pâques, pour éloigner les puces, et on s'éclairait à la lampe à huile.

Il indiqua la cheminée d'un signe de tête.

— C'est là qu'on cuisinait, dans une grande marmite. Mon père avait construit un four, dehors, pour faire cuire du pain, mais il consommait trop de bois. Il existe encore, dit-il en montrant la fenêtre d'un mouvement du menton. Il y avait un garde-manger, derrière le four, pour les biscuits et le miel. Quand on garde les sucreries dans la maison, on est infesté de fourmis et d'abeilles.

— Parle-lui du pain, intervint Maria.

Angie sourit. Sa grand-mère aurait pu lui parler elle-même de tout cela, mais elle voulait manifestement inclure *papoú* dans la conversation. Elle s'imagina à leur âge avec Nick, se souciant toujours de ce qu'il pourrait ressentir.

— Regarde dans la cheminée, *koritsie*, dit Vassili. Il y a un coin pour le pain. Nous y mettions une boule de pâte tous les soirs, et le matin, en nous réveillant, nous récupérions une belle miche de pain frais.

Angie regarda dans le conduit, mais il était sombre et plein de suie.

— Passe par là, Angelika, dit Vassili en lui montrant un rideau tendu sous une voûte étroite.

La cuisine, ultramoderne, où flottait une légère odeur de vanille, de café et de viande, la surprit.

Vassili redressa un peu les épaules.

— C'est nouveau, et ça…

Ils se retournèrent et se trouvèrent face un petit coin repas dans lequel trônait le plus grand écran plat qu'elle eût jamais vu dans une maison.

— Oh, mon Dieu !

Son grand-père se signa et bomba fièrement le torse.

— C'est un cadeau de notre fils aîné, Stavro. Notre vue n'est plus très bonne, *koritsie*.

Ils échangèrent un sourire, mais l'expression de Vassili s'assombrit presque aussitôt.

—Cette pièce était la chambre, autrefois, très traditionnelle… Toutes les maisons étaient pareilles. Il y avait un grand lit qui allait d'un mur à l'autre, haut comme ça…

Il se pencha à côté d'elle et agita sa canne au-dessus du plan de travail de la cuisine.

—Il y avait un escalier avec de larges marches pour monter à la mezzanine, et des placards en dessous pour ranger le linge et les vêtements. C'est mon père qui avait construit le tout… Nous étions très fiers de ce lit, c'était le plus beau de tout le village. Le bébé dormait dans un petit hamac au-dessus de nous, pour que Maria puisse l'attraper facilement.

La voix de Vassili était empreinte d'une profonde tristesse.

—Les nazis l'ont détruit, ils ont tout brûlé. Il ne reste rien de ce lit, sauf les enfants qui y ont été conçus.

—Les nazis sont venus ici ? Je ne savais pas…

—Il y a beaucoup de choses que tu ne sais pas, Angelika.

—Je voulais me renseigner un peu pour comprendre d'où je venais, mais entre mon travail et les préparatifs du mariage, je n'ai jamais trouvé le temps de le faire. Je ne sais pas grand-chose de plus que ce que l'on peut trouver à l'office de tourisme, *papoú*.

Pendant quelques secondes, Vassili eut l'air triste, perdu dans ses pensées, puis son expression changea, il regarda avec un grand sourire la couverture tissée à la main accrochée au mur.

—La pièce suivante est plus intéressante.

La troisième pièce de la maison contrastait fortement avec la cuisine toute d'acier et de pin. C'était une chambre sombre, qui sentait le renfermé, la naphtaline et la myrrhe. Des meubles dépareillés, certains en noyer ciré, d'autres en mélaminé, se tenaient les uns à côté des autres. Chaque surface plane était recouverte d'un napperon au crochet, et de photographies encadrées montrant des gens au visage crispé. Bien en évidence se trouvaient une statuette de Jésus et une autre, clignotante, de la Vierge Marie. Des fleurs de soie violettes et rouges aux pétales bordés d'or étaient placées devant, en hommage.

—Autrefois, cette pièce était l'*appothiki*, la réserve. Nous mettions l'huile d'olive et les fruits secs ici. Il y avait des renfoncements dans les murs pour conserver le fromage.

Il dut remarquer son air perplexe, car il expliqua :

—Dans les murs épais, le fromage restait frais la plus grande partie de l'année, à mûrir tranquillement.

Il agita sa canne. Elle se baissa pour l'esquiver. La Vierge Marie clignota.

—Il y avait une porte, ici, à la place de la fenêtre... Nous avions une chèvre pour le lait et le fromage, et nous engraissions ses chevreaux pour les manger, quand les nazis ne les prenaient pas avant. Nos poules dormaient ici, la nuit, à l'abri des prédateurs. Les putois sont des *malákas*, c'est pour ça que nous avons des chiens. Ils tuent les poules et volent les œufs. Vous avez des putois, en Angleterre ?

Elle haussa les épaules.

—Je n'en ai jamais vu, *papoú*.

—Vous devez en avoir, parce qu'il paraît que les Anglais ont beaucoup de chiens.

Il pointa sa canne sur le coin de la pièce.

—J'ai enterré notre plus grande urne en terre cuite ici, dans le sol. En temps de guerre, c'est important d'avoir une planque, tout le monde le sait.

Il abaissa sa canne. Jésus resta à sa place. Ses yeux levés vers le ciel semblaient observer une tache de moisissure au plafond, tandis qu'il offrait son cœur sanguinolent.

De retour dans le salon, Angie s'assit à côté de Maria. Vassili ferma la porte de la maison, puis il vint se rasseoir dans son fauteuil. Son expression soucieuse réapparut.

Maria jeta un coup d'œil autour d'elle.

—Ce récit va me faire revivre des choses très douloureuses, mon enfant. Si toutefois je n'arrivais pas à le terminer, il ne faudrait pas que tu te sentes coupable, Angelika.

Interloquée, Angie regarda fixement sa grand-mère, puis son grand-père. Il hocha la tête, puis la secoua lentement. Elle sentit la peur la gagner et prit la main décharnée de sa grand-mère dans la sienne.

—*Yiayá*, je ne veux pas…

—Chut, Angelika. La décision a été prise, maintenant.

Maria ferma les yeux quelques instants, et quand elle reprit la parole, sa voix était plus jeune de plusieurs décennies.

—Cette histoire commence à l'aube du 14 septembre 1943…

6

Crète, le 14 septembre 1943.

À 6 heures du matin, la faim me réveilla. Dans la
chaleur moite du grand lit, j'écoutai la respiration
de mes deux garçons, Stavro et Matthia, à côté de moi.
Mes pensées se tournèrent vers mon mari, Vassili, qui se
battait en Albanie. Après dix mois, il me manquait terriblement. Se rappellerait-il que c'était la fête de son fils,
ce jour-là ? Aurais-je dû cuisiner nos derniers haricots
pour célébrer la Saint-Stavro, ou aurais-je mieux fait de
les planter ? La guerre ne durerait pas éternellement.

La pensée d'un ragoût de haricots avec des herbes
aromatiques et un peu de citron fit grogner mon ventre si
fort que j'eus peur que cela ne réveille les enfants. Bébé
Petro s'agita dans son petit hamac. Il ne tarderait pas à
pleurer pour réclamer la tétée. Je balançai doucement le
hamac, espérant qu'il dormirait encore un peu.

Je me levai, allai dans le salon et ouvris la maison.
L'air frais entra, embaumant la terre. Dans la grande
cheminée, les braises flamboyèrent et les flammes se
remirent à danser. Je pris un peu d'eau dans le seau à
l'aide d'une louche en cuivre, la mis dans le broc, et la fis
chauffer sur le feu. Une tasse de café aurait été merveilleuse, mais nous n'en avions plus. Je mis des morceaux
de feuilles d'olivier et quelques herbes dans le broc, et
pris le pain dans la niche du conduit de la cheminée.

Il avait cuit pendant la nuit. Je le portai à mon nez et respirai sa bonne odeur de noisette. J'avais utilisé ce qui me restait de farine, et y avais ajouté des graines de tournesol et des pois chiches écrasés. Dieu merci, la moisson aurait lieu quelques semaines plus tard, et l'on aurait à nouveau du blé. J'espérais trouver du travail aux champs, et être payée en farine. L'argent n'avait plus beaucoup de valeur.

J'allumai la lampe à huile et restai assise tranquillement avec ma tasse d'infusion d'herbes et mon pain, sur lequel j'avais versé un filet d'huile d'olive et mis une pincée de sel. Si je n'avais pas mangé, mon lait se serait tari et le bébé serait mort de faim.

Stavro entra dans la pièce, avec son visage innocent et ses cheveux ébouriffés par le sommeil.

—Viens me voir, mon garçon.

Je le serrai dans mes bras et déposai un baiser sur sa joue moite.

—C'est un grand jour pour toi, mon fils. C'est ta fête aujourd'hui, Stavro. Ton père pensera à toi. Partageons un morceau de pain… Tiens, coupe-t'en une tranche.

Je lui tendis mon couteau, un honneur pour l'enfant. Il leva fièrement le menton, essayant d'agir en homme alors qu'il n'avait que sept ans. Je dus détourner la tête pendant qu'il coupait le pain, craignant pour ses doigts. J'allai poser le broc sur les braises. Ce serait un vrai plaisir que de pouvoir faire sa toilette à l'eau chaude, ce matin-là.

Petro se rendormit tout de suite après avoir tété. C'était un bébé facile, qui se contentait de manger et de dormir, nuit et jour, inconscient de nos soucis. Je le remis dans le hamac et m'attelai aux tâches ménagères. Le soleil commençait à poindre derrière les montagnes. Les ombres effilées qui s'étiraient sur la terre entre les taches de lumière dorée me rappelèrent d'arroser nos maigres plantations avant qu'il ne fasse trop chaud.

Je me dirigeai donc vers le jardin potager avec le seau, mais avant que je n'aie pu le vider, un cri retentit derrière la maison. Mon cœur fit un bond dans ma poitrine. Je reposai précipitamment le seau et courus vers le jardin de derrière. Stavro et Matthia se battaient, roulant dans la poussière. Je fus tentée de les gifler tous les deux.

—Arrêtez ! Qu'est-ce que vous fabriquez ?

—Il a mis un escargot dans mon maillot de corps ! s'écria Matthia, qui avait un peu moins de cinq ans, en montrant son frère du doigt.

—Ce n'est même pas vrai ! protesta Stavro.

—Soyez raisonnables et occupez-vous de vos tâches, ou vous n'aurez pas de dîner.

Ils n'étaient pas déraisonnables, bien sûr. C'étaient juste des enfants.

Il n'y avait pas un nuage dans le ciel, et je ne m'attendais pas à en voir un avant la fin du mois d'octobre. Jusque-là, la moindre goutte d'eau était précieuse. Je versai le contenu du seau dans un trou de terre pâle, dure et craquelée, au pied d'un plant de tomate frêle. La terre but avidement l'eau. Trois lourdes tomates, plus grosses que mon poing, pendaient à la tige, mais les fruits avaient encore besoin de quelques jours pour mûrir. Je me régalais d'avance en pensant à ce festin : des tomates écrasées sur des biscuits, avec de l'huile d'olive, de l'origan et du sel. J'espérais que les soldats ne les trouveraient pas, et me rappelai que je devrais garder quelques pépins pour les replanter. Je m'apprêtais à retourner dans la maison quand je vis le talon de la chaussure de Matthia dépasser de la terre.

—Matthia !

Il me rejoignit en courant.

—Que fait ta chaussure dans la terre ?

—Elles sont trop petites, maman… Elles me font mal.

Si on les arrose, peut-être qu'elles grandiront, comme les tomates !

Ma tension se dissipa.

—Cela ne marchera pas, mon fils. Je vais mettre du papier mouillé dedans, pour les agrandir. Maintenant, va voir si tu trouves des œufs.

Nos poules souffraient de la chaleur, mais nous avions la chance de trouver un œuf de temps en temps. Saint Stavro nous en accorderait peut-être un, ce matin. Je retournai dans le jardin de derrière et montrai à Stavro comment creuser une tranchée dans la terre à l'aide du *skapáni*[1]. J'avais décidé de planter la moitié des haricots secs.

—Je vais chercher des herbes, lui dis-je. Surveille Matthia pendant mon absence.

—Je vais essayer, maman, mais tu sais que c'est un petit diable… Ne m'en veux pas s'il fait des bêtises.

—Je t'en voudrai, Stavro, alors fais attention, mon fils.

Petro dormait profondément. Avec mon couteau pliant dans la paume de ma main, je me glissai furtivement derrière les maisons en direction de l'oliveraie la plus proche. Si je trouvais des herbes sauvages et des escargots, je les ajouterais à notre maigre pitance. Les Allemands nous interdisaient de nous aventurer hors d'Amiras, mais j'avais trois garçons à nourrir. Au pied des arbres, là où la terre avait été arrosée, poussaient des pissenlits et des orties, alors que le reste des terres demeurait aride. Comme les Italiens avant eux, les nazis nous confisquaient notre lait de chèvre, la plupart de nos pommes de terre et de nos autres légumes.

Je descendis en hâte la route du village et arrivai enfin dans l'oliveraie. Une touffe de laiteron, verte et bien fournie, attira mon attention. Les racines et les feuilles étaient bonnes à manger quand on les faisait bouillir.

---

1 « Binette » en grec.

C'était une mince trouvaille, et pourtant, elle m'enchantait. J'enfonçai mon couteau dans la terre et coupai la plante à la racine. À ce moment précis, alors que j'avais le nez au ras du sol et les fesses en l'air, j'entendis un son mat. Je ne compris pas tout de suite de quoi il s'agissait. C'était un martèlement, une vibration plus qu'un bruit. Bien qu'il fût à peine plus fort que la stridulation du grillon à mes pieds, cet étrange écho m'inquiéta.

J'arrachai la plante, me relevai, et reconnus soudain le martèlement des bottes cloutées sur le gravier des rues. Il se faisait plus puissant à chaque seconde. Horrifiée, je regardai entre les branches des arbres. Je n'avais encore jamais vu tout un peloton allemand. D'innombrables soldats remontaient au pas la route principale, qui conduisait à notre village. Depuis plus d'un an, nous n'avions que deux ou trois soldats dans la région, ceux qui nous prenaient nos victuailles. Il semblait cette fois y en avoir des milliers.

Dans l'air frais du matin, tout paraissait intense ; les bruits, les couleurs, les mots de mes enfants, l'odeur de la terre dans l'oliveraie. Deux corbeaux passèrent au-dessus de ma tête avec un croassement malfaisant, et la chose la plus étrange se produisit alors. L'un des oiseaux ferma à demi ses grandes ailes et roula sur le dos, comme s'il était mort, mais sans cesser de planer dans le ciel. Je n'avais encore jamais rien vu de tel, et j'ai tout de suite su que j'avais été témoin d'un mauvais augure, du plus terrible des présages. Que pouvait-il bien signifier ? Une goutte de sueur coula sur ma tempe, et je m'aperçus que j'avais écrasé la plante que je tenais à la main tant j'avais serré le poing.

Les bruits de pas me rappelèrent brutalement à la réalité. Soudain, le silence se fit. Je haletais, la bouche toute sèche. Les soldats m'avaient-ils vue ? Le peloton attendait, mais je n'aurais pas su dire quoi. Le ventre noué, j'entendis alors un autre rythme régulier, dans le lointain.

D'autres soldats approchaient du village, par l'ouest. Je tendis le cou pour voir entre les branches des arbres, par-dessus les toits des maisons. Le bruit, d'abord éloigné, se rapprocha de plus en plus, et des rangées de soldats apparurent, menaçantes, sur l'autre flanc de la montagne. Ils restèrent un moment immobiles, avant d'entrer en masse dans le village, comme des fourmis dans une fourmilière dérangée. Nous étions cernés. Pourquoi ?

Mes voisins nous avaient dit que des camions entiers de nazis étaient arrivés à Viánnos la veille. Ils prétendaient qu'ils étaient environ deux mille. Un nazi était arrivé à Amiras en side-car, il avait collé une affiche sur la vitrine du *kafenío* avant d'aller en faire autant dans le hameau voisin. L'affiche disait qu'il n'y aurait pas de blessés si nous restions dans nos villages. Toute personne trouvée hors des limites serait exécutée.

Je n'avais pas respecté leur règle !

Une brise légère souffla sur l'oliveraie. Les arbres oscillèrent, leurs ombres noires formant une danse abominable autour de moi. Les corbeaux repassèrent, démons volants qui mangeaient notre précieux maïs. J'avais envie de crier, mais je restai silencieuse, de peur d'être capturée, terrifiée à l'idée des conséquences.

Les soldats s'arrêtèrent juste en dessous de l'oliveraie, sur la route entre mes enfants et moi. Je me tapis derrière un gros arbre, tremblant comme une feuille, cherchant un moyen de m'échapper, mais trop effrayée pour bouger. Les hommes se mirent au garde-à-vous, emplissant la rue, côte à côte trois par trois sur trente rangs au moins. Leurs visages étaient blancs et froids, leurs yeux dénués d'émotion, comme ceux de Charon. Le capitaine donnait des ordres, des mots étrangers, sourds comme le glas.

Au *kafenío*, la veille, Andreas le berger avait raconté un combat qui avait eu lieu dans le village voisin de Simi.

Des soldats ennemis s'étaient battus contre des *Andartes* crétois, nos résistants autoproclamés. Beaucoup de gens d'ici les voyaient comme des rebelles et des insoumis, d'autres comme des héros. Des hommes étaient morts lors de ce combat, mais les détails étaient vagues. Les anciens nous avaient prévenus de nous attendre à des représailles. Je ne savais pas ce que le mot « représailles » voulait dire. Peut-être nous prendraient-ils plus de nourriture, ou menaceraient-ils de tuer quelqu'un, mais je doutais qu'ils aillent si loin dans notre petite communauté. Pourtant, un sentiment de terreur s'empara de moi.

Mes garçons adorés !

Penser à eux me poussa à l'action. Je courus jusqu'à l'arbre voisin, suivis une petite route qui conduisait jusqu'à la maison, soulevant mes lourdes jupes pour ne pas être retenue par la végétation. Je chancelai, paralysée par la peur. *Pour l'amour de Dieu, faites que mes enfants ne voient personne se faire fusiller !*

Les nazis recommencèrent à avancer au pas. Ils se tournèrent dans ma direction. Je plongeai derrière un autre arbre énorme, craignant qu'ils puissent entendre les battements frénétiques de mon cœur. Ils passèrent tout près de moi. Je n'osais pas bouger. S'ils me voyaient… L'église sonna un glas d'avertissement. Je plaquai le dos contre le tronc rugueux et me signai. *Que saint Stavro nous protège !* L'ennemi était presque sur moi.

Qui prendrait soin de mes garçons s'ils me tuaient ?

Des forces armées continuaient d'envahir Amiras. Je fus prise de panique en entendant un premier coup de feu, puis un second, qui résonna dans la montagne. Mes jambes se dérobèrent. Je me pris les pieds dans ma jupe, tombai par terre, me relevai péniblement et recommençai à avancer tant bien que mal. Je jetai un coup d'œil en direction du village, puis regardai la route. Ils continuaient à arriver, en un flot ininterrompu d'uniformes.

Je me demandai si toute l'armée allemande avait envahi la Crète. Mon estomac se souleva, et j'ai honte de dire que ma vessie se vida avant que je n'aie pu m'accroupir. L'urine chaude coula sur l'intérieur de mes cuisses, des larmes me montèrent aux yeux, j'eus soudain un goût de métal dans la bouche. Amiras était en danger. Où étaient nos soldats ? Mes garçons avaient besoin de leur mère. Quel genre d'imbécile enfreindrait les règles et sortirait du village ?

Comme notre maison et ses oliviers se trouvaient au-dessus de la rue principale, je voyais tout ce qui se passait en dessous de l'oliveraie. Le parfum entêtant du thym, de l'origan et du romarin s'était dissipé. L'air empestait maintenant la poudre et la peur.

Je me rendis vite compte qu'il ne s'agissait pas là des soldats allemands que nous connaissions et supportions. Ces hommes-là étaient les terribles nazis. Ils me dépassèrent de leur pas lourd et bruyant. Je les observai, cachée derrière l'arbre, et les vis pénétrer dans les maisons du bas du village. Ils firent sortir leurs occupants de force.

Les femmes poussaient des cris perçants, leurs maris, leurs fils et leurs pères hurlaient. Une poule ébouriffée remonta la rue en courant, gloussant et battant des ailes. Un chien la poursuivit. Evangelia, l'une des aînées les plus respectées du village, essaya de parler aux militaires. Ils la jetèrent à terre d'un coup de crosse de fusil.

Je n'avais jamais rien vu d'aussi choquant. Sa canne tomba sur le sol avec fracas, du sang coula de son nez. J'eus aussitôt envie de me précipiter sur elle, d'aider la noble vieille dame à se relever. Une mitrailleuse tira en l'air. Son crépitement résonna dans la vallée, nous laissant tous pétrifiés. Une seconde de silence s'ensuivit, avant que le chaos ne reprenne.

J'étais terrorisée, persuadée qu'il se produirait quelque chose de terrible et d'irréversible si je ne retrouvais pas mes garçons tout de suite. Je me mis à courir, les cuisses irritées par le frottement de l'urine, affolée, prête à tout pour retrouver le petit Petro dans sa chemise de nuit, et Matthia et Stavro qui s'occupaient de leurs petites tâches.

Mes jambes tremblaient tellement que j'avais peine à tenir debout. Je n'avais pas le temps de réfléchir à ce qui se passait. Mon instinct me disait de protéger mes garçons à tout prix. De les dérober au mal qui approchait. Je sentais que les troupes resserraient leur étau autour de nous. Je jetai un coup d'œil par-dessus mon épaule et vis les nazis avancer. Les hurlements les suivaient. De vieilles dames se battaient contre de jeunes soldats vigoureux. Les enfants pleuraient, les chiens aboyaient, les coqs s'étaient tus. Des hommes et des garçons, visiblement déroutés, arrachés à leurs maisons, étaient rassemblés et forcés à marcher côte à côte comme s'ils formaient un convoi de prisonniers.

Je courus tout en haut de l'oliveraie, pris un raccourci à travers le jardin de ma voisine, et trouvai Stavro et Matthia derrière la maison, dans les bras l'un de l'autre, apeurés par ce désordre. Les nazis étaient déjà au bout de la rue. Le vacarme dans le bas du village se faisait de plus en plus fort.

—Rentrez dans la maison ! criai-je aux garçons, courant vers eux comme une folle. Allez dans l'*appothiki* !

Bébé Petro pleurait dans son hamac, au-dessus du lit. Nous passâmes à côté de lui en courant, jusqu'à la troisième pièce. J'arrachai le couvercle de l'urne enterrée.

—Montez là-dedans, et ne faites pas un bruit, même si ça dure longtemps ! Restez parfaitement silencieux jusqu'à ce que je vienne vous chercher. C'est compris ?

Ils hochèrent la tête, mais Matthia se mit à pleurer.

—Chut ! dis-je d'un air sévère, alors même que mon cœur se brisait.

J'avais envie de le réconforter, mais je savais que si je le prenais dans mes bras, je ne pourrais plus le lâcher.

Je remis le couvercle en place et me servis de la pelle pour mettre des crottes de chèvres par-dessus, espérant que les garçons auraient assez d'air. Pour faire bonne mesure, je pris le seau et versai un peu d'eau sur les excréments. Personne n'examinerait le tas visqueux.

Après avoir jeté la pelle de côté, je courus jusqu'au lit et pris Petro dans mes bras. Où allais-je me cacher ? Dans le fossé à sec le long du jardin ! Je regrettai de ne pas y avoir pensé plus tôt, pour mes garçons. Nous aurions pu nous échapper en le remontant. Je passai devant la fenêtre et vis les nazis, qui n'étaient plus qu'à quelques mètres de chez nous.

Trop tard !

Je fis marche arrière, m'assis sur les marches en bois du lit, sortis mon sein et le donnai à Petro. Si nous ne faisions pas de bruit, peut-être passeraient-ils sans s'arrêter. Le bébé, toujours affamé, se cramponna à moi et téta. Ses petites mains roses s'ouvrirent et se fermèrent sur ma peau. Il leva ses yeux noirs vers moi, et l'innocence de son regard me serra le cœur, attisant mon instinct maternel.

L'espace d'un instant, oubliant le danger, je passai avec tendresse une main sur sa tête. Ses cheveux noirs, tout doux, cachaient déjà la tache de vin sur son crâne. La sage-femme avait dit que c'était la marque de la cigogne, même si l'on aurait dit un aigle aux ailes déployées.

La porte s'ouvrit avec violence et je fus brutalement rappelée à la réalité. Des soldats firent irruption dans la pièce.

— Vos garçons et vos hommes, où sont-ils ? demanda le capitaine dans un grec mal prononcé.

Je balbutiai, désorientée, incapable de répondre. Mes fils étaient tout ce que j'avais. Mon père, mon mari et mon beau-père étaient au front, combattant les Italiens en Albanie. Les Italiens avaient changé de camp quelques jours plus tôt, mais nous ne savions pas si cela allait nous affecter.

Un terrible effroi s'empara de moi. Mes enfants étaient trop jeunes pour travailler dans les casernes des nazis. Ils ne pouvaient pas me les prendre. Vassili aurait dit que j'avais bien fait de les cacher.

Les soldats ennemis foncèrent dans la maison, emplissant toutes les pièces, bousculant tout sur leur passage pour envahir l'espace, et fouillant chaque cachette imaginable. Ils ouvrirent les placards, renversèrent les tiroirs, regardèrent même dans le conduit de la cheminée. Je m'efforçais de faire mine d'être calme, mais intérieurement, j'étais dans tous mes états, je suppliais les Parques de protéger mes fils adorés. Quand les soldats pénétrèrent dans l'*appothiki* de leur pas lourd, je priai pour que Matthia ait cessé de pleurer.

Ils revinrent bredouilles, et je dus prendre sur moi pour masquer mon soulagement, mais le cauchemar n'était pas terminé. Soudain, un commandant nazi, dont le visage était mauvais comme la gangrène, arracha brutalement Petro à mon sein. Embarrassée, je m'empressai de me couvrir, mais le lait qui coulait de mon sein fit une marque sombre sur le devant de ma robe en coton. Un jeune soldat rit, les joues empourprées, s'agitant nerveusement.

Je tendis les bras pour attraper Petro, mais des mains dures et blanches me repoussèrent violemment.

—Nom ? cria le commandant.

—Petro.

Terrifiée, j'eus peine à prononcer son prénom. Pourquoi pouvaient-ils bien vouloir un bébé ? Je tendis à nouveau les bras vers lui. Le nazi lança Petro à un autre soldat. Les petits membres du bébé se crispèrent et il se mit à pleurer.

—Non, que le diable vous emporte tous, rendez-le-moi !

Je me jetai sur eux, tirant sur leurs uniformes rigides, prête à tout pour tenir mon bébé Petro. Ils pouvaient me tuer, je m'en moquais, j'avais le sentiment que je serais plus puissante une fois morte, en quelque sorte. On me poussa violemment et je tombai par terre.

Je me démenai pour me relever, mais on me donna alors un coup de crosse de fusil dans l'épaule, et je m'étalai sur le sol de tout mon long. Retenant un cri de douleur, je me relevai péniblement, et croisai le regard contrit du dernier soldat tandis qu'ils sortaient tous. Ses yeux écarquillés trahissaient une angoisse à peine voilée.

—Pourquoi ? lui criai-je.

Il se détourna. Je refermai précipitamment les boutons de ma robe, avant de m'élancer à leur poursuite. Je me demandais si j'avais l'épaule cassée, tant la douleur était intolérable. Je saisis le haut de mon bras et le serrai contre moi.

La route était pleine de mères, d'épouses et de filles qui suivaient les hommes emmenés comme un troupeau. Des femmes tirèrent sur mes vêtements pour tenter de me dépasser. Dans la bousculade désespérée de l'étroite ruelle, les murs de pierre m'éraflèrent la peau des coudes et des joues. Tout le monde autour de moi criait les prénoms d'hommes et de garçons, et j'en fis autant.

—Petro ! Petro !

Les grands-mères essayaient de suivre le rythme, perdant leurs cannes dans le tumulte. Plusieurs d'entre elles portèrent une main à leur poitrine et s'effondrèrent sur le seuil d'une maison. Vaincues, elles regardèrent s'éloigner leurs époux gâteux et leurs fils désorientés, sans pouvoir rien faire.

Il fallait que je retrouve mon bébé et que je le récupère.

Devant nous, deux nazis traînèrent hors de chez lui Philipo, l'infirme alité. Ses yeux enfoncés étaient écarquillés, ses fausses dents dévoilées par un sourire morbide de confusion. Ils lui crièrent de se tenir debout. Il ne le pouvait pas. Les nazis l'entraînèrent à l'angle de la rue, hors de notre vue. Ses jambes, comme celles d'un pantalon vide, flottèrent dans la poussière. Il y eut un coup de feu, et les soldats revinrent seuls. Seulement un coup de feu d'avertissement… n'est-ce pas ?

Je n'osais imaginer ce qui était arrivé au vieil homme. Enfin, je vis un nazi loin devant moi avec deux petits bébés. L'un était peut-être Petro, mais je n'en étais pas sûre. Il en tenait un dans chaque main, par le poignet. Les nourrissons pendaient à ses côtés comme les mitaines d'un enfant au bout de leur cordon. Devais-je le suivre, le nazi qui avait mon bébé, ou aller retrouver mes enfants terrifiés, cachés dans l'urne enterrée ?

Prise dans la foule des autres villageoises, incapable de faire demi-tour, je suivis le cortège macabre. Implorant les nazis, comme des mouettes poussant des cris perçants dans le sillage d'un chalutier, nous les suppliâmes de nous rendre nos hommes et nos garçons.

Pelagia me saisit le bras et me fit faire volte-face, son visage à quelques centimètres du mien seulement, le souffle brûlant, les yeux hagards.

—Où est mon Yianni… ? Yianni, tu l'as vu, Maria ? Il a six ans, qu'est-ce qu'ils peuvent bien lui vouloir ?

—Non, mais Petro, tu as vu qui a mon bébé, Petro ?

Elle me lâcha, secoua la tête et se remit à crier :

—Yianni ! Yianni !

Complètement affolée, elle tenta de se frayer un chemin dans la foule de filles, d'épouses et de mères. La ruelle se rétrécit. Tout le monde se bousculait, quelqu'un devant se mit à crier. Les femmes derrière poussèrent. Un craquement se fit sous mes pieds, et je trébuchai sur quelque chose de mou. Je regardai dans la multitude de hanches et de jambes qui m'entouraient et aperçus la vieille *Kiriea*[1] Anna, la grand-mère du cordonnier. Piétinée, elle avait fermé les yeux et elle saignait du nez. Je me rendis compte que je lui avais marché sur la main, et je sentis ses os fragiles se briser sous la semelle usée de mes chaussures. Pour l'amour du ciel, je n'aurais pas pu m'arrêter, et les femmes derrière moi continuaient à pousser. Doux Jésus, pardonnez-moi ! Petro était plus important. À ce moment précis, j'aurais foulé aux pieds ma propre mère pour sauver mon fils.

Les soldats s'arrêtèrent en haut de la corniche, à l'orée du village. Ils obligèrent les hommes à se tenir tous ensemble. Les valides, blêmes de peur, soutinrent les vieux et les infirmes. Je tendis le cou, cherchant mon Petro du regard. Un petit garçon appela sa mère, sa voix chevrotante, effrayée, s'élevant parmi les hommes qui l'entouraient.

— Maman ! Maman !

Pelagia cria, derrière moi.

— Yianni ! Oh, mon Dieu, c'est mon Yianni !

Soudain, j'entendis un bruit que j'aurais reconnu entre mille : les pleurs de mon bébé. Mes entrailles se nouèrent, écho lointain des contractions de l'accouchement.

Les nazis nous empêchèrent d'avancer.

— S'il vous plaît, je dois aller chercher mon bébé… Je vous en supplie ! criai-je.

Ils ne me laissèrent pas passer. Je courais en tous sens devant le mur de soldats, allant de l'un à l'autre comme un chien de berger désorienté.

— Petro ! hurlai-je.

Je ne le voyais pas. Ses pleurs me faisaient perdre la tête, et je fus soudain prise de folie. Je m'apprêtais à charger, à foncer entre les uniformes, puis entre nos hommes,

---

1 « Madame » en grec.

à attraper Petro, et à ressortir de l'autre côté, d'une façon ou d'une autre. J'inspirai profondément plusieurs fois, me balançant d'avant en arrière.

Soudain, quelqu'un derrière moi me saisit : *Kiriea* Joanna, la femme du boulanger.

— Ils vont te tuer, me dit-elle, plaquant sa bouche contre mon oreille.

Ses cheveux sentaient la sueur et la levure.

— N'oblige pas les hommes à voir ça.

Je ne parvenais pas à me dégager de son étreinte. Les années passées à pétrir la pâte à pain lui avaient donné de la force.

— Je dois à tout prix essayer, sanglotai-je, les larmes coulant à flots sur mes joues tandis que je me débattais pour me libérer. Mon petit, Petro, est avec les hommes. Il pleure, il a peur, il a besoin de moi…

— Ne bouge plus, pour l'amour de Dieu !

Elle me secoua vivement, sans desserrer son étreinte de fer.

Nos hommes et nos garçons étaient presque tous silencieux, on n'entendait que les pleurs des enfants et les voix des vieux qui tentaient de les consoler. Je tendis l'oreille dans l'espoir d'entendre Petro, mais en vain.

Depuis que la guerre avait éclaté, seuls les invalides et ceux qui étaient trop jeunes pour se battre demeuraient au village. Ils se tenaient maintenant agglutinés devant nous, impuissants.

Le commandant tendit le bras vers le groupe et en sortit Pavlo Petrinakis, un jeune homme de vingt-cinq ans, le médecin du village. Il plaqua le pauvre médecin contre le mur de la chapelle. Un autre nazi, au garde-à-vous, traduisit dans un grec approximatif les mots que le commandant aboyait.

— Maintenant, nous faisons exemple ! hurla-t-il. Vous

remarquez tous ce qui arrive quand nous nous mettons en colère !

Je retins mon souffle, cherchant toujours à entendre mon fils. Je crois que la plupart des autres femmes pleuraient, criaient, mais je ne faisais pas attention à elles. J'aurais voulu qu'elles se taisent. Sur la pointe des pieds, j'essayais de voir qui tenait Petro, espérant qu'il se remettrait à pleurer pour savoir où il se trouvait.

Nous suppliâmes les soldats d'avoir pitié de nous, priâmes la Sainte Vierge, nous signâmes de façon répétée dans l'espoir vain d'être instigatrices d'une intervention divine. Je crois que toutes les femmes furent aussi soulagées que moi de penser que Pavlo allait mourir : mieux valait lui que mon fils ! Je me rappelai qu'il avait le cœur fragile, qu'il avait été recalé lors de la visite médicale de l'armée, et je songeai qu'il accéderait maintenant à l'immortalité en devenant le martyr du village.

Un horrible sentiment de culpabilité s'empara de moi. J'irais, pleine de remords, déposer des fleurs sur sa tombe. Tous les nazis pointèrent leurs armes sur le médecin. Pavlo leva vers le ciel des yeux écarquillés, le visage hâve comme celui d'une icône du Greco.

—Oh, Vierge Marie, abrégez mes souffrances !

Ma tête résonnait de l'horreur de tout cela. Où étaient nos soldats ? Où était notre Dieu ? Où était mon bébé ?

—Nom ? hurla le capitaine.

—Petrinakis.

Le médecin avait peine à se tenir debout tant il tremblait.

Mon cœur battait à mes oreilles. Le temps devait s'arrêter. *Réveillez-moi de ce cauchemar !*

Le jeune homme chercha des yeux le visage de sa femme et de son enfant, dans la foule que nous formions.

—Katarina, viens devant ! cria l'une des femmes

d'une voix étranglée, coupable, comme moi, comme nous toutes. Ton mari veut te voir… Il a besoin de toi !

Nous nous écartâmes, la tirâmes en avant, l'obligeant à avancer et ignorant ses gémissements plaintifs. Serrant sa toute petite fille contre elle, elle traversa la foule avec raideur, à contrecœur, les joues couvertes de larmes. Des femmes plus âgées se placèrent derrière elle et lui passèrent les bras autour de la taille. D'autres se tenaient prêtes à attraper le bébé si Katarina s'effondrait.

La vieille *Kiriea* Petrinakis, la mère de Pavlo, tomba à genoux et s'entoura de ses bras. Elle se balança d'avant en arrière, protégeant le ventre qui avait un jour abrité son fils, sa bouche édentée étirée en une grimace dégoulinante de salive.

Pavlo regarda Katarina et hocha la tête. Son visage émacié était crispé par l'angoisse, et pourtant, il semblait trouver un certain réconfort dans le regard de son épouse. Leur vie ensemble n'aurait pas dû se terminer comme cela. Je repensai à leur mariage, qui avait eu lieu un an plus tôt. Nous avions dansé toute la nuit sur la place du village.

Les nazis se préparèrent à tirer, posant de concert leurs armes sur leurs épaules. Le pope du village, devant les hommes, dirigea leurs prières, tandis qu'ils regardaient tous fixement le jeune docteur.

Mon Dieu, aie pitié de nous, finissons-en ! Je dois retrouver mon bébé, le ramener à la maison et lui donner le sein.

—… maintenant, et à l'heure de notre mort, psalmodiaient les hommes.

Le commandant cria un ordre de trois mots en allemand. Les soldats tournèrent sur leurs talons et tirèrent. Le bruit assourdissant des balles continua, encore et encore.

À part Pavlo Petrinakis, tous les hommes s'écroulèrent sur le sol.

L'air chaud de la Méditerranée puait la poudre à canon et la terreur.

—Petro ! Mon bébé ! Non !

J'étais tétanisée. Une femme passa son bras autour de moi et je passai le mien autour d'elle, nous cramponnant l'une à l'autre dans une sorte d'hystérie démentielle, hurlant. Nous ne cessions de hurler que pour reprendre notre souffle. J'étais incapable de me détourner. Ma vue se brouillait, je posais à nouveau mes yeux sur la scène, chaque vision était pire que la précédente. La mort était gravée dans mon esprit pour toujours.

Ils tombèrent par vagues sous mes yeux, les maris de mes amies, penchés sur les enfants et les bébés dans l'espoir de les sauver. Des vieux serraient des adolescents contre leur poitrine. La terreur convulsait tous ces visages familiers.

J'aperçus soudain mon grand-père, Matthia, qui avait donné son prénom à mon deuxième fils. Je tendis les bras vers lui bien qu'il se tînt à plus de dix mètres de moi, animée du vif désir de prendre le doux vieillard dans mes bras, de le protéger. Pourtant, le peu d'espace qui nous séparait représentait un gouffre infranchissable. Il me regarda et hocha la tête. Une amère tristesse se lisait sur son visage. Je vis son torse se secouer violemment par saccades, une lueur d'incrédulité passa dans ses yeux écarquillés, et il tomba sans vie sur le sol.

—Non, *papoú* ! criai-je.

Quelque part, réelle ou éthérée, ma voix cria vers le ciel.

—Mon bébé ! Que quelqu'un sauve mon bébé !

Je regardai intensément les hommes tandis qu'ils tombaient, cherchant à tout prix à voir Petro, craignant de le rater, mon esprit refoulant l'inévitable. Soudain, je vis de mes propres yeux l'éclair rouge sang de la chemise de nuit de mon fils, serré contre la poitrine du boulanger.

Celui-ci me tourna le dos et tomba par terre, comme une marionnette aux fils coupés.

Mon estomac se souleva. C'était ma faute, j'avais laissé le soldat prendre mon bébé. Aussi longtemps que je vivrais, je ne me pardonnerais pas d'avoir laissé un tel cauchemar se produire. Pourquoi étais-je allée à l'oliveraie ce matin-là ? Pourquoi ne m'étais-je pas cachée dans le fossé avec mes enfants ? Nous aurions pu nous échapper. J'avais été stupide et irresponsable.

Les balles crépitaient et s'écrasaient. Dans le fracas assourdissant, des morceaux de chair voletaient et retombaient comme des papillons rose pâle sur le monceau palpitant ensanglanté des cent quatorze hommes et garçons.

Je les connaissais tous. J'avais appris à lire et à écrire à la plupart d'entre eux. Je les avais félicités de la moindre amélioration et avais savouré la lueur de leurs regards reconnaissants.

Je me tenais sur cette côte avec les autres femmes d'Amiras, vide, exsangue. La vie semblait avoir quitté mon corps, ne laissant derrière elle qu'une coquille vide, chaude et sèche comme la carapace d'un crabe mort depuis longtemps. Mon bébé, mon pauvre Petro. Dieu ait son âme. Il était venu au monde couvert de sang et hurlant à peine huit semaines plus tôt, et l'avait quitté de la même façon.

Pourquoi avais-je toujours été si impatiente de le remettre dans son hamac après lui avoir donné la tétée ? J'aurais pu le garder dans mes bras, le bercer contre mon sein et lui parler du père qu'il n'avait jamais vu.

* * *

Quand l'épuisement fit taire les clameurs, plus personne ne parla. On n'entendait plus que des sanglots et des respirations haletantes. Un chien aboya dans le bas du village, son cri pitoyable résonnant sur les flancs de la montagne. La bête hurlait pour nous toutes.

Un mur de soldats enfermait les morts.

Je regardai la désolation autour de moi. Un grand nombre de mes amies s'étaient effondrées en assistant au massacre de leurs enfants, de leurs pères, de leurs maris, de leurs frères et de leurs grands-pères. D'autres femmes, à genoux, martelaient le sol de leurs poings ou se griffaient le visage, en proie à une terrible folie. Quelques-unes se tenaient encore debout, s'arrachaient les cheveux, se frappaient la poitrine et hurlaient des prières à Dieu.

Les soldats nous interdirent d'approcher.

Du coin de l'œil, je remarquai que le médecin était tombé sur le sol. Sa femme et sa mère essayaient de l'emmener. Personne ne les aidait. Petrinakis, maintenant cruellement ostracisé pour avoir survécu.

De temps en temps, nous percevions un tressautement dans le tas sanguinolent. Chacune d'entre nous espérait voir le miraculeux signe de vie de l'un de nos proches, réponse à nos prières.

Mais le commandant nazi prit son pistolet et tira dans le crâne de tout homme ou enfant à moitié mort. Abomination ou bienheureux soulagement ? Nous ne le saurions jamais.

Le jour céda peu à peu la place à la nuit, le ciel se teintant d'un rouge profond. Nous attendîmes toutes, abattues, désespérant de revoir les êtres aimés. Je m'inquiétais pour mes deux garçons enterrés dans leur sombre tombeau, à la maison. Stavro et Matthia seraient terrifiés, affamés et assoiffés, mais, Dieu merci, ils étaient en vie. Une journée semblait durer une éternité dans la vie d'un enfant. Je devais à tout prix aller les retrouver. Je ne pouvais plus rien pour Petro, qui était mort. Même si, par chance, par miracle, il avait survécu, je demeurais impuissante. Je n'aurais pas supporté d'être témoin de cette ultime balle nazie. L'heure de la tétée de mon bébé était passée, et mes seins étaient douloureux, lourds de lait. Quel genre de mère s'en irait alors que son bébé se trouvait sous ce tas de corps ? Je savais pourtant que je devais rentrer chez moi, sauver mes garçons, les emmener aussi loin que possible des dangers d'Amiras.

Un autre coup de pistolet fendit l'air de la nuit. Honteuse, le cœur brisé, je me détournai de mes voisines affolées et pris le chemin de la maison d'un pas rapide. J'avais envie de courir, mais je sentais qu'il valait mieux que je n'attire pas l'attention sur moi. Une explosion quelque part dans le village fit trembler le sol. Loin devant moi, des flammes léchèrent le ciel sombre, et des petits graviers retombèrent dans l'air. Faisaient-ils sauter des maisons ? Je me mis à courir. J'arrivais tout juste en bas de la côte quand une main se referma sur mon coude et me fit faire volte-face.

—Halte-là ! aboya un soldat.

Il tira si violemment sur son bras que je pirouettai et allai m'écraser contre la vitrine de l'épicerie. Ses yeux d'Aryen étaient froids comme la glace. Il marmonna quelques mots que j'interprétai comme lubriques, et son haleine nauséabonde vint m'effleurer le visage. Il y eut une autre explosion. La panique me serra la gorge. Mes garçons étaient pris au piège de l'urne en terre cuite, Petro paralysé sous un tas de corps morts, et moi sous l'emprise d'un nazi.

—Non, implorai-je, je vous en supplie…

7

Crète, aujourd'hui.

L es larmes s'accrochaient aux cils d'Angie. Les révélations de Maria étaient bouleversantes. Pourquoi
sa mère ne lui avait-elle jamais raconté l'histoire de sa
grand-mère ? C'était incompréhensible. Elle promena son
regard sur le salon tout simple qui, comme *papoú* l'avait
souligné, n'avait pas beaucoup changé depuis cet épouvantable jour de septembre 1943.

Maria leva les yeux et hocha la tête, comme pour
confirmer les atrocités dont elle avait été témoin. Ou peut-
être manifestait-elle simplement les réflexes d'une vieille
dame de quatre-vingt-dix ans.

Angie s'efforça de maîtriser son émotion.

—Je suis tellement désolée, *yiayá* ! Maman ne m'avait
rien dit, je n'aurais jamais imaginé…

Maria inclina la tête et soupira.

—Ah, pauvre Poppy ! Le passé a été très cruel pour elle
aussi. Elle souffre en silence.

Une unique larme coula sur sa joue.

Angie brûlait d'en savoir davantage, mais elle se rendait
bien compte que sa grand-mère était épuisée. Elle veilla à
garder un ton égal.

—Je t'en ai trop demandé, je te demande pardon. Je ne
me rendais pas compte, je ne savais pas… Nous pouvons
arrêter, si tu préfères.

Maria lui tapota la cuisse de sa main décharnée aux articulations déformées par l'arthrite. Sur la peau dorée de la vieille dame, fine comme du papier de soie et parsemée de taches brunes, s'étalaient de grandes étendues blanches. Angie reconnaissait la trace de brûlures du troisième degré, et elle imaginait la douleur insoutenable que sa grand-mère avait dû éprouver. Elle se demanda ce qui avait causé ces brûlures, et repensa à sa mère qui s'était gratté les mains jusqu'au sang.

Maria secoua la tête et répondit d'une voix tremblante.

— Il faut que tu entendes toute l'histoire.

Angie regarda son grand-père, assis au coin du feu avec son *komboloï*, les yeux brillants. Maria se tourna vers lui.

— Vieil homme, je ne veux pas de toi ici pour raconter la suite de mon histoire à Angelika. Tu es bien trop curieux, et ce sont des affaires de femmes. Va boire un café au *kafenío* et laisse-nous un peu seules.

— D'accord, dit-il en se levant. Je suis fier de toi, vieille femme. Cette histoire n'est pas facile.

Vassili traversa la pièce de sa démarche traînante, et déposa un baiser sur la joue de Maria. Avant qu'il n'ait eu le temps de se redresser, elle lui donna une grande tape du plat de la main, qui faillit lui faire lâcher sa canne. Il recula vivement, vacillant sur ses jambes.

— Ne commence pas tes bêtises, vieux démon ! s'écriat-elle de sa voix aiguë.

Papoú se tourna vers Angie et lui fit un clin d'œil.

— Tu as vu ça, Angelika ? Ma femme me bat ! Je suis un martyr.

Il eut un grand sourire, dévoilant ses dents irrégulières et jaunies, et s'éloigna en traînant les pieds.

Maria garda un air courroucé jusqu'à ce qu'il ait quitté la maison, puis son expression se fit plus douce, espiègle.

— Ne laisse jamais ton homme devenir trop familier, *koritsie*. Les hommes essaient toujours de profiter de nous, quel que soit leur âge. Il faut les maintenir à leur place.

Angie hocha la tête et esquissa un faible sourire, n'osant pas parler. Elle percevait toutefois la tendresse du vieux couple, et celle-ci la soulageait un peu. Elle prit un mouchoir en papier dans son sac à main, se tamponna les yeux et se moucha.

—Koritsie, j'espère que tu ne vivras jamais le supplice que j'ai connu ce jour-là, dit Maria en touchant les cicatrices blanches sur sa main, mais, tu sais, si tu en avais besoin un jour, le Tout-Puissant te donnerait une force surhumaine pour sauver le fruit de tes entrailles.

Elle tendit la main vers elle.

—Dieu m'a donné ces cicatrices pour que je les porte comme une médaille. Quand quelque chose ne va pas, elles me rappellent ce que je suis capable de surmonter, et les difficultés sont aussitôt réduites en poussière.

Angie avait besoin d'un moment pour se remettre de ses émotions.

—Tu veux boire quelque chose, *yiayá* ? Tu as beaucoup parlé, tu dois avoir soif.

—Oui, va chercher le thé glacé dans le réfrigérateur, Angelika.

Dans la cuisine, Angie remarqua que le frigo gris métallisé branlait quand on en ouvrait la porte, et elle comprit pourquoi il faisait un bruit de ferraille lorsque le moteur se mettait en route. Ses grands-parents ne savaient-ils donc pas qu'il avait des pieds réglables ? Elle arrangerait cela avant de quitter la Crète. La pensée de faire cette petite chose pour eux lui procura un plaisir inexplicable. Elle retourna dans le salon avec deux cannettes de thé glacé, et sa grand-mère lui montra du doigt une boîte de pailles multicolores, sur l'étagère.

Elles burent dans un silence agréable.

8

Maria secoua la tête.

—Quoi que tu apprennes pendant ton séjour ici, Angelika, je veux que tu te souviennes de ceci : ta mère n'est pas responsable des circonstances dans lesquelles son mariage a eu lieu. Poppy était totalement innocente.

Elle jeta un coup d'œil à l'icône de saint Georges.

—Je sais bien que tu ne comprends pas encore, mais sois patiente, et tout deviendra clair.

Consciente d'un lien dont elle ne saisissait pas encore la nature, Angie hocha la tête et regarda elle aussi l'icône aux couleurs criardes.

—C'est saint Georges, n'est-ce pas ?

—Oui, *Ágios Yeorgios*, répondit sa grand-mère, un martyr chrétien. Ses parents étaient grecs. Tu le savais ?

Angie avait l'impression d'avoir raté quelque chose.

—Mon père s'appelait Yeorgo.

Saint Georges et le dragon, pensa-t-elle. Sa mère était-elle le dragon ? Ou sa grand-mère ? Ou bien était-elle ridicule ?

Maria détourna le visage.

—Poppy est née après la guerre. Pour les filles, il faut fournir une dot. C'est cher et, en fin de compte, on les perd quand même parce qu'elles vont vivre avec la famille de leur mari.

Angie l'écouta tout en se demandant pourquoi sa mère avait refusé de lui parler de tout ça. Elle comprendrait sûrement mieux à mesure que le récit de sa grand-mère progresserait.

—Tous les jours, à la tombée de la nuit, alors que la chaleur se faisait moins accablante, poursuivit Maria, je m'asseyais dehors avec les autres mères et je faisais du linge de lit et de la dentelle au crochet.

Elle sourit, ferma les yeux, et sembla quelques instants perdue dans ces souvenirs de chaudes soirées d'été.

—Cela devait être dur de trouver du fil après la guerre, *yiayá*.

Maria acquiesça d'un hochement de tête.

—Nous avions des vers à soie, à l'époque, et nous les nourrissions avec des feuilles de mûrier. Toutes les femmes travaillaient ensemble pour fabriquer le fil.

Elle remit son ouvrage dans son sac et se signa trois fois.

—Reprenons notre histoire. J'ai honte de ce que je vais te raconter maintenant, *koritsie*. Je sais que tu veux tout savoir, et c'est ton droit, mais ne me juge pas trop durement.

Angie commença à hocher la tête, puis elle la secoua, ne sachant que faire. Le passé de la vieille dame était une leçon d'humilité pour elle, et elle craignait de lui faire de la peine en l'obligeant à revivre tous ces événements douloureux. Elle n'imaginait pas ce que Maria avait pu ressentir en voyant son grand-père et son bébé être tués de façon aussi impitoyable. Elle attendit sans rien dire.

Sa grand-mère ferma les yeux, les mains sur les genoux, paumes vers le ciel, comme si elle entrait en transe. De toute évidence, ses pensées se tournaient à nouveau vers cette soirée du 14 septembre 1943, et vers son stupéfiant combat pour sauver la vie de ses enfants.

* * *

Crète, 1943.

Le nazi ignora mes protestations et me maîtrisa. D'une main, il me tint le bras derrière le dos, et de l'autre, il releva ma jupe. Je le repoussai de toutes mes forces, et pensai au couteau dont je m'étais servie pour couper des herbes le matin même. J'aurais pu lui planter dans le cou, le tuer comme nous tuions le cochon du village.

Je sortis le couteau de la poche de mon tablier, mais il me saisit le poignet, me frappa la main contre le mur de l'épicerie jusqu'à ce que je lâche mon arme, puis il me donna un coup de poing au visage. La douleur m'aveugla. Un deuxième coup, sous mes côtes, me coupa le souffle. Mes genoux se dérobèrent sous moi. Incapable de respirer, je m'effondrai sur le sol.

La honte cuisante… Des larmes brûlaient mes yeux, j'avais un goût de sang dans la gorge. Il grommela quelque chose en allemand. D'abord, j'essayai de lutter, mais il semblait galvanisé par mes efforts pour le repousser. En l'espace de quelques secondes, il releva ma jupe, me força à écarter les cuisses à l'aide de son genou, et me prit sauvagement.

Un étrange chagrin, que je ne m'explique toujours pas, me poussa à crier le prénom de mon mari. *Vassili !* À ce moment précis, je détestais mon homme parce qu'il n'était pas là pour me sauver. Ensuite, je détestais l'ordure qui me pénétrait violemment, si peu de temps après que j'avais donné naissance à mon bébé. Je pleurai pour mon petit Petro, je pleurai pour mon mari qui n'avait jamais vu son troisième fils, et je pleurai à cause de la terrible douleur qui me déchirait le ventre.

Je ne me souviens pas de la fin, je me rappelle seulement être revenue à moi sur le sol. J'ouvris lentement les yeux, craignant qu'il soit là, mais je m'aperçus que j'étais seule. Sale, effrayée, inquiète pour mes enfants. Je haïssais mon corps et pleurais encore pour mon mari. Le chagrin déferlait en moi par vagues successives, chacune plus faible que la précédente, jusqu'à ce je finisse par me relever, tant bien que mal.

J'utilisai le bas de ma robe pour essuyer le sang et le sperme qui coulaient sur mes jambes tremblantes. Accroupie, j'essayai de faire pipi, dans l'espoir de me purifier de l'intérieur, mais j'étais déshydratée et n'y parvins pas. J'essuyai mon visage maculé de sang avec ma manche. Les garçons auraient suffisamment peur comme cela. Il ne fallait pas qu'ils voient leur mère dans un tel état.

Je me dirigeai vers la maison d'un pas chancelant, pensant à Petro, à son petit corps, à sa vie à peine entamée et déjà si cruellement fauchée. À mon pauvre *papoú*, aussi, mon adorable grand-père, à qui j'aurais dû prendre le temps de dire tant de choses. Je ne lui avais jamais dit *Je t'aime, papoú.* C'est terrible de laisser cette simple vérité inexprimée.

J'espérais que quelqu'un me les apporterait, ou que les soldats s'en iraient et que je pourrais retourner au sommet de la corniche. Tandis que je quittais la route principale du village, un éclair de lumière aveuglant illumina tout, autour de moi. L'explosion qui suivit vibra dans l'air. Loin devant moi, des étincelles rougeoyantes s'élevèrent comme des étoiles filantes dans le ciel nocturne.

L'écœurante odeur de fumée se fit plus forte. Je courus vers notre maison. Elle était en flammes ! Mes garçons étaient pris au piège. Ils ne pouvaient pas sortir de l'urne tout seuls. J'ignorais ce que je pourrais encore endurer de cette atroce journée.

La côte qui conduisait à la maison me semblait plus raide que jamais, et pourtant, mon corps malmené trouva une force étonnante. Je ramassai ma jupe et me mis à courir. Les seules choses inflammables dans la pièce réservée aux animaux étaient la pelle en bois et les herbes sèches accrochées au mur et au plafond. Soudain, je pensai au *pithos*[1] à demi plein d'huile d'olive.

Le temps que j'arrive, la porte de l'*appothiki* était tombée par terre et une grande partie du plafond s'était effondré. Des étincelles voletaient dans l'air. Mes garçons allaient suffoquer dans l'urne. J'avais envie de crier leurs prénoms, mais les nazis risquaient de m'entendre. Des poutres tombées flambaient contre les murs de pierre, et une couche de brindilles grésillait sur le sol. De la fumée s'élevait en volutes rougeoyantes.

Je courus jusqu'à la porte de l'*appothiki*, mais le rayonnement du brasier me repoussa comme les mains d'un spectre incandescent. La lueur des flammes créait des formes démoniaques qui dansaient autour de moi. Mes pensées se tournèrent vers les ombres diaboliques de l'oliveraie. Oui, Dieu m'avait bien envoyé un présage. Pourquoi n'avais-je pas réagi immédiatement ? Je repensai alors au tonneau d'eau derrière la maison. Je m'emparai du seau en émail posé à côté de nos tomates piétinées et courus jusqu'au jardin de derrière.

Arrivée près du tonneau, je versai de l'eau sur moi. Ankylosée, le souffle coupé par le froid, je recommençai jusqu'à ce que ma robe et mes cheveux soient trempés, puis je remplis à nouveau le seau et regagnai l'*appothiki*. L'eau se renversait et mes vêtements mouillés m'entravaient.

Un morceau du toit en terre était tombé en un bloc massif, qui avait bloqué la porte et s'était coincé dans un coin de la pièce, formant un espace triangulaire au-dessus de mes enfants enterrés. La couche d'excréments sur le couvercle de l'urne avait cuit et formait une croûte blanche. La vapeur qui s'en élevait aurait dû m'indiquer

---

1   Le *pithos* est une jarre profonde.

sa chaleur, mais je la grattai à mains nues, oublieuse des boursouflures de ma peau brûlée.

—Stavro, Matthia !

Je les appelai aussi fort que j'osai le faire. J'avais presque réussi à décoincer le couvercle de l'urne quand je pris conscience de la douleur causée par mes brûlures. Elle était si atroce que je plongeai les mains quelques instants dans l'eau froide pour les soulager avant de vider le seau sur le couvercle de l'urne.

Un nuage de vapeur putride s'éleva en tourbillons autour de mon visage. Je ne vis plus rien, n'entendis plus que le crépitement et le crachotement du feu, si forts à mes oreilles qu'ils couvraient les gémissements des femmes affolées au sommet de la corniche. Je grattai encore les excréments brûlants. L'eau en avait fait une sorte de colle visqueuse qui me carbonisait les mains.

Saisie d'effroi à l'idée de trouver Stavro et Matthia cuits vivants dans l'urne en terre cuite où je les avais mis, je cherchai à tâtons le bord du sac en toile de jute. La peau de mes paumes y resta collée quand je tirai dessus. J'aurais voulu avoir plus d'eau, mais je refusais de quitter les garçons avant d'avoir retiré le couvercle.

Des gémissements plaintifs pitoyables m'échappèrent. La fumée me brûlait les yeux, je ne voyais presque plus rien. Je balbutiai encore leurs prénoms.

—Stavro ! Matthia !

Mes doigts trouvèrent enfin les trous d'aération, et je tirai sur le couvercle de toutes mes forces. Il se fissura, et je le jetai vivement de côté.

La fumée m'aveuglait, il m'était impossible de voir dans le *pithos*. Je n'entendais pas un bruit venant de mes enfants. Je me jetai sur la terre fumante, plongeai le bras dans l'urne et sentis de la chair chaude et immobile. Je saisis un membre, tirai dessus et sortis Matthia de l'urne. Je n'oublierai jamais la sensation de son petit corps contre le mien, de sa tête pendant mollement au creux de mon cou tandis que je le portais. Mon fardeau me paraissait infiniment précieux. Je déposai mon amour de petit garçon sur la terre fraîche, sous l'olivier.

Mon Dieu, par pitié, épargnez mon adorable Matthia ! C'est un enfant si gentil, il n'a que quatre ans...

À ce moment précis, j'aurais donné ma vie en échange de la sienne. C'est la vérité absolue.

Mes larmes tombèrent sur son visage. Je touchai sa poitrine pour sentir les battements de son cœur, mais j'avais perdu toute sensation dans les mains tant elles étaient brûlées. Sombrant dans le désespoir le plus profond, je m'agenouillai à côté de lui.

Toute seule dans cette nuit noire, sans la moindre idée de ce qu'il fallait faire, j'avais envie de crier à l'aide mais n'osais pas. Je n'étais qu'une femme ordinaire, mais dans de telles circonstances, je devais être beaucoup plus que cela. Stavro, qui était encore dans l'urne, pouvait mourir d'un instant à l'autre, s'il n'était pas déjà mort. Devais-je abandonner Matthia pour aller à son secours ? Je refusais d'accepter que Matthia soit retourné auprès de Dieu avant son heure. Soudain, quelque chose en moi se brisa, et la colère la plus épouvantable me submergea.

Quel genre de Christ laisserait une chose pareille arriver ? Je frappai le sol de mes poings écorchés. Comment Gaïa, la Terre-Mère, pouvait-elle permettre à une telle abomination de se produire, la déesse étant mère elle-même ?

Une explosion de rage pure se déclencha en moi. Je me battrais contre les dieux et contre tous leurs anges pour défendre la vie de mon garçon ! Dans ma folie, j'ai honte de l'avouer, je dirigeai ma fureur contre mon enfant. En proie à une colère incontrôlable, je martelai la poitrine de Matthia à coups de poing.

— Respire, au nom du ciel, respire !

Des années plus tard, un médecin m'a dit que mon geste avait dû relancer le cœur de mon fils. Peut-être y a-t-il un Dieu, après tout.

Je me servis du tissu de ma robe mouillée pour essuyer le visage brûlant de Matthia, honteuse de ma propre violence. Je ne méritais pas d'être mère.

Pensant qu'il était mort, j'ouvris sa chemise pour l'exposer à l'air frais de la nuit, et eus toutes les peines du monde à me retenir de pousser un cri. Je ne peux pas décrire le mélange de joie et d'espoir qui m'envahit quand ses mains bougèrent légèrement. Je retirai mon jupon de coton et courus jusqu'au tonneau pour le tremper dans l'eau. Matthia gémit quand je le plaçai sur lui. À la lueur des flammes, je vis sa poitrine se soulever et s'abaisser.

—Tu es en sécurité, maintenant, dis-je à travers mes larmes de soulagement, sans savoir s'il m'entendait. Ne bouge pas, je vais chercher ton frère.

Je regagnai l'*appothiki* et tendis le bras dans l'urne pour attraper Stavro. J'essayai de le soulever, mais mes mains brûlées et son poids m'en empêchèrent. J'étais faible, désespérée, anéantie par la chaleur, que je n'aurais jamais supportée en d'autres circonstances, et pourtant, il fallait bien que je trouve un moyen de le sauver. Mes vêtements ne tardèrent pas sécher. Je me relevai, pris le seau et retournai au tonneau. Après m'être à nouveau trempée, je remplis le seau et repartis en courant. Je trébuchai dans ma précipitation, et mes mains brûlées lâchèrent le seau trop lourd. Une grande partie de l'eau se renversa sur la terre ingrate. Je repris ma course folle et me jetai à terre devant le *pithos*.

Tandis que j'étais couchée sur le sol, le haut de mon corps penché dans l'urne, il me semblait que le plafond en flammes me grillait la peau du dos. Le courage m'abandonna. L'épuisement et les atrocités de la journée eurent raison de ce qui me restait de combativité. Mon bébé était mort, mon grand-père aussi. J'avais été souillée par un immonde nazi. Et maintenant, mon aîné allait brûler vif parce qu'il avait fait, sans poser de questions, ce que je lui avais dit de faire. Submergée de remords, je hurlai dans l'urne.

—Stavro !

Vaincue, je lâchai le bras de mon garçon. De l'eau dégoulinait de mes cheveux, gouttait sur son corps brûlant au fond du *pithos*. J'avais envie de rester allongée là et de mourir, mais alors que je haletais, parvenant à peine à inhaler l'air brûlant, je sentis le mouvement le plus merveilleux sous mes mains blessées. Puis, quelque part derrière moi, la voix de Matthia s'éleva, faible et rauque.

—Maman…

Mon cœur se serra en l'entendant, et elle me procura un vif soulagement. Je m'extirpai de l'urne et m'approchai de lui d'un pas chancelant. Il avait les yeux ouverts et, bien qu'il eût l'air hébété, il me regardait.

—Soif, coassa-t-il.

Je me rappelai qu'il n'avait rien bu depuis l'aube.

—Je vais te chercher de l'eau, dis-je, tiraillée entre lui et mon aîné.

Je pris le jupon trempé dans lequel il était enveloppé, retournai en hâte au bord de l'urne et le laissai tomber sur Stavro pour le rafraîchir un peu. Plus j'approchais de la source de chaleur, plus mes mains étaient douloureuses.

Au tonneau, prise de vertiges, confuse, j'eus soudain conscience de ma propre soif, inextinguible. Je pris de l'eau au creux de mes mains et bus à grand bruit. Des petits morceaux de peau restèrent collés à mes lèvres comme du papier mouillé. De retour au bord de l'urne, je versai un peu d'eau sur Stavro, lui promettant de le sortir de là, sans même savoir s'il m'entendait. Je retournai ensuite auprès de Matthia, le tins contre moi et lui donnai à boire.

—Reste ici pendant que j'aide ton frère, dis-je, tenant absolument à éloigner Stavro du feu.

Soudain, un craquement sinistre suivi d'un grand *vroum* ! fendit l'air. Des étincelles rouges s'élevèrent vers le ciel nocturne, et une vague de chaleur s'abattit sur moi. Une autre poutre s'était embrasée. Une nouvelle partie du plafond s'effondra.

Stavro !

Alors même que je croyais ne pas pouvoir tomber plus bas au cœur de cette épouvantable journée, les choses empiraient encore.

Un bloc du plafond, dans l'angle de la pièce, glissait le long du mur. Mon ventre se noua. Qu'étais-je censée faire ? Il faisait cinquante centimètres de large et trois mètres de long. Il nous tuerait tous les deux s'il tombait pendant que j'essayais de sortir Stavro de sa cachette. Je n'avais pourtant pas le choix. Je devais agir vite.

Une poutre tombée un peu plus tôt, coincée sous la terre glaise du toit, avait soutenu ce gros bloc. Maintenant, le bois était presque entièrement consumé, et il s'effritait sous le poids qui pesait sur lui.

Je saisis le seau et me jetai sur l'urne, versai le reste de l'eau sur mon fils, laissai tomber le seau dans l'urne et attrapai mon jupon.

—Stavro, écoute-moi ! Nous allons mourir tous les deux si tu ne fais pas tout de suite ce que je te dis…

La fumée âcre me brûlait la gorge et les yeux, mais je m'en moquais. Rien n'aurait pu m'empêcher de sortir Stavro de là.

—Prends le seau, pose-le à l'envers et monte dessus pour que je puisse t'attraper.

Il ne bougea pas.

Le plafond continuait à glisser. Il n'était maintenant plus qu'à un mètre de l'urne, et il s'en approchait encore.

—Stavro, je t'aime. Aide-moi à nous faire sortir d'ici.

Je tirai sur son bras. Il remua légèrement.

—Allez, mon fils ! Matthia a besoin de toi, j'ai besoin de toi, sois fort et monte sur ce seau…

Je m'écartai de l'urne, craignant que le bloc du plafond, en tombant, ne m'écrase sur l'ouverture, empêchant ainsi Stavro d'en sortir. À genoux, je me penchai sur le bord, espérant qu'il pourrait s'en extirper et ramper sur moi si le plafond s'effondrait complètement. Des petits bouts de terre et des cailloux brûlants me tombaient sur le dos, comme des balles.

Mes pensées se tournèrent vers bébé Petro, je songeai que j'allais bientôt le retrouver au ciel. Le bruit de raclement du bloc qui se détachait du plafond évoquait celui d'une scie coupant du bois. Il me rappela brutalement à la réalité, à l'urgence de la situation.

—Nous n'avons que quelques secondes devant nous, Stavro. Il faut que tu montes sur le seau. Fais ce que je te dis, mon fils !

À travers la fumée, je vis sa main se cramponner au bord de l'urne.

—C'est bien, mon garçon ! Maintenant, monte sur le seau, je vais t'aider à sortir, vite !

Il y eut un autre bruit de glissement, et la terre brûlante vint toucher mon dos courbé.

—Maintenant, Stavro !

Le sommet de son crâne apparut. Je tendis le bras pour attraper sa ceinture, et le hissai de toutes mes forces. Il glissa sur l'ouverture de l'urne comme un escargot cuit sur une fourchette tordue. La pression s'accentua sur mon dos.

—Va-t'en, vite ! criai-je, craignant de ne pas m'en sortir.

À l'instant même où il s'échappait, je m'aplatis et roulai sur le côté. Je n'avais encore jamais été aussi heureuse de voir la voûte céleste. Un million d'étoiles brillaient au-dessus de moi.

Un grand bruit retentit, et un nuage de poussière s'éleva dans l'air et tourbillonna tout autour de nous. La poussière rentra dans mes narines, me piqua les yeux, et il fallut un moment pour que les larmes viennent.

Je ne sais pas combien de temps je restai là, étendue sous l'olivier, et peut-être restai-je un moment sans connaissance. J'aimerais pouvoir dire que ce furent les besoins de mes enfants qui me poussèrent à l'action, mais en vérité, ce fut la soif qui me fit me lever. J'entendais les cris plaintifs des femmes demeurées sur la corniche, qui redoutaient ce qui pouvait encore se passer dans les ténèbres de cette nuit d'horreur.

Matthia se leva, vacillant sur ses jambes. Il donna peut-être à boire à son grand frère. Je ne sais pas.

Plusieurs heures s'étaient écoulées quand je sentis l'eau fraîche goutter sur mon visage. Je perçus l'approche de l'aube et ouvris les yeux. Mes fils étaient assis à mes côtés, ils trempaient leurs doigts dans l'eau du seau et les secouaient au-dessus de ma tête.

L'espace d'un instant, je crus que nous étions tous morts et que nous étions au paradis, puis je pris conscience de notre état pitoyable. Nous étions bel et bien en vie. Pourtant, le miracle de notre survie n'atténuait en rien la peine de la mort de Petro, la douleur de mes mains et de mon dos brûlés.

À l'Ouest, la pleine lune ressemblait à un crâne, glissant lâchement derrière la corniche du village. Une rangée de cyprès secoués par le vent aux branches semblables à des doigts crochus de sorcière me rappelait mon bébé arraché à mon sein et assassiné. La peur l'emporta sur mon chagrin. Nous devions à tout prix nous enfuir et trouver un endroit où nous réfugier.

À l'est, une teinte rosée commençait à poindre à travers le manteau noir de la nuit, révélant les courbes douces de notre mère la Terre. Je sentais que notre heure la plus sombre était derrière nous. Nous étions en vie, et l'aube était la promesse d'un jour nouveau.

9

Crète, aujourd'hui.

Angie posa son carnet et son crayon sur la table basse. Elle essaya de déglutir, la gorge serrée par l'émotion, incapable de retenir ses larmes.

—Tu racontes très bien, *yiayá*. Tu devrais écrire un livre.

—Je n'ai plus assez de temps devant moi, *koritsie*. Fais-le, toi ! Il y a des années et des années, j'ai appris à lire et à écrire aux élèves des écoles d'Amiras et de Viánnos, mais ce qui me passionne, c'est le grec ancien. Les poèmes d'Homère.

Elle sourit et gonfla la poitrine avec fierté.

—Mon père, qui était un homme érudit, m'a donné des leçons. La plupart des filles n'apprenaient ni à lire, ni à écrire, mais mon père n'avait pas eu de garçon, alors il s'est chargé de mon instruction.

—Tu as appris à lire et à écrire à tes propres fils ?

—Oui, Angelika, et à tous ceux du village qui voulaient apprendre, répondit Maria avec une lueur de fierté dans les yeux. J'ai même appris à Vassili, et il est devenu instituteur. La plupart des adultes étaient illettrés, à l'époque, et quelques-uns des plus vieux le sont encore.

Elle regarda le carnet d'Angie.

—Promets-moi que tu écriras mon histoire, *koritsie*. J'ai peur que ce qui s'est passé soit oublié… Ce n'est qu'aujourd'hui que je mesure l'importance de notre histoire locale. Nous voulons tous oublier. C'est compréhensible, nous sommes si nombreux à souffrir encore de tout ce qui s'est produit. Les jeunes gens ne se rendent pas compte de la vraie douleur causée par la guerre, ajouta-t-elle en secouant la tête, et c'est très dangereux.

La porte s'ouvrit à toute volée et un homme de petite taille, maigre et nerveux, qui avait une épaisse moustache grise et des yeux marron pleins de colère, franchit le rideau de lanières. Sa chemise d'un blanc immaculé détonnait étrangement. À en juger par les marques de pliures rectangulaires sur le plastron, elle sortait tout droit de son emballage. Il s'appuya à son *bastouni* et les regarda toutes deux intensément.

—Oh là là, je vais avoir des ennuis ! dit Maria.

Elle but quelques gorgées de thé glacé, aspirant bruyamment dans sa paille.

—Qui est-ce, maman ? demanda l'homme, désignant d'abord Angie de sa main tendue, puis le carnet posé sur la table.

—Calme-toi, Matthia. Sois poli avec notre invitée. Angelika est ta nièce, la fille de Poppy.

Le ton de Maria était dur, mais son expression trahissait son affection.

—Bienvenue, dit Matthia avec une brusquerie qui suggérait les sentiments qu'elle cherchait à dissumuler. J'ai entendu dire que tu étais ici.

Angie se leva et lui sourit nerveusement.

—Bonjour… Je suis heureuse de te rencontrer, oncle Matthia. Ta mère m'a beaucoup parlé de toi.

Il fronça les sourcils et jeta un coup d'œil en direction de la cuisine. Une lueur d'espoir passa dans son regard et sa voix s'adoucit.

—Poppy est là ?

Il lissa le devant de sa chemise.

—Non, répondit Maria avec douceur, ta sœur n'est pas là.

—Hum !

Il reporta son attention sur Angie et sa rudesse réapparut.

—Ne crois rien de ce que cette vieille femme te dira.

Il agita sa canne et son regard se fit glacial sous ses sourcils broussailleux.

—Elle mange trop de *glystretha*.

Ses yeux se posèrent sur les sacs et les bouteilles qui encombraient la pièce, il se renfrogna encore, fit volte-face, écarta le rideau de lanières à l'aide de son *bastouni*, et disparut.

—Ah là là ! soupira Maria, levant les yeux au ciel. Ne fais pas attention à Matthia... Il essaie de faire comme si le passé n'avait jamais eu lieu, surtout avec les étrangers.

—Qu'a-t-il voulu dire quand il a dit que tu mangeais trop de *glystretha* ? demanda Angie, espérant que la conversation s'orienterait de nouveau vers sa mère.

Maria eut un rire. Les rides qui sillonnaient son visage se creusèrent sous l'effet de l'hilarité, et Angie ne put s'empêcher de rire avec elle.

—*Glystretha* est le nom que l'on donne ici à un légume feuille que l'on mange en salade, il pousse au mois de septembre... Tu dois le connaître sous le nom de *pourpier d'hiver*. L'intérieur de la tige est visqueux. D'ailleurs, *glystretha* veut dire *glissant*, en grec. Quand quelqu'un parle trop, on dit qu'il a mangé trop de *glystretha* parce que sa langue dérape !

Une lueur de plaisir mêlé de satisfaction brillait dans les yeux de Maria, alors même qu'Angie se serait attendue à y voir de l'amertume. Écouter sa grand-mère se remémorer tous ces événements tragiques était une véritable leçon d'humilité. Perdue dans ses propres pensées, elle attendit en silence que Maria reprenne son récit à l'aube du 15 septembre 1943.

* * *

Crète, 1943.

L'air, âcre de fumée, était dépourvu de la fraîcheur habituelle du petit matin. L'obscurité était notre alliée ; nous devions prévoir notre évasion avant que le jour ne se lève.

—Qui a faim ?

J'essayai de détendre l'atmosphère, consciente que les garçons n'avaient rien mangé depuis vingt-quatre heures. Ils hochèrent tous deux la tête.

—Stavro, va chercher la chèvre et le chevreau dans le jardin de derrière, et fais attention à ce que personne ne te voie.

—Nous devons manger le plus possible, expliquai-je à Matthia, dont le visage s'éclaira aussitôt. Nous devons être forts, mon fils. Va me chercher les biscuits et le miel dans le garde-manger.

Il courut jusqu'au four de pierre.

Le ciel devenait de plus en plus clair. Je supposais qu'il était environ 4 heures et demie, et mesurais l'importance de remplir nos estomacs avant de fuir Amiras. Je me levai et retombai aussitôt par terre, étourdie par la faim. Deux possibilités s'offraient à nous : monter, ou descendre. Monter, l'option la plus sûre, nous conduirait au plateau d'Omalos, ou plus loin encore, à Lassithi. Cependant, Omalos ne tarderait pas à être bloqué par la neige. Les nazis ne pourraient donc plus y accéder, mais survivrions-nous sans sel et sans légumes ?

Le sud, en direction des gorges d'Arvi, serait plus chaud, et l'on y trouverait à manger et un refuge ; mais nous risquerions d'y être découverts et tués si les nazis décidaient de rester dans la région.

Stavro revint et entreprit maladroitement de traire la chèvre, fier de montrer un talent durement acquis. La bête le regarda par-dessus son épaule, s'agitant nerveusement, mécontente d'être traite par de nouvelles mains. Mes garçons burent tout leur content, dégustant le lait mousseux à même la casserole.

Les plats, dans l'évier du jardin, étaient couverts de cendres. J'avais un grand plat bleu en faïence orné de fleurs jaunes ; par chance, il n'était pas cassé. Dedans, je plongeai les biscuits dans ce qui restait de lait, et je couvris le tout de miel. J'autorisai mes garçons à manger avec leurs mains et à lécher leurs doigts collants de miel.

Revigorée par ce repas, je me relevai et dis à Stavro de m'apporter le grand couteau qui était dans l'évier extérieur. J'attrapai le chevreau. Il avait assez de chair sur les os pour être tué. Je me mis à califourchon sur lui, serrai les genoux sur ses côtes et bloquai son museau contre ma poitrine avec mon menton. Stavro me tendit le couteau, regardant fixement mes mains brûlées. Elles étaient horribles, couvertes de cloques et écorchées, mais la douleur s'était un peu calmée. Après avoir tranché la gorge de l'animal jusqu'à la moitié, je lui brisai la colonne vertébrale. Dès mon plus jeune âge, comme tous les habitants du village, j'avais assisté à des mises à mort comme celle-là, et je n'y ai jamais vraiment réfléchi, mais après avoir été témoin des atrocités de la nuit passée, je voyais quelque chose de quasi satanique à ce rituel. Horrifiée, je regardai le couteau plein de sang que j'avais à la main, incapable de poursuivre la tâche jusque-là banale.

La mère du chevreau fit un petit saut de côté et me regarda, avec le même air docile et perplexe que d'habitude.

— Maman ? Qu'est-ce qui ne va pas ? demanda Stavro, toujours aussi perspicace.

— J'ai mal aux mains, mon fils. Tu peux me remplacer ?

Je m'efforçai de garder une voix calme et posée, mais mon cœur se brisait. Petro, mon bébé, massacré si cruellement ! Je dus prendre sur moi pour résister au besoin impérieux de lever le visage vers le ciel et de hurler de chagrin.

Suivant mes conseils, Stavro découpa la carcasse en petits morceaux. Nous les enveloppâmes ensuite dans des feuilles de mûrier, et les plaçâmes dans les cendres fumantes près de l'entrée de la maison. Une heure plus tard, la viande serait cuite.

Avant le lever du soleil, mes garçons et moi ferions un festin de roi. Le feu s'était consumé, et l'intérieur de la maison rougeoyait à travers les fenêtres vides comme un démon satisfait. Les cris et les plaintes qui s'élevaient de la corniche un peu plus tôt s'étaient tus, même le plus violent des chagrins devant se calmer, à un moment ou à un autre. Je me rappelai que je devais faire face à mes propres démons, et expliquer la situation à mes enfants.

Je pris la hache et me penchai aussi loin que je l'osais dans l'*appothiki*. Mes mains couvertes d'ampoules palpitaient de douleur dans la chaleur tandis que je glissai la lame sous une boule de fromage fondu et noirci dans la niche la plus proche et la soulevai dans l'air frais sous la lame de la hache, sur laquelle elle ne tarda pas à se solidifier. Stavro coupa la croûte calcinée et partagea en trois l'intérieur doré et moelleux. Ce fromage reste l'une des choses les plus délicieuses que j'aie mangées de toute ma vie. Je m'en rappelle encore le goût.

Nous nous remplîmes le ventre et emballâmes le reste de la viande dans un balluchon, que Stavro accrocha à une extrémité de la hache.

—Je peux le porter sur mon épaule, maman, dit-il avec empressement.

—Maman, où est bébé Petro ? demanda Matthia, regardant la maison réduite en cendres, l'air affolé.

Mon ventre se noua. Incapable de parler, je réprimai un sanglot alors qu'un chagrin accablant s'abattait sur moi. Stavro croisa mon regard. Je vis qu'il ne comprenait rien, sinon la tragédie, et à cet instant précis, le petit garçon de sept ans devint un homme avant l'heure.

—Ne pose pas de questions, dit-il à son frère d'un ton brusque. C'est toi qui dois t'occuper de la chèvre, maintenant. Fais-le correctement.

Brave Stavro ! Merci...

Un couvre-lit bleu tout abîmé était posé sur le tas de bois. Nous l'étalâmes par terre et posâmes dessus toutes les choses utiles que nous parvînmes à trouver. Je mis le briquet, le couteau, un petit bidon d'essence et des pierres à briquet, tous rangés dans le four extérieur, dans la poche de mon tablier. Les haricots, les épis de maïs, le *skapáni* et une casserole cabossée qui avait appartenu à feu ma mère allèrent dans le couvre-lit replié.

—Je vais porter ça, dit Matthia en indiquant le ballot d'un signe de tête, pour imiter son frère.

Stavro et moi échangeâmes un regard. Le ballot devait être aussi lourd que lui.

—Occupe-toi de la chèvre, Matthia, et mets tes chaussures.

Elles étaient accrochées à une branche de l'olivier. J'en retirai le papier mouillé, espérant qu'elles s'étaient un peu agrandies.

—Dépêchons-nous, les garçons ! Allons-y sans faire de bruit.

Malgré notre repas, nous étions incroyablement faibles. Je devais expliquer aux enfants l'importance de quitter le village. Mes fils étaient sans doute les deux seuls garçons encore en vie à Amiras. Les nazis allaient sans doute faire des recherches. Je n'avais rien d'autre à leur dire que la vérité, si terrible à entendre pour un enfant.

— Ils nous tueront s'ils nous trouvent, dis-je.

Ils écarquillèrent les yeux. Stavro se mordit la lèvre inférieure, me regarda, puis s'adressa à Matthia.

— Nous ne devons surtout pas faire de bruit, mon frère. On ne pleure pas, d'accord ? Il est temps d'être un homme, comme moi.

— Voilà mon plan, dis-je. Nous allons remonter le fossé jusqu'à l'église, et nous nous arrêterons jusqu'à ce qu'il n'y ait plus de danger.

Ils hochèrent la tête, les yeux écarquillés, l'air affolé.

— Il faut que nous traversions la route et que nous nous cachions dans les arbres, de l'autre côté, avant le lever du soleil. Allons-y !

Faisais-je le bon choix ? Je priai pour que Dieu me guide.

Dans la pâle lueur de l'aube, nous prîmes la direction du plateau d'Omalos. La ravine courait le long de notre jardin. Elle acheminait l'eau de la neige fondue qui ruisselait du plateau au printemps, avant de jaillir dans le village. Le fossé, à sec en septembre, nous cachait sous un tunnel dense de figuiers sauvages, de pruniers de Damas, de mûriers et de buissons de myrte. Avec le ballot attaché dans mon dos comme un porte-bébé, je passai la première, m'accroupissant, rampant parfois, mes mains enveloppées dans des bandelettes de tissu arrachées à mon jupon. Stavro me suivit et, derrière lui, Matthia et la chèvre.

Nous avançâmes péniblement, les épines des pruniers, les branches s'accrochant à nous sur notre passage. Je me rendis compte que même si l'on ne pouvait pas nous voir, quelqu'un verrait peut-être les branches bouger au-dessus de nous tandis qu'elles se prenaient dans nos vêtements et dans nos cheveux. Les nazis nous attendraient-ils au bout du tunnel ? Nous ne pouvions pas faire demi-tour, mais j'avais peur de continuer. Des nuées de mouches à fruits, attirées par la moiteur de nos visages transpirants, nous chatouillaient les narines et les yeux.

La tranchée passait devant une petite église byzantine, au niveau de laquelle deux mûriers chargés de fruits couvraient le fossé sur le bas-côté de la route.

—Jusqu'ici, tout va bien. Attachez la chèvre et restez assis sagement pendant que je vais dans l'église.

Stavro hocha la tête et Matthia l'imita. Ils étaient contents de se reposer après notre progression laborieuse.

Je me faufilai dans la chapelle et priai pour Petro, demandant à Dieu de le protéger, au paradis. La réalité des dernières vingt-quatre heures me frappa d'un coup. Le cœur brisé, je refermai sur moi-même les bras qui auraient dû tenir mon bébé. Les larmes se mirent à couler à flots sur mes joues, et je sombrai dans le désespoir le plus profond. Pourquoi cette chose terrible nous était-elle arrivée ? Toutes les prières du monde n'y changeraient rien.

Je tombai à genoux et implorai Dieu de protéger ma famille. Je devais croire qu'il entendrait mes prières et les exaucerait. Il avait ses raisons pour avoir pris Petro, et peut-être les comprendrais-je un jour. Pour le moment, mon seul devoir était d'éloigner mes pauvres fils effrayés du danger, le plus possible.

Je glissai quelques bougies à la cire d'abeille dans la poche de mon tablier et rejoignis Stavro et Matthia. Mes garçons se régalaient de mûres juteuses. Ils léchaient le jus qui coulait sur leurs mains et passaient leur langue violette autour de leur bouche. La chèvre, ruminant vorace, mâchouillait les feuilles en forme de cœur des arbustes, les pupilles rectangulaires de ses yeux jaunes regardant dans le vide. La cloche de l'église annonça 6 heures, puis l'on sonna le glas. Les chiens du village, affamés, se mirent à aboyer, et des chèvres bêlèrent pour qu'on vienne les traire. Mes seins gonflés de lait étaient douloureux, chauds et palpitants du besoin d'allaiter mon bébé.

L'air du matin s'emplit des terribles gémissements des femmes endeuillées. Je me demandai si quelqu'un avait trouvé Petro. J'osais à peine imaginer son petit corps. Les larmes qui ruisselaient sur mes joues me rappelèrent que nous n'avions pas d'eau.

Pauvre Petro ! Comment allais-je expliquer ce qui s'était produit à mon mari ? Que penserait-il de moi, qui avais perdu son enfant avant même qu'il ne le voie ? Les émotions me submergeaient, mais je savais que je devais me ressaisir dans l'intérêt de notre famille.

Nous devions traverser la route, visible depuis presque tout le village ; manœuvre dangereuse mais nécessaire. À découvert, nous risquions d'être capturés et tués.

Stavro et Matthia me regardaient fixement, attendant mes instructions.

—Nous allons traverser la route en courant, sans faire de bruit, quand nous serons sûrs qu'il n'y aura aucun soldat dans les parages.

C'était une décision difficile à prendre et les conséquences dépendraient entièrement de moi. Si je ne choisissais pas le bon moment, tout serait terminé.

Le ciel devenait de plus en plus clair. Mon cœur martelait ma poitrine. Nous restâmes cachés dans le fossé jusqu'à ce qu'il n'y ait plus aucun bruit de voiture, de sabots d'âne ou de bottes de soldats. Les garçons continuaient à me regarder fixement, sans ciller, attendant mes ordres.

—Maintenant !

Si Dieu était avec nous, les nazis sur le sommet de la corniche regarderaient dans la direction opposée. Nous traversâmes en courant la rue goudronnée et nous réfugiâmes dans les buissons de l'autre côté.

La chèvre, intéressée par la végétation fraîche, ne s'arrêta pas. Elle fit tomber Matthia, l'entraînant dans sa course. Stavro et moi lâchâmes nos ballots pour les empoigner tous deux alors qu'ils passaient à toute allure devant nous. J'attrapai la chèvre et Stavro attrapa Matthia. Le brave petit était resté cramponné à la corde de l'animal alors même que ses genoux étaient tout écorchés. Mes brûlures avaient séché, mais quelque part dans le fossé, j'avais perdu mes bandages. Saisir la corde de la chèvre avait éraflé ma peau, et j'avais les mains en sang. Stavro les regardait intensément.

— Tu ressembles à Jésus sur le tableau de l'église, maman.

Je ne savais pas si je devais rire ou pleurer.

— Ça fait mal ?

Sa petite voix empreinte d'inquiétude m'émut. Je dus inspirer profondément pour me calmer avant de répondre.

— Pas autant que cette nuit, mon fils, mais je commence à avoir les mains ankylosées et j'ai du mal à plier les doigts.

À ce stade, après avoir si peu dormi, je mesurais le risque qu'il y avait à voyager en plein jour. Je vis un gros figuier, un peu plus loin sur la colline, et cela me donna une idée. Ses branches et ses grandes feuilles se courbaient vers le sol, et l'on aurait dit un parapluie vert géant. Des figues violet foncé pendaient aux branches, qui ployaient sous leur poids. La plupart des fruits étaient énormes et trop mûrs, et leur peau duveteuse se craquelait pour révéler une chair rose et dorée succulente.

— Venez, les garçons, allons nous reposer là-bas.

Matthia s'efforçait visiblement de retenir les larmes que ses genoux ensanglantés lui avaient fait monter aux yeux.

—Crache dessus, lui ordonna Stavro. La salive est un remède naturel.

Ces mots me firent sourire et me redonnèrent de la force.

Nous attachâmes la chèvre au tronc d'un jeune arbre, sachant qu'elle bêlerait pour nous prévenir si quelqu'un approchait, puis nous nous glissâmes dans la cachette sombre et feuillue. La terre chaude, couverte d'un tapis moelleux d'herbe sèche et pâle, formait un lit confortable. La bonne odeur de foin qui flottait dans l'air et la pénombre de notre cachette étaient apaisantes, et nous ne tardâmes pas à nous détendre. Nous partagions cet espace avec une nuée de moustiques, mais nous nous en moquions. Le sol, toujours aussi solide, nous était étrangement d'un grand réconfort et, après avoir mangé quelques figues, mes garçons se pelotonnèrent contre moi et s'endormirent rapidement. Regrettant de n'avoir pas d'eau, je pensai à la source fraîche dans le haut d'Amiras. Le robinet de laiton n'était pas loin, et ce serait là que nous irions dès que l'obscurité serait revenue. En l'espace de quelques minutes, je sombrai moi aussi dans un profond sommeil.

* * *

Je me réveillai en sursaut, nerveuse, et tendis aussitôt l'oreille. À en juger par les ombres qui nous entouraient, il était environ midi. Une brise légère faisait bruire les feuilles des arbres et son murmure courait dans la montagne. Je songeai que, peut-être, le vent portait au ciel les âmes de nos morts. La tristesse m'envahit de plus belle et me fit frissonner malgré la chaleur. Tandis que je pensais à Petro, l'air chaud caressait ma peau comme l'aurait fait le souffle de mon bébé endormi. *Au revoir, mon fils. Repose en paix.*

Le bébé n'était pas encore baptisé, mais Dieu laisserait sûrement cet innocent enfant entrer dans son Royaume.

Épuisée, je m'assoupis de nouveau et rêvai à ce qui aurait pu être.

10

Crète, aujourd'hui.

A ngie prit son carnet sur la table et le rangea dans son sac à main. Elle avait écrit à peine une phrase. Le crayon le mieux taillé de Grèce ne lui aurait pas permis de transcrire les émotions véhiculées par les paroles de sa grand-mère. Elles allaient avoir besoin de temps avant de pouvoir être couchées sur le papier.

Il lui semblait sentir le goût du fromage fondu, éprouver la passion farouche d'une mère résolue à protéger ses enfants. Tandis qu'elle refermait la fermeture Éclair de son sac, un rayon de soleil se posa sur sa bague de fiançailles. Son diamant brilla de mille feux, projetant des éclats de lumière blanche sur les murs blanchis à la chaux, comme si l'esprit de Nick se trouvait dans la pièce avec elle. Elle avait tant à lui dire. Elle se rappelait le jour, deux ans plus tôt, où il lui avait offert le solitaire.

Ils avaient participé à une course de dix kilomètres au profit de l'hospice du coin. Nick ne courait pas, le simple fait d'envisager de faire du sport le faisait tressaillir, mais il avait tenu à y prendre part pour elle, et il avait convaincu tous ses collègues de venir le soutenir. Il avait dit que c'était la preuve qu'il ferait n'importe quoi pour elle. Ils avaient couru côte à côte et, à mi-parcours, elle avait bien vu qu'il souffrait vraiment, mais il avait persévéré et avait continué à courir. À la fin de la course, il avait pris une médaille à l'organisateur et la lui avait passée autour du cou lui-même.

— Je t'aime, Angie Lambrakis, avait-il dit en mettant un genou à terre, là, sur la ligne d'arrivée, et en sortant le petit écrin de velours de la poche de son short. Veux-tu m'épouser ?

La presse locale avait adoré, les spectateurs aussi. Tout le monde les avait pris en photo. Angie, les larmes aux yeux, troublée, était restée sans voix.

— Dites oui, ma jolie ! lui avait crié une dame.

Clignant des yeux, Angie avait regardé Nick, qui avait encore un genou dans la boue. Enfin, ses larmes de joie avaient coulé sur ses joues.

— Oh, Nick… Bien sûr que je veux t'épouser !

Sa mère les avait rejoints en courant.

— J'ai tout raté ? Grand bêta ! Tu aurais pu m'attendre…

Elle avait donné une tape sur la tête de Nick, par jeu, puis elle avait sorti son portable de sa poche et avait ajouté :

— Allez, vas-y, relève-toi, passe-lui la bague au doigt et embrasse-la, je veux une photo !

Angie sourit à ce souvenir. Elle les aimait tant tous les deux, et voir sa mère aussi insouciante lui manquait tellement !

Les yeux de Maria suivirent aussi les scintillements de sa bague, puis elle regarda dans le vague, visiblement perdue dans ses pensées.

— Les âmes perdues, dit-elle à voix basse, comme si elle priait.

Elle souleva le bas de son tablier et s'en servit pour se tamponner les yeux.

— Chacun des cent quatorze morts au sommet de la corniche faisait partie d'une famille. Des centaines de cœurs ont été brisés, ce jour-là, des centaines de vies anéanties, et pour quoi ?

Elle poussa un profond soupir.

—Comment aurais-je pu savoir ce qui allait se passer pendant que j'étais dans la montagne avec Stavro et Matthia ? Comment l'aurais-je pu, Angelika ? Je n'étais pas là.

Elle essuya une autre larme.

—Je t'en prie, ne pleure pas, *yiayá*, dit Angie. Tu as sauvé la vie de Matthia et de Stavro toute seule. Tu peux être fière.

La pauvre vieille dame avait traversé tant d'épreuves !

L'expression de Maria se fit pleine de remords. Elle regarda droit devant elle, comme si elle revivait le passé.

—Je n'aurais pas dû quitter le village, Angelika. C'est ce que ta mère m'a dit, le jour où elle est partie. Elle a autant souffert que tous les autres, sur cette côte.

—Mais, *yiayá*, elle n'était même pas née, à l'époque…

Angie ne comprenait pas ce que disait sa grand-mère. Elle considéra son grand âge et songea qu'à quatre-vingt-dix ans, il était normal qu'elle ait parfois l'esprit un peu troublé. Elle confondait certainement Poppy avec Petro, dans son souvenir.

Maria secoua la tête, prit sa main dans la sienne et regarda sa paume.

—Non, Angelika, je ne suis pas encore sénile, dit-elle avec un sourire.

Angie sentit le rouge lui monter aux joues. Elle avait honte d'avoir douté de la vieille dame si perspicace.

—Tu comprendras quand tu auras entendu le reste de l'histoire.

Maria reposa la main d'Angie sur ses genoux, et elle lui montra une flaque de lumière sur le sol, près de la fenêtre.

—Tu vois ça ? Tous les après-midi, le soleil passe à travers les branches de ce gros olivier, dehors, et indique cet endroit, où ta pauvre mère s'est tenue il y a près de quarante ans. Elle m'a dit que tout était ma faute.

Elle eut un sourire triste et se tourna vers Angie.

—Quand tu retourneras à Londres, dis à Poppy que je l'ai toujours aimée. Je l'ai toujours aimée, et je l'aimerais toujours. Et dis-lui que je suis désolée.

Angie se demanda si elle avait raté quelque chose. Elle ne voyait pas où sa grand-mère voulait en venir.

—Parle-moi de ma fille. Est-elle heureuse en Angleterre, Angelika ?

Le menton de Maria tremblota, et Angie devina son immense chagrin. Elle réfléchit quelques instants. C'était étrange de parler de la vie de Poppy. Elle ne s'était jamais vraiment posé de questions sur le sujet auparavant. Une chose était sûre : quand sa mère était là, tout se passait bien dans sa vie à *elle*. Elle eut une brusque prise de conscience : Poppy s'était toujours consacrée à elle, et elle avait toujours été prête à tout pour elle, jusqu'au mariage.

Sa grand-mère attendait sa réponse, le regard implorant.

—Maman a toujours vécu seule, *yiayá*. Elle a une maison à Camberley, près de Londres. Une maison mitoyenne. C'est là que j'ai grandi.

—Est-ce qu'elle fabrique encore ses propres vêtements ?

Angie sourit.

—C'est amusant que tu me demandes ça… Elle a justement transformé la plus petite chambre en salle de couture. C'est là qu'elle faisait ses comptes avant de prendre sa retraite… Tu savais qu'elle était comptable ?

Maria hocha la tête.

—Elle fait des retouches et des raccommodages pour le pressing du coin, et elle a toujours un ouvrage en cours pour elle.

Malheureusement, elle ne va jamais dans aucun endroit où il faille s'apprêter, pensa Angie avec tristesse. Eh bien ! les choses étaient sur le point de changer.

—Maman ne sort pas assez, *yiayá*, alors j'ai l'intention de l'emmener au restaurant ou au cinéma de temps en temps.

Sa grand-mère sourit et hocha la tête.

—Poppy a appris à se servir de ma machine à coudre quand elle avait onze ans. Elle fabriquait des petits sacs pour ranger les pinces à linge avec des chutes de tissu. Je crois que toutes les femmes du village avaient l'une de ses créations, dit-elle avec un petit rire, les yeux pétillants. Un jour, ton *papoú* a eu un trou à la poche de son pantalon et lui a demandé si elle pouvait le réparer. Elle était tellement heureuse qu'elle lui a fait des poches extra-larges !

Fière de sa mère, Angie essaya de l'imaginer, enfant, assise devant une vieille machine à coudre à pédale.

—Tout ce que Vassili mettait dans sa poche lui tombait au niveau du genou, et il devait se contorsionner pour le récupérer. C'était trop drôle ! Tout le monde se moquait de lui, mais il n'avait pas le cœur de demander à Poppy de les modifier.

Angie décrivait à sa grand-mère la dernière création de Poppy, la copie d'une veste Chanel qu'elle avait vue dans un magazine, quand elle s'aperçut que Maria s'était endormie. Le visage qui avait montré tant d'émotions un peu plus tôt était maintenant parfaitement détendu. L'esquisse d'un sourire dansait sur ses lèvres et, en voyant son air paisible, Angie se plut à croire qu'elle rêvait de Poppy.

Une vive tristesse l'envahit. Quel malheur d'être séparée de son enfant ! Quel que soit votre âge, quelle que soit la distance qui puisse vous éloigner d'elle, votre fille reste votre fille. Elle imagina ne plus jamais revoir sa mère, imagina avoir une fille avec laquelle elle serait brouillée, et se rendit compte que cela devait être déchirant. Cela la conforta dans l'idée qu'elle devait tout faire pour réunir Poppy et Maria.

La vieille horloge égrenait les minutes. Angie se demanda si une semaine suffirait à découvrir les secrets de sa mère.

Elle entendait le léger ronflement de sa grand-mère au-dessus du chant hypnotique des cigales, au-dehors. D'autres bruits du village entraient par la porte de la maison. Quelque part, non loin de là, un coq battit des ailes et chanta dans l'air chaud de la mi-journée. Un homme cria et un chat cracha. Un chien aboya au loin, et un autre lui répondit au bout de la vallée.

Angie pensa au récit de sa grand-mère, qui avait traversé trois générations, comblant un fossé dont elle devait encore comprendre la nature.

Elle décida de s'éclipser pour aller faire un tour dans le village. Alors qu'elle se penchait en avant pour se lever, Maria ouvrit les yeux. Elle semblait revigorée.

—Ne t'en va pas. Reprenons notre histoire, Angelika.

* * *

Crète, le 15 septembre 1943.

Quand je m'éveillai, sous le figuier tentaculaire, les garçons étaient à mes côtés. Stavro avait plaqué une main sur ma bouche, et Matthia me secouait par l'épaule. Dans la pénombre, Stavro approcha son visage du mien pour que je le voie et posa un doigt sur sa bouche. Je compris tout de suite.

Il retira sa main, et je m'assis. Le bruit de soldats marchant au pas sur la route, à vingt mètres à peine, se rapprocha rapidement. Matthia gémit et, au même moment, la chèvre bêla. Je serrai Matthia contre moi mais, alors même que les nazis passaient, il se libéra de mon étreinte et s'enfuit en courant à travers les branches de l'arbre, vers le sommet de la colline, s'éloignant de nous et des soldats.

Ceux-ci s'arrêtèrent net. Je priai pour qu'ils n'aient pas vu Matthia, et me demandai si je devais rester là où j'étais ou m'élancer à sa poursuite. Stavro et moi entendîmes des ordres aboyés en allemand. Nous jetâmes un coup d'œil entre les feuilles du figuier et, dans la lumière décroissante, nous vîmes deux nazis remonter la côte raide dans notre direction.

Ils promenèrent les faisceaux lumineux de leurs torches électriques sur le sol et crièrent dans un grec parfait :

— Arrêtez-vous, ou nous tirons !

Nous vîmes leurs silhouettes approcher.

Cachés dans les profondeurs des rameaux de l'arbre, nous étions terrifiés. Les nazis virent la chèvre, et une discussion s'ensuivit. Ils se demandaient sûrement s'ils devaient la prendre ou la laisser là. Nous jetâmes un autre coup d'œil entre les branches et vîmes un soldat avancer vers nous. S'était-il aperçu de notre présence ? Il nous tirerait une balle dans la tête s'il nous trouvait.

Prenez Stavro en premier ! suppliai-je intérieurement. Je ne pouvais pas supporter l'idée que mon garçon me voie abattue et devine ce qui allait lui arriver.

Je tremblais si violemment que je m'étonnai de ce qu'ils n'entendent pas mes os s'entrechoquer. Stavro se blottit contre moi. Je passai les bras autour de son petit corps et le serrai étroitement. Il s'enfonça le poing dans la bouche, le cœur martelant la poitrine. Je le sentais contre mes propres côtes.

Le soldat s'arrêta devant notre arbre. Je voyais le bout rond de ses bottes militaires sous les branches. Nous osions à peine respirer. Il planta fermement ses pieds dans la terre molle. À en juger par sa posture, je devinai qu'il prenait son pistolet. C'était le coup de grâce. Nous allions être abattus.

L'espace d'un instant, je songeai à le supplier de nous épargner, mais je me ravisai et décidai de prier silencieusement, ramenant le petit visage de Stavro contre ma poitrine. Au moins, cela serait rapide, et mon garçon ne verrait pas la fin arriver. Peut-être la même balle m'achèverait-elle. Je l'espérais. À cet instant précis, la mort me semblait être une délivrance.

Je me préparai, dis au revoir à Vassili intérieurement et priai pour que Matthia ait trouvé un endroit où se cacher à flanc de coteau, et pour que les nazis ne l'aient pas vu. J'espérais que mon mari survivrait à la guerre, qu'il trouverait Matthia et qu'ils vivraient en paix tous les deux. Je me concentrai sur les bottes à moins d'un mètre de moi, ne voulant pas voir le visage de notre bourreau.

Le nazi émit un grognement – *l'ordure*, pensai-je – puis il y eut un bruit de pisse frappant le sol. Je sentis des gouttelettes chaudes éclabousser mes jambes nues, entre les feuilles. L'homme remonta sa braguette à tâtons et se détourna.

Je n'aurais pas su dire si j'avais envie de rire ou de pleurer.

La chèvre, nerveuse en présence d'étrangers, bêla de plus belle. Mon soulagement était si vif que je poussai un profond soupir, plus bruyant que je ne le voulais. Le nazi fit volte-face et s'approcha à nouveau de l'arbre, criant quelque chose à son compagnon. Je baissai la tête de Stavro dans mon giron et m'aplatis sur lui. Dans l'obscurité, peut-être que l'homme ne verrait pas mon garçon et qu'il ne tuerait que moi. Il y avait toujours de l'espoir.

La torche électrique brilla dans notre direction. De petites taches de lumière filtrèrent à travers les feuilles et tressautèrent autour de nous tandis que l'homme à la torche avançait sur le sol accidenté. Une main surgit entre les épaisses branches argentées, au-dessus de nos têtes, s'agitant pour écarter les feuilles enchevêtrées. Je fermai les yeux et retins mon souffle, sachant que si j'ouvrais la bouche maintenant, un gémissement m'échapperait. Si je devais mourir, je mourrais dignement. Les branches de l'arbre se secouèrent dans un bruissement une fois, deux fois, trois fois... et je compris enfin que les nazis cueillaient des figues. Je priai pour que Matthia reste immobile et silencieux, où qu'il fût.

Les nazis rirent et discutèrent tout en rejoignant leur troupe, laissant la chèvre derrière eux. Quelques secondes plus tard, le groupe de soldats reprit sa marche au pas en direction du village de Pefkos. Je continuais à trembler et me mis à sangloter. Mes sens échappaient à mon contrôle.

Stavro, jeune et fort, se tortilla pour se dégager de mon étreinte.

—Chut ! Viens, maman...

Il tira sur mon tablier. Les bougies tombèrent de ma poche. Il les ramassa et les remit dedans.

—Nous devons trouver Matthia, vite... Allons-y !

Nous laissâmes la chèvre attachée à sa corde et nos affaires au pied de l'arbre. À la faveur de la nuit, nous remontâmes la côte en courant, dans la direction que Matthia avait prise, le plus discrètement possible. Chaque brindille qui craquait sous nos pieds semblait faire autant de bruit qu'une explosion. Malade d'inquiétude pour Matthia et redoutant ce qui avait pu se produire, je l'appelai tout bas tandis que nous avancions, consciente qu'il avait peut-être rampé sous l'un des nombreux buissons.

Gardant Stavro tout près de moi, je me précipitai vers le haut d'Amiras. Le petit groupe de maisons cachées par les arbres, avec sa source d'eau douce, pouvait avoir été oublié par les nazis. Je priai la Vierge Marie de protéger mon fils, de nous protéger tous les trois. Nous avions assurément assez perdu.

La lune n'avait pas encore fait son apparition dans le ciel, mais nos yeux s'étaient habitués à l'obscurité et nous voyions suffisamment loin pour nous déplacer sans difficulté entre les arbres. Je savais que la première maison que Matthia aurait vue appartenait au berger du coin, Andreas. Ce Crétois indépendant, gardien des troupeaux du village, faisait l'objet de nombreuses histoires affreuses.

Andreas était-il mort, avec les autres hommes d'Amiras, au sommet de la corniche, ou le trouverions-nous à l'intérieur ? Je ne me rappelai pas l'avoir vu parmi les malheureux, mais je jugeai préférable de ne pas l'appeler. Je me servis de mon coude pour appuyer sur le loquet, puis de mon épaule pour pousser la porte, et retins un cri de douleur. J'avais oublié le coup de crosse de fusil du nazi. La porte s'ouvrit.

—*Kérios*[1] Andreas ? murmurai-je dans le noir, consciente qu'il avait peut-être enfermé des chèvres dans la pièce et que je risquais de déclencher un tohu-bohu.

Constatant que rien ne venait briser le silence, nous nous faufilâmes à l'intérieur.

Malgré l'obscurité, je distinguais dans l'entrée la forme semi-circulaire d'un réservoir d'eau, avec son petit robinet de cuivre. Je lui donnai un petit coup de coude, et fus soulagée d'entendre un son mat indiquant qu'il était plein. La chance était avec nous. Stavro trébucha sur la bassine et le broc en émail placés en dessous, qui glissèrent sur le sol et s'entrechoquèrent bruyamment.

—Chut… Fais attention, mon fils.

—Pardon, maman.

Je sentais la présence de Matthia.

—Matthia, tu es là ? C'est ta maman et ton frère, dis-je d'une voix douce.

Stavro referma la porte derrière nous, prit une bougie dans la poche de mon tablier et l'alluma. Nous trouvâmes Matthia sous la table basse du berger, roulé en boule, suçant son pouce, les yeux écarquillés, l'air terrorisé.

---

1 « Monsieur » en grec.

—Pauvre enfant ! N'aie pas peur… Nous sommes en sécurité, maintenant, dis-je pour le rassurer.

Matthia me regarda fixement et gémit.

—Ça va aller, mon frère, dit Stavro.

Il tint la bougie pendant que je me penchai sous le bois rugueux de la table. Au bout d'un moment, Matthia sortit de son refuge en rampant et me passa les bras autour du cou. Je le serrai si fort contre moi qu'il poussa un petit cri et se trémoussa pour se libérer.

—Je croyais que les soldats allaient me tuer, maman. J'ai eu peur.

Je le pris à nouveau dans mes bras et le berçai doucement. J'aurais voulu ne plus jamais le lâcher. Un tel soulagement explosa en moi, des émotions si intenses m'envahirent que j'eus peine à garder mon sang-froid.

—Maman, tu m'écrabouilles !

Je le gardai contre moi tandis que mes yeux s'habituaient à la faible lueur de la bougie, à l'aide de laquelle Stavro inspecta les moindres recoins de la petite pièce.

Les murs de la maison, spartiate et sans fenêtres, étaient blanchis à la chaux, une unique tasse était posée sur la cheminée toute simple, une marmite noire en métal était accrochée à l'un des murs, et de vieux paniers étaient suspendus aux poutres du plafond. Il y avait des cendres dans la cheminée. Des ustensiles de cuisine, des bouteilles et une lampe à huile étaient entassés dans une niche carrée, et le sol était couvert de petit bois. Nous nous servîmes de l'eau et bûmes tout notre soûl, soupirant de contentement dans notre gobelet sale et craquelé, dont le contenu nous faisait l'effet d'un délicieux nectar.

Un lit de pierre que nous appelions une banquette longeait le mur en face de la porte, et deux peaux de mouton crasseuses et quelques sacs en toile de jute étaient posés dessus.

—Stavro, aide-moi à faire un lit, chuchotai-je. Vous avez besoin de sommeil.

Ils grimpèrent sur les peaux de mouton, et Matthia passa les bras autour de la taille de Stavro, se cramponnant à lui. Je m'efforçai de paraître calme.

—Il faut que je retourne au figuier pour récupérer nos affaires et la chèvre, Stavro.

—Je vais venir avec toi, maman, tu ne peux pas le faire toute seule.

—Non, mon fils, veille sur ton frère. Je vais le faire en deux fois. Dors, maintenant. Quand j'aurai rapporté la nourriture, nous mangerons.

—Mais maman, j'ai peur… Les soldats peuvent te prendre.

—Ça va aller. Matthia a besoin de toi. Si je ne suis pas revenue au lever du soleil, partez, et continuez à monter à flanc de coteau. Trouvez un arbre comme celui sous lequel nous nous sommes cachés, et restez dessous tant qu'il fait jour, d'accord ?

Il hocha la tête.

—C'est important. Les nazis vont probablement fouiller les maisons, demain.

Je passai mes mains brûlées sur mes garçons, me retenant à grand-peine de leur faire part de mes véritables craintes. Vassili me manquait terriblement. Stavro et Matthia avaient plus que jamais besoin de lui. J'essayai de l'imaginer avec nous, veillant sur nous, et cela me donna du courage.

Il me semblait entendre sa voix, dans ma tête. *Tu vas y arriver, Maria. Suis ton plan ! Va chercher ce dont vous allez avoir besoin, femme.*

Une fois de plus, je dus résister à l'envie impérieuse de prendre mes fils dans mes bras et de les serrer de toutes mes forces contre moi. Je ne voulais pas qu'ils se rendent compte que c'était peut-être la dernière fois qu'ils me voyaient.

Je plongeai mon regard dans celui de Stavro et essayai d'imaginer ce qu'il penserait de moi si je ne revenais pas.

— N'oublie jamais que je t'aime, mon fils. Maintenant, dors. Nous devrons reprendre la route avant l'aube.

Les garçons se pelotonnèrent l'un contre l'autre, et je les couvris avec les sacs de toile rêche. Je plaçai un dernier sac sur leurs têtes pour protéger leurs doux visages des moustiques, puis je m'assis au bord du lit et restai là un moment, à écouter leur respiration régulière, me demandant ce que je ferais si je les perdais, eux aussi.

La vie avait été généreuse en me faisant cadeau de ces précieux enfants. Petro aussi était dans mon cœur. La torpeur de l'épuisement n'atténuait en rien le chagrin que j'éprouvais.

Le temps viendrait de pleurer les morts ; mais pour le moment, je devais protéger les deux fils qui me restaient. Le cœur lourd, j'éteignis la bougie et m'apprêtai à partir. Cependant, alors même que je tendais la main vers le loquet, la porte s'ouvrit, et un homme grand et massif apparut dans l'embrasure.

11

Crète, aujourd'hui.

Maria bâilla, son visage fatigué et pâle s'étirant comme celui du *Cri* de Munch.

—Ça suffit, Angelika.

—Mais, *yiayá*, qui t'a trouvée ? Un soldat nazi, ou le berger ?

—Demande-le-moi plus tard. C'est l'heure de dormir.

Angie soupira plus fort qu'elle n'en avait eu l'intention. Sa grand-mère la regarda, le sourire aux lèvres.

—Très bien, Angelika, je vais te le dire. C'était Andreas, le gardien de nos moutons et de nos chèvres. Maintenant, je dois faire la sieste. Je suis fatiguée.

—Bien sûr. Tu dois être épuisée.

Angie baissa les yeux.

—Je suis égoïste… Je suis désolée. C'est mon pire défaut, je m'en suis rendu compte récemment. Je pourrais rejeter la responsabilité de ma conduite sur ma mère, qui m'a toujours tout cédé, mais à mon âge, je n'ai aucune excuse.

Maria inclina légèrement la tête sur le côté et sourit à nouveau. Angie se leva.

—Tu dois trouver absolument épouvantable de te remémorer cette tragédie. Je ne peux pas imaginer ce que tu ressens.

— Oui, c'est très dur, *koritsie*, mais je suis heureuse de le faire. Cette histoire doit être racontée.

Angie aida sa grand-mère à se lever. Une fois debout, la vieille dame l'observa un instant avec une expression triste.

— Peux-tu me ramener ma fille, Angelika ? Nous avons le cœur brisé... Depuis ta naissance, nous espérons le retour de Poppy.

— Je te promets de faire tout mon possible, *yiayá*.

Maria renifla, secoua la tête, et franchit d'un pas traînant le rideau tendu sur la voûte qui donnait sur sa chambre.

Angie attendit un moment, écoutant sa grand-mère se déplacer, puis le silence se fit dans la petite maison.

Dans la pénombre, elle s'imprégna de l'atmosphère du lieu et examina une collection de vieilles photos de mariage dans des cadres ternis accrochés au mur, près de la cheminée. Elle chercha parmi les visages des mariées celui de Poppy et celui de Yeorgo parmi ceux, impassibles, des mariés. Elle n'avait jamais vu de photo nette de lui, mais elle était persuadée qu'elle reconnaîtrait son père. Elle avait rêvé d'entendre sa mère parler de lui, surtout quand elle était enfant, mais Poppy s'effondrait toujours quand elle abordait le sujet. Angie se sentait alors coupable, comme si elle était responsable d'une tragédie qui détruisait sa mère.

Pourquoi, maman ? Je voulais tant avoir un père quand j'étais petite ! Tu aurais pu en inventer un, pour moi... Le tien est adorable, mon papoú. On dirait un Einstein grec, avec ses yeux pétillants et son sens de l'humour subtil. Pourquoi l'as-tu abandonné pendant trente-sept ans ? Tu lui as brisé le cœur !

Elle continua à observer les photos accrochées au mur. Les moustaches noires, soigneusement taillées, les cheveux gominés et les yeux noirs des mariés la laissaient de marbre. *Il n'est pas là*, pensa-t-elle.

Déçue, elle passa le rideau de lanières et referma la porte de la maison derrière elle.

Le silence de plomb qui pesait sur le village à l'heure de la sieste faisait passer le moindre bruit pour un tintement de cymbale. Elle s'aperçut qu'Amiras était un véritable amphithéâtre naturel. Son regard se porta sur la corniche, et elle comprit que le bruit des soldats marchant au pas et des gémissements plaintifs des femmes désespérées avait dû porter non seulement au-dessus des toits, mais aussi plus haut dans la montagne.

Elle tourna à gauche en bas des marches et remonta la rue. La chaleur du goudron passait à travers la semelle fine de ses sandales. Du muflier et des pavots poussaient dans les lézardes des seuils. Elle contourna un énorme buisson de romarin chargé de fleurs mauves qui s'étalait sur la route. Le parfum doux de la plante lui rappela aussitôt la maison de sa mère ; le déjeuner du dimanche, l'agneau rôti, les pommes de terre sautées, les petits pois et les carottes au beurre. Elle en eut l'eau à la bouche.

Les maisons blanchies à la chaux qui longeaient la rue paraissaient assez modernes, mais elle remarqua que les murs faisaient cinquante centimètres d'épaisseur. Derrière l'enduit lisse et les châssis en aluminium des fenêtres se dressaient vraisemblablement les murs qui étaient déjà là le jour du massacre.

La ruelle étroite, silencieuse, semblait taire ses secrets, incitant par là même Angie à continuer à avancer. Un groupe de petites maisons carrées, serrées les unes contre les autres, avec leurs fenêtres à double vitrage, semblaient la regarder passer.

Derrière ces habitations, Angie reconnut la première oliveraie mentionnée par sa grand-mère. Quittant la route, elle monta la pente douce entre les troncs noueux, savourant l'ombre que les arbres projetaient sur la terre. Comme un signet neuf dans un vieux livre d'histoire, elle avait le vague sentiment de n'être pas à sa place, mais elle ne tarda pas à l'oublier. Quel âge avait Maria quand tout ceci s'était produit ? Si elle s'était mariée à seize ans, et qu'elle avait eu Stavro la même année, elle devait avoir vingt-trois ans. Même si elle en avait maintenant quatre-vingt-dix, Angie voyait bien qu'elle avait été très belle.

Elle s'imagina à la place de sa grand-mère ce jour de septembre 1943, et posa la main à plat sur un large tronc. Elle leva les yeux et murmura aux branches au-dessus de sa tête :

—Ma grand-mère s'est-elle tenue ici, vieil arbre, terrifiée, craignant pour la vie de ses enfants.

Comme la jeune Maria, Angie scruta le dais de feuilles vert argenté et de fleurs, cherchant un signe, un présage. Une hirondelle aux ailes d'un noir brillant plongea vers le sol, rasant la terre avant de remonter vers le ciel avec une grâce acrobatique.

Angie se tourna dans la direction d'où elle était venue, et essaya d'imaginer le bruit de deux mille soldats marchant au pas. Il lui sembla que la scène décrite par Maria apparaissait dans la lumière diffuse. Les ombres se mirent à effectuer une danse macabre autour d'elle, des bruits surgirent du plus profond de son esprit, jusqu'à ce qu'elle soit complètement immergée dans le passé de sa grand-mère.

Des images du récit de Maria s'imposèrent à elle. Elle se cacha derrière le tronc, comme sa grand-mère l'avait fait, et regarda en direction de la route. Les battements de son cœur s'accélérèrent, elle fut parcourue d'un frisson. Les ombres prirent un air menaçant et un nuage passa devant le soleil. Plusieurs minutes s'écoulèrent. Les paroles de Maria se bousculaient dans sa tête. Des visions de ce jour terrible apparurent sous ses yeux. Soudain, elle s'aperçut qu'elle pleurait. Toute l'émotion qu'elle avait retenue chez sa grand-mère jaillissait maintenant.

Elle n'avait pas l'habitude de pleurer. Quand quelque chose allait mal, elle se mettait en colère, elle analysait la situation, elle s'organisait, elle attaquait le problème de front. Pourtant, voilà que, pour la deuxième fois en l'espace d'une semaine, elle pleurait toutes les larmes de son corps. Elle s'enfouit le visage au creux des mains, chassant de son esprit les sombres pensées qui l'envahissaient, jugulant ses larmes.

Elle regagna précipitamment la rue, respirant à pleins poumons l'air chaud, levant le visage vers le soleil. De retour sur la route goudronnée, elle éprouva une profonde perte de motivation et, l'espace d'un instant, un accablant sentiment de solitude. Cette fois encore, elle eut la désagréable impression que la rue l'observait.

Nick te manque, c'est tout, se dit-elle, remontant la rue jusqu'à ce qu'elle arrive à un cimetière.

Ses pensées se tournèrent de nouveau vers sa mère. Quel malheur pour Poppy de perdre l'homme qu'elle aimait ! Angie se languissait de Nick, et cela ne faisait que deux jours qu'ils étaient séparés. Enfant, elle mourait d'envie d'avoir un père. Parfois, elle traînait dans la cour de l'école pour regarder les pères de ses camarades de classe les déposer au portail. Certains embrassaient leur papa sur la joue ou le serraient dans leurs bras. D'autres, gênés d'être vus avec un parent, se hâtaient de descendre de voiture et se ruaient dans l'école. Ils n'avaient pas conscience de leur chance.

Souvent, Poppy jetait des coups d'œil à la chaise libre à la table de la cuisine, ou regardait dans le vague, le sourire aux lèvres. Honteuse de ne pas s'être demandé pourquoi plus tôt, Angie se rendait compte maintenant de la solitude de sa mère.

Quand elle retournerait en Angleterre, elle ferait plus de cas d'elle. Le moment était venu de gâter sa mère, de lui témoigner sa reconnaissance pour toute l'attention qu'elle avait reçue d'elle au fil des ans. Elle commencerait par téléphoner au fleuriste du coin pour lui faire livrer un beau bouquet le 1er de chaque mois. Elle sourit à cette idée, satisfaite de son plan. Puis elle se rappela que sa mère avait le rhume des foins, et qu'elle-même avait découpé sa carte de crédit dans un accès de vertu quand elle avait perdu son emploi. Elle trouverait néanmoins un moyen de remercier sa mère. Il le fallait.

Des marches de ciment conduisaient aux tombes de marbre gris rectangulaires, toutes simples, ornées de bouquets de fleurs artificielles en tissu ou en plastique aux couleurs criardes. En dépit de son envie de lire les inscriptions, Angie ne trouva pas l'énergie de le faire. Éprouvant le besoin impérieux de parler à Nick, elle décida de retourner à Viánnos pour l'appeler. Elle ferma les yeux et se rappela son beau visage, quand il l'avait enlacée, à l'aéroport. Il l'avait regardée intensément, et elle avait deviné qu'il repensait à leur nuit d'amour.

— Est-ce que je vais te manquer ? lui avait-il demandé, lui posant un doigt sous le menton pour lui faire lever le visage vers lui.

— Pas du tout, avait-elle répondu en souriant. Je commence déjà à t'oublier !

Il avait ri et l'avait serrée dans ses bras, la soulevant légèrement du sol.

— D'ailleurs, qui êtes-vous ? lui avait-elle demandé d'un ton badin. Peu importe… Embrassez-moi, bel inconnu !

Il l'avait embrassée en riant de plus belle.

— Fais attention à toi, Angie. Tu sais que je t'aime.

Alors même qu'il prononçait ces mots, il l'avait étreinte tendrement.

Oh, Nick !

* * *

Dès qu'Angie vit sa voiture de location, elle remarqua qu'un pneu était à plat. Comme c'était l'heure de la sieste, la route était déserte. Pouvait-elle le changer elle-même ? Elle imagina la surprise de Nick quand elle lui dirait qu'elle s'était débrouillée toute seule ; cette pensée lui remonta le moral, et lui donna l'assurance nécessaire pour s'en sortir.

Elle se sermonna intérieurement : si une femme de trente-sept ans était incapable de changer un pneu toute seule, elle n'avait pas le droit de réclamer l'égalité des sexes. *N'est-ce pas ? Après tout, tu n'as pas besoin d'un pénis pour changer un pneu ; tout ce qu'il te faut, c'est une clef à écrous et un cric.*

Elle ouvrit le coffre, sortit la roue de secours et jeta un coup d'œil autour d'elle.

Un rideau de dentelle retomba sur la porte d'une maison. Une vieille dame voûtée, toute de noir vêtue, remontait la rue d'un pas traînant, tirant derrière elle une grosse brebis au bout d'une corde, que suivaient deux petits agneaux bondissants. Elle s'arrêta à côté du buisson de romarin et ramena la brebis près d'elle.

—Vous avez besoin d'aide ? demanda-t-elle à Angie d'une voix râpeuse.

Les agneaux profitèrent de ce que leur mère était immobile pour donner des coups de tête à ses mamelles et téter.

La dame avait l'air d'être encore plus vieille que Maria. Angie sourit et entreprit de desserrer les écrous de la roue.

—Merci, c'est gentil, mais je vais me débrouiller.

Une porte s'ouvrit de l'autre côté de la rue et une dame d'une cinquantaine d'années, en noir elle aussi, sortit avec une chaise de cuisine, sur laquelle elle s'assit lourdement. En l'espace de quelques minutes, un petit groupe de vieilles dames s'étaient rassemblées, gardant leurs distances mais observant Angie d'un air émerveillé et admiratif. Dès qu'elle eût mis la roue de secours en place et qu'elle eût bien serré les écrous, elle abaissa le cric et termina le travail avec un dernier tour de clef. *Mission accomplie !*

L'une des vieilles dames lui apporta une petite bouteille d'eau. Après l'avoir remerciée, Angie dévissa le bouchon et but une grosse gorgée bien méritée. Elle s'aperçut, trop tard, que c'était du *rakí*. Elle s'étrangla et toussa. Les femmes rirent, se tapant les cuisses et hochant la tête.

Une autre vieille dame lui apporta un verre d'eau glacée, une autre une bouteille d'huile d'olive, une autre encore une douzaine d'œufs frais mouchetés de fiente de poule.

Touchée par leur gentillesse, Angie posa leurs cadeaux sur le capot de la voiture avant de faire rouler le pneu crevé en direction du coffre. Un cri lui fit lever les yeux, et elle vit Demitri se ruer vers elle.

— Attends, Angelika, je vais le faire !

— Ah, typiquement masculin ! s'exclama-t-elle avec un grand sourire. Trop tard, Demitri ! Je me suis débrouillée toute seule.

Il regarda fixement la roue, puis reporta son attention sur elle.

— Toute seule ? Tu as changé le pneu toute seule, toi, sans l'aide de personne ?

— Pas exactement : ces charmantes dames ont soulevé la voiture pendant que je retirais le pneu crevé et que je mettais la roue de secours, répondit-elle en souriant.

Les dames se donnèrent de petits coups de coude, le sourire aux lèvres, visiblement amusées. Demitri les regarda tour à tour, elles et Angie.

— Tu es sûre que les écrous sont bien serrés ? demanda-t-il en prenant la clef.

— Oui, j'en suis sûre !

Elle lui prit la clef des mains et lui tendit la bouteille d'eau contenant le *rakí*, jetant un coup d'œil aux dames.

Demitri en prit une grosse gorgée et la recracha aussitôt. Les vieilles dames rirent avec Angie.

—Où puis-je faire réparer mon pneu ? Est-ce que je dois retourner au garage sur la route d'Héraklion ?

Demitri tourna vivement la tête vers elle.

—Tu es allée là-bas ?

Il souleva le pneu, la poussa du coude et le mit dans le coffre.

—J'avais besoin d'essence.

—Évite cet endroit, ils sont fous, là-bas… Dépose ton pneu au supermarché, je veillerai à ce qu'on te le répare dans l'après-midi.

—Merci. Demitri, tu crois que je pourrais avoir le wi-fi chez *yiayá* ? J'aimerais passer un appel vidéo à ma mère avant de partir.

Il haussa les épaules.

—Je demanderai à mon cousin, c'est le technicien des télécoms du coin.

Angie porta son pneu au supermarché, puis elle alla chercher sa tablette à Viánnos. Elle sourit à l'idée merveilleuse de voir sa mère et sa grand-mère réunies avant de quitter la Crète. Pleine d'entrain, elle se rendit au *kafenío* de Manoli et se détendit à l'ombre du grand arbre.

—Bonjour Mademoiselle, content de vous revoir ! Alors comme ça, quelqu'un vous a crevé un pneu ?

C'est parti pour l'interrogatoire de Manoli ! pensa-t-elle.

—Ne faites pas courir de fausses rumeurs, Manoli. J'ai sûrement crevé en me garant à côté des poubelles. Je vais prendre une bière, s'il vous plaît.

Il énuméra six marques de bière blonde.

—Que voulez-vous ?

Elle choisit la seule dont elle connaissait le nom.

—Une petite bière, dans un petit verre, s'il vous plaît !

Le sourire de Manoli s'évanouit.

—Cette bière n'est pas grecque, Mademoiselle. C'est de la bière allemande, dit-il d'un air méprisant. Je l'appelle la *bière Angela Merkel*, elle est pâle, il y a trop de bulles et elle n'a pas de goût. Vous voulez, je l'apporte.

—Non, désolée, je veux une bière locale.

Le grand sourire du serveur réapparut.

—D'accord ! Une grande ou une petite bière ? Un grand verre ou un petit verre ? Qu'est-ce que vous voulez ?

—Je vous laisse décider. Je présume qu'il n'y a pas le wi-fi, ici…

Elle sortit sa tablette de son sac.

—Qu'est-ce que vous croyez ? Nous sommes dans l'Europe, maintenant. Bien sûr que nous avons le wi-fi !

Elle ne saisit pas la logique de la réponse de Manoli. Il regarda sa tablette avec de grands yeux.

—Seigneur ! Très joli… Combien de mémoire ? Ça prend des photos ? Vous avez acheté en Angleterre ? Combien ça coûte ?

—Je n'en sais rien, Manoli, c'est un cadeau de mon fiancé.

—Fiancé ? répéta-t-il, se renfrognant. Pour le mot de passe, vous écrivez *Manolis*, et ensuite *e* et *x*. Je vous apporte la bière.

Elle entra le mot de passe, s'aperçut de ce qu'elle venait d'écrire et rit. *Manolisex.*

Soudain, le sourire aux lèvres et le soleil sur son visage, elle eut le sentiment que tout allait s'arranger. Bientôt, elle découvrirait pourquoi sa mère avait quitté l'île, ce qui l'avait tant bouleversée, et comment y remédier. Elle réconcilierait sa famille une bonne fois pour toutes.

Elle pensa à Nick, à leur premier rendez-vous. Cela n'avait pas vraiment été un rendez-vous galant. Son nouveau patron venait de se séparer de sa petite amie, et il devait assister à un mariage. Peu après son arrivée dans l'entreprise, il était venu la voir dans son bureau et lui avait demandé si elle pouvait lui rendre un immense service.

Ses yeux magnifiques posés sur elle la laissant sans voix, elle s'était contentée de hocher la tête, avec bien trop d'enthousiasme.

Dans l'église, il lui avait chuchoté la première phrase d'*Orgueil et préjugés* : « C'est une vérité universellement reconnue qu'un célibataire pourvu d'une belle fortune doit avoir envie de se marier[1]. » Elle avait ri et avait remarqué qu'il se trouvait être un célibataire pourvu d'un bon travail, ce qui valait une belle fortune, à leur époque.

Elle lui avait demandé s'il avait lu *Hunger Games*. C'était le cas, et la conversation qu'ils avaient alors entamée les avait amenés à évoquer de nombreux classiques. Elle s'était poursuivie tout au long du dîner, et même pendant les discours, ce qui les avait obligés à chuchoter.

Enfin, tandis que les jeunes mariés découpaient le gâteau, Nick et Angie avaient découvert qu'ils étaient tous deux fans de *Doctor Who*, et ils avaient passé le reste de la soirée à évoquer leurs épisodes et leurs acteurs préférés.

— Baker !

— Non, non, Pertwee !

Angie se rendit compte que voir le beau visage de Nick sur sa tablette lui donnerait envie de pleurer. Il valait mieux qu'elle l'appelle.

Elle s'égaya encore quand elle composa son numéro. Sa voix grave et douce lui fit chaud au cœur, et elle ne put s'empêcher d'afficher un grand sourire tandis qu'elle lui assurait que tout allait bien.

— Ne te sens surtout pas obligée de rester, Angie. Si quelqu'un te fait de la peine, ou si tu as envie d'abandonner l'idée et de rentrer à la maison, fais-le, d'accord ? Promets-le-moi ! Tu as ma carte de crédit ; va à l'aéro-

1 *Orgueil et préjugés*, Jane Austen, traduit de l'anglais par V. Leconte et Ch. Pressoir, Paris, 10-18, 1997.

port et achète-toi un billet sur place si tu veux revenir. Appelle-moi, et je viendrai te chercher à Heathrow. Ne me laisse pas m'inquiéter.

—Tu es un amour, Nick, mais tout va très bien, je t'assure.

Elle lui raconta ce qui s'était passé jusque-là, évitant toutefois de lui parler du massacre que sa grand-mère lui avait raconté, et qui pesait dans son cœur. Nick semblait tendu, probablement se surmenait-il et n'avait-il pas son compte de sommeil.

Pendant qu'elle parlait, Manoli revint avec sa bière, et trois soucoupes contenant des petites boulettes de viande, des feuilles de vigne farcies, et des olives. Il lui adressa son habituel sourire rayonnant.

—C'est de moi. Le vrai *mezzé*[1] crétois.

Angie le remercia et reporta son attention sur Nick.

—Qui était-ce ? lui demanda ce dernier d'une voix crispée.

—Nick, ne t'en fais pas, voyons ! C'est juste le serveur du *kafenío*, Manoli. Il m'a trouvé une chambre pas chère chez sa cousine, ici, à Viánnos.

Percevant son inquiétude, elle veilla à prendre un ton enjoué.

—Je bois une bière sous l'arbre le plus gros que j'aie jamais vu... Il a plus de mille ans, tu te rends compte ?

—Fais attention à toi, ma chérie, dit-il, sa voix se radoucissant. Tu te rappelles le film *Shirley Valentine* ? N'approche pas du bateau de son frère !

Elle rit. Elle repensa aux longues soirées d'hiver, pendant lesquelles ils regardaient de vieux films, dans les bras l'un de l'autre.

—Je voudrais que tu sois là, avec moi, Nick... Tu me manques.

---

1 Assortiment de petits plats, spécialité levantine.

À ce moment-là, une voix de femme s'éleva derrière lui.

— Nick, à quelle heure veux-tu…

Angie n'entendit pas la fin de la phrase. Nick avait dû mettre la main sur le combiné.

— Qui est dans le bureau avec toi ?

— Personne.

— Si, il y a quelqu'un, et sa voix me dit quelque chose. Qui est-ce ?

Il hésita, puis s'adressa à la femme qui se trouvait dans son bureau.

— Je te tiendrai au courant. Peux-tu me donner un moment ?

— Bien sûr. Je serai dans mon bureau, répondit la voix féminine.

Angie entendit la porte se refermer.

— C'était la gestionnaire de transition de Whitekings, Judy Peabody, dit Nick d'une voix tendue. Ne sois pas si soupçonneuse, Angie ! J'ai suffisamment de mal à travailler avec elle sans que tu t'imagines que je prépare un mauvais coup. Tu ne croirais pas tous les changements qui se produisent ici… Tu as de la chance de ne pas voir ça, ma chérie, je t'assure.

Elle regarda fixement un mégot de cigarette, à ses pieds.

— Whitekings… mais je croyais que c'était réglé. Tu es stressé, Nick. Que se passe-t-il réellement ?

En un clin d'œil, la bonne humeur d'Angie s'était envolée. Nick avait des problèmes. Cette harpie de Whitekings le mettait sous pression, et elle n'était pas là pour le soutenir. Il devait avoir du mal à dormir, et être épuisé à l'heure d'aller au travail. Sans doute ne prenait-il pas de petit déjeuner, se faisait-il un sang d'encre, et se contentait-il de chips et d'une bière en guise de déjeuner.

Manoli s'approcha à nouveau de sa table et lui demanda si elle voulait une autre bière.

—Manoli, donnez-moi une minute, s'il vous plaît…
Pourquoi ne m'as-tu rien dit, Nick ?

—Ce voyage est important pour toi, Angie.

—C'est vrai, mais tu es bien plus important encore.

—Dans ces circonstances, j'ai pensé qu'il valait mieux
que tu prennes ces vacances tant que j'ai encore… Enfin,
n'en parlons plus ! Alors, que vas-tu faire demain ?

—Attends un peu ! Est-ce que tu essaies de me dire
que tu es sur le point de perdre ton travail, toi aussi ?
Oh mon Dieu, Nick ! C'est horrible… Tu dois être mort
d'inquiétude !

—Je doute que cela en arrive là, Angie, mais la période
est à l'incertitude. C'est pour ça que je fais toutes les
heures que l'on exige de moi.

—Il vaudrait sûrement mieux que je n'invite pas tous
ces gens à notre mariage, dit-elle doucement. Si nous
sommes tous les deux au chômage, nous n'aurons pas les
moyens d'organiser une réception tape-à-l'œil.

Nous n'aurons pas non plus les moyens d'avoir un bébé,
pensa-t-elle.

—Oh, Nick… et notre emprunt ?

À peine eut-elle prononcé ces mots qu'elle les regretta.
Il n'avait pas besoin d'un stress supplémentaire.

—Calme-toi, Angie. Nous serons fixés quand tu
rentreras.

—Je suis vraiment désolée, mon chéri. Tu dois être
assez stressé sans que j'aggrave les choses. Quelle situation épouvantable ! Je n'arrive pas à le croire, Nick…

—Fais-moi confiance, je fais tout mon possible pour
assurer notre avenir.

—Je suis sous le choc ! Je me sens tellement inutile…
Puis-je faire quelque chose, mon chéri ?

—Trouve simplement les réponses aux questions que
tu te poses, et amuse-toi.

Après avoir raccroché, Angie regarda fixement son téléphone.

Pauvre Nick ! Tout était remis en cause : leur grand mariage, leur nouvelle maison, leur projet de bébé. La situation était catastrophique, et il devait y faire face tout seul.

—Vous n'aimez pas mon *mezzé* ? Pourquoi vous avez l'air si triste, Mademoiselle ?

Manoli posa deux petits verres de *raki* sur la table et tira une autre chaise.

—*Yammas !* s'écria-t-il en tapant son verre sur la table de zinc comme le voulait la coutume.

Le geste fit glisser la tablette, qui renversa son verre vers elle. Horrifiée, elle le rattrapa d'une main et saisit la tablette de l'autre.

—Bravo ! s'exclama Manoli en claquant des doigts. Maintenant, dites-moi, qu'est-ce qui ne va pas, Mademoiselle ?

Elle mourait d'envie de se confier.

—De mauvaises nouvelles, Manoli, de gros problèmes… Nous allons peut-être devoir annuler notre mariage, et renoncer à la maison que nous voulions acheter.

—Vous voyez ? Quand vous le dites à quelqu'un, ce n'est pas si terrible.

Elle cligna des yeux, muette d'incrédulité.

—Ces choses ne sont pas des catastrophes. Vous êtes une belle femme, vous êtes en bonne santé, vous avez des amis et de la famille. Le reste, c'est de la poussière, sans importance, et on peut arranger certaines choses.

—Vous êtes fou ?

Elle but son *raki* d'une traite dans un élan de colère, tout de suite remplacée par une profonde tristesse.

Manoli hocha la tête avec un grand sourire.

—Je suis peut-être fou… Comment est-ce que je peux le savoir ?

—J'ai perdu mon emploi, Manoli. Le mariage que nous avons imaginé coûterait une fortune. Maintenant, mon fiancé va peut-être aussi perdre son travail, et si c'est le cas, nous n'aurons pas les moyens de nous marier.

—Qu'est-ce que ça veut dire, avoir les moyens de se marier ? Venez vous marier ici ! Vous avez plus d'amis ici, de toute façon.

—Je ne connais personne ici.

Elle pensa à Shelly et à Debs, ses meilleures amies. Elles avaient été très proches tout au long de leurs études, presque comme des sœurs, elles avaient tout partagé. Elles se voyaient moins, aujourd'hui. En général, elles se retrouvaient pour aller au restaurant, elles échangeaient les dernières nouvelles, riaient, pleuraient parfois.

Elle sourit. Une chose était sûre : quel que soit l'endroit où elle se marierait, ses amies seraient là.

Manoli tapa son verre sur la table, l'arrachant à ses pensées.

—Vous êtes la petite-fille de Kondulakis Maria ; tous les habitants d'Amiras sont vos amis. Ce n'est pas parce que vous ne les connaissez pas encore qu'ils ne vous connaissent pas, qu'ils ne sont pas vos bons amis. Mariez-vous ici !

Il plissa les yeux, la considéra quelques instants comme s'il réfléchissait, puis il retourna dans le *kafenío* et en ressortit avec la bouteille de *rakí*.

—Manoli, mon café ! cria quelqu'un à une table derrière l'arbre.

—Va ailleurs, je suis occupé, répondit Manoli d'une voix forte en remplissant le verre d'Angie. Mademoiselle, quand vous vous mariez, pourquoi voulez-vous un travail ? Faites des bébés, ils donnent beaucoup de travail…

Il fronça les sourcils un instant, puis il se frappa le front du plat de la main comme si une idée lui était apparue, et la regarda d'un air de conspirateur.

—Ou bien travaillez pour moi ! Faites du café pour ces *malákas*.

Il indiqua les tables libres d'un geste ample du bras.

—Mais que ferez-vous si je vous prends votre travail ? demanda-t-elle en riant, amusée par cette seule suggestion.

—Moi, j'ai un plan. Je suis un vrai businessman, répondit-il avec un hochement de tête, gonflant le torse. Je vais couper mes oliviers, parce que cette *malákas* de coopérative ne paie rien pour l'huile, je vais emprunter de l'argent à cette *malákas* de banque, et installer des panneaux photovoltaïques pour l'énergie solaire. Je vais devenir riche. C'est un bon plan, oui ? Tout le monde le fait, même ceux qui doivent encore de l'argent à la banque pour les fermes d'autruches d'il y a dix ans.

Interloquée, elle cligna plusieurs fois des yeux.

—Les fermes d'autruches ?

—Oui, ce *malákas* de gouvernement nous avait promis que nous deviendrions tous riches très rapidement, et devenir riches rapidement, c'est le sport national, mais ce *malákas* de gouvernement ne nous avait pas dit que ces *malákas* d'oiseaux géants n'étaient pas aussi bêtes que des poulets. Ils nous faisaient mourir de peur, alors tout le monde leur a coupé la tête et les a mangés, pas la tête, le reste, avant même qu'ils pondent des œufs ou qu'ils nous remboursent une partie de l'argent que nous avions emprunté à cette *malákas* de banque.

Angie se mit à rire.

—Vous riez. Ce n'est pas drôle. Un de ces *malákas* d'oiseaux a failli tuer ma vieille tante, qui les nourrissait pour moi. J'avais acheté deux petites autruches.

Il fit la grimace.

—Bon, d'accord, je n'aurais peut-être pas dû dire à ma vieille tante que c'était une nouvelle race de poulets venus d'Europe. Elles ont grandi tellement vite…

Angie rit de plus belle.

—Merci, Manoli !

Leurs regards se croisèrent, et il hocha la tête d'un air entendu.

Tandis qu'elle reprenait la route d'Amiras, elle se dit que Manoli était vraiment adorable de lui avoir remonté le moral comme il l'avait fait, même si elle avait l'impression qu'il jouait souvent la comédie. Ses pensées se tournèrent à nouveau vers Nick, et vers l'ombre qui planait maintenant sur leurs projets. Un sentiment d'angoisse l'envahit. Que se passerait-il s'il perdait lui aussi son travail ?

12

Amiras était sortie de la torpeur de la sieste. Les hommes jouaient aux cartes ou au backgammon à la terrasse du *kafenío*. Les femmes, en noir pour la plupart, étaient assises en petits groupes du côté ombragé de la rue, bavardant tout en faisant du crochet. Dans la venelle, les enfants jouaient à l'élastique avec une corde dont une extrémité était attachée au tronc d'un arbre. Ils arrêtèrent ce qu'ils étaient en train de faire et s'écartèrent pour laisser passer la voiture d'Angie. S'ils n'avaient pas porté des Nike et des sweat-shirts à capuche, on aurait pu croire la scène tirée d'une autre époque.

Au milieu de l'escalier du village, un groupe d'adolescents se bousculait pour avoir de la place sur les marches, à l'ombre d'un mûrier. Ils se turent en la voyant approcher, essoufflée par la montée, et la regardèrent d'un air timide, avec de grands yeux curieux.

—Bonjour, Madame ! lui cria en anglais l'un des plus âgés.

Ils rirent et se rapprochèrent les uns des autres, comme des chiots jouant à la bagarre.

Elle posa machinalement une main sur son ventre. Combien de temps Nick et elle devraient-ils attendre pour fonder une famille ? Avoir des enfants donnerait à leur vie une tout autre dimension.

Le soleil avait pris la teinte jaune foncé du soleil d'un dessin d'enfant de maternelle, et une lueur couleur miel filtrait entre les branches des oliviers. Angie se dirigea vers l'arrière de la maison. Dans le jardin, des plats chargés de nourriture et des assiettes dépareillées étaient disposés sur la table de marbre fissurée.

Oncle Matthia faisait cuire des *souvlakia* sur le gril d'un barbecue qui ressemblait de façon suspecte à un ballon d'eau chaude coupé en deux. Des morceaux de porc grésillaient sur des branches de romarin. Angie respira la bonne odeur d'herbe, de citron et de viande grillée qui flottait dans l'air et en eut l'eau à la bouche.

Yiayá était assise à l'ombre de l'olivier, concentrée sur son crochet. Avant qu'elle n'ait eu le temps de la saluer, une très grosse dame, portant des bas noirs lui arrivaient juste en dessous des genoux et une robe noire qui lui arrivait juste au-dessus des genoux, sortit de la maison en courant, leva les bras au ciel et se jeta sur elle.

—Angelika ! Angelika !

Angie dut se retenir de faire demi-tour et de s'enfuir. La dame animée et joviale la saisit par les épaules et l'embrassa avec vigueur.

—*Yia sas…* balbutia Angie face au visage fendu d'un grand sourire.

—Je suis ta tante Voula, la femme de Matthia ! Ce sont mes petits-enfants…

Voula fit de grands signes de la main aux jeunes assis sous le mûrier, puis elle l'entraîna vers la table et cria joyeusement à Matthia d'apporter la viande.

Yiayá sourit et rangea son ouvrage dans son sac. Avec l'aide d'Angie, elle se leva de sa chaise en plastique blanc et se dirigea vers la table d'un pas chancelant. Angie avait envie de lui parler, mais Voula monopolisait la parole. Elle rassembla ses petits-enfants, et força tout le monde à se servir de viande et de salades.

—Mangez, mangez !

Matthia avait un regard sombre sous ses sourcils blancs.

Les enfants, turbulents et aussi bruyants que Voula, attrapèrent des brochettes et partirent en courant dans le jardin. Ils jetèrent leurs noyaux d'olive dans le barbecue et éclatèrent de rire quand ceux-ci explosèrent sous les brochettes préparées par Matthia. Ils étaient incroyablement chahuteurs, mais leur bonne humeur était contagieuse. Parfois, les garçons juraient, criant « *Malákas !* », et Voula se ruait alors vers eux, agitant la main d'un air faussement menaçant. Le blanc de ses genoux creusés d'une fossette, comme de la pâte à pain boursoufflée, ressortait entre sa robe et ses bas noirs.

Des voisines arrivèrent avec d'autres plats et rivalisèrent pour attirer l'attention d'Angie. On fit passer d'un bout à l'autre de la table des gobelets, remplis de vin rouge contenu dans des bouteilles de soda.

—Sans produits chimiques ! s'écria Voula. Il faut en boire deux verres par jour, Angelika !

Matthia finit par se joindre à la fête, et il mangea comme ogre. Il s'enfournait de la viande avant même d'avoir fini ce qu'il avait dans la bouche, et parvenait à boire du *rakí* alors qu'elle était encore pleine. La colère qu'il avait manifestée quand Angie l'avait rencontré se lisait toujours sur son visage.

Quand Voula remplit pour la troisième fois le verre d'Angie de vin acide, cette dernière trouva enfin le courage d'aborder cet oncle redoutable. Elle fit le tour de la table et vint s'asseoir à côté de lui. Aussitôt, il se leva et alla se tenir devant le barbecue. Décidée à ne pas se laisser décontenancer, elle le suivit, songeant qu'il valait mieux discuter avec lui un peu à l'écart des autres, de toute façon. La perspective d'un conflit la mettait mal à l'aise, mais elle voulait absolument comprendre l'origine de sa colère, et mettre un terme à cette tension.

—Oncle Matthia, je peux te parler ?

—Pourquoi veux-tu me parler ? Ma mère parle bien assez pour nous tous.

Elle essaya de sourire, mais sa bouche tressauta nerveusement. Elle avait du mal à faire preuve d'humilité. Il y eut un silence tendu. Matthia, l'ignorant royalement, retourna les six dernières *souvlakia*.

Exaspérée, elle s'éclaircit la gorge et se lança.

—Mon oncle, j'avais hâte de te rencontrer, mais tu es glacial avec moi depuis mon arrivée…

Elle regarda les braises rougeoyantes, qui crépitaient sous la graisse coulant de la viande.

—Qu'ai-je bien pu faire pour te mettre à ce point en colère ?

Les yeux de Matthia lançaient des éclairs.

—Tu n'en sais rien ?

Il souffla et se tourna vers elle.

—Vous, les riches, vous venez ici… Ces honnêtes villageoises t'ont apporté tout ce qu'elles pouvaient t'apporter comme cadeaux. Ta grand-mère t'a raconté que les Allemands nous avaient pris tout ce que nous avions, nos cultures, nos biens, nos maisons, nos hommes… et bien plus encore, ajouta-t-il avec une grimace, baissant la voix. Tu as remarqué le nombre de Grecs qui ont les yeux bleus, par ici ? Deux générations plus tard, nous ne pouvons toujours pas oublier ce que nous avons connu de pire.

Elle cligna des yeux, ne comprenant pas tout de suite ce qu'il sous-entendait, puis elle secoua la tête, choquée.

—Maintenant, ils ont réduit ma retraite à presque rien, ils augmentent les impôts sur tout, et ils nous donnent une misère pour l'huile d'olive. Nous avons du mal à joindre les deux bouts à cause des Européens nantis. Je n'ai même pas de quoi faire le plein d'essence pour emmener mes petits-enfants à la plage. C'est une catastrophe.

Angie resta un instant sans voix, jeta un coup d'œil aux monceaux de nourriture encore sur la table. Elle dut prendre sur elle pour briser le silence.

—Je comprends que ce soit douloureux…

—Douloureux ?

—Douloureux ? l'interrompit Matthia. Tu ne sais pas de quoi tu parles ! cria-t-il.

Il déboutonna sa chemise, la retira et se détourna vivement.

—Ça, c'était douloureux !

La peau pâle du dos de Matthia était sillonnée de cicatrices. Angie eut le souffle coupé.

—Seigneur ! s'exclama-t-elle, plaquant une main sur sa bouche. Qu'est-ce que c'est que ça ?

—Demande à ma mère, cria-t-il. Elle a tellement envie de parler du passé et de la chance que nous avons eue, cette femme stupide !

La voix de Maria s'éleva.

—Matthia, fais attention.

Il regarda sa mère avant de reporter son attention sur Angie. Il baissa la voix, mais parla avec autant de colère.

—Nous n'étions pas responsables à l'époque, et nous ne le sommes pas aujourd'hui, dit-il en remettant sa chemise. Les politiciens, l'Europe, ils disent qu'ils travaillent pour les gens, mais ce sont des menteurs, et vous tous autant que vous êtes, vous ne savez rien. Si nous avions du pétrole, vous nous feriez des ronds de jambe et vous nous montreriez un peu plus de respect, mais vous vous moquez bien de nous avec notre huile d'olive ! Vous n'avez pas la moindre idée de ce qui se passe ici, et vous n'en avez rien à faire. Vous ne vous en souciiez pas à l'époque, pendant la guerre et pendant la dictature militaire… Enfin, peut-être que si, puisque vous avez soutenu nos oppresseurs. Je parie que tu ne sais même pas que les nazis sont revenus et qu'ils sont ici en ce moment même.

Angie secoua la tête.

—Non, tu as raison, mais je suis venue en Crète parce que je veux savoir et comprendre, Oncle Matthia. Que veux-tu dire quand tu dis que les nazis sont revenus ?

—L'Aube dorée, des monstres racistes qui se servent de notre clef grecque pour faire des croix gammées. Ils s'attaquent à ceux qui s'opposent à eux, et ils vont même jusqu'à les tuer. Eh bien ! Ils ne m'empêcheront pas de dire ce que je pense. Vous, les Européens, vous détournez les yeux quand nous sommes en difficulté, mais vous vous attendez quand même à nous voir défendre les frontières de l'Europe contre les musulmans et les terroristes.

Elle se demanda pourquoi il associait les musulmans et les terroristes, mais elle décida de ne pas le contrarier encore davantage en abordant des sujets politiques ou religieux.

Il continua à fulminer, d'une voix basse et dure, jetant des coups d'œil réguliers en direction de Maria.

—Les Crétois sont des imbéciles à la mémoire courte, trop crédules, des villageois naïfs, et ils donnent leur soutien à ces brutes anarchistes. Ils leur promettent leurs voix en échange d'un sac de pommes de terre. Un sac de pommes de terre ! Quelle ironie quand on pense que l'excuse que les nazis ont donnée pour venir dans la région de Viánnos en 1943 était aussi celle des pommes de terre… Bah, les traîtres !

—Je suis désolée. Il y a tant de choses que je ne comprends pas…

—Tu n'aurais pas dû venir. Ce voyage était une idée stupide, une perte de temps et d'argent.

—Je voulais vous inviter à mon mariage, Oncle Matthia, c'était important pour moi, mais maintenant…

Elle s'interrompit. Elle ne voulait pas lui dire qu'elle allait peut-être devoir annuler la fête ; non seulement cela, mais aussi son cours de Pilates et son cours de décoration d'intérieur, et Dieu seul savait comment elle allait faire pour rembourser ses emprunts.

Soudain, elle prit pleinement conscience de sa propre superficialité. Sa vie entière tournait autour d'elle, de son mariage, de son bonheur. Poppy avait raison, et son oncle Matthia aussi : elle n'aurait pas dû venir.

Elle se voyait sous un jour nouveau, et elle n'aimait pas cela. Choquée de constater quel genre de personne elle était devenue, elle regardait fixement ces gens qui lui donnaient tout ce qu'ils avaient pour qu'elle passe un bon moment, quand Matthia l'arracha à ses pensées.

—Mais maintenant, dit-il d'un ton railleur, tu te rends compte que nous n'avons pas les moyens d'aller en Angleterre ou de nous acheter des vêtements pour assister à un mariage. Nous te ferions honte. Tu imagines ce que peut ressentir ma Voula ? Toi, avec tes tenues chic et tes bijoux en or…

Il la regarda de la tête aux pieds. Elle baissa les yeux.

—… et ma femme, qui travaille dur et qui est généreuse, dans la robe qu'elle porte depuis des années, poursuivit-il. Je n'ai pas de quoi lui en offrir une autre. Tu trouves probablement que c'est pittoresque, folklorique… Tu rapporteras tes photos à Londres et tu diras : « Ce sont de vrais villageois, des paysans grecs », comme si nous étions des péquenauds de carte postale. Eh bien ! Angelika, j'aime autant te dire que nous sommes avant tout des Crétois, de fiers Crétois, ensuite des Grecs, et en tout dernier des Européens.

Elle sentit ses joues s'empourprer.

—Non, tu m'as mal comprise… Peu importe ce que vous porterez à mon mariage. Ce serait merveilleux si vous veniez, pour maman autant que pour nous.

Elle marqua un temps d'arrêt, s'apercevant que ce n'était peut-être pas tout à fait vrai.

—Je suis désolée. Je ne voulais pas…

À la fois triste et en colère, elle ne parvenait pas à trouver les mots justes. Elle voulait qu'ils l'aiment ; n'était-ce pas puéril ? Les deux personnes qu'elle aimait, sa mère et Nick, lui avaient toujours apporté tout ce qu'elle voulait. Maintenant que le moment était venu d'être honnête, ouverte et désintéressée avec sa famille éloignée, elle s'empêtrait, ne savait pas s'y prendre.

Son désir d'avoir sa place parmi ces gens, et de comprendre, n'avait pas faibli, mais elle n'arrivait pas communiquer avec eux. Elle aurait dû s'affirmer, leur parler avec sincérité, mais elle ne savait pas par où commencer. Elle n'avait absolument rien en commun avec eux, en dehors du fait qu'ils avaient le même sang. Cela la blessait profondément de se rendre compte à quel point elle était superficielle. Muette d'agacement, elle décida d'abandonner le sujet et de partir.

—Je ferais mieux de partir, mon oncle. Je suis désolée, mon intention en venant ici n'était pas de te mettre en colère.

Elle lui posa une main sur le bras, mais il se détourna, émit un grognement railleur et retourna ses *souvlakia* sur les braises.

Elle l'avait blessé, tout à fait involontairement, et elle s'en voulait terriblement. Abattue et épuisée, elle regarda fixement le sol pendant quelques instants, avant de se diriger vers la table pour récupérer son sac à main. Elle ne voyait pas comment se réconcilier avec son oncle, et rester ne ferait qu'aggraver les choses. Pourtant, étrangement, elle soupçonnait de plus en plus que la colère de Matthia avait davantage à voir avec Poppy qu'avec elle.

—Où vas-tu, Angelika ? s'écria Voula d'une voix aiguë.

—J'ai bu trop de vin, ma tante, j'ai mal à la tête… J'ai passé un très agréable moment, merci.

—Non ! Assieds-toi, je vais te chercher de l'aspirine.

Mon *malákas* de mari t'a fait de la peine, c'est ça ? Je vais le tuer.

Elle tendit le bras vers l'olivier, cassa une branche fine. Une pluie de petites fleurs blanches tomba sur sa tête. Elle courut vers Matthia en criant en dialecte crétois quelque chose qui échappa à Angie.

Les enfants revinrent en courant pour observer le spectacle. Matthia croisa les bras devant son visage pendant que Voula le frappait avec la branche.

—Voula, arrête ! cria Maria.

Voula s'arrêta net, le bras en l'air. Elle se tourna vers la table, et Matthia en profita pour s'approcher d'elle et donner une grande claque sur ses énormes fesses, si fort qu'Angie tressaillit.

Maria rit, Voula glapit, fit un bond en avant, se retourna et menaça de couper la tête de Matthia du tranchant de la main.

Les enfants applaudirent, rirent et sifflèrent.

Angie croisa le regard de son oncle et, l'espace d'un instant, leur différend fut oublié. Elle vit en lui le petit garçon maigrelet qui avait planté ses chaussures, le petit garçon dont l'innocence avait permis à sa mère de rester concentrée dans les heures les plus sombres.

Tout le monde se remit à boire et à manger. Les deux filles de Voula arrivèrent avec leurs maris respectifs. Chaque convive semblait essayer de parler plus fort que les autres. Soudain, quelqu'un s'écria :

—Silence ! Le téléphone sonne…

Voula rentra dans la maison en courant. Tous les regards se posèrent involontairement sur ses fesses de pachyderme. Ils l'entendirent parler d'une voix forte et pousser des cris de joie, jusqu'à ce qu'elle revienne à table, surexcitée, les joues rouges et le corps frémissant.

—Stavro va venir ! Il sera là demain soir.

Maria se signa et serra la main d'Angie dans la sienne.

—Parfait, tu vas rencontrer ton oncle Stavro.

Le fils prodigue ? se demanda Angie, songeant aux lettres qu'elle avait trouvées chez sa mère.

* * *

Tandis qu'Angie traversait Viánnos en voiture à minuit, elle fut surprise de constater qu'il y avait encore plusieurs bars ouverts dans la rue principale. De retour dans sa chambre, surexcitée à cause du café turc et épuisée sur le plan émotionnel après son accrochage avec Matthia, elle ne parvint pas à trouver le sommeil. Il n'était que 22 heures en Angleterre, et elle décida d'appeler Nick. Il devait se sentir seul chez eux, et elle avait envie d'entendre sa belle voix grave et apaisante. Il lui raconterait sa journée et lui dirait que tout allait s'arranger. Elle finirait par s'endormir le sourire aux lèvres.

—Salut ! C'est moi, dit-elle avant d'entendre le brouhaha d'un lieu public en bruit de fond. Où es-tu ?

—Salut, toi ! Tu me manques. Comment vas-tu ?

Il semblait fatigué.

—Je vais chercher la voiture, Nick, fit une voix de femme derrière lui.

Angie reconnut la voix de la gestionnaire de transition de Whitekings, encore une fois.

—Où es-tu, Nick ?

—Chez *Meadows*, nous venons de finir un dîner d'affaires.

Une sonnette d'alarme se déclencha dans la tête d'Angie. *Combien étiez-vous à ce dîner d'affaires, Nick ? Deux ?*

—La journée a été très chargée, Angie, et je ne peux pas te parler pour le moment. Je t'appellerai demain, d'accord ? Je dois y aller… Je t'aime.

Il raccrocha sans attendre sa réponse.

Nick, chez *Meadows* avec une autre femme. Le restaurant où ils allaient dîner aux chandelles en amoureux.

Une autre femme ? Impossible. Elle se faisait des idées. Elle se ressaisit, chassa cette conversation de son esprit, enfila sa petite robe noire la plus chic, des chaussures à talons, et sortit, refermant la porte de sa chambre à clef derrière elle. À minuit et demi, elle remonta la rue principale de Viánnos d'un pas décidé.

* * *

À 3 heures et demie du matin, Manoli se tenant derrière elle, Angie chercha maladroitement à mettre la clef dans la serrure. *Quelle soirée !*

Qui aurait cru que les habitants d'un petit village perdu de Grèce étaient de tels fêtards ? Elle avait dansé sur une table pour la première fois de sa vie, et un homme d'une cinquantaine d'années avait bu du *cava* dans son escarpin !

À minuit, la petite ville au charme suranné, dont les rues étaient peuplées de vieilles personnes et embouteillées pendant la journée, subissait une transformation radicale. Des portes quelconques, placardées d'affiches à moitié décollées annonçant des événements, s'ouvraient brusquement, révélant des bars ultramodernes éclairés au néon. La musique sonnait à plein volume. Des femmes de tous âges, très belles et très légèrement vêtues, dansaient comme si leur colonne vertébrale était en latex. La rue principale était bondée.

Un vieil homme au front dégarni, dont la chemise ouverte laissait voir le torse poilu, et qui portait une lourde chaîne en or autour du cou, lui avait fait le baise-main et lui avait offert une rose rouge. C'était insensé !

Manoli était apparu, manifestement convaincu d'avoir ses chances avec elle, et quand il avait entendu des musiciens jouer du *bouzouki*[1] et de la lyra crétoise dans la rue, il s'était rué vers eux et s'était mis à danser le *zeimbekiko*, une danse solitaire, exhibant fièrement son talent. Il avait agité les bras au-dessus de sa tête, l'air sérieux, les yeux rivés sur le sol. Des spectateurs admiratifs avaient formé une ronde autour de lui, quelques-uns avaient mis un genou à terre, battant des mains pour marquer le rythme. Quelqu'un avait jeté à ses pieds un verre de *raki* qui s'était brisé en mille morceaux. Quelqu'un d'autre avait mis le feu à l'alcool. Manoli avait dansé vaillamment au milieu des flammes, ses bras ondoyant comme des plantes sous-marines. Le public criait *Opa !* après chaque tournoiement ou bond spectaculaire.

—Merci de m'avoir raccompagnée, Manoli, dit Angie en tournant la clef dans la serrure. C'est très gentil. Bonne nuit !

Là-dessus, elle s'engouffra dans la chambre et s'empressa de refermer à clef derrière elle. Manoli frappa à la porte.

—Vous ne m'offrez pas un café ?

—Je suis désolée, Manoli, je me lève tôt, demain, lui cria-t-elle à travers la porte.

Elle alla prendre une bouteille d'eau dans le réfrigérateur, s'assit sur le lit, et écouta les pas de Manoli tandis qu'il s'éloignait. Elle tourna à demi la clef dans la serrure pour qu'il ne puisse pas entrer si jamais il avait un double, sans savoir pourquoi elle imaginait une chose pareille.

Elle aurait voulu être chez elle, avec Nick. Elle devait pourtant arrêter de se languir de lui. Elle n'avait plus que quatre jours pour découvrir la vérité sur sa famille. Elle retira la rose qu'elle avait dans les cheveux et la mit dans la poche de sa valise. Nick rirait quand elle lui raconterait sa soirée.

---

1   Instrument de musique à cordes, traditionnel en Grèce.

Elle se rappela soudain ce qui l'avait poussée à sortir. Son fiancé avait invité une autre femme à dîner dans leur restaurant préféré. Comment avait-il pu faire une chose pareille ? Elle repensa à leur premier vrai rendez-vous galant. Ils étaient arrivés chacun de leur côté, avaient mangé en tête à tête, et s'étaient embrassés sur le parking avant de se séparer. Pendant toute la semaine qui avait suivi, elle avait eu des palpitations chaque fois qu'il avait approché de son bureau.

Il l'avait de nouveau invitée à sortir et, plus tard, lui avait avoué qu'il avait peur qu'elle refuse.

Elle se frappa le front. Où avait-elle la tête ? Comment avait-elle pu être aussi stupide ? Bien sûr qu'elle pouvait faire confiance à son homme ! Il l'aimait… Il avait assisté à un dîner d'affaires, voilà tout, et c'était l'homme le plus digne de confiance qu'elle eût jamais rencontré.

* * *

Angie se réveilla avec une migraine après quelques heures d'un sommeil agité, honteuse d'avoir douté de Nick. Après avoir pris une douche fraîche, elle y vit un peu plus clair. Elle enfila une jupe en coton indien et un tee-shirt délavé, abandonnant tous ses bijoux à l'exception de sa bague de fiançailles.

Quand elle arriva chez sa grand-mère, elle trouva celle-ci en train de somnoler dans le canapé.

—Je croyais que tu n'allais pas venir, *koritsie*, dit Maria en la voyant. Tu t'es bien amusée hier soir ?

Angie la regarda. Que voulait-elle dire ? Avait-elle entendu parler de sa soirée à Viánnos ?

—Euh… oui, merci.

—Tant mieux ! J'avais peur que Matthia ne t'ait fait fuir.

Sa grand-mère tapota le coussin à côté d'elle, et quand Angie s'assit, elle se pencha vers elle et plongea ses yeux dans les siens.

—Angelika, qu'est-ce qui te tracasse ?

—Moi ? demanda Angie avec un petit rire. Rien du tout, je t'assure… Je vais très bien.

—Tu peux me parler de tes problèmes, tu sais ? Ça sert à ça, une grand-mère.

Angie cligna des yeux, perplexe, puis elle changea de sujet.

—Tu veux boire quelque chose, *yiayá* ? J'ai acheté une boîte de *loukoumades* à la pâtisserie, ils sont encore chauds.

Elle posa sur la table la boîte contenant les petits beignets ronds et dorés saupoudrés de graines de sésame grillées et imbibés de miel de la région.

—Fais-nous du café pour aller avec les gâteaux, dit Maria. Les grains de café à moudre sont dans le réfrigérateur.

Les grains de café à moudre ?

—Je ne sais pas comment on fait pour moudre des grains de café, *yiayá*. Ma mère boit du café instantané, et moi, j'ai une cafetière électrique.

—Alors va dans le jardin, tiens-toi sous l'olivier, tourne-toi vers le bas du village et crie *Voula !* le plus fort possible.

Angie eut un grand sourire et fit ce que sa grand-mère lui disait. Dehors, elle appela Voula tout en se sentant ridicule et en espérant que personne ne l'entendrait.

La voix de Maria lui parvint de derrière le rideau de lanières.

—Pitoyable. Crie plus fort que ça !

Angie prit une profonde inspiration et hurla :

—Vouuu-laaa !

Elle rougit. Elle n'avait encore jamais crié aussi fort de sa vie. Elle vit la large silhouette de Voula apparaître sur un escalier extérieur qui conduisait à un toit plat, dans le bas du village.

Voula mit ses mains en porte-voix et cria à son tour.

—Quoi ?

Angie prit une autre inspiration.

—Tu sais faire du café turc ?

À peine eut-elle prononcé ces mots qu'elle se rendit compte de la stupidité de la question. Cependant, crier comme elle venait de le faire lui avait procuré un curieux soulagement. *Pas étonnant que les Crétois soient heureux*, pensa-t-elle, *ils crient tout le temps*.

—À ton avis ? lui demanda Voula. J'arrive tout de suite !

Angie rit, rejoignit sa grand-mère et posa une petite pile de serviettes en papier à côté des beignets.

—Je me suis bien amusée, hier, merci, *yiayá*.

—Tu es une vraie Crétoise, Angelika : tu dis ce que tu crois que les gens veulent entendre, même quand ce n'est pas vrai. Matthia t'a fait de la peine. Il est très en colère, et tu lui rappelles Poppy et ton père.

Elle tapota de nouveau la place à côté de la sienne, sur le canapé.

—Tu ressembles énormément à Yeorgo. Nous l'aimions tous beaucoup.

Angie jeta un coup d'œil à l'icône de saint Georges terrassant le dragon avant de s'asseoir à côté de sa grand-mère.

Enfin ! Son père, l'homme qu'elle n'avait jamais connu mais qu'elle n'avait jamais cessé d'aimer.

—C'est vrai qu'il est mort à la guerre, *yiayá* ?

Maria inclina légèrement la tête sur le côté.

—Je sais que c'est dur, mais ne brûlons pas les étapes. Nous n'en sommes pas encore là.

Angie soupira.

—J'ai hâte de savoir pourquoi ma mère est partie d'ici, *yiayá*. Je veux la comprendre.

—Patience, nous y viendrons, Angelika. L'important,

c'est que tu entendes toute l'histoire pour comprendre que personne n'était responsable.

Responsable ? Responsable de quoi ?

Voula fit irruption dans la pièce.

—Oh, Angelika, viens par ici, ma chérie, je pourrais te manger !

Elle se jeta à son cou et l'embrassa.

—J'ai apporté des *loukoumades* pour vous remercier pour hier, dit Angie.

—Hmm, miam ! Je vais devenir trop grosse si je ne fais pas attention.

Voula prit un beignet d'une main potelée et, de l'autre, attrapa une serviette en papier et la tint sous la sucrerie dégoulinante de miel, puis elle se laissa tomber lourdement sur une chaise, les genoux écartés et les cuisses débordant de tous côtés. Angie remarqua la lueur dans les yeux de sa grand-mère. Maria adorait sa belle-fille.

Après s'être régalée de trois beignets, Voula montra à Angie comment faire du café turc, puis elle s'en alla pour préparer le déjeuner de toute la famille.

—Où en étions-nous, *koritsie* ? demanda Maria en trempant un morceau de beignet dans sa petite tasse.

—Les garçons et toi aviez échappé aux nazis, vous vous étiez réfugiés chez le berger, et il était apparu dans l'embrasure de la porte, répondit Angie.

—Ah, oui, je me souviens bien…

Sa grand-mère but une gorgée de café, et un sourire dansa sur ses lèvres.

—Pauvre, pauvre diable ! Je ne l'oublierai jamais, Angelika, aussi longtemps que je vivrai.

13

Crète, 1943.

Un géant se tenait dans l'embrasure de la porte. Il saisit mes épaules avec ses énormes mains. Je retins à grand-peine un cri de douleur et laissai seulement échapper un petit gémissement, craignant de réveiller mes garçons. Une forte odeur de chèvre émanait de l'homme ; je n'avais pas besoin de le voir pour reconnaître le berger.

—Que fais-tu ici, femme ? chuchota-t-il avec colère.

Andreas était un homme grand et massif, ventru et chevelu. Avec sa grosse barbe broussailleuse et son long manteau en peau de mouton, il ressemblait davantage aux animaux qu'il gardait qu'au reste de l'humanité. Je me jetai contre son corps puissant, ayant désespérément besoin de contact physique avec un autre adulte, même s'il s'agissait du tristement célèbre berger. Il avait acquis une réputation douteuse dans la région : on le disait sale, illettré, et souvent ivre.

Les commères d'Amiras, sur lesquelles on ne pouvait absolument pas compter pour connaître la vérité, prétendaient que ce colosse pouvait tuer un homme d'un coup de poing, qu'il avait des rapports sexuels avec ses chèvres, et qu'il volait les moutons des gens. Les rares fois où il venait au village, les enfants couraient se cacher. Je me moquais de ce que les gens pouvaient bien dire ; je me jetai dans les bras de cet hercule.

Dame Nature dans sa fourberie joua son tour classique, qui consiste à nous transformer, nous, les femmes, en créatures faibles et vulnérables en présence d'hommes forts. Mon chagrin surgit comme une crue soudaine, et j'enfouis mon visage dans son torse pour étouffer mes pleurs. Il me tapota maladroitement le dos, me consolant tant bien que mal, puis il me guida vers l'extrémité de la banquette.

Après avoir tiré le lourd verrou de bois de la porte, il attendit patiemment que j'arrête de pleurer.

—J'ai une bougie, veux-tu que je l'allume ? demandai-je, écartant mes cheveux humides de mon visage et m'ef-forçant de me ressaisir.

—Il ne vaut mieux pas, *Kiriea*, les nazis sont encore sur la corniche.

Mes yeux s'étaient habitués à l'obscurité, et je le vis fouiller dans la niche, près de la cheminée. Il revint à mes côtés avec une bouteille de *rakí*, un verre et une tasse ébréchée. Je séchai mes yeux avec mon tablier, contente qu'il ne puisse pas voir dans quel état j'étais.

Il indiqua d'un signe de tête les sacs qui couvraient Matthia et Stavro.

—Qui est-ce ? chuchota-t-il.

—Mes deux garçons. Nous nous sommes enfuis.

Il hocha la tête. Nous n'étions rien que des ombres solitaires dans le noir. Il servit le *rakí* et me tendit le petit verre.

—Je ne peux pas le tenir, j'ai les doigts brûlés.

Je pris la tasse entre mes paumes.

L'alcool qui emportait la bouche me détendit. Sa chaleur m'envahit, et mon anxiété reflua.

—Les hommes et les garçons d'Amiras sont tous morts, dis-je. Les nazis les ont rassemblés et les ont criblés de balles devant nous… Ils étaient plus de cent. Mon bébé était parmi eux, mon pauvre petit Petro. Je n'arrive toujours pas à le croire.

Les larmes se remirent à couler sur mes joues.

—Tu es peut-être le dernier homme en Crète, Andreas. Pourquoi ? Je ne comprends pas… Les vieillards et les enfants aussi, c'est de la folie.

Je plaçai la tasse sur mes genoux, incapable de la tenir d'une main pendant que je me signais. Il s'assit à côté de moi. Son bras frôla mon épaule douloureuse, me rappelant le moment où les soldats nazis avaient arraché Petro de mon sein.

—C'est vrai, *Kiriea*, ils ont été abattus, tous, dans les villages de Simi, Pefkos, Vachos, Viánnos aussi, et Dieu sait dans combien d'autres. Il paraît que deux mille nazis sont venus pour nous tuer, tous. Nous n'avons pas de nouvelles du reste de la Crète. Nous n'avons pas la moindre idée de ce qui se passe ailleurs.

—Comment sais-tu tout ça, Andreas ?

Il finit son *rakí* d'un trait et s'en servit un autre.

—La sage-femme me l'a dit aujourd'hui même. Quand elle peut, elle passe… elle donnait des renseignements à la Résistance. La pauvre femme… Oh, la pauvre femme !

Il émit un étrange petit bruit de hoquet, secoua la tête et se tordit les mains.

—Elle m'a demandé de contacter les *Andartes* dans la montagne et de leur expliquer la situation ici, mais je n'ai trouvé personne à qui en parler. Les rebelles semblent avoir disparu, tout comme nos alliés. Où sont les Anglais ? Ils doivent savoir ce qui se passe ici. Pourquoi nous ont-ils abandonnés ? Comment ont-ils pu laisser cet horrible massacre d'innocents se produire ? Ils auraient facilement pu venir à notre secours. Il faut que vous partiez. C'est dangereux, ici. Monte dans la montagne avec tes enfants pendant qu'il fait nuit.

—Ils tuent les hommes et j'ai peur pour mes garçons, mais moi, je ne crains rien, Andreas.

—Tu te trompes.

Il fit rouler sa tête comme s'il avait mal, et eut un autre hoquet.

—Ils tuent les femmes qu'ils trouvent en dehors des villages.

Il posa son verre de *rakí*, expira bruyamment, son haleine laissant supposer des dents gâtées, et se passa les mains sur le visage.

La peur qui m'habitait grandit encore. Qu'avait-il voulu dire au sujet de la sage-femme ?

—Il y a deux femmes pendues à des arbres sur la route de Pefkos, tout près d'ici. Tu arrives à le croire ? Quel démon possède ces hommes ?

Ma gorge se serra. *Non !* Pourquoi pendre des femmes sans défense ? Les épouses et les mères d'Amiras n'étaient pas des résistantes ni des terroristes. Nous étions des gens peu compliqués, qui ne connaissions rien à la politique et qui ne nous en soucions pas. Ma seule ambition était d'élever mes enfants, de faire pousser des légumes, et de récolter assez d'olives afin d'avoir assez d'huile pour une année entière. J'aimais les choses simples : rire, recevoir un compliment, entendre le grognement de satisfaction de mon mari, aller à l'église le dimanche.

Je ne discernais pas l'expression d'Andreas dans le noir, mais il avait encore baissé la voix. Il but plusieurs grosses gorgées de *rakí* à la bouteille, et laissa échapper un gémissement bizarre. Après un moment de silence, il se plaqua les mains sur le visage et se balança d'avant en arrière en pleurant. Je me rendis compte qu'il avait du mal à parler. Enfin, sa peine jaillit, et je me surpris à la partager.

—Pourquoi ? demandai-je dans un murmure. Pour quelle raison pendent-ils des femmes ?

Tout à son propre effroi, Andreas ne m'entendit pas. Il frissonna, puis son chagrin éclata.

—Que Dieu me pardonne, j'ai regardé ! Je n'ai pas pu détourner les yeux, dit-il entre deux sanglots. Les nazis... Sainte Vierge ! J'ai vu... J'ai tout vu, mais il y avait vingt soldats avec des mitrailleuses, alors je me suis tapi dans les buissons. Que pouvais-je faire ? Ils m'auraient tué avant même que j'approche.

Il s'interrompit, le souffle coupé, but une autre rasade de *rakí* et reprit.

—Je n'ai pas réussi à les aider. Inutile ! Je me suis caché comme un lâche... comme un chien puant, la queue entre les pattes. J'ai reconnu la plus âgée, et je n'ai rien fait pour la sauver. Je ne me le pardonnerai jamais. J'ai attendu l'occasion de leur porter secours.

—Tu dis que tu connaissais l'une des deux ?

Je connaissais tout le monde et ne pouvais supporter de me demander de qui il s'agissait. Espérant de tout cœur que mes soupçons étaient infondés, j'attendais sa réponse.

Andreas hocha la tête, comprenant manifestement mes craintes.

—Oui. C'était la vieille sage-femme, *Kiriea* Kiriaki... Nous avions parlé à peine une demi-heure plus tôt. Elle m'avait conseillé de rester caché. L'autre, je ne la connaissais pas, elle était toute jeune, elle devait avoir seize ou dix-sept ans, elle était très belle et elle avait l'air absolument terrifiée.

Il gémit, passa les mains dans ses longs cheveux emmêlés, les maintenant en arrière, et se recroquevilla comme s'il s'adressait à ses genoux.

Je compris qu'il devait avoir vu le régiment qui avait failli nous trouver sous le figuier. Mon estomac se souleva à la pensée de ce qui aurait pu nous arriver, à mes garçons et à moi.

—Elles se sont débattues de toutes leurs forces, la sage-femme et la jeune fille… Elles ont donné des coups de poing aux soldats. La sage-femme a craché au visage de l'un d'entre eux. Qu'elles reposent en paix au ciel, pauvres créatures ! Les nazis leur ont attaché les mains dans le dos, ils ont arraché leurs vêtements et leur ont donné des coups avec leurs armes, pour se moquer d'elles. C'était un spectacle pitoyable. Aucune femme ne devrait avoir à connaître une telle humiliation. Ces hommes répugnants raillaient leur précieux trésor exposé aux regards.

Je repensai à l'ordure qui m'avait violée et, alors que j'entendais les horreurs dont Andreas avait été témoin à peine une heure plus tôt, quelque chose changea en moi. Son histoire m'enleva un peu de ma propre douleur et de mon propre déshonneur. J'avais survécu, et le nazi qui m'avait souillée semblait maintenant ne valoir guère plus qu'un crachat dans la poussière. Il n'était plus qu'un souvenir écœurant à oublier. Andreas reprit son tragique récit.

—Ils leur ont passé une corde autour du cou et les ont pendues aux arbres…

Il poussa un autre gémissement, secoua la tête et donna des coups de talon contre la banquette, pris au piège de ses souvenirs, condamné à revivre le cauchemar.

Il avait oublié ma présence. Dans sa tête, il était encore tapi dans les buissons, et il assistait à l'humiliation et au meurtre de deux femmes innocentes.

—Le commandant et ses hommes ont braqué leurs torches électriques pour les regarder. Les femmes ont… Elles se sont mises à chier, elles donnaient des coups de pied, se débattaient, s'étranglaient. Seigneur ! Je n'avais jamais rien vu d'aussi atroce. Leur langue sortait de leur bouche comme si elles étaient des poulets que l'on étranglait, les yeux leur sortaient de la tête, elles agitaient les bras et les jambes dans l'air, comme des marionnettes dansant avec frénésie. Ça a duré tellement longtemps... plusieurs minutes. Pourquoi ne les ont-ils pas abattues ? Pauvre Kiriaki, pauvre vieille mère... Elle a mis au monde tant de bébés, et elle l'a quitté de cette façon horrible ! Ces monstrueux *malákas* ont ri !

Je connaissais Kiriaki : c'était elle qui avait fait naître Petro.

Le berger serra le poing et donna dans l'air un coup de poignard imaginaire.

—Je veux tuer tous ces salauds de nazis, jusqu'au dernier, avec mon couteau !

Il resta un moment silencieux. Ses larges épaules voûtées frémirent tandis qu'il s'efforçait de maîtriser ses émotions. Quand il reprit la parole, sa voix était terriblement grave.

—Je ne les oublierai jamais. Dieu, pardonne leurs péchés, ces pauvres femmes ! Quand c'est arrivé, je n'ai rien pu faire, tu comprends, *Kiriea* ?

—Je comprends, Andreas. Tu ne peux pas t'en vouloir.

—M'en vouloir ? Bien sûr que je m'en veux ! Il y avait sûrement un moyen d'empêcher ça. Je n'ai pas arrêté d'y penser. Je ne veux pas me vanter, mais je suis très fort, *Kiriea*, je ne crois pas qu'il y ait un homme plus fort que moi en Crète, mais le prix à payer pour ma force, c'est l'intelligence. Il y a un équilibre en toute chose. On m'a déjà traité d'imbécile.

—Tu n'es pas un imbécile, Andreas.

—Tu es gentille, mais je sais ce que je suis.

Il soupira, rentra les épaules et baissa le menton sur la poitrine.

—Maintenant, je réfléchis... Maintenant que c'est trop tard !

Il poussa un gémissement pitoyable.

—J'aurais pu mettre le feu aux buissons, ils auraient été

obligés de s'enfuir. Pourquoi n'y ai-je pas pensé plus tôt ? Elles sont mortes parce que je suis un lourdaud stupide et trop lent. Je veux aller les détacher, c'est de ma faute si elles sont pendues là-bas, mais il y a deux soldats armés qui montent la garde.

Il secoua énergiquement la tête, visiblement submergé d'émotion. Le supplice que trahissait sa voix était si intense que je me rendis compte après coup à quel point ce qu'il éprouvait était insoutenable. Je n'aurais rien pu dire pour chasser ces atrocités de son esprit.

Andreas s'effondra, continuant à s'accuser.

— Je vous en supplie, mon Dieu, pardonnez-moi… J'aurais dû les sauver. Pourquoi m'a-t-il donné tant de force si je ne peux même pas venir en aide à une vieille dame sans défense et à une jeune fille à peine plus âgée qu'une enfant ? Dis-moi, *Kiriea*, pourquoi suis-je si fort ? À quoi bon ?

Il avala le reste de son *rakí* et jeta son verre à travers la pièce. Les garçons se réveillèrent en sursaut en entendant le verre voler en éclats.

— Ce n'est rien, dis-je en tapotant les sacs, essayant de ne pas laisser ma voix trahir ma douleur. Andreas le berger est ici, nous sommes en sécurité. Fermez-les yeux et reposez-vous.

— Je suis désolé, *Kiriea*, je n'aurais pas dû te dire toutes ces choses répugnantes. Je ne l'ai pas fait exprès, ça m'est sorti comme ça. Oublie ce que je t'ai raconté… Mais non, tu ne peux pas l'oublier, bien sûr, c'est impossible. Tu vois, je suis stupide.

Il renifla bruyamment.

— Il faut que tu fasses attention à toi, et à tes enfants. C'est le plus important. Mon meilleur chien est attaché à un arbre. S'il aboie, vous devez partir, et vite. Montez dans la montagne et cachez-vous. J'en ferai autant, mais je prendrai un chemin différent, il vaut mieux que nous ne restions pas ensemble.

Je hochai la tête dans le noir. Gaïa me poussa à jouer mon rôle de femme.

—As-tu mangé, Andreas ?

Il soupira et secoua la tête.

—Ni aujourd'hui ni hier, j'ai mangé plein de caroubes, mais rien de nourrissant. Mes chèvres sont à flanc de coteau. Les nazis vont me voir si je vais les chercher. J'ai peur qu'ils surveillent le troupeau.

—Nous avons caché de la nourriture entre ici et la route.

Andreas se leva.

—Dis-moi où et j'irai la chercher.

Il se passa l'avant-bras sur le visage, s'essuya le nez avec la main, puis il se frotta la main sur la jambe de son pantalon.

Je l'imaginai traversant bruyamment l'oliveraie en direction du figuier, alertant tous les animaux nocturnes ainsi que notre propre chèvre, qui ferait du raffut si un inconnu cherchait à l'emmener. Une sentinelle postée à cinq cents mètres de là l'entendrait certainement.

—Il vaut mieux que j'y aille. Veille sur mes fils, Andreas.

—Quel est ton nom, *Kiriea* ? marmonna-t-il.

—*Kiriea* Kondulakis Maria, maîtresse d'école, épouse du soldat Vassili, fille du maître d'école.

—Tu es la femme de Kondulakis Vassili, et ce sont ses enfants ?

Il tourna vivement la tête vers les garçons.

—Oui, pourquoi ?

Il émit un grognement.

—Bordel de…

—Andreas, mes enfants !

Il retint le juron et reprit dans un murmure théâtral.

—Désolé, *Kiriea*, mais je rêve de mettre mon poing dans la figure de cet homme depuis longtemps.

—Pourquoi, qu'a-t-il bien pu te faire ?

Je savais que mon mari avait ses humeurs, mais il était apprécié et considéré par beaucoup comme un conciliateur de la communauté.

—Kondulakis m'a battu six fois d'affilée au *tavli*[1], qu'il aille au diable, et c'était moi le meilleur avant qu'il commence à jouer… *Malákas* ! grogna Andreas. C'était ma seule chance de prouver que je n'étais pas un idiot, et il me l'a retirée. Et maintenant, je dois protéger ses fils ?

Je me rendis soudain compte que sa colère était feinte, que c'était un leurre pour oublier un temps toutes ces atrocités. Il essayait de contrer les effets de son débordement d'émotion. Je lui en étais infiniment reconnaissante, et m'aperçus que cet homme serait un ami pour la vie.

J'éprouvais le besoin de rire, de pleurer, d'exploser. J'avais envie de frapper quelqu'un, de battre cruellement quelqu'un et de hurler à pleins poumons. Les larmes me montèrent à nouveau aux yeux. Mon cher Vassili adorait jouer au backgammon avant de partir au front. Il passait des heures tous les soirs à boire du *rakí* et à jeter des dés sur un tablier au *kafenío*.

Je me rappelais le fracas de la victoire quand il plaquait les dames de son adversaire sur la table au-dessus en zinc. Nous, les femmes, occupées à faire du crochet dans la rue, nous levions la tête et nous regardions d'un air entendu. *Kondulakis gagne !* J'étais fière.

Je n'entrais jamais dans le *kafenío*, un endroit réservé aux hommes. Je passais ma tête à la porte, lui faisais comprendre que le dîner était prêt en portant mes doigts à ma bouche, comme des pinces de crabe. Des vieillards

---

1   Le *tavli* est une variante du backgammon.

étaient assis sur des chaises branlantes autour des joueurs. Vassili me faisait toujours signe de m'en aller, refusant qu'on lui dicte sa conduite. Il finissait toutefois par céder à la faim, et quand sa partie était terminée, il rentrait à la maison, viril et triomphant.

Des larmes coulèrent sur mes joues. Le bras réconfortant d'Andreas tomba sur mes épaules. Nous restâmes assis en silence, dans le noir, chacun perdu dans ses pensées, essayant de comprendre la situation.

Le souvenir de la vie avant la guerre me redonna du courage. Mon désespoir se dissipa un peu. Je me levai, prête à redescendre en direction du figuier.

— Attends, *Kiriea*, je vais aller chercher mon chien. Il va aboyer s'il te voit.

Le berger retira tant bien que mal l'une de ses chaussures, qu'il eut quelque difficulté à atteindre à cause de la taille de son ventre, puis il enleva sa chaussette, remit sa chaussure, prit une corde accrochée au mur et sortit à pas de loup.

Il revint quelques minutes plus tard avec son chien, un énorme berger allemand. Il s'était servi de la chaussette comme d'une muselière et lui avait attaché la corde autour du cou. L'animal tirait sur cette laisse improvisée, rechignant à rentrer dans la maison. Je jetai un coup d'œil aux sacs en toile de jute. Mes garçons dormaient et étaient autant en sécurité que possible.

Il devait être près de minuit. La lune, pleine la nuit précédente, serait presque aussi brillante cette nuit. Je devais faire vite.

Après avoir passé tant de temps dans le noir, mes yeux s'étaient bien habitués à l'obscurité. Je descendis la colline à pas de loup, courus me mettre à l'abri entre les arbres, puis restai quelques instants immobile, tendant l'oreille, à l'affût du moindre bruit, du moindre mouvement. À mi-chemin, je me jetai contre le tronc d'un caroubier.

Un gros campagnol tomba de l'une des branches, et un putois surgi de nulle part bondit et le prit dans sa gueule. Sa victime laissa échapper un cri aigu avant de mourir. J'aperçus l'éclat blanc du museau du putois et ses yeux de jais avant qu'il ne disparaisse dans la végétation desséchée. J'attendis que le bruissement des feuilles se taise.

La peur bouillonnait en moi, mon cœur martelait ma poitrine dans le silence pesant. Des bruits à peine audibles semblaient provenir de toutes les directions. Je ne parvenais à identifier aucun son. Et si j'étais entourée de soldats ? Les troupes se cachaient peut-être dans les sous-bois, attendant que des personnes comme moi s'aventurent dans le noir.

Je pensai à mes chers enfants et restai adossée au tronc du caroubier jusqu'à ce que les bruits normaux de la nuit reviennent, puis je soulevai ma jupe et courus jusqu'à un autre arbre. Chacun de mes pas me paraissait assez bruyant pour réveiller toute la Crète. À la clarté de la lune, j'observai le coteau, en contrebas, cherchant du regard le vieux figuier à la forme si particulière. J'entendis le ronflement de notre chèvre avant de le voir.

—Na... Na ! appelai-je doucement, ne voulant pas lui faire peur, de crainte qu'elle ne se mette à faire du raffut.

Je reconnus le son mat de ses sabots tandis qu'elle se mettait debout, je m'orientai au bruit et repérai enfin l'arbre.

Récupérer la chèvre, la hache, et le paquet contenant la nourriture s'avéra plus difficile que prévu. La chair brûlée de mes mains avait séché. Elles étaient si raides et si douloureuses que je n'arrivais pas à les fermer sur le manche de la hache, et je dus me servir de mes dents pour dénouer le balluchon.

Enfin, je remontai le coteau, avec la corde de la chèvre attachée autour de la taille et le balluchon contenant les vivres sur l'épaule qui ne me faisait pas souffrir. Cela prit beaucoup plus de temps que je ne l'avais prévu.

Andreas m'attendait à la porte, visiblement angoissé. À l'intérieur, le berger allemand gémit.

—Emmène la chèvre dans le jardin de derrière, chuchota Andreas.

Je posai mon balluchon à l'endroit où je me trouvais, profondément soulagée que l'on me dise ce que j'avais à faire. Il alla chercher le chien et l'attacha à un jeune arbre, puis il rentra avec la nourriture. Mes garçons étaient réveillés et ils avaient faim. Il devait être près de 2 heures du matin. Nous fermâmes la porte et allumâmes une bougie.

—*Kiriea*, tu dois prendre soin de tes mains. Si elles gangrenaient... À quoi servirait une mère sans mains ? Tiens, nettoie-les avec ça.

Il ouvrit une bouteille crasseuse et versa un peu d'eau jaunâtre dans un bol en émail.

Je comprenais ce qu'il voulait dire : si j'avais la gangrène ou, pire encore, la lèpre, on m'enverrait passer le restant de mes jours dans la colonie à l'autre bout de l'île, et je ne reverrais plus jamais les miens.

—Qu'est-ce que c'est ? demandai-je.

—De la camomille. Nettoie tes brûlures, laisse-les sécher sans toucher à rien, et ensuite, mets ce miel dessus. Ça va piquer, mais c'est cicatrisant. Ça rendra tes mains souples et ça empêchera la peau de craquer.

Il me donna un bol en grès tout aussi sale, au fond duquel il y avait à peine deux centimètres de miel.

—Maman, j'ai mal aux genoux, dit Matthia, cherchant à attirer l'attention.

Je lui nettoyai les genoux et regardai Andreas du coin de l'œil. Le berger sourit. Les gens racontaient des horreurs sur ce géant malodorant, mais combien d'entre eux auraient donné ce qui leur restait de miel à une inconnue en temps de guerre ?

— Merci, Andreas. Je n'oublierai jamais ta bonté.

Comme nous mangeâmes ! Nous engouffrâmes tous les quatre le plus de nourriture possible. Andreas me donna à manger des morceaux de viande. Il ramollit la moitié des biscuits en les humectant avec un peu d'eau, puis il versa un filet d'huile d'olive dessus et les saupoudra de sel et d'origan. Ce simple repas nous fit l'effet d'un festin. Andreas rota avec enthousiasme, et mes garçons, béats d'admiration, essayèrent d'en faire autant.

Nous rîmes si fort que je dus faire taire tout le monde. Le berger alluma ensuite un feu et fit du café avec des glands grillés. C'était bon, pas aussi bon que du vrai café, mais tout de même assez amer et assez fort pour être agréable. Il l'adoucit en y ajoutant un peu de sirop fait avec des graines de caroube bouillies.

Surprise de constater qu'Andreas connaissait tant de choses sur la vie dans la nature, je me rendis compte que j'avais beaucoup à apprendre de lui. Je l'écoutai attentivement tandis qu'il m'expliquait comment faire des galettes avec de la farine de glands.

— En été, me dit-il, j'emmène les moutons sur le plateau et je passe toute la saison là-bas sans provisions. Ce n'est pas difficile quand on sait se débrouiller.

Stavro et Matthia l'observaient d'un air admiratif, et ils échangèrent un regard quand il déclara :

— J'ai envie de pisser.

Ils hochèrent la tête, se levèrent et allèrent se tenir à ses côtés dans l'embrasure de la porte. J'éteignis la bougie et, assise sur la banquette, regardai leurs trois silhouettes se détacher sur le clair de lune.

Les garçons, le visage levé vers Andreas, copièrent chacun de ses grognements et chacune de ses secousses. Toutefois, quand le berger se retourna, se pencha et lâcha un pet sonore dans l'obscurité, mes fils crièrent « Ha ! » et « Berk ! » et me rejoignirent en courant. Mes chers enfants ! Cette heure de bêtises nous donna à tous de la force.

—Andreas, comment fais-tu pour rester si fort alors que les temps sont si durs ? lui demandai-je.

—Je mange des caroubes et des glands tous les jours. Ça me remplit l'estomac et ça empêche la faim de me tenailler.

Il se gratta vigoureusement l'aisselle, puis la tête.

—C'est de la nourriture gratuite, et si c'est assez bon pour les cochons et pour les lapins, c'est assez bon pour moi.

Il rouvrit la porte et regarda la lune.

—*Kiriea*, si tu veux récupérer le reste de tes affaires, il ne reste plus que quelques heures avant l'aube.

—Je ne pense pas pouvoir y arriver, Andreas. J'ai besoin de me reposer avant que nous ne montions dans la montagne.

Il émit un grognement.

—Je vais aller chercher des sacs pour me faire un lit. Serre-toi sur la banquette avec tes fils, je dormirai par terre.

Nous nous installâmes rapidement, tirâmes le verrou et éteignîmes la bougie. Bientôt, j'entendis leur respiration régulière et en conclus qu'ils dormaient tous les trois. Allongée dans le noir, j'essayai d'établir un plan. Comment allions-nous bien pouvoir survivre dans la montagne avec si peu ? Peut-être en trouvant un vieil abri de berger, ou même une grotte, mais nous ne pouvions pas monter trop haut car il n'y avait que des pins à partir d'une certaine hauteur, puis plus que de la roche au sommet de la montagne. Il nous fallait des caroubes, des glands, des figues, des mûres, de l'herbe pour la chèvre et de l'eau pour nous.

Pensant à l'eau, je fus prise d'une envie irrésistible de me laver. La source du village m'attendait, à une centaine de mètres en amont. Oserais-je aller m'y baigner ? Il y avait un seau en métal dans un coin de la pièce. Cela ne me prendrait qu'une vingtaine de minutes ; personne ne se rendrait compte de mon absence.

14

Je retins mon souffle, me laissai glisser de la banquette et enjambai le berger, endormi sur le sol. Au moment même où je passai au-dessus de lui, il tendit le bras et me saisit fermement la cheville.

—Que fais-tu, femme ? me demanda-t-il dans un murmure.

—J'ai besoin de me laver, Andreas.

—Reste tranquille. Attends d'être plus haut dans la montagne.

—S'il te plaît… Je ne peux pas attendre plus longtemps. Tu sais, les nazis n'ont pas seulement tué mon bébé, hier matin, ils m'ont attrapée, moi aussi.

Je baissai la voix jusqu'à ce qu'elle soit à peine audible.

—L'un d'eux m'a déshonorée, juste après la mort de mon pauvre petit Petro. Mes garçons ne le savent pas. Je me sens répugnante, Andreas, il faut que je me lave pour faire partir la puanteur nazie.

Il me lâcha la cheville. Je terminai mon enjambée et me tins entre lui et la porte. Il se redressa sur les coudes et, dans le noir, je sentis son regard posé sur moi.

—Comment vas-tu faire pour te laver avec ces mains brûlées ? Tu ne peux pas les mouiller.

Il marqua un temps d'arrêt et sembla hésiter avant de reprendre la parole.

—Il y a un puits au sous-sol. Je peux t'aider, si tu veux.

Il y eut un silence. Je m'interrogeai sur ses motivations, et il dut s'apercevoir de ma méfiance.

—Fais-moi confiance ; je suis un honnête homme, *Kiriea*.

Je repensai aux rumeurs à son sujet, mais pour une raison obscure, un étrange sentiment de sérénité m'envahit. Peut-être un esprit m'inspira-t-il et me poussa-t-il à faire ce qu'il fallait vis-à-vis d'Andreas sans me reposer sur ma morale, sur mon jugement.

—Je serais tellement gênée, je ne sais pas si je pourrais…

—*Kiriea*, je suis une personne simple, un homme de la nature, je ne suis pas cultivé, comme toi, mais je suis fidèle à ma parole. Tu peux me faire confiance.

Je réfléchis quelques instants. Si je ne lavais pas mes parties, j'aurais sûrement une infection. Je devais être forte pour mes garçons, et pour affronter l'épreuve qui nous attendait.

—Merci, Andreas. Je sais, ou du moins j'espère, que tu me traiteras avec respect.

Le berger ouvrit la porte. La clarté de la lune inonda la pièce. Il repoussa un vieux tapis qui couvrait une partie du sol et souleva plusieurs lattes du plancher, puis il décrocha un rouleau de corde du mur, l'attacha à l'anse d'un seau posé dans le coin de la pièce, et descendit le seau dans le puits. Une minute plus tard, il avait rempli le broc en émail et le bol.

—Attends ici pendant que je vais porter ça dans le jardin de derrière, chuchota-t-il.

J'hésitai à nouveau et jetai un coup d'œil au doux visage de mes garçons, qui comptaient sur moi pour les protéger. Andreas revint et remplit à nouveau le seau, puis il jeta deux sacs en toile de jute sur son épaule et me fit signe de le suivre. Derrière la maison, il étala un sac par terre et accrocha l'autre à un clou enfoncé dans le mur.

—Attends, murmura-t-il.

Il enfouit le bras entre les branches basses d'un olivier, et en sortit une bassine en fer-blanc, une éponge et une barre de savon.

—Tu me fais confiance, *Kiriea* ? Je serai comme un frère pour toi, je te le promets.

—J'ai confiance en toi, Andreas. Merci de ta gentillesse.

—Alors monte dans la bassine.

Il me retira mes chaussures, puis mon tablier et le haut de mes vêtements. À la clarté de la lune, je vis son visage jusque-là impassible s'empourprer, ses paupières tomber légèrement sur ses yeux, sa bouche se relâcher. Il retint son souffle, et je reconnus le regard de désir que n'importe quelle femme sait reconnaître.

La peur me gagna. Étais-je stupide ? Que m'arrivait-il ? Tenter d'effacer de ma mémoire le souvenir d'un moment écœurant en en encourageant plus ou moins un autre devait être de la folie. J'essayais de me persuader qu'en dépit de tout, je maîtrisais la situation. De prouver que les hommes n'étaient pas tous pareils.

Quand il atteignit mes sous-vêtements, il s'arrêta, savonna l'éponge et dit :

—*Kiriea* Maria, je dois te le dire, avant d'avoir vu ces pauvres femmes pendues, je n'avais encore jamais vu une femme nue. Je te remercie d'avoir confiance en moi, mais j'avoue que je brûle du désir de te serrer contre mon corps, de savoir ce que c'est que d'avoir une femme dans les bras. Je n'ai jamais…

—Prends-moi dans tes bras, Andreas. Je ne te refuserai pas cette expérience, mais je ne peux pas te donner plus, tu comprends ? Je te fais confiance, Andreas.

Il se mordit la lèvre, laissa tomber l'éponge, retira en hâte sa tunique en peau de mouton, et m'enveloppa dans ses bras. Je l'entendis pousser un faible gémissement, et, tandis qu'il me soulevait et me berçait doucement, j'eus l'étrange certitude qu'il tiendrait sa promesse. Il fit glisser ses mains sur mon dos, les referma sur mes fesses et me serra contre son corps puissant, appuyant son menton barbu sur le sommet de mon crâne. L'oreille collée sur le tissu fin qui couvrait son torse, j'entendais son cœur marteler sa poitrine.

—Pourquoi Dieu a-t-il fait l'homme si mauvais ? demanda-t-il d'une voix rauque de désir.

Je sentais son sexe grandir et grossir contre mon ventre.

—Tu te souviens de ta promesse, Andreas ? Je suis sûre que tu es assez fort pour tenir parole.

—Vierge Marie… Pardonne-moi, *Kiriea* Maria.

Je regardai nerveusement autour de moi. Dans mes sous-vêtements, je me sentais vulnérable.

Andreas, timide et innocent, à sa façon, prit une profonde inspiration et acheva de me déshabiller. Avec une tendresse surprenante compte tenu de ses mains calleuses, il me savonna le corps. Émerveillé, intrigué, il me lava tout entière, comme une jeune mère l'aurait fait avec son nouveau-né. J'admets que j'éprouvais un plaisir inexplicable à satisfaire sa curiosité.

Quand je levai les bras pour qu'il puisse me savonner les aisselles, il eut le souffle coupé et fit un pas en arrière pour contempler d'abord mes seins blancs, puis tout mon corps, à la clarté de la lune.

—Madame, pardonnez-moi de regarder, mais je n'ai jamais rien imaginé d'aussi beau… Adam a dû être seul bien longtemps, pendant que Dieu créait la femme. Le Tout-Puissant a réalisé une telle perfection.

Quand je m'accroupis et que j'écartai les genoux pour qu'il puisse laver mes parties génitales, il plissa les yeux et détourna le visage, puis il mit brusquement l'éponge entre mes cuisses, manquant de me faire perdre l'équilibre.

—Andreas, s'il te plaît, murmurai-je. Tu peux regarder... J'ai confiance en toi, et je préférerais que tu te serves de ta main, ces parties cachées sont sensibles, surtout après ce qui s'est passé. L'éponge me fait mal.

Cette fois encore, il inspira profondément pour se donner du courage, puis il s'assit et nettoya mes parties les plus intimes. Il plongea ses yeux dans les miens.

—Dis-moi si je te fais mal, *Kiriea*, je vais essayer d'être doux.

Le berger était un honnête homme.

Il me sécha avec un sac de toile et me rhabilla, puis il s'inclina légèrement et me remercia pour ma confiance. Nous retournâmes dans la maison, et il tapota les sacs étalés par terre.

—Allonge-toi ici, *Kiriea*, à côté de moi. Je vais te protéger.

Je m'allongeai à côté de lui et posai la tête sur son gros bras. Me sentant en sécurité, je sombrai dans un profond sommeil. Dans la nuit, je fis un rêve bizarre, sur la vieille sage-femme et sur la jeune fille pendues. Je vis Andreas les détacher, les laver, et les prendre par la main pour les conduire au ciel.

Les ronflements sonores du berger me réveillèrent. La vision était encore très nette dans mon esprit. Il faisait chaud dans la pièce, qui sentait le renfermé. Je me levai et entrebâillai la porte pour faire entrer un peu d'air frais. La pâle lueur de l'aube tomba sur le sol.

—Levez-vous, tous, c'est le matin ! dis-je.

Nous nous dépêchâmes de rassembler nos affaires. Andreas détacha le chien pour le laisser aller faire un tour. Je le remerciai pour son aide. Nos regards se croisèrent et, l'espace d'un instant, nous partageâmes quelque chose de spécial qui restera à jamais avec moi. Le doux et honnête Andreas !

—Continue de monter, *Kiriea* Maria. Tu trouveras une vieille ruine, il n'y a pas de fenêtres et plus de porte, mais il y a un toit. Reposez-vous là-bas en attendant que la nuit tombe, et ce soir, recommencez à monter en suivant le sentier. Quand tu seras plus haut que Simi, tourne un peu à droite. Il y a un site archéologique, avec une cascade, elle est à sec en ce moment mais c'est facile de repérer l'endroit où elle coule d'habitude. Il y a une grotte, sur la gauche. Cherche les volées de petits oiseaux qui rasent le sol et suis-les, ils mènent généralement à l'eau. Si je le peux, je t'apporterai le reste de tes affaires d'ici deux jours.

Andreas, le berger digne d'éloges qui avait veillé sur moi. Qui d'autre que lui aurait pu me purifier des atrocités du nazi et me permettre de me détendre suffisamment pour dormir profondément ?

Je déposai un tendre baiser sur sa joue barbue.

—Un jour, bientôt, quand cette guerre sera terminée, je voudrais que tu viennes chez moi et que tu joues au *tavli* avec Vassili. Tu veux bien, Andreas ?

Je voulais qu'il comprenne à quel point il m'avait redonné espoir, mais les mots semblaient insuffisants pour expliquer ce que je ressentais.

Il soutint mon regard et réfléchit un moment avant de hocher la tête.

—D'accord… et tu m'excuseras, mais je battrai ce *malákas* !

Mes garçons le regardèrent avec de grands sourires, ravis de l'entendre jurer.

L'expression d'Andreas s'adoucit et il posa sa main calleuse sur ma joue. Ses yeux se promenèrent sur mon corps, puis il les plongea dans les miens.

—Merci, dit-il d'une voix douce et sincère.

Le chien aboya, et aboya encore. Le sourire d'Andreas s'évanouit, un éclair de panique passa dans son regard.

—Allez-y, maintenant, vite !

Nous contournâmes la maison, prîmes notre chèvre et commençâmes à monter en direction du sommet de la montagne, le plus vite possible et sans faire de bruit, essayant de rester cachés. Juste avant que nous ne nous enfoncions dans les épais fourrés, je crus sentir quelqu'un me tapoter l'épaule. Il n'y avait personne derrière moi, bien sûr, mais je baissai les yeux vers la maison déla-brée qui nous avait abrités pendant la nuit, et vis Andreas se tenir à l'endroit où il m'avait fait ma toilette. Il était trop loin pour que je distingue ses yeux, mais je savais qu'il me regardait comme je le regardais. L'homme énorme aux cheveux broussailleux, aussi noble et pour-tant aussi humble que son plus gros bélier, hocha la tête. Une immense vague de tristesse déferla en moi alors que je comprenais, à cet instant précis, que mon rêve avait été prémonitoire. Il avait l'intention d'aller détacher les femmes pendues.

Reverrais-je un jour l'imposant berger ? Je ne le croyais pas. Il m'était presque impossible de me détourner et de rompre le lien qui nous unissait.

—Maman…

La voix de Stavro me rappela à l'urgence de notre situa-tion. Il renifla et je perçus tout son désarroi.

—Ça va, mon fils ?

Le petit garçon leva vers moi son visage blême. Il se mordit la lèvre, jeta un coup d'œil à Matthia avant de reporter son attention sur moi.

—Je ne dormais pas, chuchota-t-il d'une voix chargée d'émotion.

Oh, le pauvre enfant ! Qu'avait-il vu ? Peut-être était-il sorti pendant qu'Andreas me lavait ? Comment un enfant de sept ans aurait-il interprété une telle scène ? J'aurais pu ne pas remarquer sa présence, à cause de l'obscurité.

—Matthia, prends la chèvre et va en avant, dis-je

calmement, honteuse et malade de n'avoir pas été plus prudente.

Je regardai Matthia s'éloigner, craignant que l'animal acariâtre ne le fasse à nouveau tomber. Dès qu'il fut hors de portée de voix, je me tournai vers Stavro.

—Que veux-tu dire, fils ? Parle-moi.

—Tu sais, quand Andreas t'a raconté ce qui était arrivé à *Kiriea* Kiriaki…

Des larmes se mirent à couler sur ses joues.

—Quand je me suis réveillé, plus tard, j'ai cru que j'avais tout inventé, que j'avais fait un cauchemar ou quelque chose comme ça, mais tu es restée partie si longtemps… J'ai eu peur que les soldats allemands t'aient attrapée aussi, qu'ils aient déchiré tes vêtements et qu'ils t'aient pendue à un arbre.

Il me passa les bras autour de la taille et me serra de toutes ses forces contre lui.

—Maman, j'ai tellement honte ! Quand j'ai cru que tu étais morte, j'ai failli pleurer devant le berger…

J'avais un aperçu de sa vision de la vie à travers ses jeunes yeux et, en entendant ces mots, je dus mettre une main devant ma bouche pour cacher un sourire ; penser que votre mère avait été pendue, et mourir de honte à l'idée qu'un berger avait failli vous voir pleurer.

Stavro poursuivit avec sérieux.

—Quand tu es revenue avec la nourriture, j'étais tellement heureux !

Il regarda fixement le sol et parla avec ardeur.

—S'il te plaît, ne te fais pas tuer, maman. J'essaie de toutes mes forces d'être un homme, mais… Promets-moi de ne le dire à personne ?

Il leva vers moi un regard implorant.

—Je te le promets, mon fils.

—J'ai peur tout le temps, très peur.

Il hocha énergiquement la tête, puis la secoua.

—Je ne serai pas un homme très bien. Il vaut mieux que je te le dise maintenant, maman, pour que tu ne sois pas déçue. Je ne serai jamais aussi fort ou aussi intelligent qu'Andreas, le berger.

Je tombai à genoux et tendis les bras vers lui.

—Viens ici, mon grand garçon, dis-je en le serrant étroitement contre moi. Tu n'as pas besoin de devenir un homme pour le moment, Stavro. Tu es mon premier-né et je t'aime de tout mon cœur, exactement tel que tu es aujourd'hui. Et je vais te dire quelque chose, un petit secret entre nous : parfois, moi aussi, j'ai peur…

Je m'écartai de lui pour le regarder.

—… mais tâchons de faire bonne figure pour Matthia, d'accord ? Même si nous savons tous les deux que c'est un petit diablotin ! Nous ferions mieux de le rejoindre avant que la chèvre ne le traîne dans les fourrés.

Nous découvrîmes Matthia assis sur son derrière, en train d'examiner les croûtes de ses genoux.

—Elles vont tomber toutes seules dans quelques jours, lui dit Stavro. Ne les gratte pas, sinon tu vas saigner.

Matthia hocha la tête, l'air sérieux.

La corde de la chèvre s'était emmêlée dans un buisson épineux. Stavro la démêla et, alors que nous reprenions notre route, nous entendîmes le berger allemand d'Andreas se mettre dans tous ses états, en contrebas, aboyant et grognant follement.

Le bruit de pas lourds et cadencés s'éleva au loin dans l'air du matin. Une volée de corbeaux passa dans le ciel en croassant. Mon sang se glaça.

Les troupes étaient sur la route. Dieu seul savait combien de soldats frappaient le goudron de leurs bottes. Le rythme faisait vibrer les arbres, trembler mes os. Je me concentrai sur le son. Du moment qu'ils restaient en bas, nous étions en sécurité. Le bruit glaçant se fit plus fort, puis il s'arrêta. Le chien devint comme fou.

La rafale d'une mitrailleuse brisa le silence. Le son se répercuta sur les versants de la montagne, chaque réverbération plus faible que la précédente, chargée de l'écho de la mort. Une seconde plus tard, un gémissement aigu résonna dans l'air, le cri déchirant d'un animal.

Un unique coup de feu réduisit la bête au silence. À cet instant précis, je sus que mon cher ami Andreas et son chien étaient morts.

Stavro tourna vivement la tête, comme s'il avait reçu une gifle avec ce dernier coup de feu.

Nous nous arrêtâmes là où nous étions, l'oreille tendue. Mes garçons ne comprenaient pas ce qui se passait. Je levai les yeux vers la lune décroissante et le ciel pâle, m'attendant presque à voir s'élever le grand fantôme d'Andreas le berger. Même les oiseaux s'étaient tus. Nous baissâmes les yeux vers la route, mais ne vîmes que les arbres qui nous dissimulaient à l'ennemi.

Stavro leva vers moi un regard plein de tristesse.

— Est-ce qu'ils ont tué le chien, maman ?

— Je ne crois pas, Stavro. Ils se sont sûrement contentés de lui faire peur pour le chasser. Ne t'inquiète pas, mon fils ; tu as vu comment ces deux-là veillent l'un sur l'autre. Rien ne séparera Andreas de ce bon vieux berger allemand.

Stavro hocha la tête, visiblement réconforté.

— Maintenant, allons-y, et garde un œil sur ton frère.

Le sentier, comme une balafre déchiquetée dans le paysage desséché, était envahi par les orties et les arbrisseaux. Nous avançâmes tant bien que mal, nous frayant un chemin à travers la végétation. L'air, qui embaumait jusque-là le thym et le romarin, se chargea de l'odeur résineuse des pins. Une brise légère vint nous rafraîchir. Andreas pesait sur mon cœur lourd. J'avais envie de pleurer pour le colosse que la vie avait abandonné, mais, comme Stavro, je devais paraître forte.

J'adressai une prière à la Vierge Marie.

Accueillez Andreas dans le Royaume des cieux, c'était un homme bienveillant, un berger, comme votre Fils ; une très bonne personne.

15

Crète, aujourd'hui.

Angie réfléchit aux paroles de sa grand-mère.
— Imagine les voir pendre ces femmes et ne rien pouvoir faire, *yiayá*… Je ne pourrais plus jamais dormir tranquille. Être témoin d'une scène pareille rendrait fou n'importe qui. Quel pauvre homme !

Maria se signa.

— Je ne peux pas expliquer l'impact qu'Andreas a eu sur ma vie. Je ne l'ai connu que quelques heures, mais cela m'a appris qu'il ne faut jamais juger les gens sur les apparences, et qu'il ne faut pas non plus croire tout ce que l'on entend.

— Merci de m'avoir raconté ce qui s'est passé. Cela n'a pas dû être facile pour toi.

— Non, c'est vrai, mais c'est important d'entendre ce que la guerre fait réellement aux familles. Ce sont elles qui en pâtissent. Tous ces nazis aussi étaient des fils pour leurs mères, probablement de bons garçons qui avaient des parents aimants. Je ne peux toutefois pas leur pardonner, même aujourd'hui. Je suis sûre que je ne leur pardonnerai jamais.

— Je n'avais pas vu les choses comme ça. Cela a dû être bouleversant pour *papoú* aussi d'entendre tout ça quand il est revenu d'Albanie.

Maria hocha la tête et gonfla les joues.

—Très ! Il nous a fallu quelques années pour réussir à nous comporter comme des époux normaux. L'avoir à la maison aurait dû être merveilleux, mais la guerre change les gens de l'intérieur. C'était une période difficile, *koritsie*. Je vois des films de guerre à la télévision, et des armes factices au rayon jouets des magasins… Tout cela est devenu irréel.

Elle secoua la tête et resta un moment silencieuse.

—C'est mal d'apprendre aux gens à en tuer d'autres et de leur faire croire qu'il y a de quoi en être fier. Les gouvernements corrompus et les politiciens avides de pouvoir nous ont pris nos enfants et ils se servent d'eux dans leurs jeux de stratégie sanglants. Bah ! Cette île est la mienne.

Elle se frappa la poitrine du poing avec une violence inquiétante.

—Elle est à moi, à nous, les Crétois, pas à ces dirigeants d'Athènes ni aux fanatiques néonazis qui jouent sur la peur ou la corruption pour gagner des sièges au Parlement, ni à ces bureaucrates à la tête de l'Europe.

Angie regarda fixement Maria. Elle l'avait vue comme une vieille dame douce mais décrépite quand elle était arrivée en Crète, quelques jours plus tôt. Elle se rendait compte maintenant que sa grand-mère était en fait farouchement patriote, qu'elle avait la politique dans le sang. Malgré son grand âge, elle avait des opinions bien arrêtées, et des idéaux. Elle avait bravé l'interdit en allant dans l'oliveraie chercher à manger pour ses enfants. C'était une femme dévouée, courageuse et déterminée. Une vive fierté envahit Angie. Quel honneur d'appartenir à une telle famille !

Poppy aurait dû ressentir la même chose ; pourquoi n'était-ce pas le cas ?

Soudain honteuse, Angie songea à la trivialité de sa propre existence. Elle n'avait aucune conviction politique, n'avait même jamais pris la peine de voter. Cela allait changer, elle le savait maintenant. *Quelle différence ma seule voix pourrait-elle faire ?* se demandait-elle jusque-là. Pour ce qui était de l'avenir de ses enfants, elle ne se préoccupait pas de grand-chose au-delà de ce qu'elle voyait entre les pages du catalogue de Babyland et de la poussette qu'elle choisirait.

Elle pensa à son oncle Matthia. Elle le comprenait, maintenant. Il la voyait comme une jeune femme superficielle, égocentrique et matérialiste, et cela le mettait en colère. Elle secoua la tête, dégoûtée. Elle était toutes ces choses.

Sa grand-mère lui tapota le genou.

—Ne t'en fais pas, dit-elle avec un sourire, la regardant droit dans les yeux, comme si elle savait exactement ce qui venait de lui traverser l'esprit.

Angie se dit qu'elle pouvait changer. Elle était heureuse d'avoir eu cette révélation maintenant, avant d'avoir des enfants. Elle montrerait le bon exemple à la génération suivante, et sa grand-mère serait fière d'elle. Nick ne votait pas non plus, et il n'avait pas plus de convictions politiques qu'elle.

—*Yiayá*, je te promets d'essayer d'écrire ton histoire, quoi que je puisse découvrir au fil de ton récit.

Elle songea aux détails extrêmement personnels de cette histoire, et se demanda quelles conséquences cela aurait sur les autres membres de la famille.

Comment aurait-elle réagi si elle avait lu le récit du viol, de l'humiliation ou de la pendaison de sa mère, par exemple ? Elle frissonna à cette pensée. Que ressentiraient ses enfants ou ses petits-enfants en apprenant qu'ils avaient un lien avec cette tragédie ? Pourtant, taire ces crimes atroces reviendrait à léser les victimes.

—Veux-tu que je transforme le nom des femmes de ton histoire, *yiayá* ?

—Cela ne change rien, pour moi, Angelika. Je serai morte. Poppy, peut-être… Il faudra que tu lui demandes, et à toutes celles qui sont concernées. Certaines voudront peut-être que tu modifies leur nom, mais qui sait ? En vieillissant, on apprend à dire la vérité, les choses ne sont plus si embarrassantes. Après tout, tout le monde chie et fait l'amour.

—*Yiayá* !

Le souffle coupé, Angie se mordit la lèvre.

Sa grand-mère eut un petit rire.

—Un jour, tu comprendras, *koritsie*. En attendant, je te laisse juge de ce qu'il convient de faire pour les noms, mais ne travestis pas la réalité. Ces martyres méritent que l'on se souvienne d'elles et que les faits soient retranscrits dans leur intégralité.

—Je ferai de mon mieux, je te le promets.

—Je le sais.

Qu'est-ce qui avait bien pu affecter sa mère au point qu'elle veuille que son nom ne soit pas mentionné dans le récit de sa famille ? Poppy n'était même pas née à l'époque de la guerre. Angie savait pertinemment que cela n'aurait servi à rien de le demander à sa grand-mère : celle-ci lui aurait répondu d'attendre. Elle n'était pas sûre de supporter de voir noir sur blanc des choses horribles sur sa mère, si le manuscrit était publié.

Soudain, elle remarqua un moustique posé sur son tibia, donna une claque dessus, et s'étonna de le voir écrasé dans la paume de sa main.

—Berk !

Elle le retira avec une serviette en papier, puis essuya la traînée de sang sur sa jambe. Sa grand-mère montra du doigt une carafe et six petits verres posés sur le manteau de la cheminée.

—Prends un peu de *rakí*, *koritsie*, ça t'évitera de te gratter plus tard.

Angie acquiesça d'un hochement de tête, se servit un petit verre du liquide incolore, et le but d'une seule traite. Maria éclata de rire. Elle plaqua une main sur sa bouche tandis que ses épaules anguleuses se secouaient.

—Non, Angelika, tu dois en mettre sur la piqûre de moustique !

Angie rougit, mais elle reconnut le côté comique de la situation. Elle versa un peu de *rakí* sur la serviette et se tamponna la jambe.

—Angelika, Angelika !

La voix forte de Voula leur parvint par-dessus les toits. Elle aurait presque fait frémir le rideau de lanières. Angie sortit et regarda en direction du bas du village. Voula lui fit signe depuis le même toit en terrasse, debout à l'extrémité d'une corde à linge à laquelle étaient pendus des draps blancs qui flottaient dans la brise.

—Le repas est prêt, viens !

Quand Angie rentra dans la maison, *yiayá* leva les yeux de son ouvrage.

—Voula nous prépare à manger tous les jours. C'est une femme bien. Tu peux aller chercher le repas, pour lui éviter d'avoir à monter jusqu'ici. Dis à Vassili de rester là-bas, je n'ai pas fini mon histoire.

—Comment vais-je trouver le chemin de la maison de Voula, *yiayá* ?

—Ne t'inquiète pas, c'est la maison qui te trouvera. Contente-toi de marcher dans cette direction. Si tu te perds, demande à n'importe qui où habite Kondulakis Voula.

Sur la route principale du village, Angie essaya de deviner quelle rue emprunter pour aller chez Voula. Elle s'apprêtait à demander de l'aide à une dame qui arrosait un massif de géraniums rose saumon quand un groupe d'écolières détourna son attention. Elles se tenaient par la main, évoquant une ribambelle de poupées de papier.

Elles sautillaient sur les pavés en chantonnant : « Tantine, tantine ! ».

Il lui fallut un moment pour s'apercevoir que c'était elle qu'elles appelaient. Elle leur fit signe de la main et leur dit bonjour en grec, ce qui provoqua l'hilarité générale.

Quand les enfants arrivèrent à sa hauteur, elles tendirent les bras vers elle, et Angie se pencha pour recevoir leurs étreintes et leurs baisers. Leurs câlins lui firent chaud au cœur ; elles étaient tellement affectueuses, tellement spontanées ! Les fillettes se remirent à sautiller et à caracoler, et elles l'entraînèrent dans les rues en pente en direction de la maison de Voula.

Plusieurs vieilles dames, assises sous des vérandas regorgeant de fleurs ou en train de pendre du linge, agitèrent la main et crièrent :

— Venez boire un café, venez, venez !

— Demain, demain ! répondirent les fillettes, expliquant que leur tantine devait aller chercher le repas de Maria.

Un vieux pick-up rouge cabossé, chargé de petites bananes, remonta l'étroite ruelle en haletant et crachotant. Un haut-parleur crachait un air de *bouzouki* à plein volume, et le conducteur passait la tête par la fenêtre pour crier le prix de ses fruits.

Angie et les petites filles se collèrent contre une maison tandis qu'il approchait. Le pick-up s'arrêta à leur hauteur. Le conducteur, un homme d'une cinquantaine d'années, en descendit d'un bond et prit un grand couteau à l'arrière du véhicule.

Bloquée entre le mur, derrière elle, le pick-up, devant elle, et les filles, de chaque côté, Angie jeta des coups d'œil hagards autour d'elle, cherchant un moyen de s'enfuir. L'homme aux yeux exorbités, injectés de sang, et aux cheveux gris en bataille contourna le véhicule d'un pas pressé. Le soleil se reflétait dans la lame de son couteau.

Les fillettes se serrèrent contre elle, leurs voix aiguës rendues inaudibles par la musique.

Le Crétois prit un régime de bananes, en détacha une demi-douzaine, et les lui lança. Il eut un grand sourire qui révéla des dents solides, jaunies par le tabac, retourna en courant s'asseoir au volant du pick-up, et redémarra sans un mot.

Stupéfaite, Angie resta plaquée contre le mur, regardant fixement les bananes qu'elle avait dans les mains. Encore très perturbée par le récit de sa grand-mère, elle avait totalement mal jugé cet homme. Les petites filles, joyeuses et insouciantes, l'entraînèrent à nouveau vers la maison de Voula. Quand elles arrivèrent à destination, les battements de son cœur s'étaient un peu calmés.

Un rideau de voilage était accroché devant la porte ouverte et, à l'intérieur, une bonne odeur d'oignon frit et de cannelle flottait dans l'air chaud. Voula se rua sur elle, lui prit la tête entre les mains, l'embrassa énergiquement sur les deux joues, puis elle en pinça une si fort qu'Angie eut peur d'avoir un bleu.

Tout le monde sourit, sauf Matthia, bien sûr.

Voula tendit à Angie deux assiettes recouvertes de papier aluminium.

— Poulet rôti ! annonça-t-elle d'une voix forte.

Angie posa les bananes sur la nappe en satin doré. Elle raconta à la cantonade l'anecdote du pick-up, sa crainte d'être agressée, et la générosité de l'homme.

Papoú, assis dans un coin de la pièce, frappa le sol de sa canne. Ses yeux noirs pétillaient malicieusement, son visage parcheminé rayonnait de plaisir.

— Tu as eu raison d'avoir peur, *koritsie*. Méfie-toi des Crétois que tu ne connais pas et qui te mettent leurs bananes dans les mains !

Voula et les enfants rirent. Matthia se leva et sortit. Angie le regarda partir et soupira.

Voula lui prit les assiettes des mains, les posa sur la table à côté des bananes, et lui frotta le dos. Elle se détourna de son beau-père et baissa la voix.

—Ne le laisse pas te faire de peine, Angelika. Parfois, Matthia est un sale type, et je le déteste !

Choquée par la violence du ton de Voula, Angie leva les yeux vers elle et vit une lueur de colère passer dans son regard, mais son expression redevint presque aussitôt avenante, et elle adressa un grand sourire à son beau-père un peu sourd. Angie était surprise de voir un aspect sombre chez la grosse dame comique.

—Je ne peux pas m'empêcher d'avoir de la peine, ma tante. Il a toujours l'air tellement en colère contre moi !

Voula la poussa dans un fauteuil rembourré. *Papoú* secoua la tête et se leva péniblement.

—C'est Maria qui doit lui dire, dit-il d'un ton ferme, impassible. Pas toi, Voula.

Il empoigna sa canne et, clopin-clopant, rejoignit Matthia sur la terrasse. Voula baissa les yeux. Angie sentait une conspiration dans l'air.

Voula sembla réfléchir quelques instants aux paroles de *papoú*, puis elle cria :

—Matthia, apporte son repas à ta mère et reste avec elle pendant que je parle à Angelika !

Matthia rentra, foudroya du regard Voula, d'abord, puis Angie, et enfin les assiettes. Après un moment d'hésitation, il émit un grognement désapprobateur, prit une assiette et s'en alla.

—Tu veux du café ? lui demanda Voula dès qu'elles furent seules.

Elle croisa les bras sur sa poitrine, et ses seins se dressèrent comme des montagnes lors d'un tremblement de terre.

Angie secoua la tête. Que devait lui dire Maria ?

—Très bien, *koritsie*, il faut que tu comprennes, ton grand-père a raison, je ne peux pas te dire grand-chose. Ta grand-mère va tout t'expliquer. Matthia est en colère parce que c'est le devoir de ta mère de s'occuper de *yiayá* et de *papoú*, et que c'est nous qui le faisons depuis que Poppy est partie.

Elle tapota le dessus de la main d'Angie.

—Et puis, Matthia et Poppy étaient très proches. Il ne le reconnaîtra jamais, mais elle lui manque, et il en veut à tout le monde parce qu'elle s'est enfuie en Angleterre. Peut-être qu'il se sent responsable. Ils se sont disputés pour une histoire d'argent avant qu'elle parte.

Voula haussa les épaules.

—Il refuse d'en parler. Parfois, il vaut mieux oublier le passé. Nous espérons tous qu'elle reviendra un jour. Ton père aussi lui manque… Matthia et Yeorgo étaient bons amis avant que ton père ne s'engage dans l'armée.

—Peux-tu me parler de lui ? demanda Angie, jetant un coup d'œil aux photographies posées sur le réfrigérateur. Tu as une photo de lui ? Maman n'a qu'une photo d'identité dans son portefeuille, et elle est tellement abîmée que je ne sais même pas à quoi il ressemblait vraiment.

16

Pendant quelques instants, Voula regarda fixement Angie, puis elle sembla prendre une décision.

—Il faut que tu attendes que Maria te parle de Poppy. Ta pauvre mère, quelle terrible tragédie, quelle injustice ! Je ne sais pas ce que j'aurais fait...

Le regard perdu dans le vague, elle se mordilla la lèvre inférieure. Au bout d'un moment, Angie s'éclaircit la gorge, et Voula s'arracha à sa rêverie. Elle prit une photo et la lui tendit.

—Voilà ton père quand il a rejoint l'armée.

Angie prit la photo sépia. Elle considéra lentement l'homme aux yeux noirs et aux cils épais, bien bâti, beau dans son uniforme. Il devait avoir une trentaine d'années, à peu près l'âge qu'elle-même avait aujourd'hui, et ce détail semblait les rapprocher.

Elle examina le visage de son père et remarqua ce qu'elle partageait avec lui : ses boucles brunes, sa mâchoire forte, ses lèvres charnues. Elle s'imagina, enfant, à ses côtés, imagina son père mettre son bras sur ses épaules et lui dire à quel point il l'aimait.

Ses yeux s'embuèrent alors que ses rêves d'enfance lui revenaient. Ils jouaient à cache-cache. Elle s'aplatissait derrière un rideau ou sous un lit, l'imaginait en train de la chercher, de l'appeler. *Angelika, où es-tu ? Où est ma petite fille ? J'arrive...* Elle attendait, le sourire aux lèvres, espérant que le fantôme de son père apparaisse et crie *Bouh !*

Elle finissait par sortir de sa cachette, avec des fourmis dans les jambes et un vif sentiment de déception.

Quand elle jouait à la marchande, le fantôme de son père était toujours son premier client, il achetait tout et lui disait de garder la monnaie quand elle lui tendait ses pièces en plastique.

Elle sourit en repensant aux dînettes dans le jardin, sur une couverture, à l'espace vide entre son ours en peluche et sa poupée, où elle servait de la citronnade et des biscuits à son père.

Elle avait alors une conviction secrète : si elle arrivait à le faire manger, la nourriture donnerait de la chair au fantôme. Son père prendrait vie. Un jour où sa mère s'était jointe à elle sur la couverture, elle lui avait révélé son plan. Poppy s'était levée d'un bond et s'était mise à renifler, prétextant un accès de rhume des foins.

Sa mère n'avait plus jamais joué à la dînette avec elle. Elle la regardait depuis la fenêtre de la cuisine, lui faisait un signe de la main de temps en temps, et se mouchait.

Angie se rappelait avoir fait une rédaction sur son père, au collège. Alors âgée de onze ans, elle avait prétendu que son papa était astronaute et qu'il était allé sur la lune. Elle avait raconté qu'il travaillait dans une station spatiale, quelque part dans l'espace, et qu'il observait le monde et sa famille de là-haut.

Sa mère avait été fière du prix qu'elle avait remporté pour sa rédaction, et c'était sans doute ce succès qui avait fait germer en elle l'idée de travailler un jour dans l'édition. Elle aurait donné n'importe quoi pour que son père soit là quand elle avait reçu cette récompense de l'école. Elle avait imaginé son fantôme applaudissant dans le public, invisible aux yeux des autres spectateurs. Tandis que la foule des parents applaudissait, elle avait adressé un sourire à l'homme qu'elle seule pouvait voir, sentant son esprit qui la regardait.

Maintenant, elle pouvait mettre un visage sur cette entité.

— J'aurais aimé le connaître, dit-elle, la gorge serrée par l'émotion. Ce n'est pas juste. Quand j'étais petite, j'avais des ruses pour accepter le fait que je n'avais pas de père.

— L'imagination d'un enfant peut être une grande consolation, Angelika, dit Voula.

Angie acquiesça d'un hochement de tête.

— J'ai accepté sa mort et inventé un père imaginaire, dans ma tête, mais ce qui est bizarre, c'est que maintenant, à trente-sept ans, j'éprouve soudain le besoin impérieux d'avoir un père. Je veux en apprendre le plus possible à son sujet. Par exemple, je me demande s'il a pensé à moi, quand il est mort. Maman a toujours refusé de parler de lui. Elle m'a dit qu'il était parti pour la guerre avant ma naissance, qu'il n'était jamais revenu, et que c'était tout ce qu'il y avait à dire.

Elle regarda encore la vieille photographie, effleura le visage de son père du bout de l'index. Ses yeux s'emplirent à nouveau de larmes.

— Bien sûr qu'il a pensé à toi, *koritsie*, répondit Voula. D'ailleurs, je le sais de source sûre. Ta mère a envoyé une photo de toi à Stavro, juste après ta naissance. Stavro m'a demandé de la donner à ton père quand il serait en permission. Il avait peur que Yeorgo ne revienne pas de la guerre. Nous en avions tous peur.

— Est-ce que quelqu'un pourrait me dire où il est mort ? Y a-t-il une tombe sur laquelle je pourrais me recueillir ? J'aimerais y déposer des fleurs, cela me donnerait le sentiment d'être plus proche de lui. Ma mère viendrait peut-être avec moi.

Voula s'assit lourdement dans un fauteuil. L'un de ses bas tomba sur sa cheville, elle gémit et se pencha péniblement pour le remonter sur son genou.

—L'année de ta naissance, les temps étaient durs, en Grèce, Angelika. Nous avons été occupés par les forces de l'Axe, et ensuite, de 1946 à 1949, c'était la guerre civile. C'était horrible.

—Mais cela ne peut tout de même pas avoir été aussi terrible que la Seconde Guerre mondiale, n'est-ce pas ? demanda Angie.

—C'était pire. La Crète avait toujours été communiste, elle l'est encore, mais à l'époque, les Britanniques ne le toléraient pas, alors eux et les États-Unis, qui se méfient encore plus des cocos, ont poussé le gouvernement grec à anéantir le communisme. Tout le monde était terrifié… Nos propres dirigeants, contre nous !

Voula baissa les paupières.

—Tu n'as jamais connu la guerre civile, tu n'as aucune idée de ce que c'est que de ne pas savoir à qui tu peux faire confiance et d'avoir peur que tes voisins te plantent un couteau dans le dos. Enfin… Après ça, il y a eu la junte militaire.

—Matthia l'a mentionnée, hier soir, dit Angie. Qu'est-ce que c'est ?

Voula écarquilla les yeux.

—Tu es allée à l'école, Angelika ?

Angie hocha la tête.

—Bien sûr, mais… Je suis désolée…

Voula soupira.

—En 1967, il y a eu le coup d'État des colonels, un *putsch* militaire. La dictature a pris fin en 1974, mais les Turcs ont alors envahi Chypre. L'archevêque Makarios…

—L'archevêque Makarios ?

Angie avait du mal à suivre.

—Angelika, est-ce que tu essaies de me dire que tu es

venue ici pour connaître le passé de ta famille, mais que tu ne connais même pas l'histoire de ton propre pays ?

—Pour être honnête, je ne me rappelle pas avoir appris beaucoup plus que l'histoire britannique, à l'école. Ça ne m'intéressait pas. J'ai honte, tante Voula.

—Il y a de quoi ! Quoi qu'il en soit, c'est à ce moment-là que ton père s'est engagé dans l'armée et qu'il est parti pour Chypre.

Voula secoua la tête, renifla et prit la main d'Angie.

—Trente mille Grecs ont été tués. Que Dieu leur pardonne leurs péchés ! Vingt mille autres de nos hommes ont été emprisonnés par les Turcs. Nous avions peur pour nos garçons. Il y avait des conflits ici, des conflits là-bas ; c'était insensé. Beaucoup d'hommes ont tout simplement disparu, et Yeorgo en faisait partie. C'était la fin des années 1970. Une génération perdue à la guerre…

Voula se passa une main sur le visage et baissa la voix.

—Sept ans plus tard, nous avons donné une messe commémorative en l'honneur des soldats qui n'étaient jamais revenus chez eux. Matthia espérait que Poppy reviendrait pour l'occasion, mais elle n'en avait probablement pas les moyens, et tu devais être à l'école, à ce moment-là.

—Je me demande pourquoi maman n'est pas restée en contact avec Matthia.

—Stavro et Poppy se sont écrit. Ça a fait de la peine à Matthia. Poppy ne l'a pas contacté après avoir quitté la Grèce, pas une seule fois. Cela l'a tellement blessé dans son orgueil qu'il a refusé de lui écrire.

Angie repensa au paquet de lettres de Stavro, dans la chambre d'amis, chez sa mère.

Voula regarda fixement le sol pendant quelques secondes.

—Tu sais, ça lui ferait vraiment plaisir si Poppy l'appelait, ne serait-ce qu'une fois, pour lui dire qu'elle ne l'a pas oublié.

—Je ferai de mon mieux, c'est promis. Maman pleure encore la mort de mon père. Le jour de leur anniversaire de mariage, elle va au jardin public et elle dépose un bouquet comme celui qu'elle avait lors de la cérémonie sur la tombe du soldat inconnu. Elle porte toujours le deuil. Je sais qu'elle l'aime encore, de tout son cœur. Dis-moi, tante Voula, pourquoi est-ce que *yiayá* ne porte pas le deuil de Petro, est-ce que c'est parce qu'il n'était pas baptisé ?

—Quand il est mort, elle n'a pas eu le choix, répondit Voula avec un haussement d'épaules, avant de lever une main pour l'interrompre. Ne me pose plus de questions, Angelika. Je ne veux pas avoir des ennuis avec mes beaux-parents. Les événements de cette année-là ont été tellement tragiques… Pauvre Poppy !

Elle lui tendit une autre photo dans un cadre.

—Voilà tes parents le jour de leur mariage. Poppy était incroyablement belle, le sosie de sa mère. À quoi ressemble-t-elle ?

Angie regarda la photographie et en eut le souffle coupé, entendant à peine la question de Voula. Elle voyait sa mère et son père ensemble pour la première fois de sa vie. Ils semblaient un peu raides et regardaient fixement l'appareil photo, mais elle remarqua qu'ils s'inclinaient légèrement l'un vers l'autre. Ce simple détail indiquait qu'ils étaient très amoureux. Elle contempla la photo et, profondément émue, l'approcha de son visage. Son souffle embua la vitre du cadre.

—Angelika, comment est Poppy aujourd'hui ? insista Voula.

Sa gorge était serrée et Angie n'avait pas envie de parler. Ce moment était si précieux pour elle !

—Maman, papa, murmura-t-elle, associant ces

deux mots pour la première fois de sa vie, suivant du bout du doigt les contours de leurs visages.

Elle avait peine à détacher ses yeux de la photo, mais elle finit par se rendre compte que Voula attendait une réponse.

Malgré tout son talent littéraire, elle ne savait pas comment décrire sa mère à quelqu'un qui ne l'avait pas vue depuis quarante ans.

—J'aurais dû apporter une photo d'elle, j'ai été bête de ne pas y penser… Elle a un peu plus de soixante ans, maintenant, comme tu le sais. Elle a les cheveux bruns et bouclés, comme moi, mais les siens sont courts.

Elle indiqua d'un geste que les cheveux de sa mère lui arrivaient à la mâchoire, puis elle reporta son attention sur la photo, ne se lassant pas de voir ses parents ensemble.

—Maman met des lunettes pour lire et elle a pris un peu de poids, poursuivit-elle, avec la soudaine impression de voir sa mère pour la première fois. Elle est très belle pour son âge.

Elle rougit dans un accès de fierté. Elle aurait tant aimé que Poppy l'accompagne en Crète !

Voula hocha la tête.

—Je savais qu'elle garderait sa beauté, elle a une bonne morphologie, comme Maria.

Elle semblait se parler à elle-même, et Angie s'aperçut que son amie manquait à Voula.

—Le jour de son mariage, Poppy portait une robe faite par ta *yiayá*, en soie et en dentelle.

Voula lui donna une autre photo. Angie la regarda, ébahie.

—Waouh ! C'est *yiayá* qui a fait ça ? Et regarde maman ! Elle me rappelle quelqu'un… Emilia Clarke !

Voula fronça les sourcils.

—*Game of Thrones*, expliqua Angie.

—Ah, je n'ai pas le temps de regarder ces jeux télévisés.

Angie eut un grand sourire, et Voula, perplexe, fronça brièvement les sourcils.

—Tu sais quoi, Angelika ? Cette robe de mariée t'irait ! Ta grand-mère l'a encore, c'est un souvenir très précieux. Poppy et Yeorgo avaient passé une journée merveilleuse. Je n'étais pas encore avec Matthia, à l'époque. Je faisais la classe à une nouvelle espèce de Grecs qui avaient l'intention de devenir agents de voyages à Héraklion. Matthia était fiancé à mon amie Agapi, mais c'est une autre histoire. Poppy nous a choisies, Agapi, Yánna et moi pour être ses demoiselles d'honneur. Nous étions toutes les quatre les meilleures amies du monde.

—Yánna ?

—La belle-sœur de Poppy…

Voula écarquilla les yeux.

—Elle, euh… Elle est morte plus tard.

Elle inspira profondément, fronça les sourcils, puis regarda la photo en souriant.

—Quel beau mariage ! C'était avant toutes les histoires de famille, bien sûr. Tout le village était réuni. C'était une journée parfaite, si l'on met de côté le pénis de l'âne…

—Quoi ?

Angie cligna des yeux plusieurs fois, abasourdie. Voula attrapa un fou rire, au point qu'elle en eut les larmes aux yeux. Son énorme poitrine se secouait tandis qu'elle battait l'air de ses mains, hilare.

—Je ne peux rien dire. Tu as entendu ton grand-père, c'est Maria qui doit tout te raconter…

Elle se remit à rire aux éclats.

—… mais je parie qu'elle ne le fera pas !

Elle renifla et s'essuya les yeux.

Angie songea à ses propres projets de mariage, à son fiancé, et son cœur sombra. Elle devait regarder les choses en face : si Nick perdait son travail, ils devraient remettre leur mariage à plus tard, et renoncer à acheter la maison. C'était navrant, certes, mais cela ne remettait pas en cause leur avenir ensemble. Le plus important était qu'ils se soutiennent mutuellement le temps de retrouver chacun un travail et de se remettre sur pied.

Elle montra à sa tante la photo de ses parents.

—Puis-je l'emporter à Viánnos pour en faire des copies ? Je voudrais en rapporter une à maman, et en garder une pour moi.

Voula se mordit la lèvre, essayant visiblement encore de se retenir de rire. Le pétillement malicieux qui brillait dans ses yeux la trahissait.

—Et si tu retournais chez ta grand-mère pour qu'elle te raconte la suite de l'histoire ? Je vais rassembler toutes les photos que j'ai de Poppy et de Yeorgo, et tu pourras les regarder plus tard.

—Merci. J'aimerais aussi rencontrer les parents de mon père, mes autres grands-parents. Sont-ils encore en vie ? Habitent-ils à Amiras ?

—Vierge Marie, c'est compliqué…

Voula hésita.

—Attends d'avoir entendu toute l'histoire, *koritsie*. Ensuite, si tu veux contacter la famille Lambrakis, nous en reparlerons, mais ne le dis pas à Maria, d'accord ? Cela la tuerait.

Elle se signa.

Bafouée, encore une fois ! Pourquoi ?

Maria n'avait parlé qu'avec affection de Yeorgo. Angie se rappelait son expression mélancolique quand elle lui avait dit qu'elle ressemblait à son père. Pourquoi mentionner sa famille la bouleverserait-il à ce point ?

—Maintenant, retourne voir ta grand-mère, dit Voula, et renvoie-moi ton grognon d'oncle. Tiens, n'oublie pas ton déjeuner !

—Stavro vient dîner ce soir, puis-je m'occuper du repas ? Tout le monde est si gentil et si généreux, avec moi. C'est le moins que je puisse faire.

—Cela m'épargnera beaucoup de travail, mais ne prévois pas des plats trop sophistiqués, tu risquerais d'offenser Maria.

—Pourquoi, comment ? s'étonna Angie.

—Elle croirait que ce que nous mangeons n'est pas assez bien pour toi, Angelika. Je vais te donner une liste de plats, et tu pourras les acheter chez *Seli Taverna*, près du monument aux morts. Comme ça, tout sera fait maison. Apporte tout ici après 17 heures, et je mettrai ce que tu auras acheté dans mes propres plats.

Elles échangèrent un sourire, satisfaites de leur petit complot.

Les fillettes se ruèrent sur Angie dès qu'elle regagna la rue. Elles sautillèrent autour d'elle tandis qu'elle remontait la côte, tout essoufflée. Elles passaient devant une maison quand une dame au visage large sortit précipitamment avec quelque chose de vaguement carré enveloppé dans du papier aluminium.

—Prends, prends ! dit-elle en le lui tendant par-dessus son massif d'hibiscus en fleurs. Gâteau, gâteau, je fais, pour toi… pour toi !

Angie sourit et la remercia en anglais, à deux reprises, puisque la tradition semblait vouloir que l'on répète tout deux fois.

La dame eut un sourire rayonnant, et les filles applaudirent et pépièrent de leurs voix flûtées. « Merci, merci », se dirent-elles les unes aux autres, imitant Angie, qui aurait aimé que Nick soit là, avec elle, pour voir à quel point tout le monde était accueillant ici.

Tandis qu'elle reprenait sa route, les questions se bousculèrent dans sa tête. Comment cela se passait-il, au bureau ? Qu'en était-il des repas en tête à tête avec

la gestionnaire de Whitekings dans « leur » restaurant ?
Jusqu'où Nick irait-il pour conserver son emploi ?

Elle était ridicule. N'avait-elle pas toujours eu confiance en lui ? Il ne lui avait jamais donné de raison de s'inquiéter. Combien de fois lui avait-il dit : « Tu es tout pour moi, Angie, je ne pourrais pas vivre sans toi » ? Pourquoi doutait-elle de lui, maintenant ? Elle était probablement nerveuse à l'approche de leur mariage.

De retour chez sa grand-mère, elle ne vit pas Matthia. Maria était pâle et avait l'air fatiguée, et Angie se rendit compte que c'était l'heure de la sieste.

—Je vais faire quelques courses, *yiayá*, tu as besoin de quelque chose ?

—J'ai tout ce qu'il me faut, *koritsie*, je dois dormir, maintenant.

Papoú franchit la porte de son pas vacillant, faisant cliqueter son *komboloï*, se tint un moment immobile, puis ouvrit grand les bras. Surprise, Angie s'approcha de lui, et il la serra contre lui. Un parfum d'assouplissant et de naphtaline vint lui chatouiller les narines.

—Merci, *papoú*. J'en avais bien besoin, dit-elle avec douceur. La matinée a été dure.

Il hocha la tête d'un air entendu.

—Patience, Angelika, marmonna-t-il. Patience.

17

Athènes, aujourd'hui.

Stavro était assis en salle d'embarquement et attendait son vol pour la Crète. Il remarquait à peine les gens qui s'affairaient autour de lui, avec leurs chariots à bagages et leurs enfants fatigués. Une enseigne attira son attention : *Friand au fromage et café turc, 3 €.*

Ça ira très bien.

Il se leva et tira sa valise sur le sol parfaitement lisse.

Après avoir acheté son en-cas, il s'assit à une table, et sortit un petit carnet de sa poche. Cette fois encore, son enquête avait été infructueuse. Cependant, il avait beau ne pas en avoir la preuve, il était convaincu que Yeorgo n'était pas mort.

Il devait bien y avoir un moyen de le trouver. Stavro était passé par la voie militaire habituelle, mais l'administration grecque était lente et son système de tenue des registres épouvantable. Il avait fini par suivre un conseil trouvé sur Internet, et avait envoyé des lettres adressées à Yeorgo à tous les bataillons. Il avait joint à chacune une enveloppe pour le retour, mais il n'avait reçu qu'une réponse jusque-là.

La lettre qu'on lui avait renvoyée et qui n'avait pas été ouverte venait de Yougoslavie et était accompagnée du mot d'un officier indiquant que Yeorgo avait été envoyé en Serbie.

Pour la première fois, Stavro était sûr et certain que Yeorgo était en vie. Il n'était pas mort à Chypre. Il s'était senti sur le point de le retrouver, mais son enquête était tombée à l'eau quand il avait été hospitalisé pour subir un triple pontage coronarien. Le temps qu'il se rétablisse, et qu'il soit de nouveau assez en forme pour reprendre ses recherches, le bataillon serbe avait été transféré ailleurs. Le lien avait été brisé.

Il mordit dans son friand au fromage, et des miettes de pâte feuilletée tombèrent sur son carnet, faisant aussitôt des taches de gras sur le papier.

Stavro n'avait jamais rien dit à sa famille. Ses proches avaient fini par accepter la mort de Yeorgo. Il se demandait si Poppy avait trouvé le courage de dire à Angelika la vérité sur son père. La décision de Yeorgo, de disparaître, avait été difficile à prendre ; mais étant donné les circonstances, et avec les querelles qui n'en finissaient pas, il avait eu peur que quelqu'un d'autre soit tué.

Les frères de Yeorgo avaient obligé Matthia à rompre ses fiançailles avec leur sœur, Agapi, et ils l'avaient battu presque à mort. C'était ce qui avait décidé Stavro à devenir avocat et à lutter contre l'injustice.

Il avait exercé sa profession et avait aimé ce qu'il faisait jusqu'à son récent départ à la retraite. Toutefois, il estimait que si Yeorgo avait bel et bien survécu aux guerres, il était temps de rentrer à la maison et d'arranger les choses, avant la mort de sa mère et de son père. Il savait que ses parents espéraient encore que Poppy reviendrait un jour.

Il épousseta les miettes et jeta un coup d'œil autour de lui. Son regard se posa sur un groupe de soldats en treillis, dont les gros paquetages étaient empilés contre un mur ; des jeunes gens d'une vingtaine d'années, au cou épais, rasés de près. Il sourit en repensant à son propre service militaire.

Quand les guerres de Yougoslavie avaient-elles eu lieu ? Il ne s'en souvenait plus. Il se leva et tira sa valise jusqu'aux jeunes gens en question.

—Excusez-moi…

Les militaires se tournèrent vers lui.

—Oui, Monsieur ? dit l'un d'entre eux.

—Pourriez-vous me dire quand les guerres de Yougoslavie ont commencé ?

Ils se regardèrent.

—Au début des années 1990, peut-être. En 1991, 1992 ?

—Nous n'étions pas encore nés, Monsieur, ajouta un autre.

—Merci.

Stavro retourna s'asseoir à sa table. Comment les années avaient-elles pu passer si vite ? Il n'avait pas l'impression que cela faisait si longtemps qu'il avait reçu la réponse de cet officier.

Il aperçut son reflet dans le miroir au-dessus du comptoir du café, et fut choqué de voir un vieil homme au dos voûté. Il se redressa et rentra le ventre. *Je vieillis*, admit-il. *Parfois, je l'oublie…*

Après un rapide calcul, il se rendit compte que Yeorgo devait être à la retraite. Où étaient passés les ans ? Peut-être vivait-il dans une maison de retraite financée par l'armée.

Soudain, la solution lui apparut : il retrouverait la trace de Yeorgo grâce à sa pension militaire. Il l'avait toujours imaginé comme un soldat servant encore son pays. Quelle erreur stupide de sa part ! Il aurait dû essayer par le biais des organismes de retraite.

À peine cette idée lui eut-elle traversé l'esprit qu'il eut envie de quitter l'aéroport pour chercher la Caisse des pensions. Elle devait se trouver à Athènes. Son cœur martelait sa poitrine. *Du calme !* se dit-il intérieurement. *Tu as un stent et tu t'emballes, vieil homme.*

Bon sang, Yeorgo ! Je te retrouverai, même si je dois y laisser ma peau.

Sa poitrine se contracta.

18

Crète, aujourd'hui.

Angie s'apprêtait à entrer dans le jardin de la maison quand le tintement des clochettes de mouton lui fit lever les yeux. À droite du monument aux morts, sur la corniche rocailleuse dominant Amiras, se dressait une chapelle pittoresque. Des moutons noirs et blancs passèrent devant en courant, en file indienne, et disparurent derrière une rangée de cyprès.

Elle repensa à la description que Maria avait faite de ces arbres, la nuit du massacre : *Une rangée de cyprès secoués par le vent aux branches semblables à des doigts crochus de sorcière me rappelait mon bébé arraché à mon sein et assassiné.* Son cœur se serra.

Même à cette distance, elle entendait les sifflements impérieux du berger. Elle devinait son impatience de rentrer le troupeau dans son enclos avant la tombée de la nuit. Tandis que le soleil orangé glissait derrière la chapelle, la luminosité déclina un peu. Elle aussi éprouvait une certaine impatience. Une autre journée se terminait. Le temps s'écoulait rapidement, et elle n'était toujours pas plus près de savoir ce qui avait poussé sa mère à s'exiler, loin de ces gens adorables.

Des assiettes et des plats dépareillés étaient disposés sur la table de marbre fissurée. De bonnes odeurs de moussaka, de *pastítsio*, de salades composées, de pain et de sauces flottaient dans l'air chaud du crépuscule.

Papoú sourit et fit cliqueter son *komboloï*. Le beau-fils de Voula, Demitri, du supermarché, jouait de la lyra crétoise sous le gros olivier, et les six petits-enfants de Voula dansaient en ligne. Les deux garçons et les quatre filles marquaient le rythme de leurs pas délicats, elles, féminines et jolies, eux, sautant en l'air avec une expression incroyablement sérieuse.

Quand la musique s'arrêta, les enfants se pressèrent autour d'elle, lui caressèrent les cheveux et touchèrent ses bras nus, comme pour s'assurer qu'elle était réelle.

—Vous voulez bien m'apprendre à danser ?

Ils applaudirent et l'entraînèrent avec eux. Le visage de Maria rayonnait de joie. Voula prit part à la leçon. Elle semblait flotter dans l'air.

—Tu es tellement légère sur tes pieds ! s'émerveilla Angie.

—Le pas de base est simple, Angelika, un coup de pied à gauche, un coup de pied à droite, un pas en arrière. Dis-le en le faisant !

Ils dansèrent les mains sur les épaules les uns des autres, et se déplacèrent vers la droite. Voula, en tête, agitait une serviette en papier en l'air de sa main libre. Le dernier enfant de la ligne tenait son bras derrière son dos.

Chacun leur tour, ils se détachèrent et se placèrent devant pour danser en solo. Angie fit un petit mélange de hip-hop et de zumba, balançant les hanches et les épaules tout en donnant des coups de poing dans l'air, faisant étalage de ses capacités.

—Bravo ! cria Demitri pour l'encourager.

La femme de Demitri lui donna une tape sur la tête, par jeu, et Angie remarqua le rarissime sourire de Matthia.

Vassili frappa sur la table avec sa canne et cria :

—Opa ! Opa !

L'un des garçons porta deux doigts à sa bouche et émit un sifflement strident, ravi de montrer de quoi il était capable. Tout le monde applaudit et poussa des cris de joie.

Les garçons tapèrent ensuite des pieds en rythme, avant de lever les jambes et de tourner sur eux-mêmes. Les filles exécutèrent quant à elles des pas délicats et complexes, qui se terminèrent par une pirouette.

Demitri joua un sirtaki lent, la danse qu'Angie venait d'apprendre. Elle regarda ses pieds, contente d'arriver à suivre les autres danseurs, et sourit à Maria. Matthia regardait sa femme danser avec un plaisir évident.

Quand elle maîtrisa enfin les pas, Demitri lui fit un clin d'œil et accéléra le rythme, marqué par *papoú* et *yiayá*, qui tapaient sur la table, lui avec sa canne, elle du plat de la main. Angie tournoya, suivant la musique de plus en plus rapide, et, soudain, celle-ci s'arrêta.

Tout le monde applaudit, rit, et retourna s'asseoir. Angie, rouge et un peu étourdie, resta debout, penchée en avant, les mains sur les hanches, essoufflée.

Voula se dandina de droite et de gauche, lançant des mots d'affection à la cantonade, et répandant autour d'elle son amour de la vie, s'écriant : « Mangez ! Mangez ! » à intervalles réguliers. Matthia regarda d'un œil noir toute personne tournant la tête dans sa direction, se plaignit parce que la viande des *souvlakia* était trop dure et le charbon de bois de mauvaise qualité.

La nuit tomba rapidement. Les fillettes allumèrent des bougies et les posèrent un peu partout. Une femme corpulente arriva avec des œufs dans un panier, et Voula l'invita à se joindre à eux. Angie sentit un malaise général tandis que tout le monde autour de la table échangeait des regards.

Demitri brisa la tension soudaine.

—Angelika ! cria-t-il sans cesser de jouer de la lyra. Voici la sœur de ton père, Agapi.

Aussitôt surexcitée, Angie se demanda où elle avait entendu ce prénom auparavant. Cela lui revint : sa mère lui avait dit que Matthia avait été obligé de rompre ses fiançailles avec Agapi. Agapi ressemblait tant à Voula que c'était à s'y tromper, la seule chose qui les distinguait vraiment étant la masse de cheveux bruns d'Agapi, torsadée et enroulée autour de sa tête.

— Je suis tellement heureuse de te rencontrer, tata ! dit Angie.

Agapi l'embrassa, puis elle salua tout le monde, sauf Matthia, qui la regardait à peine. Angie soupçonnait qu'il restait entre eux les vestiges de sentiments du passé. Ils semblaient sensibles à la présence l'un de l'autre. Elle sourit et jeta un coup d'œil à sa grand-mère, qui esquissa un hochement de tête presque imperceptible. *Yiayá* percevait la même chose qu'elle. La vieille dame était décidément très perspicace.

Voula poussa soudain un cri de joie, et tous la suivirent du regard tandis qu'elle courait vers l'homme de grande taille qui arrivait dans le jardin, et qu'elle agitait les bras au-dessus de sa tête.

Angie rit, devinant l'envie que son oncle avait de s'enfuir. Il se baissa et laissa sa belle-sœur l'embrasser avant de s'approcher de la table.

— *Yia sas !* dit Stavro à la cantonade avant de prendre le visage de Maria entre ses mains et de lui déposer avec douceur un baiser sur les lèvres. Comment vas-tu, maman ?

Ils se regardèrent. Elle sourit et hocha la tête. Stavro salua ensuite son père. Ils s'embrassèrent et se tapotèrent affectueusement le dos. Il embrassa alors Matthia et, finalement, tendit la main à Angie.

— Bienvenue en Crète, Angelika.

— Merci, oncle Stavro. Je suis ravie de te rencontrer.

Elle l'embrassa, un peu intimidée par le vieil homme

soigné qui avait vécu tant de choses lorsqu'il était enfant. Des scènes du récit de sa grand-mère s'imposèrent à elle : la manière dont Maria lui avait sauvé la vie et dont, à son tour, il l'avait sauvée d'un danger mortel. Ils avaient frôlé la mort mais, ensemble, ils avaient survécu.

C'était formidable de faire partie de cette noble famille, d'avoir des parents qui avaient surmonté tant d'adversités et dont la loyauté les uns envers les autres demeurait indéfectible. Poppy aussi faisait partie de tout cela. Sa mère, la femme la plus douce et la plus honnête qu'Angie eût connue. Cependant, un fossé s'était creusé, une épine dans le pied de Poppy l'empêchait de se rapprocher de ceux qui l'aimaient. Qu'est-ce qui avait bien pu provoquer une telle douleur ? Elle observa attentivement son oncle Stavro et repensa aux lettres qu'elle avait trouvées dans la chambre d'amis, chez sa mère. Il était resté en contact avec Poppy pendant des dizaines d'années, et peut-être lui écrivait-il encore.

Finirait-elle par connaître le fond du problème ?

La fête se poursuivit longtemps après le départ des enfants, de *yiayá* et de *papoú*, et des filles de Voula. Agapi fit lever Voula pour danser avec elle. Elles se tinrent par la main et exécutèrent des pas délicats côte à côte, sur un air de lyra très rapide. Angie avait peine à croire que les deux femmes d'une soixantaine d'années, toutes les deux corpulentes, puissent être si légères. De temps en temps, elles se séparaient, tournoyaient avec agilité, les bras levés au-dessus de leur tête comme des danseuses classiques, avant de se rejoindre avec la grâce de deux cygnes noirs glissant sur l'eau.

À l'une de ces occasions, la magnifique chevelure d'Agapi se détacha et tomba en cascade sur son dos, dépassant sa taille, comme une cape sombre et chatoyante. Angie entendit Matthia retenir son souffle. Le visage des deux danseuses était rayonnant, leur expression sereine.

Cette fois encore, Angie regretta que sa mère ne soit pas là, avec elle.

Ils restèrent assis autour de la table jusque tard dans la nuit, à boire du *raki* et à se raconter des histoires. Soudain, les réverbères de l'escalier s'éteignirent, et le village en contrebas fut plongé dans les ténèbres.

— Une coupure de courant, grommela Matthia.

Angie n'en croyait pas ses yeux.

— Regardez les étoiles… Waouh !

On aurait dit qu'ils se trouvaient sous une couverture noire mangée aux mites dans une pièce brillamment éclairée. Dans le ciel d'ébène, des milliers de petits diamants scintillaient.

— C'est incroyable, murmura-t-elle.

Stavro la prit par la main.

— Viens avec moi, dit-il tandis que quelqu'un éteignait les flammes vacillantes des dernières bougies.

Après l'avoir prudemment emmenée au bout du jardin, où l'obscurité était totale, il se tint derrière elle et lui posa les mains sur les épaules pour la tourner vers l'horizon de la mer de Libye.

— Tu vois, cette spirale ? Cette poudre d'étoiles scintillante qui forme un arc dans le ciel est la Voie lactée, notre galaxie, quatre cents milliards d'étoiles.

Il fit un pas en arrière. La nuit se referma sur elle. En dessous et autour d'elle, il n'y avait que les ténèbres et le silence. Au-dessus, des millions de points de lumière éclatants montaient en volutes vers l'infini.

Une note de mélancolie s'éleva dans l'air de la nuit tandis que Demitri faisait glisser son archet sur les cordes de la lyra et entamait une mélodie grecque lente. Angie se rappela les paroles de l'une des chansons préférées de sa mère, « Étoiles, ne pleurez pas pour moi ».

Bouleversée, elle se languit soudain de Nick.

— Je crois que je n'avais encore jamais rien vu d'aussi

beau, oncle Stavro, murmura-t-elle d'une voix altérée par l'émotion.

—Les étoiles sont là tous les soirs, attendant ton retour, *koritsie*. Il faut que tu amènes ton fiancé pour les lui montrer, et nous espérons tous que ta mère reviendra les admirer, elle aussi. Rappelle-le-lui, Angelika, s'il te plaît.

Angie hocha la tête. Poppy semblait manquer à tout le monde. Peut-être que le temps les avait changés et que les peurs de sa mère, quelles qu'elles soient, n'avaient plus d'importance.

Ils retournèrent à table et rallumèrent les bougies. Peu après, l'électricité revint dans le village, et la magie de la voûte étoilée s'évanouit.

Demitri reprit sa lyra et se remit à jouer tandis que Stavro et Matthia dansaient le *sirtaki* de *Zorba le Grec*, les bras sur les épaules l'un de l'autre ; puis Matthia dansa seul, agitant les mains au-dessus de sa tête et tournoyant sur ses talons. Voula mit un genou à terre, grognant et suppliant la Vierge Marie de soulager son arthrite. Elle leva les bras vers Matthia et tapa dans ses mains pour marquer le rythme, en guise de salut d'admiration traditionnel.

Ils étaient tous un peu éméchés, mais Angie percevait la dignité et la fierté de ces gens, et elle considérait comme un grand honneur le fait de faire partie de cette famille.

Agapi lui tapota le bras.

—Je vais y aller... Viens prendre le café, demain, lui dit-elle discrètement, avant de s'éclipser sans que personne ne s'en rende compte.

Matthia termina sa danse et retourna à table, laissant Voula se relever péniblement. Les joues rouges, les yeux brillants, il se tourna vers la chaise vide d'Agapi. Une lueur de déception passa dans son regard.

Quand Angie se réveilla, elle était allongée sur un lit de coussins, dans le jardin. L'aube commençait à poindre. Quelqu'un avait étendu sur elle un drap rose délavé.

Elle resta un moment immobile, repensant aux étoiles tout en écoutant le bruissement des ailes des oiseaux. Un parfum de jasmin flottait dans l'air, et le treillis à côté d'elle était couvert de petites fleurs blanches. Elle admira un papillon bleu et jaune posé sur une écorce de pastèque abandonnée par terre.

Les vestiges de la fête étaient éparpillés sur la table. Si seulement Poppy avait été là la veille au soir, pour que la famille soit réunie au complet ! Angie était sûre qu'elle aurait passé un agréable moment. Les paroles de Stavro lui revinrent : *Nous espérons tous que ta mère reviendra les admirer, elle aussi. Rappelle-le-lui, Angelika.* Il avait eu l'air tellement sincère ! Il ne manquait que Poppy. Il devait y avoir un moyen de la faire revenir au sein de la famille.

Le chant des oiseaux se fit de plus en plus bruyant, et différents insectes volants, attirés par les verres à vin vides, bourdonnaient au-dessus de la table. Angie rassembla quelques-uns des verres et franchit le rideau de lanières immobile. Stavro dormait, tout habillé, sur le canapé. Elle alla déposer les verres dans l'évier, couvrit son oncle avec le drap, récupéra ses clefs et prit la route de la ville.

La circulation était plus dense qu'elle ne s'y était attendue, et il y avait un embouteillage à la périphérie de Viánnos. Elle patienta au volant de sa voiture, se demandant s'il y avait eu un accident. Ses craintes se dissipèrent quand elle vit des centaines de chèvres avancer d'un pas traînant entre les véhicules, devant elle. Une énorme cloche carillonnait au cou du bélier en tête du troupeau. Elle pensa à Andreas. Quand l'animal arriva à la hauteur de sa voiture, il la regarda un instant à travers le pare-brise, puis il quitta la route et monta au galop sur le versant de la montagne. Le troupeau le suivit.

De retour dans sa chambre, elle prit une douche et se changea, puis elle alla acheter du pain frais et des *bakla-*

vas à la boulangerie du coin, et reprit la route d'Amiras. À l'entrée du village, elle vit Agapi chargée de deux énormes sacs de courses.

—Je peux te déposer ? lui cria-t-elle par la vitre, désireuse de passer du temps avec la sœur de son père.

—Bonjour, Angelika !

Agapi jeta ses sacs sur la banquette arrière, monta à l'avant, et sourit. Elle indiqua à Angie une ruelle étroite et accidentée qui débouchait juste au-dessus de la maison de Maria, et lui éviterait d'avoir à monter l'escalier.

Elles emportèrent ensemble les sacs de courses chez Agapi.

—Reste boire quelque chose, Angelika, insista cette dernière.

Agapi doit savoir ce qui a divisé la famille, et pourquoi ma mère est partie, pensa Angie.

Elles discutèrent pendant qu'Agapi rangeait ses achats dans sa cuisine démodée.

—Que veux-tu boire, Angelika ?

—Un verre d'eau, ce sera parfait avec un *baklava*. Je les ai apportés pour *yiayá*, mais nous pouvons bien en prendre un ou deux, n'est-ce pas ?

Angie alla attendre dans le salon, et examina la pièce aux murs chaulés tandis qu'Agapi s'affairait dans la cuisine. La décoration était constituée principalement d'un bric-à-brac religieux, de rideaux au crochet et d'un immense miroir orné de coquillages vernis.

Seule une vieille photographie était accrochée au mur, un portrait ovale dans un cadre en bois fin. La femme qui y figurait, royale, impressionnante, même, avait un menton fort et le front haut. Ses cheveux noirs étaient tirés en arrière, et elle avait une raie au milieu. Angie l'observait quand Agapi la rejoignit.

—Ma mère, Constantina, dit Agapi en plaçant des fourchettes sur la table.

—Mon autre grand-mère ?

Agapi se redressa, regarda par la fenêtre, puis elle reporta son attention sur elle.

—Ta mère lui a-t-elle pardonné, Angelika ?

Angie fronça les sourcils.

—Pardonné quoi ?

Agapi détourna les yeux et se réfugia dans la cuisine. Elle réapparut presque aussitôt avec un plateau, sur lequel étaient posés deux verres d'eau, des soucoupes et des serviettes en papier.

Elles s'installèrent sur le canapé, avec des coussins en patchwork dans le dos et un tapis crétois à rayures sous les pieds. Angie ouvrit la boîte de gâteaux, et la bonne odeur de miel et de sésame qui en émana lui ouvrit aussitôt l'appétit. Elles prirent chacune une pâtisserie collante.

—*Yiayá* Constantina est-elle encore en vie ? demanda prudemment Angie.

Agapi la regarda fixement.

—Tu veux dire que tu ne sais pas ?

Angie secoua la tête.

—Que je ne sais pas quoi ?

Agapi gonfla les joues. Il y eut un silence gêné.

De nouveau exclue ! Angie décida de changer de sujet, pour revenir à celui-là plus tard.

—Nous avons passé une très bonne soirée, hier, n'est-ce pas ? Cela m'a fait plaisir de voir mes oncles s'amuser, dit-elle, la bouche pleine de noix concassées et de pâte feuilletée.

Agapi s'essuya les lèvres avec une serviette en papier.

—Ne juge pas Matthia trop sévèrement, Angelika. Voula m'a dit qu'il était dur avec toi. C'est un homme très loyal. Il a passé sa vie entière dans l'ombre de Stavro.

—Vous avez été fiancés, n'est-ce pas ?

À peine Angie eut-elle posé cette question qu'elle se mordit la lèvre et sentit ses joues s'empourprer.

—Je suis désolée, je ne voulais pas être indiscrète…

—Ne t'inquiète pas, ce n'est pas un secret.

C'est bien la seule chose qui n'en soit pas un ! pensa Angie.

—Tout le monde le sait. Il m'aimait beaucoup, et je l'aimais bien.

Agapi marqua un temps d'arrêt. Angie fronça les sourcils.

Je l'aimais bien ?

—Les choses ont mal tourné, entre nos deux familles, reprit Agapi en posant sa soucoupe vide sur la table et en se tordant les mains. C'était devenu impossible… Mes frères ont interdit à Matthia de m'épouser, mais il refusait de mettre un terme à notre histoire d'amour. Ils l'ont très mal traité…

Elle s'interrompit de nouveau et, cette fois encore, regarda par la fenêtre. Angie voyait bien qu'elle avait envie d'en dire plus. Elle passa sa langue sur ses lèvres couvertes de miel et se pencha légèrement en avant, persuadée qu'elle s'apprêtait à apprendre quelque chose de capital.

—Pourquoi tes frères voulaient-ils vous empêcher de vous marier ? Si ce n'est pas indiscret…

Agapi la regarda, puis elle regarda le portrait de sa mère. Elle secoua la tête.

—Tu ne le sais vraiment pas, Angelika ?

19

Angie regarda fixement Agapi. La raison pour laquelle Agapi et Matthia avaient dû rompre leurs fiançailles avait-elle un rapport avec Poppy, ou avec Constantina ?

—Je ne sais pas pourquoi ma mère a quitté Amiras, dit-elle. Je sais qu'il y a eu une querelle de familles, mais personne ne veut m'en dire plus. *Papoú* m'a dit que c'était à *yiayá* de me raconter toute l'histoire, mais c'est tellement long…

Elle espérait qu'Agapi lui en dirait davantage.

—Je voudrais comprendre pourquoi ma mère s'est enfuie pour l'Angleterre. Maman refuse de parler de la Crète, et elle se met dans tous ses états quand j'aborde le sujet.

—C'est compréhensible. Poppy veut oublier. Nous sommes tous hantés par les démons de cette période-là.

—Peut-être, mais le problème, c'est qu'elle n'arrive pas à oublier. Maman est encore tourmentée par ce qui s'est passé ici. Nous nous sommes disputées quand j'ai décidé de venir en Crète…

Angie imagina sa mère, toute seule chez elle.

—Pauvre maman ! murmura-t-elle.

Sa mère devait s'inquiéter, nettoyer sa cuisine encore et encore, se gratter furieusement les mains.

—Agapi, je ne savais rien de la guerre ou du massacre… Je ne comprends pas pourquoi maman ne m'a jamais raconté ce que *yiayá* avait vécu. La querelle entre les deux familles est un mystère, pour moi.

—Je vois. Écoute, Angelika, je ne veux pas m'attirer d'ennuis. Il a fallu des années pour que les choses se calment. J'ai conseillé à Poppy de partir, de sortir de nos vies et de ne jamais revenir, et elle l'a fait. Je me suis souvent demandé si elle me pardonnerait un jour. Nous étions bonnes amies, et elle me manque… mais malgré le déchirement qu'a été son départ, elle a bien fait de s'en aller. Tu ne peux pas imaginer ce qu'elle a enduré. Il y a eu des morts, et il y en aurait eu d'autres. Dis-lui, je t'en prie, que je ne l'ai pas oubliée, et que je suis sincèrement désolée. Je la considère toujours comme ma meilleure amie.

Angie hocha la tête.

—Mais pourquoi est-elle partie ? Je ne peux même pas imaginer ce qui pourrait causer un tel conflit dans une famille.

Agapi soupira.

—Tu dois attendre que Maria t'en parle. Personne n'ira à l'encontre de ce qu'elle souhaite. C'est une femme bien, Angelika, la plus respectée des aînées d'Amiras.

—Peux-tu me dire quelque chose sur ton frère ?

—Mon frère ? Non, oublie-le, bah ! N'écoute pas ce qu'on dit.

Agapi se leva d'un bond, sa cuisse donnant un coup dans la boîte de gâteaux, qui vacilla dangereusement sur le bord de la table. Angie la rattrapa juste à temps, repensant aussitôt à l'assiette de tarte aux pommes que sa mère avait fait tomber, lors de leur terrible dispute.

Agapi serra les poings et regarda dans le vague un moment avant de reprendre.

—Ce qu'ils ont fait à Matthia était impardonnable. Pourquoi voudrais-tu savoir quoi que ce soit sur mon frère ?

Angie cligna plusieurs fois des yeux, décontenancée par le brusque changement d'humeur d'Agapi.

—Parce que c'est mon père et que personne d'autre ne veut me parler de lui.

Il y eut un silence gêné pendant lequel Agapi sembla faire un effort pour retrouver son calme.

—Oh… oui, bien sûr. Je suis désolée, j'avais mal entendu. Je croyais que tu avais dit… Enfin, peu importe ! Je ne suis plus toute jeune, et ça fait beaucoup de questions… Que puis-je te dire ?

Elle se rassit lourdement, les joues toutes rouges.

—Eh bien, naturellement, je suis curieuse de tout savoir. J'aurais voulu connaître mon père, et j'aimerais beaucoup entendre quelqu'un me dire quelque chose de gentil à son sujet. Il ne devait pas y avoir une grande différence d'âge entre vous.

Agapi soupira, se tapota la poitrine et se laissa aller en arrière sur le canapé, le regard perdu dans le lointain. Elle ne répondit pas tout de suite.

—Yeorgo avait deux ans de plus que moi, Angelika, dit-elle enfin. Nous étions très proches… très proches.

Elle enleva distraitement les miettes tombées sur ses jambes, avant d'essuyer une larme.

—Il me manque terriblement, aujourd'hui encore. J'ai mis longtemps à accepter sa mort.

Elle se tut et porta une main à ses yeux. Angie se rendit compte qu'elle avait manqué de délicatesse. Elle ne pensait pas à la douleur de ses proches.

—Je suis vraiment désolée, Agapi. Je ne voulais pas te faire de peine. Tu as été très gentille, tu m'as bien aidée, et je t'en suis reconnaissante. J'ai été indélicate, et très égoïste. C'est une chose à laquelle j'essaie de remédier. J'ai été gâtée toute ma vie, et ce n'est qu'en arrivant ici que je me suis rendu compte à quel point j'étais devenue superficielle et égocentrique.

—Non, tu n'es pas égoïste, Angelika. C'est bien normal que tu veuilles en savoir plus sur ton père, et je comprends que tu essaies d'aider Poppy. Dans de telles circonstances, tous ces secrets doivent être très pénibles pour toi. J'aimerais pouvoir t'aider davantage.

Agapi la regarda d'un air absent pendant quelques instants, puis elle sourit.

—Ton père était un homme altruiste, généreux et très honnête, Angelika. Il était intègre et faisait preuve d'une grande loyauté envers sa famille. C'était un martyr, dans toute l'acception du terme. Il a renoncé à tout ce qui lui était cher, y compris sa vie, involontairement, pour nous épargner d'autres problèmes. Tu lui ressembles beaucoup physiquement, mais j'espère que tu as aussi hérité de ses plus belles qualités, ses principes et sa sincérité.

—Je l'espère aussi. C'est merveilleux d'entendre des choses positives sur mon père, dit Angie en souriant. Merci, Agapi.

Elle s'aperçut qu'elle avait redressé les épaules avec fierté. Bien sûr que son père était un homme bien, elle n'en avait jamais douté ! Elle se jura d'essayer de lui ressembler davantage.

—Il prenait soin de moi quand nos parents travaillaient. Nous avions notre propre petit gang, moi, Matthia, Yeorgo, Voula et…

Elle fronça les sourcils, fit claquer sa langue, et eut un petit rire.

—Quand je pense à la vie que nous menions à l'époque, et à la façon dont les gens élèvent les enfants, aujourd'hui ! C'est très différent. Poppy est restée avec nous dès que sa mère a arrêté de l'allaiter… Je la traînais partout avec moi et je cherchais des endroits sûrs où l'abandonner pendant que nous jouions à nos jeux d'enfants ! Enfin, ça suffit, plus de questions ! Attends que Maria te raconte tout. J'ai peur de faire une gaffe.

Déçue, Angie essaya d'aborder la question sous un angle différent.

—J'imagine à peine ce que ça a dû être pour toi d'être fiancée à Matthia et d'être obligée de rompre tes fiançailles…

Agapi ouvrit la bouche, s'apprêtant manifestement à répondre, mais elle la referma sans rien dire et promena son regard sur la petite pièce. Angie perçut un changement dans l'attitude de sa tante et, prudemment, l'encouragea à continuer.

—Cela a dû être difficile d'accepter que Matthia soit marié à Voula.

—Oui, j'ai trouvé ça dur, au début, Angelika, mais ils ont deux belles filles et six petits-enfants, et je les aime tous beaucoup, alors les choses ont plutôt bien tourné.

—Oui, mais quand même… le voir presque tous les jours… cela a dû te briser le cœur, dit Angie avec douceur.

Agapi prit les mains d'Angie dans les siennes et la regarda droit dans les yeux. Son expression s'adoucit et elle sembla sur le point de parler, mais cette fois encore, elle hésita. Elle baissa les yeux et regarda fixement le sol.

—Parle-moi, tata…

Agapi prit une profonde inspiration, expira lentement et, d'une voix à peine audible, murmura :

—Tu ne comprends pas, *koritsie*, ce n'est pas Matthia que j'aime.

Angie mit un moment à saisir le sens de ces paroles.

—Voula ?

Agapi soutint de nouveau son regard, attendant sa réaction, son expression pleine d'espoir trahissant son désir d'être comprise.

—J'espère que ça ne te dérange pas que je te l'aie dit, Angelika. Je sais que c'est mieux accepté d'où tu viens, mais je mourrais si quelqu'un ici le savait. Une vieille dame comme moi... Les gens du coin diraient toutes sortes de choses. Es-tu choquée ?

Angie sourit et lui serra tendrement les mains.

—Pas du tout, je suis juste surprise. Je ne l'aurais jamais deviné.

Agapi hocha lentement la tête.

—Tant mieux. Je l'aime depuis l'enfance. J'ai toujours eu envie de le dire à quelqu'un. Je soupçonne Voula de le savoir, même si je ne le lui ai jamais dit. Parfois, quand nos regards se croisent... Que puis-je dire ? L'amour est une chose étrange, n'est-ce pas ? Enfin... maintenant que je l'ai dit à haute voix, maintenant que j'ai dévoilé mon secret, je me sens merveilleusement bien.

Elle baissa les yeux, l'air timide.

—J'espère que ça ne te dérange pas.

—Au contraire, c'est un honneur pour moi que tu m'aies confié cela, répondit Angie avec sincérité.

Elle embrassa Agapi et lui laissa un autre *baklava*, puis elle emporta le reste des pâtisseries chez sa grand-mère tout en repensant à la conversation qu'elles venaient d'avoir. Quelle tragédie, mais quel dévouement, aussi, que d'aimer quelqu'un toute sa vie sans jamais rien dire. Et n'était-il pas aisé de mal interpréter la situation, de tirer des conclusions hâtives ?

Elle trouva sa grand-mère assise à la table du jardin, un tas de plantes vertes devant elle.

—Bonjour, *yiayá* !

Elle l'embrassa et sentit un parfum de violettes.

—Tu sens bon...

Les yeux de Maria pétillèrent.

—Stavro me rapporte toujours une savonnette de luxe d'Athènes. C'est mon petit plaisir.

Elle eut un sourire enfantin. De toute évidence, elle était ravie.

—Qu'est-ce que tu fais ? Je peux t'aider ? lui demanda

Angie, indiquant d'un signe de tête les feuilles, qui ressemblaient plus à des mauvaises herbes qu'à de la nourriture.

Sa grand-mère ignora la question. Une lueur de satisfaction brillait dans ses yeux tandis qu'elle coupait avec maladresse les racines des plantes.

—Assieds-toi, *koritsie*. À quelle heure es-tu partie, hier soir ?

Angie rit.

—Je ne suis pas partie ! Je me suis réveillée ici ce matin, sur les coussins... Nous avons passé une excellente soirée, et je crois que tout le monde était un peu pompette.

—Tant mieux. Chacun avait besoin de s'amuser un peu. Merci pour le repas.

—Oh... J'espère que je ne t'ai pas offensée, je voulais épargner à Voula un peu de travail... Comment l'as-tu su ?

Yiayá eut un petit rire.

—Tu es ma petite-fille, alors peut-être que je te comprends mieux que tu ne le crois. J'aurais probablement fait la même chose, à ta place... Et puis, après quarante ans de la cuisine de Voula, je reconnais ses recettes. Je suppose que ce que nous avons mangé hier soir venait de *Seli Taverna* ?

Angie hocha la tête.

—J'espère avoir ta perspicacité quand j'aurai quatre-vingt-dix ans, *yiayá* !

—Méfie-toi, ton vœu pourrait être exaucé... C'est une malédiction de se souvenir de tout avec une telle précision. Parfois, je souhaiterais perdre la mémoire. Bon ! et maintenant, dis-moi ce qu'il y a dans cette boîte.

—Des *baklavas* de boulangerie de Viánnos.

—Dans ce cas, je te suggère de t'exercer à faire du café,

avant que cette gourmande de Voula ne mette la main sur les gâteaux ! Qu'en dis-tu ?

Angie rit de plus belle.

— Tu l'adores, n'est-ce pas ?

— Voula est une merveilleuse épouse pour Matthia. Ce n'est pas l'homme le plus facile à vivre du monde, et bien qu'elle ait été son second choix, elle lui a toujours été fidèle ; c'est une bonne mère et une bonne grand-mère.

— Oncle Matthia a beaucoup de chance.

— À certains égards, oui, mais pas pour tout : il était obsédé par Agapi, tellement épris d'elle qu'il avait accepté d'attendre qu'elle ait obtenu son diplôme d'enseignante pour l'épouser. Une partie de son amour pour elle n'est jamais morte. Tu l'as vu, hier soir, n'est-ce pas ?

Angie hocha la tête, repensant au regard que sa grand-mère et elle avaient échangé.

— Mais Matthia a toujours été fidèle à Voula, et je l'admire pour cela. Bien sûr, il croit que personne ne sait qu'il a encore de l'affection pour Agapi.

— J'ai hâte d'en savoir plus sur ce qui s'est passé, *yiayá*.

— Va préparer du café, et pendant que nous mangerons le plus possible de *baklavas*, je poursuivrai mon histoire.

20

Crète, 1943.

Après une heure de marche sous le soleil de septembre, Matthia s'effondra. Complètement épuisé, mon plus jeune garçon était incapable de continuer. Inquiète pour lui, et m'apercevant que nous étions à découvert sur le flanc de la montagne, je savais que nous devions encore nous éloigner d'Amiras. Je ne sais pas où je trouvai la force de le porter sur mon dos, mais je la trouvai bel et bien. Pliée en deux, morte de soif, j'avançai péniblement, un pas à la fois, avec Stavro qui ne se plaignait pas à mes côtés.

Nous trouvâmes de l'eau dans une ravine au-dessus du village de Simi. Des bébés grenouilles sautaient tout partout. Je me servis de l'une des chaussures de Matthia pour recueillir le liquide boueux, et le versai dans l'autre après l'avoir filtré à travers ma robe. Cette eau avait un goût écœurant, mais nous devions bien boire. J'avais hâte de boire le lait de notre chèvre, plus tard, et me réjouissais de l'avoir. Les garçons reprirent rapidement des forces, et jouèrent avec les batraciens. Ils avaient besoin d'une pause après avoir fait tant d'efforts, et leur rire me redonna du courage.

À partir de là, le chemin se fit encore plus escarpé. Vers midi, nous trouvâmes la vieille maison en ruines qu'Andreas m'avait décrite. Quoi qu'elle fût à l'écart de la civilisation et des soldats, je ne m'y sentais pas tranquille. Elle se trouvait près du sentier, et l'atmosphère y était étrange, comme si l'air qui l'enserrait nous poussait à partir. Nous montâmes plus haut dans la montagne.

La plupart des arbres autour de nous étaient des pins, et l'à-pic nous permettait de voir assez loin en amont et en aval. Seuls des oiseaux et quelques chèvres sauvages troublaient le calme du lieu. On n'entendait que le vent qui bruissait dans les sapins, plus haut dans la montagne. La brise légère nous rafraîchissait.

Nous trouvâmes une cachette, sous un grand chêne tentaculaire. Les feuilles mortes sur le sol étaient inconfortables, avec leurs petites pointes piquantes, mais l'arbre était grand, vieux, et robuste. L'air sous les branchages était chaud, immobile, doux, et avait un peu l'odeur du thé trop infusé. Celle-ci me rappela la maison ; puis je me souvins que nous n'avions plus de maison.

Les lourdes branches ployaient jusque par terre, et les plus petites, à la base du tronc, étaient mortes, sèches et cassantes. Nous nous appuyâmes contre elles et elles se brisèrent. Les garçons les piétinèrent pour que nous puissions nous asseoir et, bientôt, nous eûmes un endroit dégagé où nous installer. J'étalai le couvre-lit que j'avais utilisé comme balluchon pour porter nos affaires jusque chez Andreas. Nous dormîmes à l'ombre des feuilles de l'arbre jusqu'au milieu de l'après-midi, et Stavro et moi fûmes réveillés par les pleurs de Matthia. Il avait une crampe violente. Stavro massa les muscles contractés de son mollet, et je le suppliai d'arrêter de pleurer.

Nous avions laissé des affaires plus bas dans la montagne et je ne pouvais pas aller les chercher toute seule. Nous avions besoin d'objets dont nous ne faisions plus de cas au quotidien : des tasses, une casserole, du sel. Les garçons avaient aussi besoin de manger quelque chose de nourrissant, et si l'on ne trayait pas rapidement la chèvre, elle se mettrait à faire du raffut.

—Stavro, tu crois que tu pourrais traire la chèvre directement dans la bouche de Matthia si je l'empêchais de bouger ?

Stavro eut un grand sourire, haussa les épaules et répondit :

—Je vais essayer, maman.

Je m'assis à côté de la chèvre et lui maintins les pattes arrière entre les genoux, pour l'empêcher de donner un coup de sabot dans le visage de Matthia. Le résultat des efforts de Stavro nous fit mourir de rire tous les trois. Matthia reçut du lait dans les yeux et dans le nez, mais une bonne quantité finit tout de même dans sa bouche. Je ne suis pas sûre que ce fût tout à fait involontairement que Stavro visa mal. Il finit par prendre la place de Matthia, et réussit à faire gicler une bonne partie du lait dans sa propre bouche.

Quand je me plaçai à mon tour sous le pis de la chèvre, tandis que Matthia se cramponnait à ses pattes arrière, Stavro se débrouilla encore mieux. Je ne saurais pas dire si c'est grâce au lait que nous avions bu ou parce que nous avons ri aux éclats, mais nous nous sentîmes revigorés.

Pendant que les garçons recommençaient à jouer avec les grenouilles, je réfléchis à ce que nous allions faire pour récupérer nos affaires. Devais-je laisser Matthia, qui n'avait que quatre ans, tout seul, et espérer qu'il ne bougerait pas pendant au moins trois heures ? Et s'il avait à nouveau une crampe ?

—Matthia, je vais aller chercher nos affaires avec ton frère. Reste ici. Ramasse le plus de glands possible pendant notre absence, et fais une autre sieste.

Il referma ses bras autour de mes genoux.

—Je veux venir avec toi... S'il te plaît, maman, ne me laisse pas !

—Quelqu'un doit s'occuper de la chèvre, et tu es devenu un expert. Nous n'en avons pas pour longtemps.

—Je voudrais avoir sept ans, ce n'est pas juste !

—Promets-moi de te cacher, et de ne pas faire de bruit, mon fils.

C'était un mauvais plan, et je le savais, mais je devais prendre ce risque. Je songeai à l'attacher à une corde comme une chèvre, mais il aurait fait des histoires.

—Je ne bougerai pas, maman, promit-il. Je pourrai aller avec toi, la prochaine fois ?

Il leva vers moi ses grands yeux marron.

—Bien sûr, répondis-je, terrifiée à l'idée de le laisser seul. Maintenant, fais un gros câlin à ta maman.

Il me passa les bras autour du cou et me serra contre lui de toutes ses forces. Comment pouvais-je l'abandonner, seul dans la montagne, alors qu'il n'était encore qu'un bébé ?

Stavro et moi nous mîmes en route. Nous avançâmes rapidement, sans Matthia, et j'essayai de me persuader que j'avais pris la bonne décision. Je n'y parvins pas réellement car, au fond, je craignais que quelque chose d'inimaginable ne lui arrive pendant que nous serions séparés. Nous aperçûmes enfin la maison d'Andreas, et je sentis l'excitation de Stavro.

—Le berger sera là, maman ? Ce n'est pas l'homme le plus génial que tu as rencontré de toute ta vie ?

Au fond de mon cœur, je connaissais le sort d'Andreas, et je lui consacrerais mes prières et mes larmes dès que j'aurais un moment de solitude. Je souris à Stavro, m'apercevant que le berger vivrait toujours dans sa mémoire, à lui aussi. Un jour, mon fils comprendrait ce qui était arrivé à Andreas, et avec toute la tristesse du monde, lui aussi pleurerait son héros.

—Je ne sais pas, Stavro, répondis-je d'une voix douce.

Andreas avait prévu d'aller chercher ses moutons, plus haut dans la montagne.

Nous nous cachâmes dans les buissons, observant la maison et craignant qu'il n'y ait quelqu'un à l'intérieur. Un silence de mort régnait sur l'endroit. Je posai une main sur le mur et ouvris la porte. Les pierres elles-mêmes semblaient dégager un profond sentiment d'abandon. Submergée de tristesse, je repensai au moment intime où il m'avait fait ma toilette.

Nous entrâmes furtivement. Les sacs en toile de jute étaient toujours étalés par terre, là où Andreas s'était allongé et avait veillé sur moi.

Je prierai pour toi tous les soirs, Andreas. Je n'oublierai jamais la nuit de sommeil paisible que j'ai eue grâce à toi. Tu as pris soin de moi à un moment où ma vie était cauchemardesque, où j'étais terrorisée et plongée dans le désarroi. Merci, mon cher ami.

La tasse ébréchée était posée sur la table, là où je l'avais laissée le matin même. Nous bûmes tout notre content d'eau, remîmes la tasse à sa place et reprîmes notre route.

À mi-chemin entre la maison du berger et le figuier, nous nous arrêtâmes un moment sous le caroubier où j'avais vu le putois. Une grande ombre glissa sur la terre, entre les arbres, dans la direction d'Amiras. J'eus l'impression que mon cœur s'arrêtait de battre dans ma poitrine.

L'ombre semblait aussi grande qu'un homme. Je pensai alors aux tenues de camouflage des soldats ; peut-être étaient-elles efficaces dans cette lumière crue. Je craignais que nous ne les voyions pas s'ils restaient immobiles. Terrorisée à l'idée que nous étions peut-être encerclés, je pensai à ce qu'ils avaient fait à la sage-femme.

Nous regardâmes entre les arbres, scrutâmes les ombres denses projetées par le soleil de l'après-midi, mais je ne vis ni homme ni animal. Mon cœur martelait ma poitrine. Une vive douleur me perçait les mains, et je me rendis soudain compte que j'avais serré les poings, faisant craquer ma chair.

L'espace d'un instant, je songeai bêtement que l'ombre était celle de l'esprit d'Andreas qui veillait sur nous, mais je me reprochai presque aussitôt d'être une imbécile superstitieuse. Je commençais à croire que j'avais tout imaginé quand j'entendis Stavro retenir son souffle.

—Maman, regarde !

Il s'avança dans la clairière et pointa le doigt vers le ciel.

Je tendis le cou pour regarder entre les branches, et ce que je vis me donna la chair de poule.

Oh, mon Dieu…

À l'Ouest, au moins trente vautours décrivaient des cercles au-dessus de la corniche, se laissant porter par un courant ascendant. Leurs ailes noires se découpaient sur le ciel bleu et contrastaient avec le blanc de leur collier et de leur cou.

Une autre ombre glissa sur nous, sur le sol pâle, puis une autre, et une autre encore, tandis que les gigantesques oiseaux, à l'envergure impressionnante, se dirigeaient vers le canyon. L'un d'eux passa si près que je vis la lueur de ses yeux. Les plumes noires au bout de ses ailes étaient raides comme des doigts tendus.

J'aurais voulu avoir des ailes, moi aussi, m'envoler vers la corniche et trouver Petro. *Mon Dieu, je vous en prie, faites que quelqu'un ait pris son petit corps et l'ait enterré dignement !*

Des visions d'horreur s'imposaient à moi. Ces becs crochus… Mon bébé ! Ma gorge se serra, tout autour de moi se mit à tournoyer. La voix affolée de mon garçon me paraissait soudain lointaine. Je m'écroulai sur le sol, et tout disparut.

Je repris connaissance en entendant les pleurs de Stavro. J'ouvris les yeux, revenant progressivement à la réalité. Je fus d'abord saisie par la peur que nous soyons entourés de soldats dont les armes seraient braquées sur nous, puis je recouvrai la raison et m'aperçus que nous étions seuls.

Mon garçon était assis en tailleur à côté de moi et se tordait les mains, jointes sur ses genoux, secoué de sanglots. Même après toutes les épreuves que nous avions traversées, je ne l'avais encore jamais vu aussi malheureux.

—Ne meurs pas, maman, s'il te plaît, ne meurs pas ! balbutiait-il entre ses larmes, se balançant d'avant en arrière. Je ferai plus d'efforts, c'est promis. Je suis désolé, maman…

Il sanglota.

—Mon Dieu, s'il vous plaît, ne prenez pas ma maman, j'ai plus besoin d'elle que vous, et j'ai un petit frère dont je ne peux pas m'occuper tout seul !

Béni soit son petit cœur ! pensai-je.

—Tu n'as aucune raison d'être désolé, Stavro, murmurai-je. Tu es parfait.

J'avais envie de lui prendre la main, mais la mienne était si répugnante que je me retins. Des mouches, profitant de mon immobilité, se nourrissaient du sang coagulé. Stavro les regardait fixement.

—Je me suis juste évanouie, ajoutai-je, sûrement à cause de mes brûlures, fils.

—Tu as dormi très longtemps, maman… Je croyais que tu étais morte et je ne savais pas quoi faire.

—Eh bien, je ne suis pas morte, et même si j'étais morte, je serais au ciel et je veillerais sur vous deux. Stavro, mon garçon, sais-tu ce que tu dois faire si quelque chose comme ça se produit ?

Il écarquilla les yeux.

—Tu dois me laisser où je suis, aller chercher Matthia et t'occuper de lui.

Je m'assis tant bien que mal.

—Maintenant, serre-moi dans tes bras, gros bêta !

Je le serrai contre moi, m'efforçant de ne pas lui faire mal alors que je pensais à Petro. Que pouvais-je faire d'autre pour le rassurer ? Je me voyais comme une vieille poutre, chargée de soutenir une charpente alors que des vers me rongeaient de l'intérieur et m'épuisaient ; j'avais beau faire tout mon possible, je finirais par m'effondrer, et tout autour de moi s'écroulerait.

Je me mis à genoux, clignai des yeux plusieurs fois pour me remettre de mon étourdissement, et, après avoir pris une profonde inspiration, me mis debout. Nous nous apprêtions à reprendre notre chemin en direction du figuier quand un grand fracas métallique résonna dans la montagne. Il se fit de plus en plus fort. Je pressentis un danger et mon cœur se remit à marteler ma poitrine.

—Vite, Stavro ! Revenons un peu sur nos pas et cachons-nous !

Nous remontâmes en direction du sommet, haletant, trébuchant sur les chardons secs jusqu'à ce que nous trouvions une touffe d'arbustes bas. Une trouée entre les arbres conduisait directement à la route, en contrebas, et il était donc impossible de la traverser sans être vus. Nous nous laissâmes tomber à genoux et nous glissâmes entre les arbustes, Stavro à quatre pattes, moi sur mes coudes, nous démenant pour nous mettre à l'abri. Des brindilles se prirent dans mes cheveux et me griffèrent le visage.

Nous restâmes tous deux silencieux. Accroupis, nous regardâmes entre les branches et eûmes peine à en croire nos yeux : nous vîmes passer une procession de soldats avec leur butin. Une ribambelle d'ânes du village, chargés de toutes sortes d'objets métalliques, des pioches aux tisonniers confisqués dans nos maisons, trottaient en direction de Viánnos. Des alambics à *raki*, des casseroles, toutes sortes d'objets de quincaillerie étaient empilés et attachés sur le dos des bêtes de somme, et s'entrechoquaient avec fracas dans le silence de la route de montagne.

Derrière ce curieux cortège, un fourgon à bestiaux roulait au pas. Il ne contenait ni fer ni cuivre, mais un chargement humain : de belles jeunes femmes, âgées de quinze à vingt-cinq ans, se tenaient dedans, collées les unes contre les autres. Bouleversées, elles pleuraient et se serraient dans les bras les unes des autres, ou se cramponnaient aux barreaux du véhicule, qui avançait en tanguant. Même à cette distance, je les reconnaissais.

Il y avait parmi elles mes amies, et mes élèves. Les jeunes femmes d'Amiras, de Viánnos, et des autres villages du coin. Elles ne pouvaient pas me voir, mais je percevais leur désespoir dans toute son ampleur. Retrouveraient-elles un jour leur foyer et les gens qu'elles aimaient ? Quelles épouvantables expériences les attendaient-elles ? Une chose était sûre : elles ne seraient plus jamais les mêmes.

—Où vont-elles ? chuchota Stavro.

Je cherchai une réponse acceptable.

—Ils les emmènent travailler, fils, probablement cuisiner pour les soldats. Nous sommes connues pour notre délicieuse nourriture, et tu sais que les Allemands se nourrissent de choucroute.

J'avais bien fait de quitter Amiras, en dépit de toutes les épreuves que cela avait entraîné. Si nous étions restés, j'aurais pu finir dans ce camion, et mes pauvres garçons… Que seraient-ils devenus ?

La proximité des nazis nous empêchait de poursuivre notre chemin jusqu'au figuier. Nos affaires ne valaient pas la pendaison, et je m'inquiétais pour Matthia. Stavro, heureux de retourner chez le berger, pressa le pas. J'avais hâte de me laver les mains ; elles avaient recommencé à saigner, et elles attiraient les mouches chaque fois que je me tenais immobile.

Nous courûmes d'arbre en arbre, restant dans l'ombre. Dès que nous arrivâmes chez Andreas, nous poussâmes la porte. J'éprouvais des sentiments contradictoires, tiraillée entre le souvenir douloureux du berger et le soulagement de regagner ce lieu familier.

Nous nous faufilâmes dans la pièce. Je sentis tout de suite que quelque chose clochait. Puis je compris ce que c'était : la tasse avait disparu. Déconcertée, je regardai bêtement l'endroit où je l'avais laissée, cherchant une explication logique. Un grand bruit retentit au-dehors. Je fis volte-face pour regarder la porte, retenant Stavro derrière mon dos. Il poussa un cri et referma les bras autour de mes hanches.

Un nazi se tenait dans l'embrasure, la bassine en émail se balançant à ses pieds, un pistolet à la main. Je le regardai fixement, trop effrayée pour parler. Son visage pâle et émacié se durcit, et il agita son arme pour nous faire signe de reculer dans la maison. Il entra à son tour, refermant la partie inférieure de la porte d'un coup de pied, et dit quelque chose en allemand.

Je ne compris pas, mais il continuait à agiter son pistolet, nous faisant cette fois signe de nous asseoir sur la banquette. Nous nous exécutâmes, et il s'assit à la table basse, les coudes sur les genoux, son arme braquée sur nous.

J'essayai de trouver quelque chose à lui dire, qu'il pourrait comprendre. Avait-on une religion, dans cet enfer qui vomissait ces suppôts de Satan ? Se pouvait-il qu'il croie en Dieu ? Je croyais en Dieu, et me signai donc, puis je tentai de joindre mes mains sanguinolentes pour prier et récitai le psaume 121, prière que tout orthodoxe connaissait. J'espérais qu'il en reconnaîtrait le rythme, même s'il ne comprenait pas ma langue, et qu'il aurait l'impression de l'entendre dans la sienne.

— Je lève les yeux vers les montagnes : d'où me viendra le secours ? Mon secours viendra de l'Éternel, qui a fait le ciel et la terre. Il ne permettra pas que ton pied trébuche ; celui qui te garde ne sommeillera pas.

Stavro se signa et récita la prière avec moi.

Qu'adviendrait-il de Matthia si le nazi nous tuait tous les deux ? Un enfant de quatre ans pouvait-il survivre seul dans la montagne ? Je l'imaginais en train de nous attendre alors que nous ne reviendrions jamais, et j'avais envie d'expliquer au soldat pourquoi il devait nous libérer.

Je plongeai mes yeux dans les siens, bleu glacier, et y perçus la grisaille de la lassitude, un sentiment humain qui me rendit espoir. J'aurais dû être prise de panique, mais j'étais étrangement calme. Peut-être était-ce l'effet de la prière, ou de l'épuisement. Nous avions vécu tant d'atrocités en si peu de temps !

Peut-être allait-il nous tuer, mon fils et moi ; mais que pouvais-je y faire ? Je baissai les yeux, m'en remettant à la volonté de Dieu.

Le nazi émit un gémissement, marmonna quelque chose, regarda fixement mes mains brûlées et secoua la tête. Nous restâmes assis, parfaitement immobiles, dans la petite maison silencieuse comme un tombeau. Je perdis la notion du temps. Il sembla prendre une décision, se leva, et plaça le pistolet sur ma tempe. Le canon métallique appuyait sur ma paupière. Du coin de l'œil, je voyais la jointure de ses doigts, les fins poils blonds qui se dressaient sur sa peau, et le pistolet dirigé vers l'arrière de mon crâne. Ma respiration saccadée couvrit les battements de mon cœur.

Ce n'était pas l'idée de la mort imminente qui me terrorisait. Mon effroi venait de l'inconnu... Le moment exact où il appuierait sur la gâchette, la fin de la vie telle que je la connaissais. Une seconde passa, puis une autre, et encore une autre. Quand viendrait cette balle ? Quel serait mon dernier souffle ? J'avais envie d'avaler ma salive, mais je n'y parvenais pas, et de toute façon, à quoi bon ?

Je saisis Stavro et plaquai son visage contre ma poitrine. Il ne devait pas voir sa mère se faire tuer, je ne voulais pas que ma cervelle l'éclabousse, et puisque son tour viendrait après le mien, si je le serrais assez étroitement, peut-être n'aurait-il pas le temps de relever la tête et de voir ce qui l'attendait. Dieu nous garde.

À bout de forces, je me mis à pleurer en silence. Mes derniers instants sur terre étaient arrivés, et tout ce que j'arrivais à faire, c'était pleurnicher. Je me mordis la lèvre si fort que je la fis saigner, plissai les yeux, mais les rouvrit aussitôt, le plus grand possible : je voulais mourir en regardant mon cher enfant, Stavro.

L'Allemand fit un pas en arrière et, bien que le canon du pistolet ne quittât pas ma tempe, je pus me redresser pour mourir avec dignité, tout au moins. Sans doute ne voulait-il pas que mon sang ne gicle sur son bel uniforme. J'attendais le coup de feu, croyant que chacune de mes inspirations était la dernière, quand, soudain, Stavro se dégagea de mon étreinte en se tortillant.

Il regarda le nazi droit dans les yeux et me montra hardiment du doigt.

—Maman, ma maman !

Il pointa ensuite son index sur le soldat.

—Vous, maman ? Vous avez maman ?

Il me passa les bras autour du cou et me déposa un baiser sur la joue.

—Ma maman ! Vous avez maman ? Ne tuez pas maman !

Le nazi secoua la tête et, très lentement, Stavro leva une main et écarta le pistolet de ma tempe.

Après quelques secondes, ou peut-être quelques minutes, qui me semblèrent durer une éternité, je me risquai à jeter un coup d'œil au visage du soldat, craignant que, par sadisme, il veuille que je voie la balle arriver. Nos regards se croisèrent, il baissa son arme et la remit dans son étui.

Sa mâchoire se contracta comme s'il mangeait un morceau de viande dure, puis il fronça les sourcils, glissa une main dans sa vareuse et en ressortit une poignée de bonbons. Il les jeta sur la table, et je vis que c'étaient des berlingots. En cet instant bizarre, j'eus soudain envie de rire, comme si cela pouvait anéantir l'irrationalité du mal. Puis, tout aussi brusquement, comme si l'on avait appuyé sur un interrupteur pour les contrôler, mes émotions changèrent du tout au tout.

Si j'avais pu le faire, à ce moment précis, je l'aurais frappé avec son propre pistolet et réduit en bouillie, je l'aurais tué de mes propres mains, sans me contenter de lui tirer une balle dans la tête. J'éprouvais soudain le besoin impérieux de lui faire subir d'atroces souffrances. *Salaud, sperme de Satan !* hurla une voix dans ma tête. Cependant, cet instinct de violence mourut presque aussi-tôt, n'étant rien de plus que le fruit de mon esprit à bout, devenu instable. L'étincelle qui aurait pu enflammer une situation explosive s'éteignit, me laissant comme un pétard mouillé. Je restai assise où j'étais, muette, trem-blante, et regardai fixement ses mains blanches et douces, ses ongles rongés jusqu'au sang.

Il parla, pointa le doigt sur nous puis sur le sol. Stavro se tortilla, et je me rendis compte que je le tenais serré contre moi et que je l'étouffais contre ma poitrine.

Je hochai la tête, indiquant que je comprenais que nous devions rester où nous étions. Le soldat continua à nous regarder pendant quelques secondes, puis il sortit.

—Merci, murmurai-je entre deux sanglots, d'une voix

à peine audible, sans savoir moi-même si je m'adressais à l'homme ou à Dieu.

J'écartai les cheveux humides du visage de mon fils et embrassai ses joues rouges.

Le soldat se retourna et montra à nouveau le sol, puis il s'en alla. J'entendis ses pas s'éloigner.

Stavro et moi étions épuisés, physiquement et moralement. Je tremblais si fort que je dus attendre quelques minutes avant de pouvoir me lever. Stavro avait fait pipi dans sa culotte. Nous nous serrâmes dans les bras l'un de l'autre et pleurâmes tout notre soûl. Je ne saurais pas dire combien de temps il nous fallut pour nous ressaisir, mais nous finîmes par y parvenir. Après avoir bu le plus d'eau possible, nous rassemblâmes tout ce qui pourrait nous être utile. Nous ne parlâmes presque pas, rendus muets par la peur et par la confiance ; nous avions partagé une terreur incommensurable, et nous nous comprenions. Je n'arrêtais pas de penser à mon petit Matthia, tout seul. Nous devions absolument le rejoindre.

Nous nous en allâmes sans bruit, et j'aperçus un mûrier, doté de nombreuses branches longues et raides. Les villageois s'en servaient pour gauler les noix en septembre et, plus tard, pour récolter les olives. Le voir à proximité de la maison du berger me donna une idée : nous pouvions fabriquer une sorte de civière pour transporter toutes nos affaires. À l'aide de mon couteau, nous réussîmes à couper des branches fines et à les faire passer dans un sac en toile, puis nous mîmes tout ce dont nous pourrions avoir besoin dans un autre sac, que nous posâmes sur ce hamac.

—Et Andreas, maman ? s'inquiéta Stavro.

Que pouvais-je répondre ?

—Il est allé dans sa maison sur le plateau, mentis-je. Il m'a dit de prendre tout ce que je voulais, fils, avant que les soldats ne pillent la maison. Nous avons déjà perdu la bassine.

Dès que nous fûmes prêts, je me tins entre les branches de mûrier et Stavro attacha le dernier bout de corde autour de ma taille. Nous nous déplaçâmes le plus discrètement possible, montant toujours, suçotant nos délicieux sucres d'orge. Nous avions tant peiné que j'étais dans un état de fatigue extrême. Stavro marchait derrière moi, recouvrant nos traces de poussière. Cette pénible ascension, avec tout notre chargement à traîner, nous prit deux heures.

La nuit était tombée quand nous arrivâmes en vue du chêne tentaculaire. Stavro courut en avant.

—Matthia ! appela-t-il, écartant les branches de l'arbre et se contorsionnant pour éviter leurs piquants.

Nous nous attendions tous les deux à le trouver endormi sur le sol ; mais mon petit garçon, le vieux couvre-lit et la chèvre avaient disparu.

21

Crète, aujourd'hui.

Voula passa le rideau de lanières en coup de vent, la mine renfrognée, les poings serrés.

—Ils sont encore en train de se disputer… Tes fils me rendent folle ! cria-t-elle à Maria.

—Eh bien, laisse-les se débrouiller, Voula. Viens, prends un *baklava* et dis-nous ce qui se passe.

Voula regarda la boîte de gâteaux, les yeux écarquillés, les lèvres légèrement entrouvertes.

—Voula !

Elle s'arracha à sa rêverie.

—Désolée. Je prépare le repas pour ce soir, mais Stavro soutient qu'il ne peut pas rester. Il doit retourner à Athènes. Matthia dit que notre cuisine n'est pas assez bonne pour monsieur Hautain et que la ville peut très bien l'attendre une journée de plus.

—Le repas sera-t-il prêt pour midi ?

Voula hocha la tête, les yeux rivés sur les *baklavas*.

—Dans ce cas, mangeons tous ensemble avant le départ de Stavro. Maintenant, fais du café et prends un gâteau !

Angie tripota machinalement sa bague de fiançailles, se rappelant que c'était un jour férié en Angleterre et se demandant si Nick était à la maison. Si Stavro retournait à Athènes le jour même, c'était sa dernière chance de rassembler tout le monde grâce à un appel vidéo.

—Je dois aller à Viánnos, déclara-t-elle. Avez-vous besoin de quelque chose, *yiayá*, Voula ?

—Dis-moi ce dont tu as besoin, Angelika, je pourrai peut-être t'épargner un aller-retour.

—C'est une surprise, tata. Je serai de retour d'ici une heure pour t'aider à préparer le repas.

Tandis qu'elle prenait la route de Viánnos, Angie fut assaillie par le doute. Avait-elle raison de faire ce qu'elle faisait ? Le problème était le manque de temps.

Son plan allait contrarier sa mère, elle le savait, mais au fond, elle était convaincue que c'était la meilleure chose à faire. Une fois que Poppy serait remise du choc initial, elle se rendrait compte qu'Angie avait raison. C'était comme arracher un pansement pour faire sécher une blessure et lui permettre de guérir. Elle serait en colère contre elle, dans un premier temps, mais quel mal un appel vidéo entre Poppy et ses parents pourrait-il faire ?

Juste avant d'entrer dans Viánnos, Angie s'arrêta pour laisser passer un camion sur l'étroit pont de pierre.

Elle songea que cela devait être dur d'être mère, de devoir blesser ses enfants dans leur intérêt. Elle n'y avait encore jamais pensé. Quand on aime vraiment quelqu'un, on fait tout ce qui est nécessaire pour lui rendre la vie meilleure, sans se soucier de ce que cette personne pensera de nous, n'est-ce pas ?

Personne ne pouvait aimer sa mère plus qu'Angie aimait la sienne. Elle était bien décidée à faire tout son possible pour réunir Poppy et Maria, pour leur bien.

À Viánnos, elle alla chercher sa tablette dans sa chambre, puis elle s'installa au *kafenío* de Manoli, sous le grand arbre. Elle s'assit à une table récemment libérée, jonchée de tasses vides et de cendriers débordants de mégots, et commanda une petite bière.

Elle appela Nick à l'appartement, le sourire aux lèvres, se réjouissant à l'avance de l'entendre. Il attendrait son coup de téléphone, et saurait que c'était elle avant même de décrocher.

—Bonjour, mon ange ! Je suis contente de te trouver à la maison. Tu me manques… Comment vas-tu ?

—Bonjour, ma belle. La semaine me paraît interminable. Les choses s'arrangent un peu au travail, mais à ce stade, c'est difficile de dire comment cela va se terminer.

—Mon pauvre chéri ! Tu as l'air fatigué… Je parie que tu travailles tard dans la nuit.

—Oui… et je travaille même aujourd'hui.

—Je prendrai bien soin de toi en rentrant, dit-elle, espérant lui remonter le moral. Que dirais-tu d'une boîte de délicieuses pâtisseries au miel et de toute mon attention ?

—C'est la meilleure chose que j'aie entendue de la semaine, répondit-il avec un petit rire qui lui fit chaud au cœur. Sérieusement, ma chérie, je compte les jours jusqu'à ton retour.

Elle rit aussi.

—J'ai hâte de te retrouver, moi aussi.

Presque aussitôt, ses craintes ressurgirent.

—Comment ça se passe, au bureau ?

—Comme je te le disais, tout va bien…

Il baissa la voix.

—Je ne suis pas tout seul, Angie.

Surprise, elle écarta son téléphone de son oreille et jeta un coup d'œil à l'écran pour vérifier qu'elle l'avait bien appelé à l'appartement. C'était le cas. Nick était chez eux avec quelqu'un ; il valait mieux que ce ne soit pas encore cette femme de Whitekings.

Il parla à nouveau à haute voix.

—Je suis en réunion, et j'en ai une autre prévue ce soir, alors je ne peux pas parler. J'ai hâte que tu reviennes. Je t'aime.

—Attends ! Nick, écoute, dit-elle, essayant à la fois de parler et d'analyser la situation, Oncle Stavro repart pour

Athènes tout à l'heure. J'ai réussi à obtenir le wi-fi chez *yiayá*…

Qui peut bien se trouver chez nous ?

—Tu veux bien aller voir maman et m'appeler sur Skype d'ici une heure ou deux, pour qu'ils puissent tous se voir ?

Où a-t-il rendez-vous ce soir ?

—J'ai pensé que ce serait une bonne idée… *Yiayá* n'a pas vu maman depuis des années, et c'est pour les réunir que je suis venue ici, après tout.

Va-t-il encore sortir avec cette femme de Whitekings ?

—C'est très important pour moi, Nick.

—Tu me prends un peu au dépourvu, Angie. Je suis débordé… Je vais essayer, mais je ne te promets rien. Attends, donne-moi une minute…

Les bribes d'une conversation étouffée lui parvinrent, et elle devina qu'il avait couvert le combiné de sa main. Pourquoi faisait-il cela ? Ils n'avaient pas de secrets l'un pour l'autre. *Si ?*

—Je serai libre vers 16 heures, je t'appelle vers 16 h 30 ? suggéra-t-il.

—D'accord… ou sinon, ce soir.

Elle le testait.

—J'ai une réunion ce soir et je ne sais pas du tout à quelle heure nous allons terminer.

—Chez *Meadows* ?

Il y eut un bref silence, puis elle entendit une porte se fermer. La porte de leur chambre ? Il devait s'y être réfugié pour avoir un peu d'intimité.

—Nick ? Tu es là ?

—Oui, je suis là. Écoute, Angie, je sais ce que tu imagines, chuchota-t-il avec colère, mais j'essaie simplement de garder mon emploi.

—Je n'en doute pas. Tu as une réunion d'affaires, un jour férié, dans un petit restaurant romantique, pendant

252

que ta fiancée est à l'étranger. Permets-moi de te demander une chose, Nick : combien de personnes vont assister à cette réunion de la plus haute importance ?

—Arrête, Angie ! À t'entendre, on croirait que j'ai une aventure.

—Est-ce que tu as une aventure ?

—Non, pour l'amour du ciel ! Je te l'ai déjà dit, je fais tout mon possible pour conserver mon travail.

—Je dois y aller, dit-elle d'un ton mielleux avant de raccrocher précipitamment.

Elle serra les poings, ferma les yeux et marmonna :

—Merde, merde, merde !

Quand elle rouvrit les paupières, Manoli se tenait devant elle avec sa bière à la main.

—Désolée, dit-elle, j'ai des soucis de travail.

—Vous avez trop de soucis, Mademoiselle !

Il considéra la table encombrée, lui donna sa bière et s'en alla, pour revenir avec un plateau et une éponge.

—Être en vacances signifie laisser son travail derrière soi ! Pourquoi vous l'emportez avec vous ?

Il débarrassa la table et essuya les taches de café et la cendre de cigarette.

—Je dois être folle, Manoli.

—C'est vrai.

Il se redressa, tenant son plateau chargé en équilibre sur une main.

—Vous voulez *mezzé* avec votre boisson ?

Il repartit sans attendre sa réponse.

Elle avait l'intention de chasser Nick de ses pensées. S'inquiéter n'apporterait rien de bon, et elle devait lui faire confiance. C'était la première fois qu'elle raccrochait sans lui avoir dit qu'elle l'aimait. Peut-être le rappellerait-elle plus tard, beaucoup plus tard, juste pour voir comment il allait. Son comportement était pathétique, elle s'en rendait bien compte.

Elle se demanda comment tout le monde à Amiras réagirait en revoyant Poppy. Sa mère et sa grand-mère réunies !

Ses pensées se tournèrent à nouveau vers Nick. Elle s'en voulait terriblement d'avoir eu une attitude blessante. *Grandis, Angie !*

Manoli réapparut. Peut-être savait-il des choses sur sa famille. Après tout, Demitri et lui étaient amis. Quoi qu'il en soit, elle avait besoin de se changer les idées.

—Vous voulez boire un *rakí* avec moi, Manoli ?

—*Rakí* et bière ? La céréale et le fruit, non, non, non, Mademoiselle !

—Dans ce cas, je ne boirai pas la bière. Partageons un *rakí*… et je m'appelle Angelika.

Manoli haussa les sourcils.

—Je vous aime bien, dit-il avec un clin d'œil coquin.

—Oh, tenez-vous bien ! dit-elle en riant.

Persuadée qu'il flirtait avec toutes les femmes, elle se demanda s'il lui arrivait de montrer son vrai visage.

Il alla chercher une petite bouteille de *rakí*, deux verres, et un petit ravier de cacahuètes. Ils discutèrent et badinèrent agréablement. Fidèle à lui-même, Manoli l'assaillit de questions, mais elle décida d'inverser les rôles.

—Manoli, parlez-moi de la famille Kondulakis, de ma famille…

—Que voulez-vous savoir ? lui demanda-t-il en versant le *rakí* dans les verres.

—*Yiayá* me parle de la guerre, mais c'est une longue histoire, très triste. Elle m'a demandé de l'écrire. Qu'en pensez-vous ?

Il fronça les sourcils.

—C'est difficile pour moi de dire ces choses.

—Je parle grec, Manoli. Dites-moi ce que vous en pensez.

L'expression de Manoli s'assombrit, comme un ciel d'été envahi de nuages à l'approche d'un orage. Il but son *raki* d'un trait, s'en resservit un verre, puis il parla dans sa langue natale.

—Si vous racontez le massacre, vous devez donner les deux versions de l'histoire. Il y a des secrets d'État qui n'ont jamais été révélés, des ordres qui ont été donnés… mais c'est plus simple d'accuser les Allemands.

Il échangea un regard avec un groupe d'hommes solidement charpentés en tenue militaire noire, assis à une autre table.

—Ce qui s'est passé ici, l'incendie des villages et les massacres, est une tragédie. Mais qui en étaient les responsables, et pourquoi ? Le débat reste ouvert.

—Je ne comprends pas, Manoli. N'étaient-ce pas les nazis, les responsables ?

—Laissez-moi vous poser quelques questions, Angelika. À l'époque, la Grande-Bretagne se méfiait autant du communisme que les Américains. Les Crétois étaient pour la plupart communistes. Croyez-vous que la Grande-Bretagne allait aider à libérer une île communiste ?

Elle secoua la tête.

—J'en doute.

—La Grande-Bretagne se moquait éperdument de cette île, sauf pour une chose : la côte sud de la Crète était l'endroit idéal pour les sous-marins britanniques chargés d'attraper les militaires britanniques en fuite et les dirigeants italiens qui avaient capitulé.

Elle imagina une carte de l'Europe.

—Où les emmenaient-ils ?

—En Égypte. La Grande-Bretagne avait besoin de la Crète, mais pas d'une Crète aux tendances socialistes. En gros, les Crétois devaient renoncer à leurs idéaux politiques… et jeter le discrédit sur les *Andartes* communistes, les résistants crétois, était le meilleur moyen d'atteindre ce but.

Angie fronça les sourcils.

—D'accord. Vous ne comprenez pas, reprit Manoli. Disons, hypothétiquement, qu'il y avait deux groupes de résistants en Crète, l'un qui recevait ses ordres de la Grande-Bretagne, l'autre, composé de communistes de la région. C'est un fait, mais disons que le groupe communiste avait reçu du groupe britannique l'ordre de tuer les Allemands à Simi ; c'est ce qu'ils ont prétendu. Les actions de ce groupe communiste ont directement entraîné les représailles et le massacre.

Il se leva, fit le tour de la table et se rassit.

—Mission accomplie ! Les communistes sont discrédités et haïs pour avoir provoqué la mort et le chaos. Les *Andartes* capitalistes dirigés par les Britanniques ont depuis longtemps déguerpi à l'autre bout de l'île et nient avoir donné quelque ordre que ce soit. Bien sûr, ils reprochent aux communistes d'être des exaltés, incontrôlables, des imbéciles ayant causé la mort de plus de cinq cents Crétois innocents. Vous savez que la Seconde Guerre mondiale a fait presque autant de victimes parmi les civils grecs que parmi les forces armées américaines et britanniques réunies ?

Elle cligna des yeux, perplexe, songeant que la Grèce était un tout petit pays, à peine plus grand que l'Angleterre.

—C'est vrai, insista Manoli devant son expression dubitative. Plus de six cent mille Grecs, hommes, femmes et enfants, ont été tués, tandis que les États-Unis et la Grande-Bretagne n'ont perdu à eux deux que sept cent mille personnes en tout, et principalement des soldats, pas d'innocents villageois.

Il posa bruyamment son verre de *raki* sur la table, puis le vida d'un trait.

—Mais ce n'est pas tout, Angelika…

Elle prit son verre, s'aperçut qu'il était vide, regarda Manoli le remplir.

—La plage, là-bas, dit-il avec un mouvement du menton en direction de la mer lointaine. La plage de Keratokampou était parfaite pour évacuer les Britanniques et les Italiens vers l'Égypte dans des sous-marins, mais les Allemands étaient à Simi et faisaient le guet… Les Britanniques avaient besoin d'une diversion suffisamment importante pour éloigner tous les Allemands des plages et de leurs postes d'observation. C'est ce qu'a créé la bataille de Simi.

—Vous essayez de me dire que les Britanniques ont poussé les Allemands à envoyer leurs troupes nazies à Viánnos et ses environs, Manoli ? Uniquement pour évacuer les plages et discréditer les communistes ?

—Je vous donne matière à réflexion, Angelika. Je vous encourage à vous pencher sur ces événements avant d'écrire l'histoire de Viánnos. Et posez-vous cette question : deux mille soldats ennemis étaient rassemblés dans cette petite région, et les Britanniques étaient forcément au courant, leurs troupes se tenaient à proximité ; alors pourquoi ont-ils laissé ces atrocités se produire ? Nos alliés auraient dû suivre les nazis à Viánnos et les anéantir. C'était l'occasion idéale pour eux, mais ils ont choisi de ne pas intervenir. Pourquoi ?

Elle secoua la tête, s'efforçant d'assimiler tout ce qu'elle venait d'entendre et de démêler la logique des choses.

—Juste après la guerre avec les Allemands, nous avons eu une guerre civile, poursuivit Manoli. Puis un régime militaire, la junte. Deux camps à chaque fois : les communistes et les capitalistes, la guerre et les colonels. Nos villages divisés en groupes politiques. Vous le voyez, encore aujourd'hui, dans les couleurs des portes et des tables.

—Quoi ? Je ne comprends pas. Les couleurs des portes et des tables ?

—Vous pouvez savoir quel parti un *kafenío* soutient à la couleur de ses tables. Rouge, communiste ; bleu, démocrate ; vert, libéral ; jaune, socialiste.

Angie jeta un coup d'œil au-dessus de la table jaune.

—Et si vous comptez écrire sur votre famille, eh bien… J'étais très jeune, dit Manoli, je n'avais que trois ans quand mes parents ont été tués, et on modifie un peu les choses chaque fois qu'on les raconte. On ne peut être sûr de la vérité qu'en parlant aux gens concernés.

Il contracta la mâchoire, serra les poings.

—Je suis désolée pour vous, Manoli. C'est une tragédie de grandir sans ses parents.

Elle se dit qu'il devait avoir une quarantaine d'années.

—Je suppose que vous ne vous souvenez pas de mon père… Pouvez-vous me dire ce qui a divisé les Lambrakis et les Kondulakis ? lui demanda-t-elle, l'observant attentivement.

Pendant quelques instants, il garda les yeux rivés sur les branches de l'arbre, avec une expression pleine de colère, puis il répondit.

—Vous connaissez le lien entre mon père et votre père ? Ma mère était la belle-sœur de votre père, par alliance, bien sûr. Quand ils ont tué ma mère…

Manoli s'interrompit et plissa les yeux.

Tué sa mère ? Qui a tué sa mère ? Manoli est-il mon cousin ?

Perdue, Angie essaya de démêler leur lien de parenté.

Elle n'arrivait pas à digérer toutes ces informations. Elle avait besoin de réfléchir à ce qu'il lui avait dit pour comprendre. Se pouvait-il que leurs pères respectifs soient frères ?

Manoli attrapa un paquet de Marlboro sur la table voisine, alluma une cigarette et tira une bouffée.

—Quand ils ont tué ma mère, reprit-il, soufflant la fumée, mon père ne s'en est jamais remis.

Son expression se fit amère, son regard se perdit dans le vague.

—Cette dette n'a pas été payée.

Il rendit le paquet de cigarettes aux hommes de la table d'à côté et les remercia d'un bref hochement de tête.

Quelle dette ? Angie avait du mal à suivre.

—Vous ne devriez pas poser toutes ces questions, dit-il, l'arrachant à ses pensées. Les gens passent des décennies à essayer d'oublier, et vous, vous venez ici et vous ravivez d'anciennes blessures. Je ne veux pas en parler.

Son regard se porta au loin.

—Enfin, pour revenir à la guerre, vous êtes trop britannique. Personne ne vous dira la vérité au sujet du massacre de 1943. C'est plus facile d'accuser les Allemands, c'est ce que tout le monde fait, mais si vous creusiez suffisamment, Angelika, vous découvririez une autre histoire. Laissez tomber. Vous ne savez pas où cela pourrait mener.

Elle percevait son amertume. Sa mère avait employé presque les mêmes mots. Pourrait-elle le convaincre de lui en dire plus ?

—Café, Manoli ! cria l'un des hommes en noir.

Il sursauta et la regarda brièvement, l'air courroucé, mais elle le soupçonnait d'être soulagé qu'on les ait interrompus.

—Je reviens, dit-il.

Elle attendit un moment, mais les tables du *kafenío* se remplirent et, consciente qu'il n'aurait plus de temps à lui consacrer, elle reprit la route d'Amiras.

Tous les gens qu'elle rencontrait semblaient avoir quelque chose à raconter sur sa famille, mais personne ne voulait lui dévoiler les sombres secrets à la source du mystère. Elle ne doutait pas que *yiayá* lui en parlerait, mais sa grand-mère se fatiguait facilement. Se remémorer ces terribles événements était épuisant pour elle. Angie craignait d'en avoir déjà trop demandé à la chère vieille dame, même si elles ne couvraient qu'un court épisode chaque fois qu'elles abordaient le sujet.

Or, le départ d'Angie se rapprochait dangereusement.

22

Déçue et contrariée par son passage à Viánnos, Angie s'arrêta sur le bas-côté de la route, devant le monument aux morts. Sa conversation avec Nick, la présence de la gestionnaire de transition chez elle, et les paroles de Manoli avaient achevé de la perturber, et elle se sentait perdue.

Manoli sous-entendait-il que les gens de la région jugeaient les Britanniques responsables du massacre ? Si tel était le cas, pourquoi sa mère était-elle allée s'installer en Angleterre ?

Elle regarda fixement les statues de marbre qui longeaient la route. Elle aurait voulu trouver les noms du petit Petro et de son arrière-grand-père, Matthia, parmi ceux qui étaient gravés sur les plaques, mais si Stavro repartait pour Athènes et si Nick réussissait à convaincre Poppy de l'appeler, elle devait retourner chez sa grand-mère sans plus tarder.

En haut des marches qui conduisaient chez sa grand-mère, Angie s'arrêta pour regarder, par-delà les toits du village, le monument aux morts. Elle avait l'impression qu'il l'appelait.

— Angelika, viens ! cria Voula.

Angie entra dans le jardin de la maison et trouva Demitri en train de manier un *skapáni* à long manche.

— Que fais-tu, à creuser sous ce soleil, Demitri ? s'étonna-t-elle.

Il indiqua d'un signe de tête son fils, Mattie, qui était appuyé sur une pelle.

—Nous plantons ton citronnier, Angelika.

Il donna un coup dans le sol dur et desséché entre les deux oliviers. Le petit garçon de dix ans ramassa la terre à l'aide de sa pelle, ployant sous le poids, les genoux flageolants. Il la regarda par-dessus son épaule, et elle vit dans ses yeux une lueur de fierté.

Yiayá, *papoú* et Voula étaient assis sur des chaises et les regardaient. Chacun y allait de ses conseils.

—Plus large, Demitri, dit *yiayá*.

—Plus profond, pour les racines, dit *papoú*.

—N'oublie pas l'engrais, dit Voula.

—Tu n'as pas de conseils à me donner, Angelika ? demanda Demitri.

—Je crois que tu en as reçu assez, répondit-elle en riant, et je suis sûre que tu sais ce que tu fais !

—Je suis content qu'au moins une personne pense cela…

Il donna un nouveau coup de pioche dans la terre, mais tapa sur quelque chose de solide.

—Encore une pierre…

Il glissa la lame de sa pioche sous l'obstacle et fit levier dessus.

—Mets ta pelle en dessous et pousse avec moi, fils. Voyons voir si nous arrivons à la soulever !

Ils s'attelèrent à la tâche ensemble. Demitri finit par se laisser tomber à genoux sur la terre retournée.

—Ce n'est pas une pierre, dit-il en dégageant l'objet.

Le petit garçon s'agenouilla à côté de son père et l'aida à le déterrer. À mesure que les mottes sèches s'effritaient, l'objet rougeâtre prit forme.

—Vierge Marie, c'est une mitrailleuse ! s'exclama Demitri.

Papoú se signa trois fois. Maria se couvrit le visage des

deux mains et gémit. Le petit Mattie se releva d'un bond et se mit à sautiller, tout excité.

—Donne, papa ! Donne-le-moi, s'il te plaît !

Demitri avait l'air stupéfait et, visiblement perdu dans ses pensées, il laissa son fils lui prendre l'arme des mains. Le garçon la plaça sur son épaule.

—Rat-tat-tat-tat-tat ! cria-il en faisant mine de tirer sur tout le monde, décrivant un arc avec la mitrailleuse.

Yiayá en eut le souffle coupé, et l'effroi se lut sur son visage.

Papoú et Voula se levèrent tous les deux d'un bond et tentèrent de protéger Maria en lui bouchant la vue, mais elle leur repoussa vivement les mains et leva les yeux vers la corniche.

—Petro, mon pauvre bébé ! murmura-t-elle.

Demitri donna une grande gifle à Mattie qui, surpris, tomba à la renverse et lâcha l'arme.

Maria regarda son arrière-petit-fils étendu par terre d'un air horrifié.

—Non, non !

Elle secoua la tête et ferma les yeux. Sa voix trahissait son affolement.

Angie courut dans la cuisine chercher un verre d'eau. Quand elle ressortit, *yiayá* pleurait. Elle lui saisit le poignet, ignorant le verre qui glissa des mains d'Angie et se brisa en mille morceaux sur le sol.

—Tu vois, Angelika, balbutia-t-elle entre deux sanglots, c'est un signe ! Ce qui s'est passé ici ne peut pas rester enfoui. Raconte mon histoire ! D'accord ? Raconte mon histoire pour que le monde sache ce qui s'est passé… et dis la vérité, Angelika, promets-le-moi !

Papoú avait l'air troublé.

—Allons nous asseoir à table, vieille femme.

Les yeux pleins de larmes, *yiayá* lui tapota le torse.

—J'aurais voulu que tu le voies, Vassili, dit-elle, levant

le visage vers lui. Ton fils était un si beau petit bébé ! Pourquoi cela nous est-il arrivé ?

—Qui comprend les intentions de Dieu, Maria ? C'est un mystère, répondit-il de son ton calme et posé. Mais Petro ne nous a jamais vraiment quittés, n'est-ce pas ? Aujourd'hui encore, il est là…

Il se martela la poitrine. Les larmes qui lui étaient montées aux yeux coulèrent sur ses joues sillonnées de rides.

Ce moment terriblement poignant emplit Angie d'une profonde tristesse. Combien de temps les proches auxquels elle s'était attachée devraient-ils endurer toutes ces souffrances ? Toute leur vie ? Le cœur lourd, elle aida ses grands-parents à s'installer à la table de marbre.

Demitri emmena Mattie au bout du jardin et lui parla à voix basse. Émue, elle le vit prendre son fils dans ses bras et lui déposa un baiser sur la joue. Le petit garçon vint ensuite trouver son arrière-grand-mère.

—Je te demande pardon, *pro yiayá*, j'ai été stupide, dit-il, les yeux baissés sur ses baskets. Je ne voulais pas te faire de peine…

Maria lui tapota l'épaule et hocha la tête.

Voula apporta du *rakí*, la solution à de nombreux problèmes. Tout le monde regarda *papoú* en servir un demi-verre et le glisser vers son arrière-petit-fils. Angie comprit l'importance de ce geste, qui marquait en quelque sorte le passage à l'âge adulte du jeune Mattie. Elle était fière d'être témoin de cette occasion.

Papoú posa son verre sur la table en le claquant et s'écria :

—*Yammas !*

Maria, Demitri et Mattie en firent autant. Ce dernier, qui se tenait bien droit et buvait sa boisson à petites gorgées, regarda Angie. Elle sourit et lui fit un clin d'œil, ce qui lui valut un grand sourire.

264

—Je me demandais si tu pouvais m'aider à améliorer mon grec, Mattie…

—Tu parles très bien, tata, répondit-il dans un anglais parfait.

—Merci, mais je ne comprends pas la plupart des expressions du coin. Si j'écrivais celles qui me posent un problème, pourrais-tu me les traduire ? Quand tu auras le temps, bien sûr.

Il acquiesça d'un hochement de tête et se redressa fièrement.

Demitri la regarda avec un sourire reconnaissant et se redressa, lui aussi.

Plus tard, quand le reste de la famille les eut rejoints et se fut réuni autour de la table, la tension entre Stavro et Matthia s'intensifia, s'aggravant pour des détails, les deux hommes saisissant le moindre prétexte pour s'affronter.

Angie s'inquiétait au sujet de Nick, de leur situation professionnelle, de la maudite femme qui marchait sur ses plates-bandes et cherchait peut-être à lui voler son fiancé.

Comme si tout cela ne suffisait pas, chaque fois qu'elle regardait sa grand-mère, elle se rappelait la disparition de Matthia quand il était enfant, dans la montagne. Elle imaginait le supplice de Maria et avait envie de savoir ce qui était arrivé au petit garçon.

Elle se demandait également ce que Manoli avait voulu dire quand il lui avait affirmé que personne ne lui dirait la vérité parce qu'elle était *trop britannique*. Qu'est-ce que c'étaient que ces absurdités ? Elle avait peine à croire que la Grande-Bretagne soit considérée comme responsable du massacre. *Pourtant…*

Pauvre Maria !

Jusqu'à l'incident de la mitrailleuse, Angie voyait le récit de la guerre comme une histoire tragique et émouvante. Maintenant, elle se rendait compte que ces gens vivaient au quotidien avec le souvenir des événements passés. Le simple fait de voir tous les jours le monument aux morts sur la corniche devait leur rappeler inexorablement toutes ces atrocités.

Matthia et Demitri étaient assis sur le muret au bout du jardin et avaient une conversation animée. De temps à autre, ils jetaient un coup d'œil dans sa direction, leurs chuchotements trahissant une colère contenue.

Stavro les observa un moment et fronça les sourcils. Angie croisa son regard.

—Ne t'inquiète pas, dit-il, levant les yeux au ciel. Ce n'est pas ta faute.

Qu'est-ce qui n'était pas sa faute ? Aurait-elle dû aller leur parler ?

Elle se leva.

—Il vaut mieux les laisser tranquilles, Angelika, dit Stavro.

—Je ne comprends pas, répondit-elle, consternée, à fleur de peau.

—Matthia a besoin de décharger sa colère. Ça va aller, laisse-le faire.

Quelle raison a-t-il d'être en colère, cette fois ?

Soudain, Angie repensa aux lettres de Stavro qu'elle avait trouvées chez sa mère. Il la connaissait probablement mieux que quiconque, s'il était resté en contact avec elle pendant toutes ces années.

—Oncle Stavro, je ne sais toujours pas pourquoi maman a quitté la Crète, ni pourquoi elle est si malheureuse. J'ai demandé à mon fiancé de la persuader de passer un appel vidéo à *yiayá* sur ma tablette, tout à l'heure, pour qu'elles puissent se voir et se parler. Y a-t-il une raison pour laquelle il vaudrait mieux qu'il ne le fasse pas ? Je ne veux pas aggraver les choses.

Stavro fronça les sourcils, regarda la tablette, puis *yiayá*.

—Un appel en direct, tu veux dire ?

Elle hocha la tête et essaya de déchiffrer son expression.

—Maintenant ?

Elle hocha de nouveau la tête. Pour la première fois, il lui sembla un peu hésitant, ce qui ne fit qu'accroître son appréhension. Aurait-elle mieux fait de tout annuler ?

Les traits de Stavro se détendirent.

—Pourquoi pas ? Je suis sûr que cela ferait très plaisir à ta grand-mère.

—Et ma mère ? Je ne veux pas la faire souffrir.

Il réfléchit un moment, puis haussa les épaules et secoua la tête.

—Quel mal cela pourrait-il lui faire ? Ce serait incroyable pour nous tous de la voir, mais j'ai du mal à croire que Poppy nous appellerait.

Angie demeurait tiraillée entre la peur de faire une grosse erreur et sa détermination à rendre sa mère heureuse, même contre son gré.

Le stress lui nouait l'estomac. Demitri et Matthia revinrent s'asseoir à table. Le premier souriait d'un air gêné, tandis que les yeux du second lançaient des éclairs.

Angie fut soulagée quand sa tablette se mit à sonner.

—C'est Nick, mon fiancé ! dit-elle à la cantonade. Il est chez maman. *Yiayá*, *papoú*, venez parler à maman…

Honteuse de sa crise de jalousie, elle était impatiente de voir Nick mais, en même temps, elle appréhendait la réaction de sa mère.

Yiayá n'avait pas dit un mot depuis qu'ils s'étaient attablés tous ensemble. Son visage s'éclaira quand Angie s'assit sur le coussin à côté d'elle. Ses efforts pour réunir sa mère et sa grand-mère allaient enfin porter leurs fruits. Ce moment était l'un des plus importants de sa vie.

Un mélange d'enthousiasme et de nervosité lui nouait le ventre. Enfin, Maria et Poppy allaient se voir !

Matthia sortit un paquet de cigarettes de sa poche et retourna s'asseoir sur le muret, au bout du jardin. Angie sourit dans sa direction. Sa mauvaise humeur ne parviendrait pas à détruire le lien qui les unissait, tous. Il reviendrait, elle en était persuadée.

Elle repensa encore au coup de téléphone qu'elle avait eu avec Nick. Elle avait été stupide. Nick était l'homme le plus honnête et le plus digne de confiance qui soit.

Sincèrement désolée de lui avoir compliqué l'existence, elle dut retenir ses larmes tandis que Skype sonnait.

Elle inspira profondément, sourit, et décrocha.

L'angoisse qui se lisait sur le visage de Nick et le panneau indiquant les urgences de l'hôpital derrière lui l'assommèrent instantanément.

—Nick ! Que se passe-t-il ?! s'écria-t-elle.

—C'est Poppy, répondit Nick. Je suis désolé, Angie, tellement désolé… J'ai fait tout ce que j'ai pu !

23

— Nick ! Que s'est-il passé ? s'écria Angie, hurlant comme une hystérique.

—On s'occupe d'elle, Angie, répondit Nick d'une voix haletante. Les auxiliaires médicaux s'occupent d'elle, ils ont relancé son cœur.

Il se couvrit les yeux d'une main, et elle comprit qu'il était à bout. Après quelques secondes, il reprit la parole.

—Ne t'inquiète pas, elle est en de bonnes mains, maintenant. Je suis devant l'hôpital, on m'a demandé d'éteindre mon téléphone dans les urgences. Il faut que je retourne à l'intérieur et que j'attende que le médecin vienne me voir, mais je voulais te prévenir tout de suite.

—Maman ! s'écria-t-elle, regardant fixement Nick.

Matthia revint s'asseoir à table. Agapi les avait rejoints, et elle s'agrippait à sa chaise. Voula se rapprocha, écrasant Angie contre *yiayá*, qui avait vu aussi le panneau des urgences. Tous se signèrent. Les hommes s'assirent en face d'elles et regardèrent attentivement Angie. Les femmes se serrèrent les unes contre les autres, les yeux écarquillés, et regardèrent fixement l'écran de la tablette.

—*On s'occupe d'elle…* Que veux-tu dire, Nick ? Que s'est-il passé, exactement, comment va-t-elle ? Je vais prendre un avion, je vais rentrer tout de suite…

—Ne panique pas, Angie, le pire est passé. Crois-moi, je m'occupe de tout.

—Je le sais, je le sais, mais dis-moi…

—J'ai essayé de la persuader de parler à tout le monde, comme tu me l'avais demandé, mais elle a refusé. Je lui ai dit que tu étais allée en Crète pour réunir toute la famille, et que c'était très important pour toi.

Il porta une main à son front plissé et souffla bruyamment.

—Elle était très émue, elle s'est mise dans tous ses états, elle a commencé à pleurer… Elle a blêmi, et elle s'est mise à avoir des douleurs atroces dans la poitrine et dans le bras. Elle n'arrivait plus à respirer, à se tenir debout. J'étais mort de peur… Seigneur ! C'était un cauchemar. Elle faisait peur à voir. J'ai compris qu'elle faisait une crise cardiaque, alors je l'ai prise dans mes bras et je l'ai emmenée à la voiture. Par chance, il n'y avait pas beaucoup de circulation, et je suis allé directement aux urgences.

—Oh, Nick, mon pauvre ! J'ai tellement honte, pardonne-moi… Que s'est-il passé quand vous êtes arrivés ? C'était bien une crise cardiaque ? balbutia-t-elle.

Sa mère avait failli mourir à cause d'elle ! Tout était sa faute ! Elle avait été horriblement égocentrique, et elle avait plongé sa mère dans le désarroi le plus total. Cette idée d'appel vidéo avait dû l'horrifier. Angie s'était persuadée que c'était une bonne idée, mais elle avait eu tort.

—Je me suis garé sur l'aire de stationnement réservée aux ambulances, mais elle avait perdu connaissance et je ne pouvais pas la sortir de la voiture. Les auxiliaires médicaux se sont précipités sur nous avec un brancard et un défibrillateur. Elle serait morte, Angie… Oh, mon Dieu ! C'était le pire moment de ma vie…

La voix de Nick se brisa.

—Donne-moi une minute, s'il te plaît.

Il baissa son téléphone et, à travers ses larmes, Angie vit des gens entrer dans l'hôpital en courant.

—Mais elle va bien, maintenant ? lui demanda-t-elle dès qu'il réapparut à l'écran.

Il hocha la tête et soupira. Il avait l'air profondément accablé.

—Je suis désolée de t'avoir mis dans cette situation, mon chéri, dit-elle en sanglotant. Heureusement que tu étais là ! Cela aurait pu être bien pire…

Elle frissonna en imaginant sa mère toute seule, étendue sur le sol, sans connaissance. Angie ne devait retourner à Londres que quatre jours plus tard.

Nick avait parfaitement réagi, mais c'était elle qui aurait dû prendre soin de sa mère. Poppy le lui pardonnerait-elle un jour ? Dans son égoïsme, Angie avait agi sans réfléchir suffisamment.

Rongée de culpabilité, elle se jura de s'efforcer d'être moins arrogante et moins manipulatrice, espérant de tout cœur que sa mère se rétablirait rapidement.

—Elle va un peu mieux, dit Nick. On l'a emmenée en cardiologie. Seigneur Jésus-Christ, Angie, je ne veux plus jamais revivre ça !

—Désolée, désolée, dit-elle en regardant autour d'elle avant de reporter son attention sur la tablette. Que s'est-il passé ensuite, Nick ?

—On m'a demandé d'aller me garer dans le parking. Le temps que je revienne, Poppy était avec le cardiologue.

—Comment va-t-elle maintenant ?

—On lui fait passer des examens.

Il jeta un coup d'œil à sa montre.

—Appelle dans une demi-heure précise, Angie, j'en saurai plus à ce moment-là. Je n'ai presque plus de batterie… Je vais couper mon téléphone et rentrer, maintenant, je ne veux pas rater le spécialiste. Je t'aime, mon cœur. Essaie de ne pas trop t'inquiéter.

La communication fut coupée. La gorge serrée, Angie tenta de se calmer avant de regarder sa famille crétoise.

—Pauvre maman, murmura-t-elle.

Stavro se détourna et son regard se porta sur l'horizon. Après un long silence, il se moucha, jeta un coup d'œil à sa montre, et se tourna à nouveau vers eux tous.

—Nous appellerons Nick à 14 heures. Voula, prépare du café.

Voula courut dans la cuisine. Stavro demanda l'attention de tous.

—Écoutez ! Poppy va s'en sortir. J'ai eu la même chose il y a vingt ans, et les traitements sont bien plus efficaces, de nos jours. Nick a raison, nous devrions essayer de ne pas trop nous inquiéter.

Tous le regardèrent, désireux de le croire, effrayés, sans voix.

—Maman n'avait jamais eu de problème cardiaque, dit Angie, se tournant vers lui. Vous croyez que c'est héréditaire ? C'est important que Nick parle au spécialiste de ton accident cardiaque. Je n'étais pas au courant…

—C'est peut-être la même chose, mais peut-être pas. Ne tirons pas de conclusions hâtives. Il n'y a aucune raison de croire que c'est de famille, ou génétique. Après tout, tes grands-parents ont tous les deux le cœur solide.

Voula revint avec des cafés glacés pour tout le monde. Angie la vit échanger un regard bizarre avec Matthia. Les épaules de sa tante s'affaissèrent.

—Qu'en penses-tu, oncle Matthia ? demanda Angie.

Il haussa les épaules et, sans répondre, retourna au bout du jardin d'un pas lourd pour fumer une autre cigarette.

Voula distribua les cafés, puis elle s'exclama avec colère :

—Quelqu'un devrait le dire à Angelika ! C'est peut-être héréditaire !

Ils s'agitèrent tous nerveusement sur leurs sièges, se lancèrent des coups d'œil furtifs, puis baissèrent les yeux.

Angie les regarda tour à tour. Cette fois encore, on lui cachait quelque chose. Elle brisa le silence.

— Je vais regarder les horaires des vols pour Londres, pour être prête, au cas où je devrais rentrer.

Me pardonneras-tu un jour, maman ?

Elle regarda l'heure. Le temps lui semblait s'écouler à une lenteur insoutenable.

— Je peux utiliser ton fixe, *yiayá* ?

— Bien sûr, *koritsie*. L'annuaire est sur l'étagère du salon.

Dix minutes plus tard, Angie ressortait dans le jardin.

— Il y a un vol ce soir à 20 heures. Je vais appeler Nick pour savoir ce qui se passe.

La tension s'intensifiait. Même Voula resta silencieuse. Nick décrocha et lui dit que le cardiologue était revenu. Il expliqua à ce dernier qu'Angie était la fille de Poppy, et la lui passa.

— Tout va bien, l'état de madame Lambrakis est stable, dit le spécialiste. Je prévois une angioplastie percutanée pour demain après-midi. Il faudra peut-être l'opérer ; nous lui faisons faire des analyses en ce moment même, juste par précaution, pour nous tenir prêts.

— Merci, répondit Angie. Je suis désolée, mais qu'est-ce qu'une angioplastie percutanée ? C'est grave ? Est-ce que je dois revenir tout de suite ? Est-ce qu'elle souffre ?

— Euh, oui, une chose à la fois, dit le médecin d'une voix qui trahissait son impatience. En deux mots, une angioplastie percutanée consiste à insérer un ballonnet gonflable pour dilater l'artère. C'est une procédure classique pour une angine de poitrine…

Il s'interrompit pour parler à quelqu'un, puis reprit.

— Nous mettrons peut-être un stent, un petit dispositif tubulaire pour maintenir l'artère ouverte. Ce n'est pas à moi de vous dire si vous devez revenir. Il y a toujours un risque lors d'une opération. Vous vous sentiriez sûrement mieux si vous étiez ici. Madame Lambrakis est sous calmants, mais elle est consciente et à l'aise. Je dirai à l'infirmière en chef que vous êtes autorisée à la voir jusqu'à l'anesthésie, si tant est que nous décidions d'opérer.

—Vous voulez dire qu'il n'y aurait pas que l'angioplastie ?

—Excusez-moi…

Il s'adressa de nouveau à quelqu'un d'autre.

—Oui, reprit-il, nous déciderons peut-être de réaliser un pontage. C'est impossible à dire à ce stade. Bien ! Je dois y aller. Essayez de ne pas vous inquiéter, cela ne changera rien.

—Son frère a eu un accident cardiaque, dit Angie.

—C'est une information utile.

Elle remercia le docteur et raccrocha, craignant d'avoir oublié de lui poser une question cruciale.

Elle s'organisa à haute voix.

—Il faut que je parte de Viánnos vers 17 heures. Je vais appeler l'aéroport et réserver un billet.

Elle jeta un coup d'œil aux visages silencieux qui l'entouraient et se rappela les paroles de Voula.

—Oncle Matthia, voudrais-tu venir avec moi ? Maman serait heureuse de te voir. J'ai une assurance, alors le billet serait gratuit.

Matthia se renfrogna encore.

—Pourquoi est-ce que Poppy voudrait me voir ? Elle n'a pas cherché à le faire pendant toutes ces années. Vas-y toute seule.

—Franchement ! Maman et toi êtes vraiment pareils, dit-elle d'un ton hargneux. Tu ne peux pas être gentil, pour une fois ?

À peine eut-elle prononcé ces mots qu'Angie les regretta.

—Désolée, je ne voulais pas… Je m'inquiète…

Des larmes se mirent à couler sur ses joues, et elle s'empressa de les essuyer d'un revers de main.

Matthia la foudroya du regard, se leva et quitta le jardin d'un pas vif.

—Il aimerait y aller, dit Voula, mais il n'a pas de passeport.

—J'aimerais t'accompagner, Angelika, intervint Stavro, mais je n'ai pas d'argent et, pardonne-moi de dire ça, je ne crois pas que ton assurance couvrira le billet.

—Écoute, oncle Stavro, le billet coûtera moins cher que ma chambre et la voiture de location pour le reste de la semaine, alors laisse-moi te le payer, s'il te plaît. Je crois que si maman te voyait en personne, cela lui ferait plus de bien que n'importe quel médicament. Tu nous rendrais un grand service à tous.

Stavro se leva et jeta un coup d'œil dans la direction qu'avait prise Matthia.

—Donne-moi une heure pour me décider, Angelika, d'accord ?

—Bien sûr. Et ne t'inquiète pas pour ton frère, je vais lui parler.

Angie était décidée à faire appel à ses talents d'organisatrice. Elle était capable de relever un défi et de garder son sang-froid dans un moment critique. Maintenant qu'elle était remise du choc initial, elle allait gérer la situation de façon raisonnable.

Stavro hocha la tête et suivit Matthia.

—Voula, je vais te montrer comment te servir de ça, dit-elle à sa tante en lui montrant la tablette. Je vais la laisser à oncle Matthia pour qu'il puisse nous appeler en Angleterre.

—Mais tu ne peux pas partir sans ton ordinateur, Angelika, ça coûte tellement cher…

—Non, tata, c'est une tablette. Ne t'en fais pas. Je veux pouvoir vous appeler.

—Je vais pouvoir voir Poppy, Angelika ? demanda Maria.

Angie se tourna vers ses grands-parents, visiblement tous les deux bouleversés. Ils n'avaient pas dit un mot depuis l'appel de Nick. Sa grand-mère lui posa une main sur la joue.

—Je voudrais aller en Angleterre voir ma fille, Angelika, mais je n'ai pas de passeport. De toute façon, je ne crois pas que je pourrais faire le voyage… Peux-tu t'arranger pour que je la voie sur cet engin ? Comme ça, je pourrai mourir en paix.

Vassili approuva d'un hochement de tête.

—Moi aussi.

Angie en eut le souffle coupé.

—*Yiayá*, *papoú*, ne dites pas ça, s'il vous plaît… Vous me faites peur. Je vous promets que vous verrez maman très bientôt, même si je dois la filmer en train de dormir pour ça.

Maria jeta un coup d'œil à la tablette avant de reporter son attention sur elle.

—Je vais vraiment la voir, Angelika ? Je n'arrive pas à le croire… Je ne peux pas expliquer ce que je ressens.

Vassili indiqua la tablette d'un signe de tête.

—Tu considères sûrement ça comme allant de soi, Angelika, mais pour nous, c'est un miracle. Ma petite fille est partie il y a si longtemps… Souvent, je m'assieds ici et je regarde fixement l'arrêt d'autobus. Et maintenant, tu dis que nous pouvons lui parler sur cette espèce de télévision…

Il secoua la tête.

—Poppy n'imagine pas à quel point elle me manque. Il y a un lien particulier entre un père et sa fille… Tu t'en rendras compte d'ici peu.

Il indiqua son ventre d'un signe de tête. Elle écarquilla les yeux. Il semblait croire qu'elle était déjà enceinte.

Vassili se moucha, puis il demanda à Voula d'aller chercher du *rakí*.

Ses grands-parents étaient un peu calmés quand Stavro revint.

—J'aimerais accepter ta proposition, Angelika. Je n'ai pas vu ma sœur depuis quarante ans, et je ne suis jamais allé à Londres.

Elle sourit.

—Merci. Je suis très contente.

Elle créa un compte Hotmail pour Matthia, colla un papier avec des instructions au dos de la tablette avec du ruban adhésif, puis elle alla le chercher.

Elle le trouva au *kafenío*.

—Oncle Matthia, je t'en prie, concluons une trêve, dit-elle en s'approchant de lui. Je n'en peux plus.

Un groupe d'hommes d'âge mûr qui jouait aux cartes la regarda fixement.

—Oncle Matthia ?

—Je t'ai entendue, je ne suis pas sourd.

—Eh bien, qu'en dis-tu ? Je m'inquiète pour maman et je n'ai pas de temps à perdre avec ces ennuis supplémentaires. J'aurais besoin de ton aide.

Il passa sa lèvre inférieure sur sa moustache et la fusilla du regard.

—En quoi pourrais-je t'aider ? Tu n'as besoin de personne pour arriver à tes fins.

—Pourquoi es-tu aussi méchant avec moi ?

Elle s'assit sur une chaise branlante, fit un signe de tête au propriétaire de l'établissement, et commanda une petite bouteille de *rakí*.

—Oncle Matthia, *yiayá* meurt d'envie de voir maman, et à nous deux, nous pouvons faire en sorte que ce soit possible. N'est-ce pas plus important que nous ? Pouvons-nous mettre nos différends de côté, s'il te plaît, dans leur intérêt ?

Matthia regarda fixement la table.

On dirait un enfant boudeur, pensa-t-elle, avant de faire une nouvelle tentative.

—Je sais que tu aimes maman et qu'elle t'aime. Je sais aussi qu'elle t'a fait de la peine. Personne ne veut m'expliquer de quoi il en retourne et, pour être honnête, j'en ai assez qu'on me cache des choses. Je fais partie de la famille, moi aussi, et j'ai le droit de savoir ce qui se passe.

Il ne répondit pas. Contrariée, elle inspira profondément et poursuivit.

—Je ne suis pas venue ici pour faire des histoires, oncle Matthia, ou pour te mettre en colère. Je voulais seulement vous rencontrer, connaître ma famille, et voir s'il y avait un moyen de consoler ma mère. Je l'aime ! Tu ne peux pas m'aider ?

—Tu nous fais passer pour des imbéciles avec tes moyens modernes.

—Je suis désolée, je ne voulais pas embarrasser qui que ce soit.

Elle posa une main sur sa tablette.

—Cet outil fait partie des nouvelles technologies, et il a fallu que quelqu'un m'apprenne à m'en servir. Maintenant, je voudrais te montrer comment on fait.

Matthia leva les yeux vers elle, croisa presque son regard, mais il reporta aussitôt son attention sur son verre de *rakí*.

—Tu peux essayer, mais je ne dis pas que je l'utiliserai.

Une vingtaine de minutes plus tard, après avoir suivi ses instructions à contrecœur, il savait se servir de la tablette.

—Bravo ! dit-elle. Tu as chopé le truc, mon oncle. Je t'ai mis des instructions au dos au cas où tu aurais un problème. J'ai dû faire plusieurs tentatives pour réussir à m'en servir, et ça m'a bien agacée, mais tu vas probablement y arriver du premier coup.

Il semblait calmé. Soudain, il la sidéra en posant ses mains sur les siennes avec douceur.

—Je me rends bien compte que tu ne comprends pas, *koritsie*. C'est le passé, mais la douleur et les regrets ne s'effacent pas. Si je ne m'en souciais pas, cela ne me ferait pas tant souffrir.

Sa voix était empreinte d'une profonde tristesse. Elle regarda d'abord ses mains, puis son visage, et vit que l'amertume dans ses yeux avait été remplacée par un grand chagrin.

—Oh, mon oncle, je voudrais vraiment comprendre ! Si seulement quelqu'un acceptait de m'expliquer...

Elle jeta un coup d'œil à l'horloge du *kafenío*.

—... mais je dois y aller, maintenant. Pouvons-nous nous quitter bons amis ? S'il te plaît ?

Il acquiesça d'un hochement de tête, claqua son verre sur la table, et le leva pour porter un toast.

—*Yammas*, Angelika. Bon voyage !

Il la regarda droit dans les yeux. Elle eut la ferme impression qu'il avait envie d'ajouter quelque chose.

—Quoi ?

—Reviens, avant ton mariage, dit-il.

—Je le ferai, le plus tôt possible.

—Écoute-moi, Angelika. C'est important... Reviens avant ton mariage !

Un peu décontenancée, elle hocha la tête, lui déposa un baiser sur la joue et le laissa seul à la petite table.

De retour chez ses grands-parents, elle fut surprise de voir la grosse valise de Stavro.

—Je suis désolée, mon oncle, je ne t'ai pris qu'un bagage à main, je n'avais pas pensé...

—Ah, je vois, mais j'ai besoin d'une valise en soute, Angelika, dit-il en jetant un coup d'œil à Maria et à Vassili. Tes grands-parents veulent envoyer des choses à Poppy pour l'aider à se rétablir.

La lueur malicieuse qui brillait dans ses yeux faisait plaisir à voir.

—Quel genre de choses ?

—Tu vas regretter de m'avoir posé la question ! Toutes sortes de mets de la région, des produits à base d'olive, le vin de Demitri, et toutes les photos que Voula avait de Poppy et de Yeorgo. Il faudra que nous en fassions des doubles pour rapporter les originaux.

—Vous êtes tellement généreux ! Ces cadeaux feront très plaisir à maman. Merci.

Elle promena son regard sur l'intérieur de la maison, puis sortit et leva les yeux vers la corniche.

Maria l'observait. Leurs regards se croisèrent.

—Puis-je revenir, *yiayá* ?

—Je t'attendrai, Angelika. Ne tarde pas trop.

Angie comprit que ces paroles allaient au-delà de la simple politesse.

—Merci. Je reviendrai le plus vite possible.

—Je sais, *koritsie*. Ne reviens pas toute seule, je n'ai plus beaucoup de temps.

Émue par ces mots poignants, Angie serra sa grand-mère dans ses bras et déposa un baiser sur sa joue humide.

—Merci, murmura-t-elle. Je suis désolée de ne pas être venue plus tôt.

—C'est important, *koritsie*…

—J'aimerais…

—Je sais. Vas-y, maintenant.

24

Londres, aujourd'hui.

Dans le hall d'arrivée de l'aéroport de Heathrow, Angie courut dans les bras de Nick.

—Tu m'as tellement manqué ! dit-elle en le serrant étroitement dans ses bras. Comment va maman ?

—Elle va mieux. Les médecins ont décidé de lui mettre un stent.

Son regard se porta derrière elle. Il se redressa.

—Je suppose que c'est l'oncle Stavro, avec les valises… Tu ferais mieux de nous présenter.

Elle le prit par la main et l'entraîna vers son oncle.

—Oncle Stavro, je te présente mon fiancé, Nick.

Les deux hommes se serrèrent la main, s'embrassèrent et se donnèrent une tape dans le dos. Stavro prit ensuite Nick par les épaules et le regarda droit dans les yeux. Le chef de famille approuvait le choix de l'homme qu'elle allait épouser. Le salut traditionnel, marque d'acceptation, lui allait droit au cœur. Le signe de tête de Stavro et le pétillement dans ses yeux lui firent l'effet d'un rayon de soleil au beau milieu d'un orage.

Nick les conduisit à l'hôpital. Perdue dans ses pensées, Angie regarda les essuie-glaces suivre leur rythme mélancolique. *Pauvre Poppy !*

Elle pensa à la Crète, à cette nuit étoilée, au plaisir de partager un repas avec tout le monde, à la danse, au bonheur de sa grand-mère et, surtout, à la gentillesse de sa famille. Son voyage lui avait donné un fort sentiment d'appartenance.

Elle continuait à s'inquiéter pour Poppy, comme c'était le cas depuis qu'elle avait appris la nouvelle, à Amiras. Elle ne se remettrait jamais du choc qu'elle avait reçu à l'idée que sa mère aurait pu mourir. Elle essaya de chasser de son esprit cette idée démoralisante et de se concentrer sur Nick tandis qu'il conduisait. Son pauvre fiancé avait une mine épouvantable. Il était pâle, mal rasé, avait des cernes sous les yeux. Elle était horrifiée de le voir dans cet état.

Il devait être mort d'inquiétude pour son travail. Il avait assez de souci à se faire sans qu'elle l'accuse d'avoir une liaison et sans que sa future belle-mère ne s'effondre à ses pieds. Si l'on ajoutait à cela le stress de l'achat d'une maison et des préparatifs de mariage, il n'y avait rien d'étonnant à ce qu'il ait l'air épuisé.

Soudain, la vérité lui apparut pleinement : elle attendait trop des gens qu'elle aimait. N'avait-elle donc rien hérité de l'énergie de sa grand-mère, qui éprouvait le besoin désintéressé de rendre la vie de son prochain plus belle ? S'était-elle jamais sacrifiée pour qui que ce soit ? Honteuse, elle se jura qu'elle pouvait changer, qu'il n'était pas trop tard, et qu'elle allait s'y employer immédiatement.

Elle avait envie de dire à Nick que leurs objectifs, qui étaient en fait les siens, la maison, le travail, le mariage, et même les bébés, n'étaient pas cruciaux. Que l'important était que les gens qu'elle aimait soient en bonne santé, heureux et unis. Ensemble, ils pourraient modifier leurs projets et trouver des solutions à leurs problèmes. Ils avaient déjà parlé d'avoir leur propre maison d'édition, mais elle l'en avait découragé, lui assurant qu'il valait mieux qu'ils visent une promotion, au moins en attendant d'avoir obtenu un prêt. Son adorable Nick avait donc renoncé à ses projets pour suivre ses conseils.

Maintenant, après le choc de l'accident de Poppy et la pensée terrifiante qu'elle aurait pu mourir, les priorités d'Angie avaient brusquement changé. Elle retournerait vivre chez sa mère pendant quelque temps, pour prendre soin d'elle. Elle se demandait ce que Nick en penserait. Il viendrait vivre avec elle si elle le lui demandait, mais cela ajouterait-il à son stress ?

Elle devait attendre d'être seule avec Nick pour parler de tout cela ; ils ne pouvaient pas avoir une conversation si personnelle avec Stavro dans la voiture. Une idée s'imposa soudain à elle : c'était un rendez-vous galant en bonne et due forme dont ils avaient besoin. Un peu de temps en tête à tête, sans rien qui vienne les distraire, pour discuter de leur avenir. Elle organiserait cela pour le lendemain soir, dans un endroit spécial. Ils arriveraient chacun de leur côté, et repartiraient ensemble à l'appartement. Elle poussa un profond soupir.

—Ça va ? lui demanda Nick, lui jetant un coup d'œil avant de reporter son attention sur la route.

—Oui… Je réfléchissais juste.

Elle baissa la voix.

—Tu es libre demain soir ?

—Je l'espère, répondit-il tristement. Pourquoi ? Que puis-je faire pour toi ?

—Sortir avec moi, après le travail, à 19 h 30, *Chez Henri* ? Je t'attendrai au bar. J'aurai une rose rouge…

Elle essayait de détendre l'atmosphère, mais son inquiétude pour sa mère était telle que la plaisanterie tomba à plat à ses propres oreilles.

—Oublie la rose, dis-moi juste ce que tu porteras comme vêtements, chuchota-t-il, comprenant manifestement ce qu'elle essayait de faire et entrant dans son jeu. En détail, ajouta-t-il avec un sourire fatigué.

—Nous allons nous en tirer, Nick, dit-elle avec tristesse.

Il hocha la tête, les yeux rivés sur la route.

Ils firent le reste du trajet jusqu'à l'hôpital dans le silence. Son inquiétude pour sa mère gagnait en intensité à chaque instant.

— Vous pouvez rester près de madame Lambrakis un moment, leur dit l'infirmière, mais ne la réveillez pas. Vous pourrez revenir la voir demain matin.

Le portable de Nick sonna. Il le coupa sans le regarder.

— Merci, dit Angie à voix basse.

Il passa un bras autour d'elle et la serra doucement contre lui.

Ils allèrent jeter un coup d'œil à Poppy. Endormie, elle avait les traits tirés et des cernes sous les yeux. Ses cheveux, plats, tombaient autour de son visage, et on voyait à son front moite qu'elle était malade. Angie sentit son ventre se nouer. Elle avait envie de prendre sa mère dans ses bras, de lui ôter sa douleur, et de lui demander pardon.

Quand ils furent ressortis de l'hôpital, elle enfouit le visage dans le cou de Nick. Il comprit que les mots étaient superflus, et se contenta de l'étreindre le temps qu'elle se ressaisisse. Après une minute ou deux, elle s'écarta doucement de lui.

— Ça va mieux ? lui demanda-t-il en lui faisant lever le menton.

Elle hocha la tête.

— Merci, murmura-t-elle avant de lui déposer un baiser sur la joue.

Dans la voiture, sur le chemin de la maison, elle regarda son oncle.

— Tu es bien silencieux, oncle Stavro.

— Je suis en état de choc, Angelika. Je m'attendais à voir une version adulte de la jeune femme qui a quitté la Crète il y a quarante ans, mais ma sœur est une vieille dame.

—Ne dis jamais ça à maman, elle te tuerait, plaisanta Angie, essayant de nouveau d'égayer l'atmosphère.

Stavro ne rit pas.

—Je n'arrive pas à croire que j'aie fait la même erreur...

—La même erreur ?

—Mon vieux cerveau ne fonctionne plus très bien, *koritsie*. Pas plus tard que la semaine dernière, j'ai cherché... quelqu'un.

—Oui ?

—Quelqu'un de particulier que je n'ai pas vu depuis des années. J'imaginais un jeune homme, mais il doit avoir l'air vieux, maintenant. Je suis un imbécile, dit Stavro.

* * *

Le lendemain matin, Angie n'arrivait à se concentrer sur rien. En dépit des trois aspirines et du café fort qu'elle avait pris, elle avait un terrible mal de tête. L'état de santé de sa mère l'obsédait. S'inquiéter ne servirait pourtant à rien. Nick était parti au travail, et elle redoutait la longue journée qui l'attendait.

Stavro entra dans la cuisine.

—Bonjour, mon oncle. Je suis désolée, nous n'avons pas de café turc... Tu veux du thé ou du café instantané ?

—Tu n'aurais pas du NoyNoy, Angelika ?

Elle secoua la tête.

—Je ne crois pas... Qu'est-ce que c'est ?

—Tu sais, du lait dans une petite boîte de conserve ? J'en prends dans un demi-verre d'eau chaude pour le petit-déjeuner. C'est ce que nous faisons au village quand nous n'avons pas de lait de chèvre frais.

—Ah, du lait concentré non sucré ! Oui, bien sûr, j'irai en acheter davantage tout à l'heure. Je suis désolée, maman ne risquerait pas d'avoir une chèvre dans son précieux jardin.

Tous deux rirent.

— Alors, voyons, où est l'ouvre-boîte ?

Elle tira le tiroir dans lequel sa mère entassait tout un bric-à-brac et, tandis qu'elle prenait l'ustensile de cuisine, ses yeux se posèrent sur le vieux portable prépayé qu'elle conservait au cas où. Elle songea qu'elle pourrait le donner à son oncle, au cas où il aurait besoin de la contacter, puis une autre idée germa dans sa tête.

Elle prit le téléphone, le brancha pour le recharger, et regarda combien il y avait de crédit.

* * *

Deux heures plus tard, Angie et Stavro étaient à l'hôpital. Les lumières crues, les surfaces vitrées, les bruits, les odeurs d'antiseptique aggravèrent sa tension.

Stavro lui serra affectueusement le bras.

— Ça va aller, fais-moi confiance.

— Je préférerais ne pas lui faire un choc en entrant avec toi, mon oncle. Ça t'ennuierait que j'aille d'abord la voir toute seule ?

— Je vais t'attendre dans le couloir. Appelle-moi quand tu seras prête, Angelika. J'attendrai même quelques jours si tu penses qu'elle ne se sent pas d'attaque.

Poppy dormait. Son doigt était relié à un moniteur. Un bouquet de fleurs aux couleurs vives était posé sur la table de chevet.

Au-dessus de son lit, un écriteau indiquait : RIEN PAR VOIE ORALE. Un écran à cristaux liquides affichait des informations techniques dans un jargon connu des médecins seuls.

Poppy avait l'air tellement vulnérable qu'Angie avait envie de la serrer étroitement dans ses bras, mais elle se contenta de lui prendre la main, puis elle glissa sa main libre dans son sac à main et la referma sur son smartphone. Elle s'était appelée elle-même avec le vieux portable un peu plus tôt, et en avait sauvegardé le numéro. Il lui suffisait d'appuyer sur le dernier appel. Elle espérait que son plan rusé lui permettrait de connaître les secrets de sa mère sans la bouleverser davantage. Elle pourrait alors tout faire pour apporter à Poppy la tranquillité d'esprit dont elle avait besoin.

Les paroles de Maria lui revinrent. *Et tu crois que si je te raconte ce que Poppy ne veut pas que tu saches, cela l'aidera à se sentir mieux ?*

Elle hésita un instant, puis elle glissa le téléphone derrière la carafe d'eau posée sur la table de chevet.

* * *

Poppy s'arracha progressivement à un profond sommeil. Se souvenant qu'elle était à l'hôpital, elle n'ouvrit pas les yeux tout de suite. *Pauvre Nick !* pensa-t-elle, se rappelant son effroi quand la douleur qui lui étreignait la poitrine s'était propagée dans son bras gauche et qu'elle en avait eu le souffle coupé. Elle n'avait pas eu besoin de lui dire qu'elle faisait une crise cardiaque. Il l'avait prise dans ses bras et avait couru jusqu'à sa voiture. Elle ignorait comment il avait trouvé la force de le faire, mais il lui avait certainement sauvé la vie. Elle lui en serait éternellement reconnaissante.

Songeant affectueusement à lui, elle sourit. Angelika s'était trouvé un homme bien.

Soudain, elle sentit une présence dans la chambre. Elle ouvrit les yeux, et fut surprise de voir sa fille. Angelika n'était-elle pas en Crète ? Les questions se bousculaient dans sa tête, mais elle n'en posa qu'une.

—Angelika, que fais-tu ici ?

Elle avait la gorge toute sèche et cela lui donnait une voix un peu rauque.

—Tu ne croyais tout de même pas que j'allais rester en Crète alors que ma mère était à l'hôpital ? lui demanda Angelika en l'embrassant.

Sentir les lèvres de sa fille sur sa joue fit plus de bien à Poppy que tous les traitements du monde.

—Comment te sens-tu, maman ?

—Beaucoup mieux maintenant que je te vois, ma chérie. Sincèrement, je ne me suis pas sentie aussi bien depuis longtemps.

La chaleur de la main de sa fille lui donnait des forces.

—Comment était ton séjour en Crète ?

Elle ferma les yeux, redoutant la réponse qu'elle allait entendre. Avaient-ils dit à Angelika ce qu'ils croyaient être la vérité ? Le moniteur accroché au mur émit un signal sonore.

—Maman, je ne voulais vraiment pas te bouleverser à ce point. Je suis désolée…

Poppy ignora les excuses de sa fille.

—Comment vont-ils tous ?

Elle devait savoir.

—Ils m'ont très bien accueillie. *Yiayá* m'a raconté des choses incroyables sur la guerre. Tout le monde t'embrasse et te souhaite un prompt rétablissement. Ils ont tous dit que tu leur manquais énormément, maman. Ils t'ont envoyé une valise pleine de cadeaux pour t'aider à te remettre !

Poppy remarqua que le regard d'Angelika était intense, pétillant, comme celui de Yeorgo. Son cœur fit un bond dans sa poitrine. Cette fois encore, le moniteur émit un bip.

—Ils sont extrêmement généreux, continua Angelika.

Elle marqua un temps d'arrêt, se mordilla la lèvre, et reprit.

—Les cadeaux sont à la maison, mais je t'ai apporté quelque chose de la part de Voula. J'ai pensé que tu aimerais peut-être l'avoir sur ta table de chevet. Elle m'a demandé de te dire : *Tu te souviens de cette journée ?*

Poppy sourit. Les souvenirs lui revenaient au compte-gouttes. Voula se souciait toujours du bien-être de son prochain, elle était toujours en train de rire.

Après un moment d'hésitation, Angelika lui tendit un sachet froissé.

—Je suis désolée, ce n'est pas emballé…

Poppy sortit du sachet une photographie encadrée.

—Oh, Angelika !

C'était une photo de son mariage. Yeorgo, si beau, se tenait à ses côtés à la porte de l'église.

—Merci, murmura-t-elle. C'était le plus beau jour de ma vie. Regarde ton père… N'était-il pas l'homme le plus parfait de la terre ? Et tu sais quoi, Angelika ? Tu lui ressembles beaucoup. Pas seulement physiquement, moralement, aussi.

Sa fille cligna des yeux, visiblement surprise.

—Tu ne m'avais encore jamais parlé de lui, maman. Ça me fait tellement plaisir, poursuis, je t'en prie ! Dis-m'en plus…

Poppy lui serra tendrement la main. L'effort était épuisant, mais il valait la peine.

—Que puis-je te dire ? Tu vois ce que tu ressens pour Nick… eh bien, multiplie cela par un million, et tu auras ce que je ressentais pour ton père.

Submergée d'émotion, Poppy s'aperçut à quel point elle tenait à Angelika et à quel point sa propre mère devait tenir à elle, toutes ces années auparavant. Avait-elle fini par s'effacer de sa mémoire, après tout ce temps ? Pour la première fois, elle mesurait pleinement le chagrin qu'elle avait dû lui causer en quittant la Crète et en jurant de ne jamais y retourner.

Elle essaya de se rappeler la dernière chose qu'elle avait dite à sa mère. Elle n'y parvint pas tout de suite, et un étrange sentiment de panique s'empara d'elle. Puis cela lui revint, brutalement et de façon frappante. Elle avait crié ces mots par-dessus son épaule en quittant la maison en courant : « Oublie-moi, maman. Oublie que j'ai jamais existé. »

Comment aurait-elle réagi si Angelika lui avait dit une chose pareille ? Ou si elle n'était pas revenue de Crète ? Elle serait devenue folle si elle avait été contrainte à ne plus jamais voir sa fille. Ses yeux s'emplirent de larmes.

—Je suis désolée, maman, je ne voulais pas…

Angelika, qui se trompait sur la raison de son trouble, lui tendit un mouchoir en papier.

—Non, ce n'est pas la peine. Toi et tes bonnes intentions, ronchonna-t-elle. Il faut vraiment que tu apprennes à te mêler de tes affaires.

Un sourire dansa sur ses lèvres tandis qu'elle regardait fixement la photo.

—Nous formions un beau couple, tu ne trouves pas, Angelika ?

Elle avait envie d'en dire plus à sa fille, mais elle ne le pouvait pas.

—Mets-la sur la table de chevet pour moi, pour que je puisse la voir.

Elle tripota nerveusement l'ourlet du drap, et le silence se fit de nouveau dans la pièce.

—Donne-moi ta main, finit-elle par dire.

Après avoir passé plus de la moitié de sa vie pratiquement seule, Poppy avait du mal à parler quand elle était émue, à moins qu'elle pût puiser dans sa colère. Elle dut prendre sur elle pour garder une voix calme et posée.

—Angelika, écoute-moi… L'emprunt est remboursé et l'acte de propriété de la maison est à ton nom, au cas où…

La main d'Angelika se contracta sur la sienne.

—… et si jamais je ne sors pas de la salle d'opération, cette après-midi, je voudrais que tu retournes tout de suite en Crète et que tu dises à maman que je n'ai jamais cessé de l'aimer.

Haletante, elle ferma les yeux, soulagée d'avoir prononcé ces mots.

— Je n'ai jamais cessé de l'aimer. D'accord ? N'oublie pas, c'est très important.

— Ne dis pas des choses comme ça, il n'y a pas de *si jamais*, maman ! Tout va bien se passer.

Poppy voyait bien que sa fille se démenait pour garder une voix égale.

— Ils réalisent ce genre d'opérations tous les jours, maman, je t'assure.

— On ne sait jamais.

— C'est de la folie d'avoir mis la maison à mon nom, mais c'est très gentil… Merci.

— Cela t'évitera d'avoir à le faire plus tard.

— Arrête, maman ! Tu seras de retour à la maison et en voie de guérison en un rien de temps.

Poppy indiqua la photo d'un signe de tête.

— Ton père était tellement beau… Je l'aimais déjà quand j'étais enfant, j'avais toujours rêvé de devenir sa femme, dit-elle, serrant la main de sa fille dans la sienne. Ce genre d'amour ne disparaît jamais, mais quelque chose me dit que tu le sais.

— Parle-moi de ton mariage, maman, s'il te plaît…

— Un jour, mais pas maintenant, Angelika. Peut-être quand je rentrerai à la maison.

Poppy ferma les yeux et repensa aux jours qui avaient précédé son mariage, tant d'années auparavant.

25

Crète, 1962.

Poppy croisa ses bras sur son ventre. Les douleurs spasmodiques de ses premières règles lui donnaient envie de rester au lit.

—Allons, allons, ne fais pas l'enfant, tu es une femme, maintenant, Poppy, lui dit gentiment sa mère. Ce sont seulement quelques jours par mois, tu t'habitueras.

Elle enveloppa une bouillotte dans un vieux cardigan et le plaça sur le ventre de Poppy, puis elle lui donna le morceau de tissu à placer dans ses sous-vêtements.

Poppy, qui n'était pas sûre d'avoir envie d'être une adulte, n'imaginait pas endurer cette sensation désagréable toutes les quatre semaines, pour le restant de ses jours.

Sa mère, soudain devenue experte en matière de garçons, passa la matinée à la sermonner.

—Je ne les laisserai pas m'approcher, maman, je t'assure, dit Poppy, morte de honte.

—Il faut que tu comprennes : une fois qu'un garçon aura mis la main sur toi, ils chercheront tous à t'avoir. Ils te déshonoreront en moins de temps qu'il n'en faut pour lancer des dés sur un *tavli*.

À la façon dont sa mère avait prononcé ces mots, on aurait pu croire qu'elle était en colère, mais elle retrouva aussitôt le sourire, caressa les cheveux de Poppy et la câlina.

—Tu n'as pas à t'inquiéter, maman.

—Je t'ai acheté un cadeau pour marquer l'occasion.

Sa mère lui mit dans les mains un paquet enveloppé dans du papier kraft. À cause de la guerre civile, les temps étaient durs et les cadeaux rares.

Poppy défit la ficelle et ouvrit le paquet. Elle découvrit un sac de couture en vichy bleu avec des broderies blanches et des petites poignées en bambou vernis.

—Il est magnifique, maman !

Dedans, elle trouva une pelote de fil doré et deux crochets.

—Tu m'apprendras à en faire ?

À partir de ce jour, tout le monde traita Poppy avec le respect dû à une femme. Maria l'emmenait partout. Elles devinrent de plus en plus proches, plus comme des amies que comme une mère et sa fille. Les femmes du village leur criaient : « Maria, Poppy, venez prendre le café ! », comme si elles étaient sur un pied d'égalité. Poppy prenait place à leur table et buvait du café fort et sucré, ou mangeait des écorces d'oranges confites accompagnées d'un verre d'eau glacée.

Poppy avait toujours eu conscience de la beauté de sa mère, et maintenant, elle voulait être exactement comme elle. Maria lui apprit à cuisiner et à faire du crochet. Après la sieste, Poppy s'asseyait sur une chaise dans la rue avec sa mère et les autres femmes, pendant que les hommes jouaient aux cartes ou au *tavli* et buvaient du *raki* au *kafenío*. Elle ne tarda pas à savoir faire du crochet, et elle fit à sa mère deux têtières dorées.

Les discussions des femmes, tandis qu'elles travaillaient à leurs ouvrages, fascinaient Poppy. Ces membres respectables de la communauté échangeaient des commérages et plaisantaient, sur le sexe, principalement. Elles riaient quand Poppy rougissait et disaient qu'elle comprendrait un jour.

Plus tard, ce mois-là, le père de Poppy et Stavro retrouvèrent les aînés du village pour discuter de son avenir. Dans les petits villages coupés du monde, on réfléchissait sérieusement aux mariages pour des raisons de lignée. Quatre garçons du coin furent sélectionnés, mais l'un d'eux avait déjà conquis le cœur de Poppy : Yeorgo. L'affection qu'elle éprouvait pour lui depuis l'enfance s'était transformée en quelque chose de plus profond. Yeorgo était le meilleur ami de Matthia, et même si ses deux plus jeunes frères, Emmanouil et Thanassi, étaient aussi sur la liste, Poppy n'avait pas hésité un seul instant.

—Qui épouseras-tu, ma fille ? lui demanda son père, les yeux pétillants, devinant sa réponse.

Yeorgo, beau et spirituel, était un miraculé. Comme les frères de Poppy, Stavro et Matthia, il avait survécu aux événements survenus pendant l'occupation en 1943. Il jouait aussi de la lyra, un talent apprécié de tous.

Poppy fit part de son souhait à son entourage, mais elle craignait que Yeorgo ne l'aime pas.

—Je veux épouser ton frère et avoir des enfants avec lui, dit-elle à sa meilleure amie, la sœur de Yeorgo.

—Emmanouil va être déçu, répondit Agapi.

Poppy ne s'intéressait pas aux frères de Yeorgo, tous deux nés après la guerre. Thanassi, le plus jeune, avait le béguin pour une autre fille, mais Emmanouil, qui avait deux ans de moins que Yeorgo, était une brute et cherchait constamment à l'intimider. Elle savait qu'il la voulait. Il lui avait touché les seins et les fesses à la dérobée et elle l'avait giflé plusieurs fois. Une fois, il lui avait saisi le poignet, lui avait maintenu le bras derrière le dos, et s'était frotté contre elle de façon obscène en lui disant qu'un jour il la prendrait et qu'elle aimerait cela. Poppy avait peur des ennuis et se sentait honteuse, comme si l'incident était en quelque sorte de sa faute.

Maria et Vassili emmenèrent Poppy chez Yeorgo, où les attendait sa future belle-mère, Constantina. Quand ils arrivèrent, Emmanouil sortit de la maison comme un ouragan, lui heurtant l'épaule au passage. Ce jour-là, Poppy, alors âgée de treize ans, devint officiellement fiancée à Yeorgo, qui était déjà un homme à ses yeux.

— Poppy, laisse-moi te serrer dans mes bras, dit Constantina, l'accueillant au sein de la famille Lambrakis.

* * *

Au cours des trois années qui suivirent, l'amour de Poppy pour Yeorgo devint de plus en plus fort. Elle attendait impatiemment le jour où ils se marieraient. Le mariage était prévu pour son seizième anniversaire, et sa mère commença bientôt à confectionner sa robe de mariée. Quand Emmanouil se fiança à Yánna, l'une des amies de Poppy, elle crut qu'il la laisserait enfin tranquille. Hélas, plus la date du grand jour approchait, plus Emmanouil la harcelait, jusqu'à une soirée terrifiante, une semaine avant le mariage.

La rue était déserte quand Poppy revint de chez Constantina. L'un des réverbères était éteint, et l'obscurité dans laquelle était plongée la ruelle étroite avait quelque chose d'angoissant. Elle marchait d'un pas pressé, et sursauta, effarouchée, quand Emmanouil surgit d'une maison abandonnée. Il l'attrapa par le bras et l'entraîna à l'intérieur.

— Pourquoi tu ne m'as pas choisi ? gronda-t-il, la plaquant contre l'un des murs de pierre.

— Lâche-moi, sale porc ! Tu es soûl, cria-t-elle en le repoussant.

Emmanouil la gifla violemment.

— Tiens, ça, c'est pour toutes les fois où tu m'as frappé, espèce de salope !

Poppy sentit un goût de sang dans sa bouche et s'aperçut qu'il lui avait fendu la lèvre. Il avait toujours été odieux, mais il n'avait encore jamais eu recours à la violence. Soudain effrayée, elle fit un pas de côté pour s'enfuir.

Il la plaqua à nouveau contre le mur, lui saisit le poignet et la força à mettre la main sur sa braguette.

—Branle-moi, lui ordonna-t-il d'un ton hargneux, avant de couvrir sa bouche de la sienne.

Son haleine aigre sentait l'alcool. Elle détourna le visage, se contorsionna et se tortilla.

—Laisse-moi partir ou je hurle si fort que tout le village m'entendra.

En réalité, elle avait peur que quelqu'un les entende et l'accuse, elle. Sa réputation et celle de sa famille seraient salies.

Emmanouil l'attrapa par les cheveux et la força à se baisser, tandis qu'il défaisait maladroitement les boutons de son pantalon de sa main libre. Elle se débattit, donna des coups à l'aveuglette, refusant de céder à sa brutalité alors même que son cuir chevelu la brûlait.

—Arrête, murmura Emmanouil. Je suis plus fort que toi, alors ne nous battons pas... Estime-toi heureuse que je te permette de garder ta précieuse virginité pour mon frère.

Elle fut prise de panique. Elle était beaucoup moins forte que lui, et il le savait. Elle continua néanmoins à lutter jusqu'à ce qu'il la maîtrise.

Il lui couvrit la bouche d'une main et, de l'autre, tira sur le devant de son pantalon. Tout à coup, son sexe turgescent surgit. Il fit un pas en arrière, lui empoigna les cheveux des deux mains, et la força à baisser la tête dans sa direction.

—Prends-le, suce-le ! Sois gentille avec moi et je te laisserai partir. Personne n'en saura rien, siffla-t-il.

Presque dessus, elle sentait sa chaleur, son odeur musquée. Elle avait envie de hurler, mais elle se retint, serrant les mâchoires et gardant résolument la bouche fermée. Des larmes coulaient sur ses joues. Elle était tentée d'essayer de le raisonner, mais elle n'osait pas écarter les lèvres.

Il lui tira violemment les cheveux.

—Laisse-moi entrer, Poppy.

Elle était terrifiée, au bord de l'évanouissement, quand, soudain, la colère explosa en elle. Furieuse, elle serra le poing et lui donna un grand coup entre les jambes, de toutes ses forces.

Il poussa un cri et ses jambes se dérobèrent.

—Je te déteste ! hurla-t-elle. Pourquoi ne peux-tu pas me laisser tranquille ?

À peine lui eut-il lâché les cheveux qu'il lui empoigna les seins et les serra si fort qu'elle poussa un cri de douleur. Elle se débattit de nouveau, attrapa le couteau qu'il avait à la ceinture, et le lui enfonça sous les côtes, de toutes ses forces.

Il bascula en avant et tomba à genoux. Le couteau heurta le sol dans un bruit métallique. Sans réfléchir aux conséquences de son geste, horrifiée, prête à tout pour le blesser suffisamment et pouvoir s'échapper, elle lui donna un coup de pied au visage, puis elle sauta au-dessus de son corps et s'en alla en courant, sans un regard en arrière.

Qu'ai-je fait ?

Tremblante, craignant que quelqu'un la voie, elle se lava les mains et le visage, maculés du sang d'Emmanouil, à la source du village.

Cette nuit-là, elle s'endormit en pleurant, maudissant Emmanouil, morte de peur à l'idée de l'avoir tué. Elle irait en prison, sa famille serait couverte de honte, mise au ban de la société. Yeorgo ne le lui pardonnerait jamais.

* * *

Le lendemain, chaque heure sembla à Poppy plus sombre que la précédente, un cauchemar interminable. Toutefois, personne ne mentionna Emmanouil.

— Tu es bien silencieuse, ce soir, petite, lui dit Yeorgo dans la soirée.

Il l'appelait *petite* depuis l'enfance, et continuait à le faire bien qu'elle eût presque seize ans.

— Je vais bien, Yeorgo, ne t'inquiète pas.

La tête lui tournait à cause du manque de nourriture, du manque de sommeil, de la peur. Que devait-elle faire ? S'enfuir ?

Yeorgo se montra doux et tendre, mais elle prit un prétexte pour rentrer chez elle de bonne heure.

Elle dormit à peine, rongée par la peur de la réapparition d'Emmanouil, et de l'arrivée de la police qui viendrait l'arrêter pour meurtre. Le lendemain, après le repas de midi, elle s'assit du côté ombragé de la rue avec son ouvrage et observa la maison abandonnée. Son crochet ne cessait de lui échapper des mains, rendues moites par la nervosité. Elle avait les yeux tellement secs, la vue tellement trouble à cause du manque de sommeil, qu'elle n'arrivait pas à se concentrer sur son fil de soie. Elle n'arrêtait pas de lâcher des mailles. Son cœur martelant la poitrine, elle imaginait des mouches sur le visage ensanglanté d'Emmanouil, pondant leurs œufs dans son cadavre. Elle décida de sortir furtivement cette nuit-là et de l'enterrer là, dans la maison en ruines, avant qu'il ne commence à dégager une odeur nauséabonde.

Quand elle vit un groupe d'enfants qui jouaient à cache-cache sur le point d'entrer dans la vieille maison délabrée, elle se leva d'un bond, horrifiée. Et s'ils découvraient son corps ?

— Allez-vous-en ! cria-t-elle en leur courant après.

Rassemblant tout son courage, elle décida alors d'aller jeter un coup d'œil à l'intérieur. Elle retint sa respiration et franchit l'herbe haute qui poussait dans l'embrasure de la porte d'entrée. Un chat sauta de l'une des poutres vermoulues. Effrayée, elle sursauta et poussa un cri.

Les mauvaises herbes qui poussaient sur le sol étaient aplaties, mais en dehors de cela, il n'y avait aucun signe de lutte. Pas de sang, pas de couteau, mais, surtout, pas de cadavre.

Chez Constantina, ce soir-là, elle essaya de découvrir ce qui était arrivé au frère de Yeorgo.

—Cela fait quelques jours que je n'ai pas vu Emmanouil, *Kiriea* Constantina… Est-ce qu'il va bien ? demanda-t-elle d'un ton faussement dégagé, le cœur martelant sa poitrine.

—Humph ! Il est censé être à Héraklion pour chercher du travail, répondit Constantina, ou du moins, c'est ce qu'il prétend, mais en fait, je crois que mon fils est à l'hôpital. Si tu avais vu son état ! Il pouvait à peine marcher quand il est rentré à la maison, avant-hier soir. Il s'était battu, et pour une fois, quelqu'un avait eu le dessus sur lui.

Elle émit un grognement mécontent.

—Ce garçon me brise le cœur. Cela lui servira peut-être de leçon… mais j'en doute. Le connaissant comme je le connais, je suis prête à parier qu'il ne va pas tarder à revenir, avec des idées de vengeance en tête.

Le soulagement que Poppy avait éprouvé en apprenant qu'elle ne l'avait pas tué était fort, mais il n'était rien comparé à l'angoisse que lui inspirait l'idée qu'il chercherait à se venger. Elle était terrorisée.

26

Les trois jours qui suivirent parurent interminables à Poppy. Sa peur de voir Emmanouil réapparaître allait croissant. Personne ne le connaissait mieux que sa mère, et les paroles de cette dernière résonnaient dans sa tête, l'empêchant de dormir la nuit.

Le connaissant comme je le connais, je suis prête à parier qu'il ne va pas tarder à revenir, avec des idées de vengeance en tête.

Elle se réveilla le matin de son seizième anniversaire après avoir dormi une dernière fois chez ses parents.

Les femmes du village arrivèrent à l'aube et, conformément à la tradition, chantèrent des chants de noces. Elles lui retirèrent sa chemise de nuit, la firent monter dans la baignoire en étain, et lui lavèrent les cheveux et le corps avec des savons parfumés. Elles oignirent ensuite ses organes génitaux d'huile d'olive et d'une teinture d'herbes médicinales pour l'insensibiliser et faciliter l'entrée à son mari.

Ravie d'être le centre de l'attention et de porter de superbes vêtements, elle s'émerveilla que même ses sous-vêtements soient neufs, cousus par les villageoises. Elles lui avaient aussi apporté du linge de maison, des draps en lin, et avaient préparé le repas pour le banquet du mariage. Les hommes lui avaient façonné des pots en métal, des ustensiles de cuisine, et des outils de jardinage.

Une fois habillée, Poppy se pomponna devant le vieux et grand miroir. Sa robe de mariée se composait de milliers de cocons de soie, déroulés et filés, tissés sur le métier pour faire des mètres de tissu. De la dentelle, confectionnée par sa mère et ses amies, ornait les manches, le décolleté et l'ourlet. Merveilleusement moulante et sophistiquée, cette robe faisait pétiller les yeux de Poppy.

Les aînées du village avaient fabriqué des couronnes de mariés, avec des guirlandes de fleurs de citronnier et des feuilles d'agrume, et elles les avaient jointes à l'aide de ruban blanc.

— Ma robe est la chose la plus belle que j'aie jamais vue, dit Poppy en tournoyant.

La soie effleura la peau nue de ses jambes, et la fit frissonner de plaisir. Tout lui semblait absolument merveilleux !

— Je suis jolie, maman ?

Maria pleurait d'émotion, parce que Poppy quitterait officiellement la tribu des Kondulakis pour rejoindre la famille de son mari.

— Aphrodite elle-même ne pourrait pas rivaliser avec toi aujourd'hui, mon enfant, dit-elle, souriant à travers ses larmes.

Poppy était maquillée. Elle avait de la poudre sur les joues, du rouge à lèvres, qui avait un goût de paraffine, et du mascara.

Matthia avait coupé des branches de myrte dans les buissons du ravin et les avait disposées de sorte à former un large chemin de la maison jusqu'à l'église.

Stavro et ses amis attendaient à l'entrée de la maison en jouant de la lyra, du *bouzouki* et de la mandoline. Ils buvaient du *rakí* et chantaient de vieilles *mantinades*[1] crétoises.

---

1 Chansons typiques de la musique crétoise, accompagnées de lyra et de luth.

Il est temps de dire au revoir
Au lit de tes parents
Un lieu meilleur t'attend
Aux côtés de l'homme que tu épouses.

Et si ton fiancé venait à mourir,
Ses os reposeraient dans l'argile,
Son cœur débordant d'amour
Avec toi resterait à jamais.

Comme le voulait la coutume lors d'un mariage, les hommes du village portaient leurs plus beaux jodhpurs beiges, des bottes soigneusement cirées qui leur arrivaient à hauteur des genoux, et des chemises noires. Ils avaient troqué leur habituel *saríki*[1] noir pour le foulard blanc traditionnellement porté aux mariages et aux baptêmes. Le *saríki* au crochet s'enroulait autour de la tête et se nouait sur l'oreille droite. Chaque homme portait aussi une large ceinture rouge enroulée autour de la taille pour maintenir en place son couteau. Les moustaches avaient été cirées et les barbes taillées.

La plupart des femmes étaient en noir, comme c'était le cas depuis le massacre.

Un carillon invita les fidèles à se rassembler. Les gens du coin sortirent en hâte de chez eux et se précipitèrent à l'église pour avoir une bonne place. Les jeunes gens portaient des chaises pour les personnes âgées, qui s'assiéraient dans le cimetière pendant la cérémonie. Des plateaux chargés de gâteaux attendaient d'être distribués, après le mariage.

Agapi arriva en courant.

—C'est l'heure ! Allez, tout le monde !

—Agapi, promets-moi que nous resterons amies quand

---

1 Foulard bordé de franges.

je serai mariée, dit Poppy, soudain apeurée, consciente de n'être pas aussi adulte qu'elle le prétendait, à seize ans.

—Bien sûr ! répondit Agapi. Je veillerai à ce que mon frère te traite bien.

Poppy la serra dans ses bras, et Agapi lui murmura à l'oreille des propos scandaleux au sujet de la nuit de noces.

Les vieilles dames avaient soigneusement empaqueté la literie constituant sa dot et attaché le tout sur le dos de l'âne du boulanger. Constantina avait fait un *saríki* blanc au crochet pour la tête de l'animal. Une rangée de glands décoratifs bruissait au-dessus de ses yeux, et ses grandes oreilles sortaient des deux trous prévus dans le foulard. On avait noué de longs rubans dans sa crinière et sa queue, et on le caressait avec admiration.

Soudain, le pénis de l'âne s'allongea. Il toucha presque le sol, et les filles éclatèrent de rire. L'animal se mit à braire. Une vieille dame lui donna un coup de canne, ce qui régla le problème, mais l'âne lança une ruade et fit tomber les ballots de linge.

—J'espère que ce n'est pas un présage, dit Maria à Poppy, donnant à l'âne un seau d'eau pour le calmer.

—Commencez la musique avant qu'il se passe autre chose ! cria Voula à Stavro.

Vassili apparut avec le bouquet de Poppy. Il mit un genou à terre, comme le voulait la tradition, et lui présenta les fleurs. Le dernier présent d'un père crétois à sa fille car, quelques heures plus tard, elle appartiendrait à un autre homme. Ses yeux noirs brillaient sous les glands de son *saríki*.

—Ma chère petite fille, tu as l'air d'un ange. Tu m'as apporté seize années de joie, Calliope Kondulakis. J'ai vraiment eu beaucoup de bonheur.

Vassili se releva et la prit dans ses bras avec tendresse.

—Va trouver ton homme avec ma bénédiction, ma fille, mais n'oublie pas ton vieux père.

Poppy vit ses yeux s'emplir de larmes, et son jeune cœur se brisa pour la première fois de sa vie.

—Je ne te quitterai jamais papa, je te le promets. Ne sois pas triste, je t'en prie…

Elle lui déposa un baiser sur chaque joue, sur le front, sur la bouche, et quand elle l'étreignit affectueusement, les larmes coulèrent sur ses joues.

À 18 heures, quand la chaleur de la journée fut retombée, le mariage eut lieu. Un joueur de *bouzouki* emmena le marié et ses proches à travers le village. Poppy entendit les villageois siffler et applaudir énergiquement quand Yeorgo atteignit l'église.

Le moment était venu pour le cortège de la mariée d'avancer dans les rues. Les musiciens et l'âne vinrent en premier, suivis de Poppy, entre Maria et Vassili. Tout le clan Kondulakis marchait derrière eux, et les amis de la famille ainsi que tous ceux qui désiraient se joindre aux festivités fermaient le cortège. Les feuilles de myrte qui s'écrasaient sous leurs pieds emplissaient l'air du soir d'un parfum exotique. Dans le cimetière, autour de l'église, on présenta cérémonieusement l'animal enrubanné, chargé de la dot, à Constantina. Les villageoises emmenèrent ensuite l'âne chez la mariée, qui habiterait la maison voisine de celle de ses beaux-parents. Sur le parvis de l'église, Vassili embrassa Yeorgo sur les lèvres et lui donna la main de Poppy.

—Rends mon enfant malheureuse une seule seconde, lui dit-il avec sérieux, et je te briserai les jambes avant de te tuer.

Il haussa ensuite la voix pour être entendu de tous :

—Yeorgo Lambrakis, cria-t-il, je te donne ma fille, Calliope Kondulakis !

— Ma seule fille est maintenant une Lambrakis, gémit Maria.

Ses genoux se dérobèrent, elle faillit s'effondrer. Les femmes du village la rattrapèrent et s'affairèrent autour d'elle, selon la tradition.

— Où est la grenade ? demanda Vassili.

Quand on lui tendit l'énorme fruit, il le lança sur le seuil de l'église. La grenade se fendit et des graines, symboles de fertilité, furent projetées en tous sens. Agapi et Voula avaient soulevé la jupe de Poppy, et du jus rouge lui éclaboussa les tibias. Tout le monde siffla et applaudit, mais l'espace d'un instant, l'estomac soulevé, Poppy songea que le liquide cramoisi ressemblait à du sang coulant sur ses jambes. Son ventre se noua et une vision à demi consciente de femmes poussant des hurlements plaintifs s'imposa à elle.

Tout le monde s'engouffra dans l'église. L'endroit fut bientôt plein à craquer, mais les gens continuaient à essayer d'entrer.

Constantina cracha trois fois sur le seuil pour tenir le diable à distance et l'empêcher d'interrompre le mariage. Les fidèles se signèrent plusieurs fois, et même les icônes sur les murs semblaient un peu moins malheureuses que d'ordinaire.

L'office se déroula à merveille, jusqu'à ce que le jeune pope, Papas Christos, soit obligé de demander à la personne qui fumait de bien vouloir sortir. Quelques minutes plus tard, il demanda aux dames de bien vouloir avoir l'obligeance d'arrêter de parler. Leur *koumbaros*, le témoin, était petit et n'arrivait pas à atteindre le sommet de la tête de Yeorgo pour y déposer la couronne. On lui apporta une chaise. Même Papas Christos rit.

Le pope bénit Poppy et Yeorgo, puis, agitant l'encensoir, il leur fit faire trois fois le tour de l'autel. Coiffés de leurs couronnes reliées par le ruban, ils le suivirent en se tenant la main et reçurent un déluge de riz lancé par leurs proches. Poppy garda la tête baissée et plaça sa main libre sur son décolleté pour empêcher les grains de se glisser dans sa robe.

Après le premier tour, elle releva la tête et regarda ses parents avec un sourire rayonnant. Le frère de Yeorgo se tenait à côté d'eux. Son sourire mourut aussitôt sur ses lèvres. Emmanouil la fusillait du regard. Ses lèvres étaient gonflées et fendues. Ses yeux mauvais trahissaient la promesse de représailles. Elle s'arrêta net. Consciente d'être le centre de l'attention, elle s'efforça de dissimuler sa peur. Emmanouil esquissa un sourire railleur, et passa la langue sur ses lèvres meurtries.

Le pope la tira par la main.

—Essaie de suivre, petite, dit Yeorgo en riant, ignorant tout de l'incident.

Elle détacha son regard d'Emmanouil.

Après le troisième tour, elle vit qu'il avait disparu, et son cœur fit un bond dans sa poitrine.

Après la cérémonie, Poppy et Yeorgo se tinrent en tête de la ligne familiale. Les invités firent la queue pour embrasser les jeunes mariés et leur souhaiter une vie heureuse. Leur *koumbaros* avait à la main un panier dans lequel les invités déposèrent chacun une enveloppe contenant quelques drachmes en guise de cadeau de mariage.

Près de mille personnes avaient assisté à la cérémonie : les habitants d'Amiras et des villages des environs, et les amis que Stavro s'était faits à l'université d'Athènes. La file des personnes désirant leur présenter leurs vœux de bonheur semblait interminable. Les invités se bousculaient, emplissant le cimetière, bien que le *koumbaros* les enjoignît à avancer.

Voula apparut.

—Longue vie, petite chanceuse !

Elle l'embrassa.

—Maintenant, je vais embrasser ton beau mari…

Poppy rit de la moue exagérée de son amie et se tourna vers l'invité suivant.

Emmanouil la prit par la taille et plongea ses yeux dans les siens, puis il se pencha pour l'embrasser, colla sa joue contre la sienne et lui murmura à l'oreille :

—Tu me rends fou. Je t'aurai. Prépare-toi pour nous deux, d'abord mon frère, et ensuite moi…

Yeorgo riait avec Voula, inconscient de ce qui se passait juste à côté de lui. Elle ne voyait pas comment repousser Emmanouil.

—… et si tu refuses, tu goûteras de mon couteau, ajouta celui-ci dans un souffle.

—Jamais, dit-elle, son cœur martelant follement sa poitrine.

Il resserra son étreinte, lui rappelant sa force, puis il esquissa un mouvement pour tirer son couteau de son fourreau richement orné.

—Emmanouil, mon frère ! s'écria alors Yeorgo d'un ton enjoué, lui donnant une tape sur le bras et lui faisant involontairement lâcher le manche en corne de bélier.

Le couteau retomba dans son fourreau. L'estomac de Poppy se souleva. Elle tremblait de tous ses membres.

Les invités se dirigèrent vers la place du village pour manger pendant que Yeorgo et Poppy allèrent se coucher dans le lit conjugal pour consommer le mariage. Bien décidée à ne pas laisser l'incident gâcher cette belle journée, elle choisit de ne pas en parler à Yeorgo, et se persuada qu'Emmanouil avait simplement essayé de l'effrayer.

Ils entrèrent dans leur nouvelle maison. Poppy se sentit soudain intimidée. Yeorgo la prit dans ses bras et l'emmena dans la chambre. Leur *koumbaros*, un cousin de Yeorgo, et sa femme avaient décoré le lit avec des amandes et des fleurs de bougainvilliers vermillon disposées en forme d'oiseau, de fleur et de cœur. Elle en eut le souffle coupé. Elle était à la fois nerveuse, gênée, et remplie de joie.

— Je t'aime, Poppy. Je suis tellement heureux que tu m'aies épousé, petite, lui dit Yeorgo en l'enlaçant. Je ne vais pas te faire mal, n'aie pas peur.

La chaleur de son souffle lui caressait le visage. Son admiration se lisait dans ses yeux. Il lui donnait toujours le sentiment d'être belle.

— Je t'ai toujours aimé, Yeorgo, répondit-elle. J'essaierai d'être une bonne épouse.

Elle voulait qu'il soit fier d'elle, et elle mourait d'envie d'avoir des enfants avec lui.

— C'était le plus beau jour de ma vie, murmura-t-elle.

Yeorgo l'embrassa, la souleva de nouveau dans ses bras et la déposa sur le lit, puis, à la lueur vacillante des bougies, il la déshabilla avec délicatesse, et se déshabilla, vêtement après vêtement, jusqu'à ce qu'ils soient dans les bras l'un de l'autre. Il la caressa jusqu'à ce qu'elle ait l'impression de flotter, grisée, défaillant presque de bonheur. Elle ne tarda pas à le désirer avec une passion telle qu'elle n'en avait jamais éprouvée.

— Yeorgo, s'il te plaît, murmura-t-elle, fais de moi ta femme... Je veux m'offrir à toi. Je suis à toi, pour toujours.

Il lui fit l'amour avec douceur, au milieu des fleurs de bougainvilliers, et ce ne fut que dans ses derniers spasmes qu'il perdit le contrôle, et cria son prénom.

— Poppy, tu es à moi, maintenant. Tu seras toujours à moi, petite.

Après la consommation du mariage, Yeorgo alla boire un *rakí* et fumer une cigarette de haschisch avec le *koumbaros*. La femme de ce dernier entra dans la chambre, et Poppy rougit car il y avait des taches rouges sur le drap de noces neuf.

— Va te laver pendant que je m'occupe du lit, dit-elle en essayant d'orienter Poppy vers la salle de bains.

Poppy ne comprenait pas.

—Que veux-tu dire ?

—Cela ne suffit jamais, répondit la femme du *koum-baros* en indiquant le drap sali d'un signe de tête. Nous devons leur donner de quoi s'extasier…

Elle sortit un petit flacon de sang de son sac et le versa sur le lit.

—Je ne sais pas si le lapin était vierge, mais ne nous inquiétons pas et gardons ce petit secret pour nous, Poppy !

Elles rirent.

Dès que Yeorgo et Poppy furent prêts, leur *koumbaros* les emmena à la réception. Ils avaient été absents près de deux heures, mais apparemment, ils n'avaient manqué à personne. Tout le monde mangeait et buvait sur la place du village.

—Les jeunes mariés ! hurla le *koumbaros*.

Tous tapèrent du poing sur les tables en bois ou firent tinter les bouteilles de *raki* et les carafes d'eau en les frappant avec leurs couverts, et les hommes émirent des sifflements sonores.

Emmanouil se fraya un chemin à travers la foule, un fusil à la main. L'allégresse de Poppy s'effondra brusquement. Le souffle court, elle se cramponna à Yeorgo. Emmanouil disparut derrière eux. Des coups de feu assourdissants retentirent dans leur dos.

Elle resserra son étreinte sur le bras de Yeorgo. Elle savait qu'Emmanouil était censé tirer la salve d'honneur traditionnelle, mais elle redoutait les actes d'un homme ivre d'alcool et de revanche. Elle sentit ses genoux se dérober sous elle. Yeorgo la rattrapa, l'enlaça et l'embrassa. Les invités poussèrent des hourras, manifestement enchantés, mais elle était sûre qu'Emmanouil avait lu la terreur sur son visage.

Plus tard, après avoir retrouvé son calme, elle mena la danse de la mariée, suivie de Yeorgo puis de sa famille. La fête se poursuivit jusqu'au lever du soleil. Emmanouil était toujours dans les parages, toujours à l'observer.

À l'aube, Yeorgo et Poppy regagnèrent leur nouvelle maison. Le drap maculé de son sang pendait à la corde à linge, dans le jardin, exposé aux regards de tous. Son beau-père en était extrêmement fier.

Les souvenirs du jour du mariage de Poppy s'estompèrent. Revenant à la réalité, elle se rendit compte que si elle avait su à l'époque ce qu'elle savait maintenant, son mariage n'aurait jamais eu lieu ; et l'amour de sa vie serait encore vivant aujourd'hui.

27

Londres, aujourd'hui.

Poppy se laissa aller en arrière sur l'oreiller de l'hôpital. Quand elle ouvrit les yeux, elle vit sa fille qui regardait fixement la carafe d'eau posée sur la table de chevet, les joues rouges et une main plaquée sur sa poitrine. Horrifiée, elle se demanda si Angelika avait le cœur fragile, elle aussi. Elle s'efforça de se calmer. Ce serait un cruel coup du sort ; peu vraisemblable, mais tout de même, elle inciterait sa fille à faire un bilan de santé.

—Tu as soif, Angelika, tu veux un verre d'eau ?

—Non merci, maman, ça va.

—Tu as l'air inquiète.

—Ah ! oui, eh bien… J'ai une surprise pour toi, mais j'ai peur que tu ne sois pas assez en forme…

—Je vais très bien. Décidément, tu es pleine de surprises, aujourd'hui !

—Le choc risque d'être trop dur à supporter.

—Ne me fais pas languir plus longtemps, tu vas faire monter ma tension.

—Tu as un visiteur exceptionnel.

—Tu es exceptionnelle.

—Encore plus exceptionnel.

—C'est impossible, dit Poppy, jetant un coup d'œil à la porte. J'espère que tu n'as pas fait venir les voisins… Je suis horriblement mal coiffée et on voit mes racines.

Angelika eut un rire nerveux.

—Attends-moi ici.

—Je vois mal où je pourrais aller ! Reste, dit-elle d'un ton suppliant.

Angelika rougit de nouveau.

—Il vaut mieux que j'attende dans le couloir, mais je reviendrai te voir avant de partir.

Elle quitta la chambre. Les bribes d'une conversation assourdie parvinrent à Poppy.

La porte s'ouvrit lentement, et elle cligna des yeux en voyant le vieux monsieur qui entrait dans sa chambre. Elle devinait qu'il avait été grand et fort quand il était plus jeune, et beau, aussi. Le passage des ans avait été indulgent avec lui, mais il avait tout de même amoindri la vitalité de la jeunesse. Elle jeta un coup d'œil à la photo posée sur la table de chevet, puis elle regarda intensément l'étranger. Il fit un pas vers le lit, hésita, esquissa un sourire, son expression douce et pleine de pitié.

Elle le reconnaissait presque. Ses yeux sans âge, grands et marron, ses longs cils lui rappelaient quelque chose. Il ne devait pas y avoir beaucoup d'hommes aussi beaux. Elle en avait aimé quelques-uns tendrement ; l'un d'eux, plus que tout au monde.

À cette pensée, elle eut l'impression de devenir folle. Tout se bousculait dans sa tête, des idées invraisemblables s'imposaient à elle. Elle n'avait jamais vraiment accepté la mort de Yeorgo, et maintenant…

Son cœur fragile se mit à palpiter.

—Yeorgo ? C'est toi ? C'est vraiment toi ? balbutia-t-elle, sanglotant, incapable d'en dire plus.

Elle avait toujours su qu'ils se retrouveraient un jour. Son rêve était devenu réalité. Il allait de nouveau la prendre dans ses bras. L'homme la regarda d'un air compatissant. Elle retomba brusquement des sommets de l'euphorie vertigineuse dans laquelle elle se trouvait. Il vint à son chevet et secoua la tête.

—Oh, Calliope ! dit-il en prenant sa main dans la sienne. Je suis désolé…

À peine eut-il prononcé le prénom de son enfance qu'elle reconnut son frère.

—Oh, Stavro, je suis morte de honte ! s'exclama-t-elle, des larmes coulant sur ses joues. Ne fais pas attention… Quelle erreur stupide ! L'espace d'un instant, j'ai cru…

Elle essaya de se calmer, lui serra tendrement la main.

—Je suis contente de te voir. Que fais-tu ici ? Est-ce que je vais mourir ?

Stavro prit un mouchoir en papier dans la boîte sur la table de nuit, puis il s'assit sur le lit, essuya ses larmes et lui sourit.

—Certainement pas, Poppy. Angelika m'a gentiment invité à l'accompagner et elle m'a offert le billet. J'espère que cela ne te dérange pas que je sois venu ? Je n'ai pas pu résister, après toutes ces années.

—Elle est sacrément obstinée, mais je l'aime de tout mon cœur. Comme tu peux le voir, Angelika est la fille de son père. Elle lui ressemble de bien d'autres façons, mais elle est têtue à un point… tu ne peux pas imaginer !

Ils s'embrassèrent, se tapotèrent le dos, souriant, tous deux légèrement intimidés.

—Je suis désolée, pour tout à l'heure… C'était stupide de ma part, dit-elle.

Ils laissèrent alors les larmes des décennies perdues couler librement sur leurs joues.

Elle se mit à parler grec, ramenant le fil du temps entre eux.

—C'est fou que tu aies fait tout ce chemin pour me voir. Je ne sais pas quoi dire. Vous me manquez tous depuis si longtemps !

Elle lui demanda des nouvelles de leur mère, de leur père, de Voula et d'Agapi, puis elle jeta un coup d'œil à la porte.

—Et Matthia ?

—Il n'a pas de passeport, Poppy.

—Tu lui diras qu'il me manque ?

—Tu devrais le faire toi-même. Il t'en veut encore d'être partie, même après toutes ces années.

—Je n'avais pas le choix, Stavro…

—Je sais. C'était très courageux de ta part, de renoncer à tant de choses, et tu as pris la bonne décision. Cela a effectivement mis un terme au conflit.

Stavro lui parla de tout le monde en Crète, mais tous les sujets semblaient revenir à l'éclatement de la famille et à Yeorgo. Ils finirent par rester silencieux, chacun plongé dans ses pensées, les doigts entrelacés, se serrant tendrement la main quand ils étaient émus, se comprenant mutuellement.

* * *

Angie avait appuyé sur la touche de rappel du dernier numéro composé sur l'écran du téléphone posé sur la table de chevet quand elle s'était levée, et le vieil appareil avait commencé à vibrer dans sa poche avant même qu'elle n'ait quitté la chambre. Dès que Stavro eut refermé la porte derrière lui, elle décrocha et s'éloigna un peu dans le couloir.

Sa mère et lui allaient sûrement parler de ce qui s'était passé. Elle entendrait, comprendrait, trouverait un moyen de les aider à guérir leurs vieilles blessures, et tout s'arrangerait.

Les voix de Poppy et de Stavro lui parvinrent distinctement.

Elle entendit sa mère parler à son oncle de la période difficile pendant laquelle elle travaillait de nuit dans un kebab, terminait sa formation de comptable la journée, et s'occupait du bébé toute seule. Elle lui dit que cela avait été dur, mais elle était fière de l'adulte qu'Angelika était devenue.

—Elle est belle, hein, Stavro ? Et tellement intelligente ! Elle tient ça de son père, bien sûr. Quand elle a décidé de faire quelque chose, rien ne peut l'en empêcher.

Il y eut un bref silence.

—Si jamais cela se passait mal, cette après-midi, reprit Poppy, dis à Angelika que je l'aime plus que tout au monde. Elle m'a rendue merveilleusement heureuse. Tous ces sacrifices, même ceux dont elle ne saura jamais rien, valaient largement la peine. Je les referais sans hésiter.

Les yeux d'Angie s'embuèrent de larmes. Un militaire en uniforme apparut au bout du couloir, et il lui sembla voir la photo de son père. Elle abaissa son portable et le regarda, dans la paume de sa main, repensant aux paroles d'Agapi : *J'espère que tu as aussi hérité de ses plus belles qualités, ses principes et sa sincérité.* Elle secoua la tête et coupa le téléphone. Comment avait-elle pu tomber aussi bas ?

Une infirmière, qui suivait le militaire, vit le portable qu'elle avait à la main.

—Je suis désolée, mais vous ne pouvez pas utiliser ça ici.

—L'infirmière en chef nous a dit que nous pouvions téléphoner de la chambre de maman… C'est possible ? Nous voudrions appeler sa famille en Crète.

—Bien sûr, communiquer avec l'extérieur est très bon pour le moral des patients. Votre mère est-elle madame Lambrakis ?

—Oui. Est-ce que tout va bien ?

—Très bien, elle sera de nouveau sur pied en un rien de temps. Je vais lui donner la prémédication en vue de l'anesthésie, maintenant, alors il ne vous reste qu'une trentaine de minutes.

Angie suivit l'infirmière dans la chambre. Poppy prit ses médicaments, et l'infirmière ressortit.

Stavro laissa sa place à Angie, qui prit la main de sa mère dans la sienne.

—Nous allons bientôt devoir y aller, mais… eh bien, j'ai promis quelque chose à *yiayá*.

—J'espère que ça n'a pas de rapport avec moi.

—Je lui ai dit que nous l'appellerions sur Skype avant ton opération.

—Tu aurais dû me demander mon avis.

—Elle est assise avec ma tablette, en Crète, et elle attend. Dis-moi que tu acceptes, s'il te plaît… *Yiayá* est folle d'inquiétude. Elle t'aime autant que tu m'aimes. Comment te sentirais-tu, à sa place ?

Poppy fronça les sourcils et se mordilla la lèvre.

—Je ne peux pas, répondit-elle enfin, pas après tout ce temps, et pas à brûle-pourpoint, comme ça.

—Cela fera encore plus longtemps si tu repousses.

—J'ai une mine épouvantable.

—Il n'y a presque pas de réseau, à Amiras. Il y aura un flou artistique. Je compte sur toi, maman.

—Tu me fais du chantage, maintenant ? Je suis au seuil de la mort, et toi, tu trouves une solution à tout…

—Arrête, maman.

Pour une raison obscure, Angie se souvint soudain de la lettre qui se trouvait encore dans la poche zippée de son sac à main.

—*Yiayá* t'a écrit cette lettre avant même que j'aille en Crète. Elle m'a demandé de te la donner.

Elle tendit la lettre à sa mère, ainsi que ses lunettes, qui étaient posées sur la table de nuit.

Elle n'avait pas la moindre idée de ce que sa grand-mère avait écrit, et elle avait jusque-là complètement oublié cette lettre. Stavro et elle restèrent silencieux pendant que Poppy la lisait à haute voix et que ses yeux s'emplissaient de larmes.

Ma très chère Calliope,

Je sens que le temps m'est compté. Dieu s'impatiente, et je voulais te dire avant de quitter ce monde combien je t'aime. C'est le cœur brisé que je m'apprête à partir. Je ne pourrai jamais te dire à quel point je suis désolée de tout ce qui s'est passé, et j'espère que tu sais que si je pouvais revenir en arrière, je le ferais.

Je suis très fière de tout ce que tu as accompli en Angleterre, mais je suis surtout heureuse pour ta fille. Elle ne pourrait pas avoir une meilleure mère.

Je t'en prie, essaie de trouver en toi la force de me pardonner, et de revenir en Crète un jour. Tu manques beaucoup à tes frères et à ton père, autant qu'à moi. J'espère que tu penses affectueusement à moi, de temps en temps. Je ne t'oublierai jamais et, si Dieu le veut, je veillerai toujours sur toi et sur ma petite-fille.

Que Dieu te bénisse et te protège, Calliope, mon unique fille.

Je t'aime,

Maman

Poppy refoula ses larmes d'un battement de paupière et ravala un sanglot.

— Je suis stupéfaite de constater que maman semble en savoir autant sur moi... As-tu manqué à ta promesse, Stavro ?

Stavro s'approcha de la fenêtre, leur tourna le dos et, après un instant, se moucha. Angie comprit que lui aussi était très ému. Il revint au chevet de sa sœur.

—Absolument pas, Poppy… mais je crois que tu devrais trouver le courage d'appeler maman. Je crains qu'il ne lui reste plus beaucoup de temps. Je ne veux pas la voir mourir le cœur brisé.

Le tremblement de sa voix était à peine perceptible.

—Tu le regretterais toute ta vie, si elle mourait ce soir. Dis-lui au moins bonjour.

L'infirmière passa la tête dans l'entrebâillement de la porte.

—Plus que dix minutes !

Angie prit son portable sur la table de nuit et appela la Crète.

* * *

Crète, aujourd'hui.

Maria était assise à la table de marbre et lançait autour d'elle des regards furieux, les yeux plissés, la mâchoire projetée en avant.

—C'est ça, le problème avec vous, les jeunes : vous n'écoutez rien ! Voula !

Voula se recroquevilla.

—Appelle l'école, lui dit Maria. Dis-leur de renvoyer Mattie à la maison, c'est une urgence. Ton petit-fils saura peut-être comment se servir de cet engin.

Matthia entra dans le jardin d'un pas lourd.

—Ça marche ?

—C'est l'enfer ! répondit Demitri.

Ils se signèrent tous trois fois.

Matthia fronça les sourcils.

—Tu as un ordinateur portable et une caisse informatisée qui nous donne des notes illisibles dont on ne veut pas, cria-t-il à Demitri. Pourquoi tu ne sais pas faire marcher ce truc, imbécile ? Ce n'est pas plus gros qu'une bite de fourmi !

Vassili regarda Maria avec un grand sourire.

—Matthia ! gronda-t-elle avant d'adresser à Vassili un froncement de sourcils réprobateur.

Demitri s'empressa de réprimer son propre sourire.

—Il n'y a pas de clavier, répondit-il. Il faut appuyer sur les icônes, mais je ne sais pas ce qu'elles représentent.

Matthia expira bruyamment.

—Tu ne peux pas te contenter de suivre les instructions ?

Ils le regardèrent tous fixement.

—Elles sont scotchées à l'arrière. Voyons ce qui est écrit…

Voula ressortit de la maison.

—Le directeur va raccompagner Mattie.

Demitri retourna la tablette et lut les instructions à haute voix, deux fois. Quand il la remit dans le bon sens, elle s'était éteinte.

—Je crois que la batterie est à plat… Où est le chargeur ?

—Chez nous, répondit Matthia, sur le réfrigérateur.

Maria pointa un doigt tordu sur Demitri.

—Demitri, c'est toi le plus jeune, va chercher ce chargeur.

Elle se tourna ensuite vers Voula.

—Appelle Orpheus, l'électricien, et le spécialiste du téléphone, Pavlo. Dis-leur de venir, c'est une urgence. Nous devons faire marcher cette machine, et être en mesure de la brancher ici, dans le jardin. Elle va se décharger rapidement si nous appelons en Angleterre.

Voula retourna dans la maison en hâte.

Matthia, sur le point d'allumer une cigarette, hésita et dit :

—Maman, fais-toi une raison, tu ne verras pas Poppy avant son opération. Ce n'est pas une bonne chose d'espérer… C'est du temps perdu.

—Matthia, si tu continues, je ferai bouillir ta tête en guise de soupe, répliqua sèchement Maria.

Demitri revint avec le chargeur, et ils rentrèrent tous dans la maison. Le directeur les rejoignit avec Mattie et, quand Demitri lui eut expliqué la situation, il décida de rester. Voula emporta un plateau avec des cafés, des verres de *rakí* et des *mezzés* dans le jardin, et ils ressortirent tous pour s'asseoir autour de la table. Orpheus, l'électricien, arriva avec son petit frère. Ensemble, ils installèrent une rallonge depuis la maison. Pavlo, le technicien des télécoms, arriva accompagné de son cousin. Ils déplacèrent le routeur, le posèrent sur le rebord de la fenêtre, tout près de la table. Pavlo fit le nécessaire pour qu'ils aient du réseau en dépit de l'épaisseur des murs.

Mattie se chargea de la tablette. Il tapota l'écran de l'index avec dextérité.

—Je ne comprends pas, dit Maria. Angelika a très bien entendu son petit ami.

—Quelqu'un a éteint le routeur, dit Pavlo.

—Voula !

—J'ai oublié, dit Voula. Et puis, il t'engloutit toute ton électricité, maman… Les lumières n'arrêtaient pas de clignoter, j'avais peur que ça provoque un incendie !

—Ça ne risque plus rien, maintenant, dit Pavlo. Ne l'éteignez plus.

Mattie brandit le poing en signe de victoire.

—Lancement effectué, *Pro yiayá* !

—Ne dis pas de bêtises, mon garçon, dit Maria, la bouche toute sèche tant elle était excitée.

—Pardon… Nous sommes en ligne, *Pro yiayá*. Ils peuvent nous appeler quand ils veulent, maintenant.

—Je dois aller faire pipi, dit Maria. Que quelqu'un m'aide à me lever !

* * *

Angie s'assit sur le bord du lit de sa mère et appela oncle Matthia sur son nouveau compte.

Poppy émit un petit gémissement.

—Ça va aller, dit Stavro en lui prenant la main. Courage !

À la troisième sonnerie, une rangée de petits boutons sur un tissu bleu un peu passé apparut à l'écran. L'un de ces boutons avait été grossièrement recousu avec du fil noir. La voix fluette de *yiayá* s'éleva.

—Calliope… Calliope, c'est toi ? Je ne la vois pas… Venez voir, vous autres. Matthia, viens voir.

Les boutons bleus semblèrent danser au son de la voix surexcitée de Maria.

—C'est *yiayá*, murmura Angie.

Poppy avait le souffle coupé.

Quelqu'un parla, en Crète.

—*Pro yiayá*, il faut que tu déplaces la tablette pour qu'ils puissent nous voir… Attends, je vais la tenir !

—C'est Mattie, l'un des arrière-petits-enfants de *yiayá*, dit Angie.

L'image tressauta, puis se stabilisa. Le visage de *yiayá* apparut à l'écran. Elle avait les yeux écarquillés, des larmes coulaient sur ses joues, et derrière elle, le fils de Demitri affichait un grand sourire et Matthia un air renfrogné.

—Maman, murmura Poppy. Matthia…

La porte de la chambre s'ouvrit.

—C'est l'heure ! annonça l'infirmière.

* * *

Angie jeta un coup d'œil à sa montre. Il était 14 heures. Sa mère devait être en salle d'opération. Elle imagina les blouses vertes, le scalpel, le sang, le masque à oxygène sur le visage de sa mère, la racine blanche de ses cheveux bruns et bouclés, à peine visibles à la base de la charlotte.

Elle but une gorgée de son jus de tomates, regrettant qu'il n'y ait pas de vodka dedans.

Contrariée et inquiète, elle se répéta que les chirurgiens réalisaient ce genre d'intervention tous les jours. Cela ne se passait presque jamais mal. *Presque jamais.*

* * *

Angie rappela l'hôpital.

Quand elle eut raccroché, Stavro leva les yeux de son journal.

—Il y a du nouveau, Angelika ?

—Ils ne veulent rien me dire. C'est contraire à la politique de l'hôpital de discuter des patients par téléphone.

—Je suis sûr que ça va. Et si nous y allions ?

Elle remarqua les cernes sous ses yeux. De toute évidence, il avait mal dormi.

—Je vais chercher la voiture, dit-elle.

—Où est Nick ? Est-ce qu'il vient avec nous ?

—Il va probablement travailler tard, oncle Stavro. Il fait tout pour garder son emploi après la fusion. Je suppose qu'il dormira encore à l'appartement cette nuit, pour ne pas nous réveiller. Il est très attentionné.

Son fiancé allait passer une autre soirée avec Judy Peabody. Peut-être Judy avait-elle des vues sur Nick. Qui n'en aurait pas ? Il était magnifique. Judy avait un certain charisme, elle aussi. Angie annulerait leur réservation *Chez Henri*. Ils s'y rendraient la semaine suivante, s'il n'était pas trop occupé.

Soudain, à sa grande consternation, un mélange de jalousie et de colère se mit à bouillonner en elle. Toutes ces réunions en soirée étaient-elles vraiment nécessaires, ou y avait-il quelque chose entre eux ? Nick avait-il une aventure ? Avait-il peur de se marier ?

322

Son cœur s'emballa, ses tempes se mirent à palpiter. Les larmes aux yeux, elle prit ses clefs de voiture.

—Il t'aime, dit Stavro de but en blanc. Ça se voit. Ne t'inquiète pas.

Il avait un sourire bienveillant. Tout le monde était-il donc devin, dans cette famille ?

—Je sais, répondit-elle, mais parfois, je prends peur… Il est toute ma vie.

28

Après avoir appris que l'opération de Poppy s'était bien passée, Angie et Stavro rentrèrent à la maison. Elle laissa échapper un cri de joie quand elle vit la Boxster bleue de Nick dans l'allée. Elle se rua dans la maison et découvrit qu'il avait démonté le lit de sa mère et qu'il était en train de le remonter en bas, dans la chambre de devant. Elle se jeta à son cou, tellement heureuse qu'elle remarqua à peine le grand sourire de Stavro.

— Qu'est-ce que tu fabriques, Nick ? lui demanda-t-elle d'un air faussement atterré, les mains sur les hanches.

— Je crois que le terme technique est : un bazar sans nom ! répondit Nick.

— Je peux t'aider ? lui demanda Stavro.

— Avec plaisir ! Ce serait super si tu pouvais continuer à remonter le lit pendant que je vais chercher les pièces qui sont encore là-haut.

Nick se tourna vers elle.

— Deux bières pour les travailleurs, serveuse ! Et si tu voulais bien aller chercher les sacs de courses que j'ai mis dans le coffre de la voiture, ce serait parfait…

— Eh bien, on est un peu autoritaire, à ce que je vois ! Tu as mangé du lion, ce matin, ou quoi ?

Ils rirent tous les trois.

Elle alla chercher les sacs dans la voiture, les ouvrit, et fut touchée par la prévenance de Nick. Il avait acheté une parure de lit fleurie, très féminine, pour Poppy, une belle boîte de chocolats, et quelques magazines.

* * *

— Comment va Poppy ? demanda Nick en entrant dans la cuisine.

Il sortait de la douche. Ses cheveux étaient tout ébouriffés, et il était vêtu en tout et pour tout d'un boxer et d'un tee-shirt blanc moulant.

— Elle est un peu fatiguée, c'est sa première journée à la maison, répondit Angie. Elle est confortablement installée pour la soirée, avec le dernier roman de Lynda La Plante.

— Qui a téléphoné, à l'instant ?

— Judy Peabody. Elle veut savoir quand tu serais disponible pour une autre réunion.

Angie versa un filet d'huile d'olive sur la salade grecque qu'elle avait préparée et la mélangea. Bien décidée à ne pas se laisser aller à un autre accès de jalousie, elle avait décidé d'être raisonnable et de faire confiance à son futur mari.

— Elle voudrait que tu la rappelles, ajouta-t-elle, s'efforçant de se concentrer sur le repas. Tu veux bien ouvrir une bouteille de chardonnay, s'il te plaît ?

Nick émit un gémissement plaintif.

— Qu'est-ce qu'elle veut, encore ? Je t'assure que ces heures supplémentaires commencent à me fatiguer, dit-il, visiblement agacé.

— Calme-toi… Elle ne fait que son travail. C'est difficile pour tout le monde, en ce moment, même pour les éditeurs. Elle voulait savoir si elle pouvait venir ici, elle a parlé d'un contrat et de papiers à te faire signer.

— J'espère que tu as dit non. Je ne veux plus la voir chez nous. Je sais à quel point ça t'a contrariée quand elle est passée à l'appartement.

—Nick, si tu ne sais pas que je te soutiens, tu ne dois pas m'épouser. Bien sûr que je lui ai dit que c'était impossible.

Elle se tut et se perdit dans ses pensées. Ce qu'elle avait pu être stupide ! Évidemment qu'elle pouvait avoir confiance en lui, autant que lui pouvait avoir confiance en elle.

Elle posa le saladier sur la table, lui donna un petit coup de coude pour qu'il s'asseye, et se mit sur ses genoux. Il lui avait tant manqué quand elle était en Crète !

—Je voudrais que tu puisses rencontrer *yiayá*… C'est la vieille dame la plus extraordinaire que je connaisse. Si seulement tu avais entendu les histoires qu'elle m'a racontées, Nick ! Elle a sauvé la vie de ses enfants pendant la guerre… Je suis tellement fière de faire partie de sa famille. Tu sais, Nick, je crois…

Elle s'interrompit en entendant Stavro se racler la gorge, tourna la tête et vit qu'il se tenait dans l'embrasure de la porte.

—Je peux entrer ? demanda-t-il.

Elle se glissa des genoux de Nick et sentit le rouge lui monter aux joues.

—Désolée, mon oncle. J'espère que tu as faim… Nick doit juste aller s'habiller pour que nous puissions passer à table, dit-elle en tirant son fiancé par le bras pour qu'il se lève et en le poussant doucement vers l'escalier. Moussaka et salade grecque, ça te va ?

—C'est mon plat préféré, répondit Stavro. Je n'en mange pas souvent, comme je vis tout seul.

Elle ouvrit le four et en sortit la moussaka. Un tourbillon de vapeur s'éleva et embauma l'air d'une bonne odeur de crème et d'épices.

—Hmm ! Ça sent très bon, Angelika.

Nick les rejoignit, vêtu d'un jean et d'un tee-shirt blanc impeccable.

—J'ai décidé de prendre quelques jours de congé, dit-il. Je veux repeindre la chambre de Poppy pendant qu'elle dort en bas. Le magasin de bricolage est ouvert en nocturne, aujourd'hui... Je vais y passer après le repas pour acheter de la peinture et deux ou trois bricoles.

C'était une surprise pour Angie, une très bonne surprise. Elle avait toujours eu envie de remettre à neuf la maison de sa mère. Poppy avait peint et tapissé les murs elle-même trente ans plus tôt, quand elle avait acheté la maison, et rien n'avait changé depuis tout ce temps.

Après le dîner, Nick alla au magasin de bricolage, Stavro s'installa devant la télévision, et Angie se glissa dans la chambre de sa mère.

Poppy était allongée paisiblement, les yeux fermés. Angie s'approcha sans bruit du bureau et prit quelques feuilles de papier dans le bac de l'imprimante.

—Tout va bien, Angelika ? lui demanda sa mère sans ouvrir les yeux.

—Oui, maman, ça va... Je suis désolée si je t'ai réveillée.

—Parle-moi, ma chérie, je ne suis pas encore morte !

Angie s'assit au bord du lit. Même dans la pénombre, elle voyait bien que sa mère avait une mine épouvantable. Sa peau était sèche et terne, ses cheveux plats, ses traits tirés. Angie lui prit la main et resta silencieuse, songeant à son mariage.

Elle devait tout annuler. De cette façon, si Nick perdait son travail, ce ne serait pas une catastrophe. C'était la chose la plus raisonnable à faire, et elle aurait voulu pouvoir en parler avec lui. Elle s'étonnait de constater à quel point ses valeurs avaient changé en l'espace d'une semaine. Ils n'avaient pas besoin d'un grand mariage coûteux pour prouver qu'ils s'aimaient. Rien ne pourrait changer cela.

Maintenant qu'elle envisageait de tout annuler, elle était étrangement soulagée. Cependant, renoncer à ses projets ne réparerait pas les dégâts qui avaient déjà été causés.

Si seulement elle avait été moins impatiente ! Si elle n'avait pas tenté de réunir la famille de Poppy à temps pour son mariage, sa mère n'aurait pas eu cette crise cardiaque.

Si seulement elle ne s'était pas absentée du bureau pour aller visiter une maison qui lui plaisait ! Par malchance, une réunion d'urgence avait été organisée alors qu'elle était en train de prendre des mesures dans la maison en question, et on avait estimé qu'on ne pouvait pas compter sur elle.

La voix lasse de sa mère l'arracha à ses pensées.

—Dis-moi ce qui ne va pas, Angelika, je pourrai peut-être t'aider.

—Non, non, maman, tout va bien. J'envisage de renoncer à un mariage en grande pompe pour faire un mariage civil suivi d'un repas sans chichis au restaurant, à la place. C'est une meilleure idée, tu ne trouves pas ?

Elle s'efforça de ne pas paraître trop déçue. Elle s'était tant réjouie à l'idée d'organiser une réception avec la famille au grand complet, juste le temps d'une journée très spéciale.

—Quant à la maison, reprit-elle, eh bien, ce n'est peut-être pas le bon moment pour nous...

—Et puis ? Dis-moi tout !

Angie sentit sa gorge se nouer, et alors même qu'elle s'était juré qu'elle ne pleurerait pas, ses yeux s'emplirent de larmes. Sa mère serra sa main dans la sienne pour l'encourager.

—Il y a une fusion, au bureau... J'ai perdu mon travail, maman, et Nick risque de perdre le sien. Cela n'aurait pas pu tomber à un plus mauvais moment, pour nous.

—C'est tout ?

—Ce n'est pas suffisant ?

—Ce n'est pas dramatique. Une carrière qui vous sépare et qui vous oblige à travailler très tard dans la nuit n'est pas une bonne chose, de toute façon. C'est pour ça que tu veux organiser un mariage plus raisonnable ? Je sais que tu as toujours rêvé d'un mariage en grande pompe.

Angie eut un petit rire.

—Je suis ridicule… Mes priorités étaient un peu en désordre, n'est-ce pas ? J'ai essayé de forcer tout le monde à faire ce que je voulais. Quelle idiote !

—Angelika, ton problème, c'est que tu crois pouvoir tout arranger pour les gens que tu aimes… tout arranger, à tes yeux. Tes intentions sont bonnes, mais tu dois laisser les autres se débrouiller et régler leurs problèmes tout seuls. Contente-toi d'être là pour eux s'ils ont besoin de toi. Même Nick… Tu dois le laisser gérer cette situation à sa façon. Il te demandera ton aide, ton avis ou ton soutien s'il en a besoin.

—Comme pour toi et *yiayá* ?

Sa mère eut un sourire empreint de douceur, mais ne répondit pas.

Elles restèrent silencieuses, écoutant la pluie marteler les vitres du *bow-window*. Angie songea que cela faisait longtemps qu'elles n'avaient pas été aussi proches, puis ses pensées se tournèrent vers la Crète.

Elle ferma les yeux, imagina la chaleur du soleil sur son visage et la passion pour la vie dont tout le monde semblait être animé, là-bas ; à l'exception de l'oncle Matthia. Elle eut soudain envie d'être assise à la table de marbre fêlée avec sa mère et Nick à ses côtés, les étoiles au-dessus de la tête et de la musique dans les oreilles. Elle repensa à cette soirée au cours de laquelle même l'oncle Matthia avait eu l'air heureux. Elle souhaitait toutes ces choses pour les deux personnes qu'elle aimait le plus au monde ; elle leur souhaitait d'être transportées, comme elle l'avait été.

Cela lui paraissait maintenant si loin, comme si elle était sortie du cinéma et qu'elle était rentrée chez elle à pied sous la pluie. Elle se rappelait avoir hurlé *Vouuu-laaa !* par-dessus les toits du village, avoir pris la plus grande inspiration possible pour crier à pleins poumons. À ce moment précis, elle s'était rendu compte à quel point elle sous-estimait ses propres capacités.

—Quoi ? lui demanda Poppy.

—Oh, rien, je pensais juste…

—À la Crète ?

Angie hésita.

—J'ai adoré ce voyage, maman. *Yiayá* est incroyable.

Un éclair fendit le ciel, son éclat filtrant à travers les rideaux, et quelques secondes plus tard, un grand coup de tonnerre retentit.

Elles se turent de nouveau, perdues dans leurs pensées. Ce fut encore Poppy qui brisa le silence.

—Et si Nick et toi viviez ici ? Un appartement chic comme le vôtre se louerait. Comme je te l'ai dit, la maison est à ton nom, et avec trois étages, elle est bien assez grande pour nous tous. C'est trop vide quand vous n'êtes pas là. Je prendrais le dernier étage… Le jardin est à moi aussi, alors bas les pattes ! Tu pourrais m'offrir une de ces petites serres, pour mes tomates…

Sa mère la regardait d'un air nostalgique.

—J'ai toujours rêvé d'avoir une serre, avec des étagères, un fauteuil de jardin, et une prise pour pouvoir me faire du thé… Un petit chauffage d'appoint pour garder mes plants au chaud en hiver serait utile aussi.

Elle ferma les yeux et sourit.

—Seigneur, maman, tu as tout prévu !

—De qui crois-tu que tu tiens ton sens de l'organisa-tion, Angelika ? Je planterais des plantes annuelles dans le jardin de devant, et j'aurais les plus beaux paniers suspendus… Tout le quartier nous les envierait !

—J'ignorais que tu aimais le jardinage à ce point !

—Il y a beaucoup de choses que tu ignores, Angelika.

Angie avait déjà entendu cela.

—Je suis membre du club Potters & Planters depuis six mois, ajouta sa mère. Nous échangeons des graines et les derniers potins dans une cabane du parc, le mercredi après-midi.

—Je ne le savais pas ! Pour être honnête, maman, je croyais que tu mettais à peine le nez dehors, et je commençais à me demander si tu n'étais pas agoraphobe.

—Ah ! non… Bob, le secrétaire du club, est venu me voir à l'hôpital, et il m'a apporté des fleurs de la part de tout le monde.

—Oh, des fleurs, mais ton rhume des foins, au fait ?

Poppy la regarda d'un air perplexe.

—Mon rhume des foins ?

Angie secoua la tête.

—Je commence à me rendre compte à quel point on peut se tromper sur les gens, dit-elle en serrant tendrement la main de sa mère dans la sienne. J'ai une chance folle de t'avoir. Je suis désolée d'avoir été si égocentrique, ces derniers temps.

Poppy lui tapota la main.

—Tu es amoureuse, tu organises ton mariage… et avec ce qui se passe au travail, c'est compréhensible. Parle à Nick de ce que je viens de te proposer, vois ce qu'il en pense.

Elle ferma les yeux quelques instants et lui serra à son tour la main.

—Et quand je serai un peu plus en forme, tu me raconteras ton voyage en Crète. Voir Stavro m'a rappelé plein de bons souvenirs… Tu as pris beaucoup de photos ?

—Oui ! Partout où je suis allée, je t'ai imaginée avec

moi, maman. Tu te souviens de l'arbre gigantesque dans le centre-ville de Viánnos ?

—Bien sûr ! Il y est toujours, alors ? La première fois que j'ai embrassé ton père, c'était à l'ombre de cet arbre… J'avais quatorze ans, dit Poppy avec un grand sourire.

—Quatorze ans ? Maman, quelle dévergondée !

Elles rirent toutes les deux.

—J'ai senti que cet arbre avait quelque chose de spécial. J'ai pris mon café en dessous tous les matins.

—J'aimerais parler à maman… Comment va-t-elle ? Réellement ?

—Étant donné son âge, en très bonne santé, et elle a l'esprit très vif. Elle m'a dit que tu avais tes raisons pour vouloir me cacher certaines choses. Je le comprends, maintenant. Je ne te tourmenterai plus. Elle m'a demandé de te dire qu'elle t'aimait. N'en doute jamais.

Poppy hocha la tête.

—C'est aussi ce qu'elle m'a dit dans sa lettre. Cela m'a fait réfléchir…

Elle marqua un temps d'arrêt.

—Quand tu y retourneras, reprit-elle, hésitante, je t'accompagnerai peut-être. Je ne te promets rien, mais je vais y penser. Le médecin a dit que je pourrais à nouveau prendre l'avion d'ici un mois.

Abasourdie, Angie plaqua une main sur sa bouche. Les paroles de sa mère étaient tellement inattendues !

—Waouh, maman, c'est formidable ! Tu sais ce que j'adorerais ?

—Je crois que je le devine, mais ne t'emballe pas…

—Si nous allions là-bas tous les trois, nous pourrions avoir un petit mariage dans l'intimité, à l'église où tu t'es mariée…

Dans son enthousiasme, Angie n'avait pas pu retenir ces mots, mais à peine les eut-elle prononcés qu'elle craignit d'en avoir trop dit, trop tôt. Dans la pénombre, elle regarda sa mère avec un grand sourire, incapable de contenir sa joie.

Poppy hocha lentement la tête et se mordilla la lèvre inférieure.

— Je m'ennuie à mourir, Angelika, finit-elle par dire. Tu me laisseras m'occuper pour toi de la réservation des billets, des papiers, du certificat de publication des bans ?

— Tu es partante ? Tu es censée te reposer. Nous pouvons nous en occuper, tu sais…

— Le médecin a dit que je ne devais pas faire de gros efforts physiques ni porter de choses lourdes pendant quelques semaines, mais m'occuper des papiers ne sera pas désagréable. J'aimerais m'en charger… Je me sentirais utile.

— Je veux te dire quelque chose sur le jour de mon arrivée en Crète… J'avais acheté un citronnier pour *yiayá*, et quand Demitri l'a planté, Voula m'a dit de l'arroser et de faire un vœu.

Angie jeta un coup d'œil en direction de la fenêtre et s'aperçut que l'orage était passé.

— J'ai fait le vœu que tu trouves la paix et que tu retournes en Crète auprès de ta famille.

— C'est adorable… Nous faisons une belle bande de superstitieux, tu ne trouves pas ?

29

Crète, quatre semaines plus tard.

Maria était assise à l'ombre du grand olivier, à la table de marbre. Ainsi, Poppy revenait en Crète. Le regard perdu dans le vague, elle essayait de voir l'avenir. Les ennuis allaient ressurgir, de vieilles blessures être rouvertes. D'amers souvenirs reviendraient les hanter, tous, elle le pressentait. Elle se rendait bien compte que Poppy ne revenait que pour faire plaisir à Angelika.

Au bout du compte, Poppy aurait fait n'importe quoi pour Angelika, tout comme Maria aurait fait n'importe quoi pour Poppy.

Cependant, Angelika ne savait pas pourquoi sa mère avait quitté la Crète, et elle ne savait pas non plus pourquoi elle était restée à l'étranger pendant tout ce temps. Des décennies de tragédie. Mais chacune de ces années contenait un espace vide qui appartenait à Poppy. Maria pensa à Yeorgo. Il lui manquait encore. Quel homme fort et beau, d'une bonté incomparable ! Ses yeux s'emplirent de larmes. Un terrible sacrifice…

Ses pensées vagabondes se tournèrent vers Angelika. Elle avait beaucoup apprécié la compagnie de l'élégante jeune femme, et elle admirait son courage ; il en fallait pour s'opposer à Poppy et retrouver sa famille en Crète. Cela prouvait qu'Angelika avait le caractère têtu et déterminé des Kondulakis.

Étrangement, même si ses souvenirs étaient douloureux, Maria avait aimé raconter à Angelika l'histoire de sa survie. Il lui fallut une minute ou deux pour se rappeler où elle en était restée quand sa petite-fille avait dû repartir en Angleterre au chevet de Poppy.

La pauvre Poppy et son cœur fragile ! Quarante années s'étaient écoulées depuis qu'il avait été cruellement brisé, irrémédiablement broyé. Maria s'était toujours dit qu'elle ne s'en remettrait jamais complètement. Comment aurait-elle pu y parvenir ? Qui aurait pu se remettre d'une si terrible révélation ? Hélas, Angelika, à l'approche de son propre mariage, avait rouvert toutes les vieilles blessures sans même s'en rendre compte.

Ah, oui ! Elle se rappelait où elles en étaient restées, maintenant. Elle avait quitté la maison d'Andreas avec les affaires qu'elle avait laissées chez lui, et avait repris la route dans la montagne avec Stavro, alors que le soldat allemand avait failli les exécuter. Quel moment terrifiant ! Stavro lui avait sauvé la vie. Elle en avait encore le ventre noué en y repensant.

Elle laissa l'horreur s'éloigner et flotter dans la brise. Au fil des ans, elle avait appris que c'était là la meilleure façon de gérer le passé. Si elle essayait d'oublier, de chasser les atrocités de son esprit, celles-ci menaçaient de ressurgir à la moindre occasion.

Sa mémoire l'emmena au moment où Stavro et elle étaient arrivés au gros arbre sous lequel Matthia aurait dû les attendre, endormi à côté d'un tas de glands.

Elle ferma les yeux, et tout lui revint.

* * *

Crète, 1943.

L'ascension m'avait épuisée. J'avais les jambes tremblantes, et j'arrivais à peine à mettre un pied devant

335

l'autre. J'avais l'impression que le sol se dérobait sous mon corps et que j'allais perdre l'équilibre.

Matthia ne pouvait pas être bien loin. Il devait avoir trouvé un endroit plus confortable où dormir. Je tirai la civière sous les branches. Stavro étendit les peaux de mouton que nous avions rapportées de chez le berger pour en faire un lit. La nuit était tombée, et j'étais plus fatiguée que je ne l'avais jamais été de ma vie.

Je ne saurais dire si je m'évanouis ou si je m'endormis simplement. Mes genoux cédèrent sous mon poids, et je perdis connaissance. Quand je rouvris les yeux, la lueur de l'aube filtrait à travers les branches.

Stavro dormait sur les peaux de mouton. Pourquoi Matthia n'était-il pas blotti contre lui ? Il me fallut quelques secondes pour comprendre qu'il n'était pas revenu. Je me demandai où il était et toutes sortes de pensées terrifiantes s'imposèrent aussitôt à moi.

Se pouvait-il que les nazis l'aient trouvé ? Avait-il pu tomber dans l'un des nombreux ravins de la montagne ? Et les animaux sauvages ? Des rumeurs racontaient que des ours, relâchés par des forains turcs quand ils devenaient trop gros, parcouraient les forêts de pins. J'espérais qu'il s'était seulement un peu trop éloigné de l'arbre et qu'il s'était perdu. Peut-être que la chèvre s'était enfuie et qu'il avait essayé de la rattraper. Après tout, un enfant de quatre ans pouvait avoir du mal à faire la différence entre deux arbres.

Je sortis de sous les branches. Qu'est-ce qui aurait bien pu le pousser à prendre la chèvre et le couvre-lit, et à s'en aller ? J'aperçus un petit tas de glands. Sachant avec quelle facilité Matthia se laissait distraire par les insectes en général et par les papillons en particulier, je songeai qu'il avait dû mettre plus d'une heure à les amasser. La nuit devait donc déjà tomber quand mon garçon avait quitté l'arbre.

Même si nous disions que c'était un petit diablotin, Matthia avait toujours été un enfant sage, et il faisait habituellement ce que je lui disais de faire. Je courus à la ruine, près du chemin, mais ne vis aucun signe de lui. La chèvre ne tarderait pas à bêler pour qu'on la traie. Je tendis l'oreille et criai *Matthia !* aussi fort que j'osai le faire. Mes recherches s'avérant vaines, je retournai sous notre arbre et réveillai Stavro.

—Je vais chercher Matthia. Reste ici, sous l'arbre. Je ne veux pas te perdre aussi.

Le pauvre petit était épuisé, et il n'eut pas besoin que je le lui dise deux fois.

—Il y a des biscuits, de l'huile et de l'eau dans le ballot, bois et mange, mon fils.

Il hocha la tête, et se rendormit.

Je courus vers le sommet de la montagne, suivant des traces d'animaux à travers la végétation, m'arrêtant souvent pour tendre l'oreille dans l'espoir d'entendre notre chèvre. Qu'avait-il bien pu se passer ? Bientôt, les arbres s'espacèrent. Leurs racines ressemblaient de plus en plus à des doigts crochus s'agrippant au sol rocheux. Il n'avait tout de même pas pu s'aventurer aussi loin, pas dans le noir.

—Matthia ! appelai-je.

L'air frais et pur rendait ma voix dure et claire.

—Maria !

Je crus d'abord entendre un écho.

—Matthia !

—Maria !

Je fis volte-face.

Joanna, la femme du boulanger, sale et en guenilles, courut vers moi à travers les arbres.

Nous tombâmes dans les bras l'une de l'autre, en larmes, à la fois soulagées et rongées de remords, bouleversées par le massacre auquel nous avions assisté, impuissantes. Je

savais qu'elle m'avait sauvé la vie en me retenant comme
elle l'avait fait à ce moment-là. Les nazis m'auraient abattue aussi si j'avais essayé d'aller au secours de Petro.

—Tu as vu Matthia, Joanna ? lui demandai-je d'une
voix entrecoupée de sanglots.

—Il est en sécurité, il est avec ma fille, Martha, et ta
chèvre aussi. Je te cherchais… Nous sommes dans une
grotte près de la cascade à sec. Où est Stavro ?

Elle marqua un temps d'arrêt, me regarda fixement.

—Est-ce qu'ils l'ont eu, Maria ?

Je secouai la tête, tellement soulagée que je n'arrivais
plus à parler. Nous redescendîmes ensemble en direction de l'arbre, unies dans l'épreuve. Elle me racontant
en pleurant la mort de son plus jeune garçon, Harry. Elle
l'avait vu au milieu du groupe d'hommes ; leurs regards
s'étaient croisés, quelques secondes avant que la mort ne
fauche si cruellement sa jeune vie de dix-sept années.

—Encore un mois, dit-elle, et il aurait été en sécurité
dans l'armée.

Sa belle jeune fille de quinze ans, Martha, avait
échappé au fourgon à bestiaux des nazis, et elle s'occupait de Matthia. J'emmenai Joanna jusqu'au chêne et
réveillai Stavro. Ensemble, nous tirâmes la civière dans
la montagne. Stavro, fermant la marche, faisait de son
mieux pour couvrir nos traces.

* * *

En milieu de matinée, nous étions en sécurité, cachés
dans la grotte. Je serrai Matthia si fort dans mes bras qu'il
poussa un cri et se tortilla pour se libérer de mon étreinte.
Nous partagions l'endroit avec deux autres familles,
Stavroula, la femme du forgeron, et sa fille de seize ans,
Kiki, qui avait assisté au meurtre de son fiancé, et Eva, la
femme de l'apiculteur, et son fils de quatorze ans, Stefan.

338

—Comment as-tu fait pour t'échapper, Stefan ? lui demandai-je.

—Mon *papoú* m'a aidé, nous avons été capturés ensemble. Quand ils ont tué le vieux Philipo dans une petite rue, il m'a dit qu'ils allaient tous nous tuer. Il m'a embrassé et m'a dit de ne pas l'oublier.

Stefan tira machinalement sur sa chemise, le regard dans le vide.

—Mon *papoú* pleurait en silence. Il m'a dit de prendre soin de *yiayá* et de maman.

Le jeune garçon renifla et se tut un moment, la mâchoire contractée.

—*Papoú* m'a dit de plier les genoux pour marcher au ras du sol, de me glisser dans la première maison devant laquelle nous passerions dont la porte serait ouverte, et de me cacher dans le conduit de la cheminée.

Il semblait en proie à la violence des images encore fraîches dans son esprit.

—J'avais envie de le serrer dans mes bras, je regrette de ne pas l'avoir fait, *Kiriea* Maria, parce que je ne peux plus le faire, maintenant, et je ne pourrai plus jamais le faire. Il fabriquait les plus beaux cerfs-volants du monde…

Il marqua un temps d'arrêt, visiblement trop ému pour continuer.

—Je vais apprendre à en fabriquer, moi aussi, ajouta-t-il enfin.

Nous regardâmes nos pieds un moment, puis il reprit.

—Quand nous sommes arrivés à l'endroit où la rue se rétrécit, il s'est passé quelque chose parmi les femmes, derrière nous. Elles se sont mises à crier, et cela a détourné l'attention des soldats. *Papoú* m'a poussé dans l'entrée d'une maison dont la porte était ouverte, mais il y avait du feu dans la cheminée et une marmite pleine de nourriture. J'ai jeté un coup d'œil par-dessus mon épaule. *Papoú* a montré le ciel d'un petit signe de tête, et il a disparu dans la rue avec les autres prisonniers.

Stefan regarda le ciel d'un bleu limpide, entre les arbres.

— Pourquoi n'est-il pas venu avec moi ? Nous aurions pu nous sauver ensemble.

— Il était sans doute trop vieux, Stefan. Ton grand-père était déjà à la fin de sa vie, mais il était heureux de savoir que tu arriverais à t'échapper.

— J'ai couru jusqu'au plus gros olivier du village, celui au tronc creux, et je me suis caché dedans. J'ai entendu plein de bruits, les coups de feu et les hurlements… J'ai eu tellement peur que je n'ai pas osé sortir de ma cachette avant le milieu de la nuit.

— Tu as été très courageux. Ta mère est fière de toi.

Stefan leva vers elle des yeux pleins de questions.

— Vous croyez qu'il est là-haut, mon *papoú* ?

— J'en suis sûre, Stefan, et je suis sûre qu'il est heureux à l'idée que tu fabriques des cerfs-volants comme il le faisait.

Le jeune garçon regarda le ciel avec un sourire.

Nous passâmes la journée dans la grotte, et je dormis presque tout le temps. Quand je me réveillai, je découvris que Joanna avait appris à Matthia à traire la chèvre correctement. Ce soir-là, nous projetâmes de chercher la route qui conduisait au plus haut plateau, celui de Lassithi.

* * *

Il nous fallut quatre nuits, remontant péniblement ces sentiers de forêt, pour atteindre le plateau de Lassithi. Nous attrapâmes et tuâmes un agneau en chemin. Je me demandai si l'animal avait appartenu à Andreas. Veillait-il sur nous ? Nous trouvâmes aussi un rucher. Il y en avait de nombreux dans les forêts de pins, mais rares étaient ceux qui auraient été assez bêtes pour tenter d'ouvrir une ruche. Eva avait de l'expérience en la matière, ses mains étaient perpétuellement rouges et gonflées par des décennies de piqûres d'abeilles.

De loin, nous la regardâmes agiter un chiffon enflammé autour d'elle, avant de retirer les abeilles d'un gros rayon de miel. Nous mangeâmes le tout, avec la cire, en une seule fois. Cela nous donna beaucoup d'énergie, et les enfants se régalèrent, mais plusieurs abeilles en colère nous suivirent, menaçant de nous infliger une piqûre qui nous aurait brûlés toute la journée.

—Pourquoi tu utilises un chiffon enflammé, *Kiriea* Eva ? demanda Stavro.

—Quand les abeilles sentent la fumée, elles croient qu'il y a un feu de forêt, alors elles se gavent de miel en prévision d'un long vol. Comment te sens-tu, toi, quand tu as le ventre plein, Stavro ?

Il se passa la langue sur les lèvres.

—J'ai envie de dormir, comme en ce moment, après avoir mangé tout ce miel.

—Exactement ! Tu n'es pas d'humeur à te bagarrer avec qui que ce soit. Les abeilles non plus.

Nous reprîmes notre route, sans vraiment savoir où nous étions. L'ombre de midi indiquait le nord, alors nous prenions un point de repère au loin et allions dans sa direction le lendemain soir. Je crois que c'est plus la chance que notre discernement qui nous permit de poursuivre sur le bon itinéraire.

Le manque d'eau posait un problème. Le deuxième jour, nous étions à court et les enfants avaient soif. Je me rappelai les conseils du berger et m'adressai à tout notre petit groupe.

—Écoutez, nous devons chercher les petits oiseaux… Ils mènent toujours à l'eau.

Cela allait à l'encontre de notre plan, qui était de ne pas voyager quand il faisait jour. Nous étions terrifiés à l'idée de tomber sur des troupes allemandes, et mon

cœur faisait un bond dans ma poitrine à chaque bruissement du vent dans les feuilles, à chaque craquement de
brindille ; mais nous étions morts de soif, et prêts à tout
pour trouver de l'eau.

—Maman ! cria soudain Matthia. Regarde, un oiseau !

Il montra du doigt les branches d'un pin, à proximité.
Je mis un moment à apercevoir le petit animal moucheté.
Enfin, je le vis descendre en piqué au-dessus de notre
chemin, et se poser dans un autre arbre.

Je fis signe à tout le monde de s'approcher de moi.

—Andreas m'a dit que quand les oiseaux volaient lentement de branche en branche, cela signifiait qu'ils étaient
pleins d'eau, qu'ils avaient déjà bu.

L'eau ne devait pas être bien loin.

—Nous devons ouvrir l'œil pour essayer de voir les
oiseaux rapides qui volent en ligne droite, au ras du sol.
Ils nous conduiront à l'eau.

Nous nous dispersâmes et avançâmes prudemment,
jusqu'à ce que Stefan se mette à crier, nous faisant tous
sursauter :

—Là, là ! J'en vois… Il y a de l'eau !

—Bravo, mon Stefan ! s'écria Eva.

Elle courut vers lui, lui donna une tape dans le dos et
nous regarda avec un grand sourire. Il agita le bras en
l'air.

—Ici ! cria-t-il.

Sa voix résonna sur les roches qui nous entouraient.

—Chut ! m'exclamai-je, craignant que l'on nous
entende.

Nous laissâmes toutes nos affaires en tas et suivîmes
Stefan dans les broussailles.

Dans un passé lointain, quelqu'un, sans doute un berger
ou un chevrier, avait fabriqué une cuve en pierre, d'un
mètre carré et d'un mètre de profondeur environ. L'eau
d'une source, cachée sur le versant de la montagne, en

amont, était acheminée dans des blocs de grès emboîtés les uns dans les autres. Elle gazouillait dans cet abreuvoir de fortune et en débordait, trempant la végétation luxuriante qui l'entourait. Le gargouillement de cette eau était une musique magique à nos oreilles. Nous courûmes sur la terre détrempée et bûmes avidement dans le creux de nos mains. Les garçons, espiègles, s'éclaboussèrent. Je suggérais que nous laissions les enfants jouer et retournions chercher nos affaires.

À notre retour, nous entendîmes leurs cris perçants.

Je succombai aussitôt à la terreur, et mes jambes se dérobèrent sous moi. Joanna, Stavroula et Eva eurent la même réaction, lâchant leurs ballots et tombant à genoux sur le sol. Ma chute avait été si violente que mes brûlures s'étaient rouvertes. Le sang coulait de mes mains comme le terrible présage de souffrances et de morts supplémentaires. J'avais soudain la bouche toute sèche et peinais à parler.

— Retournez en arrière, allez vous cacher, murmurai-je à Kiki et à Martha. Restez ensemble.

Je ne voulais pas que les filles soient témoins d'autres horreurs, et plus elles seraient loin du danger, mieux cela vaudrait.

Les autres femmes et moi avançâmes à quatre pattes, à travers les broussailles, sans tenir compte des cailloux tranchants qui nous coupaient les mains et les tibias. Mon cœur battait si fort que je craignais de ne pas être capable de me concentrer sur ce qui nous attendait.

Quand nous vîmes les garçons, nous roulâmes ensemble, nous serrâmes dans les bras les unes des autres, nous efforçant d'étouffer nos rires. Notre soulagement était immense, mais la situation nous rappelait que nos voix portaient loin.

Stefan, Stavro et Matthia avaient retiré tous leurs vêtements et jouaient dans l'abreuvoir. Leurs visages et leurs bras bruns faisaient paraître leurs fesses et leurs ventres encore plus blancs. Tout nus et débordants de joie, ils s'ébattaient et s'éclaboussaient dans l'eau tachetée de lumière. C'était un spectacle qui faisait plaisir à voir. En les observant, nous nous aperçûmes que Matthia, ce petit diable, était la cause de tous ces cris. Il se tenait dans l'eau, qui lui arrivait aux genoux, tenait son petit pénis et pissait sur Stavro et Stefan.

Prises d'un fou rire, nous roulâmes toutes les quatre sur le dos. Quel soulagement, de rire ! Eva dit aux garçons de faire moins de bruit, et elle confia à son fils, Stefan, la charge des autres.

Nous rassemblâmes nos affaires, allâmes chercher les filles, et installâmes notre campement juste derrière les buissons. Notre repas, constitué des plants de moutarde blanche, des panais sauvages et des pissenlits qui poussaient autour de l'abreuvoir, sur lesquels nous versâmes un filet d'huile d'olive, et de nos derniers biscuits, fut satisfaisant.

Une fois que les garçons furent endormis, nous nous relayâmes pour aller nous laver deux par deux à l'abreuvoir. Oh, cette eau fraîche ! Quel bonheur ! Stavroula avait un petit pain de savon vert, un vrai luxe. Je taillai un morceau de peau de mouton, et nous nous en servîmes comme d'un gant de toilette.

Nous lavâmes toutes nos cheveux, ainsi que nos sous-vêtements, que nous accrochâmes ensuite dans les buissons, espérant qu'ils seraient secs le lendemain matin. En m'endormant, ce soir-là, je remerciai Andreas d'avoir partagé ses connaissances avec nous. Sans ses conseils, nous n'aurions jamais trouvé cette eau.

Deux jours plus tard, affamés, sales et épuisés, nous sortîmes, chancelants, d'une gorge entre les pics. Devant nous s'étendait le plateau de Lassithi. Ce vaste plateau, à neuf cents mètres d'altitude, était parsemé de centaines de moulins à vent aux ailes blanches. Nous vîmes de petits groupes de maisons, des villages éparpillés sur le patchwork jaune et vert des champs. Galvanisés par cette vue pittoresque, nous nous dirigeâmes vers Kaminaki, la commune la plus proche.

Les gens du coin nous accueillirent et se montrèrent sympathiques, en dépit de leur propre détresse. La nouvelle des massacres d'Amiras et de Viánnos s'était vite répandue. Nous apprîmes que des massacres similaires avaient eu lieu dans tous les villages des environs d'Amiras. Plus de cinq cents innocents, nos amis et voisins, avaient été assassinés, et beaucoup d'autres avaient disparu. Les femmes et les filles avaient quitté la région en un exode massif, pour fuir vers l'est, vers la ville d'Ierapetra. Elles vivaient dans les abris pour chèvres et mendiaient de la nourriture dans les rues.

Le pope de Kaminaki nous envoya auprès de trois moulins de pierre abandonnés, à l'entrée du village.

—Ne faites pas de bruit, mes enfants, nous dit-il. Nous n'avons pas été exempts de tout problème. Sept innocents bergers du coin ont été exécutés parce que les nazis soupçonnaient l'un d'eux d'être un rebelle.

Cette fois encore, je pensai à Andreas et me demandai combien de nazis il y avait dans les parages. Nous sentirions-nous de nouveau en sécurité un jour ?

30

Londres, aujourd'hui.

Nick et Angie se tenaient dans l'embrasure de la porte de la chambre de Poppy, et admiraient le résultat de leur travail. Elle lui passa un bras autour de la taille.

—J'adore cet assortiment de couleurs, rose, lilas et crème. C'est très joli et très féminin.

—Comme toi, dit Nick avant de lui déposer un baiser sur la joue et de passer une main dans ses longs cheveux. Berk ! fit-il en regardant sa paume. Qu'est-ce que c'est que ça ?

Elle rit.

—De la colle à papier peint, idiot ! Je viens de nettoyer le seau. Je vais aller prendre une douche et me laver les cheveux.

—D'accord, et pendant que tu fais ça, je vais commander la moquette. Tu es sûre de vouloir la couleur crème ?

Elle fit « oui » de la tête.

—Je rapporterai quelque chose pour le dîner, d'accord ?

—Parfait ! Je t'aime, dit-elle avant de se diriger vers la salle de bains.

Les travaux de rénovation avaient été plus longs que prévu, et Nick avait pris une autre semaine de congé pour qu'ils puissent les terminer avant leur voyage en Crète. Bien qu'il fût censé être en vacances, il recevait encore

346

plus de coups de téléphone du bureau que d'habitude, et il ne s'écoulait pas une journée sans qu'il soit obligé d'y faire un saut une heure ou deux. Il prenait même la peine de se raser et de mettre son plus beau costume. Il était tellement consciencieux ! Les éditeurs profitaient de son incapacité à dire « non ».

Sous la douche, ses pensées se tournèrent vers sa grand-mère et vers la Crète. Dans quelques jours, elle serait là-bas et elle préparerait son mariage. Elle se rendit soudain compte du point auquel ils lui manquaient, tous. Enveloppée dans une grande serviette, elle se regarda dans le miroir de la salle de bains et sourit.

Tous ses souhaits se réalisaient.

Elle allait épouser l'homme de ses rêves, sa mère et sa grand-mère seraient réunies, et elle venait de s'apercevoir que ses règles avaient deux semaines de retard. C'était merveilleux ! Elle annoncerait la nouvelle à Nick le soir même, et ils feraient le test ensemble.

Elle brancha le sèche-cheveux de Poppy, renversa la tête en avant et commença à sécher ses longs cheveux.

Bang !

Le bruit la fit sursauter.

— Angelika ! Les plombs ont sauté, lui cria sa mère du bas de l'escalier.

Après avoir remis le courant, Angie décida d'aller acheter un test de grossesse et de passer prendre son propre sèche-cheveux à l'appartement. Quand elle s'engagea dans la rue, elle vit la Boxster bleue de Nick garée devant l'immeuble, et Judy qui se tenait sur le seuil avec des bagages de luxe. Elle passa sans s'arrêter et se gara plus loin dans la rue.

Que se passait-il ? Elle régla le rétroviseur extérieur de sorte à pouvoir voir l'entrée de l'immeuble. Nick en sortit, l'air ravi. Il prit la plus grosse des valises et l'emporta dans le hall. Judy le suivit avec les deux plus petites. La porte se referma derrière eux.

Angie resta assise là une demi-heure, se demandant quoi faire. Ni l'un ni l'autre ne ressortirent du bâtiment. Il ne pouvait pas s'agir de ce qu'il semblait. Après tous les efforts qu'elle avait faits pour se persuader qu'il ne la trompait pas. Y avait-il bel et bien quelque chose entre eux ? Effrayée, l'estomac noué, elle retourna chez sa mère. Elle acheta le sèche-cheveux le plus cher qu'elle pût trouver en chemin.

Deux heures plus tard, Nick téléphona. Elle entendait le brouhaha de conversations joyeuses, derrière lui.

—Salut, chérie ! Je suis désolé de ne pas être encore rentré.

—Je commençais à m'inquiéter… Tout va bien ?

—Très bien ! J'ai reçu un appel du travail et je suis passé au bureau, mais c'était un traquenard : les gars avaient prévu de m'emmener boire un verre pour mon enterrement de vie de garçon… Je n'ai pas pu refuser.

—Ah, d'accord… C'était gentil de leur part. Je suppose que tu n'es pas près de rentrer, alors ? lui demanda-t-elle, se forçant à prendre un ton dégagé. Tu veux que je passe te prendre ?

Il lui mentait ! Elle n'arrivait pas à le croire.

—Non, merci, tu as assez à faire comme ça… Si ça se termine trop tard, je dormirai à l'appartement et je t'appellerai demain matin. Pas la peine de dépenser une fortune en taxi alors que je peux dormir au bout de la rue ! Je suis désolé pour cet imprévu, ma chérie.

Hébétée par le choc, elle ne prit conscience qu'elle pleurait que lorsque sa mère lui demanda :

—Angie, qu'est-ce qui ne va pas ?

—Rien. Nick est à son enterrement de vie de garçon. Les gars au travail lui ont tendu un piège.

—Cela devait arriver ! Ce n'est pas grave, nous avons

348

une bouteille de vin rouge et un paquet de chips, nous nous ferons une petite soirée tranquille devant la télé.

* * *

À 5 heures du matin, après avoir passé la nuit à s'agiter sans trouver le sommeil, Angie descendit dans la cuisine. Elle trouva sa mère assise à table, avec son classeur de mariage et deux tasses de thé brûlant.

—Tu as fait un merveilleux travail, maman. Le temps est passé à toute vitesse, tu ne trouves pas ? lui demanda-t-elle aimablement, alors même qu'elle avait l'estomac soulevé.

Elle avait été malade, elle avait vomi plusieurs fois. Au lieu d'être surexcitée, elle se sentait perdue, désorientée, profondément blessée.

Poppy sourit.

—Tu veux bien signer ceci ?

Angie prit le stylo que sa mère lui tendait et griffonna sa signature partout où elle le lui indiquait. Elle ne savait même pas ce qu'elle signait, mais si elle lisait ce qui était écrit sur ces formulaires, elle risquait d'hésiter, et sa mère se douterait que quelque chose n'allait pas.

—N'oublie pas de prévoir les fleurs pour l'église, et de revoir les plans de la réception avec Agapi et Voula, dit Poppy. C'était pratique que Stavro emporte avec lui les petits cadeaux pour les invités, et tout ça…

Stavro avait aussi emporté leurs alliances, car il devait être leur *koumbaros*, leur témoin. Il serait tellement déçu quand il apprendrait que le mariage n'aurait pas lieu.

—J'imagine une fête sur la place du village, poursuivit Poppy, se tapotant les cheveux et clignant des yeux plusieurs fois. Je vais revoir mes amies… À quoi ressemblent-elles, maintenant ?

Angie hésita, ployant sous le poids de sa décision. Sa pauvre maman allait être terriblement déçue, elle aussi, qu'elle ne se marie pas. Poppy adorait Nick. Angie sentit sa gorge se serrer. Elle aussi adorait Nick ! Des larmes lui brûlaient les paupières. Et tous ces gens adorables, au village, qui cuisinaient pour la réception !

Pourquoi ne pas au moins maintenir cela ? Fêter le fait qu'une grossière erreur avait été évitée ? Les festivités marqueraient les retrouvailles de la famille Kondulakis. Elle pourrait parler au pope, lui expliquer la situation, dire à tout le monde qu'elle était désolée, que le mariage était annulé, mais que la réception aurait bien lieu.

Oh, Nick !

—Angie ? Qu'est-ce qui ne va pas ?

—Oh, rien, j'étais perdue dans mes pensées. Tu me demandais à quoi ressemblent tes amies, maintenant… Elles sont dodues, bavardes, charmantes, mais elles vont être horriblement jalouses quand elles vont voir ta nouvelle coiffure, maman !

Poppy eut un grand sourire.

—Je veux que tu sois fière de moi.

—Ne dis pas de bêtises, bien sûr que je suis fière de toi ! Elle serra tendrement la main de sa mère dans la sienne.

—C'est dommage que je ne puisse pas faire le voyage avec toi aujourd'hui, mais je n'aurais vraiment pas osé rater ma visite de contrôle à l'hôpital. Enfin, de toute façon, ce sera bien de prendre l'avion avec Nick… Cela nous rapprochera !

Bon sang ! Angie n'avait pas pensé à cela. Il faudrait qu'elle trouve une solution, quelqu'un d'autre pour faire le voyage avec sa mère. Shelly et Debs prenaient-elles le même avion ? Elle se rendit soudain compte qu'elle n'avait pas parlé à ses meilleures amies depuis des jours entiers. Elle les appellerait de l'aéroport pour leur annoncer la mauvaise nouvelle.

—Je regrette de partir aussi tôt, maman, mais le vol de

9 heures était le plus raisonnable. Je ferais mieux d'aller chercher ma valise, le taxi sera là d'une minute à l'autre…

À l'étage, Angie promena son regard sur sa chambre. Elle s'était dit qu'elle serait une femme mariée la prochaine fois qu'elle la verrait, mais elle savait maintenant que ce ne serait pas le cas. Son grand lit était comme un vieil ami, elle se rappelait s'y être pelotonnée, serrant son oreiller contre elle, en pensant à son nouveau patron. Trois ans plus tard, elle s'apprêtait à aller en Grèce et à annuler son mariage avec ce même homme.

Des larmes coulèrent sur ses joues tandis qu'elle fermait sa valise. Ses pensées se tournèrent à nouveau vers le moment où Nick et elle avaient découvert qu'ils étaient tous les deux fans de *Doctor Who*. Dans sa valise, soigneusement emballée dans du papier bulle, se trouvait la figurine parfaite pour leur gâteau de mariage : un homme entraînant sa fiancée dans le TARDIS. Elle l'avait trouvée sur Internet, et même si elle n'était pas assortie au gâteau traditionnel avec ses trois étages et ses colonnes doriques, Nick l'aurait adorée.

Pourquoi a-t-il fallu que tu tombes amoureux de quelqu'un d'autre, Nick ? Je t'aime tant !

Peut-être devrait-elle lui donner quand même le TARDIS. Elle se jura de ne pas devenir l'une de ces fiancées abandonnées amères et aigries. Cependant, avec qui allait-elle avoir les enfants dont elle rêvait, sinon avec son cher Nick ?

D'autres larmes coulèrent sur ses joues.

Je t'aimerai toujours, Nick. Comment avons-nous pu en arriver là ? Ai-je simplement été trop égoïste, pendant trop longtemps ? J'ai essayé de changer, honnêtement ! Je devrais te détester, mais je n'y arrive pas.

—Angelika, ton taxi est là ! lui cria sa mère du rez-de-chaussée.

* * *

Tandis que le taxi démarrait, Angie se rendit compte que se morfondre n'aboutirait à rien. Elle valait mieux que cela. Elle devait faire face à Nick, lui annoncer avant d'aller en Crète qu'elle ne l'épouserait pas. Elle devait lui rendre sa bague et lui souhaiter d'être heureux. Se comporter de façon convenable. Si son bonheur était au côté de Judy, elle devrait l'accepter et vivre avec ses espoirs et ses rêves anéantis.

Elle avait le cœur brisé.

Elle donna au chauffeur de taxi l'adresse de l'appartement et lui demanda d'aller le plus vite possible. Elle s'apprêtait à faire l'une des choses les plus difficiles de sa vie.

Sur le seuil, son trousseau à la main, elle s'aperçut qu'il lui manquait la clef de l'appartement. Nick avait dû la retirer du porte-clefs sans qu'elle s'en rende compte. Après tout, l'appartement était à lui. Elle était enfermée dehors, expulsée de sa vie, de son cœur. Elle faillit s'effondrer là, sur le pas de la porte. *Oh, Nick !*

Elle sonna à l'interphone et regarda la caméra au-dessus de la porte.

Se pouvait-il qu'elle se soit trompée ? Un cruel coup du sort l'avait-il amenée à croire à tort qu'elle l'avait perdu ? Elle espérait de tout son cœur qu'il s'agissait d'un terrible malentendu.

Après un moment qui lui parut interminable, elle entendit le petit bruit sec de la porte qui s'ouvrait. Elle monta l'escalier et, essoufflée, tremblante, frappa à la porte de l'appartement.

Elle pensa à *yiayá*, forte et dévouée, encore aujourd'hui. N'avait-elle pas toujours pris les bonnes décisions, quelles que soient les difficultés qui se présentaient ? Comme quand elle avait laissé son bébé sur la corniche pour sauver ses autres fils. Angie aussi pouvait être forte et dévouée ; peut-être pas autant que sa grand-mère, mais elle ferait de son mieux. Elle suivrait l'exemple de Maria.

Elle eut le souffle coupé quand la porte s'ouvrit et que Judy Peabody apparut devant elle. Ses cheveux blonds étaient ébouriffés, son pyjama de soie grise froissé.

—Où est Nick ? lui demanda Angie entre ses dents, les poings serrés, essayant de deviner ce que Maria aurait fait dans une telle situation.

Judy haussa les épaules et leva les paumes vers le ciel.

—Il dort ?

Angie faillit s'étrangler tant elle était furieuse. Elle tira sur sa bague de fiançailles pour la retirer et la lui lança, résistant à l'envie de la fourrer dans sa jolie gorge blanche.

—Donnez-lui ceci, voulez-vous ? Le mariage est annulé !

Elle jeta un coup d'œil par-dessus l'épaule de Judy, espérant apercevoir Nick, mais il n'apparut pas. Elle tourna alors les talons et redescendit précipitamment l'escalier, la vue brouillée par la douleur et les larmes.

* * *

Les agents de sécurité de l'aéroport de Heathrow la traitèrent comme si elle était soupçonnée de terrorisme. On lui confisqua sa coûteuse mousse coiffante et son dissolvant. Quand on lui ordonna de le jeter dans la poubelle réservée aux « articles dangereux », elle aspergea de mousse les autres articles de toilette qui avaient été confisqués, par vengeance. Ensuite, punie par un vol retardé de trois heures, elle eut tout le temps de se tourmenter en pensant à Nick. Ne supportant plus d'attendre son appel, elle éteignit son téléphone.

Dans l'avion, tenaillée par un sentiment de rejet, elle ne put s'empêcher de se demander ce qu'il faisait maintenant… et maintenant… et maintenant, jusqu'à ce que, n'y tenant plus, elle se réfugie dans les toilettes pour pleurer.

Les choses ne s'améliorèrent pas à son arrivée en Crète. Il faisait une chaleur étouffante dans l'aéroport poussiéreux, et il y régnait une pagaille encore plus grande qu'un mois plus tôt. Pendant qu'elle faisait la queue pour montrer son passeport, elle pensa à Maria. Comment sa grand-mère réagirait-elle quand elle lui dirait qu'il n'y aurait pas de mariage ? Angie détestait l'idée de la décevoir.

Les bagages de son vol furent ensuite intervertis avec ceux d'un autre, arrivé peu après le sien. Quand les passagers se rendirent compte que les écrans indiquaient le mauvais tapis roulant, ce fut la cohue.

Elle se retrouva ensuite avec un chariot à bagages bancal, qui ne cessait de rouler de travers et de se prendre dans les jambes des gens, excédés. Finalement, l'employé de la compagnie auprès de laquelle elle avait réservé une voiture lui soutint qu'il ne trouvait aucune trace de sa réservation. Une dispute s'ensuivit, tandis que la famille qui attendait derrière elle ronchonnait et soufflait.

Par chance, sa mère lui avait imprimé la confirmation de réservation, et comme il n'y avait plus de petites voitures, on lui en donna une grosse sans lui faire payer de supplément ; on ne lui présenta toutefois pas d'excuses.

Elle quitta l'aéroport à vive allure, penchée sur le volant, passant à l'orange et insultant les conducteurs incapables d'utiliser leurs rétroviseurs ou leurs clignotants. Elle s'arrêta à la première station-service qu'elle trouva. Un camion-citerne était en train de remplir les pompes.

—Il y en a pour vingt minutes, lui annonça le pompiste quand elle baissa sa vitre et fut saisie par l'odeur forte de l'essence.

—Laissez tomber !

Elle donna un grand coup de volant pour faire demi-tour et quitter l'aire de stationnement. *Quel début de séjour !*

Le soleil glissait déjà vers la cime des montagnes, donnant au ciel une couleur pêche. Quand elle arriva à la station-service suivante, un mélange de grenat, de pourpre et de noir striait le firmament.

Elle fouillait dans son sac à main à la recherche d'euros quand on tapa à sa vitre. Elle sursauta et leva les yeux vers l'homme qui affichait un grand sourire.

—Manoli, que faites-vous ici ? lui demanda-t-elle, soulagée de voir un visage ami.

—Ah, content de vous revoir, Mademoiselle ! J'ai donné ma voiture à réviser. Vous pouvez me déposer à Viánnos ?

—Bien sûr, montez !

Elle alluma ses phares et prit le chemin de la civilisation.

—Pourquoi vous êtes revenue si vite ? Ça vous plaît ici, oui ?

—Je suis censée me marier, Manoli, à Amiras.

Elle quitta brièvement la route des yeux pour voir sa réaction.

—Félicitations ! Je viendrai.

Déconcertée, elle le regarda de nouveau.

—Cela ne se fera peut-être pas… Je ne sais pas encore.

—Attention ! s'écria-t-il, les yeux rivés sur la route. Cette route est dangereuse, beaucoup de gens sont morts ici. Vous voyez toutes ces chapelles ? Des conducteurs sont tombés dans le ravin.

—Ah, oui, j'avais remarqué qu'elles se trouvaient généralement dans les virages.

—C'est une longue chute.

Ils restèrent silencieux jusqu'à Viánnos, dont le centre

était plein d'animation. Les gens du coin se promenaient fièrement dans la rue principale.

—Je suis heureuse d'être de retour, dit Angie, essayant de se détendre sous le grand arbre avec une bière.

Nick et Judy, Nick et Judy, Nick et Judy. Elle n'arrivait même pas à soutenir une conversation avec Manoli, qui lui réserva sa chambre.

Celle-ci, havre de paix lors de son premier séjour, devint une chambre de torture chargée de souvenirs. Elle téléphona à sa mère, lui raconta les déboires de son voyage, et lui donna une liste de choses à apporter en Crète. Pour la deuxième nuit de suite, elle ne trouva pas le sommeil tant elle était malheureuse.

* * *

Le lendemain matin, juste avant d'entrer dans le village d'Amiras, Angie s'arrêta sur le bas-côté de la route et prit un moment pour se calmer. Nick avait certainement récupéré sa bague de fiançailles, maintenant, et il était sans doute soulagé. Il avait dû redouter de lui dire la vérité car, d'une certaine façon, il se souciait d'elle, elle en était absolument sûre. Arriverait-elle un jour à lui reparler ?

Il s'était passé tant de choses depuis la première fois qu'elle s'était trouvée sur cette route ! Elle avait trouvé sa famille, mais elle avait perdu son fiancé, sa mère avait eu une crise cardiaque, et maintenant, elle avait de bonnes raisons de croire qu'elle était enceinte. Elle n'avait pas envie de faire le test, craignant que le résultat ne l'influence.

Deux matins de suite, elle avait vomi. Elle se rappelait sa joie, à peine deux jours plus tôt, quand elle s'était rendu compte qu'elle était peut-être enceinte. Il lui avait semblé que tous ses rêves se réalisaient. À peine quelques heures plus tard, le rêve s'était changé en cauchemar. Elle n'arrivait maintenant plus à réfléchir. Que faire ? Elle avait acheté un test de grossesse, mais décidé d'attendre d'être en Crète pour le faire. Elle usait de tactiques dilatoires parce qu'elle ne savait pas ce qu'elle ferait si celui-ci s'avérait positif.

Elle regarda fixement le monument aux morts, sur la corniche. L'atrocité de la tragédie lui apparut soudain. La terrible souffrance de Maria, encore brute après tout ce temps, multipliée par la souffrance de toutes les autres familles qui avaient perdu leurs hommes. Des gens innocents, leurs vies détruites, et pour quoi ? Elle secoua la tête avec tristesse.

Elle repensa à l'après-midi où *yiayá* avait revécu l'horreur du massacre. Elles avaient pleuré ensemble, et leurs larmes avaient tissé un lien entre elles, qui ne serait jamais brisé, Angie en était convaincue. Elle s'était attachée à sa grand-mère, elle l'aimait beaucoup, et elle sentait l'affection profonde de sa grand-mère en retour. Lors de ce séjour, elle aurait le temps d'examiner l'épitaphe, de chercher bébé Petro et son arrière-arrière-grand-père, Matthia, dont son oncle grincheux avait hérité le prénom. Son regard se porta sur l'horizon. Elle se sentait chez elle. Quand Poppy et Maria seraient enfin réunies, cela compenserait-il pour elle la perte de l'homme qu'elle aimait ?

Elle leva les yeux vers le ciel d'un bleu intense et pensa à son père.

Je présume que tu veilles sur nous, papa, et je sais que tu aurais apprécié l'homme que je m'apprêtais à épouser. J'aime Nick de tout mon cœur, et il m'a longtemps aimée, aussi... Il a été absolument merveilleux. Je crois que j'attends un enfant de lui, alors je ne suis pas sûre de ce qui va se passer ensuite. Je ne veux pas utiliser le bébé pour essayer de le récupérer. Nous étions tous les deux si impatients d'avoir des enfants ! Que dois-je faire ?

J'aurais voulu que tu puisses assister à notre mariage, papa. C'est impossible, évidemment, mais j'espérais que tu serais là par l'esprit. Bien sûr, maintenant, il n'y aura pas de mariage. Mes rêves sont brisés, comme ceux de maman. Elle a été formidable. Elle t'aime encore de tout son cœur. Quand elle arrivera à Amiras, elle repensera à votre mariage, au moment où elle a remonté l'allée centrale de l'église pour te rejoindre, je le sais. Pourrais-tu lui faire un signe, si c'est possible ? Je suis sûre que tu vois ce que je veux dire. Je t'aime, papa. Je t'ai toujours aimé, et je t'aimerai toujours.

Soudain, Angie eut envie d'être avec Maria plus que tout au monde. Elle se hâta de se rendre au centre du village, se gara, et monta précipitamment l'escalier qui conduisait chez sa grand-mère.

—*Yiayá* ! cria-t-elle en écartant le rideau de lanières multicolores, entrant dans la petite maison, et se tenant avec un grand sourire béat devant la vieille dame.

—Angelika ! s'écria Maria, les yeux pétillants.

Angie serra tendrement sa grand-mère dans ses bras, songeant une fois de plus qu'elle était bien frêle.

—*Yiayá*, je suis tellement heureuse de te revoir…

Elle déposa un baiser sur ses joues toutes douces, résistant à l'envie de la serrer contre elle de toutes ses forces.

—Moi aussi, *koritsie.*

Yiayá était assise à sa place habituelle, dans le canapé. *Papoú*, dans son fauteuil, lui fit un grand sourire, faisant cliqueter les perles de son *komboloï* dans sa main. Elle avait l'impression de n'être jamais partie.

—Assieds-toi à côté de moi, Angelika, dit Maria d'une voix douce.

—Je suis contente d'être de retour, *yiayá*.

Sa grand-mère hocha la tête et lui posa une main sur la joue.

—Alors comme ça, tu as persuadé Poppy de revenir à Amiras… Je vis dans l'espoir depuis des décennies, Angelika. Les lumières se sont éteintes quand elle est partie, et après quarante ans de ténèbres, tu m'as apporté la joie. Aurais-je encore la chance de serrer ma fille dans mes bras ?

Elle lui prit la main.

—J'ai peine à le croire. La famille sera presque au complet pour ton mariage. Si seulement… mais non, nous ne pouvons pas ramener les morts à la vie, sinon dans nos cœurs. Ceux qui ne peuvent être présents à la cérémonie seront avec nous par la pensée, *koritsie*.

Papoú acquiesça d'un hochement de tête et se signa.

—Mon père, tu veux dire ?

—Je veux dire Petro.

—Bien sûr. Je suis désolée.

* * *

—J'ai hâte d'entendre le reste de ton récit, *yiayá*, dit Angie, espérant que quelqu'un l'aiderait à chasser Nick de son esprit avant que la douleur qui lui étreignait le cœur ne la rende folle.

—Rappelle-moi où nous en étions…

—Le nazi avait failli te tuer, et tu avais perdu Matthia dans la montagne.

—Ah, oui ! Je m'en souviens très bien, Angelika. J'ai retrouvé mon fils et notre chèvre avec un petit groupe de femmes d'Amiras, qui s'enfuyaient aussi.

—Tu as dû être tellement soulagée, *yiayá* !

Maria hocha la tête, les yeux écarquillés, comme si elle regardait fixement le passé.

—Oui… mais nos ennuis étaient loin d'être terminés.

31

Crète, 1943.

Ensemble, nous atteignîmes le plateau de Lassithi, haut dans la montagne. On nous permit de nous mettre à l'abri dans trois moulins à vent en ruines, à l'orée d'un village.

Pendant que nos enfants jouaient, les trois autres femmes d'Amiras et moi nous assîmes en tailleur sur le sol et discutâmes de la meilleure façon de nous loger. Nous finîmes par décider de partager l'un des moulins, qui était presque entier et avait trois étages. Mes garçons et moi prîmes l'étage du milieu, construit autour de gros rouages en bois actionnés par les ailes. Les ailes elles-mêmes avaient disparu depuis longtemps, et le mécanisme était donc immobile.

Eva et son fils, Stefan, prirent l'étage plus étroit au-dessus du nôtre. Joanna et Stavroula, avec leurs adolescentes, dormirent tout en bas, à l'étage le plus large. Chaque famille aurait pu avoir son propre moulin, mais nous nous sentions plus en sécurité tous ensemble.

Nous fixâmes une vieille aile abandonnée devant la porte. Nous plaçâmes les planches d'une autre aile au-dessus d'un trou pour construire des toilettes de fortune, à une dizaine de mètres de là. La « cabane à caca », comme nous l'appelions, pour le plus grand plaisir des enfants, était une construction triangulaire comique, sans toit, qui nous permettait d'avoir un peu d'intimité.

La vie était dure, les mois s'écoulèrent, marqués par la maladie et la faim. Chaque jour, nous redoutions l'arrivée des nazis. Les moulins à vent étaient situés au sommet d'une crête aux abords du village. Nous avions pris l'habitude de parcourir le plateau des yeux avant de nous aventurer au-dehors.

Il commença à pleuvoir à la mi-octobre. Nous déplaçâmes notre literie pour éviter les fuites du toit. Notre nourriture se composait d'escargots, de champignons sauvages, et de jeunes pousses de cactus que nous épluchions et faisions bouillir. Nous ramassions des glands, des caroubes, des noix et des figues, et en faisions des réserves. Nous préparions des ragoûts d'orties, de pissenlits, de millet, de panais sauvages et d'asperges.

Chaque jour était une lutte acharnée pour trouver de quoi nous nourrir. Nous n'avions plus que la peau sur les os. Mes seins, encore gonflés de lait quelques semaines plus tôt, pendaient maintenant comme deux crêpes sur mes côtes. Cependant, nous survivions.

Un matin, alors que nous cueillions des caroubes, je me pris à penser à Petro. Comment aurais-je fait pour amener ma famille jusque-là si j'avais dû en plus m'occuper d'un nouveau-né ? Je savais que cela aurait été impossible. On dit que les voies du Seigneur sont impénétrables, et c'est vrai. Si Petro avait été avec nous, nous serions probablement tous morts, en fin de compte.

Les puces nous torturaient. Nos ongles étaient noirs, incrustés du sang séché de notre cou et de nos aisselles. Le plancher et les murs foisonnaient de parasites, qui se gorgeaient de notre sang quand nous dormions et se cachaient dans les coins et recoins de notre corps. Nous nous réveillions tous les matins tachés de sang et écœurés.

Je m'inquiétais pour Matthia. Il devenait apathique et peu communicatif, son ventre était gonflé et ses membres fins comme des brindilles. J'étais sûre qu'il allait mourir, et l'injustice de la chose me rendait amère. Malheureuse, je parlais à mes amies d'un ton hargneux et me montrais sèche avec Stavro.

Eva et Stavroula décidèrent de retourner au rucher. Elles revinrent le lendemain avec quatre cadres dégoulinants de miel et plusieurs piqûres d'abeilles. Matthia ne manifesta pas le moindre signe d'intérêt. Il resta allongé sur les peaux de mouton, à regarder fixement le plafond.

Joanna marcha péniblement jusqu'au village et demanda s'il y avait un docteur, même si nous n'avions pas d'argent pour le payer. Elle revint avec une dame d'une soixantaine d'années d'aspect robuste, vêtue de noir. On l'appelait *yiayá Fotiá*, grand-mère Feu.

—Il a le mauvais sang, déclara-t-elle après avoir passé une main sur sa peau sèche, l'avoir forcé à ouvrir les paupières et avoir examiné sa langue. Nous devons le saigner.

J'avais vu mon père subir une saignée. L'idée de mon pauvre petit Matthia connaissant le même sort me rendait malade. Joanna me persuada que la vieille dame savait ce qu'elle faisait. Je fis de mon mieux pour rassurer Matthia pendant que mes amies l'asseyaient à califourchon sur le poteau central du moulin. Elles lui attachèrent les bras et les jambes de l'autre côté du poteau, de sorte que son corps soit pressé contre le bois et qu'il reste immobile. Je ne cessais de lui parler, lui répétant qu'il se sentirait bientôt mieux.

Yiayá Fotiá fit chauffer ses ventouses sur le feu, puis elle sortit une lame de rasoir. Mon estomac se souleva.

Matthia pleurait amèrement.

Elle lacéra son beau dos blanc, puis plaça les ventouses chaudes sur les plaies. En refroidissant, elles aspirèrent le sang de ses coupures.

Matthia hurla de douleur.

Quand elle plaça la sixième ventouse sur son dos, je ne pus en endurer davantage.

—Arrêtez ! criai-je, écœurée. Je ne veux pas que vous fassiez ça !

Yiayá Fotiá se rendit compte de ma détermination.

—C'est votre enfant, dit-elle. Une mère sait toujours quand c'est assez.

Mortifiée, je compris que j'aurais dû l'arrêter après la première coupure.

Le regard de *yiayá Fotiá* se posa sur mes mains, maintenant infectées aux endroits où les brûlures ne cessaient de s'ouvrir.

—Je vais aller chercher des herbes pour faire un cataplasme.

Dans l'heure, elle revint avec une grosse touffe d'*asko zitsára*, de la ciguë.

Stavro la regarda réduire les tiges en purée.

—Ne touche pas, mon fils, dis-je. Le jus est toxique.

La mixture sentait la souris crevée.

—Il y avait les mêmes plantes à côté du cimetière, à la maison, maman, dit Stavro, avec des taches sur les tiges. Un jour, nous allions en prendre pour faire des sarbacanes, mais le pope est sorti du cimetière et nous a dit de ne pas toucher à ces plantes.

Je frissonnai à l'idée qu'ils avaient failli mettre de la ciguë dans leur bouche.

—Il a bien fait ! Quand Socrate a été condamné à mort, on l'a obligé à se suicider en prenant de la ciguë.

Stavro jeta un coup d'œil à Matthia, allongé sur le ventre sur une peau de mouton, malheureux comme les pierres. Je perçus l'inquiétude de Stavro qui, après quelques instants d'hésitation, joua la comédie pour son petit frère. Il se tortilla par terre comme un chien infesté de puces, sans quitter des yeux le visage de Matthia.

—Socrate est-il mort dans d'atroces souffrances, maman ? Est-ce que son ventre a explosé et ses entrailles ont-elles éclaboussé le plafond ? Argh, argh ! Est-ce que ses yeux ont été projetés hors de sa tête et ont roulé par terre ? Et pendant qu'ils étaient par terre, est-ce qu'il en a profité pour regarder sous les jupes des filles ?

Il posa ses mains sur ses yeux, les retira vivement.

Matthia esquissa un sourire.

—Stavro, tu es dégoûtant. Le pauvre vieux Socrate s'est simplement endormi, sans la moindre douleur. Et surveille ton langage, ou je te donne une fessée.

—Il faudra d'abord que tu m'attrapes, maman… Je parie que tu n'arriveras pas à m'attraper !

Stavro courut autour de moi et de *yiayá Fotiá*.

Matthia eut un petit rire.

—Vous devriez maîtriser cet enfant, dit *yiayá Fotiá* tout en m'appliquant le mélange répugnant sur les mains. Il va vous donner du fil à retordre si vous ne le faites pas.

Derrière elle, Stavro mit ses pouces dans son nez et agita les doigts.

Matthia éclata de rire.

—N'exagère pas, Stavro, lui dis-je en le menaçant du regard, alors même que je me réjouissais intérieurement.

Stavro était un enfant très spécial.

—Je n'ai rien pour vous payer, dis-je à *yiayá Fotiá* quand elle s'apprêta à partir.

—Vous pourriez apprendre à lire à ma petite-fille. Je vous l'enverrai demain après-midi.

* * *

Cette enfant avait dû faire courir la nouvelle : moins de deux semaines plus tard, j'avais six élèves qui venaient prendre des leçons de 16 heures à 18 heures. On me donna, en guise de paiement, un bidon d'huile d'olive, un sac de lentilles, un sac d'avoine pour faire de la bouillie, une poule pondeuse, une chaise avec un pied cassé, un manteau de l'armée, et la moitié d'un parachute.

Nos vies s'en trouvèrent considérablement améliorées.

Le pope du village m'offrit une boîte de craies blanches, et je noircis une partie du mur avec de la suie pour faire un tableau. Il m'envoya aussi un paquet de crayons et un rouleau de papier, dont je découpais soigneusement des morceaux quand les enfants devaient écrire quelque chose.

Un matin, alors que je nettoyais le sol, je remarquai un bout de papier qui dépassait de sous les peaux de moutons d'Andreas, sur lesquelles mes garçons dormaient. Je le pris, découvris des dessins d'enfant représentant un bébé, et reconnus la patte de Stavro. Je le fis venir auprès de moi.

—Qu'est-ce que c'est que ça, mon garçon ? lui demandai-je en lui montrant les dessins.

—Pardon, maman. Est-ce que je vais me faire gronder parce que j'ai volé du papier ?

—Il te suffisait de m'en demander, Stavro, je t'en aurais donné.

—Je ne voulais pas te faire de peine, maman.

—Pourquoi croyais-tu que cela me ferait de la peine ? Est-ce que c'est Petro ?

Il hocha la tête, se tordit les mains et regarda par terre.

—Je ne veux pas l'oublier.

Il leva vers moi un visage triste.

—Il est mort, n'est-ce pas ?

—Hélas, oui, mon fils. Dieu a décidé que sa place était au paradis… et il a bien fait, Stavro : il n'aurait jamais survécu à notre terrible voyage, n'est-ce pas ? Nous-mêmes avons failli ne pas nous en sortir.

Stavro plongea ses yeux dans les miens et je perçus son embarras.

—Dis-moi, fils, dis-je avec douceur.

—J'ai l'impression que je commence à l'oublier. C'était mon petit frère, maman, et je sais que ça fait bébé, mais, tu sais, je l'aimais.

Sa voix se brisa. Je baissai les yeux un moment.

—Stefan m'a dit ce qui s'était passé au village quand nous étions cachés, reprit Stavro. Ils ont tué plein de gens. Nos amis. Est-ce que Petro était avec eux ?

Le cœur brisé, maîtrisant à grand-peine mes propres émotions, je murmurai que Petro était effectivement l'un des martyrs de cette atroce journée.

—Eh bien, moi, je voudrais que les gens se souviennent de moi, tu sais, si j'avais été tué, dit Stavro, parce qu'on dit que tout ce qui reste d'une personne, c'est son souvenir dans la tête des autres. J'ai eu un peu peur quand je me suis rendu compte que j'oubliais à quoi ressemblait bébé Petro, alors j'ai essayé de le dessiner pour qu'il reste bien vivant dans ma tête. Je ne veux pas l'oublier. Jamais.

Je me mordillai la lèvre inférieure, incapable de parler. *Oh, Stavro !*

—Tu es fâchée contre moi, maman ?

Je secouai la tête et lui passai un bras autour des épaules. Nous restâmes assis en silence pendant quelques minutes avant que Stavro ne reprenne la parole.

—En tout cas, ça a marché.

—Qu'est-ce qui a marché, fils ?

—Dès que j'ai commencé à le dessiner, je me suis rappelé des choses.

—C'est vrai ? Comme quoi ? lui demandai-je en souriant, curieuse de ce dont il s'était souvenu.

Il regarda dans le vide, distant mais calme.

—Tu te souviens quand il serrait ses petits poings et qu'il boxait ? Il avait les yeux brillants, comme s'il regardait fixement quelqu'un à qui il avait envie de mettre un coup. Ça me faisait toujours rire, je pouvais le regarder pendant des heures… Et sa tache de naissance, l'oiseau rouge foncé derrière sa tête ? On aurait dit qu'il volait au-dessus de son cerveau. Et je me souviens que, parfois, il plissait la bouche, comme s'il sifflait un air qu'on ne pouvait pas entendre.

Les yeux de Stavro pétillaient. Il y eut un autre silence, puis il déclara, avec la plus grande sincérité :

—J'aurais voulu qu'il vive, maman, il aurait été un frère génial.

—Nous ne pouvons rien changer à ce qui s'est passé, Stavro, c'est certain, dis-je, retenant mes larmes, et tu as Matthia, mais tu as raison, nous ne devons pas oublier bébé Petro.

* * *

Bien que nos vies se soient améliorées, Matthia demeurait mal en point. Son corps se couvrit de boutons, qui laissèrent bientôt la place à des plaies ouvertes. *Yiayá Fotiá* nous rendit une autre visite, ce qui terrifia Matthia, mais je lui promis qu'il n'y aurait plus de saignée. Elle me dit que mon fils avait la gale, une maladie infectieuse très contagieuse.

Joanna, Eva et Stavroula déclarèrent qu'il devrait aller vivre dans l'un des autres moulins, ou que nous attraperions tous le parasite redouté, et que cela leur suffisait d'être dévorées par les puces, qu'elles refusaient de vivre avec des parasites sous la peau.

Je demandai à mes élèves de ne pas revenir et leur expliquai pourquoi. Le lendemain, un petit homme chauve à lunettes vint me voir et se présenta comme le médecin du village. Il examina Matthia et me dit qu'il n'avait pas la gale, que ses rougeurs étaient dues à la sous-alimentation. Il me donna des bons pour de la nourriture, presque inutiles étant donné le peu qu'il y avait dans les commerces du village. Cependant, cela signifia le retour de mes élèves, et des paiements occasionnels en œufs et en pommes de terre. Stavro jouait avec Matthia à des jeux l'incitant à manger, et il parvenait à lui faire avaler presque tout ce qui se trouvait devant lui.

L'été se termina brusquement, le dernier jour d'octobre. L'air se rafraîchit considérablement et, vêtus de tous nos habits, nous nous blottîmes les uns contre les autres sous les sacs en toile de jute. J'empruntai une aiguille, du fil de coton et des ciseaux à l'un des parents de mes élèves, et fabriquai des pantalons longs pour mes garçons dans la toile de tente verte que des Italiens en fuite avaient oubliée.

Peu à peu, Matthia reprit des forces. Nous entendîmes dire que les nazis avaient quitté la région et que nous pouvions retourner à Amiras. Nous prévoyions de prendre la route la semaine précédant Noël, mais des chutes de neige nous en empêchèrent.

À la mi-janvier, une amélioration du temps permit aux charrettes de reprendre la route. Nous suppliâmes un marchand de pommes de terre qui partait pour Ierapetra de nous emmener. Il accepta de nous déposer dans notre village. Nous montâmes tous à l'arrière de sa charrette avec nos maigres possessions emballées dans des morceaux de couvertures ou de toile à voile. Transis de froid, les fesses meurtries par le long trajet cahoteux, nous arrivâmes enfin à Amiras.

32

Crète, aujourd'hui.

—Angelika ! s'exclama brusquement Maria.

Angie vit l'expression perplexe de ses grands-parents et s'aperçut qu'elle s'était perdue dans ses pensées, toutes tournées vers Nick. Elle devait leur dire que le mariage était annulé. Plus elle attendait pour le faire, plus cela serait difficile. Elle toucha machinalement son annulaire gauche pour faire tourner sa bague de fiançailles, un tic nerveux, et prit conscience qu'elle ne l'avait plus. Peut-être Judy la portait-elle ?

Pourquoi se torturait-elle avec ce genre d'idée stupide ?

—Ta mère est au courant ? lui demanda Maria avec douceur.

Angie releva vivement la tête, stupéfaite, sans voix, la regardant d'un air interrogateur.

—Je ne vois qu'une seule raison pour que tu aies l'air si triste et que tu ne portes plus cette belle bague.

—Cela vient de se passer, *yiayá*… Après avoir vécu avec moi pendant des années, il est tombé amoureux de quelqu'un d'autre, dit calmement Angie, retenant ses larmes. Je ne l'ai pas dit à maman, j'avais peur qu'elle annule son voyage.

Sa grand-mère lui tapota la main.

—C'est très gentil de ta part. Merci. Depuis combien de temps Nick et toi étiez-vous ensemble ?

—Trois ans.

—Et tu ne crois pas qu'il vaille la peine que tu te battes ?

—Eh bien, si, mais…

—Alors fais-le, mon enfant ! J'ai failli perdre Vassili, un jour. J'avais tout abandonné. Ne commets pas la même erreur.

Angie regarda son grand-père. Elle avait peine à imaginer qu'il ait pu faire quelque chose de mal.

—Je vais te raconter ce qui s'est passé, Angelika, dit Maria, et ensuite, tu prendras ta décision.

* * *

Amiras, 1943.

De retour à Amiras, nous découvrîmes que notre village n'avait pas subi autant de dégâts que les communautés des environs. Un chariot plein de larges planches de bois vint déposer son chargement pour que nous puissions réparer les maisons qui avaient été brûlées. La plupart des femmes étaient revenues, et quelques hommes étaient rentrés de la guerre en Albanie. Personne n'avait de nouvelles de Vassili, et je craignais de ne plus jamais revoir mon mari. Nous parvînmes à remettre un toit sur notre maison, bouchâmes les fenêtres avec des planches, et fabriquâmes une porte rudimentaire avec des bandes de peau de chèvre en guise de gonds.

Nous trouvâmes nos deux arbres chargés de fruits, à tel point que leurs branches ployaient jusqu'au sol sous leur poids. Nous mîmes les plus grosses olives dans de la saumure, dans une urne en terre cuite, pour les conserver, et nous apportâmes le reste à la fabrique d'huile, dans le bas du village, où l'âne tirait sur une meule pour écraser les fruits et en extraire l'huile. Nous rapportâmes les feuilles d'olivier à la maison pour en faire du fourrage pour les chèvres, laissâmes les noyaux sécher au soleil pour les utiliser comme combustible en hiver, et nous servîmes de la chair des olives pour faire du savon et des veilleuses. Il n'y avait aucun gâchis.

Au début, sans casseroles et sans *skapáni* pour creuser la terre, tout semblait être contre nous. Nous avions besoin de bois pour nous chauffer et pour faire la cuisine, et bien que nous fussions entourés d'arbres, nous n'avions ni scie ni hache pour couper des bûches. Avant de partir, les nazis avaient brûlé nos récoltes. Sans blé, nous ne pouvions pas faire de farine, et sans farine, nous ne pouvions faire ni pain ni biscuits.

Je me rappelai ce qu'Andreas m'avait appris, comment préparer du café et du pain avec des glands, comment prendre le sucre des graines de caroube, comment se servir de pommes de pin comme combustible pour cuisiner. Je partageai toutes ces informations avec les autres femmes du village.

Au printemps 1944, les Allemands quittèrent le territoire grec. Certains de nos soldats revinrent au village au compte-gouttes, épuisés par les combats. Dans un état lamentable, ils étaient trop malades ou trop faibles pour servir encore à l'armée. Leurs épouses prirent soin d'eux jusqu'à ce qu'ils recouvrent la santé, et ils se mirent bientôt à nous fabriquer des outils et des chaussures.

En mars, six mois après le massacre, j'étais occupée à nettoyer une demi-douzaine de pommes de terre dans l'évier du jardin, conservant précieusement les rejets pour les replanter, quand un étranger arriva. Concentrée sur ce que je faisais, je ne le remarquai que lorsqu'il fut au milieu du jardin.

L'homme maigre avait la barbe qui lui arrivait à la poitrine ; il traversa le carré de tomates fraîchement plantées, mais je n'eus pas le cœur de le gronder.

Il portait un manteau de soldat et, à en juger par la façon dont il tombait mollement sur ses épaules, celui-ci ne lui appartenait pas. Il était beaucoup trop grand pour lui. Les cheveux longs du vagabond pendaient en mèches emmêlées, et ses yeux noirs éteints étaient enfoncés dans son visage.

Le fils d'une mère, pensai-je. *Que Dieu ait pitié de lui !* Il avait dû endurer de grandes souffrances pour être réduit à cet état.

Cependant, dans ces yeux qui avaient été témoins de trop de morts, il y avait quelque chose de familier. Il se tint là, souriant, ses dents paraissant immenses dans son visage décharné. Le vent ébouriffait ses longs cheveux.

—Oui ? dis-je, me demandant d'où il venait et ce qu'il voulait.

—Tu m'as déjà oublié ?

Cette voix ! Mon mari adoré !

—Oh, mon Dieu, Vassili ! m'écriai-je, courant dans ses bras.

Son corps maigre et voûté me stupéfia, de même que son odeur. Il ne semblait pas être la moitié de l'homme qu'il était quand il était parti, à peine un an plus tôt. Le peu de peau visible sur son visage au-dessus de sa barbe hirsute était tendu sur ses os et couvert de plaies. Son corps autrefois puissant était devenu cadavérique. Je m'assis à côté du four de pierre, l'attirai contre moi et le berçai comme un bébé. Mon beau mari n'était plus que l'ombre de lui-même !

Au cours des semaines qui suivirent, je lui racontai tout ce qui s'était passé en son absence, revivant les événements, mais Vassili se montra distant et indifférent. Les quelques premiers jours, il mangea avec férocité, puis il commença à se plaindre. Je ne faisais rien de bien. Son comportement me déconcertait ; je ne me rendais pas compte qu'il avait sombré dans la dépression. Je l'aimais tant, je l'estimais tant que sa nouvelle conduite me plongeait dans la plus grande perplexité.

Je ne comprenais pas que la guerre n'avait pas changé seulement son apparence physique. Il se réveillait en sursaut dans des cauchemars, se débattant et hurlant. Son esprit s'effondrait à cause des atrocités dont il avait été témoin.

Stavro et Matthia étaient très perturbés. Ils avaient peur de ses cris, et essayaient de l'éviter.

Au mois de septembre, le petit garçon de Constantina fut baptisé. L'occasion était très heureuse, mais en même temps, triste pour nous tous. Son petit bébé, Yeorgo, avait été retrouvé au seuil de la mort, sous l'immense tas de cadavres des hommes et des garçons d'Amiras. Il était resté là, inconscient, pendant trois jours. Que ce bébé ait survécu, contre toute attente, était une source de joie pour tout le village ; s'il avait résisté dans une telle adversité, nous le pouvions aussi.

Le baptême eut lieu dans le jardin de l'église. Selon nos traditions religieuses, faire la fête moins d'un an après la mort d'un proche était impensable. La cérémonie se déroula très exactement un an après que l'on eut retrouvé Yeorgo vivant.

Pendant que nous mangions, buvions et dansions sur la place du village, pour célébrer la vie de Yeorgo, nous nous rappelions les êtres chers que nous avions perdus. Personne ne mentionna les hommes ou les garçons massacrés, mais ils étaient dans nos esprits et dans nos cœurs. Au beau milieu des réjouissances, des danses joyeuses et des conversations forcées, de nombreuses femmes fondirent soudain en larmes. Leurs voisines les serrèrent dans leurs bras, et personne ne leur demanda pourquoi elles pleuraient ni ne chercha à les faire cesser. Nous nous contentâmes d'être là les unes pour les autres, de laisser nos amies décharger leur chagrin en pleurant sur notre épaule, une fois de plus.

Tour à tour, nous fîmes toutes sauter le bébé sur nos genoux. Certaines rirent, d'autres pleurèrent, d'autres encore, profondément traumatisées, se contentèrent de le regarder fixement, happées par les souvenirs de leurs défunts. Je mourais d'envie de prendre bébé Yeorgo dans mes bras, mais j'en fus incapable. C'était trop, et trop tôt. Mon cœur se brisait encore. Si Petro avait vécu, il aurait eu le même âge.

Constantina vint s'asseoir un moment à côté de moi. C'était une belle femme. Ses longs cheveux noirs, séparés en leur milieu par une raie, étaient attachés en un chignon austère. Elle avait de grands yeux noirs sous des sourcils en accent circonflexe, et bien qu'elle fût maigre, comme nous toutes, elle avait une belle silhouette.

Nous nous tînmes la main, parlant à peine. Ce petit hommage était un geste généreux de sa part. Nos regards se croisèrent plusieurs fois, et nous hochâmes tristement la tête. Aucun mot n'était digne de ce que nous avions sur le cœur.

Nous étions bonnes amies avant cette soirée de septembre, mais après, je ne pus plus supporter de la voir avec Yeorgo. Je l'évitais. Les choses changèrent toutefois à mesure que son garçon grandit. Il jouait souvent avec Matthia, et je finis par l'accepter.

Vassili et moi étions quasiment devenus des étrangers l'un pour l'autre. Notre situation conjugale ne cessait de se détériorer. Mon mari se mit à boire, et je devins une épouse enquiquinante, toujours sur son dos, toujours à me plaindre. Bizarrement, nous détester était notre façon de nous protéger. Puis, un soir, une dispute partie d'un petit rien prit une ampleur terrible. Il me traita de sale pute et me donna un coup de poing qui me fit tomber par terre. Le nez ruisselant de sang, je m'enfuis de la maison en courant.

Quand j'arrivai au cimetière, je m'effondrai sur le sol et pleurai jusqu'à l'épuisement. À quoi bon tout cela ? Je ne voyais plus aucune raison de continuer ma vie de mortelle, n'y trouvais plus aucune joie. Vassili avait été toute mon existence, mais je l'avais poussé à boire en le tourmentant, et maintenant, il me haïssait. Il me reprochait la froideur de mes garçons, la mort de Petro, notre mode de vie appauvri. Désespérée, je songeais que mon existence ne valait plus la peine d'être vécue, quand je vis juste devant moi, comme un signe, la touffe de ciguë dont Stavro m'avait parlé.

Le paradis me semblait si tentant, si paisible ! Je cassai plusieurs tiges, et me les enfournai dans la bouche en pensant à tout ce qui s'était passé. Bientôt, je rejoindrais mon bébé Petro, et ce cher Andreas, et aussi mon adorable grand-père, Matthia, dans un lieu où l'on ne connaissait ni la faim, ni les puces, ni la violence. Je mâchai, avalai, mâchai et avalai encore, impatiente de quitter les affres de cette vie terrestre pour atteindre l'au-delà.

Je perdis peu à peu connaissance. La ciguë, mort indolore, jusqu'à ce qu'une douleur fulgurante me brûle la gorge et que j'entende la voix implorante de mon mari :

—Ne meurs pas, je t'aime, Maria ! Pardonne-moi !

Vassili pleura, supplia, des larmes de remords coulant à flots sur ses joues. Il enfonça alors ses doigts dans ma bouche, jusqu'à ce que mon estomac se soulève et que je me mette à vomir. Il veilla sur moi toute la nuit, me serrant contre lui, me tenant éveillée jusqu'à temps que le danger soit écarté et que je puisse enfin dormir.

* * *

La crise de nos vies était passée. Lentement, nous réapprîmes à nous faire confiance. Après nous être rapprochés un temps comme un couple de jeunes gens timides et nerveux se faisant la cour, notre amour revint. Par une nuit d'été délicieusement tiède, nous bûmes un peu de vin et Vassili m'emmena dehors. Il me fredonna une vieille chanson, l'une de mes préférées, et nous dansâmes au clair de lune. Nous évoquâmes des souvenirs de la vie avant la guerre et, juste avant l'aube, je lui tombai dans les bras et nous redevînmes amants.

Je suis intimement persuadée que c'est cette nuit-là, après avoir ri et pleuré ensemble, allongés sur une couverture sous le gros olivier, à la lueur de l'éblouissante constellation de Cassiopée, que nous conçûmes notre fille, Calliope.

33

Crète, aujourd'hui.

— Appelle tout de suite ton fiancé, dit Maria. Dis-lui sincèrement ce que tu ressens, Angelika. Tu dois au moins faire cela. Ne ferme pas toutes les portes. Après tout ce que je t'ai raconté, n'as-tu donc rien compris ? La seule chose qui vaille la peine qu'on se batte, en ce bas monde, ce sont les gens qu'on aime. Bats-toi, ma fille !

Elle leva le poing et l'agita sous le nez d'Angie.

— Donne tout ce que tu as... Si tu ne tiens pas plus à lui que cela, tu ne devrais pas l'épouser, de toute façon !

Troublée, Angie alla dans le jardin et son regard se porta sur l'horizon. Jusqu'à ce que Judy vienne lui ouvrir la porte de l'appartement en pyjama, elle s'était répété qu'elle se trompait au sujet de leur aventure. Et si Nick lui revenait ? Elle se demanderait toujours s'il se passait quelque chose avec une autre femme.

Elle pouvait pourtant faire preuve de détermination. Elle prendrait exemple sur sa grand-mère, dont le courage était resté infaillible dans les pires épreuves.

Elle retourna dans le salon, prit son portable dans son sac à main, et fit un petit signe de tête à Maria.

De retour dans le jardin, elle se rendit compte qu'elle n'avait pas rallumé son téléphone depuis qu'elle l'avait éteint à l'aéroport de Londres. Elle avait cinq appels manqués de Nick.

Aurait-elle dû faire le test de grossesse avant de lui téléphoner ? Il avait le droit de savoir, n'est-ce pas ?

Toutefois, il risquait alors de l'épouser dans l'intérêt du bébé, et les choses se dégraderaient forcément plus tard. Elle prévoyait déjà une séparation et une bataille en justice pour obtenir la garde de l'enfant. Pourquoi laisser un tel malheur se produire ? Elle ne voulait surtout pas que son enfant fasse les frais d'un divorce.

Elle aimait profondément Nick, et elle aurait fait n'importe quoi pour le garder à ses côtés, sauf se servir de son enfant. Son amour pourrait-il se transformer en suspicion, en ressentiment, et finalement en haine, s'ils se mariaient bel et bien maintenant ? Elle avait vu cela arriver à des amis. Cela lui semblait impossible, mais les amis en question s'étaient sans doute dit la même chose.

Elle retourna à l'intérieur et regarda sa grand-mère.

—Que dois-je faire ? Je suis tellement bouleversée que je n'arrive pas à réfléchir.

—Suis ton cœur, Angelika.

—Angelika, Angelika !

Angie reconnut la voix mélodieuse de Voula. Elle adorait sa tante, mais ce n'était vraiment pas le moment. Voula entra précipitamment dans la maison, le bras tendu vers elle pour lui donner la grosse enveloppe brune qu'elle avait à la main.

—C'est pour toi !

Perplexe, Angie cligna des yeux et regarda l'enveloppe adressée à son nom. Qui pouvait bien lui écrire à Amiras ?

Elle l'ouvrit et vit qu'elle contenait une autre enveloppe, une belle enveloppe blanche en papier gaufré, sur laquelle elle reconnut l'écriture de Nick.

À ne pas ouvrir avant le jour
de notre mariage !

Elle se demanda s'il s'agissait d'une lettre de rupture, s'il avait attendu qu'elle soit à l'étranger, entourée de sa famille, pour la quitter. Il estimait peut-être que cela lui permettrait de se calmer et d'accepter la situation avant qu'ils se revoient. Mais pourquoi attendre le jour de leur mariage ? Nick n'aurait jamais fait quelque chose d'aussi irréfléchi et d'aussi cruel.

Elle hésita, puis décida qu'il valait mieux qu'elle en finisse, qu'elle ouvre cette maudite enveloppe tout de suite, puisqu'il n'y aurait vraisemblablement pas de mariage, de toute façon. Elle décolla le rabat d'une main tremblante. L'enveloppe contenait une lettre parfumée à la rose, et un chèque de 400 000 livres. Bouche bée, elle se laissa tomber lourdement dans le canapé, à côté de sa grand-mère. Maria considéra le chèque qu'elle avait à la main et cligna des yeux. Sidérées, elles se regardèrent fixement. Voula et Vassili, manifestement conscients qu'il se passait quelque chose de crucial, les observèrent sans rien dire.

Angie ouvrit la feuille pliée en trois et lut la lettre en silence.

Ma très chère épouse,
J'ai l'impression d'avoir attendu toute ma vie le jour de notre mariage. Je ne pourrai jamais te dire à quel point exactement je t'aime. Cet argent est pour toi, dépense-le pour notre avenir comme tu jugeras bon de le faire. Si tu le souhaites, tu peux ouvrir la maison d'édition dont nous avions parlé, en sachant que nous commencerons notre vie conjugale sans soucis financiers. J'ai vendu l'appartement au prix fort à Judy Peabody. J'ai

fait de mon mieux pour garder le secret, parce que je tenais à te faire cette surprise le jour de notre mariage ; mais peut-être l'avais-tu deviné ?

J'ai également vendu la Porsche Boxster, mais cet argent-là servira à remettre à neuf la maison de Poppy, exactement comme tu le veux et comme elle le veut.

Je t'aime de tout mon cœur, Angie, tu es toute ma vie.

Ton mari dévoué,

Nick xxx

Maria pointa un doigt crochu sur la lettre.

—Qu'est-ce qu'il dit ?

Angie lui traduisit le texte. Les larmes se mirent à couler sur ses joues avant même qu'elle n'arrive à la moitié.

—Voula, du *raki* ! dit Maria.

Vassili approuva d'un hochement de tête. Voula courut à la cuisine.

—Tu ferais mieux de l'appeler tout de suite, dit Maria.

—Ce n'est pas si simple, répondit Angie. J'ai laissé ma bague de fiançailles à la jeune femme dont je le croyais amoureux…

Maria renversa la tête en arrière et éclata de rire.

—C'est trop drôle ! Eh bien, dans ce cas, tu ferais mieux de l'appeler, elle !

Angie avait l'estomac noué. Nick avait vendu son appartement et sa précieuse Porsche Boxster pour elle, et elle n'avait même pas pu lui faire confiance. Elle était morte de honte.

Elle téléphona à l'appartement, espérant que Judy serait là et qu'elle n'aurait pas changé de numéro.

Malheureusement, Judy n'était pas là. Nick ne lui pardonnerait peut-être jamais. Elle appela une vieille amie qui travaillait chez Whitekings et obtint le numéro du poste de Judy.

Elle le composa, son cœur martelant sa poitrine.

— Je croyais que vous aviez une aventure avec Nick, dit-elle sans préambule quand celle-ci décrocha.

— C'est sa fiancée ?

— Oui. Angie. Je croyais que vous…

— Hélas, non, Angie ! J'aurais bien aimé, mais il ne voulait rien entendre. Il a préféré perdre son travail, vendre son appartement et rester avec vous.

Judy émit un grognement railleur.

— Je présume que vous voulez récupérer votre bague ?

— Je…

— Écoutez, Angie, je sais que nous ne sommes pas les meilleures amies du monde, mais je veux que vous sachiez que ce n'est pas moi qui ai licencié Nick.

Licencié Nick ?

Soudain, tout apparut clairement à Angie. Le temps que Nick avait pris pour rénover la maison de sa mère. L'attention qu'il portait depuis peu aux petites annonces du *Guardian*. Son regain d'intérêt pour leur vieille idée de monter leur propre maison d'édition.

— Qui l'a renvoyé, alors ?

— Le directeur général lui-même. Nous avions une réunion du conseil d'administration, le mois dernier… Nick n'est tout simplement pas venu, il n'a même pas pris la peine de prévenir, et son portable était éteint. Quand il a déclaré qu'il ne pourrait pas non plus venir à la réunion suivante, le directeur a inscrit son nom sur la liste des prochains licenciements.

— Malheureusement, Nick était seul avec ma mère quand elle a eu une crise cardiaque, Judy. C'est sa réactivité qui lui a sauvé la vie, il l'a tout de suite conduite à l'hôpital, où on lui a demandé de couper son téléphone.

—Je comprends. Je suis désolée… Comment va votre mère ?

—Mieux, mais sans Nick, elle ne serait sans doute plus de ce monde. Il est resté à son chevet jusqu'à ce que je rentre de Crète, ce soir-là.

—Je vois. Vous pouvez passer à l'appartement ce week-end pour récupérer votre bague, si vous voulez.

—Je ne peux pas, je suis en Crète. Nick et moi devions nous marier ici dimanche.

—Fâcheuse coïncidence. Cela explique pourquoi il n'était pas disponible pour la prochaine réunion, vendredi. Je vais m'arranger pour que vous récupériez votre bague.

—Euh… Est-il au courant ? Je, euh…

—Je ne l'ai ni vu ni eu au téléphone depuis que vous m'avez donné la bague. Je ne dirai rien.

—Oh, merci !

Angie raccrocha et soupira, soulagée.

—Bon ! Le mariage aura bien lieu, en fin de compte… J'ai été stupide.

* * *

Le lendemain, Angie, toujours aussi impatiente de savoir pourquoi sa mère avait quitté la Crète, encouragea sa grand-mère à poursuivre son récit. Elle sentait qu'elle approchait du but et était sur le point de tout comprendre.

—Parle-moi des jeunes années de maman, s'il te plaît, *yiayá*.

Maria eut un petit rire.

—Calliope était un amour de petit bébé, elle était pote-lée comme un chérubin et riait tout le temps… Elle était incroyablement bruyante, toujours en train de chanter ou de pousser des cris ! Combien de fois lui ai-je dit : « Les demoiselles bien élevées ne crient pas » ? Elle tenait compte de mes remontrances une minute, à peine ! « Mais maman, me répondait-elle parfois, je ne veux pas être une demoiselle bien élevée ! Je veux être un grand garçon, comme Matthia ! » C'était son héros. Parfois, quand elle se réveillait avant lui, elle lui chipait ses vêtements et ses chaussures, et elle déambulait d'un pas lourd dans la maison en nous disant qu'elle était un garçon et qu'elle s'appelait Matthia. Elle nous faisait rire aux larmes, avec ses pitreries !

Les joues de Maria étaient roses de plaisir.

—Poppy serrait dans ses bras tous les gens qu'elle rencontrait. Elle adorait être sur les genoux de Vassili. Elle lui montait dessus sans se soucier des endroits où elle enfonçait ses coudes et ses talons. Je le voyais souvent grimacer de douleur et relever les genoux, les larmes aux yeux.

Maria rit de plus belle.

—Poppy se jetait à son cou et criait : « Je t'aime, papa ! » avant de couvrir son visage de baisers. Vassili l'adorait.

Elle jeta un coup d'œil en direction de son fauteuil.

—Il l'adore toujours.

Le sourire qu'Angie arborait s'estompa un peu alors qu'elle se rendait compte à quel point Poppy devait manquer à son père.

—J'ai recommencé à enseigner, après la guerre, continua Maria. Nous avions quarante-cinq élèves âgés de six à onze ans. La classe commençait à 8 heures du matin et durait quatre heures. Calliope avait un grand parc pour bébés. C'était une immense caisse en bois, ouverte sur le dessus, que je plaçais sous le grand olivier. Je la mettais dedans avec un biberon, des jouets, et sa couverture préférée. Tout ce que Vassili avait à faire, c'était garder un œil sur elle pendant qu'il travaillait au jardin. Un matin de 1953, je m'en souviens comme si c'était hier, nous venions de commencer à enseigner l'anglais dans nos écoles grecques, et je tentais de donner à un petit groupe d'enfants de dix ans leur première leçon d'une langue que je parlais à peine moi-même, quand quelqu'un se mit à tambouriner à la porte. Je regardai à travers la vitre mais ne vis personne. Quand j'ouvris la porte pour voir ce qui se passait, la petite Calliope entra comme un boulet de canon sur son tricycle et, du haut de ses trois ans, s'écria : « Je dois commencer l'école, maintenant, maman ! Je peux m'asseoir où ? » Mes élèves trouvèrent cela hilarant. Quelle demoiselle autoritaire ! C'était une période heureuse, Angelika, même si nous étions en pleine guerre civile. Nos récoltes étaient abondantes. Nous étions ensemble, en bonne santé, et la vie nous semblait harmonieuse.

Maria lui raconta d'autres anecdotes au sujet de Poppy, et Angie se rendit compte que sa mère avait été un sacré numéro.

—J'étais tellement heureuse d'avoir ma petite fille ! dit Maria. Elle était une vraie bénédiction. Elle absorbait notre joie, et nous la rendait au centuple. Quelles que soient nos difficultés, nous ne pouvions tout simplement pas être tristes avec Poppy dans les parages.

Angie imagina sa mère, bébé, dans les bras de *yiayá*. La vie semblait s'être considérablement améliorée pour eux tous, après les ravages de la guerre et les épreuves qu'ils avaient subies.

Elle se leva et écarta le rideau de dentelle. Au-dessus des arbres et des toits du bas du village, le clocher de l'église indiquait l'endroit où elle se marierait, deux jours plus tard.

Captivée par les histoires de sa grand-mère, elle se rappela soudain qu'elle ne savait toujours pas pourquoi sa mère avait quitté la Crète.

Elle consulta le site de l'aéroport et vit que l'avion de Poppy et de Nick avait atterri. Bientôt, la famille serait réunie. Elle se félicita intérieurement. Ses efforts pour provoquer ces retrouvailles lui avaient parfois coûté, mais le jeu en avait valu la chandelle. Elle était impatiente d'être dans les bras de Nick, et avait hâte de voir Poppy et Maria s'embrasser.

La vieille dame sourit, et Angie lui rendit son sourire.

—Je suis tellement contente, *yiayá* ! Ça va être merveilleux…

* * *

Poppy promena son regard sur le hall d'arrivée de l'aéroport d'Héraklion, ses yeux se posant tour à tour sur un café, une rangée de fauteuils vides, le panneau des toilettes.

—Tu veux aller aux toilettes ? lui demanda Nick.

Elle secoua la tête. Elle ne savait pas vraiment elle-même ce qu'elle voulait.

—Comment te sens-tu ?

Elle haussa les épaules.

Tant d'années perdues ! pensa-t-elle. Qui aurait cru qu'elle retournerait un jour en Crète ? Bien sûr, quand elle avait quitté l'île, elle n'avait pas encore sa fille, dont le bonheur était pour elle d'une importance capitale. Si son cœur lâchait, elle quitterait ce monde heureuse d'avoir fait tout son possible pour Angelika. Elle espérait que Stavro avait raison, et qu'assez de temps s'était écoulé depuis leurs problèmes.

Nick l'avait laissée sous l'horloge avec les valises, et il faisait la queue à l'agence de location de voitures. Comme s'il sentait son regard posé sur lui, il se retourna et lui adressa un sourire rayonnant. Il lui avait tout de suite plu, quand elle l'avait rencontré. Elle lui rendit son sourire.

L'aéroport était méconnaissable. Elle se rappelait le vieil aérodrome, la chaleur étouffante, la poussière qui lui piquait le nez et les yeux. Les bâtiments provisoires se composaient de tentes en toile blanche. Elle se rappelait aussi les fondations en ciment d'une nouvelle construction, probablement celles du grand hall moderne dans lequel elle était assise en ce moment même, avec son sol de marbre et ses sièges modulaires.

Fatiguée, elle laissa ses paupières se fermer, inclina la tête en arrière et savoura l'air frais de la climatisation. La dernière fois qu'elle avait traversé l'aéroport d'Héraklion, elle fuyait pour sauver sa peau.

Les officiers de la junte lui auraient infligé les pires tortures avant de l'exécuter. Ils l'auraient forcée à avouer qu'elle avait tué l'un des leurs. Elle s'empressa de rouvrir les yeux, mais des images horribles s'imposèrent quand même à elle : le souvenir de sa dernière heure traumatisante en Crète. À Amiras, les gens se rappelleraient inévitablement pourquoi elle était partie… même si son propre esprit occultait les détails de ce qui s'était passé.

S'ils ne pouvaient pas oublier, pourraient-ils au moins lui pardonner ?

* * *

Crète, 1968.

—Va-t'en ! Ne reviens pas, Poppy ! lui dit Stavro en la serrant étroitement dans ses bras, l'écrasant contre lui.

Il glissa son billet et un petit rouleau de livres sterling et de drachmes dans la poche de son imperméable court.

—Ne nous oublie pas, Calliope Lambrakis, ajouta-t-il, utilisant cette fois son nom complet, avant de la pousser entre les portes noires.

Poppy courut sur la piste goudronnée, les talons biseautés de ses bottes frappant les flaques, trempant le bas de son pantalon à pattes d'éléphant orange. Ravalant ses larmes, elle monta les marches de métal en courant, serrant contre elle son maigre bagage. Le petit vanity-case rond, en cuir verni bleu orné de marguerites blanches, était rempli d'articles de première nécessité rassemblés à la va-vite. Sa douleur à l'épaule était tellement lancinante qu'elle en grimaçait. Elle ne s'était pas attendue au recul du fusil, et elle se demandait maintenant si elle s'était fêlé un os.

Gênée d'être la dernière passagère du vol OA41, elle remonta l'allée d'un pas pressé, la tête baissée.

L'homme qui occupait le siège à côté du sien dut se lever pour la laisser passer. Il lui offrit une cigarette et une petite boîte d'allumettes Olympic Airlines. Elle alluma la cigarette du mauvais côté, cassa le filtre d'une main tremblante, et tira une bouffée de tabac.

—Ne vous inquiétez pas, c'est plus sûr que le bus, dit l'homme en lui tapotant le bras, confondant son désarroi pour la peur de prendre l'avion.

Elle tira le petit rideau plissé et regarda à travers le hublot. Les hélices prirent de la vitesse et devinrent bientôt complètement floues, l'avion vibra de la promesse rebelle de défier la pesanteur.

Les cheveux blonds de l'hôtesse de l'air étaient coiffés en un chignon haut maintenu par de la laque, elle avait des faux cils et portait un rouge à lèvres rose irisé. Elle demanda aux passagers d'éteindre leur cigarette et d'attacher leur ceinture pour le décollage. Les mains de Poppy tremblaient tellement qu'elle eut toutes les peines du monde à attacher la sienne.

Tu es en sécurité, maintenant, se promit-elle, fermant les yeux une seconde et se signant.

Son répit fut de courte durée.

Les hélices ralentirent, on ressortit l'escalier, et une Jeep de l'armée s'arrêta juste au bas des marches.

—Dieu ait pitié de moi, balbutia-t-elle, prise de panique. Dieu me vienne en aide…

La porte de l'avion s'ouvrit et deux membres de la police militaire en uniforme noir grimpèrent à bord. Ils remontèrent l'allée étroite, contrôlant passeports et cartes d'identité. Elle était prise au piège.

Quand ils arriveraient à son niveau, ils la feraient descendre de l'avion sous escorte, l'emprisonneraient, l'interrogeraient et la tueraient. La junte militaire mènerait la vie dure à ses proches tant qu'elle serait au pouvoir. Ses frères seraient peut-être exécutés aussi, à cause de ce qu'elle avait fait.

L'hôtesse remontait l'allée pour rassembler les papiers d'identité de tous les passagers. Elle les tendait ensuite aux militaires qui la suivaient, le pistolet à la main. Quand ils arrivèrent à la rangée de Poppy, son cœur martelait si fort sa poitrine qu'elle n'entendait même plus les moteurs qui tournaient encore au ralenti. Elle saisit le sac en papier devant elle, vomit dedans et s'essuya la bouche sur sa manche.

—Papiers d'identité ! exigea le policier le plus proche.

D'une main tremblante, elle tendit sa carte d'identité à l'homme qui lui avait offert une cigarette. À son tour, il la tendit à l'hôtesse, avec la sienne.

Poppy se tassa sur son siège, les yeux rivés sur ses genoux.

—Détachez votre ceinture, mettez les mains sur votre tête et levez-vous ! aboya l'officier.

Coincée dans l'avion, elle n'avait aucun moyen de s'échapper. C'est en tremblant comme une feuille qu'elle suivit ces instructions.

—Pas vous, femme, asseyez-vous ! lui ordonna-t-il.

Elle jeta un coup d'œil à son voisin. L'homme à la cigarette, mains sur la tête, se tourna vers elle. Elle vit dans son regard qu'il avait compris qu'elle aussi risquait d'être capturée par les militaires. Il esquissa un hochement de tête, cligna lentement des yeux, mais ne dit rien. Ils savaient l'un comme l'autre que toute parole serait interprétée comme la junte en déciderait.

Elle regarda les membres de la police militaire et leur prisonnier descendre de l'avion. En cet instant précis, elle se sentit ployer sous le poids de toutes les souffrances et de toutes les injustices qu'elle avait subies. Le but de ce départ pour Londres n'était pas seulement d'échapper au danger, c'était aussi un nouveau début ; mais cela lui avait tout coûté : sa belle maison, ceux qu'elle aimait, étaient perdus à jamais pour elle. Elle pensa à ses parents, à ses frères, à son cher Yeorgo. Cette situation épouvantable était plus qu'elle n'en pouvait supporter.

Qu'adviendrait-il d'eux, qu'adviendrait-il de sa famille ? Tandis que l'avion décollait, elle se jura de ne plus jamais aimer. Elle avait assez souffert. Elle regarda son île devenir de plus en plus petite jusqu'à disparaître dans la mer, se demandant quelle vie l'attendait. Bientôt, elle ne vit plus que les nuages brouillés par ses larmes.

— Au revoir, Crète, au revoir, maman, au revoir, Yeorgo et mes pauvres garçons morts, murmura-t-elle, persuadée qu'elle ne reviendrait jamais.

* * *

Crète, aujourd'hui.

Nick revint du guichet de la société de location de voitures.

— Allons-y, maman, on va nous apporter la voiture devant.

Poppy sourit en l'entendant l'appeler *maman*, comme on le faisait avec sa belle-mère en Grèce. C'était sans doute le bon moment, le mariage n'étant plus que dans deux jours.

Il affichait un grand sourire et avait un pétillement malicieux dans les yeux, mais lui aussi devait être nerveux à l'idée de rencontrer toute la famille.

Elle lui tapota le bras.

—C'est toi qui commandes, fils.

Tandis qu'ils se dirigeaient vers les portes vitrées, elle observa son reflet. Que penserait-on d'elle ?

—Tu es très bien, ne t'inquiète pas, dit Nick comme s'il lisait dans ses pensées. Si Angie est à moitié aussi belle que toi à ton âge, je m'estimerai heureux !

Elle se força à sourire, bizarrement mal à l'aise de recevoir ce compliment de son futur beau-fils.

—Ne dis pas n'importe quoi ! Alors, où est la voiture ?

—Ici, répondit-il en indiquant d'un signe de tête un petit 4 × 4 blanc cabriolet. Monte, je m'occupe des valises.

Elle regarda fixement la Suzuki Jimny.

—Mais c'est une décapotable !

—Parce que nous partons à l'aventure… et puis, comme ça, nous pourrons mieux admirer le paysage !

—Il fait presque nuit. Et les moustiques ? Nous allons nous faire dévorer…

—Ils n'arriveront jamais à nous attraper.

—Ne t'avise pas de dépasser la limitation de vitesse ! Seigneur… Ma nouvelle coiffure va être fichue. Ah là là, quelle idée, vraiment !

Elle se sentait beaucoup mieux maintenant qu'elle avait une excuse pour se plaindre. Elle lui fit ouvrir sa valise pour prendre le foulard en mousseline qu'elle mettait sur ses bigoudis, la nuit, et elle en profita pour rassembler toutes les affaires de toilette qu'elle avait rapportées pour Angelika et les mettre dans son grand sac à main.

Nick se rendit compte que le coffre était presque inexistant. Il rabattit l'un des sièges arrière et empila leurs bagages. Elle le surveilla comme une mère poule. Il avait beau avoir quarante ans et faire une tête de plus qu'elle, elle estimait qu'il n'y avait pas un homme sur terre qui n'eût besoin de conseils de temps en temps. Enfin, elle s'assit côté passager, serrant son sac à main contre elle, et se plaignit de l'absence de toit.

— Boucle-la, maman !

— Surveille ton langage, fils, dit-elle, se demandant s'il plaisantait ou non.

— Ta ceinture, je veux dire…

— Prends-moi pour une idiote !

Elle le regarda examiner la carte quelques instants, puis ils se mirent en route.

— Nous n'en avons pas pour longtemps, nous y serons dans une heure. La route nous conduit presque directement à la côte sud. J'ai hâte de voir Angie !

Penchée en avant sur son siège, Poppy tint son foulard d'une main et son col de l'autre. Il y avait bien trop de vent et bien trop de bruit à son goût.

— J'espère qu'on ne t'a pas fait payer le prix fort pour une demi-voiture, dit-elle d'une voix forte pour se faire entendre. Et ralentis un peu !

Nick ne répondit ni ne ralentit. Il affichait encore son grand sourire quand ils s'arrêtèrent dans une station-service. Elle lui demanda de sortir un gilet de son bagage à main pendant qu'un jeune homme leur faisait le plein. Elle ajusta sa toilette et regarda Nick, qui admirait un énorme véhicule tout-terrain hissé sur un pont de graissage dans le garage de la station-service. La voiture géante semblait avoir été construite avec des pièces dépareillées, mais au moins, elle avait un toit. Les roues étaient encore plus larges que l'énorme carrosserie de style Jeep, et sa rangée de projecteurs sur le toit aurait davantage eu sa place sur un semi-remorque. Le véhicule était équipé d'un pare-buffle. Elle doutait qu'il y ait un seul buffle en Crète.

Ah, les hommes ! Pourquoi ne pouvaient-ils se contenter d'une voiture pratique ?

— Sympa, cette bagnole ! dit Nick au pompiste.

— C'est celle du patron. Où allez-vous ?

— À Amiras, pour un mariage… C'est moi le marié.

— Félicitations !

Le jeune homme jeta un coup d'œil à Poppy.

—Ma future belle-mère, dit Nick avec un sourire.

—Votre pneu arrière est un peu dégonflé, dit le pompiste. Garez-vous à la station de gonflage pendant que je vais chercher la clef.

Elle regarda le jeune homme retourner à petites foulées dans la boutique vitrée, où deux inconnus assis à une table jouaient au *tavli*. Il leur adressa quelques mots, et ils la regardèrent. Elle se tassa sur son siège.

—Tu les connaissais ? lui demanda Nick tandis qu'ils reprenaient la route.

—Cela fait si longtemps, et il fait presque nuit, répondit-elle, se cramponnant à son foulard et à sa dignité.

Il y eut un silence gêné, puis ils parlèrent tous les deux en même temps.

—Écoute, je…

—Tu sais…

Ils rirent, et la tension se dissipa.

—Vas-y, je t'écoute, dit-elle.

Nick inspira profondément.

—Je voulais juste te remercier de faire ce que tu fais pour Angie. J'ignore quels problèmes tu as eus avec ta famille, mais je me rends bien compte que cette décision n'a pas été facile, pour toi. Nous t'en sommes tous les deux très reconnaissants.

Il lui lança un coup d'œil.

—Regarde la route !

—Et nous sommes désolés d'avoir été obnubilés par nos projets de mariage, nous ne nous sommes pas rendu compte tout de suite du point auquel tu allais mal. C'était très égoïste de notre part.

Son portable sonna. Il se gara sur le bas-côté de la route.

—C'est Angie, dit-il. Je vais mettre le haut-parleur.

—Salut, futur époux ! dit Angelika. Où êtes-vous ? Maman va bien ?

Poppy se réjouissait à l'idée d'entendre sa fille quand, soudain, le moteur crachota et les phares s'éteignirent. Il faisait nuit, et être seuls et invisibles sur cette route isolée lui parut très dangereux.

Où est le danger ? Ne sois pas stupide, pensa-t-elle.

—Nous devons être à une dizaine de kilomètres de Viánnos, dit Nick dans le téléphone. Je suis tellement impatient de te serrer dans mes bras !

Poppy entendit Angelika glousser. Elle pensa à Yeorgo et à leur amour, et sourit.

Le moteur crachota de nouveau.

—Nous ferions mieux d'y aller, Nick, ou je vais devoir te demander de me trouver mon manteau dans la valise. Je commence à avoir froid. Tu vas bientôt retrouver Angelika.

—Mets ma veste sur tes épaules, elle est sur la banquette arrière…

Il détacha sa ceinture et se retourna pour l'attraper.

Une lueur soudaine passa dans le rétroviseur. Éblouie, Poppy plissa les yeux. Ils n'avaient croisé aucun véhicule depuis qu'ils étaient sortis de la ville. Une rangée de phares apparut ; peut-être était-ce un poids lourd, ou le 4 × 4 monstrueux du garage.

Pendant ce temps-là, Angelika parlait de *yiayá*, mais les lumières approchantes détournaient l'attention de Poppy. Un curieux pressentiment l'envahit, mais elle se répéta qu'elle ne devait pas être stupide.

Le 4 × 4 les dépassa.

Nick remit le contact, posa le portable, toujours sur haut-parleur sur le tableau de bord, et haussa la voix.

—Nous serons bientôt là, Angie, à tout de suite, ma chér…

—Non ! cria Poppy. Non !

Le 4 × 4 avait fait demi-tour et revenait vers eux.

—Nom de Dieu ! s'écria Nick alors que le véhicule fonçait sur leur Suzuki Jimny.

Il embraya. La Suzuki fit une embardée. Le camion frappa violemment leur aile arrière. Le téléphone vola devant Poppy et s'évanouit dans les ténèbres. Elle fut projetée avec une telle force contre sa ceinture de sécurité qu'elle craignit que la cicatrice de son opération ne se rouvre.

Le 4 × 4 partit dans un nuage de poussière et disparut dans le virage.

Poppy ne se rendit compte qu'elle gémissait que lorsque Nick essaya de la rassurer. Il lui passa un bras autour des épaules.

—Poppy, ça va ?

Elle se couvrit le visage des deux mains et cria.

—Il va nous tuer !

—Non, tout va bien, il est parti… Calme-toi, inspire profondément… Ça va aller.

La voix de Nick trahissait son effarement.

—Tu as mal quelque part ? lui demanda-t-il.

Elle secoua la tête.

—Non, et toi ?

Elle se frotta le sternum. Elle avait l'impression que la ceinture de sécurité lui avait fendu la cage thoracique en deux.

—Non, répondit-il, ça va. C'était sûrement un conducteur en état d'ivresse. Quel malade ! On aurait dit le 4 × 4 du garage… Je vais couper le moteur pour le laisser refroidir un peu.

Il appuya le front contre le volant.

—Inspire profondément. Ça va aller…

Elle fit mine d'être en colère pour ne pas céder à la peur.

—*Ça va aller ?* Tu as failli nous tuer ! Je suis liquéfiée…

En réalité, elle était terrifiée à l'idée que leur agresseur ressurgisse. Quelque chose lui disait que ce n'était pas un conducteur en état d'ivresse, mais cela ne servirait à rien de communiquer son angoisse à Nick. Il devait garder la tête froide pour les amener à Amiras, où ils seraient en sécurité.

—Moi ! s'exclama-t-il. Eh bien, quelle ingratitude !

Elle lui donna une tape sur le bras.

—Si c'est ça, ton idée d'une aventure, rappelle-toi que je suis une retraitée qui a le cœur fragile ! Merci de me traiter en conséquence… Merde, alors ! Mon maquillage est fichu.

—Quelle grossièreté, maman !

Elle le regarda, les yeux plissés.

—Je suis désolée… mais je ne vois pas pourquoi tu dis cela, étant donné que tu as failli nous tuer !

Elle lança un regard furieux droit devant elle. La route était déserte.

Nick tendit les mains et les regarda. Elles tremblaient.

—Bon ! Allons-y, d'accord ? suggéra-t-il en remettant le contact.

Elle acquiesça d'un signe de tête. Un vague sentiment de sérénité l'envahit, jusqu'à ce que le 4 × 4 surgisse d'une oliveraie, ses phares puissants l'éblouissant.

—Accroche-toi, le revoilà ! cria Nick.

Elle se cramponna à la poignée de la portière et se prépara au choc.

Nick freina brutalement. Elle sentit sa ceinture se bloquer à nouveau, tandis qu'ils pivotaient de quatre-vingt-dix degrés. La voiture, tournant sur le macadam, glissa devant le 4 × 4. Nick continua à freiner pour leur éviter de tomber dans le ravin, puis il reprit la direction de Viánnos et accéléra, gagnant de précieuses secondes.

Entendant le bruit terrifiant que faisait l'un des pneus, Poppy craignit qu'il ne se détache. La route plongée dans l'obscurité serpentait dans la montagne. Après un énième virage, un petit groupe d'habitations éclairées par des réverbères, au loin, lui redonna espoir.

—Viánnos, enfin ! s'écria-t-elle.

Soudain, à son grand étonnement, elle vit les gyrophares bleus d'une demi-douzaine de voitures de police foncer vers eux.

—Regarde, la police ! dit Nick d'une voix forte.

Le 4 × 4 les rattrapa et les heurta de nouveau. Le hurlement qu'elle poussa se noya dans l'horrible bruit de ferraille provoqué par le choc.

Nick, éjecté de son siège, chercha à s'agripper à quelque chose, mais sans succès. Il fut projeté hors du véhicule.

Poppy, terrifiée et aveuglée par les phares du 4 × 4, l'imagina écrasé sous ses roues géantes. Hurlant, elle saisit le frein à main et tira dessus de toutes ses forces.

Sans conducteur, la Suzuki s'arrêta dans les graviers au bord du précipice.

Entre les gros troncs noirs des arbres et à travers les nuages de poussière, elle distingua les gyrophares de la police, presque à leur hauteur maintenant.

Le 4 × 4 semblait avoir disparu.

Mais où était Nick ?

34

Dans la maison, Angie cochait ce qui était déjà fait sur la liste des préparatifs pour le mariage tandis que *yiayá* et Voula étaient plongées dans une conversation sur les bougies. Elle jeta un coup d'œil à l'horloge. Nick et sa mère devaient être arrivés. Sachant qu'il utiliserait le kit mains libres s'il conduisait, elle décida de l'appeler.

Il était en train de lui dire quelque chose quand la communication fut brusquement coupée.

—Nick ? Nick, tu es là ? s'écria-t-elle.

Elle se tourna vers sa grand-mère.

—C'est bizarre, Nick est en chemin, mais je crois avoir entendu maman crier, et ensuite, ça a coupé…

—Il y avait sûrement une chèvre sur la route, répondit Maria.

—Il doit être à proximité de Viánnos, dit Voula, jetant un coup d'œil à sa montre. Il y a un endroit où il n'y a pas de réseau, sur l'autre versant de la montagne.

—Ah, d'accord… Eh bien, dans ce cas, ils ne devraient pas tarder.

Angie s'efforçait de ne pas montrer son excitation, mais à en juger par le sourire de sa tante et de sa grand-mère, elle n'y arrivait pas. Elles retournèrent à leurs préparatifs.

Les minutes s'écoulèrent. Angie regarda l'heure sur son portable.

Où es-tu, Nick ? Où es-tu, maman ?

* * *

Voula se servit du téléphone fixe pour appeler la femme du chauffeur de taxi et s'organiser afin que l'on conduise *yiayá* et *papoú* en voiture à l'église. Elle fit une grimace en montrant le téléphone, puis elle mit le haut-parleur.

Maria et Angie entendirent la dame monologuer sur l'état de santé de son mari, avec force détails. Elles échangèrent un regard entendu.

Angie finit par faire un signe de la main à Voula, qui comprit le message et coupa le haut-parleur.

Papoú, qui buvait un verre de *rakí* dans son coin, leur sourit.

—À la place des confettis, pourrions-nous utiliser du riz mélangé à des pétales de roses du jardin ? demanda Angie à sa grand-mère quand Voula eut raccroché.

Maria hocha la tête.

Angie regarda à nouveau l'horloge. Soudain, un raffut se fit entendre à l'extérieur. Agapi fit irruption dans la pièce au moment même où le téléphone se mettait à sonner.

—Angelika, cria-t-elle, il y a eu un accident ! Poppy et Nick !

—Comment ça, un accident ? Je viens de les avoir au téléphone…

Voula, qui avait décroché le fixe, blêmit. Elle se frappa la poitrine et laissa tomber le combiné.

—Quoi, Voula ? Dis-nous…

—Quelqu'un a essayé de leur faire quitter la route, dit Voula.

C'était impossible. Il devait y avoir un malentendu. Angie secoua la tête.

—Non… Non ! C'est une erreur.

—C'était la police, expliqua Voula.

—Il doit y avoir une erreur ! Pourquoi est-ce que quelqu'un chercherait à faire du mal à Nick et à ma mère ?

Demitri entra en trombe, le visage empourpré, le front moite de sueur, son portable serré dans sa main, contre son oreille.

—Vous avez appris la nouvelle ? Ils pensent qu'elle n'est pas grièvement blessée... Poppy... Ne paniquez pas !

Il se tut, les yeux rivés sur Angie, écoutant ce que lui disait son interlocuteur.

—Mon ami policier n'en sait pas plus, mais il... Attendez.

Il regarda fixement le sol, concentré sur sa conversation téléphonique.

—Ils s'apprêtent à la sortir de la voiture. Il y a un brancard...

Il se mordit la lèvre et hocha la tête. Il leva les yeux et regarda Maria.

—Les pompiers sont arrivés.

—Il y a le feu ? demanda Angie dans un souffle.

Demitri échangea quelques mots avec son interlocuteur avant de reporter son attention sur elle.

—Non, il n'y a pas de feu. Ils vont accrocher un câble à la voiture pour s'assurer qu'elle ne glisse pas dans le ravin. C'est la procédure habituelle sur ces routes de montagne.

—Ce maudit ravin ! s'exclama *papoú*.

Yiayá plaqua une main sur sa bouche.

—Quel ravin ? parvint à demander Angie.

—On a fait sortir Poppy de la route, dit Demitri. Attendez...

—Maman ? Mais où est Nick, est-ce qu'il va bien ? demanda Angie.

Elle avait l'impression que la scène se déroulait au ralenti sous ses yeux.

Demitri s'adressa de nouveau à son ami policier, l'écouta, hocha la tête plusieurs fois en regardant le sol, puis il répondit à Angie.

—Ils ne savent pas. Il n'y a pas d'homme, pas de conducteur. Ils entament des recherches.

Maria, Voula et Agapi se signèrent. Angie agrippa le bras de Demitri.

—Où peut-il être ? Il était avec maman !

Maria se mit à pleurer, laissant échapper de petits gémissements plaintifs, et se tamponna les yeux avec une serviette de table.

—Je veux voir Poppy... J'ai attendu toutes ces années, et maintenant voilà ce qui se passe ! Elle n'aurait jamais dû revenir. Comment l'ont-ils appris ?

Voula lui donna un verre d'eau.

Angie regarda fixement sa grand-mère. Son ventre se noua.

Maria supplia Demitri.

—Emmène-nous à l'hôpital. Ils vont y conduire Poppy.

Demitri écouta son ami avant de lui répondre.

—Ils font venir les chiens de Viánnos pour le chercher.

—Pourquoi, Demitri ? demanda Angie. Je ne comprends pas... Comment Nick aurait-il pu aller où que ce soit ?

Elle appuya sur la touche *bis* de son téléphone pour le rappeler.

—Emmène *yiayá* à la voiture pendant que j'appelle le poste de police. Ils en sauront peut-être davantage, là-bas.

Elle regarda fixement son portable.

—Nick ne répond pas. Je tombe tout de suite sur le répondeur.

—Il n'y a pas de réseau, là-bas, dit Voula.

—Il doit bien y en avoir puisque la police a pu appeler Demitri.

Voula fronça les sourcils, et commença à fourrer des choses dans un grand sac de toile. *Papoú* tendit sa canne à *yiayá*.

—Tiens, vieille femme. Prends ça pour aller jusqu'à la voiture.

—Tu ne viens pas voir ta fille, vieil homme ? lui demanda Maria.

Il s'extirpa de son fauteuil, se dirigea vers la chambre, s'appuyant aux meubles sur son passage. Une minute plus tard, il revint avec une image en trois dimensions de la Vierge Marie.

—J'ai dit : tu ne viens pas voir ta fille, vieil homme ? répéta Maria, haussant la voix.

—Trop occupé, répondit-il, posant l'image sur le manteau de la cheminée et allumant une petite lampe à pétrole rouge devant.

Vassili se rassit dans son fauteuil, se signa et joignit les mains en prière. Il regarda Maria droit dans les yeux.

—J'aurais dû tuer Lambrakis quand j'en avais l'occasion, dit-il doucement.

Angie tourna vivement la tête en entendant son nom de famille. Elle vit *yiayá* hocher la tête d'un air amer.

—Vous ne voulez tout de même pas dire qu'un membre de la famille de mon père s'en est pris à mon fiancé ? Pourquoi ? Cela n'a pas de sens !

Des regards furent échangés, mais personne ne lui répondit. Elle laissa exploser sa colère.

—Bon sang ! Arrêtez de m'exclure ! cria-t-elle, les bras tendus le long de son corps, les poings serrés. J'ai le droit de savoir ce qui se passe !

Agapi lui posa une main sur l'épaule.

—Angelika… Ce n'était pas Nick qui était visé, c'était Poppy…

—Maman ! Mais pourquoi ? Mon Dieu ! Je l'ai pratiquement forcée à venir ici, je n'ai pas arrêté de l'enquiquiner pour qu'elle le fasse, et maintenant, regardez le danger qu'elle court ! S'il lui arrive quoi que ce soit... Vous devriez avoir honte, vous saviez qu'elle était menacée, et vous n'avez rien dit !

Demitri leva les yeux vers eux.

—Ils ont retrouvé Nick !

—Et ? murmura-t-elle, son éclat de colère s'éteignant aussitôt.

Demitri regarda de nouveau le sol tandis qu'il écoutait le policier.

—Il va bien, dit-il enfin, il a peut-être une jambe cassée, mais c'est tout. C'est difficile à dire. L'ambulance va l'emmener à l'hôpital.

—Oh, le pauvre ! Viens, *yiayá*, nous devons y aller, dit Angie. Allons chercher tes chaussures.

Demitri resta au téléphone.

—Il y a autre chose ! leur cria-t-il.

Tous s'immobilisèrent à nouveau.

—Les ambulanciers ont examiné Poppy. Elle n'est pas blessée, mais elle est bouleversée.

Vassili ferma les yeux et se balança dans son fauteuil. Ses lèvres remuèrent silencieusement, en prière.

35

Demitri aida *yiayá* à s'asseoir dans un fauteuil roulant, et Angie prit le gros sac fourre-tout que Voula avait préparé. Tous les trois, ils franchirent les portes de l'hôpital, prêts à faire face à ce qui les attendait. Il y avait la queue à l'accueil. L'air frais sentait l'eau de Javel et les odeurs corporelles, et le moindre bruit résonnait.

—Par ici, dit Demitri en montrant du doigt un comptoir.

Un néon clignotait et bourdonnait au-dessus d'une pancarte sur laquelle il était écrit : *Informations*. La dame aux cheveux gras et à l'air épuisé qui se tenait derrière le comptoir leur demanda ce qu'ils voulaient, puis elle les envoya dans une salle d'attente aux sièges usés, avec une fenêtre à barreaux et un vieux distributeur automatique.

Le bâtiment était aussi défraîchi que ses résidents. Angie, dans un état de grande nervosité, se rongea l'ongle de l'annulaire. C'était en quelque sorte un mauvais présage : il n'y aurait probablement pas de mariage, maintenant. Cela importait peu du moment que Nick et sa mère allaient bien.

Demitri entrebâilla la fenêtre. Il s'alluma une cigarette, la tint à l'extérieur et souffla la fumée au-dehors.

Angie essaya d'installer *yiayá* confortablement en faisant bouffer le coussin qu'elle avait dans le dos et en remettant son châle sur ses épaules. Elle lui retira ensuite ses chaussures et lui mit ses chaussons, que Voula avait eu la prévoyance de mettre dans le grand sac de toile.

Une heure passa. Ils burent du Fanta orange en cannette. Maria s'endormit dans son fauteuil roulant. Demitri ouvrit un autre paquet de Marlboro Lights et se tint à la fenêtre.

—Je suppose que tu ne me diras pas de quoi il retourne ? dit Angie d'un ton interrogateur.

Il écarquilla les yeux, regarda brièvement Maria, puis il alluma une cigarette et secoua la tête.

—Ne me le demande pas à moi.

Une infirmière fit soudain irruption dans la pièce. Elle renifla l'air et fronça les sourcils. Demitri laissa tomber sa cigarette dans une cannette vide. L'infirmière jeta un coup d'œil à Maria, qui dormait profondément, et fronça à nouveau les sourcils.

—Je suis désolée que vous ayez attendu si longtemps, dit-elle. Vous pouvez aller voir vos proches cinq minutes. On leur a fait des radios et des analyses, et la police a pris leur déposition. Nous allons les garder en observation cette nuit. Madame Lambrakis sera sans doute autorisée à quitter l'hôpital demain, dans la matinée. Monsieur Kondos doit passer une autre radio. Si tout va bien, il pourra partir demain dans la journée. Vous vous mariez le lendemain, n'est-ce pas ?

Incapable de parler, Angie se contenta de hocher la tête, une main posée sur sa poitrine, espérant que son visage exprimait son soulagement.

L'infirmière sourit et lui tapota l'épaule.

—Détendez-vous, ils sont hors de danger. Ils vont vite se rétablir. Votre mariage n'est pas compromis.

À cet instant précis, Angie se moquait éperdument de son mariage.

On les emmena dans une petite chambre où il y avait deux lits, chacun entouré de rideaux décolorés ornés de roses.

—Le médecin est en consultation avec monsieur Kondos, vous pourrez le voir dans une minute, dit l'infirmière en tirant les rideaux du lit de Poppy.

Le bruit réveilla Maria, qui regarda autour d'elle d'un air déconcerté.

Poppy gémit.

—Maman… Angelika…

Elle tendit les mains vers elles. *Yiayá* aussi tendit les bras.

—Mon enfant, oh, Poppy ! Mon Dieu ! Cela fait si longtemps…

Toutes deux pleuraient, et ce spectacle acheva d'émouvoir Angie, qui fondit en larmes, elle aussi.

Demitri écarta une chaise du lit pour qu'Angie puisse rapprocher le fauteuil roulant. Maria et Poppy, bras tendus, cherchèrent à s'étreindre. Angie imaginait leur amour passant à travers le bout de leurs doigts.

Dans le silence de la pièce, on n'entendait plus que leurs pleurs. Il leur fallut plusieurs minutes pour maîtriser les émotions qu'elles contenaient depuis si longtemps.

—Je priais pour te revoir un jour, dit enfin Maria, avant de secouer la tête. Tant d'années perdues ! Depuis qu'Angelika est arrivée et qu'elle nous a parlé de son mariage, je repense au tien, Poppy… C'était il y a si longtemps !

—Je n'ai jamais cessé de penser à toi, maman, dit Poppy, mais après ce qui s'est passé avec Emmanouil, j'espérais que tu m'avais oubliée.

—Jamais ! répondit Maria. Quand nous quitterons l'hôpital, il faudra que tu nous racontes ce qui s'est passé le jour où tu es partie.

Bouche bée, Angie se redressa sur sa chaise.

—Tu veux dire que tu ne sais pas pourquoi ma mère a quitté son pays ?

Maria baissa les yeux.

—J'ai entendu beaucoup de rumeurs et d'accusations…

Je n'en ai cru aucune, mais Poppy avait quitté la Crète ; comment aurais-je pu découvrir la vérité ?

—C'est ça, le problème, maman : je ne me souviens pas, dit Poppy. J'ai essayé de toutes mes forces, mais je suis incapable de me rappeler ce qui s'est vraiment passé ce jour-là pour me pousser à faire cette chose horrible. C'est comme si ma mémoire avait été effacée.

—Maman, peux-tu au moins nous dire ce que tu es censée avoir fait ? lui demanda prudemment Angie.

Poppy secoua la tête.

—Pas ici, pas maintenant… Donne-moi encore un peu de temps. Après le mariage, peut-être ? suggéra-t-elle en la regardant d'un air suppliant. Oublions tous ces conflits pour le moment, et contentons-nous d'être heureux ensemble !

—Je ne comprends pas, dit Angie. Comment quelque chose que tu as oublié peut-il gâcher toute ta vie, maman ?

—Yeorgo m'a dit que c'était à cause du choc et du stress. Il avait vu la même chose arriver à des soldats.

Elle se gratta distraitement le dessus de la main. Angie la prit dans la sienne et échangea un regard avec *yiayá*.

—Quand ton père est venu me voir en Angleterre, reprit Poppy, il est arrivé chez tante Heleny avec un gros bouquet de fleurs et des chocolats.

Elle détourna les yeux et regarda fixement le mur.

—C'était avant ta naissance, Angelika.

Maria hocha la tête.

—Poursuis.

—Il m'a emmenée voir un spécialiste, qui m'a dit que je souffrais d'amnésie dissociative. Apparemment, la mémoire peut me revenir à tout moment, avec le bon déclencheur, mais je peux aussi ne jamais me rappeler ce qui s'est passé. Le choc a été si violent que je l'ai tout simplement refoulé.

Cela évoquait un syndrome de stress post-traumatique à Angie, et elle n'imaginait pas ce qui pouvait l'avoir provoqué.

Elle s'assit sur le bord du lit et prit la main de sa mère et celle de sa grand-mère. Toutes trois formaient une ronde.

—C'est horrible que les choses se soient passées comme ça, mais m'asseoir avec ma mère et ma grand-mère pour la première fois de ma vie est un rêve devenu réalité.

Elles lui serrèrent tendrement la main.

—Je suis désolée d'avoir causé tous ces problèmes, maman. J'annulerai le mariage demain matin. Nous n'allons pas risquer des vies uniquement pour organiser une grande fête avec toute la famille. Je tiens bien trop à vous tous pour cela.

La voix de Nick s'éleva, derrière le rideau.

—Annuler le mariage ? Après tout ça ? Certainement pas, plutôt crever !

Angie regarda le rideau et sourit. Poppy rentra le menton d'un air indigné.

—Il a raison, tu ne peux pas annuler… Je ne me suis pas fait faire cette maudite coupe de cheveux pour rien, elle m'a coûté une fortune !

Yiayá se redressa et se signa.

—Vierge Marie, vous feriez tous bien de surveiller votre langage, à l'église !

Le sourire aux lèvres, l'infirmière tira le rideau du lit de Nick et s'en alla avec le médecin.

La jambe de Nick, plâtrée jusqu'à la cuisse, était maintenue en l'air. Angie fit la grimace en imaginant la douleur de son fiancé.

—Mon pauvre !

Elle avait envie d'aller à son chevet, mais elle tenait encore la main de sa mère et de sa grand-mère. Il lui fit signe d'approcher d'un mouvement de tête.

—Tu viens ?

Elle regarda Maria et Poppy, qui hochèrent toutes deux la tête et lui lâchèrent la main. Elle se précipita au chevet de Nick et l'embrassa.

— Tu m'as fait peur, à être en retard pour ta destination de mariage…

— Je suis désolé ! La circulation, tu sais ce que c'est… Ferme le rideau, dit-il en faisant un clin d'œil à Poppy et à Maria.

Elles rirent et se tamponnèrent les yeux.

* * *

Dans la voiture, sur le chemin du retour de l'hôpital, Maria pensa à sa fille. Quarante années s'étaient écoulées, emportant avec elles la jeunesse de Calliope, mais bien qu'elle eût aujourd'hui plus de soixante ans, c'était encore une belle femme. La fierté galvanisait Maria.

Elle se rappelait le jour fatidique où elle avait vu Poppy pour la dernière fois. Les événements choquants du mois qui l'avait précédé ne pouvaient pas être comparés au massacre de 1943, mais juste avant que Poppy ne parte pour Londres, la situation avait pris une tournure catastrophique. Les malheurs s'étaient succédé, jusqu'à ce qu'elle finisse par se demander si une malédiction pesait sur sa famille.

Constantina était morte. Elle était souffrante depuis des années, son esprit encore tourmenté par les atrocités survenues des années plus tôt, et de récentes révélations, avaient eu raison de ce qui lui restait de santé mentale. Tragiquement, elle avait échappé au chagrin et au déchirement en se suicidant. Poppy, en proie à sa propre peine, avait été anéantie. Elle aimait beaucoup sa belle-mère, et sa mort avait été très difficile à accepter.

Tout s'était détérioré, une horreur en entraînant une autre, et Maria ne voyait alors pas de fin à leur affliction.

Puis Poppy était partie, mettant instantanément un terme aux conflits. La paix était revenue à Amiras.

Personne ne mentionna plus Poppy. On ne lui demanda pas comment allait sa fille quand on la croisait dans les commerces. Vassili et elle retirèrent les photos de Poppy et de Yeorgo accrochées aux murs et les cachèrent dans les tiroirs de leur chambre, à l'envers, et tout le monde en fit autant.

Confortablement installée dans la voiture, Maria ferma les yeux et laissa ses pensées se tourner vers ce mois épouvantable de conflits, d'affrontements, et de pertes.

* * *

Crète, 1968.

Le sirocco soufflait du Sud, chargé de l'épaisse poussière jaune du Sahara. Ce vent chaud malfaisant frappait la côte crétoise chaque année. Les gens du pays l'appelaient *le vent fou.* Jurant et crachant, les hommes nettoyaient les vitres encrassées de leur voiture deux fois par jour. Les femmes, si elles devaient sortir, s'enveloppaient la tête dans des foulards qui leur couvraient la moitié du visage. Plus rien ne pendait aux cordes à linge, et le paysage entier pâlissait. Tout le monde détestait le sirocco.

Pour ne rien arranger, une terrible épidémie de rougeole sévissait. Elle avait déjà coûté la vie à deux enfants de Viánnos et à un enfant d'Amiras. Les écoles étaient fermées pour trois semaines, afin que la maladie ne se propage pas aux autres villages.

Cloîtrée dans la maison pour échapper à la chaleur étouffante du jardin, Maria était assise en face de sa future belle-fille, Agapi Lambrakis, devant une montagne de petits pois à écosser. Elle ouvrit une gousse et, à l'aide de son pouce, en fit tomber le contenu dans un saladier.

—Celui-ci était parfait ! Six gros.

Agapi, qui l'aidait à écosser les petits pois, sourit. C'était une jeune fille discrète ; mince, nerveuse et d'apparence frêle, mais à l'extraordinaire chevelure, noire et épaisse, qui lui arrivait presque à hauteur des genoux. Maria avait remarqué ses hanches étroites et s'inquiétait de savoir si elle serait en mesure d'avoir des enfants. Elle pressentait des problèmes, mais Matthia était fou d'amour ; si elle essayait de le dissuader, il n'en serait que plus déterminé, elle s'en rendait bien compte.

—Yánna et Voula ont accepté d'être mes demoiselles d'honneur, dit Agapi, évoquant les préparatifs de son mariage. Poppy aurait dû être ma demoiselle d'honneur, elle aussi, mais avec le bébé, et tout ça, eh bien…

— Je comprends, Agapi.

Maria hocha la tête, s'efforçant de contenir ses émotions. Elle ne voulait pas parler de Poppy.

—Emmanouil ne voulait pas que Yánna soit ma demoiselle d'honneur, mais pour une fois, elle a tenu tête à son mari et elle lui a dit que c'était normal qu'elle soit ma demoiselle d'honneur puisque nous étions toutes meilleures amies.

Agapi marqua un temps d'arrêt.

—Tu sais que Yánna est à nouveau enceinte ?

Maria leva les yeux de ses petits pois et hocha la tête.

—Elle aurait dû avoir le bébé après notre mariage, dit Agapi d'un air morose, mais maintenant, avec la mort de maman…

Elles se signèrent toutes les deux.

—… nous devons reporter le mariage à l'année prochaine pour respecter la période de deuil. J'ai l'impression que je ne me marierai jamais, *Kiriea* Maria.

Le regard d'Agapi trahissait son abattement. Maria tendit le bras sur la table et lui tapota la main.

—Cette année va vite passer, crois-moi. Et puis, cela te laisse le temps de terminer tes études. Je n'ai jamais approuvé l'idée que tu les abandonnes pour épouser mon Matthia. L'instruction est quelque chose de très important, Agapi, et je suis sûre qu'un jour, les femmes continueront à travailler après le mariage.

Soudain, la porte de la maison s'ouvrit et Emmanouil, vêtu de son uniforme de la junte militaire, entra comme un ouragan, attrapa Agapi par les cheveux et la traîna, hurlante, à l'extérieur.

—Tu approches encore un de ces maudits Kondulakis, Agapi, et je les tuerai tous de mes propres mains, jusqu'au dernier ! Je le jure !

Maria se leva d'un bond, saisit le balai et s'attaqua à Emmanouil de toutes ses forces. *Quel fou !* pensa-t-elle.

Il lâcha Agapi et se tourna vers elle.

—Dis à Matthia de ne plus s'approcher de ma sœur, ou je le tuerai, et je tuerai Stavro. Les fiançailles sont rompues ! hurla-t-il tandis qu'elle essayait encore de le frapper.

Il lui arracha le balai des mains, le cassa en deux sur son genou et le jeta par terre.

—Je suis sérieux !

Le lendemain, Maria s'en souvenait très bien, des événements avaient eu lieu, qui avaient changé le cours de la vie de tout le monde. Naturellement, Matthia et Agapi s'étaient retrouvés en secret, ou du moins le croyaient-ils. Maria était au courant, mais ce n'était que lorsque Agapi était venue la trouver en pleurant à chaudes larmes qu'elle s'était rendu compte qu'Emmanouil aussi le savait, et qu'il avait l'intention de tenir parole.

—*Kiriea* Maria ! gémit Agapi. Où est Matthia ? Mes frères projettent de le tuer ! Ils ont fait quelque chose d'horrible !

—Ne t'en fais pas, Agapi, Matthia a simplement

accompagné *Yánna* à Viánnos à moto. Tu n'as aucune raison de t'inquiéter.

Elle n'aurait pas pu se tromper davantage.

* * *

Il était plus de minuit quand Demitri, Maria et Angie regagnèrent Amiras. Aller à l'hôpital et revoir Poppy après si longtemps avait manifestement épuisé Maria. Demitri dit au revoir à tout le monde avant de partir, et après avoir aidé Maria à se mettre au lit, Voula s'en alla aussi.

Papoú resta assis près de la cheminée à boire un verre de *rakí* en silence jusqu'à ce qu'il soit seul avec Angie.

—Comment va Poppy ? lui demanda-t-il enfin.

—Bien, *papoú*. Elle pourra sortir de l'hôpital demain matin, dès qu'elle aura vu le médecin.

Il hocha la tête.

—Bien. La police a téléphoné. Nous pouvons dormir tranquille cette nuit. Ils ont arrêté le *malákas* qui les a emboutis, il est sous les verrous à Viánnos.

Elle remarqua qu'il avait les traits tirés et les yeux rouges.

—Qui était-ce ? J'ai besoin de le savoir, et de comprendre pourquoi.

—Je l'ai demandé, mais on ne me l'a pas dit. Tu sais ce que c'est.

Contrariée, elle secoua la tête.

—À vrai dire, non, je n'en sais rien ! répliqua-t-elle d'un ton plus sec qu'elle n'en avait eu l'intention.

Elle le regretta aussitôt et s'excusa.

—Je suis désolée, je ne voulais pas…

—Ils ont peur des représailles, Angelika, l'interrompit *papoú*. Ils nous le diront demain, au poste, mais ils nous feront d'abord signer des papiers pour nous engager à maintenir la paix. En tout cas, il ne dormira pas beaucoup, cette nuit… L'ami de Demitri m'a dit que c'était l'un de ces néonazis, et qu'il avait été mis dans une cellule avec trois imposants immigrés albanais sur le point d'être expulsés.

Papoú tapota le fauteuil à côté du sien. Angie s'y assit, prit sa main dans la sienne, et ils restèrent un moment ainsi, dans un silence agréable.

—Tu as l'air fatigué, *papoú*, finit-elle par dire. Je vais t'aider à te mettre au lit. Je peux dormir sur le canapé ? Je n'ai pas envie de retourner à Viánnos ce soir.

Il fit « oui » de la tête.

—Il y a des draps sur la table de la cuisine. Tu peux laisser la porte d'entrée ouverte, si tu veux, la nuit est très douce.

Elle l'aida à se lever de son fauteuil, et quand il fut debout, il lui prit le menton entre le pouce et l'index et plongea ses yeux dans les siens.

—C'est troublant : tu es le portrait craché de Poppy il y a quarante ans, dit-il, secouant la tête. Stupéfiant ! Dieu et ses plaisanteries…

Il souffla, et reprit.

—J'aimais ma fille plus que je ne saurais le dire. C'était impossible pour moi d'aller la voir à l'hôpital, ce soir. Tu ne peux pas imaginer le bonheur qu'elle m'a apporté, Angelika. Je ne peux pas penser à elle ni même entendre son prénom sans sourire.

Son regard se perdit dans le vague, et elle devina qu'il songeait au passé.

—Ce que Poppy a fait, quand elle a découvert la vérité, était d'une noblesse rare. Elle nous a brisé le cœur, à tous, mais nous étions tous très fiers d'elle. Tu peux l'être aussi, Angelika. C'est quelqu'un d'extraordinaire.

Submergée d'émotion, Angie resta sans voix. Elle ne savait toujours pas ce qui s'était passé, mais de toute évidence, sa mère était très aimée de tous.

Elle laissa *papoú* s'appuyer à son bras jusqu'à la chambre, où *yiayá* ronflait doucement.

—Vas-y, *koritsie*. Ferme la porte derrière toi.

* * *

Le lendemain matin, Angie entendit Voula et Agapi pousser des cris dans le jardin. Dès qu'elle passa une tête endormie entre les lanières multicolores du rideau, elle fut éblouie par le flash d'un appareil photo.

—Bon sang !

—C'est vous, la mariée ? lui demanda un journaliste d'une voix forte.

—Allez-vous-en immédiatement, ou j'appelle la police, dit Angie.

Elle fit un signe de tête à Voula et à Agapi, et les deux femmes, qui portaient le même rouge à lèvres écarlate, se ruèrent dans la maison en se dandinant.

Angie les suivit, ferma la porte à clef derrière elle, et glissa la grosse clef dans sa poche.

—Asseyez-vous !

Elle montra du doigt le canapé, qui s'avéra un peu trop petit pour les deux postérieurs gigantesques. Sa première pensée fut de les forcer à lui dire ce qu'elle avait besoin de savoir, mais elle se sentait tremblante. Elle se laissa tomber dans le fauteuil de son grand-père et baissa la voix.

—Mes tantes, je suis la seule ici qui ne sache pas ce qui se passe. J'en ai plus qu'assez de tous ces secrets, et ce n'est pas juste de me cacher des choses, comme ça. Alors, laquelle de vous deux veut commencer ?

Elles la regardèrent, puis se regardèrent. Agapi passa un bras autour de Voula dans un geste protecteur.

Soudain, la voix de Maria s'éleva de la chambre

—Angelika. Laisse-les partir. J'ai toutes les réponses dont tu as besoin.

Sa grand-mère les rejoignit dans le salon, vêtue de sa longue robe de nuit en coton.

—Je suis désolée, *yiayá*, dit Angie, mais j'ai besoin de savoir pourquoi ma mère et mon fiancé sont en danger. Ils ont failli mourir, hier soir. C'est à cause de moi qu'ils courent un risque.

Elle jeta la clef de la porte d'entrée à Agapi.

—Allez-y, avant que je ne change d'avis !

Agapi et Voula se levèrent d'un bond et, dans leur affolement, cherchèrent à passer la porte en même temps, leurs larges hanches se cognant contre le chambranle.

Maria s'assit à la table.

—Fais-moi un café, *koritsie*, et ensuite, je te raconterai tout.

Angie s'attela à la tâche fastidieuse de préparer du café turc, puis elle se servit un verre de lait et s'assit en face de sa grand-mère.

—Je n'ai pas le temps de tout te raconter avant ton mariage, *koritsie*, mais je vais essayer de t'aider à comprendre le plus important. Ce qui concerne ta mère. Je suis sûre qu'elle te donnera des détails et qu'elle répondra à tes questions après le mariage.

Angie hocha énergiquement la tête.

—Bien. Il y a très longtemps, il y a eu une querelle entre nous, les Kondulakis, et la famille de ton père, les Lambrakis, qui a atteint son paroxysme quand l'un d'entre eux a essayé de tuer Matthia et qu'il a failli réussir.

Enfin, Angie approchait du cœur du problème.

—Les événements de cette année-là ont été horribles, surtout pour la pauvre Poppy. Après tout ce qu'elle avait enduré, elle a pris sur elle d'essayer de mettre un terme aux représailles.

—Après tout ce qu'elle avait enduré ? Comment ça ? Pourquoi ? Que s'est-il passé ?

Soudain, le téléphone sonna. Angie décrocha ; c'était sa mère.

—Je suis autorisée à quitter l'hôpital, dit-elle sans préambule. Tu veux bien envoyer le taxi d'Amiras me chercher ?

—Mon Dieu, maman, c'est génial ! Tu sais comment va Nick ? Je pensais venir vous chercher tous les deux... Sinon, vous pourriez au moins rentrer ensemble en prenant un taxi d'Héraklion, il y en a plein devant l'hôpital.

—Ce n'est pas notre façon de faire ici, Angelika. On fait travailler les gens du village. Et puis, tu as bien trop à faire aujourd'hui. Nick va très bien, il n'a rien en dehors de sa jambe cassée, et nous sommes tout à fait capables de nous débrouiller pour rentrer.

—Il y a une station de taxis juste devant l'hôpital, maman... Tu vas devoir attendre plus d'une heure pour le taxi d'Amiras.

—Ne discute pas, Angelika. Je veux notre taxi. Je connais très bien son père. Il n'arrivera rien. Si je prends un taxi d'Héraklion, la prochaine fois que maman prendra le nôtre, il arrivera en retard et lui fera payer plus cher.

—Très bien, maman, si tu es sûre de toi, je m'en occupe et je te rappelle. As-tu besoin de quoi que ce soit d'autre ?

Du coin de l'œil, Angie vit Maria retourner dans sa chambre. La journée promettait d'être difficile.

—Bien sûr, répondit Poppy, une tenue de mariage pour demain ! D'après Demitri, ma valise a disparu. Il pense qu'elle est restée dans le coffre de la voiture de location, qui est dans un garage fermé le week-end. As-tu prévu de faire venir un coiffeur à la maison ? J'aurais aussi besoin de manger quelque chose de consistant... et du vernis à ongles, tu en as ?

—Oui, maman. Ne t'inquiète pas. On va s'occuper de tout, et tu seras parfaite.

—Je ne veux pas te faire honte, Angelika.

Après avoir raccroché, Angie appela le taxi d'Amiras afin de lui demander s'il était libre, puis elle téléphona à Nick pour savoir à quelle heure il pourrait quitter l'hôpital.

Une dizaine de minutes plus tard, tout était organisé pour sa mère et son fiancé. Ils prendraient ensemble le taxi d'Amiras qui, par chance, était presque à Héraklion, où il déposait son client précédent. Elle chercha ensuite le numéro du poste de police de Viánnos, et l'appela.

—Bonjour, je m'appelle Angelika Lambrakis. Hier soir, mon fiancé et ma mère, Calliope Lambrakis, ont été agressés aux abords de Viánnos.

—Oui, Madame, je me suis occupé de l'incident. Que puis-je faire pour vous ?

—Ah, merci, Monsieur... Eh bien, voilà, ils vont rentrer de l'hôpital en taxi d'ici environ deux heures. Je voulais m'assurer que leur agresseur était bien derrière les barreaux et que ma famille était en sécurité.

Des voix assourdies lui parvinrent et elle en conclut que le policier avait posé la main sur le combiné. Il lui répondit après quelques instants.

—Oui, Madame. Madame Lambrakis peut se tranquilliser, monsieur Lambrakis est retenu ici jusqu'à ce qu'il aille au tribunal, lundi.

Quoi ?

—Qui ? Qu'avez-vous dit ?

Elle n'en croyait pas ses oreilles. Venait-il de dire *monsieur Lambrakis* ?

Elle entendit d'autres bribes de conversation avant qu'il ne reporte son attention sur elle.

—Je suis désolé, Madame, je ne peux pas discuter de l'affaire au téléphone. Il faudrait que votre fiancé...

Il marqua un temps d'arrêt, et elle entendit un bruissement de papier.

— … monsieur Kondos, vienne vérifier sa déposition, si possible ce matin. Il a oublié de parapher l'une des pages.

— Il viendra peut-être cette après-midi, parce que…

Elle s'interrompit tant elle avait été troublée d'entendre son propre nom de famille lié au criminel, et d'entendre *madame Lambrakis* et *monsieur Lambrakis* dans la même phrase. Toutes sortes de pensées s'imposèrent à elles, mais elle les chassa instantanément de son esprit.

— Madame ?

— Oh, désolée, je… Mon fiancé et ma mère sont encore à l'hôpital, à Héraklion, mais nous viendrons dès que possible.

Elle raccrocha et plaqua une main sur sa bouche.

Monsieur et madame Lambrakis ? Le souffle coupé, elle se demanda ce que cela signifiait. Rien de tout cela n'avait de sens.

Elle repensa alors à ce que *papoú* avait dit, la veille, en pleine pagaille. *J'aurais dû tuer Lambrakis quand j'en avais l'occasion.*

Pourquoi ?

Papoú entra justement dans le salon.

— Tu peux me faire un café, s'il te plaît, Angelika ?

Elle le regarda fixement. *Monsieur et madame Lambrakis.* Pourquoi ne parvenait-elle pas à se sortir ces mots de la tête ?

Elle voulait entendre les explications de Maria, mais quand elle eut préparé le café de son grand-père, il lui fallut aller à Viánnos pour prendre une douche et se changer.

Elle retourna à Amiras juste à temps pour voir le taxi de Poppy et de Nick se garer non loin de la maison. Elle courut vers eux, bras ouverts, pour les embrasser tous les deux.

Demitri et le chauffeur de taxi aidèrent Nick à marcher sur le sol inégal. Angie prit le bras de sa mère et marcha à ses côtés. Quand elles arrivèrent devant la maison, Poppy hésita et s'arrêta.

—Ça va, maman ?

Angie passa un bras autour de sa mère. Elle se rendait bien compte que c'était un moment crucial, pour elle.

—J'ai un peu peur de rentrer dans la maison, Angelika, répondit Poppy d'une voix étranglée. Je ne sais pas pourquoi je suis si angoissée…

—Ça va aller. Prends ton temps. Nous entrerons quand tu te sentiras prête, maman.

Angie serra tendrement sa mère contre elle.

—Je suis fière de toi, et avant que nous n'entrions, je voulais te dire que j'ai conscience de l'effort prodigieux que tu as fait en venant ici. Je ne pourrais pas rêver d'une meilleure mère.

Elle lui déposa un baiser sur la joue.

—Merci. *Papoú* est là, il meurt d'impatience de te voir. Il était trop bouleversé pour aller à l'hôpital hier, alors il est resté ici à prier jusqu'à notre retour.

Poppy posa une main sur sa poitrine et prit une profonde inspiration.

—Prends tout ton temps, maman. Nous entrerons ensemble.

Angie l'embrassa à nouveau.

—Je suis là pour toi. Si tu as besoin de quoi que ce soit, n'importe quand, tu me le dis.

Poppy hocha la tête, se mordillant la lèvre, l'air vaguement effrayée. Elle commença à se gratter le dessus de la main.

Soudain, un cri perçant retentit, et Voula courut vers elles en agitant les bras au-dessus de sa tête. À la grande surprise d'Angie, Poppy aussi poussa un cri strident et, le sourire aux lèvres, imita Voula. Elles coururent l'une vers l'autre, riant, pleurant, et s'embrassèrent. Maria apparut dans l'embrasure de la porte de la maison. Voula s'écarta de Poppy, qui courut vers sa mère. Elles tombèrent dans les bras l'une de l'autre, avec de grands sourires et des larmes abondantes.

—J'ai besoin de m'asseoir, dit Maria quand les émouvantes retrouvailles se furent tassées. Ton père t'attend à l'intérieur. Va le voir, Poppy. Il brûle de te retrouver. Angelika, aide-moi à rentrer.

Angie passa un bras autour de la taille de *yiayá* et la conduisit lentement dans la maison. La frêle vieille dame s'arrêta et dit :

—C'est l'un des jours les plus heureux de ma vie, Angelika. Merci, *koritsie*. C'est grâce à toi.

Angie se rengorgea.

—Ce n'est rien, ce n'est rien, fit-elle, respectant la façon crétoise de répondre à un compliment, alors même qu'elle était plus fière que jamais.

Elle avait hâte d'être seule avec Nick. Dans la maison, il lui fit un clin d'œil quand elle entra avec sa grand-mère. Avec sa jambe plâtrée posée sur la table basse, il était assis à côté de Demitri, qui servait déjà des verres de *rakí*. Elle espérait qu'il se rappelait qu'ils devaient aller au poste de police, un peu plus tard. Poppy s'assit à côté de son père et lui prit la main.

—Ça va, *papoú* ? demanda Angie.

Il hocha la tête, les larmes coulant sur ses joues émaciées.

—J'ai prié la Sainte Vierge Marie tous les soirs depuis 1968 pour qu'un jour ma Poppy soit de nouveau assise à mes côtés devant cette cheminée. L'attente a été longue, *koritsie*. Lorsque Poppy est née, j'étais fou de joie. Une petite fille ! C'étaient un jour et un bébé merveilleux, surtout après la perte de Petro. Quand elle est partie pour Londres, j'ai eu l'impression que mes pas étaient plombés… mais maintenant, je flotte à nouveau ! s'exclama-t-

420

il, haussant les sourcils d'un air stupéfait. Ma fille est de retour. Je peux mourir heureux. Merci.

Angie resta sans voix.

Voula apporta une autre bouteille de *rakí*, puis des assiettes de *mezzé* : de petites boulettes de viande, des feuilles de vigne farcies, des sauces et des biscuits, de gros haricots dans une sauce aux herbes, des olives, des bâtonnets de carottes, du chou-fleur cru arrosé de jus de citron, et bien d'autres choses encore. On disposa les petites assiettes sur la table basse, autour de la jambe de Nick, ce qui amusa tout le monde. De bonnes odeurs de nourriture flottaient dans l'air, et dans cette chaleureuse atmosphère de fête, tout le monde bavarda, rit et mangea de bon appétit.

La journée passa à une vitesse folle, et frisa le chaos avec tous les gens qui vinrent pour saluer Poppy.

Yiayá s'éclipsa pour aller faire du crochet sous le grand olivier. Angie n'avait pas eu un moment pour s'asseoir avec elle depuis le matin même, et maintenant, elle devait accompagner Nick au poste de police. Elle ne savait toujours pas pourquoi sa mère avait quitté l'île, ni ce qui avait provoqué le conflit entre les deux familles. La police pourrait peut-être répondre à ses questions.

36

Angie s'était garée près de chez Agapi, pour que Nick n'ait pas à prendre l'escalier. À mi-chemin entre Amiras et Viánnos, elle s'arrêta.

—Tout va bien ? lui demanda Nick.

Elle fit « oui » de la tête.

—Je voulais juste avoir un moment seule avec toi.

Elle le regarda droit dans les yeux.

—Nick, je crois que c'est important que nous n'ayons pas de secrets l'un pour l'autre. Et toi ?

Il fronça les sourcils, hocha la tête, tira un peu sur sa ceinture pour lui donner du mou.

—Quand je suis arrivée ici, Voula m'a donné la lettre que tu m'avais envoyée chez elle, et… eh bien, j'avais le cœur brisé, je croyais que tu me quittais, alors je l'ai ouverte. Je croyais… enfin, je craignais…

Elle haussa les épaules, gênée.

—Toi et Judy… Je suis morte de honte. Je suis désolée d'avoir douté de toi.

Nick éclata de rire.

—Angie, je n'arrive pas à le croire ! Ma grande surprise est gâchée, alors ? Tous ces rendez-vous chez le notaire en cachette, gâchés ! Et dire que j'ai rangé toutes nos affaires dans des cartons et que je les ai mises au garde-meuble… Je pensais que tu devinerais quand elle a téléphoné et qu'elle a mentionné le contrat et les papiers à signer.

Angie cligna des yeux, faisant enfin le rapprochement.

—Je croyais qu'elle parlait d'un roman ! Je n'avais pas compris du tout.

—Je reconnais que te cacher la vente de l'appartement était une idée stupide. De toute évidence, un secret qui aurait pu très mal tourner... Je n'essaierai plus de faire de surprises, d'accord ?

Il tendit le bras vers elle et, l'air soucieux, lui caressa la joue.

—Heureusement que tu ne m'as pas quitté sur-le-champ... Quelle idée insupportable !

—Quand j'ai cru que tu me quittais, j'étais anéantie. *Yiayá* m'a conseillé de ne pas abandonner, de me battre pour l'homme que j'aimais.

Elle se pencha et l'embrassa, puis elle redémarra.

—Maman et toi avez dû mourir de peur, quand cette voiture vous a foncé dessus, dit-elle, changeant de sujet tandis qu'elle reprenait la route de Viánnos. Je ne comprends toujours pas bien ce qui s'est passé.

—Nous serions sûrement morts si tu n'avais pas appelé la police.

—Quoi ? Je n'ai pas appelé la police... C'est la police qui nous a appelés.

Il y eut un silence.

—C'est bizarre, dit enfin Nick. Je ne comprends pas... Qui a prévenu la police si ce n'est pas toi ? Nous n'avons pas vu d'autre voiture. Je croyais que tu avais entendu le bruit de la collision au téléphone. C'était la seule explication logique.

Ils firent le reste du trajet en silence. Angie se gara devant le poste de police de Viánnos. Le bâtiment était neuf, et il y avait des taches de peinture fraîche sur les vitres et sur le sol de marbre. Les bureaux étaient déjà utilisés, mais leurs pieds étaient enveloppés dans du papier bulle, et des piles de dossiers et de chemises longeaient les murs du couloir. Plusieurs s'étaient effondrées, et Angie imaginait aisément la pagaille que devait représenter la recherche de documents. Une odeur désagréable de tabac se mêlait à l'odeur de peinture fraîche.

Un policier les emmena dans une pièce séparée en son centre par une rangée de barreaux. De leur côté, il y avait une table et quatre chaises. Angie regarda l'homme qui avait failli tuer sa mère et son fiancé. Il leur tournait le dos, jambes écartées, les mains derrière la tête. Un policier lui fit baisser les bras, lui passa brutalement les menottes, et lui fit faire volte-face.

—Vous ! s'exclama-t-elle dans un souffle. C'est impossible…

Elle recula. Elle heurta une chaise, qui bascula et tomba par terre avec fracas. Elle se tourna vers le policier.

—C'est une erreur… Je connais cet homme, c'est mon ami !

—Il n'y a pas d'erreur, Madame, répondit le policier.

—Manoli, cria-t-elle, dites-leur qu'ils se trompent !

Manoli posa sur elle un regard glacial, les yeux plissés. Il avait la lèvre inférieure enflée, et la blessure semblait douloureusement fraîche.

—Ils ne se trompent pas, dit-il d'une voix monocorde.

Elle le regarda fixement.

—Quoi ? Pourquoi terrifier ma mère et mon fiancé, comme ça ? Vous auriez pu les tuer ! Ma mère vient d'être opérée du cœur !

—Votre mère n'a pas de cœur, répliqua Manoli avec un sourire méprisant. Elle a assassiné mon père.

—Ne dites pas de bêtises…

—C'est mon droit, œil pour œil, dent pour dent.

—Vous racontez n'importe quoi ! Maman ne ferait pas de mal à une mouche. C'est une femme bien.

—Qu'en savez-vous ? Poppy a détruit notre famille.

—Et vous avez fait semblant d'être mon ami ? demanda-t-elle, plissant les yeux, la colère montant en elle. Vous

424

croyez que nous n'avons pas assez souffert, Manoli ? Je n'ai jamais connu mon père, et ma mère a vécu toute sa vie sans l'homme qu'elle aimait. Heureusement qu'il y a ces barreaux entre nous !

—Pourquoi ? Sinon, vous essaieriez de vous venger ? C'est ça, le problème, avec les Kondulakis : ils veulent toujours faire mieux que les autres. Moi aussi, j'ai grandi sans père. Votre mère l'a tué… et Matthia a tué ma mère ! Je vous l'ai dit : cette dette n'a pas été payée.

Elle tituba. La vérité, c'était qu'elle voulait effectivement lui faire du mal, et l'espace d'un instant, ses propres émotions l'effrayèrent.

—Vous êtes ridicule, Manoli. Je suis désolée que votre mère et votre père soient morts, mais cela n'a rien à voir avec ma famille.

—Demandez-leur ! hurla-t-il.

Elle cligna des yeux, déconcertée. C'était absurde.

—Vous êtes fou.

Deux officiers de police attrapèrent Manoli par les bras pour le faire sortir.

—Demandez à votre mère ! cria-t-il par-dessus son épaule. Cette sale pute meurtrière !

Un policier redressa la chaise qu'elle avait fait tomber.

—Asseyez-vous, s'il vous plaît.

Il tendit à Nick plusieurs papiers.

—Il va être inculpé pour tentative de meurtre. Nous voudrions que vous relisiez votre déposition, Monsieur Kondos.

—Bien sûr. Dites-moi, comment avez-vous appris que nous étions victimes d'une agression ? On nous a dit que quelqu'un avait prévenu la police… Pourriez-vous remercier cette personne de notre part ?

—Vous allez pouvoir le faire vous-même, elle est ici…

Le policier sortit de la pièce. Nick se tourna vers elle.

—Que penses-tu de tout ça ?

Les accusations de Manoli l'avaient profondément ébranlée.

—Cet homme pourra peut-être faire la lumière sur cette affaire.

L'officier de police revint avec le bon Samaritain, un vieil homme qui entra dans la pièce en boitillant. Nick lui tendit la main. Angie écarquilla les yeux.

—Vous ? s'écria-t-elle, stupéfaite pour la seconde fois en l'espace de quelques minutes.

Nick, qui ne l'avait jamais vu, lui serra la main.

—Merci, Monsieur. Je vous dois la vie.

37

Le vieil homme s'assit avec difficulté. Angie repensa à son premier jour en Crète. Le vieil homme s'était tenu au milieu de la route, interrompant la circulation. Il s'était approché de sa table, sous le grand arbre, et lui avait souhaité la bienvenue. Manoli lui avait servi un café.

—Qui êtes-vous ? lui demanda-t-elle.

Il tendit le bras sur la table et prit sa main entre les siennes.

—Je te l'ai déjà dit : je suis Thanassi Lambrakis. Je suis le frère de ton père.

Elle en eut le souffle coupé. Elle se rappelait son nom, maintenant ; mais le frère de son père, son oncle ?

—Alors tu dois être aussi le frère d'Agapi ?

Elle se souvenait bien de l'agitation d'Agapi quand elle lui avait demandé de lui parler de son frère.

Il acquiesça d'un signe de tête.

—Manoli est mon neveu. Je suis propriétaire de la station-service où tu t'es arrêtée le jour où tu es arrivée en Crète.

Thanassi baissa la tête.

—Je suis désolé pour le comportement de Manoli. Il est fou… Son père, Emmanouil, l'était aussi. Manoli voulait venger la mort de son père. C'est la coutume.

Il regarda fixement le dessus de la table.

—Je t'ai suivie à Viánnos, ce jour-là. J'étais en quête de vengeance, moi aussi. J'aimais Emmanouil.

Il leva à nouveau les yeux vers elle.

—Quand je t'ai vue de près, si belle, le sosie de ta mère, je me suis rendu compte que se venger était stupide, et je suis venu te serrer la main. Tu t'en souviens ?

Elle hocha la tête.

—Manoli ne parle que de la mort de ses parents et de sa soif de vengeance depuis le jour de ton arrivée.

Elle sentit sa gorge se serrer.

—C'est vrai ? Mon Dieu… Et dire qu'il voulait me louer l'une de ses chambres ! Il était très amical, mais j'avais parfois l'impression qu'il jouait la comédie.

—Heureusement que tu n'es pas restée au *kafenio*. Manoli est complètement obsédé.

Thanassi se tourna vers Nick.

—Il vient au garage faire une partie de *tavli* avec moi tous les soirs. Quand Poppy et vous avez quitté la station-service, il a pris son fusil et il vous a suivis. Je n'avais pas d'autre solution que d'appeler la police.

—Je ne comprends pas, dit-elle. Toutes ces histoires de vengeance… Ma mère n'a pas réellement tué son père, n'est-ce pas ?

—Poppy n'a jamais nié l'avoir fait.

Thanassi jeta un coup d'œil par la fenêtre. Le policier apporta un plateau de cafés glacés et s'assit à la table avec la déposition de Nick. Thanassi prit un verre et aspira bruyamment le café avec sa paille.

—Personne ne sait ce qui s'est passé ce jour-là, mais si nous voulons mettre un terme à cette vendetta, nous devons oublier le passé.

Elle le regarda fixement. Pendant quelques instants, il soutint son regard, puis il cligna des yeux et détourna le visage, remuant sur sa chaise.

—Est-ce pour ça que ma mère a quitté la Crète ? lui demanda Angie. Je ne sais rien de cette histoire. Dis-le-moi, s'il te plaît.

Thanassi hocha la tête, soupira et sortit un petit *komboloï* en jais de sa poche.

—Tout a commencé avec le massacre de 1943.

Impatiente, et persuadée d'avoir tout appris de sa grand-mère sur la guerre, Angie l'encouragea.

—*Yiayá* m'a raconté la tragédie. Mais qu'est-ce qui a poussé ma mère à quitter la Crète, et pourquoi Manoli veut-il la tuer ?

Le visage de Thanassi se durcit brusquement. Il fit cliqueter les perles de son *komboloï* sur le dessus de sa main.

—Je sais que ce n'est pas le moment idéal, dit-elle, craignant qu'il refuse de se confier, mais nous nous marions demain, nous avons encore beaucoup à faire et peu de temps devant nous. Tu veux bien venir à notre mariage ? Il n'y aura aucun membre de la famille de mon père, à part Agapi. Je serais fière que tu sois là, oncle Thanassi.

Son expression se radoucit et il leur sourit à tous les deux.

—Oui, je serais heureux d'assister à ton mariage, Angelika. Cela mettra peut-être un terme à cette vendetta… mais vois ce que Matthia en pense. Il y a très longtemps… j'ai failli le tuer, et je crains qu'il ne m'en garde rancune.

—Raconte-moi tout, s'il te plaît. J'ai besoin de savoir.

Thanassi gratta sa moustache grise et fronça les sourcils. Ils restèrent silencieux le temps qu'il réfléchisse. Enfin, il s'éclaircit la voix.

—Ma mère, Constantina, a sombré dans la dépression à cause du massacre. Elle a perdu plus d'êtres chers que qui que ce soit d'autre, ce jour-là : son grand-père, son père, ses deux frères, un oncle, et sa fille enceinte. Les nazis l'ont passée à la baïonnette dans la rue. Je ne le leur pardonnerai jamais. La pauvre fille ! Tout le monde était très affecté, mais ma mère ne s'est jamais remise de toutes ces pertes. Emmanouil, le père de Manoli, et moi sommes nés après la guerre. Ma mère allait un peu mieux, parce que Yeorgo avait miraculeusement été retrouvé vivant, mais l'horreur de ce jour ne l'a jamais quittée.

Thanassi sourit à Angie, mais ses yeux trahissaient une profonde tristesse.

— Yeorgo a toujours été son préféré.

Son sourire mourut sur ses lèvres. Il fronça les sourcils.

— Agapi était promise à Matthia, mais nous avons rompu les fiançailles… Je regrette ce que nous lui avons fait.

— Pourquoi avez-vous rompu les fiançailles ? J'ai cru comprendre QU'ONCLE Matthia était très amoureux d'Agapi.

— Une histoire de politique. La famille de ta mère était composée de démocrates, mais Matthia soutenait les communistes et le criait sur les toits. Cet homme est un rebelle né, un maudit anarchiste.

Thanassi se renfrogna.

— De nombreux villageois étaient secrètement communistes, mais avec le soutien des Britanniques, la junte a déclaré le parti illégal. Emmanouil et moi avons rejoint la police militaire. Tu t'y connais, en politique, Angelika ?

— Pas vraiment, j'ai honte de le dire, mais Manoli m'a expliqué certaines choses.

— Ce n'est pas parce que c'est un cinglé et une tête brûlée qu'il a menti à propos des secrets du gouvernement. Je parle du gouvernement britannique. Tu es écrivaine, c'est ça ?

Elle sourit.

— Non, oncle Thanassi, je travaille… travaillais pour une maison d'édition.

Nick lui serra tendrement la main.

— Dommage ! J'espérais que tu écrirais quelque chose

sur ce qui s'est passé ici. Notre histoire est haute en couleur.

—J'y songe.

Thanassi eut un hochement de tête approbateur, puis il poursuivit.

—Emmanouil a interdit à notre sœur d'épouser un communiste. En réalité, nous aurions pu faire jeter Matthia en prison et le faire torturer. Emmanouil avait fanfaronné et dit qu'il épouserait Poppy, mais elle a choisi Yeorgo. Elle n'était guère plus qu'une enfant, mais c'était la plus belle fille des environs.

Thanassi marqua un temps d'arrêt et fit rouler les perles de son *komboloï* entre ses doigts.

—Cela a rendu Emmanouil complètement fou. Il aimait Yeorgo et Poppy, mais en même temps, il les détestait tous les deux, alors il a déchargé sa frustration sur Matthia.

—Je ne savais rien de tout ça !

—Ma mère a perdu la tête, et juste après la mort de son deuxième petit-fils… Stavro est venu la voir. Il y a eu une terrible dispute, et elle a craqué. La goutte d'eau qui fait déborder le vase, comme on dit. Elle a avalé tous ses antidépresseurs d'un coup. Au bout du compte, elle était tellement tourmentée qu'elle n'a su trouver la paix que dans la mort, vois-tu.

Angie ne voyait pas. Elle avait perdu le fil, et tout lui semblait confus.

—Mon frère avait besoin de blâmer quelqu'un, poursuivit Thanassi. Stavro passait le plus clair de son temps à Athènes, alors Emmanouil a fait tout son possible pour rendre la vie infernale à Matthia. Matthia n'était pas un ange non plus… Il nous a joué de sales tours. Cela a vite dégénéré, chaque revanche était pire que la précédente.

Thanassi se prit la tête entre les mains.

—J'ai besoin de quelques minutes, murmura-t-il.

Elle sentit qu'il s'apprêtait à lui faire une révélation capitale. Il lui sembla que l'air de la pièce s'immobilisait, alors même que la fenêtre était ouverte. Nick lui prit à nouveau la main, mais elle ne parvint pas à détacher son regard de Thanassi. Quand il releva la tête, il avait les yeux pleins de larmes.

—Le fils d'Emmanouil, Manoli, le fou qui t'a servi ton café tous les jours avant d'essayer de tuer Poppy... Quand il avait trois ans, il a eu la rougeole. Il y avait une épidémie, beaucoup d'enfants étaient morts. Sa mère, Yánna, attendait son deuxième enfant.

Thanassi se tut un moment.

—Oui ? fit Angie pour l'inciter à poursuivre.

—Elle avait besoin d'aller chercher des médicaments à Viánnos, pour Manoli. Matthia lui a proposé de l'accompagner en ville à moto, dit Thanassi d'une voix chargée d'émotion. Ils sont sortis de la route dans un virage. Un arbre a sauvé Matthia, mais Yánna et la moto sont tombées au fond du ravin. Les secours l'ont retrouvée morte, la nuque brisée. Ils ont essayé de sauver le bébé, mais... il est mort. C'était une petite fille.

—Oh, mon Dieu ! Alors oncle Matthia a tué la mère de Manoli ? Oh... Oh, je n'arrive pas à le croire, c'est terrible, c'est affreux ! Alors c'est pour ça que Manoli veut tuer ma mère ?

Thanassi prit une profonde inspiration.

—C'est ce que tout le monde a cru, Angelika. Quand on a amené Matthia au poste de police, nous lui avons donné des coups de matraque et des coups de pied. Nous avons failli le battre à mort... Même quand il a perdu connaissance, Emmanouil a continué à le frapper, à hurler des injures, complètement incontrôlable parce que sa femme et son bébé étaient morts. En fin de compte, nous avons dû faire sortir mon frère de la cellule et enfermer Matthia en attendant que le médecin arrive. Il a failli mourir avant qu'on l'envoie en prison. Ensuite, Poppy est allée voir Emmanouil…

Le vieil homme se couvrit le visage des deux mains, et Angie vit sa pomme d'Adam tressauter dans sa gorge décharnée.

—Je suis désolé, dit-il après un moment. J'étais très proche d'Emmanouil et de Yeorgo, ils me manquent tous les deux.

—Prenez votre temps, dit Nick. Voulez-vous que j'aille vous chercher un autre verre ?

Thanassi déclina la proposition.

—La vérité, c'est que c'est Emmanouil qui était responsable de la mort de Yánna, et j'ai honte de reconnaître que je l'ai aidé… Nous avions trafiqué la direction de la moto de Matthia ; nous ne savions pas que Yánna allait monter dessus.

Angie en resta bouche bée. Elle le regarda fixement, sidérée par cet aveu.

—Désolée, dit-elle enfin, je suis complètement perdue. Voyons si j'ai bien compris. Emmanouil était ton frère, Thanassi ? C'était aussi le frère de mon père, et le frère d'Agapi, c'est-à-dire mon oncle, et le père de Manoli ? C'est bien ça ?

Thanassi hocha la tête.

—Et Manoli, qui est donc mon cousin, sait que son père, Emmanouil, a provoqué la mort de sa mère, et que Matthia n'est pas responsable ?

Thanassi secoua la tête.

—Manoli était trop jeune pour comprendre, et nous n'avons jamais trouvé le moment pour le lui dire. Emmanouil n'arrivait pas à supporter les conséquences de ses actes. Il a écrit à la famille de Yánna pour tout expliquer, mais j'ai trouvé la lettre et je l'ai gardée, j'ai honte de le dire. Je l'ai encore.

—Alors depuis toutes ces années, Manoli croit que Matthia a tué sa mère, Yánna ?

—Oui. Je vais te donner cette lettre, je ne peux plus avoir ça sur la conscience. Quand nous avons terminé de rouer Matthia de coups, Poppy est allée voir Emmanouil.

Angie se mordilla nerveusement la lèvre inférieure, redoutant ce que Thanassi s'apprêtait maintenant à lui confier. Après une longue pause, il reprit.

—Qui sait ce qui s'est passé ? On a vu Poppy entrer chez lui. On a entendu un coup de feu…

Thanassi laissa tomber son *komboloï* sur la table et se signa.

—Le fusil avait fait sauter la tête d'Emmanouil. J'ai été le premier à arriver sur les lieux. Je… Enfin, ce n'est pas tout, mais cela n'a plus d'importance, maintenant. Après la mort de Yánna, il y a eu une enquête. J'ai avoué que j'avais aidé Emmanouil à trafiquer la moto de Matthia. On m'a envoyé en prison, et Matthia a été relâché. Cette vendetta doit s'arrêter aujourd'hui même. Plus d'accusations ni de représailles !

Il y eut un silence.

—Plusieurs personnes, y compris moi-même, ont vu Poppy s'enfuir en courant de chez Emmanouil après avoir entendu le coup de feu, mais rien n'a jamais prouvé que c'était elle qui l'avait tué.

Angie fut parcourue d'un frisson. Nick lui serra la main avec tendresse.

Thanassi poursuivit son récit.

—Poppy a quitté la Crète ce jour-là, et on ne l'a jamais revue. Cela a apparemment confirmé sa culpabilité, au village. Et maintenant, elle est revenue pour votre mariage… Elle n'aurait pas dû. Elle aurait dû mesurer le risque qu'elle courait.

* * *

—Je ne veux pas retourner tout de suite à Amiras, pas après avoir entendu tout ça, dit Angie quand les détails de la déposition de Nick furent enfin réglés. J'aurais voulu qu'on me raconte toute cette histoire plus tôt. C'est affreux ! La façon dont Thanassi a décrit la mort d'Emmanouil me rend malade.

Elle pensa un moment à sa mère.

—Je n'imagine même pas ce que maman peut ressentir... Pas étonnant qu'elle fasse un blocage ! Je m'en veux tellement de lui avoir forcé la main pour qu'elle renoue avec sa famille. L'idée de revenir ici devait la terrifier. Je me suis entêtée, sans avoir conscience du danger. Les choses auraient pu tourner encore beaucoup plus mal.

—Je trouve que c'était très courageux de la part de Poppy de revenir. Elle devait avoir conscience du danger qu'elle courait. Où est ton appartement ?

—Tout en haut d'une petite rue étroite et raide. Ça va aller ?

—Ça me fera de l'entraînement.

* * *

Dans sa chambre, essoufflée par la montée de la rue en pente, Angie referma la porte derrière elle.

—Enfin seuls ! Aide-moi à tout oublier, Nick, ne serait-ce que pour un moment.

—Tu es sûre que tu ne préférerais pas en parler ? lui demanda-t-il en laissant tomber ses béquilles pour la prendre dans ses bras.

—J'en ai assez, de tous ces mots, assez d'essayer de comprendre. Cette semaine était censée être pour nous, pour notre amour, et pour réunir notre famille.

Les émotions bouillonnaient en elle. La joie d'avoir retrouvé sa famille, de voir sa mère et sa grand-mère s'embrasser, le soulagement de constater que l'accident n'avait pas été aussi grave qu'il aurait pu l'être. Elle s'aperçut qu'elle tremblait, et se mit à pleurer.

—Ne me quitte jamais, Nick, murmura-t-elle. Ne me quitte pas comme mon père a quitté ma mère. Je ne veux pas me retrouver seule sans l'homme que j'aime. Promets-le-moi… Je ne veux pas vieillir en regardant fixement une chaise vide.

Elle lui passa les bras autour de la taille et le serra contre elle de toutes ses forces.

—Bien sûr que je ne te quitterai jamais, Angie. Tu as traversé des moments difficiles, ma chérie. Tu as dû être folle d'inquiétude quand tu as appris que nous avions eu un accident. Viens, dit-il en souriant, mettons ce lit à profit…

Il retira sa veste en lin écrue et l'accrocha à la poignée de la porte.

—Tu m'as tellement manqué !

—Nick, tu te souviens que je t'ai dit que je ne voulais pas avoir de secrets pour toi ?

Il hocha la tête.

—Je doute que nous ayons un autre moment seul à seule avant le mariage, alors il faut que je te pose la question maintenant…

Elle n'y parvenait pas. Elle ne pouvait se résoudre à prononcer ces mots : *As-tu couché avec Judy Peabody ?* Elle appréhendait la réponse. Et s'il lui disait « oui » et qu'il lui demandait de lui pardonner ? S'il disait « oui », elle devrait le quitter, et comment pourrait-elle vivre sans lui ? Cette seule idée l'affolait, et la rendait incroyablement triste. Qui d'autre aurait pu être le père de ses enfants ? Aucun homme ne soutenait la comparaison avec lui. Elle repensa à la lettre qu'elle n'était pas censée avoir ouverte.

—J'ai vraiment eu peur que tu aies eu une aventure avec Judy Peabody, avoua-t-elle enfin.

—Ma chérie, ne doute pas de moi maintenant. Ne t'ai-je pas prouvé que je ferais n'importe quoi pour toi, que tu es la seule femme pour moi ? Tu devrais savoir que je ne suis pas homme à faire des compromis. Tu es la meilleure, Angie, tout simplement la meilleure.

Il prit ses mains dans les siennes.

—J'ai passé du temps avec cette femme en dehors du travail, c'est vrai, mais pas de cette façon-là. Je lui ai fait visiter l'appartement deux fois, et je l'y ai retrouvée une troisième fois, juste avant mon enterrement de vie de garçon, le jour où nous avons signé les contrats, pour lui donner les clefs.

Il s'assit avec elle sur le bord du lit.

—Je suis désolée d'avoir douté de toi.

—Je dois t'avouer que je t'ai bel et bien caché des choses, cela dit, mais seulement parce que je pensais que tu étais assez stressée par la santé de Poppy et par le mariage.

—Si tu t'apprêtes à me dire que tu as perdu ton travail, je le sais déjà. Je ne m'inquiète pas pour ça, Nick. Mes priorités ont radicalement changé. Tout ce qui m'importe, c'est que nous soyons heureux ensemble, pour le restant de nos jours.

—C'est vrai, j'ai perdu mon travail… mais hier, juste avant que je ne parte pour l'aéroport, le directeur m'a convoqué. Il m'a dit qu'il avait appris pourquoi j'avais raté la réunion du conseil d'administration, et il a ajouté qu'il appréciait les gens intègres, conscients de ce qui importait vraiment… Non seulement il m'a réembauché, mais il m'a donné une promotion ! conclut Nick avec un grand sourire.

—Eh bien ça alors ! Félicitations ! Tu le mérites, après toutes les heures supplémentaires que tu as faites.

Elle songea que Judy avait dû aller trouver le directeur

dès qu'elle lui avait expliqué la situation. Peut-être n'était-elle pas si mauvaise, après tout.

—Après la réunion, Judy m'a donné quelque chose pour toi. Tu peux le prendre ? C'est dans la poche de ma veste.

Elle lui tendit la petite enveloppe à bulles et se rassit à côté de lui pendant qu'il la déchirait.

—Veux-tu m'épouser, Angelika Lambrakis ? lui demanda-t-il en lui passant sa bague de fiançailles à l'annulaire, avant de l'embrasser.

Ils s'allongèrent sur le lit.

—Je crois que je suis enceinte, dit-elle tout bas, regardant fixement le plafond et laissant des larmes de soulagement couler librement sur ses joues.

Il y eut un long silence. Dans les bras de Nick, la tête posée sur son torse, elle entendait les battements de son cœur. Elle avait envie de lever les yeux vers lui, mais n'osait pas, craignant de voir son expression.

—Depuis combien de temps le sais-tu ? lui demanda-t-il enfin.

—Je n'en suis pas sûre. Je n'ai pas encore fait de test. J'en ai un dans mon sac à main.

Le silence se fit de nouveau. Il la lâcha et, grimaçant de douleur, déplaça son plâtre pour s'allonger sur le côté et la regarder.

—Attendons d'être mariés pour faire le test... Qu'en penses-tu ? Nous pourrons le faire ensemble.

Elle hocha la tête, l'observant attentivement pour déceler sur son visage une réaction. Celle-ci vint tout à coup.

Il eut un grand sourire et ses yeux pétillèrent.

—Tu as rendu ma vie absolument merveilleuse, Angie. Notre bébé... Waouh ! Une vraie famille... J'arrive à peine à le croire. Je ne peux pas te dire à quel point je suis heureux. Merci de m'aimer, mon amour.

—C'est vrai que je t'aime, Nick. Tu es tout, pour moi.

* * *

Le portable d'Angie sonna. Le bruit parut amplifié dans la chambre presque vide.

—C'est maman, dit Angie en se tortillant pour se dégager des bras de Nick. Quelle heure est-il ?

Nick jeta un coup d'œil à sa montre.

—18 h 30.

—Elle va me tuer.

Elle décrocha.

—Salut, maman… Ça va ? Je t'ai promis une tenue pour le mariage, n'est-ce pas ? Attends de la voir ! Je serai là dans une vingtaine de minutes. Je t'aime, au revoir !

Elle raccrocha, déposa un baiser sur les lèvres de Nick, et sortit sa tenue de voyage de l'armoire. Par chance, le tissu était un peu extensible, et Poppy ne faisait qu'une demi-taille de plus qu'elle. Elle prit les chaussures et le sac à main assortis et mit le tout dans un sac.

—Tu vas devoir m'habiller, dit Nick avec un sourire coquin.

Elle regarda son corps nu.

—Tu profites de la situation !

—J'en profiterais volontiers si nous avions le temps.

Elle secoua la tête.

—La prochaine fois que tu feras l'amour, ce sera à une femme mariée, Nick.

* * *

Une demi-heure plus tard, de retour chez ses grands-parents, Angie donna son ensemble outrageusement coûteux à sa mère.

—C'est rouge… rouge ! Je ne peux pas mettre ça, protesta Poppy, la foudroyant du regard. Je ne porte que du noir. Je vais avoir l'air d'une pute.

—Non, maman, tu ne t'habilleras pas en noir pour le mariage de ta fille unique. Nous célébrons la vie ! Et puis, de toute façon, même si tu essayais, tu n'arriverais pas à avoir l'air d'une pute.

Poppy se dirigea vers la chambre de *yiayá* en marmonnant. Cinq minutes plus tard, elle réapparut vêtue de la robe et de la veste rouges. Tout le monde applaudit.

Maria, les yeux brillants et le sourire aux lèvres, tendit la main.

—Poppy, ma fille… Je suis si fière de toi.

Elle embrassa la paume de la main de Poppy, puis lui fit replier les doigts pour garder son baiser.

—Ce n'est pas grand-chose, mais c'est tout ce que j'ai.

—Oh, maman !

Poppy se tourna vers Angie.

—Merci pour tout, Angelika…

—Attends ! dit Maria. J'avais oublié : j'ai bel et bien quelque chose pour toi, Poppy. Je l'ai gardé si longtemps… Je rêvais de pouvoir te le rendre un jour. Angie, peux-tu aller chercher le sac en papier dans le tiroir de la commode de ma chambre ?

Quelques instants plus tard, Poppy ouvrait le sac en papier et en sortait un sac de couture en vichy bleu avec des petites poignées en bambou verni.

—Oh, maman ! Je me souviens du moment où tu me l'as offert comme si c'était hier, dit Poppy avec un petit rire enfantin. Je me rappelle à quel point je n'avais pas envie de devenir une femme…

—La taie d'oreiller à laquelle tu travaillais quand tu es partie est encore à l'intérieur. J'espère que tu auras le temps de la finir, cette fois-ci.

Angie regarda sa mère et pensa à Thanassi. Qu'était-il réellement arrivé à Emmanouil ? Elle décida de prendre la lettre d'Emmanouil que Thanassi allait lui donner, et de la montrer à Manoli, pour qu'il sache la vérité. La mort de Yánna avait été un accident, un mauvais tour qui avait terriblement mal tourné, et qui aurait aussi bien pu tuer Matthia.

Elle voulait parler à sa mère d'Emmanouil, mais avec la prévision du mariage le lendemain, ce n'était pas le moment. Ils avaient tous assez souffert.

Papoú fut envoyé chez Voula, et Poppy dormit avec *yiayá*. La robe de mariée en soie que Maria avait fabriquée pour sa fille pendait à un cintre, dans la chambre.

Nick, quant à lui, dormirait chez Demitri. Angie l'embrassa pour lui dire bonne nuit.

—C'est ton idée d'un mariage dans l'intimité ? lui demanda-t-il en l'enlaçant. C'est de la folie !

—Je les adore, tous, mais je suis contente que nous allions à l'autre bout de l'île pour notre lune de miel !

—Il n'y aura rien que le soleil, la mer et le sable, Angie... Tu es sûre que tu ne deviendras pas folle, sans rien à organiser ?

—Je t'aurai, toi, mon chéri, et c'est tout ce que je veux. Je suis soulagée que tout ce chaos soit derrière nous, Nick. Demain sera une journée parfaite, tu verras... N'oublie pas que nous faisons le test de grossesse après la cérémonie, mais avant la réception, pour pouvoir noyer notre chagrin dans l'alcool si le résultat est négatif !

Il fit la grimace et émit un gémissement plaintif.

—Quoi ? s'étonna-t-elle. C'était ton idée !

—Oui, mais je viens d'avoir cette image horrible de la famille tout entière attendant le résultat derrière la porte de la salle de bains... Tu n'en as parlé à personne, n'est-ce pas ?

Elle éclata de rire.

—Non, bien sûr que non !

Il eut un grand sourire.

—Tu te rends bien compte que si le résultat est négatif, je vais devoir passer tout notre voyage de noces à
essayer d'y remédier ?

—Oooh !

38

Un jeune coq chanta près de la fenêtre d'Angie à 5 heures du matin. *Je me marie aujourd'hui !* pensa-t-elle. Elle s'étira, heureuse que Nick et elle aient choisi de se marier au village d'Amiras. La journée allait être merveilleuse. Elle le sentait.

Elle enfila son survêtement et alla faire un footing, descendant d'abord l'escalier, et prenant ensuite la direction du cimetière. L'air retenait encore la fraîcheur de la nuit. L'aube adoucissait les couleurs : de fins nuages roses formaient des volutes dans le ciel bleu pastel, et la mer au loin était d'un turquoise chatoyant.

La végétation autour du village, d'un vert argenté, scintillait sous la rosée. Les chemins rocailleux qui conduisaient à la chapelle d'Ágios Charalampos, au sommet de la colline, étaient parsemés de mauves délicates et d'anémones. Le parfum de l'aube, mêlant le jasmin, le chèvrefeuille, et les cactus, qui fleurissaient la nuit, riche et enchanteur, embaumait l'air. Des chèvres à poil long, dont les clochettes carillonnaient dans le lointain, se déplaçaient dans le jour naissant. Un coq poussa un cocorico exubérant, et l'âne du pope se mit à braire pour obtenir son avoine.

Des portes commencèrent à s'ouvrir en grinçant, et elle entendit les villageois se saluer avec un enthousiasme manifeste pour la journée à venir. Elle courut sans difficulté, la tête pleine d'idées. Elle s'imaginait déjà parler à ses enfants du jour où maman et papa s'étaient mariés, de sa robe en soie, héritée de leur grand-mère, de son bouquet de fleurs des champs, et de la réception, grande fête de rue avec tout le village.

Elle courut sur la nationale, puis reprit la direction d'Amiras au niveau du monument aux morts, prenant de la vitesse dans la descente. Elle passa devant le *kafenío* et vit Matthia assis tout seul en terrasse, avec une cigarette. Le cœur débordant de joie, elle fut prise d'une envie irrésistible de le serrer dans ses bras.

—Oncle Matthia ! C'est une journée magnifique, n'est-ce pas ? Que fais-tu ici, d'aussi bonne heure ?

Il se renfrogna et posa ses coudes sur ses genoux.

—Je n'arrive pas à dormir, grommela-t-il.

—Tu as des nouvelles d'oncle Stavro ?

Il tira sur sa cigarette et la regarda fixement.

—Non.

Elle prit une chaise à l'une des tables d'à côté et s'assit avec lui. La sueur qui coulait sur son dos la fit frissonner.

—S'il n'est pas revenu dans l'après-midi, voudras-tu me conduire à l'autel ?

Il tira une autre bouffée de tabac.

—Non.

Le sentiment d'euphorie d'Angie retomba comme un soufflé. Elle percevait sa colère, et sentit la sienne monter en elle en réaction. Être son second choix ne lui plaisait sans doute pas.

—Écoute, tu peux te comporter comme un vieux grincheux si ça te chante, mais je ne te laisserai pas gâcher le jour de mon mariage. Peux-tu s'il te plaît remplacer mon père ? C'est censé être un honneur, ajouta-t-elle plus gentiment.

Matthia laissa tomber sa cigarette par terre et l'écrasa avec sa chaussure.

—Non, répéta-t-il, je ne le ferai pas. Tu ne devrais pas

te marier, pas ici, pas dans cette église. Ce n'est pas bien. Qui a eu cette idée insensée, d'ailleurs ?

Il se leva et mit son paquet de cigarettes dans sa poche.

—Comment ça, *ce n'est pas bien* ? Pourquoi ? Dis-le-moi !

Elle contracta la mâchoire, songeant que Matthia n'était qu'un vieil homme méchant, puis elle se demanda s'il était encore amer à cause des choses que Thanassi lui avait racontées.

—Écoute, je suis désolée, je n'aurais pas dû m'emporter. Rassieds-toi, et explique-moi ce qui te contrarie, mon oncle.

Il la regarda d'un œil noir.

—Je ne peux pas te le dire, Poppy m'a fait promettre de garder le secret.

Il s'éloigna d'un pas lourd.

—Tu ne devrais pas te marier, lança-t-il par-dessus son épaule. Les gens se souviennent. Tu es une enfant contre nature, c'est un affront à Dieu…

Bouche bée, elle lui courut après.

—De quoi parles-tu ? C'est horrible de me dire une chose pareille le jour de mon mariage !

Elle le saisit par le bras et lui fit faire demi-tour.

—Pourquoi ne devrais-je pas épouser l'homme que j'aime, avoir des enfants avec lui, vivre heureuse jusqu'à la fin de mes jours ?

Matthia chancela. Elle le rattrapa, et vit que ses yeux fatigués étaient pleins de larmes. Une inquiétude sourde la gagna.

—Tu crois que je ne me soucie pas de toi, Angelika. Tu te trompes. On dirait que je suis le seul à s'inquiéter. Tu ne comprends pas. Je ne veux pas te voir souffrir comme Poppy a souffert, murmura-t-il.

Il se frotta les yeux et se détourna. Décontenancée par l'émotion de son oncle et honteuse de sa propre maladresse, elle se dit que, grincheux ou non, Matthia était un vieil homme fragile.

—Peu importe ce que ma mère t'a fait promettre, j'ai le droit de savoir. Qu'est-ce qui t'inquiète, au juste ? C'est ma vie. Pourquoi ne devrais-je pas épouser Nick ? Dis-le-moi, mon oncle…

Pourquoi ne pouvait-il pas oublier le passé ? Quoi que Poppy ait pu faire, en quoi cela ferait-il d'elle une enfant contre nature ?

Matthia hésita, ferma les yeux et dit lentement :

—Je suis trop vieux pour tout ça, mais je ne peux pas te laisser te marier sans connaître la vérité, Angelika. Tu dois être mise au courant pour pouvoir prendre ta décision.

—Comment ça ? Pourquoi ne devrais-je pas me marier dans cette église ?

L'expression dure de Matthia s'effondra.

—Ce n'est pas bien que tu te maries, répondit-il, la voix empreinte d'une infinie tristesse, parce que…

Il soupira, cligna lentement des yeux, puis la regarda.

—Ton père et ta mère étaient frère et sœur, et tes frères étaient mort-nés.

Angie en eut le souffle coupé. Elle regarda fixement Matthia, se répétant les mots qu'il venait de prononcer, encore et encore, essayant d'en saisir le sens. Elle lui lâcha le bras. Il continuait à parler, mais elle ne l'entendait plus. Sa voix lui paraissait lointaine et indistincte. Son estomac se souleva, sa vue se troubla. Au bord de l'évanouissement, elle se dirigea vers une maison en titubant, plaqua une main contre la façade et vomit dans le caniveau. Les paroles de Matthia résonnaient dans sa tête. Son père et sa mère, frère et sœur… Le cœur fragile de sa mère, le cœur fragile de Stavro, ses frères, mort-nés… Quels frères ?

Les mots de Thanassi lui revinrent : *Juste après la mort de son deuxième petit-fils.*

446

—Non, non, ce n'est pas vrai…

Elle partit en courant, une main sur son ventre noué, bouleversée par l'énormité de la déclaration de Matthia. C'était impensable, écœurant, scandaleux, impossible ! Ce devait être un mensonge.

Pourtant, au fond, elle craignait qu'il lui ait dit la vérité. Sa propre mère ! *Poppy, non !*

Profondément déconcertée, en colère, elle monta en courant l'escalier qui conduisait chez ses grands-parents et se rua dans la maison. La pièce vide semblait tout dire. Ils savaient. Accablés par les secrets qu'ils n'avaient pas osé lui révéler, ils se cachaient pendant qu'elle acceptait la réalité. Son père et sa mère étaient frère et sœur.

Matthia avait-il toujours su qu'il devrait le lui dire ? Cela expliquait l'animosité dont il avait fait preuve envers elle dès le début. Ses paroles continuaient de résonner en elle.

Son mariage devait avoir lieu le jour même !

Poppy sortit de la chambre.

—Angelika, que se passe-t-il ? Calme-toi… Tu t'es disputée avec Nick ?

La confusion d'Angie et toutes ses peurs explosèrent d'un coup.

—Non ! Oncle Matthia m'a dit la vérité, maman. Je sais tout. Mon père et toi… Frère et sœur ! Comment as-tu pu me faire ça ? Dieu sait ce qui aurait pu se passer ! Tu sais que Nick et moi voulons des enfants, je suis peut-être déjà enceinte… Que vais-je faire ? Pourquoi ne me l'as-tu pas dit ? Tu as tout gâché !

Elle hurla ses mots, les larmes ruisselant sur ses joues.

—Que vais-je bien pouvoir faire, maman ? J'aime Nick, et nous espérons fonder une famille ! Je suis censée l'épouser aujourd'hui… Notre mariage, notre avenir, tout est remis en cause ! Pourquoi m'as-tu caché quelque chose d'aussi épouvantable ?

Poppy blêmit. Elle ouvrit la bouche, mais aucun son n'en sortit. Elle porta une main à son cœur, fit un pas en avant et, secouant la tête, parvint à balbutier :

—N'en parle pas à Nick. Oublie ce que Matthia t'a dit. Ce n'est pas vrai. Je vais le tuer. Il ne peut pas se taire cinq minutes. Oublie tout.

—Tout oublier ? Comment le pourrais-je ? Ne sois pas stupide, c'est répugnant ! Comment as-tu pu être assez égoïste pour me cacher une chose pareille ?

—Je ne suis pas égoïste. Crois-tu que cela ait été facile pour moi, pendant toutes ces années ? Pourquoi a-t-il fallu que tu ailles fouiller dans le passé ? Je t'avais prévenue… Nous étions heureuses. N'en parle pas à Nick…

—Je ne peux pas ne pas lui en parler. On ne cache pas des choses aux gens qu'on aime.

Poppy recula, chancelante, heurta le mur, et plaqua ses mains sur sa bouche, respirant bruyamment à travers ses doigts.

—Ne me fais pas ça, Angelika… Fais-moi confiance. N'ai-je pas été une bonne mère pour toi ? Ne t'ai-je pas aimée de tout mon cœur ?

Angie l'entendait à peine.

—Je vais devoir annuler le mariage. Je vais devoir l'annoncer à Nick. Demander conseil, faire des analyses de sang, un test ADN… Mon Dieu ! Et si nous ne pouvons pas avoir d'enfants, maman ? Et si je suis déjà enceinte ? Oncle Matthia m'a parlé des autres, de mes frères, mort-nés… des frères dont je ne connaissais même pas l'existence. Que me caches-tu d'autre ? Combien de fois m'aurais-tu regardé mettre des enfants au monde en sachant ça ? Je n'arrive pas à le croire !

—Ne tiens pas compte de ce que Matthia t'a dit, c'est un vieil imbécile qui ne sait rien à rien !

—Vraiment ? Dans ce cas, dis-moi la vérité : as-tu, oui ou non, épousé ton frère, maman ?

Complètement affolée, Angie avait l'impression de ne plus rien comprendre. Elle s'assit lourdement dans le canapé. Elle était prise de panique à l'idée qu'elle était peut-être enceinte, et qu'elle était le fruit d'une relation incestueuse.

—Je… Je… Oh, mon Dieu, pardonnez-moi !

Poppy s'effondra, se laissa tomber dans un fauteuil et se balança d'avant en arrière, se couvrant le visage des deux mains.

Angie se leva d'un bond du canapé. Poppy tendit la main vers elle et lui frôla le bras.

—Ne me touche pas ! cria Angie à travers ses larmes. C'est inexcusable…

Furieuse, elle partit en courant, descendit l'escalier quatre à quatre, se précipita jusqu'à l'oliveraie. Derrière elle, Poppy criait son prénom.

—Angelika, Angelika, je t'en prie !

—Laisse-moi tranquille !

Angie continua à courir, jusqu'au plus gros arbre. Submergée de colère, dans la confusion la plus totale, elle se réfugia en dessous. Elle devait décider de ce qu'elle allait faire.

Naturellement, elle devait tout dire à Nick.

Vraiment ? Et si elle ne lui en parlait pas ? Pouvait-elle duper l'homme qu'elle aimait, comme sa mère l'avait dupée ? Le risque était peut-être minime. Elle n'en avait pas la moindre idée. Cependant, une menace planerait sur sa grossesse, et l'inquiétude ternirait le bonheur d'attendre un bébé.

Tout était limpide, maintenant. Elle comprenait enfin pourquoi sa mère n'avait jamais voulu lui parler de Yeorgo. Pourquoi il l'avait quittée pour s'engager dans l'armée. Pourquoi elle avait abandonné la Crète. Mais qui était son père ? Stavro, ou Matthia ?

Elle laissa son regard se perdre entre les branches de l'arbre et repensa au récit de Maria. Sa grand-mère aurait-elle fini par lui dire la vérité ? Elle le croyait. Elle n'en avait simplement pas eu le temps. Elle sanglota, et sa vue se brouilla. Pourquoi ne l'avait-elle pas avertie ? Pendant tout ce temps, elle avait gardé pour elle ce terrible secret !

Elle repensa à leurs disputes, quand elle avait annoncé à sa mère son intention de venir voir sa famille. Poppy avait dû être prise de panique lorsqu'elle lui avait dit qu'elle irait de toute façon, quoi qu'elle puisse en dire.

—Angelika ! Angelika !

Poppy apparut. Toujours en pantoufles, elle courait sur la route où Maria avait vu les soldats, ce jour fatidique de septembre 1943.

39

Thessalonique, Grèce, aujourd'hui.

L e matin du mariage d'Angelika, Stavro jeta un coup d'œil à sa montre. Il était 7 h 30. C'était sa dernière chance de trouver Yeorgo avant la cérémonie. Il était un peu tôt pour frapper à la porte d'un étranger, mais les circonstances étaient extraordinaires. C'était la quatrième fois qu'il sonnait chez un Lambrakis en deux jours.

Il était pressé par le temps. Il espérait avoir un avion pour la Crète dans l'après-midi. Dans le cas contraire, il serait bien embêté.

Il avait reçu du bureau des pensions militaires la liste des soldats à la retraite du nom de Lambrakis, et son enquête avait commencé à Athènes. Hélas, ses recherches avaient été infructueuses. Il s'était ensuite rendu à Thessalonique, mais trois des personnes de la liste qui y vivaient étaient mortes. L'une des veuves l'avait soupçonné d'être mandaté par le Service de répression des fraudes. Elle l'avait attaqué avec un balai. Son mari n'avait-il pas tout donné pour son pays ? Il était mort dans la pauvreté, n'avait-il pas droit à mieux que cela ?

Stavro se trouvait maintenant devant la dernière adresse de sa liste. S'il faisait encore chou blanc, il suspendrait ses recherches quelque temps. Elles lui demandaient trop de temps et lui coûtaient trop cher. Il poussa la porte d'entrée en verre de l'immeuble et entra dans le bâtiment. Les portes lui paraissaient de plus en plus lourdes, ces temps-ci.

La lumière ne marchait pas, et le sol de marbre crème était crasseux dans les coins. À sa gauche, il y avait un ascenseur, et devant lui, deux portes d'appartement. À sa droite, un mur de boîtes aux lettres qui débordaient de courrier, et l'interphone des habitants de l'immeuble.

Il fit glisser son index sur les noms des sonnettes. Sa main tremblait légèrement. De la buée obscurcissait le Plexiglas qui protégeait les noms et, pour ne rien arranger, il avait oublié ses lunettes de lecture. Il oubliait beaucoup de choses, ces derniers temps.

Un homme entra dans le vestibule et se dirigea vers l'ascenseur.

— Excusez-moi, je n'ai pas les bonnes lunettes... Voyez-vous un Lambrakis ici ? lui demanda Stavro en indiquant l'interphone.

L'homme s'approcha et promena son regard sur les sonnettes.

— Non, je ne vois pas... Ah, si, c'est le numéro 9 ! Voulez-vous que j'appuie sur le bouton ?

Stavro fit « oui » de la tête, incapable de parler.

L'inconnu, un homme gros et efféminé aux lèvres retroussées et au visage flasque, le regarda intensément.

— Puis-je faire quoi que ce soit d'autre pour vous ?

Stavro comprit qu'il lui faisait une proposition indécente.

— Non, merci, répondit-il.

Il reporta son attention sur le haut-parleur de l'interphone. Reconnaîtrait-il la voix de Yeorgo s'il l'entendait, après toutes ces années ?

Personne ne répondit. Il appuya à son tour sur le bouton, retenant son souffle.

Les portes de l'ascenseur s'ouvrirent et un vieux monsieur en sortit. Il se dirigea vers la porte d'entrée.

—Yeorgo ? fit Stavro.

—Pardon ?

—Je cherche Yeorgo Lambrakis.

—Vous le trouverez au *kafenío*, au coin de la rue, répondit le vieil homme d'une voix monocorde.

* * *

Amiras, Crète, aujourd'hui.

Depuis l'oliveraie, Angie regarda Poppy remonter la rue principale du village en courant.

—Angelika, je t'en prie ! cria sa mère.

Elle s'arrêta et s'assit sur une caisse en plastique, sur le bord de la route, croisa les bras sur sa poitrine et se balança, éperdue. Une femme sortit de l'une des maisons et lui parla. Quelques instants plus tard, elle alla lui chercher un verre d'eau. Le soleil se refléta sur le verre et le fit scintiller de mille feux. Une autre femme se joignit à elles.

Angie avait le ventre noué. Son survêtement avait séché, mais son front était encore moite de sueur. Elle était assise sur ses fesses, les mains sur les genoux, et elle regardait Poppy, sur la route, en contrebas. Comment était-elle censée assimiler une information aussi choquante ? En l'espace de quelques secondes, le temps que Matthia prononce ces mots, sa vie entière avait été bouleversée. Elle n'était pas la personne qu'elle croyait. À vrai dire, elle ne savait absolument pas qui elle était.

Qu'est-ce qui avait réellement changé, au fond ? Poppy l'aimait encore, elle n'en doutait pas ; et en dépit de cette nouvelle catastrophique, Angie aimait encore sa mère. Cependant, biologiquement, elle ne savait plus qui elle était, elle ignorait si elle avait hérité de problèmes de santé. Peut-être n'était-ce pas le cas.

Elle devait annoncer la nouvelle à Nick le plus tôt possible, elle en avait bien conscience. Ils se renseigneraient sur le sujet ensemble, ce matin même. Ils en avaient le temps. Comment prendrait-il la chose ?

Un inceste ! Seigneur, quelle horreur ! Comment Poppy avait-elle pu lui cacher une chose pareille ?

Elle sentit à nouveau son estomac se soulever, l'angoisse l'envahir. Elle imagina un bébé avec une malformation cardiaque génétique, grandissant en elle en ce moment même.

Absorbée par l'horreur de ses propres conjectures, elle s'efforça d'envisager les possibilités qui s'offraient à elle. Son cœur était brisé. Elle n'était pas prête à prendre de risques avec la santé de son enfant.

Tout était de la faute de Poppy ! Son désarroi ne cessa de croître, jusqu'à ce qu'elle n'ait plus envie que d'une chose : crier après sa mère. Elle sursauta quand un papillon jaune vif et bleu voleta devant son visage. L'insecte se posa sur le dessus de sa main, ouvrit et ferma ses ailes festonnées. Elle le regarda fixement, son esprit agité apaisé par la magie du moment. Quand il s'envola et disparut entre les arbres, elle se leva, plus calme.

— Maman ! cria-t-elle en direction de la route.

Poppy poussa un gémissement et les deux femmes l'aidèrent à se relever. Elle se hâta de la rejoindre dans l'oliveraie, et la serra dans ses bras.

— Je suis désolée de ne pas t'avoir tout expliqué. Je ne voulais pas te le dire, jamais… J'ai tellement honte !

Elle fondit en larmes.

— Ne me déteste pas, Angelika, je t'en prie, pas après tout ça… J'ai perdu tous ceux que j'aime à part toi.

— Je ne te déteste pas, maman, murmura Angie, la gorge serrée. J'étais bouleversée… Je suis bouleversée. C'est un choc terrible d'apprendre une chose pareille. Je n'arrive pas à me faire à l'idée. Seigneur… Maman… Asseyons-nous par terre.

— Non.

Poppy fit un pas en arrière, sécha ses larmes avec sa manche, et posa ses mains tremblantes sur les épaules d'Angie.

— Je dois tout t'expliquer, maintenant. Ne me déteste pas, je t'en prie… Ne me déteste pas.

— Maman, je te l'ai déjà dit, j'étais bouleversée, et je suis encore sous le choc, mais je ne te détesterai jamais, tu es ma mère.

— Non, attends, c'est difficile… mais je dois te le dire…

Elle regarda autour d'elle, l'air frénétique, puis leva les yeux vers le ciel bleu cobalt, se mordillant nerveusement la lèvre. Elle semblait chercher ses mots.

— Que Dieu m'aide à dire la vérité ! Je n'ai jamais voulu que tu le saches, parce que…

Elle lui lâcha les épaules et s'effondra sur le sol, étouffant un sanglot. Angie se laissa tomber à côté d'elle, craignant pour sa mère et son cœur fragile.

— Maman, voyons… Je t'en prie, maman…

— Je ne suis pas ta mère ! Tu n'es pas ma fille ! Tu comprends ? Je ne t'ai pas portée, même si je t'aime comme si c'était le cas, et j'aurais voulu que ce soit le cas. Dieu sait que je t'aime de tout mon cœur, Angelika, depuis toujours, mais tu n'es pas mon enfant. Mes bébés sont morts tous les deux. Je ne t'aurais jamais laissée vivre quelque chose d'aussi cruel.

Angie était muette de stupéfaction. Son univers entier était chamboulé.

— Je suis désolée, Angelika… Vraiment.

— Quoi ? Non… Attends. C'est impossible, maman. Ne dis pas de bêtises. Bien sûr que tu es ma mère !

— Tu n'es pas mon bébé.

Plongée dans la plus grande perplexité, Angie regarda fixement Poppy.

— Mais… Que veux-tu dire ? Qui suis-je, alors ?

— Tu es la fille de ton père, la fille de l'homme que j'ai

aimé toute ma vie. L'homme qui est comme un couteau en mon cœur. L'homme qui me manque à chaque instant, celui qui m'a serrée dans ses bras il y a une éternité et qui m'a dit adieu. Yeorgo est ton père. Yeorgo. Il n'y aura aucun risque de maladie génétique quand tu auras des enfants.

Angie sentit encore sa gorge se serrer. C'était trop. Si Yeorgo était son père, alors qui était sa mère ?

— Je ne suis peut-être pas ton bébé, maman, mais tu es ma mère, et tu seras toujours ma mère. Ne me retire pas cela. Mais j'ai besoin de tout savoir. Plus de secrets. S'il te plaît. Tu veux bien me dire la vérité ?

Poppy hocha la tête.

— Aide-moi à me relever, ma chérie.

— Viens…

Ensemble, elles quittèrent l'oliveraie ombragée et avancèrent au soleil.

— C'est le jour du mariage de ta fille, maman, murmura Angie, souriant à travers ses larmes.

Elle serra Poppy dans ses bras.

— Je regrette tout ce que j'ai dit. Je ne pourrai jamais te détester. Tu es ma mère.

* * *

De retour à la maison, après avoir fait du thé, elles restèrent assises sur le canapé en silence pendant quelques minutes.

— Avant toute chose, dit enfin Poppy, laisse-moi te serrer contre moi. J'ai toujours été terrifiée à l'idée que tu puisses découvrir la vérité.

Elle prit Angie dans ses bras et la serra de toutes ses forces, puis elle la relâcha et prit une profonde inspiration.

— Aujourd'hui, j'ai pris conscience de ce que j'avais fait vivre à ma mère. Je dois faire la paix avec elle.

Elle se tut un moment et se tordit les mains.

—Je ne sais pas par où commencer. Revivre tant de souffrances…

Des larmes coulèrent sur ses joues. Le cœur serré, Angie les essuya pour elle.

—Essaie de commencer par le commencement, à une époque heureuse. Pourquoi pas avant ton mariage ?

Elles burent quelques gorgées de thé. Le tic-tac de l'horloge résonnait dans la pièce silencieuse. Après un moment, Poppy reprit la parole.

—Nous avons grandi ensemble, Stavro, Matthia et moi. On m'a appelée Calliope, comme ma grand-mère, mais tout le monde me surnommait Poppy. Après la guerre, quand nos soldats sont revenus au village, il y a eu de nombreuses naissances, et les plus jeunes enfants jouaient tous ensemble dans la campagne, sans se soucier des différences d'âge. Stavro m'a dit que j'avais eu un autre frère, Petro, mais qu'il était mort bien avant ma naissance, alors qu'il n'était âgé que de quelques semaines.

—*Yiayá* m'a raconté cet atroce massacre et ce qui s'est passé après.

—J'ai toujours vu Stavro comme un adulte, mais Matthia et moi étions proches, il s'occupait de moi pendant que maman faisait la classe et que papa travaillait au jardin avec Stavro. Nous faisions pousser nos propres légumes. Nous avions souvent faim et nous n'avions parfois pas de chaussures, mais je me rappelle avoir eu une enfance heureuse.

—*Yiayá* m'a dit que les temps étaient durs, même après le retour de *papoú*.

—C'était dur, oui, mais les habitants du village formaient comme une grande famille à cause de tout ce à quoi ils avaient survécu.

Le sourire de Poppy mourut sur ses lèvres, elle se prit la tête dans les mains et pleura doucement. À ce moment-là, Matthia entra dans la maison d'un pas chancelant, une main sur le cœur, blafard.

—Je suis désolée, Poppy, il fallait que je lui dise…

Poppy leva les yeux vers lui.

—Tu as bien fait. C'est moi qui suis désolée… mais ce n'est rien, vois-tu, je…

Elle détourna le visage, se mordit la lèvre inférieure. Sa voix se fit à peine plus forte qu'un chuchotement.

—Je ne suis pas la mère biologique d'Angelika.

Matthia écarquilla les yeux, visiblement stupéfait.

—Quoi ? Pourquoi ne me l'as-tu pas dit, Poppy ?

—J'avais honte. Angelika est la fille de Yeorgo. Tu le mettais sur un piédestal, alors je ne voulais pas que tu le saches. Tu m'as tellement manqué ! Nous étions si proches, Matthia…

Elle se tourna vers Angie.

—Personne n'était au courant, Angelika. Je me rends bien compte que tu ne comprends pas, mais Yeorgo et moi ne savions absolument pas que nous étions frère et sœur, et tu ne peux pas imaginer ce que cela nous a fait quand nous l'avons découvert. Nous n'étions pas de mauvaises personnes…

—Je n'essaie de blâmer personne, maman, je veux juste savoir qui je suis. Parle-moi du jour de ton mariage.

—Mon mariage n'a pas d'importance, c'est ce qui s'est passé après qui est important.

40

Crète, 1965.

Quatre mois après notre mariage, je m'aperçus que j'étais enceinte. Je mourais d'impatience de le dire à Yeorgo. Tout le monde attendait la nouvelle, et chaque fois que je voyais maman, elle me jetait des regards en biais pour détecter les premiers signes d'une grossesse.

Le soir où je l'annonçai à Yeorgo, j'avais cuisiné un *stifádo* de lapin et mis une rose rouge dans un verre, sur la table. Quand Yeorgo vit cela, il sourit, se doutant de quelque chose. Je m'étais dit qu'il valait mieux qu'il mange avant d'apprendre la nouvelle, car je devinais ce qui se passerait ensuite. Tandis que nous mangions notre ragoût, il me regarda intensément, attendant que je parle.

—Mange ton repas, Yeorgo, dis-je, m'efforçant de garder mon sérieux.

—Tu me taquines, petite ?

Malgré mes efforts culinaires, je mangeais sans sentir le goût de ce que j'avalais. Enfin, Yeorgo posa bruyamment sa fourchette dans son assiette vide.

—J'ai quelque chose d'important à te dire, balbutiai-je, les joues empourprées.

Yeorgo inclina légèrement la tête sur le côté, m'interrogeant du regard, et un sourire se dessina sur ses lèvres. Il tendit le bras sur la table et me prit la main.

— Yeorgo, je crois que je suis enceinte.

— Poppy !

Il poussa un cri de joie et se leva d'un bond, renversant involontairement la table dans son enthousiasme. Les assiettes et les verres glissèrent et se fracassèrent sur le sol. Il me souleva dans ses bras et me fit tournoyer dans la petite pièce, qui semblait déborder de notre bonheur.

— Repose-moi ! m'écriai-je en riant.

Yeorgo posa une main sur mon ventre.

— J'espère que c'est un garçon, mais si nous avons une fille, elle sera aussi belle que sa mère et je serai encore plus heureux !

Il souleva le couvercle de la banquette, laissant les coussins tomber sur la vaisselle cassée éparpillée par terre, prit sa carabine et se rua dehors pour tirer des coups de feu en l'air dans la nuit. Quel raffut !

Les enfants qui jouaient dans la rue se couvrirent les oreilles. Des chiens aboyèrent, et les voisins arrivèrent en courant. Tout le monde connaissait la raison de ces coups de feu. Les hommes félicitèrent Yeorgo en lui donnant de grandes tapes dans le dos et en lui serrant la main.

— Bravo, Yeorgo ! crièrent-ils comme si je n'avais rien à voir là-dedans.

Je me tenais dans l'embrasure de la porte, rougissant et riant.

Constantina m'aida à remettre de l'ordre dans la cuisine, puis elle m'accompagna chez maman pour lui annoncer la nouvelle. J'avais l'impression de flotter. Maman avait deviné grâce au vacarme. Elle nous attendait sous le grand olivier, bras tendus, le sourire aux lèvres.

Yeorgo alla au *kafenío* pour fêter ça, et deux hommes le ramenèrent à la maison à minuit, tellement soûl qu'il n'arrivait plus à marcher. Ils lui retirèrent ses bottes et le mirent au lit. Il marmonna, rit, et ronfla si fort qu'il me fut impossible de dormir.

—J'ai tellement mal à la tête, Poppy, dit-il le lendemain matin, les yeux bouffis.

—Ça t'apprendra à boire comme ça ! le grondai-je. J'espère que ce n'est pas l'exemple que tu as l'intention de donner à notre enfant.

Yeorgo regarda mon ventre avec un grand sourire, puis il fit la grimace et se prit le sommet du crâne entre les mains.

—Tu t'es levé dans la nuit et tu as pissé dans l'armoire, dis-je. C'est dégoûtant. Mes belles chaussures de mariage sont fichues.

—Vierge Marie, je ne voulais pas… Je suis désolé, Poppy.

—Comme si ça ne suffisait pas, après ça, tu t'es entiè-rement déshabillé, tu es sorti en courant et tu as vomi sur les géraniums. Heureusement que personne ne t'a vu, c'était horrible.

—Ne le dis pas à ma mère…

—Je le lui dirai, sauf si tu nettoies ton vomi toi-même.

Il leva vers moi ses yeux injectés de sang et me regarda d'un air horrifié.

—Je ne peux pas faire ça ! Je serais la risée de tout le village…

—Tant pis pour toi ! C'est toi qui vois.

Je dus lui tourner le dos pour qu'il ne me voie pas sourire. Je fis le plus de bruit possible ce matin-là ; j'en-trechoquai la vaisselle et les casseroles, tandis que je hachais des herbes et que j'aplatissais des côtes de porc à l'aide d'un attendrisseur, prenant un malin plaisir à le voir grimacer de douleur.

Il nettoya la terrasse, se réfugiant précipitamment dans la maison chaque fois que quelqu'un passait dans la rue, cherchant à tout prix à éviter la honte d'être surpris une serpillière à la main. Papa arriva à midi et le traîna au *kafenío*. Il rit et secoua la tête quand il comprit que mon mari avait une terrible gueule de bois.

Je priais pour avoir un garçon et, neuf mois plus tard, j'étais enchantée. Je commençai à avoir des contractions en pleine nuit. Les premières d'entre elles me réveillèrent, et je restai allongée dans le noir, souriant. À l'aube, elles étaient beaucoup plus intenses, et je me demandais quelle ampleur elles prendraient.

Yeorgo s'aperçut que son enfant allait naître.

J'avais moi-même un peu peur, mais je ris de son affolement. Il traversa tout le village en courant pour aller chercher la sage-femme, jurant que j'allais accoucher d'un instant à l'autre.

Vingt-quatre heures après la première contraction, Elias vint au monde. Il était si beau, avec ses épais cheveux noirs, ses petits pieds, ses petits poings serrés autour de mes doigts ! Je le contemplai, émerveillée. Il clignait des yeux, regardant sans le voir ce monde immense et nouveau pour lui, sa petite bouche de chérubin retroussée autour d'un téton imaginaire. Quelqu'un courut au *kafenío* prévenir Yeorgo pendant que Constantina me lavait le visage et le corps.

—Merci, *yiayá*, dis-je, épuisée mais ravie de donner à ma belle-mère son premier petit-fils.

Tout le monde s'accordait à dire qu'Elias était un bébé extraordinairement beau. Je le tenais contre moi, au comble du bonheur. Ma vie était parfaite. J'étais mariée à l'homme que j'avais toujours aimé, et maintenant, je lui donnais un fils. Personne ne pouvait mesurer ma joie tant elle était intense. Tout en berçant mon bébé dans mes bras, j'imaginais ce que l'avenir nous réservait.

Elias irait à l'école, puis à l'université, même s'il fallait que je me tue à la tâche pour lui payer des études, il deviendrait l'homme le plus beau et le plus intelligent du monde, comme son père. Plus tard, il se marierait et aurait des enfants adorables, et sur nos vieux jours, à Yeorgo et à moi, il nous soutiendrait et nous entourerait d'affection.

J'envisageais tout cela alors que j'étais allongée là, avec mon nouveau-né chéri.

La sage-femme voulait que le docteur Petrinakis examine immédiatement Elias. Quand Papas Christos arriva et qu'il le baptisa, je devinai que quelque chose n'allait pas. Mes amies, restées à mes côtés pendant l'accouchement, disparurent dans l'ombre. Tout le monde chuchotait. Yeorgo revint du *kafenío* et s'assit sur le bord de mon lit. La pièce se vida.

Il prit ma main dans la sienne et regarda à peine son enfant.

—Poppy, ils veulent que je te le dise… Le bébé a quelque chose qui ne va pas. Son cœur ne bat pas correctement, il ne passera pas la journée.

—Non, ils se trompent, Yeorgo ! Elias va très bien, regarde, notre bébé est parfait…

Je refusais de le croire. Cela ne pouvait pas être vrai. J'avais dans l'idée que mon amour seul suffirait à donner de la force à mon petit garçon.

Yeorgo tendit la main pour caresser son enfant, mais il arrêta son geste avant que ses doigts ne touchent Elias.

—Tu dois accepter qu'il va mourir, Poppy, dit-il avec douceur. Nous ne pouvons rien faire, sinon le tenir dans nos bras pendant le court laps de temps qu'il aura avec nous.

Il laissa retomber sa main sur ses genoux et baissa la tête. De grosses larmes coulèrent sur son beau visage. Je n'avais encore jamais vu Yeorgo pleurer, et cela me brisait le cœur.

La joie m'abandonna. Abattue par l'injustice de la vie, je tins le pauvre petit contre mon sein. Je ne saurais pas dire exactement quand il rendit son dernier soupir. Sa vie s'éteignit lentement et, à un moment donné, il ne fut plus avec moi.

Je refusais de me séparer de son petit corps. Yeorgo resta avec moi, silencieux, regardant fixement ses chaussures.

Maria entra dans la chambre et regarda le visage d'Elias. Elle lui posa une main sur la joue et, après un moment, dit :

—Il est parti, Poppy. Tu dois le donner au docteur, maintenant.

—Non, pas encore, maman. Je ne veux pas le laisser partir. Il a besoin que je le tienne dans mes bras. Permets-moi de le garder encore un peu… s'il te plaît ?

Je le berçai doucement au creux de mes bras.

—Ne les laisse pas me le prendre, Yeorgo.

Je refusais de croire que son temps sur terre avait touché à sa fin. L'expression d'Elias était si paisible !

—Peut-être qu'il dort, simplement, qu'il est épuisé par son grand voyage.

Je déposai un baiser sur ses lèvres d'angelot et soufflai un peu d'air dans sa bouche, priant Dieu et ses anges de lui insuffler la vie.

Je fredonnai des berceuses que j'avais apprises spécialement pour lui, et continuai de le bercer doucement, tandis que le poids du chagrin s'insinuait lentement dans mon cœur.

Le docteur et la sage-femme s'en allèrent. Les femmes restèrent assises avec moi jusqu'à l'aube, puis elles emportèrent mon bébé.

Un sentiment de honte m'envahit et je m'excusai auprès de tout le monde. On me dit que je n'étais pas responsable de la mort de mon bébé, mais qui d'autre aurait pu l'être ? Les funérailles d'Elias eurent lieu le lendemain.

Le docteur Petrinakis essaya de me consoler.

—Poppy, Elias avait une malformation cardiaque. Rien

n'aurait pu le sauver. Tu as fait tout ce que tu avais à faire, tu n'as rien à te reprocher.

Cependant, je ne pouvais en vouloir à personne d'autre qu'à moi.

* * *

Moins d'un an plus tard, je tombai à nouveau enceinte, mais cette fois, je percevais la méfiance dans les regards de tous ceux qui m'entouraient. Personne n'osait regarder mon ventre arrondi, de peur de me jeter le mauvais œil. Quand Yeorgo reçut son appel au service national, je ne fus pas ravie.

Le seul téléphone du village se trouvait au *kafenio*, et après deux mois d'absence, Yeorgo appela pour dire qu'il rentrait en permission. Je l'attendis devant le monument aux morts, scrutant la route des yeux pour apercevoir le bus venu de la ville. J'avais hâte de le voir en uniforme. Stavro m'avait apporté une chaise à l'arrêt de bus, et Constantina m'avait prêté un parapluie pour que je me fasse un peu d'ombre.

—Je suis tellement fière de toi, dis-je quand Yeorgo descendit, si élégant dans son uniforme.

Il retira son béret et m'embrassa, là, sur le bas-côté de la route. Il était magnifique, même si je regrettais ses épais cheveux noirs. On lui avait rasé la tête, comme on le faisait dans l'armée pour empêcher la propagation des poux dans les casernes.

Je remarquai une tache étrange sur l'arrière de son crâne.

—Qu'est-ce que c'est que ça ? lui demandai-je avec curiosité.

—Une tache de naissance, répondit Yeorgo. Je l'ai toujours eue, mais personne ne la voyait, avec mes cheveux. Ça t'embête ?

Je secouai la tête.

—Non, ça te rend unique. Fais-moi voir…

Il se pencha et j'examinai de plus près la forme de la tache.

—On dirait un oiseau majestueux qui vole au-dessus de ton cerveau, dis-je en riant. Je l'aime autant que l'homme qui se trouve en dessous. Tu m'as terriblement manqué, Yeorgo !

Il m'embrassa de plus belle, et remit son béret.

—On peut aller voir maman avant de rentrer à la maison ? Elle meurt d'envie de te voir dans ton uniforme. Regarde, elle nous observe…

Nous la vîmes, assise sous l'olivier, dans le jardin. Quand nous nous arrêtâmes de marcher et que nous levâmes les yeux vers elle, elle se mit debout et nous fit signe de la main.

Maman avait toujours beaucoup aimé Yeorgo. Même quand nous étions enfants, il partageait souvent nos repas.

Ensemble, nous traversâmes Amiras. Des hommes sortirent du *kafenío*, serrèrent la main de Yeorgo et admirèrent son uniforme. Je portais mes plus beaux vêtements, déjà un peu tendus sur mon ventre arrondi. Quand nous arrivâmes chez mes parents, maman, qui nous attendait sur le pas de la porte, affichait un grand sourire et avait les yeux pétillants. Nous nous donnâmes le bras et, respectueusement, Yeorgo retira son béret et s'inclina légèrement devant maman. J'étais ivre de bonheur. Cependant, quand nous entrâmes dans la maison, maman eut une terrible attaque.

Elle s'effondra sur le sol, hurlant et se débattant en tous sens, appelant Dieu et tous les saints. Son visage perdit toute couleur, et elle sembla bientôt incapable de respirer. Je craignais pour sa vie et mon cœur martelait ma poitrine tant j'étais effrayée.

—Yeorgo, appelle le docteur ! criai-je.

Je croyais qu'elle avait une crise d'épilepsie, qu'elle

allait avaler sa langue et mourir, là, sous mes yeux.
Yeorgo alla chercher Petrinakis en courant. Maman finit
par se calmer, mais le médecin passa plus d'une heure
avec elle dans sa chambre.

Nous les entendîmes parler, crier, aussi, par moments,
mais nous ne comprenions pas ce qu'ils disaient. Plusieurs
fois, maman hurla :

—Non ! Non, vous ne pouvez pas !

Ce jour-là changea tout pour Yeorgo et pour moi.

41

Crète, aujourd'hui.

Poppy s'appuya contre Angie et se gratta frénéti-
quement le dessus de la main. Angie prit ses mains
dans les siennes, les porta à ses lèvres et déposa un baiser
au creux de chaque paume.

—La vérité, Angelika, c'est que Maria avait reconnu la
tache de naissance de mon frère, Petro. Yeorgo était Petro.
Pendant vingt-cinq ans, maman l'avait cru mort, et il était
là, devant elle, marié à sa fille.

Angie regarda fixement sa mère.

—La tache de naissance... Bien sûr ! J'avais oublié.
Yiayá m'en avait parlé.

Les pensées se bousculaient dans la tête d'Angie.

—Alors Petro n'était pas mort...

La gorge serrée, elle se risqua à poser la question qui lui
brûlait les lèvres.

—Es-tu en train de me dire que Petro était mon père,
maman ?

Poppy acquiesça d'un signe de tête, avant de se couvrir
le visage des deux mains. Incapable de maîtriser plus
longtemps ses émotions, elle se mit à sangloter.

—Ce n'est rien, maman, tu peux pleurer.

Petro était mon père ? Angie avait peine à prendre pleinement conscience de cette réalité.

—Cela faisait une éternité, Angelika… J'avais ça en moi depuis tout ce temps. Je suis tellement soulagée !

Angie prit sa mère dans ses bras. Matthia sortit un paquet de Marlboro Lights de sa poche et alla s'asseoir dehors, à la porte. Poppy laissa libre cours à ses émotions.

Angie s'occupa en préparant du café. Qui était sa mère ? Elle savait maintenant que Petro était son père. Bébé Petro ! Cette information était aussi stupéfiante qu'inattendue. *Yiayá* lui avait raconté le début de sa vie, sachant qu'il était son père.

Angie apporta un café à Matthia, lui posa une main sur l'épaule et, comme lui, laissa son regard se porter sur la vallée.

—Sais-tu qui est ma mère biologique, oncle Matthia ?

Il secoua la tête, tira sur sa cigarette et en souffla la fumée.

—Je croyais que c'était Poppy, c'est pour ça que j'étais opposé à ton mariage.

—Je pensais que tu me détestais.

—Au contraire, je ne voulais pas te voir souffrir comme ma sœur a souffert.

Poppy retrouva son calme, sécha ses larmes et tapota le coussin à côté d'elle pour inviter Angie à s'asseoir.

—Je suis désolée, je vais essayer de ne plus pleurer, ma chérie.

Elle esquissa un faible sourire et reprit son histoire.

—Jusque-là, avant de voir la tache de naissance, maman croyait que son bébé était mort dans le massacre. Elle l'avait pleuré, et avait fini par accepter sa mort.

—*Yiayá* m'a raconté cette journée atroce, et comment elle s'est démenée pour sauver Stavro et Matthia. Elle m'a dit que ces ordures de nazis avaient assassiné son bébé et son grand-père, et qu'elle avait été battue et violée… Pas étonnant qu'elle ait essayé de se suicider !

Poppy eut une expression sidérée. Angie jeta un coup d'œil en direction de la porte et vit que Matthia était bouche bée.

—Vous ne le saviez pas ? murmura-t-elle. Je suis désolée… Quelle indélicatesse de ma part !

Elle se rappela, trop tard, la requête de *yiayá* : qu'elle garde son histoire pour elle tant qu'elle serait en vie.

Poppy soupira.

—Battue et violée… Pauvre maman ! Je ne savais pas qu'elle avait essayé de se suicider. Quelle horreur ! J'ai honte d'avoir ajouté à son tourment. Elle n'a jamais fait peser ce fardeau sur nous. J'ai aggravé les choses en lui reprochant de ne pas m'avoir dit que Yeorgo était Petro.

Angie essaya d'imaginer comment elle réagirait si elle apprenait que Nick était son frère. Des images de leurs ébats s'imposèrent à elle, et elle sentit aussitôt son estomac se soulever.

—Stavro avait vu la marque de naissance, lui aussi, reprit Poppy. Il se souvenait que bébé Petro avait la même, alors il est allé demander à Constantina comment Yeorgo avait survécu au massacre. Ma belle-mère n'a plus jamais été la même, à partir de ce moment-là. Peut-être avait-elle toujours eu des doutes.

—Stavro devait avoir peur de ce qu'il allait entendre… Que s'est-il passé ?

—Il vaut mieux que je passe sur les détails, Angelika, c'est une histoire atroce.

—Je préférerais que tu n'omettes aucun détail, maman. *Yiayá* m'aurait tout raconté si nous en avions eu le temps.

—Constantina a dit à Stavro que les nazis avaient monté la garde pendant deux jours. Avant de partir, ils ont passé les corps à la baïonnette pour être sûrs qu'il n'y aurait aucun survivant. Les cadavres, cent quatorze hommes et garçons d'Amiras, puaient dans la chaleur de septembre. Des chiens affamés venaient la nuit, et des vautours décrivaient des cercles au-dessus pendant la journée. Elle lui a dit aussi que le sang versé était devenu noir, et que tout était recouvert de mouches bleues. Les pauvres femmes ! Ceux qu'elles aimaient se décomposaient déjà. Elles identifièrent les corps à l'aide des vêtements et des chaussures.

Poppy se signa.

S'efforçant de ne pas imaginer la vision cauchemardesque, Angie attendit que sa mère poursuive son récit.

—Quand elles ont enfin pu récupérer les corps, elles étaient faibles après des jours passés sans manger et, bien sûr, il n'y avait pas d'hommes pour les aider…

Les épaules de Poppy s'affaissèrent.

—Les femmes étaient seules, non seulement à Amiras, mais dans tous les villages alentour. Pour ne rien arranger, les nazis avaient emporté tous les objets métalliques. Elles n'avaient pas le moindre outil pour creuser des tombes. Elles durent creuser un trou à mains nues dans la terre, s'aidant seulement d'éclats de silex.

—Comment ont-elles pu faire ?

—Constantina prit la couverture de son lit et une corde, et elle trouva le corps de son père en premier. La plupart des voisines n'avaient plus de voix tant elles avaient crié. Les mouches s'envolèrent des cadavres pour venir se poser sur les blessures des femmes, qui s'étaient griffé le visage dans leur supplice. Constantina trébucha au milieu des corps bouffis, fouillant, poussée par d'autres femmes hystériques. Des corbeaux avaient crevé les yeux de son père.

Matthia soupira.

—Agapi m'a dit que Constantina se réveillait souvent en sursaut la nuit, en hurlant qu'elle avait des vers plein les mains. L'arrière de la tête de son père avait disparu, et même s'il avait perdu ses yeux, elle voulait l'enterrer entier. Quand elle a fouillé autour d'elle pour retrouver les morceaux manquants de son crâne, elle s'est retrouvée avec les mains couvertes de vers.

Le visage de Poppy se convulsa de dégoût.

—Constantina a réussi à extirper son père du tas de corps et à le faire rouler sur la couverture. Elle l'a attaché, puis elle s'est passé la corde autour de la taille. Elle a tiré ses hommes de là, un par un, et les a enterrés sous des rochers qu'elle avait à peine la force de soulever. Les animaux venaient creuser, la nuit. Puis les femmes ont trouvé un bébé vivant… Elles ont dit que Constantina était devenue folle.

—Et le vrai Yeorgo, est-ce que quelqu'un l'avait enterré ?

—Personne ne le sait. Les chiens, les corbeaux et les vautours étaient acharnés. C'est trop horrible pour y penser.

La fumée de la cigarette de Matthia flottait dans la pièce.

—La première fille de Constantina, Marianna, a aussi été tuée ce jour-là, poursuivit Poppy. Elle avait dix-huit ans, était enceinte de neuf mois et sur le point d'accoucher. Deux nazis l'ont maintenue pendant qu'un troisième lui a arraché ses vêtements et l'a éventrée en pleine rue. Pauvre Constantina ! Il est impossible d'imaginer son supplice.

Matthia rentra.

—Poursuis, dit-il. Il le faut.

—Des années plus tard, dit Poppy, nous avons entendu dire que le commandant nazi avait donné à ses hommes l'ordre de tuer tous les hommes de plus de seize ans, et toute personne se trouvant hors du village. Les nazis se sont livrés à une frénésie meurtrière.

—Ha ! s'exclama Matthia. La soif de pouvoir fait ressortir ce qu'il y a de pire dans toutes les nations. Cela existe encore aujourd'hui, mais on fait semblant de ne rien voir… Désolé, Poppy, continue.

—Tout ça s'est passé avant ma naissance. J'en ai appris une grande partie par Constantina. Cela semblait lui faire du bien de parler de la guerre, et surtout des miracles. Les femmes ont découvert trois enfants, sans connaissance mais vivants. L'un d'eux était ce bébé...

Poppy renifla et s'essuya les yeux.

—Elles avaient trouvé ton père, Angelika, l'homme dont je suis tombée amoureuse. Ce n'était alors qu'un minuscule nourrisson, déshydraté, couvert de bleus, respirant à peine. Personne ne douta de Constantina. Elle croyait sincèrement qu'il s'agissait de Yeorgo. Les femmes se réjouirent. Le miracle de trouver un bébé vivant redonna le moral à tout le monde. Constantina avait encore du lait. Le bébé se cramponna à son sein, et ils devinrent mère et fils.

—Et pendant ce temps-là, *yiayá* faisait péniblement l'ascension de la montagne et se démenait pour sauver Matthia et Stavro, persuadée que Petro était mort, dit Angie.

—Constantina a pris soin de Yeorgo jusqu'à ce qu'il soit parfaitement remis et que tous ses bleus aient disparu, à l'exception de celui qu'il avait à l'arrière du crâne, que ses cheveux noirs ne tardèrent pas à recouvrir. La marque fut rapidement oubliée. On couvrait bien les bébés, à cette époque-là. On leur mettait de longues chemises de nuit en pilou et de petits bonnets, les trois premiers mois de leur vie. Personne ne savait que Petro avait cette tache de naissance, en dehors de maman, de Stavro et de la sage-femme. Les gens étaient superstitieux et voyaient ce genre de choses comme la marque du diable. On évitait d'en parler.

Angie hocha la tête.

—Et le lendemain, les nazis ont pendu la sage-femme sur la route de Pefkos.

—Tu en sais plus que moi, dit Poppy. Maman ne nous a pas raconté grand-chose. J'ai entendu Stavro parler d'un berger, de puces, de la saignée qu'on a faite à Matthia, mais c'est à peu près tout.

Angie passa un bras autour de sa mère.

—Alors Petro a grandi en tant que Yeorgo et est

mort dans l'armée après ma naissance… Quelle ironie, après avoir survécu au massacre ! Quand *yiayá* t'a-t-elle annoncé la terrible nouvelle et avoué que Yeorgo était en fait ton frère Petro ?

—Elle ne l'a pas fait. Elle l'a dit au médecin le jour où elle a vu la tache de naissance de Yeorgo, mais comme j'étais déjà enceinte de quatre mois, elle lui a interdit de me le dire. Elle estimait que cela ne changerait rien, et qu'il n'y avait qu'à espérer que le bébé serait normal. J'imagine à peine son supplice pendant ma grossesse.

—C'est incroyable qu'elle n'ait pas perdu la tête.

—Quand mon deuxième enfant est né, mort-né, j'ai cru devenir folle. Le docteur m'a dit qu'il souffrait aussi d'une malformation cardiaque et qu'il n'avait aucune chance de s'en sortir. Yeorgo était retourné dans l'armée le jour de la messe commémorative, trente jours après sa mort. Stavro et maman ont eu une terrible dispute à la maison, en revenant de l'église. Des voisines sont venues me trouver et m'ont conseillé d'aller les voir de toute urgence.

—Elle ne t'a rien dit ?

—Non. Elle a crié toutes sortes de choses à Stavro. Il m'a emmenée chez Constantina, et j'ai appris la vérité. Ma belle-mère s'est jetée sur Stavro, elle l'a traité de menteur et l'a mis dehors.

—Constantina est devenue folle, elle n'a plus jamais été la même à partir de ce jour-là, dit Matthia. Le docteur Petrinakis lui a prescrit un antidépresseur, mais sa santé s'est détériorée rapidement. Elle errait sans but pendant des heures, elle ne se lavait plus, elle parlait toute seule, elle regardait dans le vide. Puis la vendetta a éclaté. D'après Emmanouil, nous avions brisé le cœur de sa mère en prétendant qu'elle avait pris le bébé de Maria. N'avait-elle pas assez souffert comme cela ?

42

Matthia ressortit son paquet de cigarette de sa poche. Angie remarqua que le tissu de son pantalon était élimé. Elle baissa les yeux et vit que l'ourlet aussi était effiloché. Elle pensa à tout ce qu'on lui avait offert avant qu'elle ne reparte pour Londres : des gâteaux, du *raki*, du vin, de l'huile d'olive. Pourtant, son vieil oncle était pauvrement vêtu.

Il ouvrit son paquet, compta ses cigarettes, les remit dans sa poche.

—Thanassi et Emmanouil nous considéraient comme responsables de la démence de leur mère. Ils me détestaient déjà, de toute façon, parce que j'étais communiste et que je ne léchais pas leurs bottes de militaires.

Poppy jeta un coup d'œil à son frère, puis elle prit la main d'Angie dans la sienne.

—Le conflit entre nos familles s'est vite intensifié. Quelqu'un a mis le feu à notre tas de bois et a empoisonné notre chien. Ils ont accusé mes frères d'avoir mis du sucre dans leur réservoir d'essence et empoisonné leurs poules, et les absurdités ont continué. Peut-être que Matthia a bel et bien tué leurs poules, ça ne m'étonnerait pas. Ça a toujours été un petit diable…

Un sourire dansa sur ses lèvres, et elle échangea un regard entendu avec lui. Matthia haussa les épaules et écarta les mains dans un geste évasif.

—Un matin, j'ai trouvé Constantina morte dans son

lit, reprit Poppy, recouvrant son sérieux. Elle avait pris tous ses cachets d'un coup. Yeorgo rentra en permission pour l'enterrement, et Stavro lui dit la vérité. Ce jour-là, nos cœurs se brisèrent. L'homme que j'avais aimé toute ma vie… Mon frère ! Nous avions enfreint toutes les lois de Dieu.

Angie ne put retenir ses larmes. Sa mère lui serra la main avec tendresse.

—La vendetta a continué à s'aggraver, jusqu'à l'accident de moto. Emmanouil considérait Matthia comme responsable de la mort de sa femme et de son enfant à naître. La situation a encore empiré.

—Thanassi m'a parlé de Yánna et il m'a dit qu'ils avaient roué Matthia de coups, dit Angie, jetant un coup d'œil à son oncle.

Sa mère hocha la tête.

—Yeorgo est retourné dans l'armée, et j'ai essayé de parler à Emmanouil… Tu sais ce qui s'est passé ensuite.

Elle serra les poings et ferma les yeux.

—Je l'ai tué. Que Dieu me pardonne ! Je ne m'en souviens pas, je le jure… J'ai essayé de toutes mes forces, mais ce souvenir s'est effacé de ma mémoire. Pourquoi aurais-je fait quelque chose d'aussi horrible ?

—Ils menaçaient de tuer quelqu'un pour venger la mort de Yánna, Poppy. Tu avais peur pour Yeorgo, dit Matthia.

—Je n'en sais rien… Quelques jours avant la mort de Yánna, Emmanouil était venu me trouver seul et s'était excusé de m'avoir tyrannisée pendant des années. J'avais supporté beaucoup de sa part. Il attribuait sa colère à mon choix de mari. Il affirmait que j'aurais dû l'épouser, lui. Il me terrifiait, avec son caractère irascible. Il disait qu'il m'aimait, qu'il m'aimerait toujours, et que je le rendais fou. L'espace d'un instant, j'ai eu pitié de lui, mais il a alors juré que si je ne venais pas à lui de mon plein gré, il me prendrait quand même et tuerait toute ma famille.

476

—Il était dangereux, Poppy. Tu aurais dû nous le dire.

—Moins d'une semaine plus tard, sa femme était morte. Emmanouil avait failli battre Matthia à mort, et j'avais tué Emmanouil… même si je ne me rappelle pas exactement ce qui s'est passé chez lui. Je me rappelle y être allée, avoir ouvert la porte… mais ensuite… Je sais que je me suis enfuie en courant et que j'ai demandé de l'argent à Stavro, mais c'est tout. J'ai essayé de combler les blancs, mais je n'y arrive pas.

—Tu m'en as d'abord demandé à moi, Poppy, dit Matthia.

—Demandé quoi ?

—De l'argent pour quitter la Crète.

—Non… Je ne m'en souviens pas.

Matthia fronça les sourcils et regarda ses pieds.

—Tu m'as téléphoné à l'hôpital, tu m'as dit que tu étais désespérée, que tu voulais t'en aller immédiatement, mais tu ne m'as pas dit pourquoi. Tu savais que j'avais des économies pour m'acheter une nouvelle moto. J'ai refusé. Je l'ai regretté tous les jours depuis.

Il poussa un profond soupir.

—Tu l'as tué à cause de ce qu'il m'avait fait, poursuivit-il, et moi, j'ai refusé de te prêter de l'argent pour échapper à la junte. J'en ai terriblement honte. Comment peux-tu l'avoir oublié, Poppy ? Tu ne m'as pas parlé pendant près de quarante ans à cause de ça ! Cela m'a brisé le cœur. Je regretterai toujours d'avoir été aussi mesquin.

—Tu te trompes, Matthia… Je ne t'en ai jamais voulu, pas un seul instant. Tu m'as beaucoup manqué. Pourquoi ne m'as-tu jamais écrit ? Je croyais que tu étais en colère contre moi.

Poppy rit.

—Tu étais fou de motos. Maman disait que tu ne devais pas espérer qu'elle ait pitié de toi quand tu te fendrais le crâne !

Matthia secoua la tête, comme s'il essayait de mettre de l'ordre dans ses pensées.

— Mais je croyais… Je ne comprends pas.

Poppy le considéra avec curiosité.

— Tu veux dire que, pendant toutes ces années, tu as cru que je ne te contactais pas parce que je t'en voulais de ne pas m'avoir prêté d'argent ?

— Bien sûr ! Nous étions si proches…

Poppy fronça les sourcils.

Angie jeta un coup d'œil à l'horloge.

— Qu'est-il arrivé à la famille de Constantina, maman ? Je sais que Thanassi est encore en vie… Il assistera au mariage si Matthia est d'accord. C'est lui qui a appelé la police, l'autre soir… Cela n'a pas dû être facile pour lui de prendre la décision de dénoncer son neveu. Il t'a sauvé la vie, maman.

— Il n'était pas cinglé comme Emmanouil, intervint Matthia, mais ils m'ont tout de même tous les deux inter-dit de voir leur sœur. Agapi a été envoyée à l'université d'Athènes. Je n'ai plus entendu parler d'elle jusqu'à ce qu'elle prenne sa retraite et qu'elle revienne à Amiras.

Agapi était-elle sa mère ? Angie ne le pensait pas.

— Stavro m'a donné de l'argent pour partir en Angleterre à condition que je garde contact avec lui, dit Poppy.

Elle regarda fixement Matthia pendant quelques instants, les sourcils froncés, comme si elle hésitait à continuer.

— J'ai fait promettre à Stavro de ne dire à personne où j'allais, ajouta-t-elle enfin, et j'ai renié maman avant de partir. Je la jugeais responsable de tout. J'étais rongée par le chagrin. Mes deux fils étaient morts, j'avais décou-vert que l'homme que j'aimais était mon frère, j'avais tué Emmanouil…

Mais qui est ma mère ? se demanda Angie.

La vieille horloge sonna 11 heures. Son mariage devait avoir lieu sept heures plus tard. *Tic-tac, tic-tac, tic-tac.*

Du bruit lui parvint de la place du village. On installait des tables et des chaises. Les hommes montaient une estrade en bois pour les joueurs de *bouzouki* et de lyra. Son cœur se mit à battre la chamade.

—Allons nous asseoir dehors pour ne pas déranger *yiayá.*

Son excitation soudaine aurait presque eu raison de sa curiosité et de sa tristesse. Bientôt, elle serait la femme de Nick !

Son oncle, sa mère et elle s'assirent à la table de marbre. Le soleil leur réchauffa le visage et le cœur.

—Alors, pourquoi as-tu décidé de partir pour l'Angleterre, maman ?

—Stavro connaissait beaucoup de gens d'Athènes. Les Mandrakis en étaient partis récemment pour aller s'installer à Londres. Il leur a envoyé un télégramme pour leur demander de l'aide. Ils étaient propriétaires d'un kebab, l'un des premiers restaurants de *fast-food* ouvert toute la nuit là-bas. Ils m'ont donné un emploi de nuit.

Le regard de Poppy se perdit dans le lointain.

—L'Angleterre était tellement différente de la Crète… Les Beatles, la reine Élisabeth, le Premier ministre Harold Wilson et le conflit avec l'Irlande, auquel je ne comprenais pas grand-chose… En Crète, à cause de la junte, nous n'entendions que de la musique militaire à la radio, mais en Angleterre, il y avait Radio Luxembourg. Les jeunes femmes portaient des minijupes, ce qui était interdit en Grèce. J'écoutais de la pop toute la nuit en travaillant, j'écrivais les paroles des chansons que j'entendais quand il n'y avait pas beaucoup de clients. Je les chantais en faisant le service, et j'apprenais à danser le twist derrière le comptoir… Les clients adoraient ça !

—Tu m'as terriblement manqué, surtout quand j'ai

épousé Voula, dit Matthia, ravivant les souvenirs douloureux. Le jour de mon mariage, j'ai levé mon verre en
l'honneur des êtres chers absents, et j'ai pensé à toi et à
Yeorgo.

Poppy lui posa une main sur la joue.

—Il y a eu tant de malentendus, entre nous…

Elle se tourna vers Angie.

—Je me sentais seule, mais j'apprenais l'anglais et je
passais beaucoup de temps devant la télévision. On avait
envoyé un homme sur la lune, je ne me lassais pas d'en
entendre parler ! Les Mandrakis m'ont accueillie au sein
de leur famille. Tante Heleny avait une fille de deux ans
de moins que moi, Valentina, dévergondée mais très belle.
Les hommes la trouvaient irrésistible.

Poppy rit.

—Quand elle travaillait au kebab avec moi, nous chan-
tions et dansions toute la nuit ! Les clients affluaient, à
tel point que tante Heleny dut embaucher davantage de
personnel…

Elle soupira, et son sourire mourut sur ses lèvres. Elle
prit le visage d'Angie au creux de ses mains et hocha
lentement la tête.

—Valentina était ma meilleure amie en Angleterre.

Matthia regarda fixement sa sœur. Poppy poursuivit.

—Ton père est venu me rejoindre à Londres, mais même
si je l'aimais de tout mon cœur, vivre ensemble nous était
devenu impossible. Il est resté une semaine. Être intimes
était inconcevable, sachant que nous étions frère et sœur.
Alors, je lui ai dit que je ne voulais plus jamais le revoir.
Ce n'était pas vrai… J'ai demandé à l'homme que j'ado-
rais de divorcer et de se trouver une autre femme.

—Cela a dû être horriblement douloureux, maman…

Angie lui prit la main.

—Cela m'a brisé le cœur, Angelika. Je l'aimais, et je
l'aime encore. Le plus dur a été de faire sa valise. Plier ses

effets personnels me paraissait tellement irrévocable…
Cela m'a fait tant de mal ! Étrangement, je ne m'inquiétais pas trop de ce qu'il trouve une autre femme. À vrai
dire, je l'espérais. Ça n'allait rien changer pour moi, alors
si cela pouvait le rendre heureux, c'était en quelque sorte
une consolation.

Poppy resta un moment silencieuse, les larmes coulant
sur ses joues.

—Avant de partir, il a posé sa valise marron à côté de
la porte et m'a dit : « Viens ici, petite », et m'a prise dans
ses bras. « Je n'aimerai jamais personne d'autre comme
je t'aime, Poppy Lambrakis. Je t'ai donné mon cœur, et
je refuse de le reprendre. Il est brisé, mais ce n'est pas ta
faute. Promets-moi de ne pas m'oublier… » Il m'a embrassée, pour de vrai, pour la toute dernière fois. J'avais le
ventre noué de douleur. Je mourais d'envie de lui dire à
quel point je l'aimais, mais cela n'aurait fait que rendre
les choses encore plus pénibles. « Tu es ma lune et mes
étoiles, Calliope Lambrakis, m'a-t-il dit. Ma lune et mes
étoiles. » Et il est parti.

Poppy ferma les yeux et secoua lentement la tête.

—Pourquoi a-t-il fallu que cela nous arrive, Angelika ?
Je ne méritais pas un sort si cruel, et ton père non plus.

Angie ne trouvait pas les mots pour réconforter sa mère.
C'était une histoire si bouleversante !

Poppy renifla.

—Il ne s'est jamais remarié, et je ne l'ai plus jamais
revu. Je l'imagine, il m'arrive de lui parler en rêve, mais je
n'ai pas posé les yeux sur lui depuis ce jour-là. J'ai parfois
le sentiment qu'il est tout près de moi, qu'il m'observe,
mais c'est seulement ma façon de faire face.

—Quel malheur ! Je suis désolée d'avoir prononcé
toutes ces horreurs, tout à l'heure, déclara Angie, pleine
de remords.

Poppy tripota un fil tiré de son gilet.

—Yeorgo a dit que s'il ne pouvait pas vivre pour moi, alors il mourrait pour son pays, et il s'est engagé dans l'armée. Il est retourné en Grèce avec Valentina, qui allait rendre visite à ses grands-parents, à Athènes. Elle avait le béguin pour Yeorgo. Elle m'a dit que j'étais folle de le chasser. Personne ne savait pourquoi nous divorcions. Quand elle est revenue de Grèce, un mois plus tard, elle était enceinte.

Poppy plongea ses yeux dans ceux d'Angie.

—C'était elle, ta vraie mère, Angelika : Valentina, la fille de tante Heleny.

—Non, maman… C'est toi, ma vraie mère. Valentina m'a mise au monde. Peux-tu me dire ce qu'il lui est arrivé ?

—Elle a dissimulé sa grossesse jusqu'à ce qu'elle accouche prématurément, à la maison. Nous n'avons pas eu le temps de l'emmener à l'hôpital. Les médecins ont pratiqué une césarienne en urgence pour te sauver la vie. Elle a eu une crise d'éclampsie. Ils ont fait tout leur possible, mais en vain. Je suis désolée, Angelika… Même si elle était enceinte de Yeorgo, elle m'a dit qu'il m'aimait encore, et que je devais toujours le garder dans mon cœur.

Angie hocha la tête et passa un bras autour des épaules de sa mère.

—Je n'oublierai jamais ton père, Angelika. Et le miracle de ta naissance… Oh, Angelika ! Tu ne peux pas imaginer ce que ta naissance représentait, pour moi. J'ai aidé la sage-femme à te mettre au monde. J'ai lavé ton petit corps et je t'ai regardée te cramponner à la vie. Avant de quitter ce monde, ta mère m'a remerciée et m'a fait promettre de veiller sur toi. Elle m'a demandé de m'assurer que tu serais heureuse, jusqu'à la fin de mes jours.

—Elle serait heureuse de voir le bon travail que tu as fait, maman.

—Au seuil de la mort, Valentina a avoué à sa mère que

Yeorgo était ton père, et elle lui a dit qu'elle souhaitait que je t'élève comme ma propre fille. Je me demande si Yeorgo lui avait dit pourquoi nous nous étions séparés. Je t'ai bel et bien élevée comme ma propre fille, Angelika. Je t'aime inconditionnellement, parce que tu es la fille de mon mari.

Angie était sans voix.

—J'ai prié pendant des années pour que Yeorgo revienne, dit Poppy, mais personne n'avait plus eu de nouvelles de lui. La plupart de nos soldats envoyés à Chypre ne sont pas revenus.

Elle sourit.

—Il serait fier de toi, Angelika.

—Je suis heureuse que bébé Petro ne soit pas mort, maman. J'ai du mal à imaginer que je suis sa fille, et qu'un jour, bientôt peut-être, je mettrai au monde son petit-fils ou sa petite-fille, ton petit-fils ou ta petite-fille.

—Il n'y a que Stavro qui savait la vérité au sujet de Valentina, et il m'avait juré de ne rien dire à personne. À l'époque, je n'ai pas pensé aux conséquences… Ce n'est que quand tu as commencé à me poser des questions au sujet de ton père et, beaucoup plus récemment, quand tu as décidé de venir en Crète, que les choses se sont compliquées.

—*Yiayá* n'était pas au courant ?

—Non et, les années passant, j'ai réussi à me persuader que tu étais bel et bien ma fille. Te voir grandir et ressembler de plus en plus à ton père avait un côté doux-amer, mais je n'aurais voulu pour rien au monde qu'il en soit autrement. C'était une bénédiction d'avoir dans les bras ce qu'il avait de plus précieux : son unique enfant.

—Et personne n'a entendu parler de mon père depuis tout ce temps ?

Poppy fit « non » de la tête.

—Je crois que nous devons accepter la dure réalité.

—Il doit y avoir une tombe du soldat inconnu à Chypre, maman. Allons-y ensemble un jour, et déposons-y des fleurs pour papa !

—Oui, c'est une bonne idée. Cela m'aiderait à tourner la page, après toutes ces années.

—Angelika ! Poppy !

Voula et ses petites-filles, chargées de sacs en plastique pleins à craquer, montaient l'escalier.

Angie rit et s'essuya les yeux.

—Ça va aller, maman ?

Poppy hocha la tête.

—Je suis contente que tu saches tout. J'ai cru mourir quand tu t'es mise à chercher ton acte de naissance. J'avais peur que tu me détestes en découvrant la vérité.

—Jamais. Et la vérité, c'est que tu es ma mère, un point c'est tout.

Poppy se moucha.

—Je ne peux pas te conduire à l'autel… Demande à Matthia ou à Stavro, c'est à l'un d'eux que ce rôle revient après ton père.

Elles regardèrent Matthia.

—Si Stavro n'est pas revenu à temps pour la cérémonie, je serai honoré de le faire, Angelika.

Il lui tapota la main.

Maria sortit de la maison.

—Eh bien, je suis contente que ce soit réglé… Il vous en a fallu, du temps !

Tous trois la regardèrent fixement.

—Pardon, *yiayá*, est-ce que nous t'avons réveillée ?

—Cela fait des heures que vous m'avez réveillée, avec votre raffut, bande de malappris !

—Maman, me pardonneras-tu ? demanda Poppy, serrant Maria dans ses bras avant de l'aider à s'asseoir.

—Ça suffit… C'est vieux, tout ça, peut-être pourrions-nous aller de l'avant, maintenant. Je ne pouvais pas dire la vérité à Angelika et à Matthia. C'était à toi de le faire, Poppy.

Angie écarquilla les yeux, stupéfaite.

— Tu étais au courant, *yiayá* ?

— Bien sûr. Je te l'ai dit le jour où tu es arrivée ici pour la première fois, *koritsie* : je ne suis pas encore sénile, contrairement à ce que tu pourrais croire !

Une lueur malicieuse passa dans les yeux de Maria.

43

Thessalonique, Grèce, aujourd'hui.

S tavro trouva le *kafenío* et, à l'intérieur, il chercha Yeorgo du regard. Deux hommes jouaient au *tavli*, mais ils étaient trop jeunes pour être son frère. Une jeune femme vêtue d'un short court et d'un débardeur moulant débarrassait une table. Elle posa une tasse à café vide et un cendrier plein sur son plateau, puis elle le regarda d'un air interrogateur.

—Bonjour… Je cherche Yeorgo Lambrakis. Est-il ici ?

Elle jeta un coup d'œil à son plateau.

—Vous venez de le rater. Je peux vous servir quelque chose ?

Il regarda la chaise vide.

—Vous croyez qu'il va revenir ?

—Probablement, il est allé acheter le journal.

Elle se redressa, mit une main sur sa hanche. Son débardeur était tendu sur ses seins fermes. Il se rendit compte qu'il les regardait avec insistance, et s'empressa de reporter son attention sur son visage.

—Très bien, je vais l'attendre. Je prendrai un café turc, avec du sucre.

Il tira la chaise que son frère avait vraisemblablement quittée quelques instants plus tôt, et regarda les plus jolies fesses qu'il voyait depuis un bon moment s'éloigner en se balançant de manière provocante avant de disparaître derrière le comptoir.

Oui, Yeorgo, moi aussi, je viendrais prendre mon café ici, le matin.

À 9 heures, Stavro commença à s'impatienter. Le *kafenío* s'était rempli. Il avait dévisagé tous les clients qui passaient la porte, mais n'avait pas reconnu Yeorgo.

—Vous avez un annuaire téléphonique ? demanda-t-il à la serveuse.

Elle lui en apporta un. Il chercha le numéro de l'aéroport, et dut tenir l'annuaire à bout de bras pour réussir à lire les chiffres minuscules. Il appela la compagnie aérienne et nota les horaires des vols dans son carnet. Il devait apporter les alliances et les couronnes des mariés en Crète ; il n'avait donc pas d'autre solution que de prendre le vol de 14 heures de Thessalonique à Héraklion. Le vol suivant partait à 17 heures, ce qui était bien trop tard.

Il déchira une page de son carnet et écrivit :

Yeorgo Lambrakis,
Mon bon ami. Ta fille, Angelika, se marie à Amiras aujourd'hui à 18 heures. La réception aura lieu sur la place du village. J'essaie de te retrouver depuis des années pour te demander de revenir au sein de la famille. Tu nous manques à tous, et particulièrement à maman, à Poppy et à Angelika. Reviens, s'il te plaît !
Ton frère qui t'aime,
Stavro

Être si près du but et devoir repartir en Crète tout seul le rendait malade. Il plia la feuille qu'il tendit à la jeune femme.

—Pourrez-vous donner ceci à Lambrakis, s'il vous

plaît ? C'est très important. Je dois y aller, j'ai un avion à prendre.

Elle déplia le petit mot et le lut. Elle écarquilla les yeux.

—Je le lui donnerai dès que possible.

Il laissa cinq euros sur la table et s'en alla.

* * *

À bord de l'avion d'Aegean Airlines, Stavro attacha sa ceinture de sécurité et observa l'hôtesse. Il aurait dû noter son numéro de téléphone sur le mot. Il avait aussi oublié de prendre les coordonnées du *kafenio*. Bien sûr, s'il était un peu réaliste, il reconnaîtrait qu'il y avait peu de chances pour que cet inconnu, qui avait l'un des noms les plus communs en Grèce, soit son frère.

Il repensa à la dernière fois qu'il avait vu Yeorgo. Il se rappelait nettement son visage. C'était un bel homme, rasé de près, aux grands yeux noirs, à la mâchoire carrée, et dont le menton était marqué d'un léger sillon. Ils s'étaient embrassés et donné de grandes tapes dans le dos. Ils se ressemblaient tant ! À partir du moment où la vérité avait éclaté au grand jour, où ils avaient découvert qu'ils étaient frères, il s'était demandé comment ils avaient fait, tous, pour ne pas voir leurs ressemblances, dans leur physique comme dans leur personnalité. Il s'était aussi demandé si Constantina avait perçu ces ressemblances et redouté son erreur.

Quelques mois après la naissance d'Angelika, Yeorgo était venu sonner à l'appartement de Stavro, à Athènes, et il y avait passé la nuit. Ils avaient bu trop de *rakí* et discuté jusqu'à l'aube. Quand Yeorgo était parti, il avait emporté les lettres de Poppy et la photo de sa petite fille. Stavro avait essayé de le convaincre de se rendre à Londres, sachant à quel point Poppy avait envie de le voir en dépit des mots durs qu'elle avait eus.

—J'y suis déjà allé, avait dit Yeorgo, regardant fixement la photo d'Angelika. Je suis allé à Londres, j'ai déposé des fleurs sur la tombe de Valentina et j'ai regardé Poppy pousser un landau au jardin public. Je suis resté caché. C'était mieux ainsi… Inutile de causer davantage de peine.

Ses épaules s'étaient affaissées, son regard s'était perdu dans le vague.

—Elle finira par accepter la situation et elle s'en sortira.

Stavro avait rempli à nouveau leurs verres ; un geste bien faible, alors qu'il aurait voulu faire beaucoup plus !

—*Yammas !* Santé et bonheur à ma petite fille, avait dit Yeorgo avec un sourire un peu trop éclatant, posant son verre sur la table en le claquant avant de le vider d'un trait. Je n'ai pas réussi à la voir, dans le landau, alors je suis d'autant plus content d'avoir sa photo. Je ne veux pas les bouleverser. Tu sais à quel point Poppy voulait un enfant, et je ne pourrais pas souhaiter une meilleure mère pour Angelika…

Il s'était interrompu, la photo tremblant dans sa main, trop ému pour poursuivre.

Stavro avait bien vu que le cœur de son frère se brisait.

—Je vais mettre de l'argent de côté pour Angelika, mais je vais le déposer sur ton compte, Stavro, avait repris Yeorgo. Je sais que tu veilleras à ce qu'elles l'aient. Dis-leur que c'est de ta part. C'est plus gentil de ne pas les faire penser à moi.

Quand l'alcool eut raison d'eux, Yeorgo lui avoua qu'il s'estimait coupable de la mort de la femme qu'il avait toujours considérée comme sa mère. Constantina l'avait aimé de tout son cœur, personne n'aurait pu en douter. La vérité, le fait qu'elle avait pris le bébé d'une autre femme et laissé le sien en pâture aux chiens, l'avait anéantie.

Yeorgo était retourné dans l'armée, et Stavro avait eu l'étrange impression que son frère était venu lui dire adieu. Il ne l'avait plus jamais revu.

* * *

Le signal lumineux indiquant que les passagers devaient attacher leur ceinture restait allumé. Stavro se cramponna aux accoudoirs. Il vit deux passagers se signer tandis que l'avion continuait à traverser la zone de turbulences. Il essaya de se raisonner, se répétant que les accidents d'avion étaient rares, mais la peur l'étreignit. L'appareil était secoué comme une charrette tirée par un cheval désorienté. L'hôtesse de l'air décrocha le téléphone interne et eut une brève conversation avec le cockpit, puis elle s'assit sur un strapontin à l'avant, attacha sa ceinture et décrocha le micro au-dessus de sa tête. L'avion vira sur l'aile et piqua. L'estomac de Stavro se souleva légèrement.

—En raison de vents violents à l'approche de l'aéroport d'Héraklion, nous faisons demi-tour et nous dirigeons vers Athènes. Tous les passagers seront transférés sur le premier vol disponible pour Héraklion. Le commandant de bord vous présente ses excuses pour la gêne occasionnée, mais aimerait vous rappeler qu'il s'agit d'une mesure de sécurité.

Stavro jeta un coup d'œil à sa montre : 15 heures. Arriverait-il à temps pour le mariage ? Une douleur sourde lui étreignait la poitrine, de plus en plus forte à mesure que les heures passaient. Dans quarante-cinq minutes, ils seraient à Athènes. Même si les conditions météorologiques aux abords d'Héraklion s'amélioraient immédiatement, il lui faudrait encore une heure pour y parvenir, et ensuite, il devrait se rendre à Amiras.

L'avion continuait d'être ballotté comme une brique dans un sèche-linge, et la douleur qui lui serrait le cœur se faisait de plus en plus intense.

44

Amiras, Crète.

Angie et Poppy regardaient Maria, assise en face d'elles à la table de marbre.

—Mais comment l'as-tu su, maman ? demanda Poppy.

—Matthia, va me chercher la grosse boîte rose tout en haut de l'armoire de ma chambre, dit Maria.

Quelques instants plus tard, Matthia posait devant elles la boîte tout abîmée, dont le couvercle était retenu par un ruban jaune.

—Ces souvenirs sont mon cadeau de mariage, Angelika. C'est l'histoire de ta vie, dans une ancienne boîte de chocolats.

Maria marqua un temps d'arrêt.

—Maintenant, est-ce que quelqu'un va me préparer un café, ou est-ce que je dois tout faire moi-même ?

Voula, qui les avait rejoints, silencieuse, ce qui ne lui ressemblait pas. Elle se leva d'un bond et se dirigea vers la cuisine en se dandinant.

Angie et Poppy fouillèrent dans le mélange de souvenirs et trouvèrent des paquets de lettres, des moufles, un chausson de bébé, des photos de Poppy avec Angie bébé endormie dans les bras, d'autres montrant les premiers pas d'Angie, des repas de Noël, la remise de badges aux éclaireuses, des spectacles de fin d'année à l'école, la remise des diplômes à l'université, et bien d'autres moments importants.

—D'où est-ce que ça vient ? s'étonna Angie.

—De Londres, bien sûr, répondit sa grand-mère.

Poppy déplia l'une des lettres, la parcourut des yeux et en eut le souffle coupé.

—Mon Dieu… C'est une lettre de tante Heleny, la mère de Valentina !

—Oui, la mère de Valentina, et la grand-mère d'Angelika. Une femme très bonne. Elle savait que tu venais d'Amiras, Poppy, et elle a appris mon nom de Stavro. Elle m'a écrit pour me dire que ma fille allait bien. Nous avons correspondu. Quand elle a perdu sa propre fille, elle m'a dit qu'elle comprenait le chagrin que j'avais dû éprouver quand Poppy était partie. Jusqu'à l'année dernière, elle m'a envoyé une lettre par mois, avec des photos. Que Dieu la bénisse !

Maria prit le petit chausson de bébé, le caressa affectueusement et sourit.

—Quand Heleny est morte, cela m'a rendue folle de ne plus avoir de nouvelles de vous. C'est pour ça que je m'apprêtais à vous écrire… mais Angelika est apparue, comme par miracle.

—Heleny n'arrêtait pas de nous prendre en photo ! dit Poppy. Nous l'appelions *paparazzo*.

Angie agita un doigt malicieusement en direction de sa grand-mère.

—Alors c'est pour ça que tu travaillais à cette nappe, pour ma dot. Tu savais déjà que j'allais me marier !

Elle hocha lentement la tête.

—Ça me semblait bien un peu louche… mais je comprends, maintenant : Nick et moi nous sommes fiancés avant la mort de tante Heleny.

Les yeux de Maria pétillèrent.

Poppy regarda les photos et lut les lettres jusqu'à ce que Voula revienne avec le café.

— Matthia, que fais-tu encore avec la mariée le jour de son mariage ?

Elle lui donna une petite tape sur la tête, par jeu.

— Bois ton café, Matthia, dit Maria, et ensuite, rejoins les hommes, ou tu vas nous porter malheur !

Angie rapprocha sa chaise de lui et repensa à la première fois qu'elle avait fait cela.

— Merci, oncle Matthia. Il fallait du courage pour me dire la vérité.

Elle lui prit la tasse qu'il avait entre les mains.

— Maintenant, ouste, va avec les hommes ! Et fais attention à ce sourire… Ça pourrait devenir une habitude !

Il les regardait, toutes, avec un grand sourire.

— Vierge Marie ! s'exclama Maria, se signa trois fois. Quelqu'un va se décider à chasser mon fils ? Nous avons une mariée à habiller, et de la nourriture à sortir.

Sur la place du village, quelqu'un hurla dans un micro :

— Un, deux, un deux…

On entendit ensuite un sifflement strident, puis quelques accords d'un instrument à cordes.

Tout le monde regarda Angie en souriant. Elle rit de plaisir quand les petites-filles de Voula sortirent de la maison en costume crétois traditionnel.

— Bravo ! s'écria Poppy. Bon, nous ferions mieux de nous préparer…

— Il était temps que tu prennes les choses en main ! dit Maria, promenant son regard sur la table vide. Apportez la nourriture ici, et des verres… Nous allons ouvrir le vin pétillant.

Elle se leva.

— Je vais me reposer un peu et vous laisser faire, les filles. Voula, aide-moi à me préparer… Laissons un peu Angelika et Poppy toutes seules.

Le portable d'Angie sonna.

—Comment va ma fiancée ? lui demanda Nick avec un sourire dans la voix quand elle décrocha.

—Hé ! Tu n'es pas censé me parler avant le mariage... Tu vas nous porter malheur !

Elle rit. Ils trouvaient tous deux les superstitions crétoises pittoresques.

—Je ne te parle pas, je parle à mon téléphone. Je t'aime.

—Tu aimes ton téléphone ? J'en étais sûre. Tu as bu, mon fiancé ?

—Non, et toi, ma fiancée ?

—Je suis sur le point de m'y mettre ! Stavro est là ?

—Non, et ça inquiète tout le monde... Personne n'a eu de nouvelles de lui depuis trois jours. Matthia vient d'arriver... Il dit de ne pas oublier que Stavro a le cœur fragile.

—On peut compter sur lui pour nous le rappeler, comme si nous avions besoin de stress supplémentaire ! Tu ne crois pas sérieusement qu'il lui soit arrivé quelque chose ? demanda-t-elle, inquiète.

—Non, ne t'en fais pas... Matthia dramatise. Stavro ne répond pas chez lui, et son portable est coupé, ce qui signifie probablement qu'il est dans l'avion.

—N'oublie pas que c'est notre témoin.

—Oui, et d'ailleurs, c'est lui qui a les alliances. Je suis sûr qu'il y a une explication toute simple à son silence. Tu verras, ce sera l'une des anecdotes qui resteront toujours associées à notre mariage. Ne t'inquiète pas.

—Très bien, Monsieur Je-Sais-Tout ! plaisanta-t-elle. Tu as des nouvelles de Thanassi ?

—Il discute avec Matthia. Je crois qu'ils règlent leurs différends. Je dois y aller... Je t'aime, à tout à l'heure !

* * *

—Toujours aucun signe de Stavro ? demanda Angie à Voula une demi-heure plus tard.

—Il est peut-être avec les hommes, maintenant, répondit Voula. Je vais envoyer une des filles voir.

Vingt minutes s'écoulèrent avant que la petite-fille de Voula ne revienne.

—Oncle Stavro a disparu, déclara-t-elle. Grand-père Matthia dit qu'il conduira Angelika à l'autel, mais qu'il voudrait bien que vous arrêtiez de lui donner l'impression d'être un bouche-trou.

Le téléphone fixe sonna et Voula se rua dans la maison pour décrocher. Elle revint au bout d'une minute.

—C'était Stavro ! Son avion a été dérouté, mais il est en chemin. Peut-on repousser la cérémonie d'une heure ? C'est lui qui a les alliances et la *stefana*.

—La *stefana* ? Qu'est-ce que c'est ? demanda Angie.

—C'était censé être une surprise de ma part, expliqua Poppy. C'est raté ! Ce sont des couronnes de mariés, jointes par un ruban, et que l'on ne sépare jamais, pas même après la cérémonie.

Ses yeux s'embuèrent de larmes.

—Quand Yeorgo et moi nous sommes mariés, nous avons respecté la tradition et avons porté des couronnes faites avec des guirlandes de fleurs de citronnier et des feuilles d'agrume. De toute façon, nous n'aurions pas eu les moyens de nous offrir autre chose ! Je les ai encore... Elles sont vieilles et desséchées, comme moi, mais elles sont toujours attachées l'une à l'autre.

Elle ferma les yeux un instant et se pinça l'arête du nez.

—Arrête un peu de pleurnicher, Poppy, dit Maria. Prends un verre !

—Il est trop tôt pour commencer à boire, maman.

—Vierge Marie ! Fais ce que je te dis, pour une fois, ma fille !

Maria fit glisser son verre en direction de Voula, qui fit sauter le bouchon de la bouteille de champagne. Il atterrit sur le toit, roula sur les tuiles, rebondit sur la tête de

Maria et retomba sur la table. Elles se mirent toutes à rire, sauf Maria, qui les ignora et prit un air digne.

—Pourquoi est-ce que Stavro a besoin que nous repoussions la cérémonie d'une heure ? demanda-t-elle à Voula. D'où arrive-t-il, de Tombouctou ? Lui qui est si fiable, d'habitude… Je n'arrive pas à croire que mon fils chamboule toute notre organisation, comme ça !

—Je ne sais pas du tout où il est, répondit Voula. Il m'a juste dit que nous devions l'attendre parce qu'il avait les alliances.

—C'est la mariée qui est censée être en retard, insista Maria, frappant la table du plat de la main. Les filles, allez prévenir le pope et les musiciens, et aussi les femmes qui s'occupent de la nourriture. Dites-leur que c'est de la faute du *koumbaros*, qu'elles n'aillent pas jeter une malédiction sur Angelika !

Les petites-filles de Voula redescendirent l'escalier quatre à quatre.

Angie mourait d'impatience de voir Nick. Il s'était passé tant de choses depuis qu'ils avaient été seul à seule.

—Si quelqu'un me cherche, je vais me préparer, dit Poppy.

—Angelika…

Maria serra la main d'Angie dans la sienne et son regard se porta sur la petite chapelle au sommet de la corniche, Ágios Charalampos. Un troupeau de chèvres s'était rassemblé devant. Le tintement de leurs clochettes résonnait dans la vallée. Tandis qu'Angie et sa grand-mère observaient l'horizon, un énorme bélier à poils longs aux cornes gigantesques apparut au premier plan. Il s'immobilisa et sembla les regarder un moment, puis il hocha lentement la tête.

Maria en fit autant.

—Que Dieu te bénisse, Andreas, murmura-t-elle.

Elles admiraient encore l'animal quand quatre policiers solidement charpentés firent leur apparition à l'entrée du jardin.

—Calliope Lambrakis ! cria le chef.

Poppy sortit de la maison dans sa superbe tenue rouge, et laissa échapper un petit gémissement. Elle salua les policiers d'un signe de tête. Angie se précipita à ses côtés.

—Écartez-vous, s'il vous plaît, lui dit aussitôt l'un des hommes.

Ils entourèrent sa mère. L'un d'eux lui prit son sac à main, le tenant maladroitement.

—Mettez vos mains dans le dos, s'il vous plaît.

Poppy inclina la tête et regarda ses pieds pendant qu'il lui passait les menottes.

—Calliope Lambrakis, j'ai un mandat d'arrêt contre vous, pour le meurtre de Lambrakis Emmanouil. Vous pouvez le lire, si vous le souhaitez.

Poppy secoua la tête.

—Vous avez le droit de garder le silence. Tout ce que vous direz pourra être retenu contre vous.

—Non ! cria Angie. Vous ne pouvez pas arrêter ma mère, je me marie aujourd'hui… Non !

—Désolé, Mademoiselle, je n'ai pas le choix, répondit l'officier responsable. Veuillez m'apporter son passeport.

—Il est dans mon sac, dit calmement Poppy.

—Voula, vite, intervint Maria, appelle Demitri et Matthia, tout de suite.

—Laissez-moi dire au revoir à ma mère et à ma fille, s'il vous plaît, dit Poppy.

Le policier hocha la tête.

—Je viens avec toi, protesta Angie, je ne te laisserai pas vivre ça toute seule.

Sa mère secoua la tête.

—Non, Nick et toi devez vous marier. Levez votre verre à ma santé à la réception, mais jusque-là, ne pensez pas à moi. Moi, je penserai à toi, Angelika. Nous avons fait tant de chemin… n'est-ce pas, ma chérie ?

Ses yeux s'emplirent de larmes, et ses lèvres se mirent à trembler.

—Je suis vraiment désolée que ta vraie mère ne puisse pas être ici aujourd'hui. Promets-moi de ne pas laisser ceci t'empêcher de te marier… Je veux que tu passes une merveilleuse journée. Fais-le pour moi, d'accord ?

—Maman, arrête de dire n'importe quoi, c'est toi, ma vraie mère. Je t'aime plus que tout au monde.

Angie la serra étroitement dans ses bras et lui déposa un baiser sur la joue.

—Nous trouverons un moyen de nous tirer de cette affaire, je te le jure.

—Maman, dit Poppy, se tournant vers Maria, je suis désolée de t'avoir causé tant d'ennuis… Je n'ai jamais cessé de t'aimer. Pourras-tu me pardonner de m'être enfuie ? J'aurais dû faire face à la situation il y a des années.

—Tu es toute pardonnée, répondit Maria dans un murmure, se tamponnant les yeux avant d'embrasser sa fille. C'était courageux de ta part de revenir, et je suis très fière de toi. Nous ferons tout notre possible pour te sortir de là.

—Oh, maman ! Je ne te mérite pas.

Angie tint sa grand-mère en larmes dans ses bras. Ensemble, elles regardèrent les policiers descendre l'escalier avec Poppy et se diriger vers la voiture qui les attendait.

* * *

Poppy était assise sur la banquette arrière, ses mains menottées derrière le dos. Elle regardait le paysage défiler derrière la vitre, songeant aux récoltes d'olives à une époque où les familles se réunissaient au grand complet et où tout le monde travaillait en harmonie. Maintenant que la vérité avait éclaté au grand jour, en dépit de sa situation désastreuse, une étrange sérénité l'envahissait.

Angelika épouserait Nick et vivrait heureuse jusqu'à la fin de ses jours. Rien d'autre n'importait. Poppy espérait avoir des petits-enfants. Peut-être n'aurait-elle pas dû quitter Amiras toutes ces années, mais elle aurait alors été exécutée pour le meurtre d'Emmanouil, et elle n'aurait jamais eu le bonheur d'avoir Angelika.

Elle pensa à sa mère. Si Maria n'avait pas quitté le village en 1943, elle aurait été là quand on avait retrouvé Petro, et tout aurait été différent. Elle-même ne serait pas tombée amoureuse de Yeorgo, s'il avait grandi en tant que Petro, son frère. Elle aimait encore Yeorgo. Découvrir que c'était son frère, après l'avoir épousé, n'avait rien changé à ses sentiments. Les règles de la société n'avaient aucune emprise sur son cœur.

Elle avait d'abord cru ne pas pouvoir supporter la douleur d'avoir à vivre sans lui, mais elle avait eu Angelika, sa fille, et c'était le rebondissement le plus merveilleux de toute cette triste histoire.

La voiture de police entra dans Viánnos, passa devant l'arbre gigantesque et tourna dans la rue de l'église. Le conducteur se gara en double file devant le bâtiment neuf du poste de police, et elle s'extirpa tant bien que mal de la voiture.

— Jeune homme, dit-elle à l'un des officiers, pourriez-vous me mettre les menottes devant, s'il vous plaît ? Je viens d'être opérée du cœur, cela me fait mal d'avoir les mains dans le dos.

Le policier, un homme grand et en surpoids, qui transpirait dans son uniforme sombre, l'observa un instant, une main posée sur l'étui de son revolver.

— Vous vous comporterez bien ?

Elle fit « oui » de la tête.

— C'est promis. Je ne vous causerai pas de problèmes.

Il lui retira les menottes et les accrocha à sa ceinture. Le moindre bruit résonnait à l'intérieur du bâtiment neuf.

Une femme policier aux cheveux blonds indisciplinés retenus en arrière faisait des allers-retours entre le couloir et différents bureaux pour ranger des boîtes pleines de dossiers. Elle semblait fatiguée. Elle adressa à Poppy un sourire compatissant. Une odeur de cigarette et de peinture fraîche flottait dans l'air.

Le policier l'emmena dans une petite salle d'interrogatoire et l'invita à s'asseoir. Les pieds de sa chaise crissèrent sur le sol de marbre. Cinq minutes plus tard, un homme d'âge mûr en civil entra dans la pièce.

— Avez-vous quelque chose à me dire ? lui demanda-t-il.

Elle secoua la tête.

— Vous comprenez que nous sommes obligés de faire ça ?

Elle hocha la tête.

La femme policier entra et posa deux cafés glacés sur la table.

— Je vais prendre votre déclaration, ajouta l'homme. Voulez-vous un avocat ?

— Non, répondit Poppy, jetant un coup d'œil à l'horloge accrochée au mur.

Angelika devait être en train d'enfiler la robe de mariée qu'elle portait le jour où elle avait épousé Yeorgo.

— Y a-t-il la moindre chance pour que je puisse assister au mariage de ma fille, Monsieur ? Je vous promets de ne pas m'enfuir. De toute façon, vous avez mon passeport, et nous sommes sur une île… Où pourrais-je bien aller ? C'est très important pour moi, et pour elle. Son père est mort…

Sa voix se brisa.

L'homme se passa une main sur la bouche, l'air pensif, puis il secoua la tête.

45

Héraklion, enfin ! Stavro détacha sa ceinture de sécurité, prit son bagage à main dans le compartiment au-dessus des sièges, et se rua à l'avant de l'avion. Avec un peu de chance, sa valise arriverait parmi les premières sur le tapis roulant et il pourrait prendre un taxi rapidement. Il sortit son portable.

— Veuillez attendre d'être dans le terminal pour utiliser votre portable, Monsieur, s'il vous plaît, lui dit l'hôtesse de l'air.

Il remit le téléphone dans sa poche.

Ils durent patienter dix minutes sur la piste, pendant qu'un autre avion atterrissait. Enfin, les passagers purent monter dans la navette qui les emmena au terminal. Suivant des yeux le tapis roulant, il regretta de ne pas s'être contenté d'un bagage à main, mais la famille d'Heleny qui vivait à Athènes lui avait confié trop de cadeaux de mariage pour cela.

Calme-toi, s'adjura-t-il intérieurement, le cœur martelant sa poitrine. Il devait accepter l'idée qu'il allait rater la cérémonie. Au moins arriverait-il à temps à la réception pour féliciter les jeunes mariés. Il tapota machinalement la poche de sa veste et se demanda comment ils feraient, sans les alliances.

Sa valise apparut enfin. Il se fraya un chemin entre les autres passagers, bouscula quelqu'un, lança un bref

Pardon ! sans même se retourner, saisit sa valise et se précipita vers la station de taxis.

—Amiras, Viánnos, le plus vite possible ! Je suis le *koumbaros* au mariage de ma nièce, je suis en retard et c'est moi qui ai les alliances, dit-il en montant à l'avant d'une Mercedes gris métallisé, après avoir jeté ses bagages dans le coffre.

Le chauffeur eut un grand sourire.

—Ça marche, on va mettre la gomme !

Cette fois encore, Stavro s'efforça de se calmer. Comme les Grecs aimaient à le dire, mieux valait arriver en retard que mort.

Le chauffeur donnait des coups de klaxon réguliers et criait *Malákas* ! à quiconque se trouvait sur son chemin. Il connaissait des raccourcis. La voiture cahotait sur la route accidentée, passa dans une brèche que quelqu'un avait ouverte dans la glissière de sécurité. Stavro avait les cheveux qui se dressaient sur la tête, mais ils gagnaient de précieuses minutes. Il jeta un coup d'œil au compteur et vit qu'ils allaient à 110 kilomètres à l'heure.

Il téléphona à Matthia.

—Je suis dans un taxi, j'arrive… Attendez-moi !

—La cérémonie a déjà été reportée à 19 heures, dit Matthia. Où étais-tu ? Poppy a été arrêtée pour le meurtre d'Emmanouil. Elle est au poste de police de Viánnos, mais elle insiste pour que l'on maintienne le mariage. Thanassi a dit qu'il allait s'en occuper, mais je ne vois pas ce qu'il pourrait faire.

—Pauvre Poppy, après tout ce qu'elle a enduré ! Ce serait une catastrophe qu'elle rate le mariage d'Angelika. Je vais essayer de trouver une solution.

—Poppy a dit à tout le monde la vérité sur Valentina et sur Yeorgo-Petro.

—Tant mieux. Comment maman l'a-t-elle pris ?

La communication fut coupée. Stavro s'aperçut qu'il

n'avait plus de réseau. Il jeta un coup d'œil à sa montre :
18 h 35.

Le soleil commençait à décliner, à l'horizon. Juste
derrière eux, un autre taxi klaxonna et fit un appel de
phares.

Le chauffeur jura. Ils filaient sur la voie de droite d'une
route déserte, entre le flanc abrupt de la montagne d'un
côté et un ravin de l'autre. Ils firent une embardée pour
éviter de tomber dans le vide à un endroit où la route
s'était affaissée, le taxi derrière eux se rapprocha encore,
continuant à klaxonner et à faire des appels de phares.

— Laissez-le passer, dit Stavro, craignant un accident.

Le chauffeur souffla bruyamment, fit un autre écart,
et l'autre taxi les doubla à vive allure, pour disparaître
quelques instants plus tard, loin devant eux.

La route continuait à serpenter à travers la montagne.
Stavro n'arrêtait pas de regarder son portable. Aux
abords de Viánnos, il eut de nouveau du réseau. Il rappela
Matthia.

— Que se passe-t-il ? J'arrive à Viánnos… Où en êtes-
vous, Matthia ?

— Nous commençons à remonter l'allée centrale, et à
en juger par les regards noirs que me jette Papas Christos,
je vais brûler en enfer.

— Ignore Papas Christos ! Ressortez de l'église, je serai
là dans dix minutes !

Le taxi freina brutalement et s'arrêta juste devant un
semi-remorque, qui bloquait l'une des rues étroites de
Viánnos. Stavro aurait voulu avoir le temps de passer au
poste de police. *Pauvre Poppy, quel cruel coup du sort !*

Le chauffeur baissa sa vitre, se pencha au-dehors et
hurla :

— J'ai le *koumbaros* et nous sommes en retard pour le
mariage d'Amiras, *malákas* !

Tout le monde dans la rue lui fit de la place pour qu'il

puisse monter sur le trottoir et laisser passer le camion. Stavro se balança nerveusement d'avant en arrière sur son siège, comme si cela pouvait inciter les autres conducteurs à se dépêcher. Des bras et des mains s'agitèrent et des voix fortes s'élevèrent pour guider le taxi. Le chauffeur rabattit ses rétroviseurs et le semi-remorque passa, les frôlant presque.

Sous le gros arbre, les gens applaudirent bruyamment tandis que le taxi redémarrait en trombe. Le chauffeur klaxonna pour que des piétons qui traversaient en dehors des passages cloutés s'écartent. À la sortie de Viánnos, ils durent de nouveau ralentir. Le taxi qui les avait doublés comme un bolide un peu plus tôt était garé sur le bas-côté, dans un virage, et le conducteur pissait dans le ravin. Ils le dépassèrent et, à un kilomètre d'Amiras, Stavro rappela Matthia.

—J'arrive à Amiras… Tu as des nouvelles de Poppy, Matthia ?

* * *

Il y avait quatre chaises et une table dans la salle d'interrogatoire. Le policier en civil et la femme policier en uniforme s'assirent en face de Poppy. L'homme, qui semblait se désintéresser de la situation et commençait à manifester des signes d'impatience, enregistrait l'interrogatoire. La femme remplit un formulaire d'une écriture soignée, levant les yeux vers elle à intervalles réguliers. Lorsqu'elle eut terminé, elle se présenta.

—Je suis l'agent Katarina. Préférez-vous être appelée Calliope, ou Poppy ?

—Poppy.

Katarina jeta un coup d'œil à l'homme assis les bras croisés.

—Voici l'inspecteur Spanaki de la brigade criminelle d'Athènes. Il remplace notre chef pendant son absence.

Elle se tourna vers lui.

—Peut-on commencer, chef ?

Spanaki alluma le magnétophone. Il énonça la date et l'heure, le nom des personnes présentes, et hocha la tête.

—Donnez-nous tous les détails de cette journée, Poppy, dit Katarina. Même les choses que vous estimez sans importance. Vous seriez surprise de ce qui peut raviver la mémoire. Prenez votre temps, commencez quand vous vous sentez prête.

Poppy jeta un coup d'œil autour d'elle.

—Je ne sais pas par où commencer.

—Quelle est la première chose qui vous vienne à l'esprit quand vous pensez à cette journée ? lui demanda Katarina.

Poppy s'efforça de se concentrer.

—C'était le 2 avril 1968, dit-elle, tournant la tête vers le magnétophone. Je me rappelle m'être demandé ce que j'allais mettre pour aller voir Emmanouil. C'était ridicule, étant donné que Yánna et son bébé étaient morts et que Matthia était à l'hôpital, mais pourtant, cela me semblait important.

Elle ferma les yeux un instant.

—J'ai fini par opter pour mes vêtements les plus récents, un pull-over à rayures rose bonbon et un pantalon à pattes d'éléphant orange.

—Est-ce vraiment nécessaire ? intervint Spanaki en regardant sa montre. J'ai un avion à prendre.

Poppy sentit le rouge lui monter aux joues. Katarina le foudroya du regard, avant de reporter son attention sur elle.

—Allez-y, poursuivez… Comme je vous le disais, le moindre détail est important, à ce stade.

Poppy réfléchit quelques instants.

—Je m'étais mis du vernis à ongles mandarine, et je

505

m'étais crêpé les cheveux. J'avais utilisé de l'eau sucrée pour plaquer des accroche-cœurs sur mes joues.

Elle regarda Katarina et esquissa un sourire.

— J'étais à la mode. Ma tenue et mon maquillage étaient importants, ils me donnaient le courage de tenir tête à Emmanouil.

— Je comprends.

— En chemin, j'ai répété ce que j'allais dire : j'étais désolée qu'il ait perdu sa femme, Yánna était quelqu'un de bien, tout le monde l'aimait beaucoup... Elle avait été ma demoiselle d'honneur. Le sort avait été cruel, et je comprenais son besoin de revanche. Je m'apprêtais à lui dire que ma famille ferait le premier pas vers une trêve. Il n'y aurait pas de représailles contre la volée de coups qui avait été infligée à Matthia. Cela s'arrêterait là.

— Et vous avez répété tout ça en vous rendant chez lui ? demanda Katarina.

— Oui. J'étais terrorisée, mais je voulais absolument essayer de mettre un terme à toutes ces querelles.

— Ne pensez pas à ça pour le moment. Concentrez-vous sur ce que vous avez vu, sur les bruits que vous avez entendus en remontant la rue... Voyez si vous pouvez vous projeter à ce moment-là.

Poppy posa les mains sur son ventre.

— Je sentais la peur m'envahir, mais je m'efforçais de la dominer, bien décidée à mettre mon plan à exécution.

Elle inspira profondément.

— J'ai rejeté les épaules en arrière et levé le menton, dit-elle, se redressant un peu. Je me rappelle très bien avoir fait ça. La rue était déserte. Personne ne m'a crié *Viens prendre un café !* mais je sentais que mes amies me soutenaient. Je suis arrivée chez Emmanouil.

Elle se tassa sur sa chaise et se mit à trembler.

— Je... Je n'arrive pas à...

—Bien, revenez deux pas en arrière. Dites-moi ce que vous sentez.

Poppy ferma à nouveau les yeux.

—Un parfum de chèvrefeuille. Je me rappelle avoir pensé que Yánna n'aurait pas été contente.

—Pourquoi ?

—Elle était très fière de sa maison. Son intérieur et la rue devant chez elle étaient toujours impeccables.

—Et comment était-ce, ce jour-là ? Qu'avez-vous remarqué ?

—La porte en bois était turquoise et le chambranle dans le bleu du drapeau grec… Il y avait un sac en toile de jute plié posé sur le seuil en guise de paillasson, et il était couvert de fleurs de chèvrefeuille. Il n'avait pas été balayé depuis une semaine. La poignée était un anneau en fer…

Elle plia machinalement les doigts. Il lui sembla sentir encore la rugosité du métal rouillé sous sa paume et la laque lisse de la porte contre ses doigts.

—J'avais le soleil dans le dos, et la poignée était chaude.

—Vous vous en sortez très bien, dit Katarina. Poursuivez…

—J'ai crié : « Emmanouil ! » tout en tournant la poignée. « Emmanouil ! » Il n'a pas répondu, alors j'ai poussé la porte… Oh, non… Non !

Poppy rouvrit brusquement les yeux.

—Poursuivez, Poppy. Dites-moi ce que vous voyez, dit Katarina d'un ton calme et posé. Il y a un parfum de chèvrefeuille… La rue est déserte, la poignée est chaude…

Poppy souleva mollement la main et poussa la porte turquoise imaginaire.

—Il y a du sable sur la porte, il est doux sous mes doigts, dit-elle d'une voix tremblante. Le sirocco a soufflé toute la semaine… Le vent fou. Je crie : « Je suis venue te présenter mes condoléances », mais je ne peux pas entrer dans la maison.

—Pourquoi ? Qu'est-ce qui vous en empêche ?

Poppy secoua la tête.

—Ça ne sert à rien, je ne m'en souviens pas, répondit-elle en se prenant le visage dans les mains.

Soudain, la porte s'ouvrit, renversant la chaise vide, qui glissa sur le sol ciré.

—Thanassi, que fais-tu ici ? s'étonna Poppy.

—*Malákas !* s'exclama Spanaki en ouvrant le tiroir de la table, dont il sortit un cendrier et un paquet de Silk Cut. Nous sommes en plein interrogatoire, sortez immédiatement !

—Je suis venu vous aider, dit Thanassi avant de se tourner vers elle. Pardonne-moi, Poppy. J'ai toujours su ce qui était arrivé à Emmanouil, mais comme tu n'étais plus là, ce n'était pas la peine que je le dise.

Un autre policier fit irruption dans la pièce.

—Désolé, Monsieur ! Il m'a demandé où était madame Lambrakis, et le temps que je contourne le bureau, il courait déjà dans le couloir…

Spanaki regarda fixement le jeune officier, puis il regarda Thanassi.

—Et vous n'avez pas pu le rattraper parce que c'est un coureur olympique ?

—J'étais monté sur l'escabeau, j'essayais d'empêcher le néon de clignoter, Monsieur.

—Je suis venu vous dire ce qui s'est réellement passé, ce jour-là, dit Thanassi, poussant la chaise vide vers la table.

—Sortez ! cria Spanaki au policier. Et emmenez ce vieux fou, prenez sa déclaration à l'accueil !

—Ne dites rien, déclara Katarina à Thanassi. Nous sommes en plein interrogatoire.

Le jeune policier essaya de guider Thanassi vers la porte, mais celui-ci refusa de bouger.

—Je sais ce qui s'est passé, Poppy… Je sais tout !

—Monsieur, vous entravez notre enquête. Veuillez sortir, s'il vous plaît !

Katarina se tourna vers le jeune officier.

—Emmenez-le dans l'autre salle d'interrogatoire. Nous vous rejoindrons dès que nous aurons terminé…

—Katarina, l'interrompit Spanaki, laissez-le nous dire ce qui s'est passé. Finissons-en, j'ai à faire !

Katarina leva les yeux au ciel.

Thanassi s'assit et prit les mains de Poppy dans les siennes.

—J'ai caché la ficelle, Poppy, et le morceau de bois qui était cloué à la table, et j'ai pris la lettre d'Emmanouil, ses aveux… J'ai l'impression de devenir fou depuis ton retour en Crète. Je pensais que tu ne reviendrais jamais, alors j'ai laissé tout le monde croire que tu avais tué mon frère.

Il se tourna vers Spanaki.

—Elle n'a tué personne.

La porte se referma derrière le jeune policier, et le silence se fit de nouveau dans la pièce.

—La ficelle ? balbutia Poppy. Quelle ficelle ?

Soudain, un souvenir lui revint et elle écarquilla les yeux. Il lui sembla que tout autour d'elle disparaissait, tandis qu'elle replongeait dans le passé.

—Mais oui, bien sûr ! Il y avait une ficelle attachée à la poignée, à l'intérieur de la maison. Elle était passée sur un clou recourbé enfoncé dans la porte, expliqua-t-elle à Katarina. C'est ce qui devait m'empêcher d'entrer… Je croyais que le pêne était cassé.

Elle regarda sans vraiment la voir la porte de la salle d'interrogatoire.

—J'ai essayé de tirer un peu sur la ficelle et elle s'est décrochée du clou.

Poppy plaqua une main sur sa bouche et se recroquevilla sur sa chaise. Elle entendait encore la voix d'Emmanouil s'élever dans la pénombre de la pièce. *Attendez !*

Elle avait entrebâillé la porte. Un rai de lumière était tombé sur Emmanouil. Il avait une barbe d'une semaine, était habillé tout en noir, les mains jointes en prière, les yeux fermés, et ses lèvres remuaient silencieusement.

Elle n'avait pas compris. Elle l'avait regardé en essayant d'entrer. Puis elle avait vu le fusil braqué sur la table.

Soudain, l'explosion assourdissante d'un coup de feu lui déchira les tympans. Le fusil recula si violemment qu'il claqua la porte sur son épaule avant de retomber dans la pièce. Un flot de lumière inonda la maison et révéla la scène horrible. L'odeur de métal brûlé et de chair la saisit à la gorge. Elle savait qu'elle hurlait, mais n'entendait plus rien au-dessus du bourdonnement de ses oreilles.

Elle se détourna du sang, de l'odeur nauséabonde, de la fumée et, se tenant le haut du bras, courut, courut, courut… Il lui semblait maintenant qu'elle courait pour échapper à ce moment depuis quarante longues années.

Elle oublia la police, le mariage, et fondit en larmes, complètement absorbée par le souvenir de la mort de son beau-frère. L'image était tellement choquante que sa mémoire l'avait occultée. La tête d'Emmanouil avait explosé et giclé sur le mur blanchi à la chaux, avant même que le reste de son corps ne bascule en arrière sur la chaise.

Sans souvenir du fusil braqué sur la table, et avec la terrible douleur du recul de l'arme dans l'épaule, elle en était arrivée à la conclusion que c'était elle qui avait appuyé sur la gâchette.

Spanaki alluma une cigarette, se leva et ouvrit la fenêtre. Des coups de klaxon, des éclats de voix et des vrombissements de moteurs indiquaient une altercation dans la rue principale. Il regarda à nouveau sa montre.

—Apparemment, la rue est bouchée, maintenant.

Poppy regarda Thanassi, Katarina.

—Je me souviens de tout.

Elle essuya les larmes qui avaient coulé sur ses joues.

—Je n'ai pas tué Emmanouil. Il avait attaché son fusil de sorte à ce qu'il tire quand la porte s'ouvrirait.

Le déshonneur et l'affliction de ces quarante années gâchées se changèrent en pure colère. Elle foudroya Thanassi du regard.

—Poppy, me pardonneras-tu un jour ? lui demanda-t-il. Je ne voulais pas t'attirer d'ennuis, je voulais juste éviter à Manoli de porter la honte du suicide de son père. Je connaissais très bien Emmanouil… Il n'aurait pas supporté de voir son fils grandir sans sa mère et sans sa petite sœur alors que nous étions responsables de leur mort.

—Espèce de salaud ! cria-t-elle en le giflant de toutes ses forces. Tu nous as laissé croire, à ma famille et à moi, que je l'avais assassiné ! Quel genre de personne es-tu ? J'ai été séparée de mes parents pendant tout ce temps, parce que je croyais avoir tué quelqu'un… Comment oses-tu me demander de te pardonner ? Je sais que vous n'aviez pas l'intention de causer la mort de Yánna, Thanassi, mais n'oublions pas que vous avez bel et bien essayé de tuer mon frère, Matthia !

Thanassi resta un instant interdit, puis il hocha la tête et frotta sa mâchoire mal rasée. Sa main ridée tremblait violemment.

—Calmez-vous, intervint Katarina, s'adressant à elle.

—C'est vrai, je l'admets, dit Thanassi, les lèvres tremblantes et les yeux pleins de larmes, mais Matthia avait coupé les freins de notre pick-up. C'est par chance que nous nous en sommes rendu compte. Toute ma famille devait aller à Viánnos, le lendemain. Nous serions tous tombés dans le ravin. C'est pour ça qu'Emmanouil voulait se venger.

Poppy en resta bouche bée.

—Après la mort d'Emmanouil, poursuivit Thanassi, j'ai avoué ce que nous avions fait à la moto de Matthia. J'ai passé trois ans en prison pour homicide involontaire et intention de nuire… mais je n'ai pas dit ce qui m'avait poussé à agir, Poppy. Si je l'avais fait, Matthia aurait été envoyé en prison, lui aussi.

—Alors tout ça s'est produit en 1968 ? lui demanda Spanaki. Vous avez été reconnu coupable et condamné à une peine de prison pour votre rôle dans ce crime ?

Thanassi fit « oui » de la tête. Spanaki reporta alors son attention sur elle.

—Et vous n'avez commis aucun délit, si ce n'est celui de quitter la scène d'un crime ?

—La scène d'un crime ?

—Le suicide était illégal, à cette époque-là.

Spanaki interrompit le magnétophone et se tourna vers Katarina.

—Je pense que nous pouvons mettre un terme à tout ceci. Il n'y a plus grand-chose à faire. Je suis sûr que vous saurez régler les derniers détails.

—Oui, Monsieur, répondit Katarina.

Spanaki les salua tous les trois d'un signe de tête, récupéra ses cigarettes, et quitta la pièce.

—Poppy, il va nous falloir une nouvelle déclaration. À quelle heure est le mariage ? demanda Katarina.

Poppy jeta un coup d'œil à sa montre.

—La cérémonie va commencer d'une minute à l'autre. Je vous en prie… C'est tellement important pour moi et pour ma fille ! Vous pouvez garder mon passeport, je n'irai nulle part.

Katarina regarda Thanassi d'un œil noir.

—Monsieur Lambrakis, nous allons vous mettre en

garde à vue et vous interroger. Vous serez certainement inculpé pour rétention d'information.

— Tu as détruit ma famille, dit Poppy, avec une moue de colère. Comment as-tu pu anéantir tant d'amour et d'harmonie, pour préserver la fausse réputation d'un monstre comme Emmanouil ? Il faisait déjà de ma vie un enfer quand je n'étais qu'une petite fille… Tu idolâtrais peut-être ton grand frère, Thanassi, mais je peux te dire que c'était une brute et un pervers.

Katarina et Thanassi la regardèrent tous deux fixement, puis Thanassi baissa les yeux, visiblement honteux.

— Je ne sais pas quoi dire. Te demander pardon semble insuffisant, mais que puis-je faire d'autre ? J'ai payé ma dette et…

— Payé ta dette ? l'interrompit-elle. Quand tu auras passé quarante ans dans l'isolement, loin de ta famille et de tous ceux qui te sont chers, alors tu auras payé ta dette, Thanassi, dit-elle, les yeux pleins de larmes. Comment as-tu pu faire une chose pareille ? Pendant toutes ces années, j'ai été ostracisée par mon village, par tous ceux que j'aimais… Tu savais que j'étais innocente, et tu n'as rien dit !

— Si tu crois que je n'ai pas été assez puni, Poppy, très bien ! Qu'est-ce que ça change ? Je n'ai plus de famille, à l'exception d'Agapi, qui me déteste, et de Manoli, qui est en prison parce que je ne lui ai jamais dit la vérité au sujet de son père.

Il regarda Katarina.

— Elle devrait vraiment assister au mariage de sa fille, la mariée n'a personne d'aussi proche qu'elle.

Katarina se leva.

La colère de Poppy retomba et son cœur s'emplit d'espoir. Pourrait-elle arriver à l'église avant la fin de la cérémonie ?

— Je suis vraiment désolé, Poppy. Je comprends que tu ne puisses pas me pardonner. Je croyais que tu étais heureuse en Angleterre. Essaie de ne pas trop en vouloir à Manoli… Il n'a jamais su la vérité. Angelika t'a-t-elle dit qu'Emmanouil avait laissé une lettre dans laquelle il expliquait tout ?

Il sortit une enveloppe toute tachée de la poche de sa veste et la lui tendit.

—N'y touchez pas ! s'écria Katarina. Nous devons respecter la procédure. Je vais garder cette lettre au cas où elle constituerait une preuve. Posez-la sur la table.

—Je ne l'ai montrée à personne, dit Thanassi. Je voulais la donner à Angelika, mais maintenant, je me dis que je devrais l'apporter à Manoli en personne, si on m'y autorise. Je vais raconter à mon neveu ce qui s'est réellement passé. Il se fera à l'idée. Manoli est une tête brûlée, mais il n'a pas un mauvais fond.

Poppy songea qu'elle aurait été exécutée si elle avait été arrêtée pour le meurtre d'un membre de la police militaire, et que Thanassi le savait pertinemment.

—Aurais-tu gardé le secret si j'avais été prise par la police de la junte, Thanassi ?

Il secoua la tête.

Elle se rappela le jeune homme qui vénérait son grand frère. À peine quelques jours plus tôt, il avait envoyé Manoli en prison pour lui épargner d'autres représailles.

Plus calme, maintenant, elle plongea ses yeux dans ceux de Thanassi et y vit le reflet de ses propres années perdues. Elle avait passé quarante ans dans le tourment et le regret. Elle avait eu une vie marquée par la tristesse au lieu d'une vie heureuse aux côtés de l'homme qu'elle aimait tendrement. Si Yeorgo n'était pas mort… maintenant qu'ils étaient vieux, ils auraient pu couler des jours heureux ensemble.

Ses yeux s'emplirent à nouveau de larmes. Comme elle aurait voulu qu'il la prenne une fois de plus dans ses bras, sentir sa force, entendre sa voix, l'écouter jouer de la lyra ! Elle l'entendait encore chanter « Étoiles, ne pleurez pas pour moi ». Les larmes coulèrent sur ses joues.

Tu es ma lune et mes étoiles, Calliope Lambrakis, m'a-t-il dit. *Ma lune et mes étoiles.*

Pendant quarante ans, seule dans son lit, la nuit, elle avait pensé à l'homme qu'elle aimait, et s'était rappelé les derniers mots qu'il lui avait dits avant de tourner les talons et de disparaître pour toujours. Toutes les nuits depuis ce jour-là, serrant son oreiller contre elle, elle racontait sa journée à l'esprit de Yeorgo. Elle lui confiait ses pensées, ses espoirs, ses peurs. C'était le seul moyen qu'elle avait trouvé de supporter son absence.

La gorge serrée, elle tendit le bras et prit la main de l'homme qui se considérait comme le frère de Yeorgo.

— Je te pardonne. Je te pardonne, Thanassi.

Le vieil homme hocha la tête, les yeux brillants. Une larme coula sur sa joue parcheminée, et s'écrasa sur la table.

La vendetta qui opposait les deux familles était enfin terminée.

Katarina toucha l'épaule de Poppy et indiqua la porte d'un signe de tête.

— Venez, voyons si vous pouvez arriver à temps au mariage… Il faudra que vous reveniez chercher votre passeport plus tard, il y a trop de papiers à remplir.

— Bonne chance, dit Thanassi.

— Merci, répondit Poppy.

Katarina le confia à un officier, puis Poppy la suivit jusqu'à la sortie de derrière. Elles montèrent dans une voiture de police. Katarina régla le rétroviseur et mit la sirène.

— Attachez votre ceinture !

Elles s'engagèrent à vive allure dans une allée derrière une taverne. Des chats qui fouillaient dans les poubelles se dispersèrent sur leur passage.

—Nous sommes en sens interdit ! cria Poppy.

—Faites-moi confiance…

Katarina se passa la langue sur les lèvres, retira l'élastique qui retenait ses cheveux blonds et les secoua.

—J'ai toujours rêvé de faire ça…

Le sourire aux lèvres, elle franchit un ruban blanc et rouge qui barrait une allée en travaux. La voiture chassa de gauche à droite sur la terre battue. Elles débouchèrent sur la route qui conduisait à Amiras, et quittèrent Viánnos à toute vitesse, sirène hurlant.

* * *

Angelika et Matthia se tenaient sur le parvis de l'église. Poppy descendit de la voiture de police et resta un instant sans voix. Angelika ne dit rien non plus ; elles se jetèrent dans les bras l'une de l'autre et s'embrassèrent. Enfin, Poppy murmura :

—C'est terminé. Je n'ai pas tué Emmanouil. Je ne peux pas te dire à quel point je suis soulagée… Je ne peux pas décrire ce que je ressens !

—Dieu merci, maman ! Je n'ai jamais cru que tu aurais pu tuer quelqu'un… mais quelle tournure ont pris les événements ! Je n'arrêtais pas de penser à toi, toute seule au poste de police… J'avais déjà réservé un taxi pour qu'il nous y amène tout de suite après la cérémonie.

Poppy se tourna vers Matthia.

—Emmanouil s'est suicidé. Thanassi m'a aidée à me souvenir de tout, et il a des preuves de ce qui s'est passé, une lettre qu'Emmanouil a écrite juste avant sa mort.

—Pauvre, pauvre maman ! dit Angie. Dieu merci, c'est terminé… Tu dois être épuisée.

Angie la serra encore dans ses bras et lui déposa un baiser sur la joue.

—Entrons dans l'église, ajouta-t-elle, pour que tu

puisses répéter à tout le monde ce que tu viens de nous dire. *Yiayá* est morte d'inquiétude.

—Attends un peu ! s'écria Matthia d'un air furibond, les yeux plissés. Tu veux dire que Thanassi savait tout ? Pendant tout ce temps, il savait tout, et il n'a rien dit ? Le salaud ! Je vais le tuer…

—Arrête, Matthia. Arrête. C'est terminé. Je n'en peux plus, je suis submergée d'émotion, dit calmement Poppy. Pose une main sur ton cœur et jure que la vendetta est terminée pour toujours. Plus de représailles. Thanassi est passé aux aveux et il est en garde à vue. À ce que j'ai compris, tu peux t'estimer heureux de ne pas aller en prison pour tentative de meurtre.

Matthia s'exécuta de mauvaise grâce ; une main sur le cœur, il prêta serment.

Poppy approuva d'un hochement de tête.

—Merci. Et maintenant, je ferais mieux d'entrer…

Elle franchit les portes de l'église. L'organiste joua les premières notes de la *Marche nuptiale* de Mendelssohn avant de s'apercevoir de son erreur.

Poppy leva le menton et, dans son ensemble rouge, remonta l'allée jusqu'au premier rang. Elle prit la place qui lui revenait, à côté de son père et de sa mère. À leur droite se trouvait Voula, et à côté d'elle Agapi. Ses parents lui prirent la main.

—Je ne l'ai pas fait, murmura Poppy. Je suis libre. Je vous raconterai tout plus tard.

Le soulagement de Maria et de Vassili était évident. Tous deux se laissèrent aller en arrière sur leur siège et échangèrent un sourire. Voula se pencha vers elle.

—Que s'est-il passé ?

—C'est terminé. Je n'ai pas tué Emmanouil.

Agapi se pencha à son tour.

—J'ai bien entendu ? Tu es innocente ?

Poppy hocha la tête. Son regard se posa sur le micro, devant le chœur. Elle se releva et alla dire un mot à l'un des marguilliers, qui alluma le micro.

—Mes chers amis, balbutia-t-elle, gênée d'entendre sa propre voix.

Le pope passa la tête derrière le jubé, les yeux écarquillés, bouche bée. Le marguillier alla lui expliquer discrètement ce qui se passait.

Poppy s'éclaircit la voix et reprit.

—Mes chers amis et voisins… Vous savez pourquoi j'ai quitté Amiras. Je rentre du poste de police de Viánnos. Avant que ma fille ne se marie, je veux vous annoncer à tous que je ne suis pas responsable de la mort de Lambrakis Emmanouil. Le mystère a enfin été tiré au clair. La vérité, c'est qu'Emmanouil s'est donné la mort, après la perte de sa femme et de son enfant à naître. Qu'il repose en paix.

Elle se signa.

Quelqu'un dans l'un des rangs de devant s'exclama, dans un murmure audible :

—Poppy n'a pas tué Emmanouil !

La phrase fut répétée à travers toute l'église, comme un bruissement de vent dans les feuilles des arbres, interrompue de temps en temps par un *Bravo !* enthousiaste, puis on se mit à applaudir, et avant qu'elle n'ait pu intervenir, tout le monde dans l'église applaudissait, et ses parents la regardaient avec des sourires rayonnants.

Quand l'assemblée se calma, Poppy reprit sa place à côté de ses parents. Elle remarqua que sa mère avait l'air fatiguée.

—Il n'y en a plus pour longtemps, maman.

—Que se passe-t-il ? Je ne peux pas passer mon temps à regarder par-dessus mon épaule, je vais attraper un torticolis. Pourquoi n'a-t-on pas commencé ?

Les invités s'agitaient. Matthia remonta l'allée centrale en courant et échangea quelques mots avec le futur marié. Voula les regarda en souriant et chuchota à Poppy :

—Ne sont-ils pas magnifiques ?

Poppy jeta un coup d'œil aux deux hommes vêtus de leurs costumes gris pâle. L'une des jambes de celui de Nick était coupée, sur son plâtre, qui paraissait d'une blancheur éclatante dans la pénombre de l'église. Heureusement, Angelika avait acheté des costumes identiques pour le marié et les hommes de la famille Kondulakis, expliquant que les quatre costumes, les chemises, les cravates et les chaussures avaient coûté moins cher que le costume Armani prévu pour Nick à l'origine.

Matthia avait fini par accepter de porter la tenue en question, mais uniquement pour faire plaisir à Poppy. Cependant, tout le monde put remarquer qu'il se pavanait tandis qu'il remontait l'allée en sens inverse pour rejoindre Angelika sur le parvis de l'église.

La confusion semblait régner sur tous les mariages de la famille. Poppy vit Voula et Agapi se serrer tendrement la main. Ce simple geste lui fit étrangement chaud au cœur. Consciente qu'il y avait plus que de l'affection entre ses deux plus vieilles amies, elle sourit et leur fit un petit signe de tête discret.

Le pope d'Amiras se tenait sous le jubé. Ses yeux marron étaient perçants sous ses épais sourcils broussailleux. Poppy se rappelait la nervosité de Papas Christos lors de son propre mariage, l'un des premiers qu'il avait célébrés. Des souvenirs de ce jour-là lui revinrent. Son cher Yeorgo ! Bien qu'ils n'aient eu que peu de temps ensemble et que les choses n'aient pas été faciles, même à l'époque, chacun des moments passés à ses côtés avait valu le chagrin des années qui avaient suivi.

Le sourire aux lèvres et les yeux embués de larmes, elle jeta un coup d'œil à sa montre. Il était presque 19 heures.

Papas Christos se racla la gorge, s'avança vers l'allée centrale et promena son regard sur l'assemblée des fidèles. Le silence se fit, et il leva les yeux au ciel comme pour chercher l'inspiration divine, puis il tapota brièvement le micro.

Poppy se tourna vers l'entrée de l'église et vit Angelika, resplendissante dans la robe de mariée que sa propre mère avait confectionnée pour elle des années auparavant.

Matthia se tenait fièrement au bras de la mariée. Il redressa sa cravate et lustra l'une de ses chaussures sur la jambe de son pantalon.

Émue, Poppy serra la main de sa mère dans la sienne et laissa libre cours à ses larmes. Angelika et Matthia commencèrent à remonter lentement l'allée au son de la *Marche nuptiale* et des murmures admiratifs des invités.

Soudain, ce fut la catastrophe : le portable de Matthia sonna. Il s'arrêta, le chercha à tâtons, et décrocha. Tout le monde tendit l'oreille pour entendre ce qu'il chuchotait avec colère. Enfin, il raccrocha et dit quelque chose à Angelika à voix basse. Ils firent demi-tour et ressortirent de l'église.

Un murmure parcourut la foule, puis le silence se fit de nouveau dans l'église tandis que des voix parvenaient de l'extérieur.

Papas Christos pâlit. Il se pinça les lèvres si fort qu'elles disparurent dans sa barbe fournie.

Matthia revint seul. Le mariage était-il annulé ? Poppy renifla. Elle ne savait plus quoi penser. Son frère se rua aux côtés de Nick. Ils discutèrent tout bas, sans tenir compte du fait qu'ils étaient dans une église, à un mètre à peine du pope.

Elle percevait la consternation de Papas Christos. Il baissa le micro et chuchota quelque chose au marguillier. Malheureusement, le micro amplifia un borborygme du ventre du pope, non seulement dans l'église, mais aussi dans les rues d'Amiras.

Le petit Mattie eut un rire communicatif, qui se propagea bientôt dans l'église, jusqu'à ce qu'une moitié des invités ait le fou rire et que l'autre moitié essaie de faire taire les premiers avec des *Chut !* sonores.

Papas Christos leur lançait à tous des regards noirs.

* * *

Stavro colla son portable contre son oreille et cria pour se faire entendre malgré les coups de klaxon du taxi.

— Nous sommes là, dans le village ! Où es-tu, Matthia ?

— Je suis devant l'église avec Angelika, mais Papa Christos est furieux et tout le monde s'impatiente, répondit Matthia. La police a ramené Poppy ! Toutes les poursuites lancées contre elle ont été abandonnées… Elle doit retourner au poste lundi pour faire une autre déclaration et pour récupérer son passeport, mais au moins, elle est avec nous !

— Matthia, vous devez m'attendre, j'ai les alliances !

Le chauffeur s'engagea dans la rue principale, sans cesser de klaxonner.

— C'est ton taxi qui fait ce vacarme ?

— Oui, je suis presque arrivé…

Stavro rit en entendant Matthia crier, vraisemblablement dans l'église :

— C'est mon frère, le *koumbaros*, il sera là d'une minute à l'autre !

— Où est l'église ? demanda le chauffeur.

Stavro lui indiqua une rue étroite qui conduisait à l'église d'Ágios Yeorgios. Le taxi la remonta en trombe et s'arrêta dans un crissement de pneus entre les journalistes de la presse locale rassemblés sur le parvis.

Stavro bondit de la voiture.

— Rejoins Nick, Matthia, je te suis avec Angelika !

Il se tourna vers la mariée.

—Ça va, *koritsie* ?

Il se rendit soudain compte qu'il avait oublié de donner les alliances à Matthia. Il les lui glisserait discrètement quand il confierait Angelika à son futur époux.

—Allons-y, Angelika…

Le taxi fit marche arrière, et ils se tinrent sur le seuil de l'église.

L'organiste semblait hésiter à entamer une nouvelle fois la *Marche nuptiale*.

Poppy se retourna et vit Stavro entrer, avec Angelika à son bras.

Un murmure d'approbation parcourut la foule des invités, aussitôt couvert par une interprétation enthousiaste de Mendelssohn.

Angelika et Stavro étaient presque arrivés à la hauteur du futur marié quand une voix forte s'éleva à l'entrée de l'église, entre les portes ouvertes :

—Attendez !

46

Angie n'arrivait pas à croire que son mariage soit plongé dans un tel chaos. Les villageois souriants, vêtus de leurs plus beaux habits, s'étaient rassemblés dans la rue de l'église et avaient clamé : « Bravo ! » et : « Heureuse vie ! » sur le passage du cortège nuptial, applaudissant à tout rompre. Les journalistes n'avaient cessé de prendre des photos en criant régulièrement : « Par ici, s'il vous plaît ! » Puis, tout avait tourné à la folie.

Elle se tenait pour la deuxième fois dans l'allée centrale, qu'elle avait remontée aux trois quarts, et Nick, qui l'attendait avec son plâtre et sa béquille sous le bras, aurait dû être son mari depuis déjà une heure, quand, soudain, une autre voix interrompit irrévérencieusement la cérémonie.

Elle décida de ne pas y prêter attention. Elle lâchait le bras de Stavro et s'apprêtait à continuer seule à avancer quand elle vit sa mère se tourner vers les portes de l'église. Ses grands-parents, Matthia, et même son fiancé regardaient dans cette direction. Tous les invités avaient pivoté sur leurs bancs. Ce n'était pas comme cela que les choses étaient censées se passer.

Elle se retourna et, éblouie par le soleil qui inondait l'entrée de l'église, plissa les yeux pour distinguer la silhouette qui se dressait à contre-jour dans l'embrasure de la porte.

Stavro eut un grand sourire, lui serra affectueusement la main, et hocha la tête comme un cheval impatient.

—Je le savais, chuchota-t-il. Ressortons !

Encore ! C'était incroyable.

Rivée sur place, elle se demanda ce qui pouvait bien retarder son mariage cette fois-ci. Elle repensa aux paroles de son grand-père. *Patience, Angelika. Patience.*

Elle regarda la silhouette d'homme qui se découpait dans la lumière. Il était grand et se tenait très droit.

—Arrêtez ! répéta-t-il, plus calmement maintenant qu'il avait l'attention de toute l'assemblée. Stavro, mon frère, me permets-tu de conduire ma fille à l'autel ?

La voix de Poppy, à peine plus qu'un murmure, brisa le silence complet qui s'était soudain abattu sur l'église.

—Yeorgo ? Oh… Oh, je n'arrive pas à le croire !

Maria poussa un cri, les deux mains sur son cœur.

—Petro ! Petro… C'est mon bébé, mon fils, Petro !

Vassili la tint contre lui et, ensemble, ils regardèrent Yeorgo d'un air incrédule.

Stavro s'écarta d'Angie et alla se placer à côté de Matthia. Le spectre baigné de lumière s'avança vers elle sans la quitter des yeux. Son beau visage mûr rayonnait.

—Petro… Yeorgo… Papa ? balbutia-t-elle, sidérée. C'est impossible… C'est vrai ? C'est toi ? C'est… c'est incroyable !

Il hocha la tête.

—Tu peux remercier ton oncle Stavro. Il m'a retrouvé et convaincu de revenir pour ton mariage.

Il la prit dans ses bras.

—Tu as bien grandi, depuis la dernière fois que je t'ai vue…

Elle s'écarta un peu de lui pour le regarder, et se reconnut, ainsi que l'oncle Stavro, dans ses traits.

—La dernière fois que tu m'as vue ?

—J'étais tout au fond de la grande salle de l'école, quand tu as gagné ton prix d'écriture.

Le pope s'éclaircit la voix.

—Pouvons-nous commencer ?

Submergée d'émotion, Angie prit le bras de son père et s'avança fièrement vers Nick.

Matthia, au bout du premier rang, se pencha et demanda à Stavro, qui se tenait à l'autre extrémité :

—C'est vraiment Yeorgo ?

Stavro hocha la tête.

—Seigneur ! s'exclama Matthia.

Tout le monde autour de lui se signa à plusieurs reprises. Angie et son père arrivèrent aux côtés de Nick.

—Tu es superbe, dit Nick, les yeux brillants. Je t'aime…

—Je t'aime encore plus, répondit-elle avec sincérité.

Elle inspira profondément, puis lui demanda :

—Je sais que cela tombe mal, mais pourrais-tu me donner un moment avec mes parents ?

Nick resta bouche bée.

—Angie… C'est notre mariage !

Elle hocha la tête.

—Je sais…

Il éclata de rire.

—C'est le jour le plus insensé de toute ma vie !

Il se tourna alors vers Papas Christos, qui fronçait les sourcils d'un air mécontent, s'excusa et s'assit sur le banc le plus proche, laissant sa jambe plâtrée dépasser dans l'allée.

Elle prit sa mère par la main et la fit venir à elle. Pour la première fois de sa vie, Angelika Lambrakis se trouvait entre ses parents, et les tenait par la main. Elle ferma un instant les yeux et se rappela toutes les fêtes de Pâques de son enfance : chaque fois qu'elle avait cogné un œuf teint en rouge contre celui de sa mère, elle avait souhaité ce moment précis.

Elle se tourna vers le pope.

—Papas, pourriez-vous nous bénir tous les trois, avant que je ne quitte la famille de mes parents pour vivre avec mon mari ?

Elle entendit Poppy retenir son souffle et sentit sa main se serrer sur la sienne.

Papas Christos commença la bénédiction. Angie regarda sa grand-mère et vit qu'elle souriait à travers ses larmes. Elles échangèrent un petit hochement de tête entendu. Quand la bénédiction fut terminée, Angie plaça la main de Poppy dans celle de Yeorgo, et tous deux reculèrent. Nick s'appuya sur sa béquille pour se relever, et la rejoignit avec un grand sourire.

—Je savais bien que nous aurions mieux fait de nous enfuir tous les deux, chuchota-t-il.

—Pour rater toute la pagaille du plus beau jour de ma vie ? Certainement pas ! répondit-elle à voix basse.

Elle n'arrivait toujours pas à croire que son père était là. Cette journée, d'abord cauchemardesque, dépassait maintenant ses rêves les plus fous.

—Qui donne cette femme, Angelika Lambrakis, à cet homme, Nickolas Kondos ? demanda le pope.

—Moi, son père, répondit Yeorgo avec une immense fierté dans la voix.

Il s'avança entre eux, prit la main d'Angie et la plaça dans celle de Nick. Puis il déposa un chaste baiser sur les lèvres d'Angie, et retourna aux côtés de Poppy.

—Bravo, Yeorgo ! s'écria quelqu'un.

—*Opa !* cria un autre.

Un invité siffla.

Le pope agita les mains pour les faire taire.

Yeorgo étreignit Poppy. Maria caressa fébrilement les cheveux et le visage de son fils. Les yeux d'Angie s'emplirent de larmes.

Le pope rapprocha le micro de sa bouche.

—Est-ce que tout le monde est enfin prêt pour ce mariage ?

Il attendit, promenant son regard sur l'assemblée des fidèles, qui hochaient la tête et marmonnaient : « Oui, oui », puis il continua.

—Alors unissons cet homme et cette femme par les liens sacrés du mariage !

* * *

Après la cérémonie, Nick et Angie se précipitèrent chez ses grands-parents, et s'enfermèrent dans la petite salle de bains en appentis.

—Où est le test, femme ? demanda Nick.

—Dans ma trousse de toilette, homme, répondit-elle.

Ils rirent.

Nick prit la trousse de toilette sur la tablette et en vida le contenu dans le lavabo.

—Ça a l'air compliqué, Angie…

—Pas du tout, il suffit de faire pipi sur le bâtonnet ! Tu peux tenir le bas de ma robe ?

—Bien sûr. Tu as besoin d'aide pour baisser ta petite culotte ?

—Je n'en ai pas…

—Quoi ? Seigneur ! Tu vas aller tout droit en enfer… Cul nu dans une église ! Tu parles d'un péché, dit-il, riant aux éclats.

—Si Dieu sait tout, alors il sait ce que c'est que les marques disgracieuses des coutures d'une petite culotte.

Elle s'assit sur les toilettes et fit pipi sur le bâtonnet, puis elle le tendit à Nick, qui le regarda fixement.

—Il ne se passe rien… Nous n'allons pas être parents, alors.

—Il faut attendre trois minutes, lui expliqua-t-elle. Si un trait bleu apparaît, je suis enceinte.

—Où est ta montre ?

—Je ne l'ai pas prise. Où est ton portable ?

—Chez Demitri.

—L'horloge ! s'écrièrent-ils en chœur avant de se ruer dans le salon.

Nick tint le test dans son dos pendant qu'ils regardaient la trotteuse faire trois fois le tour du cadran. Cela leur parut interminable.

—C'est parti, dit-il enfin, à trois... Un, deux, trois !

Il retira vivement sa main de derrière son dos. Angie poussa un cri perçant. Nick afficha un grand sourire.

* * *

Sur la place du village, tout le monde se leva et applaudit quand Nick et Angie arrivèrent. Par la suite, chaque fois qu'ils s'embrassèrent, les invités firent tinter leurs verres en les frappant avec leurs couverts, créant un joyeux brouhaha.

La lune apparut dans le ciel, décrivit un arc et répandit sa lueur argentée sur les festivités. Une petite chauve-souris voletait autour d'un réverbère et attrapait des papillons de nuit. Les chiens et les coqs du village étaient respectueusement silencieux.

Dans la douceur de la nuit, trois musiciens jouèrent du *bouzouki*, de la lyra et de la guitare, sur une estrade de fortune, à la lueur des étoiles. Après les danses traditionnelles, Angie eut un moment en tête à tête avec sa mère. Elles s'assirent l'une en face de l'autre, leurs genoux se touchant, mains dans les mains.

Une longue note de lyra s'éleva, plus forte que la musique qui l'avait précédée, et toutes deux levèrent les yeux pour voir qui jouait. Yeorgo, assis au milieu de la scène, faisait glisser son archet sur les cordes d'un instrument marqueté.

—Je dédie ce morceau aux deux plus belles femmes de ma vie, dit-il dans le micro. Ma fille, Angelika

Lambrakis… pardon, Angelika Kondos, nous avons du retard à rattraper…

Il joua quelques notes, lui souriant depuis l'estrade. Angie lui envoya un baiser. Les invités poussèrent des cris de joie et applaudirent.

—… et ma femme, ajouta-t-il, Calliope Lambrakis.

Son expression s'adoucit, de petits rires se creusèrent au coin de ses yeux.

—Tu es ma lune et mes étoiles, Calliope Lambrakis. Ma lune et mes étoiles.

Sur ces mots, il joua la lente introduction de leur chanson préférée, « Étoiles, ne pleurez pas pour moi. »

Tout le monde se leva pour danser et chanter avec lui. Poppy, les yeux pleins de larmes, agita une serviette au-dessus de sa tête et mena la danse. Angie la suivit, et derrière elle, Nick, et la plupart des invités. Tous ensemble, ils formèrent un demi-cercle sur la place du village. Mère et fille regardaient Yeorgo en souriant, submergées d'émotion, plus heureuses qu'elles ne l'avaient encore jamais été.

Les réjouissances se poursuivaient encore à 3 heures du matin. Ce fut à ce moment-là qu'Angie, qui était en train de parler avec Nick, vit sa mère s'éloigner dans une petite rue.

—Je reviens tout de suite, dit-elle à Nick.

Elle souleva le bas de sa robe et suivit sa mère. Celle-ci passa devant la maison de Voula, et disparut dans une autre ruelle étroite. Quand Angie l'aperçut de nouveau, Poppy se démenait pour tourner une énorme clef rouillée dans la serrure de la porte d'une maison à la façade vieux rose. L'endroit semblait abandonné depuis des années. Quelques instants plus tard, Poppy entra, et Angie vit la lueur vacillante d'une bougie à l'une des fenêtres. Elle hésita, désireuse de respecter l'intimité de sa mère, mais elle entendit alors un cri déchirant.

Incapable d'ignorer une telle manifestation de souf-france, elle se rua à l'intérieur.

Elle pénétra dans une grande pièce au sol de pierre. Les meubles, une table, un lit et un canapé, repoussés contre les murs, étaient tous couverts d'une épaisse couche de poussière. Poppy était assise au bord du lit, les bras croisés sur sa poitrine, et elle pleurait.

Angie devina que c'était là qu'elle avait mis au monde ses enfants, et qu'ils étaient morts dans ses bras. Voir sa mère ainsi lui fendait le cœur ; et une chose était sûre : Poppy était sa mère, dans tous les sens du terme.

—Maman ! Ne pleure pas, maman… Qu'est-ce qui ne va pas ? demanda-t-elle en lui passant un bras autour des épaules et en la serrant tendrement contre elle.

—Je ne veux pas repartir, répondit sa mère entre ses larmes. Je ne peux pas, pas après tout ça… L'homme que j'aime est ici, à Amiras. Cela fait si longtemps… Mes parents, mes frères, si affectueux… Angelika, cela me briserait le cœur d'être à nouveau séparée d'eux, et cela me briserait le cœur d'être séparée de toi. Maintenant, je suis tiraillée entre tous ceux qui m'ont manqué, et toi, ma fille adorée !

—Comment ça, maman ?

—Je ne veux pas quitter Yeorgo, je ne veux pas quitter ma famille et mes amies, Angelika, mais je t'aime plus que tout au monde. Comment pourrais-je rester ici si tu repars à Londres ? Tu resterais ici, avec moi ? S'il te plaît… Viens vivre ici, en Crète, je t'en prie !

Angie gonfla les joues.

—Je ne peux pas, maman. Ma vie est en Angleterre… mais tu dois rester à Amiras. C'est ici que tu es née, et c'est ici qu'est ta place. S'il y a bien une chose que *yiayá* m'a apprise, c'est que nous sommes assez fortes, nous, les femmes, pour réussir tout ce que nous entreprenons.

Elle serra sa mère dans ses bras.

— Je me suis donné du mal pour que tu viennes ici, maman… et tu as fait preuve de beaucoup de courage en revenant. Alors, reste ! Sois heureuse. Admire de nouveau les étoiles.

Poppy la regarda intensément, puis elle hocha la tête.

— De toute façon, reprit Angie, nous ne serons qu'à quelques heures d'avion l'une de l'autre, et nous pourrons nous appeler tous les week-ends !

Elle sourit et déposa un baiser sur la joue de sa mère.

— Je serais heureuse de te savoir ici, avec mon père et mes grands-parents. Et puis, nous viendrons vous voir le plus souvent possible… mais il faudra que tu viennes à Londres en mars.

— En mars ? Pourquoi ?

— Parce que je te veux à mes côtés pour la naissance de ton petit-fils ou de ta petite-fille, maman.

ÉPILOGUE

Londres, neuf mois plus tard.

A ngie passa une main sur le duvet tout doux de la tête de son bébé, et vit ses paupières d'albâtre s'ouvrir lentement. Elle se demanda de quoi rêvait sa fille. Elle prit la petite Maria dans son berceau, la tint au creux de son bras et la regarda en souriant. Bien qu'elle ne fût âgée que de six semaines, on voyait déjà que Maria avait hérité de la beauté des femmes Kondulakis.

Angie ouvrit son soutien-gorge et donna son sein à son bébé, qui s'y accrocha et téta avidement. Allaiter n'avait pas été facile, au début. Après la première semaine, elle avait failli abandonner, mais maintenant, l'heure de la tétée était l'un des moments les plus gratifiants qu'elle partageait avec son bébé.

Tenant soigneusement sa fille blottie contre son sein, elle se dirigea vers la cuisine en chaussons et robe de chambre. Elle remplit la bouilloire, puis elle s'assit et admira son enfant. La vie n'aurait pas pu être plus belle.

Après avoir changé Maria et l'avoir déposée dans son berceau, Angie alluma son ordinateur portable pour voir lesquels des nouveaux manuscrits semblaient prometteurs. Elle adorait travailler de chez elle, et Nick aussi. Après quinze ans passés dans l'édition, ils avaient monté leur propre agence littéraire et maison d'édition. Ils étaient merveilleusement heureux.

En général, elle réveillait Nick à 8 heures avec un café, et il prenait le relais auprès de la petite pendant qu'elle se mettait au travail dans son bureau, installé dans l'ancienne chambre de sa mère. Elle préparait le café quand elle entendit la sonnerie d'un appel sur Skype. Qui pouvait bien l'appeler de si bonne heure ?

Quand elle vit l'avatar de sa mère s'afficher à l'écran, elle se rappela qu'il était deux heures plus tard en Crète.

Poppy était retournée en Crète après la naissance de Maria, juste à temps pour voir son père une dernière fois avant sa mort. Le cœur de *papoú* s'était tout simplement arrêté, alors qu'il était assis à la table du jardin, aux côtés de Poppy, un verre de *rakí* devant lui. Poppy avait apporté à ses parents une petite photo encadrée d'Angie avec son bébé, et *papoú* l'avait posée sur la table. Il avait donné un coup de *bastouni* sur le marbre et s'était écrié : « Longue vie à Angelika et à bébé Maria ! » Tous avaient tapé leur verre de *rakí* avant de le vider d'un trait.

Avec ses proches s'amusant autour de lui et son *komboloï* à la main, il avait quitté la fête sans que personne pût dire exactement à quel moment. Il était mort un sourire malicieux sur les lèvres, par une nuit étoilée, la musique de Demitri et de Yeorgo dans les oreilles, et ses petits-enfants dansant sous le gros olivier.

Angie était heureuse que sa mère soit rentrée à temps pour le revoir. Elle passa une main dans ses cheveux ébouriffés par le sommeil et décrocha en souriant, se réjouissant à l'avance de voir sa chère mère.

—Bonjour, maman ! Comment allez-vous, papa et…

Elle s'interrompit et son sourire mourut sur ses lèvres quand elle vit l'air bouleversé de sa mère.

—Je suis désolée, Angelika…

Poppy avait les yeux rouges et gonflés d'avoir pleuré.

—*Yiayá* ? demanda Angie dans un murmure.

Sa mère hocha la tête.

—Nous nous doutions bien qu'elle ne vivrait pas long-temps après la mort de ton grand-père, mais c'est tout de même un choc.

La gorge serrée par l'émotion, Angie avait peine à parler.

—Je suis désolée... Que s'est-il passé, maman ?

—C'était la messe commémorative des trente jours de la mort de papa, hier... Stavro était revenu d'Athènes pour passer la journée avec nous. Maman a dit de te remercier. Ton mariage a réuni la famille. « Dis à Angelika de ne pas oublier sa promesse, m'a-t-elle dit aussi. C'est elle la gardienne de mon histoire ; elle ne doit pas la laisser sombrer dans l'oubli. » Elle a pensé à toi jusqu'au dernier moment, *koritsie*. Tu lui as fait très plaisir en donnant son prénom à ton bébé.

Poppy renifla, s'efforçant manifestement de dominer ses émotions pour poursuivre.

—Maman est allée se coucher à 20 heures, hier soir, et elle est morte dans son sommeil. Elle souriait, Angelika, comme *papoú*. Je ne l'avais jamais vue aussi détendue, aussi paisible... J'attends Papas Christos.

Poppy se prit la tête entre les mains. Angie se mit à pleurer, elle aussi. Elle aurait voulu réconforter sa mère, mais le chagrin qui l'accablait l'empêchait de trouver les mots.

Poppy s'écarta et Yeorgo prit sa place. Le visage de son père apparut brouillé à Angie, à travers ses larmes.

—Bonjour, papa...

—Bonjour, *koritsie*. Désolé de cette triste nouvelle... Ta mère voulait te l'annoncer elle-même. Tout le monde t'embrasse et envoie ses vœux de bonheur pour le bébé. Le pope vient d'arriver... Ça va ?

Incapable de parler, Angie se contenta de hocher la tête.

—Merci, papa, parvint-elle à dire après un silence. Tu me rappelleras plus tard ?

—Bien sûr, Angelika. Essaie de ne pas être trop triste. Cela devait arriver, et maman est morte heureuse. Elle avait passé l'après-midi avec le petit Mattie, à l'aider à faire un exposé pour l'école.

Après avoir raccroché, Angie resta assise dans la cuisine silencieuse et repensa à son premier voyage en Crète. Elle était tellement nerveuse à la perspective de rencontrer sa grand-mère, la belle, la chaleureuse, la courageuse Maria. *Yiayá* était une véritable enseignante, dans tous les sens du terme. Angie avait tant appris d'elle, sur la valeur de la vie et de l'amour, sur la confiance, le respect et le sacrifice.

* * *

Angie posa sa tasse de thé à côté du clavier, ouvrit un document Word, choisit la police Times New Roman, et écrivit :

Maria Kondulakis et le massacre d'Amiras.

À 6 heures, le matin du 14 septembre 1946, la faim me réveilla. Dans l'obscurité, j'écoutai la respiration de mes garçons, Stavro et Matthia, à côté de moi. Mon mari, Vassili, qui était au front, se rappellerait-il que c'était la fête de son fils, ce jour-là ? Aurais-je dû cuisiner nos derniers haricots pour célébrer la Saint-Stavro, ou aurais-je mieux fait de les planter ? La guerre ne durerait pas éternellement. J'aurais sûrement dû les planter, mais la pensée d'un ragoût de haricots avec des herbes aromatiques et un peu de citron faisait grogner mon ventre.

Bébé Petro s'agita dans son petit hamac, au-dessus de moi.

L'HISTOIRE
DERRIÈRE LE ROMAN

Pour moi, ce livre a commencé quand mon mari, qui était électricien, a fait une demande de retraite anticipée, au Royaume-Uni. Après avoir fait quelques recherches, nous avons décidé d'aller nous installer sur l'île grecque de Rhodes. Le destin s'en est mêlé, et nous avons fini par acheter une charmante villa près d'Ágios Nikólaos, en Crète.

Après avoir été accro au travail toute ma vie, je pensais mourir d'ennui en Crète. La solution était de me lancer un défi : réaliser quelque chose de nouveau, et de difficile, chaque année. À mesure que le temps passait, j'appris à faire de la plongée, de la voile, à peindre, à bricoler, à faire de la photo, à écrire, etc. L'un de mes objectifs était de faire tout le tour de la Crète en voiture pour prendre des photos, et lors de l'une de mes excursions, assoiffée, je m'aventurai dans le *kafenío* d'Amiras. Là, un vieux monsieur me dit qu'il avait une vieille maison à vendre pour une bouchée de pain. La propriété était en ruines, le toit tenait à peine et il y avait une chèvre à l'intérieur de la maison, mais elle était entourée d'un jardin et offrait une vue magnifique sur la montagne et sur la mer. Je l'achetai comme un placement.

Quelques années plus tard, mon mari et moi nous sommes dit que nous n'irions jamais à Rhodes si nous ne nous décidions pas, et nous avons donc mis en vente notre villa. À notre grande stupéfaction, elle s'est vendue tout de suite. Nous avions huit semaines devant nous pour déménager.

Nous rappelant la ruine d'Amiras, nous décidâmes de la remettre à neuf et de nous y installer en attendant de trouver l'endroit idéal pour bâtir notre maison à Rhodes. Quelques mois plus tard, l'intérieur de la maison étant agréable, je m'attaquai à la véritable jungle qu'était le jardin.

En nettoyant un parterre pour y planter des fraises, entre un olivier centenaire et un vieux citronnier au tronc noueux, je déterrai une vieille mitrailleuse rouillée. J'appelai mon fils, Peter, et sa compagne, Nicky (ils venaient de s'installer dans le bas d'Amiras), et je les retrouvai avec la mitrailleuse au *kafenío*, qui ne tarda pas à se remplir d'hommes du coin. On nous raconta plein d'histoires émouvantes sur les conséquences que la guerre avait eues sur les gens du village, notamment en 1943.

J'emportai la mitrailleuse dans la petite ville voisine de Viánnos, et la confiai au maire, pour le musée. Vous pouvez trouver des photos de la maison, de la mitrailleuse et de la cérémonie sur mon site Internet : www.pmwilson.net.

Au cours des mois suivants, les aînées du village me racontèrent l'une après l'autre leurs histoires personnelles de la terrible journée où tous leurs hommes et tous leurs garçons avaient été massacrés, et comment elles avaient survécu. C'étaient les récits choquants de sévices, de tragédies, de courage et de survie. J'étais tellement honorée qu'elles partagent ces histoires avec moi que j'éprouvais le besoin de les faire connaître à mon tour. J'entrepris des recherches, et ce que je trouvai me stupéfia. Voici ce que je découvris.

Entre le 14 et le 16 septembre 1943, une campagne d'extermination massive fut lancée par les nazis contre les civils dans une vingtaine de villages de la région montagnarde isolée de Viánnos, en Crète. Elle eut pour résultat le massacre de plus de cinq cents villageois innocents – principalement des hommes et des garçons, mais pas exclusivement – par les unités de la Wehrmacht.

Toutes les maisons furent pillées, tous les objets de valeur ou en métal confisqués. Les nazis jetèrent dans bon nombre des maisons une poudre blanche à laquelle ils mirent ensuite le feu, détruisant ainsi les habitations de la plupart des villages. Ils brûlèrent également les récoltes, de telle sorte qu'il ne resta plus rien à manger pour les femmes et les enfants qui s'apprêtaient à affronter l'hiver.

L'extermination massive vida la région, et fut l'une des plus meurtrières de l'occupation de la Grèce par les forces de l'Axe. L'attaque avait été ordonnée par le général Friedrich-Wilhelm Müller, prétendument en représailles contre une bataille qui avait eu lieu près du village de Simi, entre des soldats allemands et un groupuscule de résistants crétois.

Friedrich-Wilhelm Müller (20 août 1897-20 mai 1947) était un général de l'armée allemande. Il fut fait chevalier de la croix de fer, avec feuilles de chêne et glaives, décoration militaire décernée par l'Allemagne nazie pour extrême bravoure au combat ou faits de guerre exceptionnels. Müller devint tristement célèbre pour avoir été l'un des commandants les plus cruels de la Crète occupée. Ses atrocités lui valurent le surnom de Boucher de Crète.

La montagne de Viánnos, dans le district d'Héraklion, se trouve dans le sud de la Crète et donne sur la mer de Libye. Après la bataille de Crète en 1941, la Crète tomba sous la domination de l'Axe ; Viánnos et les villages avoisinants, y compris celui d'Amiras, firent alors partie de la zone italienne.

Les Italiens n'avaient pratiquement pas dérangé les villageois crétois, sinon en leur volant une poule de temps en temps et en flirtant avec les femmes. Plusieurs groupes de résistants (*Andartes*) s'organisèrent dans la région. Le plus grand était dirigé par un communiste, Emmanouil (Manoli) Bandouvas.

La résistance de plus en plus active et les rumeurs selon lesquelles les Britanniques prévoyaient d'envahir la Crète poussèrent les Italiens à construire des fortifications sur la côte. L'Axe mit également des troupes en garnison dans les montagnes de la région, pour observer la mer de Libye et les environs. Trois soldats allemands étaient en poste à Kato Simi, soi-disant pour ramasser les pommes de terre pour les provisions des troupes d'occupation.

(À mon avis, c'était une excuse peu convaincante étant donné que la région dans laquelle on faisait pousser des pommes de terre était celle du plateau de Lassithi, essentiel aux troupes de l'Axe de la région d'Héraklion. On suppose que si ces troupes se trouvaient à Simi, c'était en réalité pour surveiller les environs, et en particulier la côte.)

Les Allemands avaient des forces stationnées à Tsoutsouros et à Arvi, sur la côte, sous la région de Viánnos.

Un armistice, signé le 3 septembre 1943 par Walter Bedell Smith et Giuseppe Castellano, fut rendu public le 8 septembre. Il stipulait la capitulation de l'Italie et de ses forces devant les Alliés. Après l'armistice, on fit passer clandestinement de la côte sud crétoise à l'Égypte le commandant italien Angelico Carta et les membres de son état-major, accompagnés d'un officier du Special Operations Executive (SOE), Patrick Leigh Fermor. Les rumeurs selon lesquelles les forces alliées allaient libérer la Crète prirent de l'ampleur.

Bandouvas organisa l'attaque du poste d'observation allemand de Simi. D'après les habitants, c'était la résistance britannique (SOE) qui lui avait donné l'ordre de le faire. Des sources britanniques prétendirent ensuite qu'il avait agi sans les consulter, prévoyant l'arrivée imminente des Alliés, et qu'il espérait être considéré comme un héros national. Les affirmations de Bandouvas furent aussi démenties par les agents du SOE Patrick Leigh Fermor et Thomas James Dunbabin.

(Les Crétois de la région disent que Bandouvas est naïvement tombé dans un piège tendu par les Britanniques qui, préparant l'après-guerre, avaient l'intention d'anéantir les unités locales procommunistes EAM-ELAS de plus en plus populaires ; et qu'ils espéraient également créer une diversion suffisamment importante pour détourner l'attention des Allemands de la côte. Plusieurs femmes de la région m'ont demandé pourquoi les Alliés avaient laissé les massacres de Viánnos se produire. Deux mille troupes ennemies, rassemblées dans cette petite région pendant quatre jours, et leurs soi-disant alliés ont choisi de fermer les yeux pendant que grands-pères, maris, fils et frères étaient tragiquement assassinés.)

La majeure partie de la Grèce étant tombée sous la domination de l'Axe, le Parti communiste grec (KKE) avait appelé à la résistance nationale. Le KKE, allié à des partis mineurs de gauche, forma une structure politique appelée Front de libération nationale grec (EAM). D'autres résistants grecs se joignirent à eux. L'armée populaire de libération nationale grecque (ELAS) était le bras armé du Front de libération nationale, qui regroupait les partis de gauche de la résistance grecque.

(Après avoir parlé à l'un des derniers membres encore en vie de la résistance de Bandouvas, j'ai tendance à penser que Bandouvas avait effectivement reçu des instructions. Qui aurait pu prédire que ses actions entraîneraient une telle catastrophe ? Voilà l'explication : la Crète était fortement communiste. La Grande-Bretagne et les États-Unis étaient farouchement anticommunistes, et estimaient sans doute ne pas pouvoir libérer la population communiste de Crète. Ils avaient toutefois besoin de la Crète pour rassembler et pour envoyer en Afrique du Nord et en Égypte les dirigeants italiens en fuite, les estafettes crétoises, et les dignitaires cherchant à s'échapper. Discréditer la résistance communiste et promouvoir la résistance britannique était peut-être une tactique pour pousser les Crétois à renoncer à leurs idéaux socialistes. L'embuscade de Simi a également détourné l'attention des Allemands des sous-marins qui arrivaient du Caire et d'Afrique du Nord, offrant une double solution aux problèmes des Alliés.)

Quelle que soit la vérité, le fait est que le 10 septembre, alors que les Italiens fuyaient la Crète, les *Andartes* de Bandouvas tuèrent deux soldats allemands postés à Simi et qu'ils jetèrent leurs corps dans un ravin. Ces corps furent vite découverts.

(C'est un autre élément que je trouve difficile à croire, étant donné que le paysage aux alentours de Simi est extrêmement accidenté et que les gorges et les ravins y sont profonds et infranchissables.)

La nouvelle de l'incident sembla parvenir à Müller presque immédiatement. Une compagnie d'infanterie fut envoyée à Simi pour enquêter.

Bandouvas, comprenant que le village de Simi était en danger, se vit contraint de le défendre. Avec quarante de ses hommes, il tendit une embuscade aux troupes de Müller dans la vallée la plus proche de Simi. Les troupes arrivèrent de bonne heure le 12 septembre, et la bataille de Simi commença.

En dépit de leur surprise initiale, les Allemands parvinrent à se replier et la bataille acharnée se prolongea jusqu'à la fin de l'après-midi. Finalement, les troupes de Müller furent vaincues, comptant de nombreux blessés et des morts. Douze soldats allemands furent capturés. Il y eut au moins un mort du côté des hommes de Bandouvas, mais ils ne reconnurent jamais aucune perte. Ils se replièrent dans les montagnes.

Le lendemain, des forces armées comptant plus de deux mille soldats allemands se rassemblèrent à Viánnos. Exaspéré par la perte de ses hommes, et désireux de donner l'exemple aux Italiens en fuite susceptibles d'envisager de se joindre aux partisans, Friedrich-Wilhelm Müller ordonna à ses troupes d'anéantir la région de Viánnos, d'exécuter les hommes de plus de seize ans, et de tuer tous ceux, hommes, femmes et enfants, qui se trouveraient en dehors des limites des villages.

(Je me demande si Müller n'a pas en réalité donné ces ordres parce qu'il savait que l'on avait fait sortir le commandant italien Angelico Carta clandestinement du pays par cette région, et que ses mesures sévères empêcheraient le reste de l'armée italienne, basée à Néapolis, d'essayer de s'enfuir par la même voie. Les Italiens se déguisaient en villageois grecs.)

Les forces allemandes envahirent la région, arrivant de toutes les directions simultanément. Ils assurèrent sournoisement les Crétois de leurs intentions pacifiques, ce qui persuada bon nombre d'hommes de rentrer chez eux. Le lendemain (14 septembre), les nazis se livrèrent à des exécutions massives, des fusillades impromptues, des actes de torture, des arrestations, des pillages, des incendies, des actes de vandalisme et de démolition.

Le nombre exact de victimes demeure non vérifié. Différentes sources s'accordent à dire qu'il était supérieur à cinq cents, et se composait des habitants des villages de : Kefaloryssi, Kato Simi, Amiras, Pefkos, Vachos, Agios Vassilios, Ano Viánnos, Sykologos, Krevatas, Kalami, Loutraki, Myrtos, Gdochia, Riza, Mournies, Mythoi, Malles, Christos et Metaxochori.

Près d'un millier de constructions, principalement des maisons, furent détruites. Certaines personnes furent prises en otages pour ensuite être fusillées ou pendues. On défendit aux survivants d'enterrer leurs morts ou de regagner leurs villages, dont la plupart avaient été réduits en cendres. Il fallut aux villages des années pour se remettre ; certains ne s'en remirent jamais.

En 1946, Müller fut jugé pour les massacres par un tribunal grec à Athènes. Il fut condamné à mort le 9 décembre 1946, et fusillé le 20 mai 1947, de même que l'ancien général Bruno Bräuer, à la date anniversaire de l'invasion de la Crète par les Allemands.

Il n'y eut aucun autre procès, et aucune indemnité de guerre importante ne fut versée aux familles des victimes. Aujourd'hui, dans chacun de ces villages, un monument aux morts est dédié à leur mémoire, et un monument particulièrement émouvant a été érigé dans le village d'Amiras.

Tous les ans, le 14 septembre, une cérémonie commémorative y a lieu, et le nom de chaque victime est lu à haute voix. Plus d'un millier de personnes y assistent, certaines venues de l'autre bout du monde.